KB183667

민들레
왕조 연대기

II

폭풍의
벽

下

THE WALL OF STORMS:
The Dandelion Dynasty #2
by Ken Liu

Copyright © Ken Liu 2016

All rights reserved.

Korean translation edition is published by arrangement with

Ken Liu c/o BAROR INTERNATIONAL, INC., Armonk, New York, U.S.A.

through Danny Hong Agency.

Korean Translation Copyright © Minumin 2024

이 책의 한국어판 저작권은 대니홍 에이전시를 통해

BAROR INTERNATIONAL, INC.와 독점 계약한 ㈜민음인에 있습니다.

저작권법에 의해 한국 내에서 보호를 받는 저작물이므로 무단 전재와 무단 복제를 금합니다.

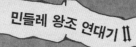

민들레 왕조 연대기 II

폭풍의 벽 下

켄 리우 장편소설 | 황성연 옮김

The Wall of Storms

황금가지

북쪽에서 부는 폭풍

북쪽에서
부는 폭풍

제35장

도시선(都市船)의 출현

다수섬

사해평치 11년 10월

　가을 오후의 축 늘어지고 피곤한 열기 속, 아이들 몇 명이 다라 최
북단에 있는 바닷가에서 놀고 있었다. 예쁜 조개를 골라내기도 하
고, 때로는 해안으로 밀려 들어오는 흥미로운 물건의 잔해를 찾아
다니기도 했다. 길 잃은 조개나 굴을 주머니에 넣는 것도 잊지 않았
는데 가난한 집 아이들은 항상 먹는 것을 신경 썼기 때문이다.
　"해적이다!"
　남자아이가 소리쳤다.
　동무들은 멈춰 서서 바다를 바라보았다. 크기가 제각각인 배들로
이뤄진 작은 함대가 지평선에 나타났다. 옛 자나의 설계를 따른 늘
씬한 어선들, 늑대발섬 상인들에게서 탈취한 넓고 얕은 화물선들,

아룰루기섬에서 약탈한 날렵한 파도타기용 배들, 심지어 과거 티로 왕들에게서 빼앗은 오래된 전함 몇 척까지. 갑판마다 노가 튀어나와 있었고 넝마 같은 돛은 바람에 펄럭였다. 짜깁기된 함대가 연못 위에 흩어진 나뭇잎처럼 파도를 타며 잠겼다 솟아올랐다.

"너무 많아. 저렇게 많은 건 본 적이 없어."

한 여자아이가 중얼거렸다.

"습격이다!"

언덕 위 계단식 밭에 있던 어른 몇이 일을 멈추고, 공포에 질려 다가오는 함대를 쳐다보았다. 배가 몇 척이나 될까? 수십 척? 아니, 수백 척이었다. 북부에 있는 작은 섬들의 해적이 모두 다라로 향하는 것 같았다. 누군가의 기억 속에 있는 것 중, 심지어 이야기로 전해지는 것까지 따져 봐도 가장 큰 규모일 성싶었다.

소식이 퍼지자 사람들은 언덕으로 향했다. 모두 오두막과 주택에서 나와 농기구와 고기잡이 도구들을 내려놓고 최대한 빨리 내달렸다. 노인, 청년, 남자, 여자, 부자, 가난한 사람……. 해적에게 이런 것들은 전혀 중요하지 않았다. 몇몇 마을 사람들은 침착하게 수비대 지휘관들에게 달려가 습격을 알렸다. 해적들이 마음껏 이곳을 파괴한 후 다수를 떠나면, 구조 작전 비슷한 것이 조직될 수 있도록 제때 티무 황자에게 보고가 전달되기를 바라는 마음에서였다.

해적선들이 상륙할 무렵, 해변과 인근 들판에는 인적이 끊겼다. 해적들은 모래밭으로 쏟아져 나와 새집을 뒤덮는 흰개미 떼처럼 내륙으로 향했다. 그들은 채소밭 울타리를 뛰어넘어 타로토란 밭을 짓밟았고 다리와 팔을 미친 듯이 내저었다. 길을 막는 사람이 있다면 누구든 화를 입을 것이었다.

티무 황자는 군사에 대해서 잘 모를지 몰라도 판단력이 나은 사람들에게 언제 의견을 물어야 하는지는 알았다. 다수의 수비대는 훈련을 잘 받았고 지형과 요충지를 활용하는 방법을 알고 있었다.

산등성이 꼭대기에 제국의 파견대가 나타났다. 궁수들은 가지런히 정렬하여 다가오는 해적들에 활을 겨누었다. 지휘관은 발사 명령을 내릴 준비를 하며 팔을 들었다.

해적들은 뭐라 외치고 있었다.

"······*자비*······."

"*살고 싶으면 도망쳐*······!"

"······*내 눈*······ *끔찍한*······."

지휘관은 망설였다. 뭔가 잘못됐다. 하지만 화살이 자신들을 겨누고 있음에도 해적들은 전혀 속도를 늦추지 않았다.

"알아서들 쏴!"

화살들이 일제히 발사되자 해적 수십 명이 넘어졌다.

해적들은 조직화된 저항에 맞닥뜨리면 습격을 중단하고 후퇴하곤 했다. 그들은 명예나 승리와 같은 개념보다 약탈과 포로에 더 관심이 있는 바다의 도적들이었다. 하지만 이번에는 그렇지 않았다. 해적들은 쓰러진 동료들의 시체를 넘으며 계속 돌격했다. 지휘관이 본 어떤 돌격대보다 더 빠르고 더 열심히 달리고 있었다. 용맹한 전사들 같았다.

사령관은 눈을 믿을 수 없어 하며 광경을 응시했다. 다가오는 인간 파도는 이제 남자와 여자 개개인으로 해체되어 보였다. 아이를 안고 있는 사람들도 있었다. 대부분은 갑옷을 입지 않았고, 손에는 무기가 없었다. 그들은 전투의 욕망에 사로잡힌 해적이 아니라, 말로 표현할 수 없는 공포로부터 피하는 절망적인 도망자의 무리였다.

"자비를 베풀어 주십시오! 자비를요! 제발 자비를!"

도망자들이 소리쳤다.

수천 명이 자비를 부르짖는 것을 보자, 산전수전 다 겪어 무신경해진 노병도 흔들리지 않을 수 없었다. 궁수들의 팔은 느슨해졌다. 대부분은 활을 어디로 쏠 건지 사령관을 바라보다 사격을 멈추었다.

그러나 사령관은 더 이상 해적들을 보고 있지 않았다. 도망자 무리와 버려진 배들 너머 수평선 위로, 파도처럼 깨끗하고 하얗고 거대한 돛을 꼭대기에 매단 목조 벽이 어렴풋이 모습을 드러냈다.

판의 망루만큼 높고 작은 마을만큼 큰 스무 척의 거대한 배가 파도를 타며 깐닥거렸다.

티무 황자는 다예에 있는 고문들을 모아 다수의 북쪽 해안에 상륙한 이방인들에 대해 의논하고 진을 쳤다. 현재로서 그들은 해변에 천막을 치고 머무는 데 만족하는 것처럼 보였다.

"해적들은 매년 다수섬과 루이섬을 습격합니다." 다예에서 카도 왕의 섭정을 지냈고 현재는 티무 황자의 재상인 라 올루가 말했다. 그는 매끈한 머리를 3단으로 틀어 올려 쪽을 지고 있었고, 값비싼 노란 비단 옷은 어두운 안색을 완벽하게 보완해 주었다. "해적들은 극단적이고 무자비한 사람들이지만, 용기가 없지는 않습니다. 그런데도 이제 저 이방인들은 해적을 놀래킨 것도 모자라 저항 의지마저 꺾어 황제의 자비에 기꺼이 몸을 던지게 했습니다. 분명 어떤 괴물이 아니겠습니까? 즉시 공격해야 합니다."

"오히려 반대입니다. 해적들에게는 도덕이란 게 없으므로 진정한 용기를 가졌다고 말할 수 없습니다." 티무 황자의 옛 스승이자 고문인 자토 루티가 말했다. "그들이 이방인들에 대해 하는 이야기는 혼란스럽고 모순적이므로 신뢰할 수 없습니다. 불을 뿜는 뱀이요? 하늘에서 비처럼 내려오는 사신이요? 미친 사람들이나 열심히 떠드는 이야기 같습니다.

설령 이방인들이 해적들을 공격했다고 해도, 해적들이 먼저 그들을 자극했을 수도 있습니다. 바다를 이용하는 모든 문명인은 해적 행위에 자연스러운 반감을 품고 있습니다. 또 이 배들은 마피데레 황제의 전설에 나오는 도시선들에 대한 묘사와 일치합니다. 이방인들이 바다 너머에서 온 불멸자들의 사절단일 수도 있지 않습니까? 공격해서는 안 됩니다."

"만약 그들이 정말로 마피데레의 함대가 실어 온 불멸자 손님이라면, 지금쯤 마피데레 시대의 늙은 궁인이 천막에서 나오는 것을 볼 수 있지 않았겠습니까?"

"마피데레의 부하들과 불멸자들은 우리가 제대로 된 주인 역할을 하고, 다라 초입에서 해적들이 손님맞이로 보기 힘든 무례한 행위를 한 데 사과하기를 기다리고 있을 수도 있습니다."

"해적들도 결국 다라 사람들입니다. 그 사람들 말을 믿지 않고 왜

저 이방인들이 우호적인 의도를 가졌다고 생각하는 겁니까?"

화가 난 라 올루가 반박했다.

"해적들은 탐욕으로만 움직이는 무법자라는 점을 스스로 입증했지만, 저 이방인들에 대해서 우리는 아무것도 모릅니다. 콘 피지가 말했습니다. '바다를 건너오는 이방인을 포용하라, 그러면 이방인이 당신을 포용할 것이다.'"

"콘 피지의 말은 무자비한 해적들을 가을 나뭇잎처럼 떨게 할 수 있는 이방인들을 염두에 두고 한 말이 아닙니다. 당장 루이섬에게 지원을 요청하고, 황제께 도움을 구해야 합니다."

"폐하께서는 반란을 진압하시느라 바쁩니다. 저들이 위험하다는 증거를 더 많이 확보하지 않고서는 폐하의 정신을 어지럽혀서는 안 됩니다. 지금 아버님께 도움을 청하러 달려간다면 황자께서는 아직 철이 들지 않은 아이로 보일 것입니다."

티무는 마지막 주장에 설득되었다.

"과잉 반응을 보이기 전에 그들에 대해 좀 더 알아보는 것이 최선책입니다. 루티 사부님, 이방인들에게 사절로 가 주시겠습니까?" 라 올루가 이의를 제기하려는 것을 보고 티무는 재빨리 덧붙였다. "하지만 합리적인 예방책을 마련하는 게 좋겠습니다. 루이섬에 있는 제국 공군 기지의 비행함 함대를 불러들여 호위대로 삼겠습니다. 이방인들이 우호적이라면 그 비행함들은 존중의 표시가 될 것입니다. 적대적이라면, 전투 준비가 되어 있는 셈이지요."

스무 대의 대형 비행함이 일직선을 이루며 해변을 내려다보는 언덕 위를 맴돌았다. 길이는 약 55미터였고, 선체는 날렵한 돌고래 모양이었다. 마피데레 황제 시대로까지 거슬러 올라가는 설계에 따른, 길이가 90미터에 육박했던 가장 큰 비행함은 아니었지만, 더 새롭고 빨랐으며 재무부에 부담을 덜 주는 것들이었다.

그 아래로는 2000여 명 규모의 의장대가 언덕에 정렬해 있었다. 병사들은 다라에서 가장 훌륭한 무기를 과시하며 쥐 죽은 듯 고요하고 조용히 서 있었다. 그들의 갑옷은 햇빛에 반짝였고, 윤을 낸 창들이 대나무 숲처럼 허공을 향해 치솟아 있었다. 유일하게 들리는 소리라고는 말을 탄 지휘관들이 어깨에 두른 진홍색 천이 바람에 펄럭이는 소리뿐이었다.

방진(方陣) 뒤로는 값비싼 마차 수백 대가 언덕 꼭대기에 나선형으로 주차되어 있었다. 마차들 사이의 빈 공간에는 대나무와 비단으로 만든 임시 쉼터와 전망대가 만들어져 있었다. 다예의 많은 귀족과 부유한 가족 들이 이 역사적인 광경을 목격하러 나온 것이다. 티무의 대리인이 바다 너머에서 온 불멸자들과 막 접촉하려는 참이었다.

"불멸자들이 아내를 찾고 있을까?"

"하! 자기 중매를 직접 서고 싶은가 보네?"

"아, 고맙지만 내 결혼 후보자들은 꽤 만족스러워. 하지만 다수에 있는 어떤 사내도 너에겐 충분해 보이지 않아서. 어쩌면 물 건너온 불멸자만이 널 만족시킬 수 있을지도 모르지. 침실 안팎으로…… 악! 꼬집지 마!"

"어쩌면 난 아예 결혼이란 걸 하고 싶지 않은……. 하지만 불멸자와 한번 자 보는 건 재미있을 거야. 그리고 그들의 비밀을 알아내서 나도 불멸자가 될 수 있을지도 모르지! 뭔가 굉장한 일 같지 않아?"

"어째, 넌 불멸자들이 아침에 입 냄새가 날 거 같아?"

응석받이로 자란 아이들은 그 모든 광경을 축제쯤으로 생각했다. 속이 비치는 비단 지붕 밑에서 편안한 방석에 앉아 과자를 먹고, 차를 홀짝거리고, 해변을 가득 메운 원뿔 모양의 하얀 천막들을 관찰하며 논평하는 동안, 흥분감이 군중을 훑고 지나갔다. 하얀 천막들은 뒤로 착륙한 거대한 비행함 때문에 난쟁이처럼 작아 보였다. 소라고둥 껍데기로 된 돗자리가 깔린 것처럼 보이기도 했다.

가끔 천막 사이로 걸어가는 이방인을 일별하면 탄성과 킬킬거리는 소리가 났다. 지위가 낮은 귀족들은 불멸자들과 친구가 되면 지위를 높일 수 있으리라는 상상을 했다. 부유한 지주들은 불멸자들이 작은 땅을 부풀린 가격에 사고, 천막을 포기하고 호화로운 집을 장만하게끔 할 계획을 속삭였다. 상인들은 멀리서 파도를 타고 오르내리는 거대한 배들을 지켜보며 거기에 실려 있을 화물들을 추측하고 불멸자들이 어떤 상품에 가장 관심을 가질지 내기를 했다.

올해는 크루벤의 해였다. 바다가 특히나 보물과 기회라는 측면에서 대단한 너그러움을 보이는 시기였다.

그 뒤에서는 이방인들이 자리를 차지하는 바람에 집에서 쫓겨난 가난한 마을 사람들이 더욱 침울하고 불안한 기분으로 그 광경을 지켜보았다. 그들의 유일한 관심사는 언제 들판으로 돌아가 자신들의 삶을 다시 시작할 수 있는지 하는 것이었다. 그들은 불멸자들이 (그들이 정말로 불멸자들이라는 전제하에) 도착한 일을 기회로 삼겠다는, 희망적인 미래를 감히 그리지 못했다. 다라의 상황이 바뀔 때마다 부유하고 힘 있는 사람들만 혜택을 챙기고 나머지는 그저 뒤에 남겨지는 듯했다.

자토 루티는 침착하게 순백의 말에 올라타고서 이방인들의 야영지로 출발했다. 그는 티무 황자의 선물을 들고 있었고, 말에 올라탄 병사 10여 명의 호위를 받았다. 작은 행렬의 선두에서는 빨간 바탕에 물 위로 도약하는 크루벤의 푸른 형상이 들어가 있는 다수의 거대한 깃발이 펄럭였다.

루티와 그의 호위병들은 멀리 있는 야영지에 합류했다. 모두의 시선은 이제 눈밭의 작은 불꽃처럼 깜박이는 깃발을 따라갔다. 루티는 어떤 광경과 경이로움을 목격하고 있을까?

제36장

이방인들

다수섬

사해평치 11년 10월

야영지에 접근한 자토 루티는 천막이 가죽으로 만든 것임을 깨달았다. 천막은 납작한 원통형의 뿔이 달렸고, 남자 키 정도로 땅딸막한 원통 모양이었다. 야영지는 힘줄로 묶은 동물 뼈들로 만든 낮은 울타리로 둘러싸여 있었고, 각각의 기둥은 날카로운 턱이 있는 두 개골로 덮여 있었다. 천막 앞에 심겨 있는 날카로운 하얀 기둥 끝에서는(어떤 짐승의 갈비뼈일까?) 다양한 동물의 꼬리들이 기치(旗幟)와 깃발처럼 펄럭였다. 천막 뒤로는 산처럼 큰 도시선들이 해변에 기대어 쉬고 있는 고래들처럼 파도와 함께 출렁거렸다.

불멸자들은 분명 건축 감각이 이상하군. 루티는 생각했다. 그는 항상 불멸자들을 가늘고 고운 거미줄과 비단 같은 구름, 꽃잎과 이

슬 맺힌 나뭇잎으로 지어진 천상의 존재로 상상해 왔다. 또한 신들과 소통하고 모든 물질적 필요를 초월한 세련된 시인과 철학자로 여겼다. 이곳이 뼈와 가죽, 즉 동물의 죽음에 의존하는 것은 그의 생각과는 다소 부조화스러웠다.

울타리에는 있는 문 역할을 하는 구멍은 상어의 거대한 턱으로 만들어져 있었다. 전체적으로 어느 하나 낭비하는 것 없이 단순한 느낌을 풍겼으며, 강렬한 힘과 규율에 기능적인 우아함을 더한 듯했다.

루티가 구멍으로 다가가자 천막에서 50여 명 정도 되는 사람들이 나와 그의 앞을 가로막았다. 루티는 그들을 자세히 관찰하기 위해 말을 세웠다.

피부색은 대체로 (햇볕에 많이 타긴 했지만) 창백했고, 머리와 수염은 순백색에서 연한 갈색까지 색이 다양했다. 가죽으로 옷을 해 입었으며, 뼈나 물에 떠다니는 나뭇조각으로 만든 전투용 곤봉을 들고 있었는데 그 끝에는 조개와 돌이 붙어 있었다. 어떤 이들은 머리를 빡빡 밀었고, 어떤 이들은 뒤로 늘어뜨린 땋은 머리를 단정하게 하고 있었으며, 또 어떤 이들은 동물의 두개골로 만든 투구를 쓰고 있었다. 금속제 무기나 갑옷의 흔적은 보이지 않았고 비단이나 삼베 옷감도 마찬가지였다. 상당수는 수척하고 키가 작았고, 몸에 걸친 가죽은 물자를 보충할 기회도 없이 먼 길을 떠나온 것처럼 너덜너덜하고 찢겨 있었다.

처참한 의복 상태 때문에 루티는 '남자' 중 일부가 사실은 여성이라는 사실을 갑작스레 깨달았다. 그는 얼굴을 붉혔다. 불멸자들은 어떤 사람들이기에 여자들이 곤봉을 휘두르며 싸우게 강요한단 말인가? 그것도 너무나도 음란하게!

오래된 아노국 영웅 전설에서 뛰어나온 등장인물 같군. 멸망하던 서쪽 고국에서 피난해 이곳 다라 해안에 다다랐던 선조들의 눈에 비친, 이곳 작은 섬의 야만인 원주민들이 저런 모습이었을 거다.

이방인들이 불멸자들이 아니라는 사실에 실망했지만 루티는 말에서 내리면서 예의 바른 표정을 유지했다. 호위대 병사들도 뒤따라 말에서 내렸다.

"나는 싸우려고 온 게 아니오." 그는 이방인들에게 선언하듯 말했다. "다라의 황제께서는 이 해안에 온 당신들을 환영하고 계시오. 도움이 필요한 경우, 내 주군이신 티무 황자께서는 당신들이 필요로 하는 모든 것을 제공할 준비가 되어 있소."

40대에서 50대로 보이는 키 큰 남자가 앞으로 나섰다. 그는 루티에게 무언가를 말했지만, 루티는 이어지는 이상한 음절들을 이해할 수 없었다.

루티는 굴하지 않고 호위대 병사들에게 준비한 선물들을 양쪽의 중간 지점에다 두라고 손짓했다. 구운 돼지 한 접시, '평화'를 뜻하는 아노 표의 문자와 유사한 모양으로 자른 생선회 한 접시, 비단 한 필, 그리고 티무 황자가 서예풍 표의 문자로 '사해(四海) 내에서 모든 사람은 형제다.'라고(콘 피지의 말을 인용한 것이었다) 쓴 두루마리였다. 루티는 신중하게 이 선물들을 골랐는데, 황제와 다수섬에서 황제의 대리인 역할을 하는 티무 황자의 위엄을 유지하면서도 다라의 관대함을 보여 주고자 했다.

병사들은 선물들을 땅에 놓고 뒤로 물러났다. 키 큰 야만인은 루티를 주시하면서 수행원 몇 명에게 손짓해서 선물 더미에 다가가게 했다. 돼지고기와 생선을 찔러 보고, 조금 맛을 본 다음 사람들이 신이 나서 소리치자 더 많은 동료가 합류했다. 그들이 서로 밀쳐 대며 음식에 손을 뻗어 게걸스럽게 먹는 바람에 곧 돼지고기와 생선은 사라졌다. 비단은 손가락에 기름이 묻은 남자 둘이 천막으로 운반해 갔다. 하지만 두루마리는 들여다보고 나서 아무렇게나 땅에 떨어뜨렸다.

키가 큰 야만인의 얼굴에 나타난, 감정이 실리지 않은 표정은 전혀 변하지 않았다.

루티는 눈살을 찌푸렸다. *상서로운 시작은 아니군.*

"*페큐 텐료.*" 키 큰 이방인은 미소를 지으며 자신을 가리키고는 천천히 발음했다. 그 뒤엔 팔을 휘둘러 야영지를 가리켰다. "*류쿠.*"

이제 일이 진척되는군. 루티는 그 낯선 소리를 가능한 한 따라 해 보려고 노력했다.

페큐 텐료는(루티는 그가 야만족의 추장 같은 존재임이 틀림없다고 결론 내렸다) 만족스럽다는 듯 고개를 끄덕였다.

루티는 자신을 가리키고 천천히 말했다.

"자토 루티." 그리고 나서 페큐 텐료를 흉내 내며 팔을 휘둘러서 멀리 있는 다라군과 비행함을 가리켰다. "다라."

페큐 텐료는 고르지 못한 이 두 줄을 드러내며 웃었다. 어쩐지 그 표정은 우호적이라기보다는 야성적이고 위협적으로 보였다. 하지만 루티는 야만인들의 기분을 상하게 할까 봐 그 미소를 흉내 냈다.

자기들을 류쿠라고 부르는군. 불멸자들은 아닌 것 같고, 상대하는 것이 불가능해 보이지는 않아.

페큐 텐료는 호위대 병사들을 가리키며 옷을 벗는 것을 연상시키는 일련의 동작들을 표현했다. 루디는 얼굴을 붉혔고, 주변의 다라인들도 마찬가지였다. *이 야만인들에게는 수치심이 없는 걸까?*

루티와 병사들이 주저하는 것을 보고 추장은 눈살을 찌푸렸다.

야만인 몇 명이 그들의 왕을 도우러 왔다. 그들은 발치에 무기를 내려놓고 몸에 걸친 너덜너덜한 가죽들을 벗었다. 남자뿐만 아니라 여자도! 그들은 어떤 풀로 짠 거친 가리개만 입고 중요 부위만을 가린 꼴이 되었다.

루티는 훨씬 더 심하게 얼굴을 붉혔다. 수행원들에게 이 낯짝 두꺼운 야만인들의 품위를 지켜 줄 수 있게 시선을 피하라고 명령을 내리려는 순간, 옷을 입지 않은 야만인들이 행동을 멈추고는 무기를 가리킨 다음, 다시 자신들을 가리키며 몸을 위아래로 때렸다.

"아, 우리도 무장 해제하란 뜻이군! 보안 조치야." 루티는 고개를 힘차게 끄덕여 마침내 그들의 말을 알아들었음을 보여 주었다. 그는 병사들을 향해 고개를 돌렸다. "어서 요청대로 해."

"루티 선생님, 이게 현명한 일일까요?" 다라의 군기(軍旗)를 책임지는 호위대장 지마가 물었다. "그들의 의도를 모르니, 무방비 상태로 야영지로 들어가서는 안 됩니다."

"이게 현자들의 책을 공부하는 대신 싸우는 데 인생을 보내면 생기는 문제일세." 자토 루티가 훈계조로 말했다. "자네의 공감 능력은 어디에 있는 게야? 저 사람들의 관점에서 지금의 사태를 생각하려고 해 보게. 저들의 장비와 주거지가 얼마나 원시적인지를 보고! 금속 무기는 하나도 보이질 않아. 또 우리가 준 음식을 얼마나 빨리 먹어 치웠는가! 자네가 고국에서 멀리 떨어진 낯선 나라에서 굶주리고 두려움에 떠는 가운데 훨씬 발전된 무기와 갑옷을 가진 강력한 군대에 둘러싸여 있다고 상상해 보게. 그중 한 무리가 그대의 야영지로 들어오고자 한다면, 어떤 선의의 몸짓을 요구하지 않겠나?"

"저는 평생 군인이었습니다, 루티 선생님. 절 믿어 주십시오. 우리의 무기가 더 낫기는 하지만, 저는 이 사람들이 우리를 두려워하지 않는다고 말씀드릴 수 있습니다."

"다라는 문명의 땅이네." 루티가 심각한 어조로 말했다. "선조들이 여기 온 뒤 이 땅의 야만인들에게 평화롭게 대했으니, 나는 신들이 우리의 명성을 이곳 해안 너머로 널리 퍼뜨렸을 거로 믿는다네.

저 야만인들은 우리의 삶이 올린 봉화의 빛에 이끌려 예측할 수 없는 고래의 길을 용감하게 지나 우리에게로 왔어. 그들에게 우월한 위엄을 보여 주어야 해. 정의로운 사람은 배신을 두려워할 이유가 없어. 그들이 어떤 음모를 꾸민다고 해도, 우리가 의로움과 신의를 보이면 스스로 수치심을 느껴 자신들의 길이 잘못되었음을 깨달을 것이야. 영주들, 그리고 다라의 황제와 그의 충실한 맏아들의 명예를 더럽히지 않도록 지금 무장을 해제하도록 해."

마지못해 지마 호위대장과 호위대 병사들은 무장을 해제했고, 무기와 갑옷을 다른 선물들을 담았던 빈 접시들 옆에 쌓아 두었다.

페큐 텐료는 더욱 활짝 웃었고, 뒤이어 단호한 몸짓으로 손을 흔들었다. 수행원들이 상어의 턱으로 된 문 양쪽으로 갈라지며 야영지로 들어가는 길을 열어 주었다.

언덕 위에 있던 다라의 관중들은 환호했다.

"들어간다!"

"눈이 좋네, 뒤모. 무슨 일이 일어나고 있는지 보여?"

"너무 멀어요. 하지만 이방인들이 방금 절을 한 것 같아요. 어쩌면 루티 선생이 지닌 학식으로 이방인들에게 깊은 인상을 남긴 게 아닐까요? 이방인들이 또 절을 했어요!"

"하지만 이방인들은 루티 사부님과 병사들이 이미 안으로 들어간 후에 절을 했어요. 사부님이 볼 수 없는데 왜 절을 할까요?"

"뭐, 학당에 다녔으면 알 텐데 말이지. 아노족이 초승달섬에 처음 도착했을 당시, 원주민들의 풍습에 관해 쓴 글을 읽은 적이 있었지. 누군가가 자리를 뜬 후에 절하는 것은 면전에서 절하는 것보다 훨씬 더 큰 존경의 표시야……."

"예훈, 영웅 전설에 대해 그렇게 전문가인 줄은 몰랐어! '이름을 발음하기 어려운 사람'의 전설에 나오는 내용인가? 나도 읽었어!"

"음…… 맞아, 그거야! 거의 알려지지 않은…… 네가 그걸 알고 있다니 놀라운걸. 뭐, 내가 말했듯이, 이건 아노족이 정착하기 훨씬 전부터 다라 제도에 존재했던 오래된 관습이었어. 하지만 완벽하게 일리가 있는 게 뭐냐면, 네가 기억하는지…… 잠깐만, 뒤의 세 사람, 왜 하이에나처럼 웃고 있는 거지?"

"예훈, 이 불쌍하고 거만한 놈아, '이름을 발음하기 어려운 사람'의 영웅 전설 같은 건 없어! 우리 중에 토코 *다위지*가 너뿐이라고 해서 네가 늘 모든 답을 갖고 있다는 건 아니지."

"고귀한 정신을 가진 사람은 쪼잔한 사람들 때문에 고민할 필요
가 없어……."

"네가 받을 자격이 있는 유일한 '존경'을 계속 우리가 보여 주길
원해? 포복절도하느라 절하는 거 말이야!"

자토 루티는 큰 천막 한가운데에 정식 *미파 라리* 자세로 무릎을
꿇었다. 천막의 높이는 세 사람을 수직으로 쌓아 올린 정도이고 너
비는 20미터쯤 되었다. 바닥은 알 수 없는 동물의 부드러운 털로 덮
여 있었다. 루티는 천막의 벽을 흥미롭게 바라보았다. 반투명한 가
죽은 박쥐 날개에서나 볼 수 있는 얇고 털이 많은 막으로 구성되어
있었다. 루티는 책을 많이 읽었고 박식했지만, 그 가죽이 어떤 짐승
의 것인지 알 수 없었다.

야만인 추장은 앞쪽으로 걸어가서 다리를 꼬는 *게위파* 자세로 앉
았다. 다른 야만인들은 주변에 무질서하게 앉아 있었다. 거대한 전
투용 곤봉, 정교한 뼈와 조개껍데기 장신구를 보아하면 귀족과 족
장 계급에 속하는 이들로 보였다. 일부는 *게위파* 자세였고, *사크리*
도 자세로 앉아 다리를 죽 펴서 앞으로 내민 사람들까지 있었다. 심
지어 여자 중에서도 그런 사람들이 있었다.

루티 뒤로 무릎을 꿇은 호위대장 지마는 눈살을 찌푸렸다. 루티
는 황제의 대리인이었다. 페큐 텐료와 그의 족장들이 그를 그런 무
례한 태도로 대하는 것은 용납할 수 없었다. 그러나 그가 무슨 말도
하기도 전에 자토 루티가 손으로 제지하며 속삭였다.

"저들이 앉는 자세를 이해하는 방식이 우리와 같지 않을 수도 있다. 문명화된 사람은 관용을 베풀고 무지에 기분을 상하지 않아야 한다. 우리는 이 페큐 텐료를 저 사람들의 왕으로 예우할 것이다."

호위대장은 입을 앙다물며 아무 말도 하지 않았다. 야만인 귀족과 족장이 서로 웃고 속삭이는 모습이 신경에 거슬렸다. 한 왕이 다른 나라에서 온 대사를 맞이하는 것처럼 보이지 않으며, 심지어 우호적인 이방인을 환영하는 모임도 아닌 것으로 보였다. 딱 꼬집어 말할 수는 없지만……. 그런데 페큐 텐료는 왜 그렇게 만족스러워하는 듯 보였던 것일까?

젊은 야만인 몇몇이 호위병들이 야영지 입구에 두고 온 무기와 갑옷 들을 안으로 가지고 왔고, 왕 앞에 쌓아 더미를 이루었다. 페큐 텐료가 뭐라고 말하자 그들은 고개를 끄덕이고는 자리를 떴다.

루티가 지마에게 말했다.

"봤지? 걱정할 것 없어. 그들은 심지어 자네 무기를 안으로 가지고 왔어. 신뢰가 쌓이면 곧 무기를 돌려줄 것이라 확신하네."

페큐 텐료는 천막 한가운데에 어색하게 앉아 있는 자토 루티와 그 부하들을 쳐다보았고, 더 환하게 웃었다. 루티는 고개를 끄덕이며 똑같이 우스꽝스러운 미소를 지었다. 류쿠 귀족들은 크고 조잡한 도자기 사발 하나를 돌리며, 그 안에 든 것을 한 모금씩 홀짝거렸다. 대화의 소음이 점차 공간을 가득 채웠다.

페큐 텐료는 직접 사발에서 술을 한 모금 마신 뒤, 부하에게 그 사발을 루티에게 가져다주라고 손짓했다. 루티는 경건하게 사발을 받아 들고 내용물을 살폈다. 술과 우유 냄새가 나는 것이었는데, 사발

가장자리에 거품이 일어 있었다.

"쿄피르!"

페큐 텐료가 사발을 가리키며 말했다. 그러고 나서 벌컥벌컥 마시는 행동을 열심히 해 보였다.

루티는 사발을 입으로 가져갔다. 냄새는 소나 염소의 우유와는 달랐고, 심지어 암말의 우유 같지도 않았다. 오히려, 거기서는…… 약초 향이 났다. 한 모금 마셔 보자 자극적이면서도 희미하게 약 냄새가 났고, 삼킬 때는 목구멍이 타는 것 같았다. 발효한 우유처럼 농도가 진했다. 또한 맛이 매우 강했는데, 평소에 술을 별로 마시지 않는 루티는 기침하다 사레가 들려 액체를 내뿜었고, 눈에는 눈물이 고였다.

류쿠 귀족들은 웃음을 터뜨렸고 페큐 텐료도 빙긋 웃었다. 루티는 사발을 내려놓고 눈물을 훔친 뒤, 다시 바보처럼 빙긋 웃었다.

다행스럽게도 좀 전에 밖으로 나갔던 야만인 호위병들이 더 많은 무기와 갑옷을 들고 돌아왔다. 그들은 그것들을 루티의 부하에게서 받은 장비 옆에다 별도로 쌓아 두었다. 페큐 텐료는 자리에서 일어나 더미 쪽으로 걸어갔다. 그러고는 각각의 더미에서 투구를 집어 들고는 루티를 전혀 신경을 쓰지 않은 채 두 개를 비교했다.

"저 무기들도 다라의 것처럼 보입니다." 지마 대장이 말했다. 그들 두 사람이 류쿠 사람들의 대화를 이해할 수 없는 만큼이나 야만인들도 그와 루티 사이의 대화를 이해할 수 없는 듯하기에 그는 굳이 낮게 속삭이려고 애쓰지 않았다. "어디서 저것들을 얻었을까요? 해적들에게서?"

"저 검은……." 루티는 눈을 가늘게 떴다. "자나의 의장(意匠)으로 보인다. 내가 틀리지 않았다면, 저건 20여 년 전 마피데레 시대의 투구야."

"마피데레 황제의 원정대 말씀이십니까?"

루티가 고개를 끄덕였다.

"틀림없어."

페큐 텐료는 검, 갑옷 장갑, 투구, 방패, 활 등을 계속 고르고, 다른 더미에서 같은 물건을 찾아 자세히 살펴보고 비교했다. 때때로 그는 귀족 몇 명을 가까이 불렀고, 작은 무리를 이루어 서로 큰 소리로 논쟁하거나 동의하면서 무기나 갑옷에 대해 상의하고 조사했다.

루티와 지마는 완전히 당황하여 그 알 수 없는 의식을 바라보았다.

"아마도 저들은 마피데레 황제로부터 받은 놀라운 물건들의 기원이 바로 우리라는 점을 확실히 하기 위해 예술 양식을 비교하는 것일 테다."

기대에 부푼 루티가 말했다.

마침내 페큐 텐료는 뭔지는 모르지만 하고 있던 일에 만족한 것처럼 보였고, 호위병에게 모든 무기와 갑옷을 가져가라고 명령했다. 그러고 나서 호위병은 구부러진 뼈로 된 틀에다 놓고 얇은 가죽 막을 잡아당겨 만든 것 같은, 크고 얕은 원형 쟁반을 꺼내어 루티 앞에 내려놓았다. 그것은 해변 모래로 채워져 있었다.

페큐 텐료는 모래 쟁반을 사이에 두고 자연스럽게 *사크리도* 자세로 루티 맞은편에 앉았다. 그러고 나서 막대기를 들고 모래에 그림을 그렸다.

루티는 페큐 텐료가 모래에 선을 긋고 위쪽에 작은 원을 그리는 것을 지켜보았다. 그러자 야만족 왕은 루티를 쳐다보며 천막 천장을 가리켰다.

원은 태양이고 선은 땅이라고 말하고 있어. 루티는 생각했다.

페큐 텐료는 하늘에다 타원 몇 개를 그렸다. 그 타원에서는 긴 날개들이 삐져나와 있었다. 그림은 조잡할지 몰라도 제국 비행함을 나타내는 것임은 분명했다. 그는 계속해서 땅의 다른 끝에다 버섯처럼 생긴 물체들을 그렸다. 야만인들의 야영지로 보였다.

페큐 텐료는 천장을 올려다보며 겁에 질려 몸을 숙이는 흉내를 냈다. 그러고는 다시 싱긋 웃으며 막대기를 건네주었지만, 루티는 그가 뭘 원하는지 전혀 감을 잡지 못했다.

페큐 텐료는 막대기를 도로 가져가서 비행함에서 야영지로 발사되는 화살 몇 개를 그렸고, 다시 루티에게 막대기를 건넸다. 그는 루티를 보며 미심쩍은 듯한 표정을 지었고, 또다시 무서워하는 흉내를 냈다.

루티는 웃었다.

"아니요, 아닙니다! 그 비행함들은 단지 환영식의 일환으로 왔고 공격 부대가 아닙니다."

페큐 텐료는 이해할 수 없다는 표정으로 그를 바라보았다.

루티는 다시 시도했다. 그는 모래에서 화살을 지우고 야영지로 떨어지는 꽃들을 그리려고 했지만, 꽃들은 눈송이처럼 보였다.

"평화." 그는 크게 말하면 야만인들을 이해시킬 수 있을 것처럼 큰 소리로 말했다. "전쟁 아니다!" 그러고는 웃음을 짓고, 포옹하고, 커다란 사발로 술을 마시고, 입맛을 다시는 흉내를 냈다.

페큐 텐료는 더욱 혼란스러워 보였다. 그러다 새로운 방법을 생각해 낸 것처럼 보였다. 그는 비행함 아래에다 말을 탄 막대기 모양으로 사람들을 그렸고(제국군 방진이었다), 다라군을 향해 돌격하며 전투용 곤봉들을 머리 위로 쳐든, 야영지에서 뛰쳐나오는 야만인들을 그려 보였다.

그다음 싱긋 웃으며 다시 루티에게 막대기를 건네주었다.

루티는 긴장된 표정으로 그를 바라보았고, 두 손을 벌려 간청과 질문의 뜻을 표현했다.

페큐 텐료는 무슨 농담을 듣고서 웃겨서 배를 움켜쥐는 양 웃는 시늉을 했다. 그러고는 다시 모래 쟁반을 가리켰다.

"아, 가정적인 상황을 이야기하는 거군." 느긋해진 루티가 말했다. "말하자면, 농담인 거지."

"전 그렇게 생각하지 않습니다. 이건 농담이 아닙니다. 그는 우리의 방어 태세를 알아보고 있습니다. 선생님, 즉시 떠나야 합니다."

"말도 안 되는 소리. 이는 두 사람의 마음이 함께 모여 소통하는 것에 관한 일이야. 쪼그라들었던 공감 능력을 좀 써 보게나, 지마 대장! 우리가 어떻게 대응할지 궁금해하는데, 실제 전쟁을 통해 알게 하는 것보다는 모래에 그린 그림으로 다라가 가진 무기의 힘을 보여 주는 것이 낫지 않겠어? 황제 폐하께서는 항상 인명 피해를 최소화하기를 원하셨다."

루티는 모래에다 그림을 그리기 시작했다. 리마의 옛 왕인 그는 고전적인 군사 전술에 꽤 정통했다. 그는 일련의 도표로 페큐 텐료에게 제국군의 방진이 어떻게 대형을 바꾸는지 보여 주었다. 중앙으로 물러나면서, 돌격하는 야만인들이 포위될 때까지 양쪽 측면으로 에워싸는 법을, 그런 다음에는 어떻게 해서 무기와 갑옷에서 열세에 놓인 야만인들이 학살되거나 포획될 것인지를 설명했다.

페큐의 얼굴에 나타난 감탄과 공포의 표정은 진짜처럼 보였다.

"걱정할 필요 없습니다!" 루티는 그를 초대한 사람을 서둘러 안심시켰다. "이것은 단지 상황을 가정한 것일 뿐입니다. 가, 정, 적, 인!" 그는 배를 잡고 웃는 시늉을 했다.

페큐 텐료는 힘차게 고개를 끄덕였고, 황실의 사절을 보며 아첨하듯 빙긋 웃었다.

자토 루티는 의기양양했다. 단 한 번 리마의 숲에서 긴 마조티의 손에 치욕적인 패배를 당했지만, 오늘은 모래에 그림을 그리는 것만으로 야만인 왕에게 위협을 가하고 깊은 인상을 남겨 기꺼이 다라의 황제에게 복종시킬 수 있었다!

페큐 텐료는 모래 쟁반을 쓸어서 깨끗하게 하고는 류쿠 야영지를 그렸고, 그 위쪽으로는 제국 비행함을 그렸다. 다시 하늘을 쳐다보면서 겁에 질려 움츠리는 척하다가 배를 잡고 웃는 시늉을 했다.

다라의 황제는 어떻게 공중에서 나를 공격할 것인가?

야만인 족장 모두가 모래 쟁반 주위에 모였다. 페큐 텐료는 루티에게 막대기를 건네주며 계속하라고 손짓했다.

"루티 선생님." 지마 대장이 간청했다. "옳지 않은 것 같습니다. 우리의 능력을 드러내거나 비행함의 대지 전술을 설명해서는 안 됩니다. 우린 저들이 어떻게 전투를 수행하는지 아무것도 모릅니다!"

"쉿! 자넨 자신감 넘치는 제국군 장교가 아니라 편집증에 걸린 어리석은 농부처럼 행동하고 있어. 비행함이 할 수 있는 걸 저들에게 보여 준단들 뭐가 문제야? 우리의 힘은 저들의 마음을 경외심으로 가득 채우고 합당한 존경을 표시하게끔 할 것이다. 이것은 위대한 문명이 그보다 못한 문명에 깊은 인상을 남기는 방법이다."

루티는 모래에 그림을 계속 그리며 야만인들에게 다라의 비행함들이 사용하는 소이탄 공격법을 보여 주었다.

페큐 텐료는 손가락 다섯 개를 내밀고 나서 잠시 멈추더니 손을 공처럼 말아서 주먹을 쥐었고, 그러고는 또다시 잠시 멈추었다가 다시 손가락 다섯 개를 내밀었다. 그는 비행함들을 가리킨 다음 두 손을 벌리며 의아한 눈길을 보냈다.

루티는 잠시 생각한 뒤 페큐 텐료가 무슨 말을 하고 있는지 이해했다. 그는 비행함을 그리고 그 안을 작은 원들로 가득 채웠고, 원 몇 개가 비행함에서 야영지로 떨어지는 모습을, 즉 소이탄들이 일제히 낙하하는 모습을 보여 주었다. 열 손가락을 모두 페큐 텐료에게 내밀고 나서 손을 말아서 주먹을 쥔 다음 다시 내밀었다······. 이 과정을 다섯 번 반복해 각 비행함이 류쿠 야영지에 막대한 피해를 줄 수 있는 소이탄을 50개 가량 싣고 있음을 보여 줬다. 그런 다음 비행함 내부의 작은 원들을 지워 텅 빈 것처럼 보이게 했다.

페큐 텐료는 싱긋 웃고는 귀족들에게 뭐라고 한마디 했다. 그 말에 귀족들은 모두 웃었다.

그러고 나서 페큐 텐료는 발효유로 만든 술('쿄프르')이 든 사발을 집어서 루티에게 건넸다. 루티는 행복하게 그것을 마셨다. 독한 술에 기분이 좋아졌다.

"정보를 줘서 고맙군."

억양이 심했지만 페큐 텐료의 말은 분명히 이해할 수 있는 것이었다.

루티는 깜짝 놀라 쿄피르 사발을 넘겨 보았다. 지마와 나머지 부하들이 놀라서 벌떡 일어섰다. 하지만 너무 늦었다. 페큐 텐료의 전투용 곤봉은 이미 루티의 두개골을 부수었고, 류쿠의 귀족들은 다라에서 온 나머지 사절단을 손쉽게 해치웠다.

"무슨 일이 벌어지고 있어요! 사람들이 큰 천막에서 나오고 있어요!"

"근데 루티 선생님은 어디 계시지?"

"황실 군기가 왜 땅에 있는 거지?"

"항복하려고 줄을 서고 있는 건가?"

야만인들이 야영지에서 흘러나와 긴 줄을 이룬 다음, 전투용 곤봉을 흔들며 제국의 방진을 향해 행진하는 모습을 보면서 군중들의 수다는 잦아들었다. 바닷바람이 야만들의 함성을 전해 주었다. 틀림없는 전쟁의 외침이었다.

1.5킬로미터 정도 떨어져 있는 류쿠 무리는 제국군보다 수적으로 많았지만, 라 올루는 걱정하지 않았다. 그는 방진들에게 전진하여 다가오는 야만인의 돌격에 맞서라고 명령했다. 또 깃발 신호가 비행함들에 전달되었다. 야만인 무리에 접근해서 폭격을 시작하라는

뜻이었다.

"저 광대들이 감히 티무 황자님의 위세에 도전하다니!"

"무엇에 맞았는지 알기도 전에 죽을걸!"

"저들을 다시 바다로 몰아내!"

야만인들은 더 가까워졌다. 눈썰미가 좋은 사람들은 그들이 착용한 무기와 옷의 비참한 상태를 알아차렸다. 해적들도 그보다는 몸차림이 나았다. 다수에서 온 관객들은 두려움 대신 일방적인 학살을 보게 되리라는 전망에 흥분했다.

"오늘은 노래와 이야기 속에 계속 남아 있겠지."

"자기들이 얼마나 불리한지도 몰라?"

"참 어리석네. 믿기 힘들 정도야!"

"여자도 있는 거야? 남편이랑 아버지가 정말 잔인한데!"

류쿠의 돌격은 라 올루의 지휘를 받는 궁수들의 사정거리 밖에서 멈추었다.

갑자기 자기들의 공격이 무의미하다는 걸 깨달은 건가? 라 올루는 비행함들에 하강해서 폭격을 시작하라고 명령했다.

세심하게 짠 안무를 추는 무용수들처럼 비행함의 기체 담당자들은 고도를 줄이기 위해 기체 자루의 끈을 조였고, 노잡이들은 깃털이 달린 노를 힘껏 잡아당겼다. 거대한 밍겐 수리가 먹잇감을 붙잡기 위해 나선을 그리며 내려오듯 대나무와 비단으로 만든 비행함이 급강하했다. 선체에 있던 병사들은 불타는 타르 양동이들을 준비했다. 비행함들이 야만인 대열 위를 질주하며 폭탄실 문을 열었다.

류쿠 지휘관들은 휘파람을 불었다. 무리는 각각 50명 정도의 작은 무리로 나뉘었다. 대부분은 제자리에서 몸을 숙였고, 대열 가장 자리에 있던 사람들은 전투용 곤봉을 들어서 그것을 창처럼 발 앞에다 박았다. 쪼그리고 앉아 있던 야만인 전사들은 가죽 같은 재료를(분명 천막과 같은 재료였다) 머리 위로 펼치고 가장자리에 세워 둔 전투용 곤봉들로 그것들을 지탱했다. 마치 야만족 전사들의 머리 위로 갑자기 작은 천막이 솟아난 것 같았다.

그것은 필사적인 조치처럼 보였다. 가죽처럼 보이는 재료는 너무 얇고 가벼워서 거의 반투명할 정도였다. 분명 소이탄은 그것을 손쉽게 파괴할 터였다.

타르 폭탄이 임시 보호막을 강타하고 폭발했다. 폭탄 몇 개가 천막 근처 땅에 떨어지며 대형 가장자리에 있는 류쿠 전사들의 노출된 다리와 몸에 불타는 타르를 튀겼다. 그들은 비명을 질렀고, 울부짖었고, 전투용 곤봉을 떨어트렸고, 땅바닥에 나뒹굴었지만, 그들과 가장 가까이 있던 동료들이 곧바로 천막이 무너지지 않도록 전투용 곤봉을 붙들었다.

지글지글 타오르는 타르가 살 속으로 타들어 갔다. 가련한 비명 소리는 처음에는 점점 컸지만 퍼덕거리는 사지들과 뒹굴던 몸뚱이들이 느려지면서 점점 약해졌고, 그다음에는 고요해졌다.

다라의 병사들과 구경꾼들은 환호했다. 학살은 상상했던 것보다 훨씬 더 흥미진진했다.

하지만 곧 환호성은 놀라움의 외침으로 변했다.

폭발한 타르 폭탄은 야만인들의 머리 위의 임시 보호막을 불타는 용암 웅덩이로 만들었지만, 알 수 없는 이유로 천막에 쓰인 얇은 재료는 무너지지 않고 버텨 냈다. 타르는 지글거리고 연기를 내며 천막 위에서 밝게 타올랐지만, 재료를 불태우지는 못하는 듯했다.

방염 천막 한가운데에 몸을 숨인 류쿠 전사들이 율동적으로 전투용 곤봉을 쑤석거리자 천막이 한 장 한 장 바다처럼 물결치기 시작했다. 그렇게 만들어진 파도들은 불타는 타르를 대부분 실어 날랐다. 타르는 곧 천막에서 떨어져 나가 아무런 피해도 주지 않고 땅에 떨어졌다.

비행함들이 급강하하여 두 번째 폭격을 시작했다. 천막이 예상과는 달리 불에 대한 저항력이 있다는 점을 깨달은 비행함 대장들은 전술을 바꾸었고, 담당 선원들에게 목표를 바꿔 폭탄이 천막이 아닌 근처 바닥에서 폭발하게끔 하라고 명령했다. 장대들을 붙든 사람들에게 상처를 입혀 천막들이 무너뜨리겠다는 것이었다.

하지만 류쿠 전사들은 이에 대비하고 있었다. 비행함들이 방염 천막 쪽으로 급강하하자, 각 대형의 전사들은 하나처럼 움직이기 시작했다. 수백 개의 다리가 동시에 움직였고, 천막은 강하하는 비행함 쪽으로 향했다. 폭탄이 다시금 머리 위의 보호막에서 폭발하게 해서 아무런 해도 끼치지 못하도록 만들기 위해서였다.

속도를 제대로 조절하지 못한 몇몇 대형들은 지상의 불타는 타르 웅덩이로 뛰어들었고, 부상한 전사들은 불을 끄기 위해 땅바닥을 나뒹굴어야 했으며, 대형에 있던 나머지 사람들은 더 피해를 입지 않기 위해 허둥지둥했다. 하지만 대부분은 2차 폭격에서도 무사했다.

라 올루는 야만인들을 과소평가했음을 깨달았다. 야만인들은 비행함 공격에 놀랄 만큼 잘 대비된 듯했다. 하지만 그는 국화 · 민들레 전쟁 시절에 풍부하게 경험을 쌓은 하급 야전 지휘관이었고, 변화하는 상황에 빠르게 적응하는 방법을 알고 있었다. 즉시, 그는 비행함들에 보낼 추가 명령을 군기단(軍旗團)에 하달했다.

비행함들은 한 번 더 선회해서 야만인들의 야영지로 향했다. 다리가 무수히 달린 임시 야전 천막들은 잔잔한 바다 위의 해파리들처럼 꿈틀거리며 줄지어 서 있었다. 비행함들은 그 위를 지나며 다시 한번 일제히 소이탄을 떨어뜨렸다. 비행함들은 낮게 날며 모든 폭탄이 야만인 공격자들과 야영지 사이로 한 줄을 이루어 떨어지게끔 움직임을 서로 조율했다. 폭탄이 터지면서 불타는 타르들이 합쳐져 야만인 무리와 야영지를 떼어 놓는 불의 장벽이 되었다. 옹송그리며 모여 있던 야만인들은 퇴로가 차단되는 것을 지켜볼 수밖에 없었다.

라 올루는 빙긋 웃으며 진격하라는 명령을 내렸다. 사정거리 안에 들어서자마자 궁사들에게 발사 명령을 내릴 예정이었다. 그러면 야만인들은 뒤로는 불의 벽, 앞으로는 화살의 벽에 갇히게 될 것이다. 한편 비행함들은 계속 야만인들의 배를 폭격할 예정이었다. 류쿠 침공군 전체가 오늘 이곳, 다수 해안가에서 죽을 터였다.

비행함들은 신선한 어장을 노리는 밍겐 수리처럼 야영지에 다가갔다. 도시선들은 얕은 여울에 갇힌, 딱 좋게 무르익은, 살이 쪄서 통통하고 육즙이 풍부한 물고기들 같았다.

라 올루의 방진들은 꾸준히 전진했다. 그들이 한 걸음씩 뗄 때마다 침략자들은 죽음에 가까워졌다.

"쏴라!"

라 올루의 명령에 수천 개의 화살이 제국군의 방진과 야만인들이 만든 선 사이를 몇 초 만에 주파했다.

그러나 류쿠 전사들은 방어 자세를 바꾸었다. 이상한 가죽으로 만들어져 종잇장처럼 얇은 막들은 불타는 타르의 잔재로 얼룩져 있었다. 그리고 그것들은 이제 넓은 가리개처럼 팽팽하게 당겨진 채 류쿠 전사들의 앞을 가로지르고 있었다. 전방에 가까이 있는 전사들은 가죽 밑단을 밟고 전투용 곤봉을 지탱하며 몸을 앞으로 숙였고, 뒤에 있는 전사들은 윗단을 잡고 뒤로 당겨서 돌출된 '주머니' 뒤로 모두가 보호되게 했다.

화살들의 외력으로 몸에 멍이 들고 갈비뼈와 팔뼈 몇 개가 부러지면서 앞에 버티고 있던 전사들이 고통 속에 끙 하고 소리를 냈고, 화살은 가죽에 퍽 하는 소리와 함께 부딪혔지만 아무런 해를 입히지 못하고 땅에 떨어졌다.

저건 뭐란 말인가? 라 올루는 놀랐다. *저렇게나 강한 가죽은 들어본 적이 없다. 어떤 짐승의 것이지?*

그러나 수수께끼를 오랫동안 생각할 여유는 없었다. 병사들과 민간인 구경꾼들로부터 경악과 충격의 외침이 터져 나왔다. 라 올루가 고개를 들었다. 그의 손에 들린 신호나팔이 땅으로 떨어졌다.

멀리서 거대하고 끔찍스러운 짐승들이 거대한 도시선에서 나타나 공중으로 올라갔다.

라 올루가 본 어떤 생물체와도 달랐다. 각기 다른 종들의 특징들이 가능할 법하지 않게 융합된 모습이었다. 코끼리 서너 마리 크기의 불룩한 통 모양의 몸체(근처를 맴도는 비행함을 보고 크기를 가늠할 수 있었다), 공중에 길게 뻗은 뱀과 같은 꼬리, 배 아래로 뻗은 매와 같은 발톱이 달린 두 개의 발, 35미터는 족히 넘을 널따란 가죽 같은 날개 한 쌍, 사슴처럼 뿔 달린 머리 아래 길고 가느다란 목.

열 마리, 스무 마리, 서른 마리, 계속해서 더 많은 수가 공중으로 떠올랐다. 날개 폭은 거대했고 목이 길어 길이로는 비행함의 3분의 2 정도 돼 보였지만, 몸통은 훨씬 작았다. 야수들은 급강하하며 비행함으로 날아들었다. 그렇게 그 몸집으로는 상상할 수 없을 것 같은 속도였다.

첫 번째 비행함의 선장은 깜짝 놀라, 야수 두 마리가 선체를 찢어발기기 전에 대응 명령을 내릴 기회가 없었다. 야수들은 비행함을 발톱으로 베고 턱으로 물었고, 목을 격렬하게 채찍질하듯 휘저어 댔다. 비단과 대나무 틀은 이쑤시개처럼 발톱과 이빨 아래에서 부러졌고 안에 있던 기체 자루는 몇 초 만에 구멍이 났다. 선원들은 비명을 지르며 비행함에서 뛰어내렸고, 100여 미터가량 추락해서 죽었다.

다른 선장들은 처음의 멍한 상태에서 벗어나 불화살을 쏘라고 명령했고, 노잡이들은 비행함들을 뒤로 물러나게 하려고 있는 힘을 다해 노를 밀었다. 하지만 야수들의 날개와 몸에 맞은 화살들은 아무런 해도 입히지 못한 채 튕겨 나갔다. 코끼리를 쏘려는 모기 같았다. 몇몇 화살은 대신 다른 비행함들에 가서 부딪혔고, 그 바람에 불이 났다.

마침내 라 올루는 야만인들의 천막과 장벽이 무엇으로 만들어졌는지를 이해했다.

비행함 함대는 매우 우아하고 민첩해 보였으나 이제 치명적인 야수들이 선보이는 재빠른 비행 앞에서 서툴고 느릿느릿 움직이는 듯했다. 야수들이 함대를 덮쳤다. 두세 마리의 공격을 받은 것 중 그무엇도 1분 이상 버티지 못했다.

불붙은 조각이 해 질 녘 구름처럼 바람에 표류하며 하늘에서 떨어져 내렸다. 죽어 가는 선원들은 불붙은 선체에서 뛰어내렸고, 비명을 지르며 죽음을 맞았다. 다수의 많은 사람이 이 무서운 장면으로부터 눈을 돌렸다. 몇몇은 도망갈 생각에 수레에 짐을 싣기 시작했다.

곧 하늘에서 비행함들이 사라졌다. 무시무시한 야수들은 산개한채로 제국의 방진으로 향했다.

라 올루는 비로소 맨 처음 류쿠의 돌격이 단지 계략에 불과했다는 것을 이해했다. 제국군의 힘을 시험하고, 공격해서 전술을 보여주도록 꾀어내는 한편, 공중의 야수들을 불러낼 때까지 군대를 붙잡아 두려는 목적이었다.

라 올루는 결단을 내려야 한다는 것을 알고 있었다. 그에게는 단한 번의 기회밖에 없었다.

"돌격!"

그는 명령을 내렸다.

놀라긴 했지만, 제국군의 훈련 상태는 아직도 명령에 복종할 정도로 좋았다. 궁수들은 앞으로 나서서 다시 한번 화살을 발사한 다음, 활을 내리고 방어용 단검으로 바꿔 들었다. 창병들이 질서정연하게 창끝을 앞으로 내밀어 야만인 무리를 겨냥한 채로 돌진하자 궁수들은 물러났다.

야만인들은 가죽 장벽을 버리고 귀가 먹먹할 정도로 함성을 질렀다. 뒤이어 전투용 곤봉으로 제국군의 돌격을 되받아치기 위해 내달렸다.

밀려드는 조수가 바위투성이 해변에 부딪히듯 양측은 충돌했다. 뼈가 방패를 때렸고, 창과 칼은 살을 찔렀다. 남자와 여자가 울부짖었고, 고함쳤고, 피를 흘렸고, 죽었다.

공중에서는 야수들이 서로 격돌하는 병사들의 아수라장 바로 위를 지나 군대 뒤쪽에 있던 관중들을 향해 날아갔다.

이방인들과의 첫 접촉이라는 극적인 장면을 목격하러 온 다수의 백성들은 비명을 지르며 뿔뿔이 흩어졌다. 마차들이 서로 충돌했고, 말들이 사람들을 짓밟았으며, 부자들이 하인들에게 도움을 청하며 비명을 질렀다. 하지만 지금 상황에서 쓸모가 있을 만큼 지각 있는 하인들은 이미 달아나고 없었다. 모든 것이 혼란 그 자체였다.

야수들은 급강하했고, 땅에서 10여 미터 떨어진 지점에서 다시 상승했다. 땅 근처를 맴돌 때면 맹렬하게 날개를 퍼덕였다. 큰 날개로부터 세차게 밀려드는 공기에 그 아래 있는 사람들은 절로 몸을 웅크렸다.

몇몇 용감한 남자와 여자 들이 고개를 들어 위를 보았다. 그리고 눈 앞에 펼쳐진 광경에 간담이 서늘해졌다. 야수 각각의 몸통은 힘줄이 섞인 뭔가 단단한 섬유질로 만들어진 고운 거미집 같은 형태의 그물로 덮여 있었고, 10여 명의 야만인 전사들이 높은 배의 삭구에 매달린 선원들처럼 야수의 양쪽 측면에 있는 거미집 형태의 막에다 몸을 끈으로 묶어 두고 있었다. 그들은 뼈 창과 교차된 모양의 뼈로 만든 새총을 들고 있었다. 목 아랫부분에는 동물의 두개골로 만든 투구를 쓴 한 야만인 기수가 안장에 안전하게 묶인 채 앉아 있었다.

야수들에 올라탄 남자와 여자 들의 눈은 타고 있는 야수의 파충류 같은 눈처럼 어둡고 무자비했다.

야수들은 뒤로 몸을 쳐들고는 육중한 턱을 몇 번 빠르게 여닫아, 휘어진 검처럼 길고 날카로운 위쪽 송곳니를 드러냈다. 그러고는 목을 앞으로 치올려 입에서 불을 뿜었다.

키지산이 드디어 분화하는 것 같았다. 길이가 3미터쯤 되는 불꽃들이 이룬 수십 개의 혀가 군중을 후려치고 땅을 끓는 용암으로 만들었다. 몇몇 사람은 즉각 타 버렸고 살아남은 사람들은 불이 붙은 채 비명을 지르며 그곳을 벗어나기 위해 내달았다. 시커멓게 그을린 살냄새가 공기를 가득 채웠고, 매캐한 연기가 모든 것을 가렸다. 그야말로 지옥의 한 장면이었다.

방진을 만들고 있던 제국 병사들은 뒤를 힐끗 돌아보고는 아연실색했다. 야만족 전사들은 공중에서의 공격이 만들어 낸 파괴의 현장을 보고 좋아하며 한목소리로 외쳐 댔다.

"*가리나핀, 가리나핀! 페큐 텐료! 페큐 텐료.*"

다라군은 싸우겠다는 의지를 잃었다. 병사들이 휘청대고 달아나면서 전열이 무너졌다. 야만인들은 돌진하여 전투용 곤봉으로 병사들의 두개골을 부수었다. 공중에서는 야수들이 생존자들을 덮치거나 뒤쫓았고, 야수에 올라탄 야만인들은 새총을 정확하게 쏘아 살아남은 사람들을 없앴다……

라 올루는 먼 곳에서 말을 채찍질하여 더 빨리 달리고 있었다. 그는 돌격 명령을 내리자마자 달리기 시작했다.

사지로 내보낸 젊은이들 생각에 마음은 아팠지만 그것만이 탈출할 시간을 벌어 다예에 소식을 전할 유일한 방법이었다. 해적들이 들려준 이야기는 모두 사실이었다. 침략자들은 헤아릴 수 없을 정도로 강력했고, 다수는 끝장날 운명에 처했다.

제37장

황자의 저항

다수섬

사해평치 11년 10월

다예에서는 황제에게 침공 소식을 전하기 위해 빠른 속도로 날 수 있는 제국 전령선이 준비되었다.

가능한 한 빨리 날 수 있도록 비행함에는 노잡이들을 제외하고는 선원이 없었고, 그 노잡이들마저도 대부분 가벼운 무게와 힘, 지구력 사이의 균형을 기준 삼아 여자들로 선택했다. 노잡이들은 키잡이의 북소리 대신 강한 박자감이 있는 대중 민요를 부르면서 서로 호흡을 맞출 터였다. 꼭 필요치 않은 중량은 모두 제거되었다. 내부의 격벽은 없앴고, 무기와 갑옷을 버렸다. 화살, 창, 이착륙용 닻, 이런 것들이 야만인들의 비행 야수('*가리나핀*'이라고 불리는)들에 대항해서 큰 도움이 될 것 같지 않았기 때문이다. 그리고 식량이나 물도 싣지 않았다. 갈증이 날 때면 선원들은 배가 구름을 통과하면서 비단 선체에 응축되는 물을 모아서 마셔야 했다.

라 올루가 고집스레 재촉해도 티무는 비행함에 탑승해 탈출하기를 거부했다.

"나를 선원에 포함해도 쓸모없소. 나는 15분만 노를 저어도 숨이 찰 거요. 세라와 피로의 말을 듣고 운동에 좀 더 신경을 썼더라면 좋았겠다는 생각이 이제야 드는군."

라 올루는 답답해서 발을 동동 굴렀다.

"아무도 황자님께 비행함의 노를 저어 달라고 하지 않습니다! 지금은 황자님의 안전이 최우선입니다."

"말도 안 되는 소리. 루티 선생님은 믿음과 충성심이 없다면 인간은 짐승보다 나을 게 없다고 항상 가르쳤소. 황제께서는 다수섬 사람들의 삶이 나아지게 하려고 나를 이곳으로 보내셨소. 백성들이 위협을 받는 지금 그들을 버리는 것은 백성들의 신뢰와 황제의 신뢰에 대한 배신이오."

라 올루는 전장에서 도망친 일을 떠올리며 얼굴을 붉혔다.

티무는 올루의 침묵을 슬픔으로 착각하고 그를 위로하려 했다.

"루티 스승님을 잃었다고 너무 슬퍼하지 마시오. 스승님은 항상 도덕주의 현자들의 가르침에 따라 자신의 삶을 살길 원했소. 나는 사부님이 후회 없이 돌아가셨다고 확신하오."

티무는 한 시간 동안 그의 스승이자 그의 정신을 형성해 준 자토 루티의 죽음에 슬픔을 가누지 못하고 하염없이 흐느꼈다. 다라 제도 전역에서 그렇게나 온화하고 관대한 학자는 더는 없을 터였다.

그러고 나서 티무는 눈물을 훔쳤다. 그는 자신의 의무를 잊지 않았다.

라 올루가 묘사한 바를 보자면, 야만족의 보병들이 땅을 가로질러 행진하기 전 언제라도 가리나핀에 올라탄 자들이 하늘에 나타나리라는 예상이 있었다. 하지만 동쪽 하늘은 구름 한 점 없이 맑았다.

라 올루가 다수 외곽에서 도시로 흘러들어 오는 피난민들 가운데 몇몇을 신문한 결과, 가리나핀들이 땅에서 전진하는 야만인 군대에 앞서 정찰에 나선 게 아니라 2000여 명의 다수군을 학살한 해변에서 쉬고 있음을 알게 되었다.

"순교한 병사들의 시신을 훼손하려는 걸까요?"

티무 황자가 떨리는 목소리로 묻자 라 올루는 고개를 저었다.

"야만인들의 왕인 페큐 텐료라는 자는 교활합니다. 그는 공격하기 전에 루티 선생과 오랫동안 이야기를 나눴는데, 추측건대 유용한 정보를 캐내기 위함이었습니다. 공격은 신중하게 계획된 것으로, 가능한 한 큰 피해를 주려는 의도가 있었던 것으로 보였습니다. 그 가리나핀들이 벼락 같은 공격을 감행해서 다수 전역을 차지할 기회를 포기할 것 같지는 않습니다. 그럴 수만 있다면요."

"무슨 말입니까?"

라 올루는 참을성 있게 설명했다.

"동물들 대부분은 진력을 다한 다음 회복하기 위한 시간이 필요합니다. 땅에서 가장 빠른 동물로 알려진 에코섬의 긴다리표범을 생각해 보십시오. 그것들은 먹잇감을 쫓기 위해 번개처럼 빠르게 풀들 사이를 돌진하지만, 다시 일어나서 움직이려면 반나절의 휴식이 필요합니다. 가리나핀들이 과시한 불같은 힘을 생각할 때, 기력을 회복할 시간이 필요하다는 건 놀랄 일이 아닙니다."

"회복할 시간이라……." 티무가 중얼거렸다. "그렇다면…… 그들은 결국 무적이 아니군. 불을 내뿜고 강철 가죽을 가지고 있는 것처럼 보이긴 하지만."

"맞습니다. 저나 황자님과 마찬가지로 그들도 불멸이 아니라고 전 확신합니다. 쉼 없이 다라 전역을 가로질러 날아다니면서 모든 사람을 불에 타 죽게 만드는 일은 불가능한 것입니다."

티무 황자는 붓과 먹물통을 달라고 했고, 라긴 황제 앞으로 쓴 침략에 관한 보고문에다 서둘러 몇 줄을 덧붙였다.

전령선은 티무 황자를 태우지 않고 떠났다.

그날 늦게 마침내 다예에 도착한 야만족들은 도시의 성문이 활짝 열려 있는 것을 발견했다. 30여 마리의 가리나핀들은 땅에서 앞으로 나아가기 위해 기를 쓰며 야만족 전사들 사이에서 뒤뚱뒤뚱 걸었다. 몸놀림이 어설프고 몸집이 거대한, 닭의 다리를 가진 고래들 같았다. 그들의 날개는 가지런히 접힌 채 몸을 감싸고 있었다.

라 올루와 함께 성문 앞에 서 있던 티무 황자는 키타 수가 수년 전 황실 대시험에서 만든 환상적인 창작품들을 떠올렸다. 당시 그는 라긴 황제의 제국을 땅에서도 물속에서도 편치 않은 크루벤과 늑대의 합성체로 비유했다.

"다라의 사람들은 명예를 존중한다고 들었습니다." 다른 야수들보다 훨씬 몸집과 키가 커 보이는 순백의 가리나핀의 목덜미에 타고 있던 페큐 텐료가 선언하듯 말했다. "그런데 나와 싸워 보지도 않고 목숨을 구걸할 정도로 비겁합니까?" 말투와는 다르게, 그의 목소리에서는 거만함이 확연히 묻어났다

티무는 야만인 왕의 얼굴을 올려다보며 대답했다.

"페큐 텐료 왕이여, 당신은 오해하고 있습니다. 나는 목숨을 구걸하러 온 게 아닙니다. 원한다면 내 목숨을 가져가도 좋습니다."

페큐 텐료는 재미있어하며 어린 황자를 내려다보았다.

"내 이름은 텐료 로아탄입니다. '페큐'는 당신네의 '황제'와 마찬가지로 호칭입니다. 당신은 누굽니까?"

"나는 다라의 황자이자 다수섬의 영주인 티무입니다."

텐료는 더욱 흥미로워하며 티무를 쳐다보았다.

"당신은 싸우는 법을 모릅니다, 그렇지 않습니까? 피부는 매끄럽고, 팔은 가느다라며, 체격은 허약하군요. 황자라는 사람이 당신 같은 것을 보니 당신 아버지의 제국이 어린애들의 놀이용 천막에 지나지 않는다는 걸 알 수 있습니다."

티무는 미끼를 물지 않았다.

"당신들은 이미 수천 명을 죽였습니다. 하지만 그들은 군인이었고, 사람들을 보호하기 위해 죽는 것이 그들의 의무였습니다. 나 또한 그런 의무를 지는 사람입니다. 그 임무를 수행하기 위해, 나는 다예시의 사람들에게, 실은 다수섬 사람들 모두에게 모든 저항을 중지하라는 명령을 내렸습니다. 희망 없는 전쟁을 싸우는 것은 명예롭지 않습니다. 생명이 더 중요합니다."

텐료는 이제 뭔가 존경 비슷한 것을 갖고 티무를 바라보았다.

"자기 자신을 구할 생각이 없다면, 내가 도시로 들어가는 길을 막는 건 무엇 때문입니까?"

"여기 이렇게 온 것은 경고하기 위해서입니다. 감히 무장하지 않은 다수 사람들을 해친다면, 내가 귀신이 되는 한이 있더라도 당신들이 다시 바다로 쫓겨날 때까지 백성들을 이끌며 싸울 것입니다!"

검보다는 붓이 더 편안해 보이는 어린 10대 소년에 불과했지만, 티무는 또랑또랑한 목소리와 침착한 태도로 연설했다.

라 올루는 티무를 보며 짜릿한 기쁨을 느꼈다. *황자는 전사의 허우대나 골격을 갖추지는 못했는지 몰라. 하지만 피소웨오는 이길 수 없다는 걸 알면서도 자긍심만을 가지고 분투하고, 노력하고, 수고를 들이는 사람들의 신이기도 해.*

지주 왕이 탄노 나멘이 나 시온을 파괴하는 것을 막았을 때 바로 이런 모습이었을 거야.

잠시 후 텐료는 웃었다

"티무 황자, 내가 귀신을 무서워한다고 생각한다면 큰 착각입니다. 나는 당신네 철학자들의 사소한 생각 따위는 신경 쓰지 않습니다. 그리고 난 당신이 상상하는 것보다 훨씬 더 많은 사람을 죽였습니다.

나는 살아오면서 수없이 배신을 당했고, 나 역시 내가 약속을 지킬 거로 생각한 사람들을 배신했습니다. 난 부모와 자식 사이의 유대감조차도 믿음의 보증이 되지 않는다는 것을 경험했습니다. 복종은 신들이나 보이지 않는 영혼들의 이름을 불러내는 거창한 행위가 아니라 공포와 죽음을 통해서만 강요될 수 있는 것입니다. 대학살의 한 장면이 세상의 모든 아름다운 연설보다 제멋대로인 사람들을 진정시키는 데 효과가 있을 겁니다."

티무는 텐료를 물끄러미 바라보았다. 처음으로 그가 마주하고 있
는 현실을 체감할 수 있을 것만 같았다.

"그것은…… 악(惡)의 철학입니다."

"선과 악은 우리에게 이익을 주거나 해를 끼치는 행위에다 갖다
붙이는 단순한 꼬리표입니다. 나는 끝이 없는 바다에서 피난처를
구할 수 있다는 단순한 희망에 내 귀족들과 전사들의 목숨을 걸었
습니다. 나는 그들에게 모든 의무를 지지만, 당신과 당신 귀족들과
전사들에게는 아무런 의무를 지지 않습니다. 내 백성들을 위한 더
나은 삶이 내가 얻고자 하는 유일한 선(善)입니다.

나는 모든 나라를 정복할 생각이며, 이 섬의 모든 남자가 죽어서
든 살아서든 내 발아래에 납작 엎드리고 여자들의 한탄이 조수(潮
水)를 압도할 때까지 멈추지 않을 것입니다."

공포와 반발심이 뒤섞이며 티무의 얼굴이 뒤틀렸다. 텐료는 그를
가만히 내려다보았다. 다시 말을 할 때는 목소리에는 거의 동정까
지 느껴졌다.

"목숨 걱정은 하지 마십시오. 당신은 살아 있는 게 더 쓰임새가
있으니까. 하지만 당신은 우리가 다예를 본보기로 삼는 것을 보게
될 겁니다. 아마도 그 어떤 것보다도 가장 가치 있는 교훈이 될 겁
니다."

다예의 학살은 사흘간 지속됐다.

제38장
황후의 요청

판

사해평치 11년 10월

원형으로 된 건물 안으로 발소리가 울려 퍼졌다. 여전히 그 외로운 감옥의 유일한 죄수인 긴 마조티가 고개를 들었다.

그늘진 곳에서 두 개의 형상이 나타나더니 창살 반대편에 멈춰 섰다. 한 명은 열쇠들이 매달린 큰 고리를 든 간수였고, 그 뒤에는 나무 쟁반을 든 지아 황후가 있었다. 쟁반에는 도자기 병과 잔이 각각 하나씩 놓여 있었는데 둘 다 창백하고 희부연 빛을 내고 있었다. 간수가 감방 문을 열었다.

지아 황후는 간수에게 고개를 끄덕였다.

"그만 나가도 좋다."

간수는 자리에 앉아 있는 긴을 쳐다보았고, 그런 다음엔 황후를 돌아보았다.

"나가라."

황후는 이번에는 좀 더 재촉하듯 말했다.

간수는 절하고 나서 자리를 떴다. 그가 지닌 열쇠들이 짤랑거리는 소리는 점점 희미해지다 조용한 그늘 속으로 사라졌다.

지아는 안으로 들어와 쟁반을 긴 앞에 내려놓았고, 마치 그녀와 긴이 오후에 잡담을 나누며 앉아 있는 친구인 양 *게위파* 자세로 맞은편에 앉았다. 지아는 천천히 긴의 잔에다 술을 따랐는데, 그녀의 손놀림은 아주 안정적이고 체계가 있었다. 잔이 채워지자 지아는 잔을 긴 쪽으로 밀었다.

달콤하고 마음을 맑게 하는 계화꽃 향기가 공기를 가득 채우며 감방의 눅눅함을 어느 정도 덜어 주었다.

잔이 하나뿐이군. 긴은 생각했다. *더 시치미를 떼지도 않아.*

"이건 디무시에 있는 옛 아무국 귀족 가문의 지하실에서 나온 거라네. 그들은 반역을 획책하고 있다는 게 발각되어 재산이 몰수되었지. 내 전문가는 아니지만, 이 생산 연도가 계화꽃 술 가운데서 가장 좋다고 들었네. 그대는 디무시 출신이니 나보다 더 잘 알겠지."

"아마도 그 아무 귀족의 반역 행위는 내 반역 행위보다는 좀 더 내용이 충실했겠지요."

"자네는 패왕의 깃발 아래 모인 반란군의 지도자들을 데리고 있었던 걸 반역이라 생각하지 않는가?"

"전 황제가 잠들어 있을 때 그 곁에서 벌어지고 있던 음모를 목격한 사람들을 보호하는 것이 의무라고 생각합니다."

지아가 뻣뻣해지자 긴은 자신의 추측이 맞았음을 알아차렸다. 서늘하긴 해도 약간의 위안이 되었다.

"노다 미와 도루 솔로피는 바보였지요. 그들은 자신들이 다른 사람이 하는 *퀴파* 놀음의 돌에 불과하다는 것을 결코 알지 못했습니다. 그리고 린은…… 오, 린은…… 그는 언제나, 너무나도 자기에 대한 확신이 없었습니다."

"자네가 알아차릴 거라는 걸 줄곧 알고 있었소." 지아가 중얼거렸다. "자네는 언제나 최고의 전술가였으니까."

"전하만큼은 아니었죠."

"자네는 너무 오래 기다렸어." 지아가 동의한다는 듯 말했다. "난 자네가 그 두 사람을 데리고 있을 정도로 대담할 줄은 생각도 못 했네. 기껏해야 조미 키도수가 추종자 몇몇을 살려 두게끔 자네를 설득할 수 있을 거로 생각했지. 하지만 자네가 미와 솔로피를 살려 주었다는 얘기를 듣고, 당장 움직여야 한다는 걸 알았소."

"전 황제가 제 말을 들어줄 거로 생각했습니다."

"자네는 그의 신뢰에 의존했지. 그게 항상 자네의 맹점이었어."

긴은 잔을 집어 들어 아무 말도 하지 않고 단숨에 들이켰다. 술은 대단히 훌륭했다. 지극히 순수하면서도 씁쓸한 맛이 났는데, 아마도 긴이 먹어 본 술 중에서 가장 훌륭한 술이었을 것이다.

긴은 배 속에서 타는 듯한 무언가가 시작되기를 기다렸다. 독이 빨리 작용하기를 바랐다. 민들레 가문을 위해 그간 해 온 모든 일을 생각하면, 적어도 그런 은혜를 누릴 자격이 있었다.

그러나 배에서는 타는 듯한 느낌이나 통증이 없었다. 심지어 졸리지도 않았다.

긴은 깜짝 놀라 지아를 올려다보았다.

"독을 넣지 않았네. 난 자네에게 개인적인 원한을 품고 있지 않아, 긴. 자네가 그걸 믿지 않는다는 건 알지만, 사실이 그렇지."

"그럼 시험이라는 건데. 내가 통과했습니까?"

"한참 전에 통과했소. 자네는 내가 이곳에 내려오는 순간 나를 붙들 수도 있었어. 간수 한 명을 제외하면 무방비 상태였으니까. 원하는 건 뭐든지 요구할 수 있었어. 다라의 먼 모퉁이로 데려다줄 비행함이 됐건, 노키다로 다시 데려다줄 믿을 만한 병사들이 됐건, 아니면 쿠니와의 만남이 됐건 말이오. 하지만 자네는 그러지 않았지."

"그건 무의미한 일이었을 겁니다. 이렇게 저를 만나러 내려왔다는 것은 당신이 그런 만일의 사태에 대비하고 있었다는 걸 뜻하니까요. 제가 당신을 인질로 잡았다면, 그건 반역이라는 혐의를 확인시켜 주는 행동이 됐을 겁니다."

"끝까지 전술가답군." 지아의 목소리에 담긴 감탄은 진심이었다. "내가 자네의 상대가 될 수 있었을지 의심스러워. 자네가 그렇게나…… 자부심이 강하지 않았다면."

긴은 술병을 들어 잔을 다시 채웠고, 이번에도 단숨에 비웠다.

"정말이지 아주 좋은 술입니다. 제가 디무시에 살 때 마셨던 술은 아니지만요. 거리를 떠도는 부랑아 시절에는 너무 배가 고파서 부자들이 개와 돼지에게 먹이로 주고 버린 남은 음식을 먹었던 적도 있습니다. 지아, 우리가 친했던 적이 없다는 걸 압니다. 하지만 황제는 저에게 기회를 주고 제가 누린 삶을 준 유일한 사람이었습니다. 제가 그를 배신하는 일은 결단코 없습니다. 그러니 말해 주시지요…… 이렇게나 치밀한 계략을 짠 이유를요."

"우린 우리 생각과 달리 스스로의 마음을 알지 못하지. 긴, 자네는 전사야. 하지만 난 다라에 더 이상 전사가 필요하지 않다고 생각했어. 쿠니의 힘은 검에서 나왔지만, 통치는 붓을 사용하는 일에 의존해야 하네. 어린아이들이 있는 집 주변에 날카로운 검이 나뒹굴면 누군가는 상처를 입을 수밖에 없네."

"티무 황자가 최선의 계승자라는 생각은 하지 않지만, 황제의 결정이라면 그게 뭐가 됐든 따랐을 겁니다."

"나는 자네가 '말없이 따른다'고 말하기 때문에 이 일을 해야 했네. 평화로운 시기에는 군대를 이끄는 사람이 누가 황위에 올라야 하고 그러지 말아야 하는지를 말해서는 안 되네. 그 길에는 전쟁과 분열, 광기가 있지."

"저는 티무 황자를 위해 싸웠을 겁니다. 제 야망은 민들레 가문을 섬기는 것입니다."

"그랬겠지. 하지만 피로도 그럴까? 세카 키모나 푸마 예무가 그럴까? 피로가 반란의 깃발을 든다면, 얼마나 많은 귀족과 장군이 그의 편을 들어 줄까? 그리고 그런 날이 온다면, 긴 자네는 정신적으로 가장 쿠니와 닮은 아이의 대의를 받듦으로써 쿠니에게 충성하고 있다고 스스로 합리화하지 않겠나?"

긴이 웃음을 터트렸다.

"당신의 아들이 약하기 때문에, 민들레 가문을 위해 싸운, 그리고 재차 싸울 사람들로부터 무언가를 빼앗을 권리가 생겼다고 믿는 겁니까? 그건 당신이 밝혀냈다고 생각하는 그 어떤 음모보다 더 뿌리 깊은 배신입니다."

지아는 이 말에 움찔하지도 않았다.

"나는 '배신'과 같은 꼬리표는 신경 쓰지 않네. 왜냐하면 내 유일한 의무는 다라 사람들을 향해 있기 때문이지. 내가 이렇게 하는 것은 티무를 위한 게 아니야. 하지만 당신과 다른 사람들이 그렇게 생각하겠지. 피로가 후계자였다고 해도 나는 똑같이 행동했을 거야. 그런 경우라면 더더욱이나 그랬을 거고."

긴은 지아를 쳐다보았다.

"이해가 안 갑니다."

지아는 한숨을 내쉬었다.

"크루벤이 물 위로 뛰어오르면 그 뒤로는 물고기와 해초가 뒤엉키지. 배가 폭풍의 벽을 통과하면, 부서진 돛대와 너덜너덜해진 돛이 남고. 부상한 제국은 두개골과 뼈로 이루어진 언덕 위에 있지. 폭력에는 대가가 따르는 법이네, 긴. 그건 조만간 다시 갚아야 할 빚이지. 난 크루벤이 다시 바다로 떨어지고, 폭풍이 배를 따라잡고, 유령들과 복수심에 불타는 영혼들이 민들레 가문을 무너뜨릴 정도로까지 그 빚이 커지지 않게 하고 싶네."

긴은 이 말을 곰곰이 생각했다.

"전하는 무기를 휘두르는 사람이라면 모두 불신합니다. 민들레 가문만이 무력을 쓰게 되지 않는 한, 황제의 후계자들은 밤에 두 발을 뻗고 잠잘 수가 없다고 믿는 겁니다."

"쿠니의 후계자들뿐만이 아니라 다라의 모든 사람이 그래. 쿠니는 개인적인 충성심에 의지해서 모든 귀족과 장군을 견제해 왔고, 아마도 피로도 한 세대 정도는 그렇게 유지할 수 있겠지. 하지만 그의 후계자와 자네와 키모, 예무, 카루코노, 사크리 등이 가진 영토를 상속하는 후계자들은 어떨까? 때가 오면 부모와 조부모 사이의 우애에 관한 이야기는 희미해져 단순한 전설로만 남고, 야망의 불길이 타오르겠지. 군대를 지휘하는 남자들은 안절부절못하게 될 거고. 다라는 다시 한번 죽음과 피라는 예전의 길로 뛰어들 거야. 다라 사람들은 그보다 나은 대우를 받을 자격이 있어."

"전하는 마피데레처럼 생각하시는군요. 그는 백성들로부터 무기를 빼앗아 제국을 보존하려고 했지요. 그 계획은 그다지 성공적이지 않았습니다."

"그건 전쟁이라는 경쟁을 대체할 체제가 없었기 때문이라네. 옛시에서는 전장에서 만들어진, 개인적인 충성을 찬양하지만 난 그 연약한 유대를 신뢰하지 않네. 나는 그것을 규칙과 체제에 대한 복종으로 대체하고자 하네. 바다를 가로지르며 다라 제도를 연결하는 도로와 무역로처럼, 그것들이 눈에 보이지 않는 현실이 되기를 바라네. 역할과 의무를 촘촘히 얽어, 힘과 야망을 체제에 대한 복종으로 바꿀 것이네. 그때까지 모든 것을 책에 기록하고 반복을 통해 구체화하는 거지. 그렇게 되면 후계자가 약하거나 강하다는 것은 중요하지 않을 거야. 누가 황제가 되는지와 관계없이 다라 사람들에게 봉사할 체제가 필요해."

"그래서 전하는 도덕주의자들과 그들이 그리는 미래를 추어올리는 거군요. 과거의 의식을 반복하고, 오래된 모형에 의해 지배되는 사회에 대한 미래 말입니다. 독자적인 군사 지휘권을 모두 없애고 학자들을 책임자로 앉힌다면, 최악의 경우에라도 그들이 격언을 고수하리라 생각하는군요. 열 명의 학자가 반란을 일으킨다면, 파벌의 이름을 합의하는 데만도 3년이 필요할 거라는 그 말을요."

"벌어진 일들로 내가 옳다는 것이 증명되었지. 노다 미와 도루 솔로피, 세카 키모가 반란을 일으켰어."

"전하가 황제께 그들의 권력을 축소하고, 안정감을 조금씩 깎아내리고, 때론 그들에게 노골적으로 반란을 선동하라고 계속 충고하지 않았다면, 그 누구도 황좌에 도전하려 들지 않았을 겁니다. 전하는 그들에게 전하가 보고 싶었던 일을 벌이도록 강요했습니다."

"나는 자연스러운 성향을 부추기는 일 외에는 아무것도 하지 않았네. 그런 성향은 시간이 주어졌다면 만개했을 게야. 내가 길의 많은 부분을 닦았다고 해도, 반란을 일으키고자 한 선택은 결국 그들 몫이었어. 늑대는 순종적인 개가 될 수 없고, 상어는 길든 돌고래가 될 수 없는 법이지."

긴은 웃었다.

"함정을 정당화하는 멋진 연설입니다."

"자네는 내가 땅에다 독을 퍼트렸다고 생각하겠지. 난 내가 단지 땅에서 독을 제거했을 뿐이라고 생각해. 자네는 내가 양동이를 기울였다고 생각하겠지. 난 내가 단지 양동이를 더 빨리 채웠을 뿐이라고 생각해. 난 우리 각자가 서로 기대하는 것만 보지. 의견이 같아지리라고 생각하지 않아. 난 내가 한 일을 후회하지 않네. 왜냐하면 자네와 쿠니 모두 내심 내가 옳았음을 알고 있다는 걸 알기 때문이야. 쿠니는 마음이 너무 여려서 내가 한 것만큼은 못 하지만, 상처가 곪아 아이들이 고칠 수 없는 병에 걸리도록 내버려 두는 것보다 지금 상처를 불로 지지는 게 낫다는 건 알아. 자네는 전에 유혹을 받아 본 적이 있지. 그리고 그러한 유혹에 저항했다고 해서 미래를 보장하는 셈이 아니라는 것도 알고 있어."

"아주 오래전 제게 운명을 스스로 개척할 기회가 아직 있었을 때, 한 하얀 망토를 쓴 거지가 제게 조언했습니다. 황제와 패왕 둘 다 도와주지 말라고 했지요. 그의 말을 듣지 않은 걸 후회하게 되는군요."

지아는 이 말에 고개를 불쑥 들어 올렸다.

긴은 한숨을 쉬며 시선을 돌렸다.

"그리고 지금 전 그날을 후회로 돌이키는 스스로에게 화가 납니다. 그리고 이건 전하가 세상을 보는 방식을 확인시켜 줄 따름인 것 같습니다. 그건 살고 싶지 않은, 추악하고 잔인한 세상입니다."

"그게 우리가 가진 유일한 세상이라네. 제국의 안정과 백성의 안전을 위해, 나는 기꺼이 무엇이든 할 것이야. 역사가 내 궁극적인 심판관이 되겠지."

"전하가 이겼습니다. 저는 훌륭한 전술가이고 죽음을 두려워하지 않지만, 루안이 옳았습니다. 전 이런 정치엔 관심이 없습니다."

긴은 다시 병에서 술을 따랐고, 그런 다음 단숨에 마셨다.

"내가 정말 이겼나?"

지아가 물었다. 긴은 지아가 말을 계속하기를 기다렸지만, 그녀는 생각에 잠긴 눈치였다.

한참이 지나서야 황후가 다시 말을 이었다.

"만약 내 남편이 친정한다면, 얼마나 많은 병사를 효과적으로 지휘할 수 있을 것 같소?"

긴은 그 질문에 놀랐지만 잠시 생각을 한 후 대답했다.

"가루 공은 좋은 백부장이 될 겁니다." 그녀는 오래전 쿠니, 코고, 루안, 리사나가 다수 해변에서 모닥불을 피워 놓고 전략을 논의했던 때처럼 무의식적으로 친숙한 어투와 화법을 썼다. "상황에 따라서는, 명확한 계획과 목표가 있다면 1000명의 분견대를 잘 통솔할 수 있을 겁니다. 하지만 그 이상이라면 가루 공은 도움이 되기보다는 부담이 될 것입니다. 그는 천성적으로 전술가가 아닙니다. 좋은 장군이 되기엔 너무 충동적이고 적절한 희생을 감수하려고 하지 않습니다."

"자네은? 자네는 얼마나 많은 병사를 통솔할 수 있나?"

긴은 황후를 경멸하듯 쳐다보았다.

"저는 다수의 원수였고, 그다음엔 다라의 원수였습니다. 저는 수만 명을 죽음으로 내몰았고, 수십만 명을 죽였습니다. 아무리 큰 군대라도 전 검처럼 휘두를 수 있습니다. 심지어 그 검으로 춤을 출수도 있고."

"그럼 왜 쿠니를 섬기는 건가? 스스로가 기술적으로 주군을 능가한다고 생각한다는 것을 인정하면서 어떻게 민들레 가문에 결코 반역하거나 해를 끼치지 않을 거라고 주장할 수가 있는 건가?"

긴은 침착하게 지아를 바라보았다.

"전 그런 말을 한 적이 없습니다. 병사들을 이끄는 기술은 관리와 통치의 기술과는 다릅니다. 전 가루 공이 제가 할 수 없는 일을 할 수 있었기에 섬겼습니다. 그는 제가 구할 수 없었던 디무시 거리의 모든 아이에게 더 나은 다라를 만들어 주었습니다. 제 믿음은 결코 흔들린 적이 없습니다."

지아는 한숨을 쉬었다.

"난 진심으로 우리가 친구가 될 수 있기를 바랐소. 내 소망은 당신의 소망과 같지만, 난 다라가 영원한 평화를 누리기 위해서는 당신과 같은 사람이 새벽녘의 밤안개처럼 사라져야 한다는 걸 알고 있소."

두 사람은 잠깐 생각에 침잠하듯 침묵 속에 앉아 있었다. 이윽고 긴이 말했다.

"전 기다림에 지쳤습니다. 밧줄이나 독이 든 술을 주십시오. 유일한 간청은 제발 제 딸만은……."

"그 애가 다치는 일은 없을 것이오."

"그 애에게도 재능이 있을지 모릅니다……." 잠시 연약해 보이던 긴의 얼굴이 다시 굳어졌다. "그 애 역시 저와 마찬가지로 살아가면서 자신만의 길을 찾게 될 것입니다. 전 당신이 원하는 대로 사라질 준비가 됐습니다."

그러나 지아는 고개를 저었다.

"당신이 사라지는 것이 바람직할 때는 다라가 평화로울 때요. 신들은 종종 우리가 신중하게 마련한 계획을 즐겁게 좌절시키시지."

"반란이 통제 불가능한 수준까지 커진 건 아닙니다. 시간이 주어지면 황제의 자녀들도 반란을 처리할 수 있을 겁니다."

"그게 아니라, 다른 게 있소."

지아는 주름진 소매에서 티무 황자가 보낸 보고서를 꺼내 건넸다.

긴은 보고서를 펼쳐 천천히 읽었다. 고개를 들었을 때 그녀는 읽어 내기 어려운 표정을 짓고 있었다.

"부탁이오, 내 아들을 구해 주시오, 긴 마조티. 다라를 구해 주시오."

"그럼 제 무죄를 선언하고, 당신의 계략을 다라 사람들에게 고백하십시오. 오명이 지워지지 않는 한 전 싸우지 않을 겁니다."

지아는 한참 동안 아무 말도 하지 않았다. 긴은 기다렸다.

"그럴 순 없소."

"아, 허영심이란."

"그게 아니오. 자네의 요구대로 한다면, 그동안 내가 애쓴 모든 일이 허사가 되겠지. 여러 대 뒤에도 아무도 감히 영지를 하사받은 귀족들과 그들이 개인적으로 거느리는 군대에 반대하는 말을 하지 못할 것이고, 다라의 모든 사람은 오랫동안 전쟁으로 고통받을 것이오."

"전 이미 가격을 불렀습니다. 선택은 전하 몫입니다."

다수섬과 루이섬을 탈출한 난민들이 고군분투 끝에 본섬 해안에 도달하면서 류쿠족의 침공에 관한 소식과 소문이 다라 전역으로 빠르게 퍼졌다.

"야만인들은 날아다니는 코끼리들에 올라타 있는데, 그 코끼리들은 불을 내뿜는대요!"

"그것들의 이름은 가리나핀이고, 불을 내뿜는 게 전부가 아니래요. 눈을 쳐다보는 사람은 돌로 변한대요. 그런 다음 그것들은 독수리의 발톱과 늑대의 이빨로 그 돌을 산산조각 낸다고 해요."

"루이섬은 닷새도 못 버티고 함락됐어요! 페큐 텐료는 가리나핀을 부리는 사람들을 도시선에 태워서 가잉만으로 보냈는데, 그렇게 해서 50대도 넘는 비행함이 눈 깜짝할 사이에 사라졌대요! 그게 믿기세요? 총독과 그의 가족까지 5000명이 죽었는데, 야만인은 단 한 명도 다치지 않았대요."

"불꽃 단 한 번에 아이들을 모두 잃은 여자를 봤어요. 세상에! 간신히 불을 피했대나 봐요. 어린 딸의 손을 잡고 있었는데, 그 손이 유일하게 남은 거래요. 새까맣게 탄 그 잘린 손을 놓지 않으려고 했어요. 그 여자를 간신히 배에 태우긴 했는데, 이제는 스스로 목을 매지 않게 계속 지켜봐야 해요……."

"류쿠인들이 한 남자의 부모와 아내, 그리고 세 아이를 남자가 보는 앞에서 죽인 걸 봤어요. 그 남자 눈이 불처럼 시뻘게지더라고요. 남자는 자기가 가진 유일한 무기인 삽을 들고 류쿠인들을 뒤쫓았어요. 류쿠인들은 곤봉으로 남자를 심하게 때렸죠. 일이 끝난 후 땅에는 고기 반죽과 부러진 뼈만 남아 있었어요……."

"류쿠인들이 우리 마을에 들어와서 벌인 짓을 봤어요. 난 뒤집힌 어선에 숨어 있었어요. 일꾼으로 쓰기엔 너무 늙었거나 병들었거나 장애가 있다고 생각하는 사람은 죄다 죽였고, 모든 어머니에게 아기들의 목을 조르게 시켰어요. 그들을 류쿠 전사들의 첩으로 삼으려는 거였죠……."

"류쿠인들은 내 고향을 본보기로 삼으려고 했어요. 고향에서 탈출한 사람은 나 혼자뿐이었어요. 그들은 누가 아기를 가장 높이 던진 다음 땅에 처박히게 하는지 경쟁했어요. 부모를 둘 다 죽이기 전에 아이들에게 어느 쪽을 살리고 싶은지 고르게 했고, 우리 모두를 심심풀이로 사냥할 수 있도록 숲으로 달아나게 했어요…….”

“날아다니는 코끼리들이 바다 건너 다른 섬으로 야만인들을 실어 나를 수 있지 않을까요?”

“당연히 그럴 수 있죠! 황제는 키지산에 있는 공군 기지를 잃었잖아요. 비행함에 필요한 기체를 보충할 수도 없을 거예요. 뭐 그렇다고 비행함들이 지금까지 좋은 모습을 보였다는 건 아니지만요.”

“긴 마조티 원수가 뭘 할 수 없을까요? 황후께서 원수에게 반역죄를 만회하고 예전의 직책으로 돌아가 다라를 지켜 달라고 요청했다고 하던데요.”

“하지만 원수가 뭘 할 수 있겠어요? 그녀는 우리와 마찬가지로 한낱 인간일 뿐인데. 야만인들은 사악한 불멸자들처럼 싸우는데요.”

“신들이시여, 저희를 구하소서.”

“여태껏 야만인들은 어디에 있었던 걸까요.”

제39장

망원자의 죽음

판

사해평치 11년 11월

투노아에서 미와 솔로피가 일으킨 반란의 잔당들을 소탕한 후, 피로와 세라, 린 코다 공은 혼란에 빠진 수도로 돌아왔다.

잠시 가족을 상봉하는 시간이 있었지만, 티무가 없어 분위기는 침울했다. 쿠니는 다라의 상황을 논의하기 위해 린과 자리를 떴다. 지아는 티무를 위해 기도를 드리러 투투티카 사원을 찾았다. 그리고 피로와 세라는 각자 보고 싶어 하는 사람이 있었다.

리사나는 아들이 무슨 일을 하고 싶은지 듣자마자 반대했다.

"왜 긴 이모를 보러 가면 안 돼요? 티무를 구할 수 있는 사람은 긴 이모뿐이에요!"

"넌 감정을 통제하는 법을 배워야 해. 생각해 봐! 긴은 이제 황제를 위해 싸우기를 거부한 반역자야. 네가 그녀를 보러 간다면, 그건 누가 보더라도 의심적은 행동으로 여겨질 거고 제국이 지닌 권위의 근간을 뒤흔드는 일일 거야. 그건 지금 가장 불필요한 일이야."

"이런 거 정말 싫어요."

"어떤 인상을 남기는지가 전쟁과 정치의 기술에 있어서 전부야. 너도 이 정도는 이제 알아야지."

한편 세라는 황녀 아야와 함께 궁 밖 객사 단지에 머물고 있던 조미 키도수를 찾아갔다. 황후는 긴에 대한 절차가 진행되는 동안 세라가 판을 벗어나는 것을 원하지 않았다.

황녀는 그렇게나 얼빠진 모습의 조미를 처음 보았다. 조미는 책상에 놓인 서류들을 연거푸 정리하며 바쁘게 보이려 애썼지만, 그런 시도는 전혀 성공적이지 못했다.

"뭐 하는 거야?"

조미는 황녀가 여전히 자리를 뜨지 않고 있다는 것에 놀랐다는 듯 고개를 들었다.

"전 게지라가…… 제국군의 점령하에 있는 동안 게지라의 민정을 원격으로 처리하고 있습니다. 여왕을 위해 전 몇 가지 계획들을 수립했습니다만, 황제의 장군들은 이해하지 못할……."

"내 말은 그런 뜻이 아니야. 여왕에 대해 쓴 내용, 사실이야?"

조미는 시선을 돌렸다.

"황녀님, 전…… 전 정말 말을…… 제발요."

세라는 한숨을 쉬었다. 발가벗고 있는 모습을 보기라도 한 것처럼 뭔가 잘못된 기분이 들었다. 이것이 콘 피지가 그의 제자들에게

66

영웅 숭배에 대해서 경고한 이유일까? '누군가를 지나치게 존경하
는 것은 실망을 자초하는 일이다.'

세라는 조미가 마법의 거울에 관심을 가질 것이라 생각하며, 투
노아에서 자신이 이룬 업적을 말해 주고 싶었다. 조미에게 자신이
변했고 성장했다는 것을 보여 주고 싶었다. 세라는 지금 같은 상황
에서 두 사람이 만나길 바라지 않았다. 의심과 배신이라는 구름 속
에서 만나는 것이 결코 달갑지 않았다.

"넌 원하는 삶이 있어?"

세라가 물었다. 그리고 조미가 대답도 하기 전에 자리를 떴다.

친애하는 친구에게

소년 시절, 우리 둘 다 학당을 빠져 마피데레 황제의 행렬을 지켜보
았지. 그때 네가 하늘에서 떨어지던 화살로부터 날 구해 준 일을 자주
생각했어⋯⋯.

린 코다는 다음에 어떤 표의 문자를 새겨야 할지 몰라 망설였다.
그는 언제나 말솜씨가 좋았지만, 지금 느끼는 슬픔을 표현할 방법
은 없는 것처럼 보였다.

가장 친한 친구의 아이가 바다 건너에서 온 잔인한 침략자들에게 붙
잡혔고, 그를 구할 수 있는 여자는 반역죄로 기소되어 감옥에 갇혔어.

어떻게 모든 일이 이렇게나 잘못될 수 있었던 걸까?

그의 손에 들린 부드러운 밀랍 덩어리는 계속해서 방울방울 떨어졌고, 결국 조심스럽게 조각된 표의 문자들이 이루고 있는 선 뒤쪽으로 보기 흉하고 형태가 들쑥날쑥한 방울이 비단 천에 굳어 버렸다. 코다의 마음속에 이는 소용돌이만큼이나 혼란스럽고 갈등하는 모양으로 보였다.

그는 한숨을 쉬었고, 불을 끈 다음 밀랍을 한쪽으로 치웠다.

세카 키모는 처형되었고, 긴 마조티의 명성은 망가졌어. 많은 사람이 무의미한 전쟁으로 목숨을 잃었어. 이 모든 일은 내가 불안해했고, 그래서 내 영향력을 확대하고 싶었고, 내가 드러내고 제압할 수 있도록 반란을 부채질하고 만들어 내고 싶어 했기 때문에 일어난 거야.

그는 방 안의 중심 대들보 아래로 작은 탁자를 가지고 와 그 위에 올라섰고, 비단 목도리를 대들보에다 고리 모양으로 둘러서 양 끝을 한데로 묶었다.

지아를 탓할 수는 없어. 그녀가 그런 생각을 내게 심어 줬을 순 있지만, 행동을 한 것은 나였어. 난 노다 미와 도루 솔로피에게 반란 자금을 제공했어. 세카 키모의 무기가 투노아로 들어가도록 두었고, 빠져나올 수 없는 계략을 꾸미며 그를 궁지로 내몰았어. 난 노다 미와 도루 솔로피가 장차 쓸모가 있을 거로 생각해서 게지라로 도망치게 내버려 뒀어. 내가 가짜 위협들을 만들어 내고 그것들을 극복한 것에 대해 스스로 축하하는 동안, 난 내 의무를 게을리하며 제국에 진정한 위협을 가했어.

그는 비단 고리 사이로 턱을 집어넣었고, 머리가 빠져나오지 못하게 비단을 목에다 한 번 더 감았다. 그러고는 고리의 힘을 시험해 보았다. 무게를 버틸 만했다.

내가 가진 모든 것은 쿠니에게 빚진 것이지만, 난 그 누구보다도 훨씬 나쁘게 그를 배신했어. 난 세카 키모를 볼 면목이 없어. 긴 마조티를 볼 면목이 없어. 난 분명 내 친구를 볼 면목이 없어.

린 코다는 탁자를 걷어찼다. 몸이 10여 센티미터 정도 아래로 내려갔지만, 비단 고리가 몸무게를 받아 주자 추락을 멈췄다. 그는 발길질했고, 다리를 홱 움직였고, 그러다 느릿해졌다. 소변과 대변 냄새가 방을 가득 채웠다. 낮고 둔한 몸부림이 내던 소리가 멈췄다.

지아와 쿠니는 작은 탁자를 사이에 두고 마주 보며 *미파 라리* 자세로 앉아 있었다. 린 코다가 끝을 맺지 못한 편지가 그들 사이에 놓여 있었다.

"이건 당신 탓이야."

쿠니의 말에 지아는 아무 말도 하지 않았다. 그녀는 오소 크린에 대해 생각하고 있었다.

열흘 전 린이 자살하자 코고 옐루가 주도한 대대적인 조사가 벌어졌다. 그는 조사에 매우 열정적으로 임했고(분명 긴 마조티의 몰락에서 자신이 한 역할을 지우려는 시도였다) 망원자들이 저지른 수많은 부패와 공모, 노골적인 반란 선동 등을 찾아냈다. 수많은 희생양이 발각되어 처형되었다.

"어떡하다 우리가 이렇게나 서로에게서 멀어지게 됐지?" 쿠니가 중얼거렸다. "그런데도 나는 당신의 비밀을 억지로 지킬 수밖에 없게 됐지. 당신이 그렇게 만들었어. 내가 린의 자살에 대한 진실과 그간에 일어난 모든 일에서 당신이 어떤 역할을 했는지 폭로한다면, 제국은 우리가 가장 감당할 수 없는 순간에 무너지게 될 거야. 통치자들은 신들과 마찬가지로 실수하는 모습을 내비칠 수 없어. 당신은 거부할 수 없는 거짓말에 나를 묶어 놨어."

지아는 고개를 숙였다.

결국 코고는 집사인 오소 크린이 연루되었음을 의심하게 되었다. 그러나 온갖 협박과 고문에도 오소는 황후의 역할을 누설하기를 거부했다.

오소는 감옥에서 죽었다. 사람들은 그가 자살했다고 했다. 사실일 수도 있고, 아닐 수도 있었다.

사랑은 사람에게 이상한 일을 하게 만들었다.

그의 침묵은 귀중한 것이었다. 쿠니는 지아가 한 짓을 의심했지만 코고는 아무런 증거도 모을 수 없었다. 쿠니가 진실을 알았다 하더라도, 그것을 증명할 수 없는 한 황후의 위치는 확고했다.

그리고 지아는 결국 쿠니가 이해해 주길, 그런 일을 벌인 이유를 알아주기를 바랐다.

사랑은 사람에게 이상한 일을 하게 만들었다.

둘은 오랫동안 말없이 앉아 있었다. 지아의 어깨가 들썩였고, 눈물이 탁자에 떨어졌다.

"그에게 호화로운 장례식을 열어 줄 거야. 이런, 린, 바보 같은 린." 중얼거린 쿠니는 아내를 바라보았다. 그의 얼굴 주름 사이로 슬픔이 스며들었다. "당신은 사과조차도 제대로 못 하는군."

쿠니는 일어나서 자리를 떴다.

지아는 얼굴을 조금도 들지 않았다.

소토가 방으로 들어와 오도카니 앉아 있는 지아에게 담요를 둘러 주었다. 그녀는 황제가 떠난 후에도 몇 시간 동안 같은 자세로 움직이지 않았다.

"자네가 날 괴물로 생각하는 거 알아."

"어떻게 생각해야 할지 모르겠어요. 하지만 전 아직 친구입니다."

"고마워."

지아가 속삭이듯 말했다. 두 여자는 깜박이는 촛불 불빛 속에서 잠시 서로의 손을 잡고 있었다.

"한번은 꿈을 꿨었어. 그 꿈에서 라파 여신은 내게 얼음의 강처럼 천천히 변화하는, 지속적인 구조와 체계의 중요성에 대해 말해 줬어. 또한 깜박거리는 불꽃의 혀처럼 불안정한, 충성심과 믿음이라는 유대의 덧없음에 대해서도 말해 줬지."

"우리의 잘못을 신들 탓으로 돌리는 건 게으른 생각입니다."

"맙소사, 난 누굴 탓하려는 게 아니야. 꿈은 종종 우리의 생각을 은유적으로 반영한다고."

"마님이 꿈에서 본 것은 단순하다는 점에서 매력적입니다. 하지만 철학자들의 모형들처럼, 현실 세계는 훨씬 더 복잡한 법입니다."

지아는 시선을 돌렸다.

"꿈도 없고 그것을 이루기 위한 노력도 없다면, 우리가 어떻게 물살을 따라 떠다니는 다시마나 해초보다 나을 수 있겠어?"

"마님이 한 일을 후회하세요?"

지아는 고개를 저었다.

"내가 한 모든 일은 다라 사람들을 위한 것이었어. 그저 일이 뜻대로 안 됐을 뿐이야. 류쿠 사람들이 이 땅에 오지 않았다면, 난 이곳에 대대로 평화를 가져왔을 거야. 잘못한 게 없다고 생각하는데 사과를 할 순 없어."

"하지만 마님의 방법은…… 지아 마님, 전 마님께서 다른 방법을 선택했더라면 좋았겠다 싶습니다. 피를 보는 건 첫 번째가 아니라 최후의 수단이 되어야 합니다."

"나는 쿠니처럼 술 마시기 놀이에서 영지를 하사받을 귀족들을 무장 해제시킬 만한 매력이 없어. 마타처럼 검과 곤봉으로 평화를 강요할 힘도 없지. 루안 지아처럼 야심 찬 사람들을 더 교활한 간계의 함정으로 유인할 수완도 없어. 하지만 그 사람들에게는 내가 가진 것과 같은 미래상이 없어. 나는 궁궐 안의 여자로서 이용할 수 있는 것들을 모두 이용해야 했어. 음모, 계략, 반란 선동 같은 것들을."

소토는 한숨을 쉬었다.

"저는 마님 생각에 동의하면서도 또 한편으론 동의가 안 돼요. 죽은 사람들은…… 전 마님이 그 빚에서 벗어날 수 있다고 생각하지 않습니다."

"난 내가 내린 선택에 대해 기꺼이 평가를 받을 거야. 그건 쿠니도 그렇고, 앞으로 권력을 잡고 휘두를 사람들도 마찬가지야."

소토는 고개를 끄덕였다.

"그런데 왜 마님께서는 여기 이렇게 앉아 있는 겁니까?"

지아는 그녀를 쳐다보았다.

"난 불명예를 입었어. 할 일이 없어."

"하지만 마님은 여전히 다라의 황후이십니다. 마님이 아끼는 사람들의 목숨이 북쪽에서 온 침략자들에게 위협받고 있습니다."

"내가 정치에 간여하던 날들은 끝났다고 생각해."

잠시 침묵이 흐른 뒤 소토가 말했다.

"어린 여자애였을 때 그림자 인형극에 갔던 것을 기억하세요?"

지아는 놀라서 고개를 끄덕였다.

"공연은 해가 지기 전인 저녁에 시작하곤 했죠. 그리고 보통 1막은 어떤 비극으로 끝이 나요. 연인들은 질투와 의심으로 사이가 갈라지고, 악랄한 장관은 충성스러운 장군을 내쫓고, 충실한 하녀는 오해로 인해 주인마님에게 쫓겨나는 거죠."

지아는 나직이 웃었다.

"그리고 중간 휴식 시간 무렵이면 밤이 찾아왔어. 별들이 하늘에서 반짝였고, 난 별들이 공연을 보기엔 최악인 순간에 공연장을 찾았다고 생각했지."

"하지만 언제나 2막이 있습니다. 언제나."

두 여자는 서로를 쳐다보았다. 마침내 지아는 고개를 끄덕였고 소토의 손을 꼭 잡았다.

제40장

라 올루의 타락

루이섬

사해평치 11년 11월

차가운 바람이 가잉만의 요동치는 파도를 가로질러 불었다. 거대한 밍겐 수리 한 마리가 까마귀 두 마리(검은 까마귀 한 마리, 흰 까마귀 한 마리)와 비둘기 한 마리와 함께 하늘 높은 곳에서 맴돌았다. 한편, 괴물 같은 상어 한 마리가 파도 아래로 깜박이는 그림자들을 헤집으며 돌아다녔다. 구름은 잉어의 비늘처럼 테두리가 황금빛에 에워싸여 있었다. 철썩 부딪는 물보라 소리를 자세히 들어 보면 합쳐지며 늑대들의 울부짖음으로 바뀌는 것 같았다.

예측할 수 없는 바다의 지배자인 타주 신의 *파위*인 상어는 바다 위로 튀어 올랐다. 그것이 히죽 웃자 햇살을 받고 치아가 반짝거렸다.

바람의 신 키지의 *파위*인 밍겐 수리가 단검 같은 엄니를 가진 물고기를 향해 달려들듯 급강하하며 도발적인 울음소리를 냈다.

왜 웃는 거야, 타주?

새들의 신이 날개 달린 야만인들에 의해 집에서 쫓겨났잖아. 다들 재미있는 상황이라고 여길 거 같은데.

넌 연민이란 걸 깡그리 잃어버린 거야? 지금 넌 웃고 있지만, 그들은 늑대발섬에 있는 네 고향을 덮칠 거야.

형제여, 난 모든 걸 보고 웃어. 넌 아무것에도 웃지 않지. 그게 네 문제의 근원이야.

마지막으로 태어난 신 투투티카가 맑고 음악적인 목소리로 끼어들자 비늘 같은 구름이 휘몰아쳤다.

말싸움은 그만해. 다라 전역이 위협에 처했어. 모든 섬, 모든 사람, 모든 신이. 뭔가를 해야 해.

전쟁광 피소웨오가 토론에 참여하자 파도로 된 늑대들이 울부짖었다.

우리가 류쿠족과 전쟁을 해야 한다는 거야? 인간들 일에 직접적으로 간여하지 않기로 한 협정은 어떡하고?

류쿠족은 다라 사람들이 아니야. 그 협정은 적용되지 않아.

거대한 상어는 다시 한번 치명적인 미소를 지었다.

대단한 궤변이군! 근데 '다라 사람들'이라는 말이 뜻하는 바가 뭐겠어? 침략자들이 이 해안을 찾은 게 이번이 처음은 아니야. 이곳 섬들에는 아노족이 오기 전부터 사람이 살고 있었어. 그리고 그건 영원한 별들의 눈으로 보면 그리 오래되지도 않은 옛날이야. 우리는 그 '다라 사람들'을 학살로부터 보호하기 위해 특별히 무슨 일을

하지 않았지. 안 그래?

다른 *파위*들이 민망해하며 시선을 돌렸으므로, 타주는 말을 계속했다.

대이산 전쟁 동안, 우리 중 몇몇은 그들에 대항해서 싸웠고, 몇몇은 그들과 함께 싸웠고, 몇몇은 두 가지 일을 모두 했어. 그리고 결국 우리는 모두 아노족 후손들이 바치는 향과 음악, 제사 음식, 훌륭한 사원을 지금 탄 아뒤섬에 사는 사람들의 조상들이 만든 조악한 숲속 사원들보다 더 선호하게 된 것 같군. 이건 영원한 변화의 수레바퀴가 또 한 번 회전하는 것에 불과한 거잖아? 기억해, 우리는 인간이 아니야. 그들의 관심사는 우리의 관심사와 같지 않아.

다른 신들은 잠시 침묵을 지켰고, 결국 온화한 비둘기 루피조가 음울한 바다 위로 날개를 펼쳤다.

아노족의 도래는 유혈과 죽음이 널리 퍼진 시대였어. 우리가 모두 대이산 전쟁 동안 자랑스럽지 않은 일을 했다는 너의 말은 맞아. 하지만 그 당시 우린 달랐어. 어렸고, 선과 악의 차이를 모르는 아이들이나 다름없었지. 이곳 섬들의 원주민 후손들이 아노인들과 합쳐져 다라 사람이 된 것처럼 우리도 변했어. 우리는 아노 사람들 때문에 옷을 입는 방식, 말하는 방식, 싸우고 논쟁하고 사랑하는 방식을 바꿨어. 우리는 모두 인간의 모습을 한 채 그들과 함께 걸었고, 그들을 연인으로 삼았어…….

몇몇 신들이 옛 애인들을 추억하면서 구름은 진홍색으로 변했고, 상어 타주는 아주 불쾌한 소리를 내며 깔깔 웃어 댔다.

우리는 지도와 설득으로 아노인들을 변화시켰지만 그만큼 아노

인들은 숭배를 바치고 철학과 문화로 우리를 변화시키기도 했어. 난 우리의 책임감이 성장했기를 바라.

대답하면서 상어가 활짝 웃는 웃음은 이제 비웃음에 가까웠다.

인간 도덕주의자가 하는 말처럼 들리네. 하지만 스스로를 류쿠인이라고 칭하는 이 이방인들 역시 1000년 안에 우리에게 위대한 신전을 지어 주고, 우리의 이름을 찬양하고, 자신들을 다라 사람들이라고 생각하지 않을 거라는 걸 어떻게 알아? 이곳 섬 원주민들의 창은 썩었고 그들의 뼈는 흙속 깊은 곳에 묻혀 있지만, 섬들은 여전히 이곳에 있고 우리도 마찬가지야. 그냥 그들이 원하는 대로 싸우게 내버려 두자고. 우리는 예전처럼 계속 그들과 놀 수 있어. 쿠니가루는 항상 흥미로운 일을 하자고 말하지 않았나? 난 사람들이 서로 죽이는 것을 보는 게 가장 흥미롭다고 생각해. 특히 류쿠인들이 멋진 야수들을 데리고 있으니 더더욱.

코크루의 쌍둥이, 완고하고 인내심이 강한 잠과 휴식의 여신 라파와 충동적이고 변덕스러운 죽음과 불의 여신 카나의 차례였다.

우리가 다라 사람들을 만들었어…….

다라 사람들이 우리를 만든 것처럼 말이지, 내 자매. 그리고 우리는 부분적이긴 해도 지금 다라가 직면한 위기에 책임이 있어.

검은 까마귀 카나는 무심코 물속에서 휙 몸을 젖히는 상어 타주를 쳐다보았고, 흰 까마귀 라파는 시선을 회피하며 아무 말도 하지 않았다.

마냥 손 놓고 있을 순 없어.

다시 밍겐 수리 키지가 다른 파위들 위로 덮치듯 급강하했다.

류쿠인들은 자신들만의 신들을 숭배해. 타주, 넌 질투하는 성격이지. 만약 그들이 승리한다면 우리는 잊히고 차츰 사라지게 될 텐데, 그게 걱정되지도 않아?

하지만 상어는 동요하지 않았다.

그들이 숭배하는 신들 가운데는 그들이 '모든 아버지'라고 부르는 신과 '모든 어머니'라고 부르는 신이 있어. 그 '모든 아버지'가 우리 아버지 타솔루오의 다른 이름이 아닌지 누가 알겠어? 그는 만신 (萬神)의 왕 모아노가 불러서 여기를 떠났잖아. 다른 나라로 가서 다른 아이들을 얻었는지도 모르지. 이 류쿠인들이 증명했듯이 바다는 광대하고 수평선 너머에는 다른 세계들이 있어. 넌 우리가 어머니에게 한 약속을 어기고 바다 건너편에서 온 우리 아버지의 자식들과 전쟁을 벌일 거야?

흰 까마귀 라파는 화가 나서 상어를 향해 꽥꽥 소리를 질렀다.

순전히 추측이야! 우린 심지어 그 다른 신들을 만나 본 적도 없어! 넌 단지 더 많은 사람이 죽기를 원할 뿐이야.

그게 뭐 어때서? 난 너희 쌍둥이 자매가 그런 걸 좋아할 줄 알았는데. 내가 형제자매들을 챙기지 않는다고 누가 그럴 수 있겠어?

검은 까마귀가 깍깍 울었다.

죽음이 나의 영역이긴 해. 하지만 그게 내가 신경 쓰는 전부는 아니야.

상어는 손가락을 흔드는 것처럼 꼬리를 휙휙 튕겨 댔다.

난 여전히 우리가 직접적으로 간섭할 순 없다고 생각해. 그 사람들과 그들이 데려온 신들에 대해 더 많이 알기 전까지는. 그렇지만

난 놀이를 즐기는 편이니 장엄한 생명체 위에 올라탄 이 이방인들과 함께 놀아 볼까 싶어.

파도가 다시 늑대처럼 울부짖었다.

루소도 함께 있었으면 좋았을 텐데. 그는 언제나 최고의 생각을 내놓잖아.

상어가 고개를 끄덕였다.

그 늙은 거북은 어디에 있어? 도시선이 출현한 이후로 그를 본 적이 없는데.

신들 가운데 그 누구도 가장 현명하고, 폭풍에 용감하게 맞서는 형제를 본 기억이 없었다.

이런 식으로 신들은 계속해서 하염없이 토론했다. 모임이 파투가 날 때까지 뭘 해야 할지에 대한 합의는 없었다.

"다라의 야만인이여, 할 말이란 게 무엇이냐?"

페큐 텐료가 물었다. 텐료와 그의 족장들은 루이섬의 수도이자 가장 큰 도시인 크리피의 궁전 대청에 앉아 있었다.

류쿠인은 모두 이 도시의 불행한 주민들로부터 빼앗은 진주와 산호 구슬을 꿰어 만든 목걸이를 하고 있었다. 또 보석, 귀금속으로 만든 그릇, 금화와 은화를 주변에 잔뜩 쌓아 두고, 쿄피르와 총독의 창고에서 가져온 포도주도 사발에 담아 벌컥벌컥 마셨다. 젊은 여자들과 잘생긴 청년 몇 명, 다예의 부유한 사람들의 아들과 딸, 아내들은 족장들의 무릎이나 옆에 앉아 있었다. 포로들은 정복자들 몸에다 팔을 두르고 키득거리면서 그들에게 술을 따르고 입맞춤했다.

대청 한가운데에는 양탄자에 이마를 댄 다수의 전(前) 섭정인 라올루가 무릎을 꿇고 있었다.

"이 우매한 자는 위대하신 페큐께서 언제쯤 영광스러운 군대의 축복을 다라의 나머지 지역에다 가져다줄 것인지를 알려 주십사 간청하나이다."

페큐 텐료는 크게 트림을 하고 무릎에 앉은 여자를 밀쳐냈다. 라올루의 아내인 론 부인이었다. 텐료는 특히 이런 지배력을 과시함으로써 다수섬과 루이섬의 정복된 귀족들에게 굴욕감을 주는 것을 즐겼다.

"왜 알고 싶은 것인가?"

"본섬들에 대한 침공을 계획하는 것은 큰일이고, 그리고…… 어쩌면 이 보잘것없는 종복이 도움이 될 수도 있을 것입니다."

"응?" 텐료는 의심스러운 듯 라 올루를 바라보았다. "티무를 볼 때마다 그는 다라의 귀족과 관리의 정신은 불굴이며, 너는 결코 나에게 굴복하지 않을 거라고 말하던데, 그가 틀렸다는 거냐?"

항복하고 류쿠인을 섬기는 것을 거부한 티무는 뜻을 같이하는 귀족, 관리 들과 함께 늦가을 들판에서 다른 일반 백성들과 섞여 일했다. 그들은 도시선들이 싣고 온 가리나펀과 긴 털 소를 위한 사료를 모으고 류쿠군을 위한 무기를 만들고 방어 요새를 건설했는데, 정복자들에게는 대체로 동물들과 비슷한 대우를 받았다. 티무는 연약하고 책을 좋아하는 사람이었지만, 모든 주변 사람에게 영감을 주는 존재라는 점이 증명되었다. 그는 류쿠 감독관들에게 채찍질을 당하면서도 아무런 불평불만을 내뱉지 않았고, 황제의 군대가 침략자들을 몰아내기 위해 언제라도 도착할 거라며 노예로 전락한 백성들을 안심시켰다.

여태껏 라 올루는 그의 영주에게 충실했다. 이런 갑작스러운 태도의 변화는…… 흥미로웠다.

"티무 황자는 완고한 사람입니다." 라 올루는 류쿠 족장들(종사(從士)라고도 불렸다)의 주위에 쌓여 있는 보물들과, 그들 앞에 놓인 생선과 고기로 가득 찬 접시들을 쳐다보았다. 그의 눈에 서린 탐욕의 빛은 걷잡을 수 없이 생생해지는 듯했다. 그는 마른침을 꿀꺽 삼켰다. "하지만 다라 사람들 대부분은 좀 더 합리적입니다."

"다라 사람들은 우리를 야만인이라고 부르며 경멸하는 줄 알았는데." 텐료는 일부러 론 부인을 팔로 감싸 안고 젖가슴을 애무했다. "네 남편은 내가 매일 밤 널 침소로 데려가도 전혀 화를 내지 않는 것으로 보이는데, 넌 그게 신경이 쓰이지 않나 보지?"

"모든 사람은 더 나은 처지가 되고자 하잖아요." 론 부인이 얼굴을 새빨갛게 붉히며 말했다. 잠시 라 올루와 시선이 마주치자 그녀는 즉시 시선을 딴 데로 돌렸다. 그녀는 페큐 텐료의 목에다 팔을 두르며 키득거리고 입맞춤했다. "누군들 여물통에 담긴 거친 수수떡을 놓고 농부들과 싸우고 웅덩이 물을 들이켜는 대신, 고기를 먹고 포도주를 마시고 싶지 않을까요?"

페큐 텐료는 웃음을 터트렸다. 다라 귀족들에게 굴욕감을 안기는 것이 마침내 의도된 효과를 내고 있었다. 그는 그런 사람들이 나약하다는 것을 언제나 알고 있었다.

"위대한 페큐는 무적입니다." 라 올루가 다시 이마를 땅에 대며 말했다. "아내는 당신을 섬기는 걸 선택하여 지혜를 보여 주었을 따름입니다. 우리는 모두 그녀의 복종을 모방하여 교훈을 배워야 할 것입니다. 우월한 힘 앞에서는 그 외에는 선택할 것이 달리 없습니다. 하지만 저는 당신보다 훨씬 더 오랫동안 이곳 사람들을 다스려 왔습니다. 페큐께서 현명하시긴 하나, 어쩌면 제가 도움이 될 만한 발상을 제공할 수도 있을 것입니다."

"염두에 두고 있는 게 정확히 뭐냐?"

"거룩한 류쿠군은 전능하고 곧 다라 전역이 당신의 지배를 받게 될 게 틀림없습니다. 다만, 다라의 백성들은 많은데 류쿠 전사들은 그 수가 비교적 적은 것이 사실입니다. 저는 농부와 귀족을 감시하는 비생산적인 임무에 많은 전사가 몰두하는 모습을 보았습니다. 소 치는 사람이 제멋대로인 소 떼가 자해하지 않도록 감시하는 것처럼 말입니다……. 그리고 매일 이곳 섬사람들 수십 명, 심지어 수백 명이 불행하게 고의적인 방해 행위를 벌인다는 의심을 받아 죽임을 당해야만 합니다.

사악한 마음을 가진 완고한 다라 귀족 몇 명이 반란을 선동할까 걱정하는 대신에 전사들 대부분을 전쟁터로 데려갈 수 있다면 그게 상책 아니겠습니까?"

"계속 말해 봐."

"황제가 하는 거짓말과 반격하겠노라는 공허한 약속에 유혹되는 몇몇 백성도 있겠으나 대부분은 기꺼이 류쿠족을 섬길 것입니다. 루이섬과 다수섬에서 열 가족을 한 단위로 묶어, 십부장(十夫長)을 선출할 것을 제안드립니다. 십부장은 자신이 맡은 열 가족을 감시할 책임이 있으며, 열 가족 중 누구라도 류쿠인에 반역한 것으로 판명되면 열 가족 구성원 모두가 사형에 처해질 것입니다. 농민들은 침략자…… 아니 류쿠의 우월한 영주들 대신 그들의 장로와 귀족들에 의해 감시를 받게 될 것이므로, 오해의 사례는 줄어들고 가치가 있는 노예들이 죽임을 당하는 일도 없어질 것입니다."

"오……." 텐료가 중얼거렸다. "우리가 감시하는 게 아니라 다라 사람들이 서로 감시하도록 하자는 말이군." 그의 눈이 빛나기 시작했다. "꽤 괜찮은 술책이야."

"다른 요소들을 추가하면 개선될 여지가 더 있습니다." 론 부인이 덧붙였다. "예를 들어, 반란 음모를 폭로한 사람들이나, 류쿠 점령자…… 아니 류쿠 영주의 온화하고 인자한 통치에 감히 불만의 말을 속삭이는 사람이 있다면, 그런 일을 고하는 사람들에게 특권을 주어 보상할 수 있습니다."

그녀는 다시 얼굴을 붉히며 입술로 포도주를 한 모금 텐료에게 먹여 주었다.

"하하하!" 텐료는 론 부인에게 입맞춤했다. "내년 봄까지는 본섬들을 침략할 생각이 없다. 바다를 건너는 긴 여행을 한 후 가리나핀이 지쳐 있고 불안정하니, 겨울 동안 회복할 필요가 있을 것이다. 그런 술책은 내년에 다시 정복에 나서기 전까지 이곳 백성들을 진정시키는 데 정말로 큰 도움이 되겠지."

"저는 어떤 식으로든 할 수 있는 한 당신을 돕기 위해 노력할 것입니다. 제가 부탁드리는 건 어떤 인정의 표시가 전부입니다. 다라의 모든 사람은 야만적인 짐승과 같지만, 다른 짐승보다 나은 짐승도, 다른 짐승에 비해 더 빨리 배우는 짐승도 있습니다."

라 올루가 말했다.

"다라의 도덕적인 사람들은 알고 보니 파렴치한 위선자들이군."

텐료의 말에 같이 있던 류쿠 종사들이 웃었다. "하지만 너희들 제안이 마음에 든다는 건 인정해야겠군. 뭐, 너와 네 남편이 그 계획을 잘 실행한다면, 반드시 넘치는 보상을 줄 것이다. 오늘 밤 들판에서 총독의 저택으로 거처를 옮기도록 해라, 라 올루. 그리고 론, 많은 밤 중 하룻밤 정도는 네가 남편과 잠자리에 들어도 괜찮을 듯싶어."

"위대한 페큐는 가장 관대한 군주입니다."

론 부인과 라 올루가 함께 말했다.

둘의 눈이 마주쳤다. 종사들 가운데 그 누구도 그들이 교환한 눈빛을 눈치채지 못했다.

페큐 텐료는 다라 신들의 사원과 사제 그리고 수도사를 괴롭히지 말라는 명령을 내렸다. 류쿠족은 분노한 다라 학자들의 비난과는 다르게 야만인들이 아니었다. 그들 역시 경건한 사람들이었다.

호기심 많은 류쿠 족장들과 전사들은 그들이 정복한 사람들이 어떤 신을 숭배하는지 보기 위해 사원을 찾았다.

"키지라는 신을 보면 우리에게 가리나핀이라는 선물을 준 '모든 아버지'와 '바람의 처녀'의 아들 페아를 생각나지 않아?"

"말 되네! 밍겐 수리는 아주 작은 가리나핀 같고."

"혹시 다라의 야만인들이 '모든 아버지'의 계시를 이해하지 못하고 조각상들을 잘못 세운 건 아닐까?"

류쿠 족장들은 키지를 위한 제단에서 고기와 녹인 지방으로 공물을 만들기 시작했다. 누구나 다 아는 것처럼 구워진 공물은 다른 제물과 마찬가지로 하늘로 올라갔다. 아마도 키지 신이 그것들을 먹어 치웠을 터였다.

아리수소 호수의 서쪽 기슭에 있는 키지 사원의 사제들은 그런 공물을 받아들여야 하는가를 두고 며칠 동안 논의했지만, 많은 족장이 보석과 금을 사원에 기꺼이 기증할 거라는 점이 밝혀지자 결국 사원장은 찬성표를 던졌다.

"키지는 연민이 깊은 신입니다." 사원장은 경건하게 말했다. "키지 신의 빛을 쬐고 싶은 모든 사람은 그렇게 할 수 있어야 합니다."

그는 류쿠 순례자들이 페아-키지라는 이름으로 신에게 기도했다는 사실에 대해서는 언급하지 않았고, 몇몇 류쿠 종사들이 키지의 *파위*인 밍겐 수리에 대한 묘사와는 어울리지 않게도 키지 신 조각상의 어깨 위에 가리나핀 비슷한 것을 추가해 달라고 요청했다는 사실도 언급하지 않았다.

하지만 결국 키지 신 조각상의 어깨에 작은 가리나핀이 조각되었고, 류쿠인들이 사원을 찾자 그들과 함께 기도문을 외친 사제들은 신을 '페아-키지'라고 불렀다.

날개 달린 내 형제가 새로운 모습을 하고 있군!

타주, 난 더는 네 지긋지긋한 조롱을 듣고 싶은 기분이 아니야.

누가 조롱해? 난 부러운데! 넌 네 고향 집으로 돌아와서 아주 많은 숭배자를 얻었잖아. 이제 나머지 우리도 같은 대우를 받을 수 있

다면 좋을 텐데 말이야.

이건 복잡한 상황이야.

그래, 분명 그래. 하지만 내가 지금 주목하는 건, 네가 류쿠와 전쟁을 벌이는 데 그다지 열광적이지 않다는 점이야.

새들의 신은(지금은 마지못해 가리나핀의 수호신이 되었지만) 아무런 대답도 하지 않았다.

제41장
편지의 해석

판

사해평치 11년 12월

창문에는 창살이 없었고, 바닥에는 부드러운 방석이 깔려 있었다. 돌벽에 걸린 눈 덮인 겨울 매화 자수들이 공간을 환하게 밝혔다. 난로가 방과 찻주전자를 뜨겁게 데웠다. 향 내음은 겨울 추위의 잔흔을 말끔히 없애 주었다.

하지만 긴은 새로운 거처가 지금껏 갇혀 있던 방과 특별히 다르다고 생각하지 않았다. 그녀는 여전히 죄수였다. 방을 떠나려고 든다면 경비대원들 수십 명이 칼자루 끝에다 손을 얹고 그녀에게 절을 할 것이다.

황제는 긴에게 검을 넘겨주었다.

그녀는 검을 받아들였다. 그가 그녀에게 그 검을 준 것은 이번이 두 번째였다. 처음은 높은 연단에 올랐던 때로, 벌써 여러 해 전이었다. 당시 그녀는 놀라움과 회의감을 느끼는 군대 앞에서 언젠가는 그들이 다라의 패왕을 물리칠 것이라고 말했다.

그 일이 마치 꿈이었던 것만 같았다.

"그럼 동의하는 거지?"

쿠니가 물었다.

긴은 천천히 검을 허공으로 몇 번 휘둘렀다. 쿠니는 눈도 끔쩍하지 않았다.

"제 조건은 변하지 않았습니다. 제 결백을 알리고 폐하가 황제가 되는 것을 도운 사람들을 상대로 황후가 무슨 계략을 벌였는지 공개해야 합니다. 세카 키모의 영혼과 불필요하게 죽은 모든 사람을 포함해서 귀족들에게 사과해야 합니다. 그런 다음 지아를 여생 동안 감옥에 가두고 리사나를 새 황후로 삼아야 할 것이고요. 그렇게 한다면 그 부탁을 숙고해 보겠습니다."

쿠니의 얼굴에서 희망의 기색이 사라졌다. 그는 고개를 저었다.

"긴, 난 그 무엇도 할 수 없어. 지아가 한 일은…… 잘못된 것이었지만, 그녀는 세카가 유혹에 약하다는 것을 증명했어."

"누군들 안 그렇겠습니까? 만약 우리 모두 그런 식으로 평가를 받는다면……."

"네 요구에 따르면 난리가 날 거야. 제국 통치에 대한 믿음은 깡그리 사라질 거야. 모든 귀족은 내 판단상의 오류를 이용해서 영토에서 양보하라고 요구할 거고. 모든 잠재적인 반란자는 망원자들이 쉽사리 부패한다는 생각에 대담히 굴겠지. 모든 학자와 총독은 내가 실수하고 속을 수도 있다는 것을 깨닫고 나의 권위에 대한 믿음을 잃게 될 거야. 그런 권위가 손상을 받으면 다라는 결코 회복하지 못할 거야. 지금의 연약한 평화는 그 어떤 반역 행위를 맞닥뜨린 것보다도 더 약해지겠지."

"그 일로 비난받을 사람은 당신 자신뿐입니다."

쿠니는 눈을 감았다.

"만약 우리가 진정 평화로웠다면, 시간이 지나면 서서히 상처가 치유될 거로 믿으며 너에게 가해진 잘못된 일을 바로잡기 위해 기꺼이 위험을 감수했을 거야. 하지만 우린 평화롭지 않아. 지금껏 직면했던 그 어떤 것보다도 더 큰 위협이 다라를 엄습하고 있어. 다라가 류쿠족 앞에서 단결할 수 없다면, 귀족들이 한마음으로 싸우지 않는다면, 백성들이 나의 판단을 의심한다면, 총독들과 학자들이 나를 믿지 않는다면, 어둠이 온 섬에 내려앉을 거고, 더 많은 사람이 죽을 거고, 우리가 싸워서 성취해 온 모든 게 사라지게 될 거야."

"그러니까 폐하께서는 제가 거짓말을 끌어안고서 폐하를 위해 싸우길 바라는 거군요. 용서를 받은 다음 오명을 회복하기 위해 싸우는 반역자로서 말입니다."

쿠니는 고개를 끄덕였다.

"그게 불공평하다는 건 나도 알아. 하지만 다른 방법이 없어. 우리가 항상 자신의 운명을 통제할 수 있는 건 아니야. 때때로 실수와 함께 살아야 해. 심지어 다른 사람들에게 실수와 함께 살아 달라고 간청해야 해. 우리가 맡은 역할이 행동을 결정하는 거야."

쿠니는 긴 앞에 무릎을 꿇고 이마를 땅에다 댔다.

한순간 긴은 앞으로 나가 팔을 잡아끌어 쿠니를 일으켜 세우고, 이해한다고, 그의 요청대로 하겠다고 말하고 싶은 욕망에 사로잡혔다. 그간에 있었던 모든 일에도 불구하고, 그녀는 여전히 자신의 재능을 인정해 준 위대한 영주를 위해 죽는 것이 달콤하고 적절한 일이라고 믿었다.

　하지만 곧바로 자신이 당했던 굴욕의 씁쓸함이 찾아왔다. 그녀는 코고가 제물용 제단에 묶인 동물처럼 호숫가 배에 자신을 태웠던 순간을, 지아가 충성심이라는 유대를 깨지기 쉽고 가치가 없다고 일축했던 일을, 다피로 미로가 자신을 성가신 도망자라도 되는 양 몰래 빼돌리려고 했던 일을 떠올렸다.

　"저를 아프게 하는 건 말입니다, 폐하가 지아의 생각에 어느 정도 동의한다는 사실입니다. 그래서 폐하는 몇 년 전 파사와 리마를 제게서 도로 가져가신 뒤 절 게지라로 보냈습니다. 그리고 폐하는 권력은 항상 부패한다고 믿었고, 그래서 제 기반을 약화시키고자 하셨습니다. 오늘보다 훨씬 전부터 의심이 우리 사이의 유대감을 독살한 셈입니다."

　쿠니는 한숨을 쉬었다.

　"넌 뭐가 달라? 넌 내가 네 업적을 질투할까 봐서, 내가 작위를 주기를 기다리지 않고 스스로 여왕이라고 선언했어. 우린 완벽하지 않아. 우리는 지은 죄에도 불구하고 할 수 있는 최선을 다하려고 노력하는 거지."

　"폐하의 말이 맞습니다."

　긴은 벽 쪽으로 성큼성큼 걸어갔고, 억센 힘으로 두 개의 돌 틈에다 검을 꽂았다. 그런 다음 손잡이를 세게 쳐서 날을 반으로 부러뜨렸다.

그녀는 벽에 박힌 끝부분은 그대로 둔 채 부러진 검을 쿠니에게 넘겨주었다.

"거짓말을 지키기 위해 굽힐 바에는 차라리 부러지겠습니다. 전 권력이 우리를 쥐고 흔드는 일에 지쳤습니다, 가루 공. 당신이 제 이름을 깨끗하게 만들어 주지 않는다면 전 폐하의 원수가 될 수 없습니다. 폐하는 스스로의 힘만으로 이 전쟁을 치러야 합니다."

쿠니는 부러진 검을 받아 들고 조용히 자리를 떴다.

세라는 판의 성문 근처에서 조미 키도수를 발견했다. 조미는 지팡이를 짚으면서 절뚝거리며 걷고 있었고, 포장(布帳)을 두른 마차의 마부들에게 태워 달라고 애원하고 있었다.

"주창자 키도수!"

세라는 말에 올라탄 채로 소리를 질렀고, 뒤이어 그녀 옆에 말을 세웠다.

"황녀님, 저는 여러 해 동안 그 칭호로 불리지 않았습니다. 지금은 직함이 없습니다."

"아버님한테서 무슨 일이 있었는지 들었어. 모든 직책에서 물러나 집으로 돌아갈 수 있게 허락해 달라고 요청했다더군. 정말 류쿠의 노예로 살고 싶어?"

"그럼 제가 쓸모없는 사람이라는 걸 아시겠군요. 제 몰골로 황녀님의 눈을 더럽히지 마십시오. 저는 제 비밀을 지키고 어머니에게 제가 바란 대로 좋은 삶을 안겨 드리기 위해 곤경에 처한 여왕을 배신했습니다. 제 거짓말이 없었다면 옐루 재상은 황후 편을 들지 않았을 것이고, 원수는 군대를 이끌고 류쿠족과 맞서고 있었을 겁니다. 원수의 말이 맞습니다. 명예라는 토대가 없다면 다른 모든 것은 신기루에 불과합니다. 아야 공주님이 무사하셔서 제가 악몽에서 깨어날 수 있었습니다. 그러니 이제 어머니와 함께할 수 있도록 고향 집으로 가야 합니다."

"다리는 어떻게 된 거야?"

"겨울철이 되면 온실에서 나온 싱싱하고 유연한 가지들로 제가 차는 마구를 보강해야 합니다. 저는 부당한 이득으로 얻은 것은 모두 포기했습니다. 그러니 더 이상 그것들을 살 형편이 안 됩니다."

"넌 정말 바보구나."

세라가 크게 화를 내며 말했다.

"뭐라고 하셨습니까?"

조미가 화가 나서 얼굴을 붉혔다.

"넌 단순한 욕구를 가지고 있고 또 그 욕구를 충족시킬 자원도 갖고 있어. 그런데도 너 자신을 불쌍히 여기는 쪽을 선택했어. 그게 어떤 식으로든 널 고귀하게 만든다고 믿으면서."

"황녀님께서 아실는지는……."

"그래, 난 네가 겪은 모든 일을 다 알지는 못해. 하지만 네 병의 증상은 알아. 넌 내가 남들이 갖지 못한 장점이 있는데도 운명을 한탄한다고 힐난했고, 내가 원하는 대로 살고 있지 않다면 아마도 나 자신으로 살려고 전혀 노력하지 않았기 때문일 거라고 말했어. 오늘

난 그 비난을 너에게 되돌려 줄게."

"지금 제 기분이⋯⋯."

"넌 실수를 했어. 그래서 뭐? 넌 다라에서 가장 위대한 전략가의 가장 뛰어난 학생 아니었던가? 아버지의 능력주의적 세계관이 가진 공허함을 대담하고 통찰력 있게 비판해서 모든 다라 영주에게 깊은 인상을 남겼잖아? 넌 여왕이 영지를 통치하는 것을 훌륭하게 도왔고 같은 또래의 수많은 다른 사람들보다 더 많은 것을 성취했어, 아니야?

그런 네가 지금 도움이 필요한 네 주군과 너 자신을 돕기 위해 모든 재능과 힘을 다할 것을 맹세하는 대신 상처 입은 강아지처럼 슬금슬금 도망을 간다고? 불명예의 치욕을 참으며 궁에 머물며 네가 사랑하는 사람들을 돕기 위해 더 많은 일을 할 수는 없는 거야?

내년은 난초의 해로, 네가 태어난 해야! 피소웨오에게 영원한 어둠, 즉 자기 회의에 맞서 분투하고 싸워야 할 의무를 일깨워 준 게 백화 중에도 아주 미천한 일원이었다는 사실을 잊었어?"

조미는 황녀를 올려다보았고, 처음으로 그녀가 기억하고 있던, 조심스럽고 자기 연민에 빠진 여자애의 모습이 황녀에게서 사라졌음을 깨달았다. 당당하다고 밖에 표현할 수 없는 자질이 그녀에게서 번뜩였다.

조미는 고개를 끄덕이며 손을 내밀었다. 황녀는 그녀가 말 위로 올라와 자기 등 뒤에 앉을 수 있게 도와주었다.

조미는 긴이 붙들려 있는, 여러 개의 방으로 된 거처로 찾아왔다.

조미는 더 이상 궁에서 공식적인 지위를 갖지 못했지만, 세라가 쓰고 인장을 찍은 편지를 보여 주자 경비들은 그녀를 통과시켜 주었다.

조미는 긴의 거실 입구에서 무릎을 꿇고 기다렸다. 햇빛이 그녀의 그림자를 미닫이문의 비단 차단막에다 투영했다. 안에서 긴과 아야 사이의 수다가 멈추는 듯했지만, 잠시 후 이야기가 계속되었다.

둘 중 누구도 문으로 오지 않았다.

해가 지고 달이 떴다. 경비대원들이 조미에게 식사를 하고 술을 마시고 싶은지 물어보려고 왔지만 그녀는 고개를 저었다.

별들이 하늘을 내달리는 동안, 조미는 자신의 삶에 대해 숙고했다. 그녀는 자신을 믿어 준 모든 사람(어머니와 루안, 세라, 긴)에 대해 생각했고, 어떻게 그들을 실망시켰는지를 생각했다. 자신의 대담함에 대해 생각했고, 때때로 어떻게 그것이 오만이나 이기심과 다르지 않았는지를 생각했다. 도덕주의자들의 말에 대해 생각했고, 그들이 말하는 진실을 이해하지 못한 채 조롱했던 자신을 생각했다. 그녀는 깊디깊은 수치심에 울었다.

해가 다시 떠올랐다. 그녀가 일어나서 원수의 면전을 영원히 떠나려 할 때, 문이 미끄러지듯 열렸다.

"들어와서 차 좀 마셔."

긴이 아침 산들바람처럼 부드러운 목소리로 말했다.

"사람이라면 자신의 재능을 인정해 주는 이들을 위해 죽어야 합니다. 죄송합니다." 조미는 여러 해 전, 루안 지아와 함께 열기구를 타던 시절로 돌아간 것처럼 느껴졌다. 무슨 말을 해야 할지 알 수 없었다. "죄송해요." 그녀가 다시 말했다.

"알아. 하지만 과거는 과거이고, 우리가 할 수 있는 거라곤 실수로부터 배우는 것뿐이야. 넌 다른 선택의 여지가 없다고 믿었기 때문에 나를 배신했어. 하지만 네가 이제 배우게 된 것처럼, 그런 순간들이야말로 우리가 스스로의 영혼을 목도하고 그것들을 확장하려고 애써야 할 때야."

조미는 울기 시작했다.

"전 당신을 실망시켜 드렸습니다. 세상 어떤 말로도 표현할 수 없을 정도로 부끄럽습니다."

"넌 너무 어린 나이에 너무 많은 성공을 거뒀어. 하지만 굴욕감도 좋은 스승이 될 수 있어. 난 한 번은 한 남자의 다리 사이를 기었고, 다시는 고개를 들 수 없을 거로 생각했어. 하지만 그는 나에게 장기전의 필요성을 가르쳐 주었어. 조미 키도수, 네겐 재능이 있어. 하지만 그 재능을 지혜로 이끄는 법을 배워야 해. 그건 실패에 의해서만 배울 수 있는 거야."

"저에게 벌을 주십시오."

"넌 충분히 벌을 받았어. 그게 내가 널 이곳에서 혼자 하룻밤을 보내게 한 이유야. 우린 언제나 우리 자신의 가장 가혹한 비평가야." 긴은 허리를 굽혀 조미를 일으켜 세웠다. "지금 너에게 필요한 건 용서고, 의심에 대항하는 전쟁에 새로 나서겠다는 결의야."

다라의 황제에게,

렌가의 침략 위협에 우리는 꽤 놀랐다. 라 오지가 말한, 계란으로 돌을 치고서 성공을 바라는 고대 전설 속 바보들을 따라 하려는 것인가?

황제는 육군과 해군과 비행함 함대를 동원하겠다 말하지만, 우리는 이미 당신의 군대를 한 번 물리쳤다. 왜 반복되는 전투에서 결과가 달라질 것이라고 예상하는 것인가? 수적으로는 당신들이 유리할지 모르지만, 용감한 류쿠 전사들의 지휘에 따라 한 마리의 가리나핀이 1000명의 다라 병사를 무찌를 수 있는데 그런 이점이 무슨 소용이 있겠는가? 우리는 다라의 병사들이 내보일 수 있는 능력의 최고치를 보았지만, 그다지 인상 깊지 않았다.

게다가 시간이 지남에 따라 우리의 이점은 커지고 당신들의 힘은 줄어든다. 부양용 기체 공급원이 없는데 시간이 지나면 어떻게 비행함을 하늘에 띄울 수 있겠는가? 우리는 다수섬과 루이섬의 무기고에서 탈취한 무기로 전사들의 장비를 개선할 것이다. 다라 사람들은 벌써 위대한 페큐의 이름만 들어도 몸을 떨고, 시간이 흐를수록 두려움은 더욱 커진다. 그들은 확신을 갖고 당신을 위해 싸우지 않을 것이다. 당신이 약한 쪽일 때 강한 쪽을 위협하는 건 현명한 군주의 행동이 아니다.

티무는 이곳에서 행복한 손님으로 지내고 있고, 그곳으로 돌아갈 생각이 전혀 없다. 우리는 그가 강한 영주에게 복종하는 지혜를 깨우치게 될 것임을 믿어 의심치 않는다. 시간이 흐르면 티무는 다라의 왕좌에 오를 것이고, 류쿠의 충성스러운 종사로서 다라의 일부 지역을 통치할 것이다.

경이로운 가리나핀들은 루이섬과 다수섬에서 승승장구한 후 향기로운 건초와 함께 누릴 자격이 충분한 휴식을 즐기고 있고, 위대한 페큐는 곧 당신을 만나기를 고대하고 있다. 나는 우리의 첫 만남이 위대한 페큐의 상징인 태양의 도래를 환영하기 위해 몸을 납작 엎드린 고대의 창병(槍兵)과 닮아 있기를 바란다. 우리의 날개 달린 야수들이 마피데레가 선물한 도시선을 타고 다니면서 누가 진정한 다라의 주인인지 결정할 것이다.

페큐 텐료, 다라의 보호자,

당신의 옛 종복 라 올루가 대리해서 씀

"뻔뻔하군! 아주 뻔뻔해!" 라긴 황제는 대정전에서 발을 세게 굴리며 크게 소리쳤다. "즉시 공격해야 해."

뮌 사크리와 샌 카루코노는 편지를 읽는 데 집중했고 아무런 대답도 하지 않았다.

"쿠니, 신중하게 따져 봐야 해요. 우린 가리나핀을 타는 사람들을 물리칠 방법을 모르고, 또 섣부른 공격은 티무에게 이롭지 않고 불필요한 죽음을 초래할 거예요."

리사나가 말했다.

"하지만 새로운 부양용 기체 공급원이 없는 상황에서 시간이 지나면 점점 더 많은 비행함이 땅에서 대기하기만 해야 해. 기다리면 우리는 더 약해질 뿐이야."

지아가 반박했다.

"난 라 올루의 배신에 가장 많이 화가 나. 콘 피지의 책을 연구하고 자토 루티와 함께 일했던 사람이 어떻게 그렇게 수치심을 모를 수가 있지? 그를 다수의 섭정으로 삼고 티무를 도와 달라고 했을 때 난 정말 보면서도 아무것도 보지 못한 거야."

쿠니가 말했다.

"*렌가*, 전 폐하께서 황자의 안전을 걱정하시느라 눈이 멀지도 모른다는 게 더 우려스럽습니다."

코고 옐루가 말했다.

"무슨 소리야?"

조미 키도수가 나섰다.

"재상의 말이 옳습니다. 과거에 저지른 실수에 대해 걱정하기엔 너무 늦었습니다. 우리가 가진 것을 어떻게 최대한 활용할 것인가에 집중하는 게 상책입니다."

쿠니는 조미에 대한 혐오감을 굳이 감추려고 들지 않으며 의심스러운 눈길로 그녀를 쳐다보았다. 조미가 대시험을 치르기 위해 출입증을 훔쳤다는 사실을 자백한 이후로는 인격이 의심된다고 여겨(사실 쿠니는 그녀의 행동에 크게 개의치 않았다) 미련 없이 그녀의 사임을 받아들였고, 긴 마조티에 대한 그녀의 비난을 없던 일로 만들었다(이건 그가 신경 쓰지 않을 수 없었다). 조미가 더 큰 처벌을 받지 않은 유일한 이유는 그녀의 잘못 뒤에 숨겨진 진실을 캐는 것이 황실에 큰 사달을 불러올 것이기 때문이었다.

"그대가 말하는 방법이 어느 정도는 그대 자신을 위함인 것 같은데. 안 그래?"

조미는 얼굴을 붉혔지만 물러서지 않았다.

"비록 검에 상처를 입은 적이 있다 해도, 제대로 휘두른다면 그건 여전히 좋은 검입니다."

세라는 조미를 보증하면서 그녀를 자신의 개인 고문으로 임명해 달라고 요청했다. 다라가 다시 전면전에 돌입하자, 쿠니는 정치와 군사적인 문제에 여성이 참여하는 것에 반대하는 학자들을 일시적으로 억눌렀다. 지금은 어디서건 인재를 찾아내야 하기에 더 많은 책임을 세라에게 줄 때라는 결정이었다. 투노아의 반란을 진압할 때 세라가 제 몫을 했다는 사실은 그녀가 기계 기술에서 어느 정도 재주가 있음을 확실히 증명했다. 위대한 기술자 루안 지아가 아끼는 제자인 조미가 황녀를 도와주면 세라는 지금껏 활용해 본 적이 없는 새로운 권력 기반을 구축할 수도 있었다. 그래서 쿠니는 세라를 긴펜과 판에 있는 공학 학원의 고문 연락책으로 임명했고, 피로와 장군들을 위한 무기를 연구하고 린 코다가 관리하던 부서와 정보 분석을 조정하는 임무를 맡도록 했다.

"아버님." 세라가 속삭이며 황제의 소매를 잡아당겼다. "제발요!"

황제는 한숨을 쉬며 조미에게 계속하라는 손짓을 했다.

"라 올루는 야만인 왕을 위해 대필자가 되며 폐하의 신뢰를 저버렸습니다. 하지만 화려한 산문으로 새 주인을 기쁘게 해 주려는 그의 욕망은 유용한 정보를 줄 수도 있습니다. 제가 본 바에 따르면, 라 올루와 론 부인은 뽐내고 으스대며 걷고 싶은 욕구를 끊임없이 느끼고 욕감을 견디지 못하는 허영심 많은 부부입니다. 그들이 쉽게 폐하를 배신한 이유는 이로써 설명되는데, 또 그것이 우리의 이점이 될 줄도 있습니다."

"넌 유인주의자처럼 말하는군."

"유인주의는 나름의 쓸모가 있습니다."

"그럼 이 편지에서 어떤 유용한 첩보를 얻었니?

리사나가 물었다.

"올루는 배신에 대한 수치심을 감추기 위해 티무 황자를 '행복한 손님'이라고 일컫고 있습니다. 이것은 적어도 티무 황자가 즉각적인 위험에 처해 있지 않다는 것을 말해 주므로 폐하께서는 경솔하게 행동하실 필요가 없습니다."

지금껏 긴장되어 있던 지아의 얼굴이 약간 누그러졌다.

코고가 끼어들었다.

"양측의 전략적 불균형에 대한 올루의 자랑은 정찰을 통해서도 확인됩니다. 류쿠인들이 자신감에 차 있고 사기가 높다는 뜻입니다. 정면 공격은 좋은 생각이 아닙니다."

"하지만 우리로선 그들이 침략하기만 마냥 기다릴 수 없어! 어떻게 해야 무적으로 보이는, 이 하늘을 나는 야수들을 막아 낼 수 있는 거지?"

세라가 말했다.

"어쩌면 라 올루의 편지는 그런 점에서 의도치 않게 우리에게 더 많은 단서를 제공했을 수도 있어요. 우리는 그저 그 편지를 읽는 방법을 알아내면 됩니다."

황제는 한참을 서성댔고, 깊은 생각에 잠긴 것처럼 보였다. 조미와 세라는 서로 격려하는 미소를 교환했다.

"가장 이상한 부분은 끝에서 두 번째 문장입니다." 생각에 잠긴 코고 옐루가 말했다. "전 태양을 환영하는 창병과 관련해서 고대 아노족이 어떤 내용을 언급했는지 전혀 모릅니다."

"그건 아마도 야만인들의 전설에 대한 언급일 거야." 황제가 비웃

듯 말했다. "그가 이제 다른 주인을 섬기고 있는데 아노족 인용문을 고집할 이유가 뭐가 있겠어?"

"아니요, 그게 아닙니다." 모두가 고개를 돌려 조미를 쳐다보았다. 조미는 흥분을 억누르고 침착한 모습을 보이려고 애쓰며 말했다. "라 올루는 항상 다수섬의 원주민들을 경멸했지만, 스스로 훌륭한 섭정이라고 자부하면서 화려하고 이국인으로 보이는 그 지역 특유의 문장들과 참고 문헌을 연구하고자 애써 왔습니다. 때때로 백성들과 친밀함을 보이기 위해 그런 것들을 자신의 연설과 글에다 섞어 두기도 했고요. '창병'은 다수섬의 농민들이 알아보는 여름 별자리의 이름으로, 이 별자리를 동트기 직전 동쪽에서 볼 수 있는 유일한 때는 초봄입니다."

"그러니까 올루 섭정이 무심코 류쿠의 봄 침공 계획을 우리에게 밝혔을 수도 있다는 거군요."

세라가 말했다.

"그렇다면 우리에게 준비할 시간이 있겠어."

황제가 조미 키도수를 바라보는 시선이 이제는 좀 더 친근해졌다. 조미도 알아차렸다는 뜻으로 고개를 끄덕여 보였다.

"더 많은 게 있다고 생각됩니다." 말을 계속할수록 조미의 태도는 점점 자신만만해졌다. 그녀는 아무런 근심 걱정 없이 흔들리는 '호기심 많은 거북'호를 타고 다라를 횡단하던 밤에 루안 지아와 함께 모호한 아노 표의 문자들을 해독했던 경험을 떠올렸다. "도시선에 대한 언급은 가리나핀이 장거리 비행을 할 수 없음을 말해 줍니다. 가리나핀들이 에코섬의 긴다리표범과 같다는 의미로 풀이됩니다. 하늘을 나는 것은 가리나핀들이 엄청난 노력을 들여서 짧은 시간 동안 할 수 있는 일인 것입니다. 바다를 건너려면 그들에겐 배가 필요합니다."

"그리고 건초에 대한 언급 또한 흥미로워." 해독 방법을 이해하기 시작한 지아가 말했다. "그건 가리나핀이 고기가 아니라 풀을 먹고 산다는 걸 암시해." 그녀의 눈빛이 갑작스레 밝아졌다. "소 떼와 비슷하게 돌봐 줘야 할 거야. 바다를 건너오는 여정 때문에 그 동물들은 상당히 허약해졌을 거고, 겨울 동안 휴식을 취하며 체중을 늘려야 할 거야." 가족이 파사의 목장주였던 지아는 목장 운영과 관련한 관행들을 꽤 잘 알았다.

"하지만 그건 지금이 공격의 적기임을 말해 주는 거야! 지금 우리가 라 올루의 조심성 없는 폭로를 올바르게 추론하고 있다면, 류쿠족은 앞으로 더 약해지지 않을 거야. 지금의 기회를 이용해서 공격해야 해."

쿠니의 말은 합리적인 추론처럼 보였다. 쿠니의 고문들은 그에 동의했다.

"가능한 한 빨리 가리나핀들에 대항할 계획을 세울 필요가 있습니다."

샌 카루코노가 말했다.

"저는 침략에 대비해서 군대를 준비시키겠습니다."

뮌 사크리가 말했다.

"겨울을 넘기지 않게 두 달 안에 공격 준비를 마쳐야 해. 푸마 예무에게 아룰루기섬 일을 마무리하고 선봉대를 이끌게 해."

쿠니가 최고 사령관을 지명하지 않았다는 사실을 놓친 사람은 아무도 없었다. 다들 연금된 가택에서 나오기를 거부한 원수를 떠올렸다.

뮌 사크리와 샌 카루코노는 서로를 쳐다보았다. 둘 다 그 자리에 자원하려는데 지아가 말을 꺼냈다.

"당신은 티무의 아버지야. 당신이 앞장서서 최고 사령관 역할을 하면 병사들의 사기가 더욱 올라갈 거야."

리사나와 피로, 세라가 모두 이의를 제기하려 했지만, 쿠니가 제지했다.

"황후의 말이 옳아. 우리는 모두 가끔은 자기만의 전투를 해야 해. 아마도 이것이 최근의…… 비행(非行) 이후 황권에 대한 완전한 신뢰를 회복할 수 있는 유일한 방법일 거야."

류쿠인들이 적어도 당분간은 루이섬과 다수섬만으로 만족하는 것처럼 보이자, 다라 전체를 사로잡았던 공포는 점차 가라앉았다.

다라 귀족들은 본섬의 북쪽 해안으로 비밀 분견대를 보내 추가 배치 명령을 기다렸지만, 2주가 지나도 황제의 선봉대가 언제 본섬을 떠날지는 발표되지 않았다.

황제의 장군들은 원수가 없는 상태에서 어쩔 줄 몰라 하며 끊임없이 논쟁을 벌였고, 적절한 계획에 합의하지 못하고 있다는 소문이 이 막사 저 막사에 퍼졌다.

네 명의 여자가 긴 마조티의 거처를 방문했다.

이것은 보기 드문 광경이었다. 귀족과 사령관 들은 회개하기를 거부한 반역자와의 교류를 설명하는 번거로움을 감수하고 싶어 하지들 않았기에, 불명예를 입은 원수에게는 요즘 방문객이 거의 없었다.

방문객들이 누구인지 알아차린 다피로 대장은 눈을 휘둥그레 떴지만 아무 말 없이 냉큼 고개를 숙이고는 옆으로 비켜섰다.

"황후 전하, 제가 뭘 도와 드릴까요?"

긴의 말투는 정중했지만, 공기 중의 긴장감은 문밖 겨울바람처럼 차가웠다.

지아는 고개를 끄덕인 다음 방으로 들어갔다. 뒤로는 리사나 부인과 세라, 조미 키도수가 따라 들어왔다.

"황제가 루이섬을 침공할 계획이네. 자네의 도움을 요청하러 왔네." 지아는 라 올루가 보낸 편지 사본을 두 손으로 내밀었다. "이 편지에는 몇 가지 귀중한 정보가 들어 있어."

하지만 긴은 편지를 받지 않고 여자들을 외면했다.

"저는 더 이상 다라의 원수가 아닙니다. 부러진 검이 전쟁을 생각할 이유가 없습니다. 저는 시를 짓고 황후 전하께서 인심 후하게 넉넉히 주신 포도주를 맛보는 일 외엔 아무것도 하지 않았습니다."

"뮌 사크리와 샌 카루코노는 야수들을 물리칠 방도를 떠올리지 못하고 있네."

지아가 말했다.

"피로는 돕고자 노력해 왔어요. 하지만 그 애가 영리하긴 해도 전술가는 아닙니다."

리사나가 말했다.

"이 정도 규모의 침략을 계획하는 건 말 안 듣는 어리석은 귀족 하나의 몰락을 계획하는 것과는 다릅니다. 시간이 걸리는 일입니다."

긴의 대답이었다.

지아는 얼굴을 붉혔지만 목소리는 침착함을 유지했다.

"티무는 죄수로서 매일 수난을 당하고 있을 거야. 당신도 어머니이니 분명 내 마음을 이해하겠지."

긴은 고개를 돌리지 않았지만, 어깨로 내보이던 긴장감은 누그러졌다.

"아야는 전하의 정치 놀음과는 아무런 관련이 없습니다. 그런 식으로 저를 조종하려고 하는 건 불공정합니다."

"내가 하는 말 중에 자네가 조종으로 해석하지 않을 말이 있을까?"

드디어 지아의 목소리에서 열기가 묻어났다.

세라가 끼어들었다.

"긴 이모, 장군들은 언제나 이모의 지휘에 의존해 왔어요. 지금 이런 처지에 놓인 건 그분들 잘못이 아닙니다. 제발요, 이모. 전 이모가 언제나 자신을 따르는 사람들의 삶을 걱정해 왔다는 걸 알아요. 우리 가족을 위해서가 아니라 그 사람들을 위해서 우릴 도와주세요."

긴은 고개를 돌려 세라를 바라보았다. 익숙한 화법에 그녀와 쿠니 가족 사이에 불신과 의심이 슬금슬금 배어들지 않았던, 행복했던 시간들이 떠올랐다. 긴은 한숨을 쉬었다.

"그 편지 이리 줘 보십시오."

긴이 방에서 왔다 갔다 하는 동안 네 여자는 *게위파* 자세로 앉아 그녀를 열심히 지켜보았다.

"……그러니까 야수들은 건초와 여물에 의존하고…… 휴식이 필요하군요……."

네 여자는 서로를 쳐다보며 미소 지으며, 위대한 원수가 자신들의 해석을 확인해 준 것에 기뻐했다.

긴이 움직임을 멈췄다.

"제가 그간 게으름만 피운 건 아닙니다. 오래된 습관은 좀처럼 사라지지 않으니. 티무 황자가 보낸 보고서에 나온 것과 같은 야수들을 어떻게 공격하고 대책을 세워야 할지 생각해 보았습니다만, 놈들은 우리가 가진 무기들에 비해 너무 거대하고 강하며 빠릅니다."

여자들의 낯빛이 어두워졌다.

"이 편지를 보니 새롭게 생각할 거리가 몇 개 생기는군요."

모든 사람의 얼굴에 다시 희망이 피어올랐다.

"내가 볼 때 핵심적인 내용은 도입부의 이 구절입니다. '용감한 류쿠 전사들의 지휘에 따라 한 마리의 가리나핀이…….' 그의 말은, 가리나핀이 효과적으로 움직이려면 탑승자가 있어야 함을 의미하는 것으로 보입니다."

"그럼 그것들은 스스로 공격할 만큼 지능이 높지 않은 거네요?" 세라가 물었다. "고대 에코섬의 전쟁 이야기와 같은 걸까요? 당시 아노 사람들은 갑옷을 입은 짐승들 대신 그 위에 올라탄 사람들을 노려서 원주민들의 코끼리 탑을 물리칠 수 있었다던데요."

긴은 수긍한다는 듯 고개를 끄덕였다.

"더 나은 대안이 없는 상황이니 시험해 볼 가치가 있는 전략입니다."

"말보다는 조종수를 공격하는 게 더 쉬워요. 병사들을 모조리 잡는 것보다는 왕을 잡는 게 더 쉬운 것처럼요."

리사나가 말했다.

"이론적으론 그렇죠. 하지만 정말로 필요한 건 첩보입니다. 당연히 야수들을 더 잘 이해해야 하고요. 적을 아는 것이 전투의 절반 이상입니다."

긴의 말에 모두가 고개를 끄덕였다. 지금의 토론은 라 올루가 보낸 편지의 가치를 돋보이게 할 뿐이었다.

"하지만 상황을 역으로 이용할 수도 있습니다. 다수섬에서의 초기 교전 상황에서는 우리가 주도권을 상당히 잃었습니다. 즉, 상대가 비행함의 모든 공격 요소에 완벽히 대비하고 있었던 겁니다. 죽은 사람을 나쁘게 말하고 싶지는 않지만, 자토 루티 선생이 콘 피지를 군사 문제의 길잡이로 삼았던 게 적어도 부분적으로는 책임이 있지 않을까 합니다."

이 말에 세라와 조미는 둘 다 부지불식간에 고개를 끄덕였다.

긴이 계속 말을 이었다.

"이제 저들은 비행함이 할 수 있는 일을 죄다 안다고 생각하고 있겠죠. 그러니 우리가 그들을 놀래켜 줄 수도 있는 겁니다."

"그 부분에 대해 어머니께서 한 가지 생각이 있으세요. 그것에 대한 이모의 의견을 듣고 싶어요."

세라가 말했다.

"응?"

지아가 입을 열었다.

"아마도 부질없는 생각일 거네. 난 전술에 대해 잘 알지 못하니. 하지만 적어도 세라는 말이라도 해 보라고 했네. 자네가 그걸 개선하는 데 도움을 줄 수 있는지 확인해 봐야 한다고."

긴은 황후에게 계속하라는 뜻으로 고개를 끄덕였다.

"나는 목장주의 딸이라네. 내가 관심을 둔 것은 약초와 약이었지만, 그래도 모든 목장주의 자식들이 해 왔던, 그리고 지금도 하고 있을 법한 식으로 놀았지."

지아의 얼굴이 어떤 이유에선지 빨개졌다. 앞으로 민망한 얘기가 나오리라는 암시 같았다.

"어머니께선 저보다 훨씬 더 재미있게 노셨어요. 제가 일생의 대부분을 궁에 틀어박혀 지내는 동안, 어머니께서는 온종일 들판을 뛰어다니고 많은 문제에 휘말리셨더랬어요."

긴은 궁중 예복 대신 평범한 노란색 옷을 걸치고도 위엄이 넘치는 지아를 쳐다보았다. 그녀의 얼굴을 보면 소와 양 떼들을 대차게 뒤쫓아 다니던 어린 여자애의 모습을 상상하기가 쉽지 않았다.

"인부들은 소와 양, 돼지의 거름을 구덩이에 모아 발효시켜 비료를 만들어, 인근 농부들에게 팔았다네. 그런 구덩이들은 상당히 위험했지. 거름을 발효시키는 과정에서 치명적이고 휘발성이 높은 유해한 연기가 나왔기 때문이야."

긴은 고개를 끄덕였다.

"소와 말똥을 말려서 연료로 사용하는 방법은 모든 군인에게 잘 알려져 있습니다."

"하지만 아마도 우리가 했던 놀이를 하지 않았을 거야. 모험심이 강한 아이들 몇몇과 나는 마른 똥을 갈아서 병에 물과 함께 넣어 밀봉해, 대나무 관을 통해 기체를 내뿜는 구조로 불을 붙일 수 있는 등불 비슷한 것을 만들었네. 꽤 위험한 일이었고, 내가 알던 한 소년은 항아리가 면전에서 폭발하는 바람에 심각한 부상을 입기도 했지. 어른들은 우리가 이런 식으로 놀지 못하게 했어. 세라가 종종 내게 어린 시절 이야기를 해 달라고 졸라 대서 이 이야기를 꺼냈을 뿐일세."

"불에는 불로 맞서 싸울 수 있어요." 세라가 신이 나서 말했다. "제가 더 많은 거울로 패왕의 거울 숭배와 싸웠던 것처럼요."

조미는 불을 쫓기 위해 불을 사용했던 몇 년 전 사건을 떠올렸다. 펌프, 관, 거대한 항아리……. 기계적 구성 요소의 그림들이 스쳐 지나가면서 그녀의 머릿속는 막연한 계획이 형성되고 있었다.

"계속 말씀해 보세요, 지아 부인."

긴은 그런 항아리들을 만드는 방법을 캐물었고, 지아에게 상세한 계획을 세워 볼 것을 부탁했다.

그들은 저녁 늦게까지 대화를 나눴다. 긴은 세라와 조미에게 여러 가지 생각을 내놓았고, 그 둘은 아주 작은 글자들과 간략화한 도해들로 그 내용을 종이에 기록했다.

"이제 우린 그만 돌아가야만 하네. 안 그러면 쿠니가 내가 어디에 있는지 궁금해할 거야."

지아가 말했다.

"쿠니는 내가 밤늦게 야영지에 있는 원수를 방문했을 때는 절대로 걱정하는 법이 없었어요." 리사나가 웃으며 말했다. "전쟁의 시기에는 평화로운 때의 규칙이 유보되는 법이죠."

긴은 불화의 씨앗이 뿌려지기 훨씬 전에 리사나가 군사 전략을 논의하기 위해 찾아왔던 때를 회상했다. 그녀는 위대한 발상은 어디서든지 나올 수 있다는 것을 다시금 떠올렸다. 패왕 역시 국화·민들레 전쟁 때 그녀의 생각을 무시하는 바람에 실수하지 않았던가?

"황후 전하, 방문해 주셔서 즐거웠습니다. 처음에 제가 외면했던 것에 대해 사과드립니다."

과거에 이런 식으로 대화했다면 아마도 우리는 친구가 될 수 있었을 겁니다. 긴은 이렇게 말하려고 했다. 하지만 참았다. 그러기엔 너무 늦었다.

지아는 *지리* 자세로 그녀에게 절했다. 긴은 군인이 하는 경례로 화답했다.

제42장

루이섬 침공

루이섬

사해평치 12년 2월

많은 도덕주의자들은 깜짝 놀랐다. 뮌 사크리와 샌 카루코노, 피로가 세운 비밀 전투 계획을 승인한 최종 제국 칙령의 맨 마지막에 지아 황후와 리사나 부인, 세라 황녀, 조미 키도수 특별 조수 네 명의 공로에 감사하는 문장을 포함하고 있었기 때문이었다.

주창자 대학의 많은 사람이 황제 가족이 국정에 지나치게 참여한 것을 두고 황제를 비판하는 청원서를 작성하기 시작했지만, 지난 대시험으로 새롭게 피로아 지위를 얻은 이들을 포함한 몇몇 여성 주창자들은 삼발이 단지에 모여 축하하는 시간을 가졌다. 이곳은 조미 키도수가 처음 이름을 알린 곳으로, 그들은 술을 나눠 마시며 자신들의 일이 좀 더 눈에 띄게 하기 위한 방법을 논의했다.

다라 선봉대의 사령관인 푸마 예무는 제국 함대를 소함대들로 나누었고, 남쪽과 서쪽에서부터 넓게 흩어진 호(弧) 형태로 루이섬에 접근하라고 명령했다.

"저러는 이유가 뭐지?"

회의를 위해 모인 종사들 가운데서 페큐 텐료가 물었다.

족장들이 의견을 제시했다.

"다라 야만인들은 손실을 최소화하고자 하는 것으로 보입니다. 만약 모든 침략군을 해변의 한 교두보에 집중한다면, 가리나핀의 공격 한 번만으로도 군 병력 전체가 소각될 것입니다. 저런 식으로 해서 해안선 전체를 따라 흩어진 작은 지점들에 상륙할 수 있기를 바라는 모양입니다. 그렇게 되면 적어도 일부 분견대는 살아남을 것이니까요."

"방해 공작을 위해 간첩들을 몰래 배에 태워 상륙시키려는 것 같습니다. 바다에 배가 너무 많아서 모두를 붙잡기는 힘들 것입니다."

"봉쇄 작전이라는 것일 텐데, 이 연해 야만인들 사이에서 일반적인 전술이라고 알고 있습니다. 하지만 우리는 그들처럼 무역에 의존하지 않으니 바다에서 춤을 추는 돌고래들이 대초원에서 잠을 자는 엄니호랑이를 괴롭히는 것 이상으로 우리를 괴롭히지는 못할 것입니다."

"이유가 뭐가 됐든 간에, 어떻게 해야 하는 겁니까? 도시선들로 그들을 뒤쫓는 건 너무 번거로운 일입니다. 각다귀들을 뒤쫓기 위해 무시무시한 늑대들을 내보내는 것과 같습니다."

"더 가까이 다가올 때까지 기다리다 가리나핀으로 그들을 공격할 수 있습니다."

"하지만 가리나핀 기수들과 함께 그렇게 긴 해안을 밤낮으로 지켜보면 며칠 후 가리나핀이 지칠 것입니다."

토론이 이어지며 여러 방안이 제시되었지만, 대응책이 될 만한 뾰족한 제안은 없었다.

"류쿠의 충성스러운 종사들이시여." 새로운 목소리가 들려왔다. "사냥감의 의도를 알려면 그 자취를 연구해야 합니다."

말을 한 사람은 스무 살 정도로 보이는 젊은 여자였다. 키가 크고 유연하며 힘이 넘치는 체격을 갖고 있었고, 안색은 창백할 정도로 하얘서 거의 흰색에 가까운 금발과 조화를 이루고 있었다. 비록 전사들 대부분이 그녀를 '탄바나키'라고 불렀지만, 그녀의 이름은 바듀 로아탄이었다. '탄바나키'는 *탄바나키 가리나핀*, 즉 '가리나핀의 섬광'이라는 말의 줄임말로, 그녀가 지닌 기수로서의 기술과 새총을 다루는 실력 때문에 붙은 이름이었다.

"딸아, 네 생각은 무엇이냐?"

페큐 텐료가 물었다. 탄바나키는 텐료가 가장 좋아하는 딸이었고, 여러 자식 가운데 이 원정길에 동행하기로는 유일했다.

"저는 야만인 비행함들의 조력을 받아 그 배들에서 나부끼는 깃발들을 관찰했습니다." 다른 종사들로부터 경악과 분노의 외침이 터져 나왔다. "우리가 탈취한 그 사악한 기계들이 유용하다면 활용하지 말아야 할 이유가 뭐가 있겠습니까? 우리는 그들의 배를 타고 이곳에 왔습니다, 안 그렇습니까? 비행함들은 내가 신뢰할 수 있는 코르바보다 훨씬 더 오래 하늘을 날 수 있고, 흙 파는 야만인에게 충분히 채찍을 휘두른다면 매우 빠르게 노를 저을 수도 있습니다. 비행함들은 훌륭한 정찰병 역할을 할 수 있습니다."

페큐 텐료는 조용히 하라는 뜻으로 손을 흔들었다.

"딸아, 신경 쓰지 말고 계속 설명해라."

"제가 사로잡은 야만인 장교 몇 명을 부드럽게 설득한 결과(탄바나키는 이 말을 하며 미소를 지었고, 다른 종사들은 동의한다는 듯 빙그레 웃었다. 다라의 야만인들은 고문을 견디는 능력에서 류쿠 전사와 비교도 되지 않았다), 우리 섬에 접근하는 배들은 공격한 뒤 바로 퇴각하는 전술로 유명한, 교활한 사령관 푸마 예무가 이끌고 있음을 알게 되었습니다."

"겁쟁이구먼!"

다른 종사들 가운데 한 명이 소리쳤다.

"간교한 속임수로 싸우는 것은 비겁한 게 아니다."

페큐 텐료의 말에 조금 전 소리쳤던 종사가 얼굴을 붉히더니 입을 다물었다.

"저는 그가 전면적인 반격에 대비해 가리나핀과 전사들을 지치게 하고 사기를 꺾을 목적으로 소함대들로 해안을 괴롭히고 습격하려는 의도가 있다고 의심합니다."

페큐 텐료가 고개를 끄덕였다.

"생각해 둔 대응책이 있는 거냐?"

"물론입니다." 탄바나키가 눈을 번뜩였다. "윙윙거리는 파리 떼에 대처하는 가장 좋은 방법은 그것들을 탁 쳐서 잡는 거지요!"

"그럼 네가 류쿠 함대를 지휘하도록 해라, 탄바나키 가리나핀."

'시간의 화살'호에 탄 세라와 조미 키도수는 모래 쟁반 하나를 가운데에 놓고 서 있었다. 그 쟁반에는 작은 종이 모형들이 루이섬과 본섬 사이 포도주 색깔을 띤 어두운 바다에 뜬 류쿠와 다라 배들의 위치를 나타내고 있었다.

피로가 본섬에 남아 장군들이 나머지 계획을 준비하는 것을 돕는 동안, 세라는 정찰 목적으로 빠르고 날렵한 제국 전령선을 내어 달라고 요청했다.

"티무를 볼 수 있을 정도로 아주 가까이 접근하면 좋겠어. 어릴 때 나와 피로가 많이 놀리긴 했지만, 티무는 좋은 사람이야. 야만인들이 티무를 가혹하게 다루지 않았으면 좋겠어."

"키지 신이 분명 그를 보호할 겁니다, 황녀님."

조미는 세라가 자신을 전선과 아주 가까운 이곳까지 데려온 이유를 알 것 같았다. 루이섬에 갇혀 있는, 그녀가 사랑하는 사람들과 좀 더 가까이 있다고 느낄 수 있기 때문이었다. 조미는 그 점에 감사해했다. 그저 어머니와 물리적으로 좀 더 가까이 있다는 사실만으로도 내장을 휙휙 비틀어 대는 불안이라는 칼들이 조금이나마 둔해진 것처럼 느껴졌다.

"감상은 이 정도면 충분해." 세라가 단호하게 고개를 저었다. "류쿠 쪽 반응은 어떻게 생각해?"

조미는 아노 표의 문자들로 된 두루마리를 생각하거나 복잡한 공학 도면을 읽는 것처럼 전장 지도를 곰곰이 숙고했다.

"가리나핀의 활동 범위에 제약이 있어서 해안선을 따라 공백이 있을 것으로 믿었고, 때문에 착륙 지점이 더 많이 생길 것이라 생각했습니다. 하지만 저들은 도시선을 떠다니는 섬으로 사용하며, 상공에서의 우위를 굳혔습니다."

류쿠 함대는 현재 루이섬과 다수섬에서 나포한 작은 배들뿐만 아니라 침략자들을 데려왔던 거대한 도시선들로 구성되어 있었다. 탄바나키는 그것을 각각 열두 척씩 묶어 독립된 소함대로 재편성했다. 각각의 소함대는 두세 마리의 가리나핀을 수송하는 하나의 도시선을 중심으로 삼고, 그보다 작은 다라 선박들은 호위함 역할을 했다. 탈취한 비행함들이 바다를 감시하며 푸마 예무의 배들을 찾아냈고, 그다음에는 가리나핀들이 도시선에서 이륙해 목표물들을 공중에서 치명적인 불로 타격했다. 그러고 나면 호위함들이 생존자를 남김없이 살상해서 일을 마무리했다. 예무는 이미 이런 식으로 여러 척의 배를 잃었다.

"난 그게 단순한 우위 그 이상이라고 말하고 싶어. 이들 항공 모함 전투단은 루이섬 남쪽 바다를 완전히 장악했어. 따로 떼어 놓고 보면 도시선과 가리나핀은 제한적이고 취약하지만, 이런 식으로 결합하면 서로를 아주 잘 보완해. 새로운 전쟁 기계를 만든 셈이지."

조미는 고개를 끄덕였다.

"새로운 목적을 달성하기 위해 기존 군수품을 영리하게 사용하고 있는 거군요."

조미는 자신과 뜻이 맞는 황녀를 위해 일하는 것이 정말로 즐거웠다. 그들은 서로를 이해했고 서로의 발상을 보완해 주었다. '호기심 많은 거북'호에서 루안 지아와 보낸 근심 없는 날들이 떠올랐다.

"또 비행함 선원들과 붙잡힌 제국 수병들이 그들을 위해 일하게 하려고 믿을 수 없을 정도로 잔인한 일을 벌이고 있을 거야." 세라가 생각에 잠긴 채 혼잣말을 했다. "푸마 예무에게 철수하라고 조언해야 해."

"그런데 어쩌면 완전한 후퇴를 명령할 필요는 없을지도 모릅니다."

"무슨 말이야?"

"예무 장군은 퇴각에 능한 것으로 알려져 있습니다. 장군이 조심성 있게 행동한다면, 이 상황을 기회로 바꿀 수 있을 겁니다……."

"……첩보 수집이라는 목적을 위해서 말이지."

세라가 눈을 번뜩이며 말했다.

두 사람은 안다는 듯한 미소를 교환하며 서로의 팔을 꼭 붙들었다.

푸마 예무의 배들은 점점 다가오는 항공 모함 전투단으로부터 후퇴하기 시작했다. 바람이 돛을 가득 채웠고, 노잡이들은 근육을 움직였다. 날렵한 선체들은 물을 갈라 사방으로 흩뿌렸다.

푸마 예무는 교전하는 대신 도망치는 것이 발견된 배의 선장은 누구라도 처형될 것이라는 뜻을 담은 연 신호를 여봐란 듯이 제국 함대에 내보냈다. 제국의 배들이 이 때문에 불안한 소금쟁이처럼 행동했다. 겁에 질린 채 류쿠 전투단에 접근하려 하다가도 가리나핀이 하늘로 날아오를 태세를 보이자마자 뒤돌아서 빠르게 달아나는 것이다. 그러고는 적이 압도적인 수적 우위를 점하고 있음을 의미하는 연 신호를 보냈는데, 의심할 여지 없이 군사재판에서 자신들의 목숨을 구하려는 시도였다.

하지만 감히 아주 멀리까지 도망치지는 못했다. 가리나핀들이 추격해 오지 않을 것임이 분명해지자 배들은 속도를 늦추고, 돌아서서 마지못해 저녁을 먹기 위해 집으로 불려 가는 아이들처럼 항공 모함 전투단을 향해 다시 슬금슬금 다가갔다.

탄바나키는 푸마 예무의 배들이 사용한 다양한 연 신호를 포로로 잡힌 제국 선원들을 시켜 해독한 다음 웃음을 터트렸다. 다라 사람들의 기세가 꺾인 것이 분명했으므로 그녀는 전투단들에 전력을 다해 추격전을 벌이라고 명령했다.

전투단들이 루이섬에서 멀어져 점점 더 먼 바다로 이동하는 동안 조미와 세라는 지도상에서 그들의 위치를 유심히 추적했다. 이따금 예무의 배들은 제시간에 탈출하지 못했고, 몇 척은 가리나핀의 불타오르는 숨에 꼼짝없이 당했다. 가끔 가리나핀들은 기력을 소진하기 전에 되돌아가야 했다. 푸마 예무의 함대와 항공 모함 전투단 사이에 수많은 충돌이 있었다. 조미와 세라는 마침내 하늘을 나는 야수들의 최대 유효 타격 범위에 관한 정확한 값을 계산할 수 있었다.

피로 황자는 잠수선들로 가리나핀 수송선을 공격하자는 계획을 내놓았다. 가리나핀들은 이제 해안가에서 아주 멀리 떨어져 있었기 때문에, 떠다니는 발판을 잃는다면 안전한 곳까지 날아갈 충분한 기력을 갖지 못할 터였다.

세라가 말했다.

"나쁘지 않은 생각이야. 하지만 지금 기계 크루벤을 사용하면 그 능력을 적에게 드러내는 셈인 거 알고 있어? 가능한 한 오랫동안 적으로부터 정보를 숨기는 것이 전쟁의 기술이야. 모든 승리가 추구할 가치가 있는 건 아니야. 더 좋은 위치를 확보하기 위해 때로는 적의 돌을 잡지 않는 게 좋다는 퀴파의 원칙과 비슷해."

피로는 세라의 분석에 동의했지만, 그럼에도 황녀는 젊은 황자가 인내심이 부족하다는 사실에 마음이 불편했다. 그것은 언제나 피로의 약점이었다. 몇 년 동안 황제의 그림자 역할을 했어도 그 약점이 치료되지 못한 게 분명했다.

"푸마 예무는 그의 역할을 다했어." 세라 황녀가 선언했다. "이제이 비싼 값을 치른 지식을 활용하는 건 다른 사람들의 몫이야."

샌 카루코노는 다시 한번 거대한 기계 크루벤의 눈을 통해 흐릿한 수중 장면을 응시했다.

밝은색의 물고기 떼가 이따금 시야를 가로지르며 휙 지나갔고, 때로는 상어 한 마리가 휩쓸고 지나갔다. 다른 기계 크루벤 아홉 대가 그의 기계 크루벤을 뒤따랐다. 그것들은 길이 없는 깊은 물속을 다니는 거대한 인공 비늘고래 한 무리였다.

푸마 예무의 서쪽 습격은 계획의 일부에 불과했다. 그런 괴롭힘을 가한 목적은 가리나핀들의 관심을 루이섬 동쪽 바다로부터 떼어놓기 위한 것이었다. 그곳 바다 밑에는 여기저기 흩어진 화산들이 뱀 모양으로 줄지어 있었다.

카루코노는 비좁고 어둑한 배 내부와, 줄일 수 있을 때까지 줄여서 핵심 요원들로만 구성된 선원들의 얼굴을 돌아보며 지금의 여행을 10여 년 전 본섬에서 루이섬까지 항해했던 마지막 여행과 비교하지 않을 수 없었다. 그때는 다수군이 본섬을 비밀리에 침공할 준비를 하면서 반대 방향으로 향하고 있었고, 잠수선들은 결의와 희망에 부푼 군사들로 꽉 차 있었다. 오늘도 비밀 임무를 수행하고 있지만, 이번에는 함께하는 선원 수도 훨씬 적고, 임무가 성공을 거두리라는 확신도 없었다.

며칠에 걸쳐 기계 크루벤들을 바다를 가로지르며 조종하는 것은 힘든 과정이었다. 그 잠수선들은 강력한 꼬리지느러미에 동력을 공급하는 증기기관에 쓰는 가열 암석들을 얻기 위해 수중 화산들에 의존했다. 수중 화산의 위치를 표시한 상세한 지도가 있긴 했지만, 그 과정은 힘들고 위험으로 가득 차 있었다. 항로를 조금만 벗어나도 다음 화산을 놓칠 수 있었고, 배가 아주 컸기 때문에 몇몇 선원만 노잡이를 해서는 앞으로 나아가기가 어려웠다. 화산을 놓치게 되면 물 위로 올라와 신호를 발사하고 구조대원을 기다리는 것 외에는 선택의 여지가 없는데, 그렇게 되면 위치가 적에게 발각되어 필멸의 결말을 맞을 위험이 커졌다.

그런고로 낮 동안 기계 크루벤들은 수면을 통과하는 탁한 빛에 의존해서 수중의 주요 지형지물과 협곡, 산호 형성물 들을 확인했다. 밤에는 추측 항법에 의존해야 했다. 둥근 창들로 어두운 심연의 별처럼 먼 화산의 희미한 빛을 응시하자면 심장이 목구멍까지 올라왔다. 선원들은 머리가 어지럽고 나른해지기 전에 이따금 배를 수면 가까이 가져가 탁해지고 무거워진 공기를 환기시키기 위해 호흡관을 수면 위로 찔러 넣어야 했다.

달이 없는 밤이었고, 바다는 고요했다.

원주민들로부터 포획한 소형 선박 사이에 정박한 류쿠의 도시선들은 마치 겁이 많은 바다표범과 돌고래 들에 둘러싸여 휴식을 취하고 있는 고래들처럼 크리피 항구에서 오르락내리락했다.

그날도 다라의 농민들은 십부장들과 류쿠 경비대원들의 감시하에 힘든 노동을 하며 긴 하루를 보낸 다음에야 겨우 휴식을 취할 수 있었다. 그날도 류쿠 종사와 전사 들은 흥청망청하는 밤을 보낸 후에야 마침내 술에 취한 채로 잠에 빠져들었다. 그들은 휴식을 제대로 취한 가리나핀을 타고 다라 중심부의 거대한 도시들을 급습하는 꿈을 꾸었다. 거기에는 수많은 보물과 겁을 먹고 유순해진 사람들이 그들의 약탈을 기다리고 있었다.

몇 킬로미터 떨어진 바다, 세라 황녀와 그녀의 특별 조수가 계산한 가리나핀의 최대 유효 타격 범위를 살짝 넘어선 곳에서 파도가 갈라지며 수면 위로 뛰어오르는 크루벤의 뿔이 드러났다. 비늘로 뒤덮인 고래의 머리가 물 밖으로 곧장 튀어나와 잠시 떠 있다가 다시 아래로 떨어졌다.

뒤로는 아홉 마리의 크루벤이 따랐다.

그 우레와 같은 소리는 해안가에 다다랐을 즈음에는 거의 들리지 않았다. 도시선의 갑판에서 순찰하는 경비대원들과 나포된 다라 선박들의 돛대 위 망대에 있던 파수꾼들이 어두운 바다를 보려고 고개를 돌렸지만, 흐릿한 별빛 때문에 아무것도 볼 수 없었다. 경비대원들은 다시 망을 보면서 추위를 달래려 오므린 손에 입김을 불어넣으며 손가락을 데웠고, 털모자를 눈썹 바로 위까지 바싹 끌어 내렸다. 그들은 소음에 대해 딱히 걱정하지 않았다. 본섬들 근처의 혼잡한 해상 운송로들부터 멀리 떨어진 이곳 먼 북방에서는 뛰어오르는 고래와 크루벤 들이 종종 목격되곤 했다.

푸마 예무의 해군은 아직도 가리나핀들을 싣고 나르는 도시선들이라는 거만한 고양이들 앞에서 겁에 질린 쥐들처럼 도망치고 있었고, 비행함을 타고 크리피 항구 근처를 순찰한 결과 평소와 다른 점이 드러나지 않았다. 다라 사람들이 자기들의 어설프고 느린 비행함을 보이지 않게 만드는 방법을 발명하지 않은 다음에야, 오늘 밤역시 아무런 일도 벌어지지 않을 터였다.

육지 쪽에서 순찰하는 경비대원들이 수면 위로 떠오른 크루벤들을 발견하지 못했다는 것을 마침내 확신한 샌 카루코노는 참았던 숨을 내쉬었다. 그 숨은 흐릿한 별빛 속에서 하얗게 빛을 냈다. 공기는 살을 엘 듯 차가웠고 물은 몇 분 안에 사람을 죽일 만큼 차가웠다. 하지만 어떤 면에서 이 임무의 가장 위험한 단계는 이제 시작일 뿐이었다.

선원들은 어둠 속에서 거대한 크루벤들을 조종해, 머리 부분이 중앙을 향한 채로 커다란 원형 대형을 만들 때까지 짤따란 노들을 사용해 가며 바람과 파도에 맞섰다. 부피가 큰 배들을 더 안정적으로 만들기 위해(그 배들은 수면 위에서의 움직임에는 최적화되지 않았다) 샌은 기계 크루벤들의 긴 가슴지느러미들을 빠르게 헤엄칠 때 접어두었던 위치에서 빼내 펼치라고 명령했다. 그러고 나서 선원들은 천천히 크루벤들의 턱을 열었다. 열 척의 배는 이제 불가능할 정도로 크게 하품하며 나른하게 흔들리는 크루벤 무리처럼 보였다.

선원들은 선창 깊숙한 곳에서 비밀 화물을 꺼내 갑판 역할을 하는 턱으로 하나씩 운반했다. 대나무 장대에 부착한 양과 소 방광으로 만든 부표를 바닷물에 빠뜨린 다음 줄로 묶어 하나의 틀로 만들었고, 그 틀 위로 얇은 널빤지들을 깔아서 물 위에 뜨는 커다란 부표를 하나 만들었다. 그 크기가 뮈닝시의 공중에 매달린 산책용 공원만 했다.

크루벤 선원들은 조심스럽게 부표에다 발을 디디고 선 다음 그것이 안정적인지 확인했고, 승리를 의미하는 몸짓으로 팔을 들어 올렸다.

선원들은 대나무들을 다발로 단단히 묶은 듯한 것을 크루벤들의 배 속에서 날라왔다. 그것들은 90센티미터 정도 되는 길이에 나무 줄기만큼 두꺼웠다. 무거운 짐들을 부표 한가운데에 내려놓은 선원들이 다발을 묶는 밧줄을 끊자, 짐 덩어리가 잠자는 고양이가 깨어나서 몸을 풀고 기지개를 켜는 것처럼 튀어 오르며 휙 움직였다. 선원들은 재빨리 비켜났다. 대나무 대들은 펼쳐지고, 확장되고, 일어섰고, 서로 연결되어 있었다……. 아무에서 만든, 화려한 종이 공예품 한 점이 펼쳐지는 것을 보는 것과 같았다. 숙련된 장인들은 매끄러운 종이들을 납작한 꾸러미로 접었다. 그것들은 풀려나면서 동물, 집 또는 유명인의 화상(像)으로 변했고, 혹은 어떤 식물의 발아와 성장, 개화의 과정을 아주 빠른 속도로 보여 주는 것처럼 줄기가 땅 아래에서 풀려 나와 하늘로 치솟았다.

이내 소형 비행함 열 대가 대나무 틀이 간닥거리는 부표에 서 있었다.

조미 키도수는 루안 지아가 여행 중에 보여 준 접이식 열기구에 영감을 받아 그 비행함들의 최초 설계도를 그렸다. 피로와 세라는 그 설계도가 뜻하는 바를 이해한 다음, 장군들과 황제에게 조미의 생각을 소리 높여 옹호했다. 판과 긴펜에 있는 민간 연구소나 제국의 지원을 받는 학당과 연구소 소속의 창의적인 수학자와 학자 들은 쉬지 않고 일했고, 결국 비행함의 틀을 기계 크루벤들의 비좁은 선창에 접어서 보관할 수 있을 때까지 압축하고 접는 방법을 고안해 냈다.

다음으로 선원들은 부양용 기체가 든 자루들을 틀에다 부착했다. 그것들은 부피를 줄이기 위해 최대한 압축된 상태였는데, 지금은 요리 전에 줄을 너무 팽팽하게 묶어서 끈들 사이사이로 여기저기 불룩하게 부풀어 오른, 댓잎으로 싼 쌀 만두와 생김새가 비슷했다. 틀이 떠 있는 부표에 단단히 고정되자, 선원들은 부양용 기체 자루들 주위의 밧줄을 풀었고, 자루들은 하늘로 돌아가려고 하며 대나무 틀에다 힘을 가했다.

더 많은 화물이(거대한 도자기 항아리, 동물 내장으로 만든 신축성 있는 줄, 선원들이 매우 조심해서 다루는 물질이 든 무거운 자루들 등등) 비행함들에 실렸고, 틀에 단단히 묶였다. 조각 그림을 맞추듯 압축적인 형태의 조각들로 분해되어 있던 선체 역시 운반되어 나와 조립되었다.

기계 크루벤들의 크기는 상대적으로 작았고, 따라서 보통은 비행함 틀 위로 덮어 외피가 되는 옻칠한 비단 필을 보관할 공간은 없었다. 대나무 틀과 기체가 든 자루만으로 구성된 비행함은 피부와 근육이 마법처럼 투명해진 동물과 비슷한 모양새가 되었다. 뼈와 그 안에서 맥박 치고 있는 장기들이 수축과 이완을 하는 것이 드러나 보이는 셈이었다. 비단 외피가 없으니 비행함들은 항력으로 속도가 느려질 것이고 부양용 기체 자루들을 겨냥하는 화살과 같은 투사형 무기들에 더 취약해졌지만, 류쿠인들이 돌을 쏘는 새총을 제외하고는 원거리 무기에 의존하지 않는 것으로 보이는 점을 고려하면 그런 손실은 치명적이지 않은 수준이었다. 게다가 대나무 틀이 개방되어 있어서 선원들은 더 이상 선체에만 공격의 장소를 국한하지 않을 수 있었다. 선원들은 해군 함정의 삭구 장치들과 같은 식으로 대나무 버팀대 곳곳에 오를 수 있었고, 비행함들은 이제 사방에서 오는 위협에 대처할 수 있었다.

비행함에서 골격만 남기고 모든 것을 없앤 데는 이점이 하나 더 있었는데, 샌 카루코노가 오늘 밤 임무의 성공을 위해 의지할 수 있는 종류의 것이었다.

대나무 틀과 비단 기체 자루는 모두 검은색으로 칠해져 있었고, 특별 훈련을 받은 선원들도 역시 검은색 옷을 입은 채 노출된 틀의 여러 횃대에 몸을 붙들어 맸다. 그 비행함들은 밤의 물질로 만들어진, 은밀하고 보이지 않는 유령들이었다.

이 특별한 비행대의 대장, 폰 나예는 샌 카루코노에게 경례했다.

"제독님, 불새들이 준비되었습니다."

폰은 긴 마조티가 공군으로 영입한 최초의 여성 가운데 한 명이었다. 전설적인 패왕이 연을 타고 리루강 위로 날아올랐을 때 그를 제압한 적이 있는 유능한 사령관인 나예 대장은 이 원정대를 이끌겠다고 자원했다.

나예는 허리에 붙은 천 자루를 빼서 샌에게 던졌고, 그는 그것을 어렵지 않게 붙잡았다.

"우리가 돌아오지 않는다면, 그걸 판으로 가져가 주십시오."

샌은 그 자루를 들어 올려서 무게를 가늠했다. 아주 가벼웠다.

"이게 뭔가?"

"제 비행대 전원의 마지막 유언장입니다."

샌 카루코노는 그 꾸러미를 가슴에다 대고 꽉 쥐었다.

"만약에 그럴 일이 있다면…… 이걸 가족들에게 전달하지." 그의 눈은 바닷바람에 따끔거렸다. "키지 신과 다라의 모든 신들이 너희들이 보호해 주길 바라마."

나예는 웃었다.

"사람들은 항공병들이 미신을 믿는다고 말하지만, 저는 특별히 신을 믿은 적이 없습니다. 제복을 입고 있는 내내 수 킬로미터 아래로 추락할 수도 있는 곳에서 딱 한 발짝 정도 떨어져 살았지만, 기도를 해 본 적은 단 한 번도 없었습니다. 다라의 신들이 저와 함께 싸우고 싶다면 환영입니다. 하지만 신들이 그러지 않는다고 해도 제가 필요로 하는 건 이게 답니다."

그녀는 옆에 있는 틀에 붙들어 매어 둔 새 무기의 매끈한 몸통을 쓰다듬었다.

"사는 곳이 어디냐?" 샌이 충동적으로 물었다. "내가…… 네 유언장을 직접 전달하마."

"전 유언장을 남기지 않았습니다. 전 글을 읽거나 쓰는 법을 배운 적이 없고, 편지를 써 주는 사람들에게 내가 죽은 후에 일어날 일에 관해 이야기하는 건…… 잘하는 일처럼 느껴지지 않았습니다. 게다가 그럴 필요도 없습니다. 저는 지금까지 15년 이상 항공병으로 일해 왔고, 번 돈은 모두 낭비하거나, 도박으로 잃거나, 애인들에게 나눠 줬습니다. 전 비행함만큼이나 가볍습니다."

"가족도 없어? 그들이 분명 알고 싶어 할 것 같은데……."

나예의 얼굴이 어두워졌다.

"아버지는 마피데레 황제를 위해 싸우다가 돌아가셨고, 어머니는 기아로 돌아가셨습니다. 아들을 한 명 낳긴 했는데, 딱히 결혼해서 정착하고 싶지 않았습니다. 그래서 애 아버지가 다수섬 어딘가에서 키웠고요. 그래서 잘 모릅니다."

"다수섬이라."

샌 카루코노는 기계적으로 그 말을 반복했다. 갑자기 나예가 왜 이 임무에 자원했는지 이해가 되었다.

"전 그 애에게 엄마 역할을 못 했습니다. 하지만 류쿠족이 이미 그 애와 그 애 아버지를 죽였다면, 전 그들의 복수를 위해 여기에 온 겁니다. 만약 그 애가 아직 살아 있다면, 언젠가 오늘 여기서 일어난 일에 관해 듣고 자기 어머니가 비겁한 여자가 아니었음을 알기를 바랍니다."

"좋은 평판. 그게 우리가 남기는 것 중 유일하게 중요한 거지."

"비슷한 것 같습니다. 전 말에는 소질이 없습니다, 제독님."

나예는 항공병들의 주의를 끌기 위해 휘파람을 불었다.

"안전 장치 마지막 점검…… 기체 자루의 줄을 풀어라…… 10을 세면 이륙한다…… 준비! 준비! 준비! ……3, 2, 1, 이륙!"

틀의 하단부 부근에(비행함들이 떠 있는 부표에 묶여 있는 지점이었다)

있던 항공병들은 일제히 짧은 검을 휘둘렀고, 해골 비행함들은 밤 하늘로 쏘아 올려져 별이 빛나는 하늘의 어둠을 배경 삼아 재빨리 사라졌다. 비행함들이 상승하면서 물 위로 조금 들어 올려졌던 부 표들이 둔탁한 물보라를 일으키며 다시 물속으로 떨어졌다.

해골 비행함들은 쏜살같이 내달리는 오징어들처럼 밤하늘을 활 공해 조용히 도시선들에 다가갔다. 류쿠 보초 한 명이 어두운 하늘 에 시선을 고정하며 눈에다 힘을 주었다. 유령 같은 뭔가를 본 것 같았기 때문이다.

새 떼였나? 산들바람? 별들이 그림자에 가려진 것처럼 보이지 않 았던가?

갑자기 어두운 하늘에서 커다란 불꽃 혀가 튀어나왔다.

저물녘의 소용돌이치는 구름이나 여명의 파도처럼 늘어나고, 펼 쳐지고, 풀어지다 결국 그 경비대원에게 가 닿아 그를 애무할 무렵 에 불꽃 혀는 크리피 궁을 지탱하는 거대한 기둥처럼 굵어졌고 길 이는 거의 15미터나 됐다. 별들이 열기에 흔들리며 그 주위에서 공 기가 탁탁 튀었다.

혀는 날름거릴 때처럼 안으로 쑥 말려 들어갔고, 경비대원이 있 던 곳에는 검게 그을린 시체가 서 있었다. 망대는 불타는 장작으로 변했다.

"기습이다! 기습이야!"

같은 배에 타고 있던 다른 경비대원들은 물론, 다른 배에 타고 있 던 경비대원들도 공격에 가담한 적들의 위력과 숫자를 확신하지 못한 채 놀라서 비명을 질렀다. 그들은 허둥지둥 갑판을 내달리며 사방을 둘러보았다. 다른 배에 탄 경비대원들의 시야가 거대한 돛에 가려지는 각도로 공격이 왔다. 마치 투석기로 높이 던져진 소이탄이 물 건너편에서 날아오는 것처럼 보였다. 하지만 어떻게 다라에서 온 함대가 비행함들이나 가리나핀 항공 모함이 알아채지 못하게 접근할 수 있었을까?

횃불이 빠른 속도로 타오르기 시작했다. 망꾼들이 어둠 속을 주의 깊게 내다보았다. 그러나 어두운 바다에는 배들이 보이지 않았고 선착장은 텅 비어 있었다.

또 다른 불꽃 혀가 튀어나와 다른 배를 부드럽게 핥았고, 주(主) 돛대가 화염에 휩싸였다.

망꾼들은 이번에는 그 공격이 공중에서 왔다는 것을 깨달았다. 하지만 제아무리 애를 써도 무기를 발사했을 제국 비행함을 찾을 수가 없었다. 밝고 옻칠한 비단 외피를 생각하면, 비행함들은 불타는 배들에서 나온 빛에 의해 쉽게 눈에 띄어야 했다. 설령 불빛을 받지 않더라도 크기가 거대하니 별이 빛나는 하늘의 상당 부분을 가리게 될 것이었다.

제국 비행함을 숨기는 것은 불가능했다. 하지만 어찌 된 일인지 지금 그들을 공격하는 비행함들은 유령처럼 어디에서도 보이지 않았다.

잠자고 있는 종사들과 술에 취한 전사들을 깨우기 위해 전령들이 크리포로 급파되었다. 배들을 구하려면 다라인 노예들과 함께 서둘러서 불을 꺼야만 할 터였다.

또 다른 불타는 혀, 또 다른 비명, 불꽃이 피어오르는 또 다른 배.

이번에는 네 개의 혀가 동시에 움직였고, 도시선 한 척은 뱃머리와 선미 모두에서 불길이 치솟았다.

마침내 망꾼 한 명이 그 출처를 파악했다. 불꽃 혀가 주변의 어두운 공간을 비추자 그 망꾼은 불가능한 것을 언뜻 보았다. 다라의 한 전사가 아무런 지지도 받지 않은 채 허공에 서 있었고, 그녀는 불꽃 혀를 장창처럼 휘두르고 있었다.

그 망꾼은(류쿠인들에게 항복하고 나서 노예가 된 루이섬 주민들을 무자비하게 채찍질하고 더 열심히 일하도록 강요하여 신뢰를 얻은 오십부장이었다) 환각에 빠져 피소웨오가 불꽃 창을 들고 싸우는 환영을 보기라도 한 듯했다.

망꾼은 몸을 떨었다. *다라의 신들이 마침내 개입하기로 한 걸까?*

배에서는 사람들이 더 많이 허둥대고 더 많이 소리 쳤다. 선원들은 환한 신호용 등불을 켰고, 구부러진 거울로 하늘로 빛을 반사해 유령 비행함을 수색했다.

저기다! 비행함은 정말로 유령 같았다. 얇은 대나무 골격은 너무 어둡게 칠해져서 밤으로 섞여 드는 것처럼 보였고 빛을 거의 반사하지 않았다. 비행함에 추진력을 제공하는 깃털 달린 노들도 검게 염색되어 있었다. 틀의 여러 다양한 곳에 끈으로 묶인 병사들 무리가 치명적인 불꽃을 내뿜는 극악무도한 기계를 휘두르고 있었다.

그 *화염 방사기*(못 말리는 피로 황자가 지어 준 이름이었다)들은 조미키도수가 황후가 어린 시절에 했던 유치한 장난을 바탕으로 발명한 것이었다.

똥거름으로 가득 찬 통들을 몇 주 동안 그대로 두어 발효시키자 치명적이고 가연성 기체가 모였다. 그들은 똥거름을 말려 가루가 될 때까지 갈아서 단단한 알갱이들과 섞어, 탄약으로 쓸 수 있도록 항아리에 넣어 포장해 두었다. 또 실제 사용을 위해서 압력이 가해진 기체 통마다 줄을 부착했는데 이는 창처럼 휘두를 수 있는 얇고 곧은 관으로 연결되었다. 관의 다른 한쪽 끝은 풀무와 가루 형태로 된 똥거름 항아리에 연결되었다. 병사들이 풀무질을 하면 똥거름 알갱이들과 가루들이 빈 관으로 움직였고 기체 통이 열리면서 가압된 똥거름 기체를 방출했다. 결과적으로 기체와 분말의 혼합물은 열려 있는 관 구멍 근처에 있는 점화용 불 고리에 의해 불이 붙었다.

이 모든 것이 강력한 화염을 분출하며 경로상에 있는 모든 것을 불태웠다. 한 줄기 빛이 주위를 배회하며 공포에 질린 곤충의 더듬이처럼 어두운 하늘을 들여다보고 있었다. 다른 유령 비행함들도 모습을 드러냈는데, 불운을 예고하는 거대한 나방처럼 항구에 있는 함대 주위를 맴돌며 류쿠 배들에 치명적인 화염을 내뿜었다.

육지에 있던 몇몇 궁수들이(대부분 항복한 다라 병사들이었다) 유령선을 향해 화살을 쏘았다. 대부분은 해를 끼치지 못할 정도로 멀리 비켜 나갔다. 가까이 접근한 화살도 있었지만 비행함에 타고 있던 여성들은 능숙하게 고리버들 방패를 휘둘러 방향을 바꾸었다.

횃불이 켜지면서 크리피의 하늘이 훤해졌고 류쿠 전사들은 급하게 움직이며 대응했다. 퍼덕이는 거대한 날개들이 내는 낮고 무겁게 우르릉거리는 소리가 부두의 소란 너머로 들려왔다. 가리나핀들과 기수들은 잠에서 깨어 있었다.

횃불 근처에서는 거울들이 회전하며 밝은 빛을 뿜어 유령과도 같은 비행함들에 초점을 맞추었다. 비행함들이 밤 속으로 사라지는 것을 막기 위해서였다. 은밀하게 움직일 수 없게 된 비행함들은 전술을 바꾸었다. 노잡이들은 노를 불태웠고, 때문에 이제 제국의 비행함들은 불타는 새나 천국의 바다에서 볼 법한 빛을 내는 해파리처럼 보였다. 불에 타며 윤곽을 그리는 노는 독이 든 촉수처럼 돛 옆으로 스치고 지나가며 불을 붙이자 그 바람에 육지에서 불을 끄려고 애쓰고 있던 남자들이 물러섰다.

크고 날카로운 비명이, 애절하면서도 교만한 소리가 밤 속으로 울려 퍼졌다. 생경한 소음이 악몽을 꾸게 하는 마음 구석을 파고들자 나예는 심장이 떨렸다. 그녀의 비행함과 다른 비행함들의 항공병들은 불화살을 쏘는 것을 멈췄고, 육지에 있는 류쿠 병사들은 곤봉을 흔들어 대거나 화살을 쏘는 것을 멈췄다.

모든 사람이 숨을 참고 기다렸다.

육지에 있던 류쿠 전사들은 가리나핀의 거대한 그림자 하나가 횃불들 뒤편에서 불쑥 솟아올라 나예의 비행함을 향해 달려들자 우레와 같은 환호성을 터뜨렸다.

그 야수는 비행함보다 훨씬 더 커서, 밍겐 수리 한 마리가 풀을 뜯는 송아지를 향해 돌진하는 것만 같았다. 겁에 질린 항공병들이 정신을 못 차리자 제국 비행함의 불타는 날개들은 퍼덕거림을 멈추었고, 비행함은 열기구처럼 힘없이 떠밀렸다.

가리나핀 조종수는 마흔 살 정도에 마르고 강단 있는 남자였다. 그의 얼굴에서는 야성적인 미소가 퍼져 나갔다. 그는 고개를 돌려

다른 기수들에게 단단히 붙들라고 소리쳤다. 가리나핀이 공기처럼 가벼운 대나무 우리를 갈기갈기 찢어 놓을 예정이었다.

가리나핀이 점점 거리를 좁혀 왔다. 하지만 운이 다한 비행함은 움직이지 않았다.

가리나핀 조종수는 기쁜 마음에 함성을 질렀다.

가리나핀은 제자리에서 맴돌기 위해 날개를 앞쪽으로 내저었고, 비행함을 불태워 버릴 준비를 하며 목을 뒤로 젖혔다.

그 순간 나예의 비행함이 마치 보이지 않는 손이 젖혀 버리기라도 한 것처럼 공중에서 홱 움직였다. 비행함의 풀무는 화염방사기에 동력을 공급하기 위한 것만이 아니었다. 일련의 관들과 나팔 모양의 장치들을 통해, 뒤쪽을 향하는 개구부를 통해 방출할 수 있는 압축 공기를 용기에다 저장했다. 제국학당의 기술자들은 물줄기를 내뿜으며 바다를 질주하는 오징어를 참고로 삼아 깜짝 탈출 장치로 쓸 수 있게끔 공기 분사기를 추가했다.

가리나핀의 불기둥은 비행함 대부분을 놓쳤다. 비행함은 꼬리 부분만 불에 탔다. 하지만 운이 없는 항공병 하나가 횟대에서 추락했다. 그녀는 비명을 지르며 불타는 유성처럼 추락해서 죽었다.

나예의 나머지 항공병들은 두 가지 목표를 달성하기 위해 필사적으로 움직였다. 어떤 이들은 불길이 걷잡을 수 없게 되기 전에 진압하기 위해 물 저장고에 연결된 줄을 가져오려고 비행함 틀 위로 기어올랐고, 다른 이들은 불꽃 창들의 방향을 틀어서 가리나핀을 겨냥했다. 가리나핀은 불을 내뿜는 공격을 감행한 이후 잠시 멍해져 무방비 상태였다.

갑자기 세상이 화산이 방금 폭발한 것처럼 훤해졌다. 비행함의 여러 지점에서 불꽃이 분출하며 발사되었고, 그 모든 것이 가리나핀에 집중되었다.

평소의 전투에서 가리나핀의 기수들은 튼튼한 가리나핀 가죽으로 만든, 부피가 큰 보호막 아래에서 보호를 받았지만, 이번에는 가리나핀의 몸에 걸쳐져 있는 그물 모양의 용구에 안장에 다는 주머니처럼 매달려 있었다. 기수들은 한밤중에 잠에서 깨어난 데다 불을 내뿜는 다라 비행함을 본 적이 없어 방호 장비도 완벽하게 갖추지 않고 있었다.

원수가 그녀를 찾아온 여자들에게 넌지시 알려 주었듯, 그런 오만함은 다라 사람들에게 유리하게 작용했다.

불기둥들이 가리나핀의 몸을 어루만지자 요리할 때 나는 지글거리는 소리와 구운 고기의 악취가 공기를 가득 채웠다. 탐험가가 횃불을 들고 접근할 때 거미들이 그늘 속으로 허둥지둥 달아나는 것처럼, 겁에 질린 몇몇 기수들은 안전한 곳을 찾아 그물 모양의 용구를 힘겹게 넘어 가리나핀 반대편으로 이동했지만, 대부분은 제시간에 빠져나오지 못했고 울부짖는 소리를 내며 불에 타면서 먼 아래쪽 차가운 바다로 추락했다.

조종수는 침착성을 되찾고서 가리나핀에게 새로운 명령을 내렸다. 거대한 가죽 같은 날개를 격렬하게 퍼덕거리며 가리나핀은 퇴각했다. 다친 기수들은 필사적으로 그물 모양의 용구에 매달렸다.

나예의 비행함에 타고 있던 항공병들과 주변 제국 비행함들은 환호했다. 무서운 류쿠 전사들은 결국 무적이 아니었다.

제43장

승리의 맛

루이섬

사해평치 12년 2월

폰 나예는 정박한 류쿠 배들에 계속 불을 뿌리라고 유령 비행함 함대에 명령을 내렸다. 10여 마리 이상의 가리나핀이 비행함들에 접근했지만 일정한 거리를 유지했다. 거대한 야수들과 기수들은 모두 불에 타는 고슴도치들처럼 사방으로 화염을 쏘아 대는 새로운 장치가 혼란스러웠다. 쉽게 압도할 수 있었던 무방비 상태의 느린 제국 비행함과는 너무나도 달랐기 때문이다.

나예의 대원들이 휘두르는 화염방사기는 자연 상태의 가리나핀들이 뿜는 불보다 더 멀리, 더 오래 불을 내뿜을 수 있었기 때문에 힘의 균형에 결정적인 변화가 생겼다. 가리나핀의 날개와 가죽은 튼튼했지만, 화염방사기가 뿜어내는 강렬한 열기는 그럼에도 불쾌하게 느껴졌다. 조종수들이 앞으로 나아가라고 재촉할수록 가리나핀들은 뒤로 물러났고, 뭘 해야 하는지 모르는 채 비행함들로부터 안전한 거리에서 조심스럽게 선회할 뿐이었다.

그러는 동안 배들은 불타며 가라앉았다. 선원들은 차가운 물속으로 뛰어들어 안전한 곳으로 헤엄쳐 가려고 했다. 가리나핀 기수들은 크리피 항구라는 생지옥을 속수무책으로 지켜보았다.

하지만 조종수로 있는 금발의(너무 밝아 거의 하얗게 보이는) 젊은 여성은 주눅이 들지 않았다. 탄바나키로도 알려진, 페큐의 딸인 바듀 로아탄은 이 가리나핀 기수 무리의 우두머리였고, 그녀가 타고 다니는 코르바라고 불리는 순백의 야수 역시 이 무리에서 가장 크고 교활했다.

탄바나키는 가리나핀 위에서 상황을 살피면서 관의 좁은 끄트머리를 안장 바로 앞에 있는 큰 혹에다 대고 찔렀다. 그 혹 밑으로는 코르바의 척추뼈가 있었다.

가리나핀의 목이 너무 길었기 때문에 조종수들이 전투 중에 야수들과 소통할 수 있는 유일하고도 실용적인 방법은 목덜미 부근의 억센 가죽을 날카로운 박차(拍車)로 차거나 가리나핀의 속이 빈 귀뼈로 만든 나팔 모양의 전성관을 통해 말하는 것이었는데, 이러면 척추의 진동을 통해 야수들의 머릿속으로 목소리가 전달되었다.

"아가씨, 우리 같이 새로운 뭔가를 해 봐야겠어."

탄바나키는 자신이 원하는 것을 전성관에다 대고 설명하며 코르바의 목덜미를 쓰다듬었다.

코르바는 이해했다는 표시로 고개를 끄덕였다. 그러고는 큰 소리로 울고 신음했다. 크루벤이나 고래의 노래와 비슷한, 깊은 소리였다. 잠시 후, 다른 가리나핀들이 깊고 애절한 목소리로 대꾸했고, 기수들도 탄바나키에게 이해했다는 뜻을 전하기 위해 머리 위로 팔을 교차시켰다. 날개 달린 야수들이 비행함들 주위를 빙빙 돌며 화염방사기의 사정거리 밖에 머물도록 유의했다. 때때로 한 마리씩 달려들어 해골 비행함들에다 불을 뿜어 댈 만한 틈을 찾아내려고도 했다.

"조심해." 폰 나예 대장은 페큐의 딸이 들고 있는 것과 기이할 정도로 비슷하게 생긴, 황소 뿔로 만든 나팔에 대고 소리쳤다. 당연히 그녀는 자기 비행함 소속 선원들과 휘하 비행함들에 목소리를 전하기 위해 좁다란 끄트머리에다 대고 말하고 있었다. "저것들이 우릴 한곳으로 몰고 있어!"

가리나핀들은 조직적으로 움직이고 있었다. 늑대 무리가 양 떼 주위를 빙빙·도는 듯했다. 가리나핀들이 계속 괴롭히자 비행함들은 방어를 목적으로 연거푸 화염을 쏘고, 가리나핀들의 불에서 벗어나기 위해 공기 분사기를 사용했다. 하지만 상황을 이해했음에도 항공병들은 가리나핀들이 포위망을 좁혀 오자 점점 더 가까이 붙어서 떠 있을 수밖에 없었다.

떠밀린 끝에 열 대의 비행함이 마침내 한 지점에서 무리를 형성했다. 꼬리들이 서로 부딪쳤고, 머리 부분은 폭발하는 별의 광휘처럼 사방을 향해 뻗어 있었다. 노잡이들은 깃털 달린 날개를 접어 일시적이나마 보관실에 넣어 두었다. 이런 대형에서는 비행함들은 더 이상 정박 중인 류쿠 선박들과 육지의 병사들을 공격할 수 없었지만, 모든 방향의 공격으로부터 완벽하게 보호되었다. 또한 각 비행함은 측면 자매선의 화염방사기들이 쏘아 대는 십자 포화로 보호되었고, 가리나핀들이 이용할 만한 틈을 허용하지 않았다. 선회하는 가리나핀들과 비행함 선단은 긴장이 감돌긴 해도 안정적인 교착 상태에 도달했다.

하지만 나예는 뭔가가 잘못되었음을 느꼈다. 그녀는 안일하게 생각하지 말자고 스스로를 일깨웠다. 류쿠인들은 교활한 적수임을 몇 번이고 경험하지 않았던가. 일정한 속도로 주위를 돌고 있는 가리나핀들을 관찰해 보니, 어린 시절에 본 회전하는 등불들처럼 뚜렷한 색깔 무늬를 가지고 있었다. 줄무늬, 작은 반점 무늬, 불규칙하게 얼룩덜룩한 무늬, 그리고 밋밋한 민무늬…….

"탄약을 아껴." 그녀가 다시 나팔에 대고 소리쳤다. "꼭 필요한 경우가 아니면 불을 쏘지 마. 우리 보급품이 동나게 만들려는 건지도 몰라."

하지만 그건 말이 되지 않았다. 라 올루와 푸마 예무의 경험을 바탕으로 가리나핀에 대해 배운 것은, 그것들이 계속해서 불을 뿜기에는 지구력이 부족하여 제국군이 화염방사기를 소진하기 전에 지치리라는 점이었다.

비행함들 주변을 선회하던 가리나핀들이 행동을 양식적으로 반복하기 시작했다. 작은 반점 무늬, 줄무늬, 밋밋한 민무늬, 부분부분 얼룩덜룩한 무늬……. 나예는 한가하게 그것들의 수를 셌다. *하나 둘…… 열, 열하나. 다시 작은 반점 무늬, 이젠 줄무늬, 밋밋한 민무늬……. 잠깐! 열하나?*

나예는 정신없이 주위를 둘러보다 아래를 보았다. 불타는 배들의 불빛들로 깜박이는 어두운 바다가 거기 있었다. 고개를 든 나예는 두려움에 가슴이 철렁 내려앉았다. 의심은 사실로 확인되었다.

그녀는 경고하려고 나팔을 들었지만, 때는 이미 늦었다.

다른 가리나핀들이 비행함들을 에워싸 꼼짝 못 하게 만든 사이, 바듀 로아탄은 코르바에게 아무도 모르게 날아 밤 속으로 사라지라는 신호를 보냈다. 혼란스러운 현장으로부터 충분한 거리를 확보한 후, 류쿠의 공주는 코르바에게 비행함들과 주위를 에워싼 가리나핀들의 위쪽 높은 곳으로 곧장 날아오르라고 지시했다.

제국 비행함 대장들이 뿌리 깊은 습관 때문에 위쪽에는 거의 주목하지 않을 것이라는 생각이었다. 비행함의 부양용 기체는 다코 호수에서만 나왔고, 비행함 발전의 역사 속에서 하나 이상의 권력이 비행함을 대량으로 가지고 있는 경우는 흔치 않았다. 공대공 전투는 더더욱 드물었다. 제국은 주로 지상과 해상의 목표물을 감시하고 폭격하는 데 비행함을 사용했고, 역사상 몇 차례 있었던 공중전은 적대적인 양측이 화살과 같은 투사체를 주고받으며 같은 평면상에서 서로에 접근해 상대의 비행함에 탑승하려는 식으로, 해군 교전처럼 느리고 육중하게 이루어졌다. 다라의 전략가도 더 높은 고도에 다다르면 공중전에서 결정적인 이점을 잡을 수 있다는 것을 알고는 있었지만, 그러한 이론적 이해가 실행에 옮겨진 적은 없었다. 밑에 사람들이 타는 구조물을 매달은 비행함들은 아래나 같은 높이의 목표물을 공격하도록 설계되었기 때문에, 항공병은 무기를 위쪽(어떤 경우라도 대개 불투명한 비단으로 덮인 선체에 막혀 있는 방향)

으로 돌리는 훈련을 전혀 하지 않았다.

탄바나키는 코르바에게 비행함 무리의 한가운데로 빠르게 돌격하라고 재촉했다. 폰 나예가 자신의 실수를 깨닫고서 선원들에게 위쪽을 경계하라고 경고하려는 순간, 코르바와 그녀에 탑승한 이들은 이미 비행함들 바로 위에 바싹 다가와 있었다.

탄바나키가 무릎으로 코르바의 목을 누르자, 코르바는 공중에서 몸을 뒤로 젖히며 두 날개를 크게 퍼덕여 급격한 하강을 멈추었다. 뒤이어 목을 앞으로 쭉 내밀어 비행함들이 무리를 지어 서로 부딪치고 있는 곳 한가운데에다 불기둥을 내뿜었다. 동시에 거대한 야수의 물갈퀴 같은 막에 매달린 기수들이 화염방사기가 뿜는 반격의 화염을 제지하기 위해 새총으로 돌멩이들을 우박처럼 날렸다. 몇몇 다라 항공병들이 머리에 돌을 얻어맞고 안전띠에 기댄 채 소리 없이 축 늘어졌다.

하지만 코르바가 내뿜는 불꽃의 혀는 비행함들의 대나무 틀까지가 닿지 못했다. 굉음을 내는 불길과 숨 막히는 열기에 항공병들이 겁에 질려 움츠러들었지만, 불기둥은 결국 그 어떤 비행함도 불태우지 못하고 꺼졌다.

폰 나예는 기뻐서 소리를 내질렀다. 해골 비행함들의 모양이 흔치 않았기 때문에 거리를 정확하게 판단하는 것이 어려워, 탄바나키는 탈것을 조금 일찍 멈춰 세웠을 것이었다. 가리나핀들은 이제 잠시 재충전을 해야 할 테니, 방어 태세를 갖출 시간을 벌 수 있었다.

항공병들은 위에서 다가오는 새로운 위협에 화염방사기를 집중하기 위해 개방된 격자 틀 위에서 다급하게 움직였다. 불투명한 가림막이 사라진 상황에서 비행함들은 위쪽의 적들을 저지하는 한편, 모든 방향으로 화염방사기를 이용한 보호 장벽을 만들어야 했다.

나예는 주변에서 일어나는 움직임을 관찰했다. 그러다 갑자기 무서운 깨달음이 찾아왔다. 바듀는 거리를 잘못 판단하지 않았다. 가리나핀의 공격은 정확히 의도한 대로 이뤄진 것이었다.

"안 돼!"

그녀가 비명을 질렀다. 하지만 때는 늦었다.

비행함 꼬리 부분에 있던 항공병들은 공포에 질려 가리나핀이 뿜는 불에서 나오는 열기에 머리가 그을리자, 폰 나예의 명령이 없는데도 화염방사기로 불을 발사했다. 호스 담당 항공병은 가압된 똥거름 기체에 연결된 밸브를 열었고, 풀무 담당 항공병들은 목숨이 달린 일인 양 풀무를 작동시켰다. 열 대의 비행함 꼬리에서 열 개의 불타는 혀가 공중을 맴도는 야수를 향해 날름거렸다. 열 마리의 개구리가 같은 파리를 노리는 것 같았다. 화염방사기의 사정거리가 가리나핀들보다 멀었기 때문에 코르바는(적어도 코르바에 올라탄 대원들은) 크게 다칠 것임이 분명했다.

하지만 바로 그런 반응이야말로 바듀가 기대한 것이었다. 불기둥들은 위로 치솟는 듯하다가 햇빛을 받아 반짝이는 바다로 다시 주저앉으며 목표에 도달하기 훨씬 전부터 포물선을 그리며 날아가는 다이란처럼 아래로 휘어지기 시작했다. 열 개의 불타는 혀는 우아한 호선을 그리며 열 대의 비행함을 타격했다. 마치 지금껏 서로를 겨냥이라도 해 온 것처럼.

화염방사기는 가압된 기체와 분쇄되고 작은 알갱이 형태로 된 똥거름을 혼합하도록 설계되었고, 그래서 기체를 단독으로 사용하는 것보다 화염을 더 멀리 운반할 수 있었다. 하지만 이는 화염방사기의 화염이란 실제로 불타고 있는 투사체들의 흐름이라는 뜻이었다. 즉, 그것들은 중력에 구속되었다. 비행함들이 위쪽으로 공격한다면 불꽃은 결국 다시 비행함으로 떨어지게 되었다.

빽빽이 들어찬 비행함들이 서로를 향해 불을 쏘도록 속아 넘어간 것이었다.

순식간에 대나무 틀이 타올랐고 몸에 불이 붙은 항공병들의 비명과 울부짖는 소리가 허공을 가득 채웠다. 불로 인한 피해는 물로 통제할 수 있는 수준을 넘어섰고, 기체 자루가 폭발하면서 비행함들은 떨어지기 시작했다.

당황한 항공병들이 안전띠에서 몸을 풀고 불타는 꼬리에서 벗어나 선수 쪽으로 피신하자 비행함들은 균형을 잃으며 기울었다. 모든 것이 곧 이미 불타는 류쿠 배들의 잔해가 흩어져 있는 어두운 바다로 떨어지게 될 판이었다.

나예는 거대한 순백의 가리나핀이 공중에서 맴도는 모습과 그 목에 올라탄 조종수의 작은 형상을 응시했다. 그녀의 마음은 감탄으로 가득 찼다. *싸울 가치가 있는 적이군.* 류쿠 공주는 화염을 분사하는 유령 비행함들을 본 적이 없는데도 몇 분 안에 그것들을 물리칠 계획을 만들어 냈다.

난 실패하는 걸까? 내 이름은 겨울바람에 하는 속삭임처럼 잊힐까?

불타는 틀이 갈라지고 부서지기 시작했다. 비행함들은 더 빨리 떨어졌다. 가리나핀들이 접근해 더 많은 불을 내뿜었고, 어떤 놈들은 발톱과 이로 공격했다. 더 많은 비명과 외침이 이어졌다. 화염방사기를 지키던 항공병들은 자리를 떠서 무의미하게도 안전한 곳을 찾으려 들거나 그걸 막아 보려는 듯 눈을 감고 두 팔로 얼굴을 감싼 채 굳어 있었다. 모든 희망이 사라졌음을 깨달은 몇몇 항공병은 안전띠를 풀고 어둡고 차가운 물속으로 뛰어들기도 했다. 익사하거나 얼어 죽지 않는다면, 류쿠인들에게 붙잡혀 죽음보다 더 나쁜 운명에 처하게 될 터였다.

나예는 비행함 틀에 매여 있던 몸을 풀고 전성관을 들었다.

"다라의 병사들이여, 우린 이미 죽은 몸이다!

우리는 오늘 저녁 출발하기 전에 그 사실을 알았다. 의심의 여지가 없다.

앞으로 결정될 것은 이 섬의 시인과 이야기꾼이 우리 이름을 어떻게 기억할지에 관한 것이다. 영광으로 기억될 것인가, 아니면 비겁함으로 기억될 것인가. 우리 부모, 형제자매, 남편, 아내, 아이들이 다라의 자유민으로 살게 될 것인가, 아니면 야만적인 류쿠족의 노예로 살게 될 것인가."

공황에 빠져 있던 항공병들이 움직임을 멈추고 지지대를 붙잡았다. 그들은 비행함들이 부서져 내리고 가리나핀들의 공격이 이어지는 와중에도 나예의 연설을 들었다.

"자매들이여, 나를 따르라!" 나예는 자신보다 몇 배는 더 크고 폭이 넓은 거대한 도자기 항아리인 화염방사기용 똥거름 기체 통에 안전띠를 둘러맸다. 그런 다음 풀무 담당 병사들에게 고개를 끄덕였다. "때가 됐어. 실행해."

유령 비행함의 설계에는 여러 놀라운 요소들이 있었지만, 이것이 맨 마지막 요소였다. 최후의 수단이었다.

"난 너희들에게 이걸 요구할 수는 없다." 바다를 건너는 임무를 수행하기 위해 그녀의 항공병들과 지휘관들이 기계 크루벤들 안으로 사라지기 전에 나예는 말했다. "그리고 황제도 요구할 수 없다. 대신이나 사제 들이 임무를 위해 목숨을 바치는 것이 달콤하다며 뭐라고 말하든 말이다. 내가 아노 고전을 공부하지 않았는지는 몰라도, 생명이 신성하다는 것은 안다.

난 너희들에게 선택권을 주고 싶다. 피소웨오의 방식을 따르는 우리는 가끔 한 사람과 다른 많은 사람 중 누가 끔찍한 운명을 맞이할 것인지, 둘 중 하나를 결정해야 한다. 군인에게 항상 많은 선택권이 있는 것은 아니지만, 다른 사람들의 기억 속에 어떤 모습으로 남고 싶은가 하는 문제에서는 너희에게 선택권을 주고 싶었다."

풀무 담당 항공병들은 아주 잠깐 망설인 다음 고개를 끄덕였다.

"비행함이 추락할 때 함께하는 게 대장으로서 나의 의무이다. 하지만 이번에는 그렇게 못 할 것 같구나."

"저희가 비행함과 함께 떨어지겠습니다."

풀무 담당 항공병 중 한 명이 말했다. 그녀의 목소리는 엄숙했다.

"곧 '아무것도 뜨지 않는 강'의 건너편에서 뵙겠습니다."

다른 풀무 담당 항공병이 말했다.

"아마 패왕이 우리를 환영할 거다."

나예가 미소를 지으며 말했다. 그녀는 단호하게 손을 흔들었다.

풀무 담당 항공병이 단검을 꺼내 비행함의 틀에 통을 묶어 놓은 줄을 잘랐다.

　구부러진 대나무 장대 한 조(組)가 통 아래에 고정되어 있었다. 황제와 회담했을 때 세카 키모를 안전한 곳까지 쏘아 올렸던 투석기를 본떠 만들어진 것이었다. 대나무 장대들은 곧게 펴지며 비행함의 불타는 선체로부터 공중 높은 곳까지 통을 발사했다. 그 비행의 꼭짓점에서 막 추락이 시작될 무렵, 한 쌍의 연 날개가 통의 양쪽 측면에서 딸깍 튀어나오더니 추락을 활공으로 바꾸었다. 통에 묶인 채로 나예는 날개에 부착된 밧줄을 조종해 가리나핀 하나를 향해 날아들었다.

　불타면서 추락하는 비행함들을 보고 심하게 흥분한 가리나핀의 등에 올라탄 기수들은 새롭게 날아드는 공격자를 보지 못했다. 가리나핀은 보았지만 기계 따위에는 신경 쓰지 않았다. 작은 날개가 달린 장치는 각다귀나 모기와 같았다. 날아든 통이 다양한 마구들로 가나라핀 등에 있는 물갈퀴 같은 막에 매여 있는 기수들 사이에 떨어진 후에야 놀라움과 경고의 외침이 일었다. 류쿠 기수 몇몇은 몸에 매인 안전띠를 풀고는 뼈로 만든 곤봉들을 가지고 위로 올라가 불타는 비행함에서 온 이 방자한 도피자를 끝장낼 준비를 했다.

　착지하자마자 나예는 갈고리가 여러 개인 닻 두 개를 꺼내, 가리나핀의 등에 있는 막에다 박아 넣어 통과 스스로를 야수에 단단히 부착시켰다. 류쿠 전사들이 거대한 야수의 들썩거리고 불안정한 등을 타고 조심스럽게 다가오고, 가리나핀이 뱀처럼 생긴 목을 접어 뿔이 난 머리로 어깨 너머를 쳐다보며 자신의 위로 거대한 모습을 드리우자 다라의 대장, 나예는 웃었다.

그녀는 통에 부착된 줄과 안전장치를 뜯어내고, 끄트머리에 불타는 점화용 불씨가 있는 곧은 불의 창을 줄에다 찔러 넣었다.

잠시 아무 일도 일어나지 않았다. 그러더니 가리나핀의 등 위로 작은 태양이 떠오른 것만 같았다. 순식간에 폭발이 일어나며 나예, 류쿠 전사들, 조종수, 그리고 가리나핀의 얼굴 대부분을 불태웠다.

통은 가연성 기체를 발생시키는 똥거름뿐만 아니라, 날카로운 돌과 쇠 부스러기를 채워 살상력을 높였다. 폭탄만큼이나 강력했던 통은 눈과 혀와 같은 부드러운 조직에 부딪혀 폭발하지 않는 한 두꺼운 가리나핀의 가죽에 대해서는 할 수 있는 게 거의 없었지만, 주요 목표물이었던 기수들과 조종수들에게 치명적이었다.

조종수를 잃은 거대 야수는 눈과 귀가 먼 채 분노와 고통으로 울부짖었다. 그것은 허공에서 공중제비를 돌더니 다른 가리나핀들을 향해 달려들어 불을 내뿜고 거대한 발톱들을 휘둘렀다.

이 갑작스러운 상황에 대비하지 못한 나머지 가리나핀들은 미처 날뛰는 동료로부터 제때 벗어나지 못했다. 칼처럼 베는 발톱들. 비명을 지르는 남녀들. 후려쳐 대는 불꽃 혀. 가리나핀 다섯 마리가 함께 노력하고 나서야 마침내 통제 불능에 빠진 야수의 머리를 강타할 수 있었다. 하늘을 가리는 날개들이 한 번 더 퍼덕거린 다음 멈추었고, 뒤이어 사체는 수백 미터가량 추락해서 아래에 있던 불타는 도시선과 충돌했다. 화산 폭발이라도 일어난 것처럼, 불타는 나무들과 잔해가 사방으로 날았다.

다른 다라 비행함 대장들이 나예를 따랐고, 작은 항공기들이 밤공기 속으로 더 많이 발사되어 거대한 가리나핀 쪽으로 향했다. 그것들 모두가 목표물에 착륙한 것은 아니었다. 몇몇 가리나핀이 턱으로 통을 붙잡았지만, 잠시 후 그들의 머리는 비슷하게 밝은 광채와 함께 폭발했다. 다른 통들은 가리나핀들의 거대한 발톱에 붙잡혔고, 그것들의 하반신은 열과 빛으로 된 구체 안에서 사라졌다. 죽어 가는 남녀의 비명과 다친 가리나핀들이 미쳐 날뛰며 내뱉는 울부짖음과 신음이 동반된, 우레와 같은 폭발음은 하늘에다 새로운 지옥을 만들어 냈다.

조종수들의 통제가 사라진 채 고통 속에 미쳐 버린 야수들은 예측이 어렵게끔 공중에서 맹렬히 몸을 후려쳐 대며 휙휙 방향을 바꾸었고, 닥치는 대로 모든 것을 공격했으며, 차례로 불기둥을 내뿜었다. 살아남은 기수들은 갑작스러운 가리나핀의 움직임에 의해 안전띠로부터 튕겨 나갔고, 앞을 못 보는 광분한 가리나핀들은 배들을 부수고 엄청나게 많은 수의 선원을 불태워 죽였다. 야수들은 서로 충돌했다. 어느 한쪽이 마침내 타락한 신처럼 하늘에서 죽어 추락할 때까지, 머리를 부러뜨리고, 턱을 맞물리고, 칼 같은 발톱으로 베고, 채찍질하듯 꼬리를 휘두르고, 입으로 불을 내뿜었다.

가리나핀들이 대부분 죽은 후, 살아남은 세 야수가 하늘에서 오랫동안 몸싸움을 벌였다. 힘이 서로 엇비슷하다 보니 어느 한쪽도 결정적인 우위를 점하지 못했고, 날개가 찢어져 어느 한쪽도 혼자 서는 하늘을 날 수 없게 되자 서로에게 달라붙었다. 세 야수가 공중에서 만들어 내는, 가죽과 살, 날개, 발톱, 턱, 불의 뒤엉킴은 마치 천둥 같은 포효와 사나운 번개의 번쩍임으로 가득 찬 먹구름 같았다.

탄바나키는 무슨 일이 일어나고 있는지 깨닫자마자 코르바가 소동에서 벗어나게끔 조종했다. 그녀는 분노와 공포의 눈물을 참으려고 안간힘을 쓰며 크리피 쪽을 바라보았고, 아래에 있는 밝은 횃불이 켜진 아버지의 '대천막' 앞 깃대 꼭대기에서 여우 꼬리들이 펄럭이는 것을 보았다.

페큐 텐료가 퇴각 명령을 내린 것이었다.

그녀는 믿을 수가 없었다. *왜지? 도시 인근의 가리나핀 대부분을 잃었다 해도, 모든 비행함이 사라지고 없지 않은가?*

하지만 도시의 성벽을 바라보고서 그녀는 이해했다. 어떻게 된 일인지는 몰라도 다라의 군대가 상륙해 해변의 쓰레기에 와 닿는 느린 파도처럼 류쿠 진영을 조직적으로 통과하고 있었다. 이따금 진군 대열에서 불길이 치솟아 천막을 불태웠고 류쿠 전사들과 미처 빠져나오지 못한 다수의 항복한 병사들을 불지옥에 빠뜨렸다. 비행함을 보냈을 때와 같은 은밀한 수단으로 보내진 것임이 분명했다.

비행함이 감행한 공격에 따른 극심한 공황 때문에, 이제는 믿을 만한 지상 방어 작전이나 해상 방어 작전을 수행하기는 어려웠다. 크리피 항구에 있던 가리나핀 병력이 파괴된 데다 마지막 가리나핀(그녀 자신이 타는 코르바)의 불이 소진되면서, 퇴각하는 것 외에는 선택권이 없었다.

탄바나키는 한숨을 쉰 뒤 코르바의 등뼈에 나팔을 갖다 댔다.

"자비를 베풀고 돌아가자."

코르바는 자신이 이해했음을 표시하기 위해 신음을 냈다. 코르바는 싸우고 있는 가리나핀들이 뒤엉켜 있는 곳을 향해 달려들었다가 몸을 뒤로 젖혔고, 마지막 불을 쐈다. 다치고 어리둥절해진 채로 야수들은 싸움을 멈췄다. 코르바는 발톱을 뻗어 공중에서 우아하게 그들의 목을 꺾었다.

그제야 그녀는 후퇴하는 류쿠군 대열을 뒤따르기 위해 서쪽으로 방향을 틀었다. 뒤편에서는 불타는 제국 비행함들과 죽은 가리나핀들이 바다로 떨어져, 지글지글 타는 다른 야수들의 사체들과 류쿠 배들의 잔해에서 타는 잉걸불들과 합류했다.

여명의 첫 빛살들이 지평선 너머로 스며들어 이 고요한 공포의 장면을 비추었다.

샌 카루코노의 크리피 항구 상륙은 모든 류쿠 종사에게 큰 충격을 주었다. 정확한 세부 내용은 아직 불분명했지만, 항복한 다라 병사들을 고문한 결과는 아마도 잠수선들이 두 갈래로 나뉘어 진격했을 것임을 암시했다. 하나는 기습 병력 역할을 하는 유령 비행함들을 운반하고, 다른 하나는 침공을 위한 주력 병력을 실어 날랐을 터였다. 페큐 텐료는 그런 무기들의 능력을 사전에 낱낱이 파악하지 못한 것에 격노했다. 그는 항복한 다라 병사 100명을 가리나핀이 내뿜는 불로 공개적으로 화형에 처했고, 귀중한 군사 정보를 감히 숨기는 사람은 누구라도 같은 방식으로 처리하겠다고 공언했다.

기계 크루벤이 그런 식으로 사용될 줄은 아무도 상상하지 못했다는 병사들의 소심한 속삭임은 묵살되었다.

먼바다에서 푸마 예무의 군대와 교전하고 있던, 가리나핀을 실어 나르는 도시선들과 호위함들은 이제 류쿠족에게 남아 있는, 실전에 쓰일 수 있는 유일한 해군이었다. 류쿠의 전령 비행함들은 그들에게 즉시 루이섬 서쪽 해안으로 돌아가라고 명령했다. 후퇴하는 류쿠군이 향하는 곳이기도 했다.

페큐 텐료와 그의 군대가 행군할 때, 노예가 된 루이섬의 주민들도 함께 이동해야만 했다. 침공해 온 제국군을 맞이한 건 텅 빈 마을과 창고뿐이었다. 여덟 살 정도의 어린아이들과 여든여덟 살 정도의 노인들도 매일 몇 킬로미터 거리를 걸어야만 했고, 뒤처진 사람들은 종종 두개골을 세게 얻어 맞는 식으로 그 자리에서 처형되었다. 어린아이들이 어머니의 품에서 길가로 내동댕이쳐졌고, 부모들은 아이들이 애처롭게 울고 있음에도 불구하고 채찍을 맞아 가며 앞으로 걸어갔다.

"제발요, 제발! 자비를 베풀어 주십시오!"

하지만 호송병들의 마음을 누그러뜨릴 수는 없었다. 그중 많은 이들은 심지어 류쿠인도 아니었고 항복한 루이섬과 다수섬의 병사들이었다. 예전에 제국인들이었던 그들은 자신들의 운명이 류쿠인들의 운명과 불가분의 관계에 있다는 것을 알았다. 황제의 군대가 마침내 승리를 거둔다면, 협력자와 간첩인 그들의 미래는 그리 밝지 않았다. 그들로서는 류쿠인 주인들을 위해 봉사하는 일에 훨씬 더 열성을 보이는 것 외엔 선택지가 없었다.

라 올루와 론 부인은 특히 주목할 만한 예였다. 그들은 류쿠군과 함께 이주하는 것을 꺼리는 주민들을 열심히 격려했다. 차가운 겨울 날씨 속에서 지치고 허기진 행렬의 속도가 느려지자, 라 올루는 앞쪽에서 뜨거운 식사가 준비되고 있다는 소문을 퍼뜨렸다. 음식을 먹을 수 있다는 약속에 흥분한 사람들은 발걸음 속도를 높였지만,

변절한 대신이 사람들을 더 빨리 걷게 하려고 거짓말을 했다는 것을 나중에 알게 됐을 뿐이었다.

"다수섬에 도착하면 모두 배부르게 먹게 될 것이오."

라 올루는 사과의 의미로 말했다. 피난민들은 그제야 이해했다. 남은 도시선들이 류쿠군을 가잉만을 가로질러 다수섬으로 다시 실어 갈 것이고, 짐작건대 그곳에서 최후의 저항을 할 것임을. 그리고 루이섬 사람들은 류쿠인 주인들을 섬기기 위해 소처럼 배에 실려 바다를 건널 것임을.

사람들은 라 올루와 론 부인의 이름을 저주했다. 호송병들 앞에서는 이를 악물고 아무 말도 하지 않았지만, 기회가 온다면 맨손으로 그 둘을 갈기갈기 찢어 놓으리라 결심했다.

샌 카루코노와 그의 군대가 적에 대한 정보를 수집하기 위해 해방된 크리피를 수색하고 류쿠인 첩자들을 신문하는 동안, 조미 키도수는 가리나핀 사체를 확보하는 데 집중했다.

사체 일부는 불타는 도시선에 내려앉는 바람에 불길에 휩싸여 선박 잔해와 함께 침몰했다. 하지만 다른 몇몇은 바다에 빠졌고, 바닷물 덕에 불이 꺼지며 사체가 보존되었다. 크기는 거대했지만 사체들은 놀라울 정도로 가벼워 보였고 물에 떠 있었다.

조미는 특별히 잘 보존된 두 구를 골라낸 다음 그것들의 본섬으로의 운반을 위해 기계 크루벤 몇 대를 사용할 수 있게 해 달라고 요청했다.

"세라 황녀 전하께서 가리나핀 표본을 회수할 것을 지시했습니다. 우리는 어린 개체는커녕 한 마리도 생포하지 못했기 때문에 이게 최선입니다. 중요한 군사 정보이니만큼 가능한 한 빨리 본섬으로 보내야 합니다."

조미의 설명에 카루코노도 동의했다. 카루코노는 황녀와 조미가 놀라운 전술을 가능케 하는 특이한 무기를 만든 것을 보았다. 황녀가 죽은 날짐승이 유용하다고 생각했다면, 그 점을 두고 논쟁을 벌일 생각은 없었다.

기계 크루벤 네 대가 가리나핀들을 끌어서 본섬으로 옮겼다. 긴 밧줄로 사체들을 엮은 다음 기계 크루벤에 연결했다. 크루벤들은 동력을 공급받기 위해 수중 화산으로 잠수했지만, 사체들은 수면에 떠 있었기에 뒤쪽의 밧줄은 연줄처럼 풀려 나왔다. 이렇게 해서 가리나핀 사체들은 천천히 긴펜 항구로 운반되었고, 그곳에서 옛 하안의 학자들과 판에서 온 그 동료들은 황녀의 지시에 따라 사체를 연구하기 시작했다.

샌 카루코노는 파견된 전령들에게 황제를 즉시 크리피로 모시라고 명령했다.

"폐하께서는 티무 황자를 보고 싶어 하실 것이다. 일단 황제께서 나머지 군대와 함께 이곳에 도착하시면 사기가 매우 높아질 것이고, 세카 키모가 반란을 일으켰을 때와 마찬가지로 류쿠인들을 큰 힘 들이지 않고 바다로 처넣어 버릴 수 있을 것이다."

"저는 동의할 수가 없습니다."

크리피 궁의 알현실에 있던 모든 사람이 조미를 쳐다보았다. 궁에서는 류쿠 점령 시기의 음식과 우유 썩는 냄새가 여전히 풍겼다.

조미가 침을 삼켰다.

"뭔가 이상합니다. 카루코노 제독님의 침공은 계획대로 진행되었고, 나에 대장님의 희생은 효과적이었지만, 류쿠인들은 여전히 50마리에 가까운 가리나핀을 보유하고 있습니다. 화염방사기가 있다 하지만 우리가 감히 바랄 수 있었던 건 크리피 근처의 땅에 참호를 파서 진지를 구축하고 더 많은 지원군이 도착할 때까지 버티는 것뿐이었습니다. 하지만 류쿠인들은 계속 서쪽으로 후퇴했고, 가리나핀은 어디에서도 찾아볼 수가 없습니다."

"아마 크리피 항구 전투에서 동료들에게 일어난 일을 목격한 다음이라 가리나핀들이 싸우기를 거부하는 것인지도 모르지. 아니면 사기가 너무 떨어져서 페큐 텐료가 부하들을 전투에 나서도록 규합할 수가 없는 건지도 모르고. 그래서 류쿠인들이 다수섬으로 후퇴할 계획을 세우고 있는 거겠지."

카루코노의 말에 조미는 고개를 저었다.

"우리가 그 사실을 알고 있는 건 라 올루가 그런 계획이 있다고 넌지시 암시했다고 몇몇 도망친 피난민들이 우리에게 말해 주었기 때문인데, 전 류쿠인들이 진짜 계획을 밝힐 만큼 라 올루를 신뢰하는가에 대해 의구심이 일기 시작했습니다."

카루코노가 대답하려는 순간, 알현실 입구에서 소동이 벌어져 회의가 중단되었다. 사람들이 카루코노 제독을 뵙길 원한다며 소리를 질러 댔다.

"무슨 일인가?"

카루코노가 물었다.

"저들 말로는 죄수 두 명이 제독님을 꼭 만나야만 한다고 했답니다." 경비대원 한 명이 말했다. "한시도 지체할 수 없는 일이라고 합니다."

"류쿠 남자들이?"

카루코노가 약간 놀라며 물었다. 지금까지 류쿠 포로들에 대한 신문은 별다른 소득이 없었다. 대부분 페큐 텐료가 퇴각하는 동안 뒤처진 부상자들이었다. 야만족 전사들은 다라의 말을 모르거나 죽음을 요구하는 것 이상의 말은 하지 않으려 했다.

카루코노는 경비대원들에게 병사 몇몇과 포로들을 들여보내라고 손짓했다.

병사들이 들것 두 개를 들고 들어왔다. 한 들것에는 어떤 사람이 수척한 몸으로 붕대를 감고서 가만히 누워 있었다. 다른 들것에는 노인이 있었는데, 그는 안으로 들어올 때 일어나 앉으려고 안간힘을 썼다.

"우리도 처음에 류쿠 사람들이라고 생각했습니다." 포로들을 데리고 온 병사 하나가 대답했다. "저 두 사람을 바다에서 발견했습니다. 익사하기 직전이었습니다. 두 사람 모두 도시선의 선창에 쇠사슬로 묶여 있었는데, 도시선이 파괴되어 쇠사슬이 부착되어 있던 격벽이 깨지면서 자유의 몸이 되었습니다. 류쿠 옷을 입고 있지만, 사실은 다라 사람들입니다."

카루코노는 죄수들을 살펴보기 위해 들것으로 다가갔다. 두 사람 모두 헝클어지고 더러워진 흰 머리를 길게 기르고 있었고, 수염도 비슷하게 덥수룩하고 헝클어진 채 허옜다. 노쇠한 몸에는 류쿠인들이 입었던 것과 같은 가죽이(누덕누덕하고 여기저기 구멍들이 나 있었다) 덮여 있었다. 그 구멍들을 통해서는 흉터와 병변, 고름이 흐르는 종기 들이 보였는데, 이는 벌레가 들끓는 감방에서 족쇄를 찬 채 많은 시간을 보냈다는 뜻이었다.

일어나 앉으려고 안간힘을 쓰던 노인은 굽은 등에 자나 토박이 특유의 창백한 피부와 회색 눈을 가졌고, 동행자의 얼굴은 루소 해변에서 자주 볼 수 있는 짙은 색깔을 띠었다.

카루코노는 얼굴색이 짙은 남자의 얼굴을 살펴보다, 숨이 턱 막혔다. 남자의 두 눈은 주름진 피부 덩어리들에 가려진 움푹 팬 구멍들의 형태로만 남아 있었다. 떨리는 입술을 움직였지만 소리가 나오지 않았다. 하지만 흉측하게 훼손된 모습에도 불구하고 카루코노는 그 얼굴을 잘 알았다.

"루안 지아!"

그는 비명을 질렀다.

"스승님!"

조미는 달려와 들것 옆에 무릎을 꿇었고, 남자의 울퉁불퉁하고 비틀린 두 손을 붙들었다. 막대기처럼 가녀린 손가락들이 제자의 손을 꽉 쥐었다.

여전히 루안 지아는 말을 하지 않았다.

"스승님, 왜 말을 안 하세요?"

조미가 뜨거운 눈물을 떨구며 물었다.

"그들이 그의 눈을 불로 지지고 혀를 잘라 냈습니다."

다른 들것에 타고 있던 노인이 쉰 목소리로 말했다.

그 자리에 있던 사람들 대부분은 다라의 전설적인 최고 전략가를 본 적이 없었다. 그들은 이제 자신들의 눈을 믿을 수 없어 하며 쇠약해져 죽기 직전에 이른 인물을 바라보았다.

조미는 루안의 다른 손이 소의 방광으로 만든 자루를 움켜쥐고 있는 것을 알아차렸다. 그것을 손에서 빼내려고 했지만, 루안의 손가락은 야수의 발톱처럼 자루를 꽉 붙들고 있었다. 그녀는 무슨 일이냐는 듯이 들것을 들고 온 병사를 쳐다보았다.

"그것과 함께 바다에서 표류하고 있었습니다. 우리가 배 안으로 옮긴 후에도 그걸 놓지 않았습니다."

"스승님, 이제 안전합니다."

조미는 천천히, 부드럽게 스승의 손가락을 펴 방수 자루를 열었다. 그러고는 잠시 동작을 멈췄다. 비록 몇 년 동안 보지는 못했지만, 안에 든 내용물은 그녀에게 매우 친숙한 것이었다. 책이었다.

"저 자루에는 지아 선생님에게 목숨보다 더 소중한 것이 들어 있습니다." 노인이 쌕쌕거리는 소리를 내며 말했다. "지식의 책입니다."

"그리고 당신은 누굽니까?"

샌 카루코노가 물었다.

"오가 키도수입니다. 다수 출신 어부입니다."

조미는 고개를 홱 돌려 노인을 노려보았다. 남자의 목소리는 쉬어서 속삭이는 수준에 불과했지만, 그의 말은 천둥처럼 조미의 머릿속에서 울려 퍼졌다.

아버지.

제44장

루안 지아의 여행

다수섬 북쪽 어딘가

3년 전

'루소의 행운'호, '자랑스러운 쿠니킨'호, 그리고 '돌 거북'호로 구성된 작은 선단은 몇 주째 북쪽으로 항해하고 있었고, 며칠 전에는 맨 마지막 해적 섬을 뒤로했다. 그들 주위로는 끝없는 바다가 한낮의 태양 아래서 반짝거렸다. 다이란 무리가 이따금 수면 위로 뛰어올라 우아한 포물선을 그리며 파도 위를 활주했다.

'루소의 행운'호에 탄 여덟 남자는 웃통을 벗고 땀으로 범벅이 된 채 중앙에 있는 통에서 방사 모양으로 뻗쳐 있는 수평으로 된 바퀴살에 몸을 기대 쉬었다. 그러면 가느다란 측면 구멍에 쐐기가 박히게 되어 통이 회전하지 않았다. 통에는 많은 비단 가닥들을 꼬아서 만든 밧줄이 연결되어 있었고, 밧줄의 다른 한쪽 끝은 먼 하늘까지 쏘아 올려졌다. 연을 날릴 때 볼 법한 완만한 곡선을 이루며 하늘과 배 사이에 걸려 있는 밧줄에는 분명 강한 장력(張力)이 존재했다.

항해술에 정통한 사람이라면 '루소의 행운'호에서 또 다른 이상한 점을 알아차렸으리라. 북쪽에서 가벼운 바람이 불긴 했어도 배는 돛을 완전히 접어 둔 채 바람을 피해 옆으로 움직이며 나아가는 대신 돛을 선체와 수직이 되도록 완전히 펼친 채로 바람을 직접 맞받았다. 다시 말하자면, 돛들이 제동기 역할을 하며 속도를 최대한 늦추고 있는 것이었다. 배가 파도가 심하게 치는 바다에서 흔들리자, 선원들은 이 색다른 목적에 맞게 돛을 유지하려고 갑판과 삭구 너머에서 안간힘을 썼다.

아울러 노잡이들 역시 열심히 일하며 배의 속도를 더 늦추기 위해 노에 힘을 주며 버텼다. 그런데도 '루소의 행운'호는 빠른 속도로 바다를 헤치고 나아가고 있었다. 그 뒤로 '자랑스러운 쿠니킨'호와 '돌 거북'호가 양옆으로 움직이는 형태로 나아가고 있었는데, 그 둘은 '루소의 행운'호와 보조를 맞추려고 안간힘을 쓰며 최대한 비스듬히 바람을 맞으면서 항해했다. 아래로 뚝 떨어지기 전 큰 파도의 꼭대기에서 잠시 잠깐 망설이듯 멈출 때면, '루소의 행운'호는 뭔지 모르는 밧줄의 먼 끝에 부착된 것에 의해 거의 바다에서 들어 올려진 것처럼 보였다.

'루소의 행운'호의 투모 선장은 커다란 통 옆 모래시계를 이따금 흘깃거리며 초조하게 갑판을 서성댔다. 모래시계는 네 번 뒤집혔는데, 이는 네 시간이 꼬박 지났음을 의미했다. 그는 밧줄의 반대쪽 끝에 있는 생명체의 운명에 대해 걱정하고 있었다.

갑판을 가로질러 걷다 그는 끄트머리에서 발길을 멈추고 갑자기 몸을 홱 돌렸다. 실험을 종료하라는 명령을 내리려던 바로 그 순간, 하늘에서 귀청을 찢는 듯한 날카로운 소음이 들려왔다. 모두가 동작을 멈추었다.

휘익!

금속 고리 하나가 밧줄을 타고 하늘에서 내려왔다. 바람이 특별한 모양의 테를 통과할 때는 휘파람 소리가 크게 났다. 마침내 쨍그랑하는 날카로운 소리와 함께 고리가 통에 부딪히며 움직임을 멈췄다.

'루소의 행운'호의 갑판 중앙에 있는 거대한 도르래 부근에 있던 여덟 명의 남자가 행동을 개시했다. 그들이 중심축의 바큇살들에다 몸을 대고 버티자, 다른 선원이 큰 망치로 통을 쳐서 고정된 쐐기들을 빼냈다. 몇 초간, 밧줄이 통을 팽팽하게 당기면서 남자 여덟 명의 발이 갑판에서 미끄러지고 통은 거의 반의반 바퀴가 돌아갔지만, 이내 남자들은 접지력을 확보하며 통을 그대로 멈춰 세웠다. 그들은 바큇살들을 힘차게 밀었고(허벅지와 팔을 따라 근육이 불룩해지고 꿈틀거렸다) 천천히, 그러나 확실히, 통을 반대 방향으로 돌리며 밧줄을 감기 시작했다.

그들은 힘을 쓰면서 노래했다.

타키는 가슴을 두 개 가졌는데 금이 없었네,
그는 타주의 눅눅한 요새로 들어갔네.
"내게 많은 보물을 주시오,

내가 오줌을 누어 당신의 즐거움을 망치지 않게."

들어 올리고, 들어 올리고, 밀어! 들어 올리고, 들어 올리고, 밀어!

타주는 폭풍을 부를 준비를 했다네,
하지만 노제는 그에게 끈적끈적한 벌레를 주었다네.
해적과 요리사는 정해진 길을 따르지 않는
신의 분노를 피했네.

들어 올리고, 들어 올리고, 밀어! 들어 올리고, 들어 올리고, 밀어!

거품이 이는 고래의 길은 끝이 없다네,
모든 이방인은 친구이기도 하다네.

밧줄 맨 끝에서 아주 작은 검은 점이 나타났다. 남자들이 계속해서 뱃노래를 부르며 밧줄에 연결된 장치를 움직이자, 그 점은 커지며 차츰 연 모양으로 바뀌었다. 하지만 지금까지 다라에서 만들어졌던 것과는 다른 연이었다.

마름모꼴 모양의 그 연은 한 귀퉁이에서 다른 귀퉁이까지의 길이가 25미터에 달했다. 라파산과 카나산의 비탈에서 잘라 낸 가장 튼튼한 대나무로 만든 틀이 옻칠한 비단으로 만든 3단 날개를 지탱하고 있었다. 삭구 장비들은 바다를 항해하는 배의 부속만큼이나 복잡했고, 주(主) 밧줄은 수백만 마리 누에의 목숨을 앗아 간 두꺼운 비단 다발이었다. 3단 날개는 거대한 양력을 제공하여 기존의 어떤 전투 연이나 비행함보다 더 높이 날게 해 주었다.

남자들이 계속 연을 아래로 내리자, 연이 거의 배만큼이나 크다는 것이 곧 명백해졌다. 작은 선체가 누에나방 고치처럼 거대한 3단 날개 밑에 매달려 있었다. 그렇게나 거대한 항공기가 단 한 명의 승객만을 지탱하게 되어 있는 듯 보였다.

연으로 된 돛이 더 이상 구름층 위에 있지 않았으므로(연으로 된 돛은 그 고도에서만 부는 강력한 바람을 탔다) '루소의 행운'호는 속도가 느려졌으며 선원들과 노잡이들은 마침내 배를 통제할 수 있었다. '돌 거북'호와 '자랑스러운 쿠니킨'호는 연이 점점 내려오다가 결국 바다에 부드럽게 떨어지자 도움을 주기 위해 앞으로 나아갔다.

작은 함재정(艦載艇)이 바닷물에 내려졌고, 회수 담당 대원들은 노를 저어 연의 몸체 옆으로 다가갔다. 대원들은 날카로운 칼로 선체를 연에서 떼어 내어 함재정 안으로 들어 올렸다. 단단한 대추나무로 만들고 밀랍과 비단 막들로 밀봉한 이 고치 모양의 선체는 밀폐되어 있었다. 초조해하던 함재정 대원들은 고치 한쪽 끝에 있는 유리로 된 둥근 창을 들여다보았다.

깊은 잠에 빠져 있거나 이미 죽은 듯 눈을 꼭 감고 있는 루안 지아의 얼굴이 어렴풋하게나마 보였다.

"지아 선생님. 돌아오겠다는 신호를 훨씬 일찍 보냈어야 합니다!"
투모 선장이 말했다.

해먹에서 회복 중이던 루안 지아는 힘없이 웃었다. 동상에 걸린 손발은 붕대로 감겨 있었다. 공기가 부족해서 의식을 잃었던 후유증으로 그의 동작은 아직 굼떴다.

"경치가 너무 좋아서 돌아오고 싶지 않았습니다. 원시적인 바다가 마치 푸른 거울처럼 끝없이 아래로 펼쳐져 있었고, 여기저기 흩어진 환상(環狀) 산호섬들이 먼지 티끌처럼 오점을 남기고 있을 뿐이었지요. 수평선도 곡선을 그리며 우리가 광대한 구체에 살고 있다는 나 모지의 이론을 확증해 주었습니다. 그리고 최고천(最高天)의 색깔은 또 어땠는지! 희부연 보라색이었고, 그 사이로 별들의 반짝임을 볼 수 있었습니다……. 신과 불멸자 들은 그러한 것을 보리라 생각합니다."

루안 지아는 비행함과 열기구로 도달할 수 있는 고도보다 훨씬 높은 곳을 정복하기 위해 초창기에 했던 여러 시도를 통해 지식을 수집하여, 그를 기초로 고치를 설계했다. 고치는 높은 고도의 서리에 대비해 단열 막들로 싸여 있었고, 또한 여분의 공기를 담은 외부 풍선을 만들어 숨을 쉴 공기를 확보했다. 하지만 그는 자신(혹은 기록된 역사상의 어떤 사람)이 지금껏 올라간 것보다 더 높이 상승함으로써 항공기를 설계상의 능력치를 넘어서는 지점까지 밀어붙였다.

"1분만 더 머물렀더라도 돌아오지 못했을 겁니다! 불멸자들이 보는 것을 보고 싶었겠지만, 선생님께서는 여전히 인간의 몸에 갇혀 있습니다!"

"우리는 탐험가입니다, 투모 선장님. 인간 인내력의 한계를 넘어서는 높이와 깊이를 경험하다가 죽는 일은 부끄러운 것이 아닙니다. 저는 이 여행을 떠나기 전에 다시 돌아오지 못할 수도 있다는 점을 받아들였습니다."

"지아 선생님, 선생님은 죽어도 만족할지 모르지만 우리 모두가 그렇게 태평할 수 있는 건 아닙니다. 저 연을 가지고 항해하는 것은 피소웨오의 *파위*를 목줄에 묶은 채 걷는 것과 같았습니다. 우리가 연을 날리고 있는지 아니면 연이 우리를 날리고 있는지 불분명할 정도였습니다. 그 정도로 연이 당기는 힘이 매우 강했습니다. 선생님의 엄명이 있었는데도 저는 몇 번이나 선생님을 끌어당겨 내릴 뻔했습니다. 구름 위 바람이 그렇게 강할 줄 누가 알았겠습니까?"

"맞습니다." 루안 지아는 고개를 끄덕였다. "이미 그 점에 대해 생각해 둔 바가 있습니다! 전통적인 배들보다 훨씬 더 빨리 움직이는, 돛 역할을 연에 맡기는 배를 만들 수 있을지도 모릅니다. 하지만 지속적인 힘을 견뎌 내고 물의 저항에 느려지지 않을 수 있게끔 선체를 만드는 새로운 방법이 있어야 할 겁니다……. 아마 배들은 거의 깡충깡충 뛰듯 파도 위를 스치듯 지나가게 되겠지요……."

"저는 그런 배에 타지 않을 겁니다." 투모 선장이 단호하게 말했다. "저는 배가 물속에 견고하게 잠겨 있는 게 좋습니다. 대단히 감사하지만 사양하겠습니다."

루안 지아는 웃었다.

"그냥 생각일 뿐입니다. 선장님은 내가 극단을 추구하는 것을 못마땅하게 여기겠지만, 이 비행으로 귀중한 정보를 얻을 수 있었습니다. 먼 북방으로 떠났던 탐험가들이 모두 실패한 원인을 찾아낸 것 같습니다."

"네?"

"이렇게 연을 타면 꽤 멀리까지 보입니다. 그런 높은 곳에 가면 섬들이 푸르른 배경 위의 그저 흐릿한 황갈색 조각들로 보인다고 탐험 초창기에 말했는데, 기억하시는지요? 산, 계곡, 파도, 고래와 크루벤이 내뿜는 물 같은 자세한 것은 그 어느 것도 보이지 않습니다. 남은 것이라고는 가까이서는 볼 수 없는 큰 양식과 어떠한 경향성뿐이었습니다.

탄 아뒤 사람들과 살 때, 난 바다가 특징 없이 광활하기만 한 것이 아니라는 걸 알게 되었습니다. 마음이 고요하고 대대로 그 율동을 감상할 준비가 된 사람들에게는 그것이 복잡한 무늬로 짜인 양탄자나 다름없지요. 탄 아뒤 사람들은 바다의 수면과 그 아래를 가로질러 흐르는 해류의 상세한 지도를 갖고 있었습니다. 평직 천에 박아 넣은 금박 실들과 같았습니다. 해류는 자연의 힘, 수중 계곡과 화산의 힘, 바람과 강의 힘, 남방과 북방의 폭풍들의 힘을 반영했습니다. 신성한 자연의 힘이 그려 낸 지도는 결국 내가 만들어 낸, 수중 화산 분포 구역에 대한 상세한 지도의 기초를 형성했습니다.

오늘 하늘에 올라 고치에서 본 것은 그런 지도들을 떠올리게 했습니다. 북쪽 바다는 옅은 파란색 화포였고, 그 위로는 복잡한 무늬들의 걸작이 새겨져 있었습니다. 문어의 촉수처럼 길고 흐르는 듯한 호(弧), 앵무조개의 것처럼 복잡한 소용돌이무늬, 붓을 든 화가의 재주와 영혼을 보여 주는 대담하고 두터우면서도 별 모양의 광채와도 같은 격정의 획. 화포는 짙은 푸른색과 은은한 색조의 협죽도, 자줏빛이 도는 검은색, 소금처럼 창백한 흰색으로 물들었습니다. 한 번도 본 적 없는 종류의 그림이었고, 신들이 그린 추상적인 바다 풍경화였습니다.

그리고 멀리 북쪽에, 내 시야의 가장자리에 하얀 벽이 있었습니다. 해안으로 향하는 파도들의 꼭대기에 있는 물보라와 거품을 보는 것 같았지만, 그 정도 규모라면 물보라가 산처럼 높았을 것입니다.

나는 도취한 채 그 먼 벽을 바라보았습니다. 결국 그것은 개별적인 소용돌이로 보이더군요. 춤을 추고, 빙빙 돌고, 서로를 밀쳐 대던 그것은 태풍의 춤, 폭풍의 행진, 비바람의 축하였습니다. 그 벽이 시야의 한계였고, 나는 그 너머를 볼 수 없었습니다."

"무슨 뜻입니까? 폭풍의 벽을 말씀하시는 겁니까? 혹시 사부님은 타주 신이 사는 궁의 성벽을 보고 있었던 겁니까?"

루안 지아는 고개를 저었고, 희미한 미소를 지어 보였다.

"모릅니다, 투모 선장님. 하지만 나는 이전의 탐험대들이…… 그 벽에 가로막혔다는 생각이 듭니다."

선장은 급하게 거친 숨을 들이마셨다.

"정말로 하려는 말씀은, 선생님처럼 멀리까지 볼 수 있는 혜택을 누리지 못한 탐험대들은 거의 경고도 없이 폭풍의 벽에 부딪쳐 배가 갈기갈기 찢어졌으리라는 것이겠죠. 더 멀리 항해하는 걸 멈춰야 합니다. 이곳은 세상의 가장자리입니다. 우린 그 너머로 가면 안 됩니다."

"아닙니다!" 루안 지아의 눈은 수년 동안 찾아볼 수 없었던 열렬함을 띠고 있었다. 그가 자나 제국의 멸망, 마피데레의 죽음을 계획했을 때와 같은 모습이었고, 투모 선장을 두렵게 하면서도 어쩔 수 없이 루안 지아를 따를 수밖에 없게 만든 광기와 열정의 표정이었다. "우린 그것을 향해 항해하여 통과할 겁니다. *반드시 저 너머에 무엇이 있는지 알아내야 합니다!*"

"하지만 그건 명백한 죽음입니다!"

"선장님은 두려움을 넘어 얼마나 멀리 갈 수 있는지 보고 싶지 않습니까?"

루안 지아의 목소리는 부드러웠지만 실망한 기색이 역력했다.

투모 선장은 고개를 저었다.

"전 대원들에게 그런 임무를 맡으라고 요구하지 않을 겁니다. 설령 그게 선생님을 위해서라고 해도 말입니다. 대원들은 우리의 직업이라는 것이 예측할 수 없는 바다의 손길에 따라 죽음을 맞이할 수도 있게 만든다는 것을 이해하지만, 위험의 본질을 알게 되었는데도 일부러 그걸 좇는 것은 어리석은 짓입니다."

루안 지아는 눈을 감고 고개를 끄덕였다.

"좋습니다. 하지만 최소한 내 추측이 맞는지 확인할 수 있도록 좀 더 가까이 항해해 보도록 하죠. 폭풍의 벽을 잠깐 본 후에 선장님이 돌아가고 싶어 한다면, 난 반대하지 않을 겁니다."

돛이 미풍에 펄럭였다. 머리 위에서는 밝은 태양이 빛을 냈다.

세 척의 배 각각에 그려진 한 쌍의 눈이 정면을 바라보았다. 아무도 말하지 않았다.

서쪽에서 동쪽을 보자니, 우뚝 솟은 물의 벽과 휘감기는 구름이 수평선을 가로막고 있었다. 강력한 폭풍을 빙글빙글 도는 회오리바람들이 검무를 추는 사람들인 양 춤을 추고, 밀치락달치락하고, 서로 부딪치며 만든 이 벽은 빛이 없는 원시적인 혼돈의 모습이었다. 때때로 암흑 사이로 번쩍이는, 거미줄 모양의 금들을 제외하고는 빛이 전혀 없었다. 끊임없이 우르릉거리는 천둥이 바다를 울리며 그들이 서 있는 갑판을 뒤흔들었다.

"우리는 번개를 가져오는 키지 신과 태풍의 신 타주의 얼굴을 보고 있습니다."

투모 선장이 경건하게 가슴에 두 손을 얹고 기도했다.

"저런 건 아노의 고대 영웅 전설들에서만 글로 읽어 보았습니다." 루안 지아가 경외감에 가득 찬 목소리로 말했다. "언제나 '폭풍의 벽'을 통과하는 여행에 관한 이야기를 우화적인 신화로 치부했지요. 우리가 제아무리 많이 보고 알아냈다고 생각하더라도, 세상은 여전히 인류가 꿈꾸지 못한 경이로움으로 가득 차 있습니다."

모두가 무서운 침묵 속에서 믿을 수 없는 원초적인 힘을 과시하는 자연을 응시했다.

마침내, 투모가 침묵을 깼다.

"지아 선생님, 전 여기까지로 하겠습니다. 선생님은 보러 온 것을 보았습니다. 이것은 신들이 만든 장벽이며, 아무도 그 너머로 지나갈 수 없을 겁니다."

루안 지아는 고개를 끄덕였다.

"제가 연을 타고 위로 올라갈 수 있게 해 주십시오. 신들의 얼굴에 이렇게나 가까이 다가와 놓고 입맞춤도 하지 않는다는 건 부끄러운 일이 될 겁니다."

"선생님은 미쳤습니다!"

"그럴지도 모릅니다. 하지만 제게 이 기쁨을 누릴 기회를 주십시오."

"연은 '루소의 행운'호를 폭풍 속으로 끌어들일 수도 있습니다."

"이곳 바람은 아직 감당할 만합니다. 연을 띄우기 전에 남쪽으로 약간만 항해한다면, 안전하게 조종할 공간을 충분히 확보할 수 있을 겁니다. 당기는 힘을 이길 수 없다고 느껴지면, 배를 위험에 빠트리기 전에 밧줄을 잘라도 좋습니다."

"하지만 선생님은 어떡하고요?"

"선장님이 확실한 죽음을 의미한다고 생각하는 여행에 함께하자고 대원들에게 요청할 수 없듯, 저는 저 경이로운 것을 자세히 들여다보지 않고서는 돌아갈 수 없습니다."

그렇게 해서 배들이 남쪽으로 몇 킬로미터 항해했다. 연은 매달린 고치와 함께 하늘로 날아올랐다. 이내, 연은 아주 높은 곳으로 올라가 시야에서 사라졌다. 밧줄은 풀려나 북쪽으로 뻗어 나갔고, 루안 지아는 폭풍의 벽에 점점 더 가까워졌다.

밧줄을 잡아당기는 힘이 점점 강해졌다. 남쪽으로 향하던 '루소의 행운'호는 느려지다 서서히 멈추었다. 배는 다시 북쪽으로 표류하기 시작했다. 다시 한번 소용돌이치는 물과 구름의 벽이 선단 앞에 나타났다.

밧줄이 떨리고 도르래가 신음했다. 연이 폭풍에 휘말린 것이었다. 배에 탄 모든 선원은 매혹과 공포를 같은 정도로 느끼며 진동하는 밧줄을 지켜보았다.

휘파람 소리를 내며 밧줄을 타고 내려오는 반지는 아직 없었다.

그건 돌아오고 싶다는 루안 지아의 의사 표시였다.

투모 선장은 자기 일에 충실한 사람이었다. 그는 이를 앙다물고 팽팽한 밧줄과 멀리서 번쩍이는 번갯불을 두려운 마음으로 바라보면서도, 깃발 신호를 보내 '돌 거북'호와 '자랑스러운 쿠니킨'호에 명령을 전달했다.

다른 두 척의 배가 다가와 갑판 위로 갈고리를 던졌다. 곧 세 척의 배가 나란히 서로를 묶어 한 줄을 이루었고, 노잡이들은 온 힘을 다해 노를 젓기 시작했다.

한 줄에 걸린 세 마리 물고기들처럼, 배들은 위치를 유지하려고 애쓰며 연이 당기는 힘에 버텼다.

휘익!

날카로운 휘파람 소리가 투모 선장의 귀에 천상의 음악처럼 들렸다. 고리가 청회색 하늘에서 밧줄을 타고 급강하해 요란한 쨍그랑 소리와 함께 중앙 통을 때렸다. 그가 연을 다시 감아 내리라는 명령을 내리려는 순간, 발아래에서 갑판이 휘청하며 요동치더니 세 척의 배 모두에서 놀란 고함이 터져 나왔다.

투모 선장은 고개를 들었고, 그때까지 팽팽하던 밧줄이 느슨해진 채 내려오고 있는 것을 보았다. 힘겹게 대항하던 힘이 갑자기 사라지자 세 척의 배는 뱃머리가 고물에 부딪히고 노들이 서로 얽히는 와중에 통제할 수 없는 상태로 앞으로 질주했다. 다행히 피해는 거의 없었고 선원들이 배들을 서로 떼어 놓는 데에는 오랜 시간이 걸리지 않았다. 투모 선장은 이제는 쓸모가 없어진 드럼통으로 달려가 신호용 고리를 집어 들었다. 거기에는 비단 매듭이 붙은 채 나부

끼고 있었다.

여기까지 온 마당에 마지막 한 걸음을 내딛지 않을 수 없습니다.
무사하길 바랍니다.

투모 선장은 욕지거리를 내뱉었다. 그리고 폭풍의 벽을 응시했다. 빙빙 도는 물과 공기의 기둥들 하나하나가 산처럼 높고 도시처럼 컸다.

그 어떤 것도 저것들을 이겨 낼 수는 없었다.

투모는 애도하며 눈을 감았다. 비록 자신의 배에 태웠던 유명인에 대해서 속속들이 알지는 못했지만, 선장은 항해하는 짧은 시간 동안 그 점잖은 노인을 존경하고 좋아하게 되었다. 그의 모든 말, 모든 동작에는 그가 단지 필멸자의 차원에만 머물지 않고 신과 교감하는 사람임을 나타내는 우아함이 있었다. 그는 다른 어떤 이도 감히 시도하지 못한 일에 용감하게 나섰다. 심지어 죽는 방식조차도 신들에게 더 가까워지는 식이었다.

선장은 낙담한 채 고개를 저었고 귀항을 위해 돛을 정돈하라는 명령을 내렸다.

하지만 선원들은 환호성을 지르지 않았다. 대신 공포에 질린 신음과 알아들을 수 없는 비명이 선장의 귀에 들려왔다.

"뭐가 문제야? 루안 지아 선생님이 우리를 임무에서 면직해 주었다. 집으로 간다!"

선원들은 그의 뒤쪽을 가리켰다. 그들의 눈에는 공포와 경악이 어려 있었다.

투모는 그들이 가리키는 방향으로 시선을 돌렸고 그대로 얼어붙었다.

벽에 속해 있던 폭풍 하나가 나머지로부터 떨어져 나와 있었다. 무희 하나가 무리에서 멀어지는 듯했다. 공중으로 올라가면 타주신의 소용돌이조차 작아 보이게 만들 그 큰 소용돌이가 곧장 배를 향해 다가왔다. 그것은 구불구불한 물결 모양으로 회전하며 경로상의 모든 것을 집어삼키려고 드는, 괴물 같은 포식자였다.

판의 궁전에서 가장 높은 탑을 방불케 하는 물의 벽이 폭풍 앞에서 솟아올라 사냥꾼 앞에서 으르렁거리는 사냥개들처럼 배를 향해 돌진했다. 지진 해일은 연못의 잔물결쯤으로 보이게 하는 거대한 파도였다.

투모는 선원들에게 돛과 노를 조정하라고 소리쳤지만, 이미 운이 다했음을 깨닫고 있었다.

루안 지아는 고치 벽에 몸을 기댔다. 밧줄을 끊은 건 충동적인 결정이 아니었고 투모 선장이 미지의 세계를 위해 선원들의 목숨을 걸고 싶지 않다고 말한 이후로 계획한 것이었다. 어떤 면에서 루안은 선장의 거절에 안도감을 느꼈다. 그는 진심으로 이루고 싶지만 합리적으로 설명할 수는 없는 목표를 추구하느라 다른 사람들의 죽음에 대한 책임을 지는 건 원치 않았다.

그는 생각했다. *아마도 그래서 내가 쿠니 밑에서 어떤 권한 있는 자리도 맡고 싶지 않았던 거겠지. 황제가 비밀스럽고도 예상 외였*

던 후계자 선택을 밝히며 혁명을 계속할 수 있도록 도와 달라고 요청했을 때, 내가 수도에서 벗어나고자 했던 이유도 이 때문일 거고.

루안 지아는 늘 조언자였다. 다른 사람들이 내린 결정에 자신의 유산이 구속되는 역할을 해 왔다. 전략을 세우고 계획을 세웠지만, 그가 세운 미래상을 위해 다른 사람들에게 죽음을 명령해야만 하는 순간이 오면 목적에 필요한 확신이 약했으며, 결정에 따른 결과를 기꺼이 받아들이려는 의지도 부족했다.

혼자 연을 타고 하늘을 나는 게 나았다. 항상 그 역할이 더 편했다. 어떤 결정을 내리든, 그가 책임져야 할 삶은 자신의 삶뿐이었다.

루안 지아는 두꺼운 유리로 된 둥근 창을 들여다보며 손잡이를 꽉 잡았다. 그는 빙빙 도는 폭풍의 벽들을 형성하고 있는 웅장하고 소용돌이치는 구름에 둘러싸여 있었다. 벽들은 각각이 섬만 했고, 하나가 다른 하나와 합쳐졌다. 바람의 울부짖음과 천둥의 포효가 신들이 연주하는 북 안에 들어 있는 것처럼 고치를 가득 채웠다.

고치는 도르래와 삭구에 연결된 밧줄들에 영향을 받았다. 그는 그것들을 잡아당겨 연의 날개의 각도와 장력을 바꾸며 어느 정도 비행을 조종할 수 있었다. 둥근 창들 위로 물줄기가 모이면서 시야가 흐려지자, 하늘이 아니라 바닷속에 있는 것 같은 착각이 일었다. 고치는 이상하고 환상적인 바닷속을 유영하는 1인용 잠수정이었다.

번개가 불빛처럼 번쩍이는 구름 속으로 미끄러져 들어가며 루안 지아는 폭군 마피데레의 행렬을 향해 에르메산맥에서 뛰어내렸던 오래전 그날, 자신이 죽을 것임을 확신했던, 인생의 마지막 순간을 작열(灼熱) 속에 보내게 될 것임을 확신했던 그날 마지막으로 경험했던 쾌감을 다시 한번 느꼈다.

그는 번개가 치는 태풍을 뚫고 하늘을 난 최초의 사람이 될 터였고, 북쪽 전설적인 불멸자의 땅으로 가는 길을 가로막는 폭풍의 벽을 뚫으려고 시도한 최초의 사람이 될 터였다.

루안 지아는 다시금 열정과 목적에 이끌린 그때의 그 젊은이가 된 양 미친 듯이 웃고 울음 같은 소리를 내지르고는, 연의 날개를 힘껏 잡아당겨 폭풍이 몰아치는 벽의 심장부로 뛰어들었다.

곧바로 우르릉거리는 천둥이 고치 전체를 뒤흔들어 이가 덜거덕거릴 지경이었다. 온 세상을 가려 버릴 듯한 밝은 섬광이 보였다. 피부가 마치 따로 살아 움직이는 것처럼 따끔따끔 쑤셨다. 그가 마지막으로 한 생각은 이랬다. *번개에 맞는 건 불에 타는 것과 조금 비슷하군.*

그는 정신이 들었다. 자신이 어디에 있는지 알지 못했다. 살아 있는 사람들의 땅에 있는지, 아니면 '아무것도 뜨지 않는 강'의 더 먼 편에 있는지.

온몸에 멍이 들었다는 걸 느낄 수 있었지만 뼈는 부러지지 않은 것 같았다. 고통은 마음속 얇은 천을 콕콕 찌르는 무딘 칼 같았다.

난 죽지 않았어.

그는 마치 먹구름이 두꺼워지고 느려지는 것처럼 자신이 부드럽게 들렸다가 내려지는 것을 느꼈다.

우레와 같은 우르릉거리는 소리가 밖에서 계속되었다. 검푸른 빛이 고치 내부를 가득 채웠다.

내가 아직도 날고 있는 건가?

검은 줄무늬가 있는 밝은 주황색 형상이 머리 위 둥근 창을 가로질러 미끄러져 갔다. 그는 그 새가 아주 느리게 날고 있어서 놀랐다. 거의 그의 생각의 속도만큼이나 느렸다.

이런 폭풍우를 뚫고 날다니, 정말 놀라운 새군! 이곳이 원래 서식지인 걸까?

머리가 심하게 어지러웠다.

마지막으로 그런 기분을 느낀 것은, 연이 이전에는 가 닿지 못한 높이까지 올라간 후 공기가 바닥났을 때였다. 당시 그 느낌을 피로나 단순히 지친 상태라고만 치부했지만, 이제는 고치에서 숨 쉴 수 있는 공기가 고갈되고 있다는 신호임을 이해했다.

이번에는 고치에다 공기 풍선을 장착하지 않았다. 높이 나는 게 목적이 아니었기 때문이다. 왜 공기가 바닥난 것일까?

파란색 줄무늬가 있는 한 노란색 형태가 둥근 창을 가로질러 미끄러져 갔다.

다른 새인가?

아니야, 날개가 너무 작아.

수영을 하고 있어, 나는 게 아니라.

물고기.

물. 난 물속에 있어.

생각들이 연꽃 가득한 연못 바닥의 두꺼운 진흙처럼 그의 뇌를 가득 메운 어지러움, 혼란스러움과 싸움을 벌이며 그 속으로 어렵사리 꿈틀대듯 기어들어 왔다.

나가야 해.

루안은 미친 듯이 손가락들을 움직여 마침내 문의 빗장을 찾아냈고, 손잡이를 꽉 잡아 돌린 다음 앞으로 당겼다.

밀고 들어오는 물의 충격에 숨을 참아야 한다는 생각을 미처 하기도 전에 숨이 턱 막히고 말았다. 물에 뜨도록 설계된 고치는 연의 무게 때문에 수면 아래로 내려와 있었다. 그는 수면으로 가기 위해 안간힘을 쓰며 두 다리를 힘껏 찼다. 뻣뻣해진 비단 천이 그를 주위에서 짓눌렀다. 수면에 닿으려면, 공기를 마시려면 헤엄을 쳐서 고치에서 벗어나 연 날개들을 벗어나야 했다.

폐가 불타는 것만 같았고, 팔과 다리는 힘이 없고 무거웠다. 연 가장자리까지 가려면 너무 멀었다. 절대 거기까지 갈 수가 없었다.

그는 발버둥 치는 것을 멈췄다. 보온을 위해 입은 무거운 옷이 물을 잔뜩 머금고 그를 바다 밑바닥으로 끌고 내려가고 있었다.

죽기 전에 새로운 땅을 볼 수 있었으면 좋았을 텐데. 하지만 모든 여정에는 끝이 있는 법이지.

우리는 '흐름'에서 왔고, '흐름'으로 돌아가게 되어 있어.

루안이 눈을 감고 입을 벌려 목숨을 앗아 갈 차가운 물을 꿀꺽 삼키려는 찰나, 가슴께에서 무언가가 꿈쩍대는 짐승처럼 움직였다. 호기심이 동한 루안은 희미한 빛을 내는 의식의 마지막 한 자락과 함께 옷을 펴 그 알 수 없는 물체를 풀어 놓았다.

책 하나가 나타났다. 펼쳐진 책은 새의 날개나 오징어의 물결치는 치마 지느러미처럼 느릿느릿 펄럭이더니 먹물이 녹은 흔적을 뒤에 남기며 수면으로 헤엄쳐 갔다. 빛이 흐릿한 물속에서 책장이 어슴푸레 황금빛 글자들로 빛나는 것처럼 보였다.

그의 목숨을 한 번 이상 구해 주고 인생을 바꿔 준 루소 신이 준 마법의 책 기트레 위수였다.

루안 지아는 책을 잡으려고 손을 뻗었고, 마지막 남은 힘을 짜내 책등을 붙잡았다. 뒤이어 자신이 수면으로 끌려가는 것을 느꼈다.

그는 철벅하는 큰 소리와 함께 수면을 갈랐다. 떠 있는 연 틀에 매달린 그는 허기를 채우기라도 하는 것처럼 공기를 벌컥벌컥 들이켰다. 수십 년 전 난파된 뗏목을 타고 탄 아뒤섬 해안가에 상륙했던 것과 같은 상황이었다. 멀리 폭풍의 벽이 보였고, 그곳의 태풍들은 여전히 하늘과 바다를 연결하고 있었다.

하지만 루안이 있는 바다는 완벽하게 고요했다. 아기를 흔들어 재우듯 잔잔한 물결이 연 틀을 들어 올렸다 다시 내려놓자 삐걱거리는 소리가 났다. 그는 화사한 햇볕을 쬐었다. 따뜻한 미풍이 얼굴을 어루만졌다.

동쪽 하늘에 무지개가 나타났다. 그것의 오른쪽 끄트머리는 빙빙 도는 폭풍 속으로 자취를 감추고 있었다. 폭풍의 벽이 남쪽에 있다는 것을 그는 서서히 깨달았다.

어떻게 된 건지는 몰라도, 그는 연을 타고 그 벽을 횡단했다.

루안 지아는 격렬한 기쁨과 안도감, 공포로 몸을 떨면서 물에 젖은 기트레 위수를 들어 마르도록 연의 너울거리는 표면에다 올려놓았다. 여러 해 동안 적어 넣은 글줄이 물에 씻겨 나간 텅 빈 책장은 음모와 배신이라는 과거를 정화한, 미래에 대한 약속, 미개척의 영역처럼 보였다.

여전히 젖어 있는 책장에서 황금빛 문장이 한 줄 나타났다. *이제 혼자서 헤쳐 나가야 해.*

잠시 후, 또 한 줄의 문장이 나타났다. *그건 좋은 일이야.*

"스승님, 감사합니다."

루안 지아는 쉰 목소리로 말하고 웃었다.

루안 지아는 거대한 연에서 구한 부속들로 임시 뗏목을 만들어 끝없는 바다를 떠다녔다. 대나무 장대들을 묶어 뗏목 형태로 만든 다음, 그 위에 비단 천 조각들로 천막을 만들어 햇빛과 비를 피할 수 있도록 했다. 남은 대나무와 비단으로 조잡한 돛과 돛대를 만들었지만, 뗏목이 향하는 방향을 결정하는 것은 강한 물살이었고 그가 할 수 있는 일은 거의 없었다. 여전히 연과 연결된 고치가 부표처럼 뗏목과 함께 표류했다.

해류는 거센 강물처럼 날마다 서쪽으로 석양을 향해 달려갔다. 왼쪽으로는 폭풍의 벽이 끝없이 수평선과 평행했다. 오른쪽에는 탁 트인 바다가 있었다. 그는 수평선 너머 어떤 땅이 있을지 궁금했다. 불멸자들이나 그가 본 이국적인 물건들을 만든 다른 존재들이 살고 있을지도 몰랐다. 다이란 떼는 무지갯빛을 내는 꼬리를 끌며 수면 바로 위를 미끄러지듯 나아갔고, 크루벤과 고래 들은 이따금 먼 데서 수면 위로 뛰어오르며 물을 내뿜었다. 그는 비늘이 있는 바다의 군주들을 향해 다라 말과 탄 아뒤 말로 된 기도를 속삭였다. 아뒤섬의 주민들은 그것들과 특별한 관계를 맺고 있는 듯했으니. 배가 고플 때면 옷에서 뽑아낸 끈과 머리 쪽을 틀어 올릴 때 쓰는 청동 고정핀으로 만든 코바늘을 가지고 낚시를 했다. 목이 마를 때면 천막 위에 고인 빗물을 마셨다. 비는 거의 매일 내렸다.

그는 자신이 아노족의 전설 속에 있는 고향 대륙이 가라앉은 지점에 곧 도달하는 건 아닐까 궁금해했다. 파도 밖으로 삐죽 고개를 내민 산맥의 꼭대기들을, 한때 위대했던 문명의 마지막 환초(環礁)를 보게 될까? 짙은 구름에 시야가 가려진 비행함처럼 부지불식간에 신화와 전설의 위대한 도시들 위를 지나가게 될까?

때때로 폭풍의 벽을 이루는 태풍들이 갈라지며 두 육지 사이의 있는 해협처럼 좁은 틈을 드러내곤 했다. 폭풍으로 만들어진 산 사이의 이 고요한 계곡들은 벽이 다시 닫히기 전까지 때로는 몇 시간 혹은 심지어 며칠 동안 그대로 있었다.

루안은 그것들의 움직임에서 일정한 양식을 감지할 수 있다면 안전하게 장벽을 통과할 수 있으리라 추측했다. 이따금, 폭풍 하나가 제자리를 떠나 열린 바다 쪽으로 불규칙하게 떠돌기도 했다. 그것이 뗏목으로 향할지도 모른다는 걱정으로 심장이 목구멍까지 뛰어올랐다. 운 좋게도 빙빙 도는 회오리바람들은 항상 그를 비껴가는 것처럼 보였지만, 이 길을 온 다른 여행자들도 그와 마찬가지로 운이 좋았을지 궁금했다. 고대 영웅 전설에 나오는 몇몇 수수께끼 같은 언급들을 제외하면, 저 벽을 보고 난 다음 저것에 말해 주기 위해 다라로 돌아온 사람을 알지 못했다. 아마도 벽은 누구는 통과시키고, 누구는 공격하지 않고 그 주변을 떠나도록 허용할 것인지에 대한 자신만의 생각이 있었을 것이다.

시간을 보낼 만한 다른 방법이 없었으므로 루안 지아는 책에 글을 쓰기 시작했다. 그가 잡은 어린 청새치는 막 오징어로 식사를 끝낸 참이었다. 그는 청새치의 내장을 꺼낸 다음 반쯤 소화된 오징어를 꺼내고 아가미 사이에 있는 주머니 속 검은 액체를 짜내 먹물로 사용했다. 청새치의 주둥이는 펜으로 사용했다. 그는 자신이 잡은 새로운 물고기들을 기록하고 벽이 어떻게 움직이는지 그림으로 그렸다. 또 시를 지었고, 친한 친구라도 되는 양 기트레 위수에 말을 걸어 자기 생각을 들려주었다.

첫날 이후로 기트레 위수에서는 빛을 내는 글자들이 더는 나타나지 않았다. 루안은 불멸의 수호신이 아무 설명 없이 오랫동안 사라지는 상황에 익숙했다. 그리고 그는 신의 개입을 요청하지 않았다. 스승이라고 해서 언제까지나 제자를 돌볼 수는 없는 법이었다.

하지만 루안에게는 스스로 인정하고 싶지 않은, 더 깊은 두려움이 있었다. 만약 다라의 신들이 다라에 구속되어 있어 폭풍의 벽 너머에서는 영향력이 없다면 어떻게 될까?

그는 그림자의 모양과 추측에 의한 계산으로 거리와 방향을 판단해 보려 최선을 다하며 폭풍의 벽을 지도로 남기는 데 집중했다. 가끔씩 책장에 예전에 기록한 내용의 희미한 흔적들이 남아 있기도 했다. 그 글을 쓸 당시에는 마피데레를 타도하는 일이 세상의 어떤 일보다 더 중요한 임무인 것처럼 보였다. 그때의 자신이 지금과는 얼마나 다른 사람이었는지를 떠올리며 루안은 미소 지었다.

황제를 죽이는 일은 쉬웠어. 더 정의로운 세상을 만들고 권력자들이 권력을 현명하게 행사하도록 설득하는 게 훨씬 더 어려운 일이었지.

몇 주 후, 폭풍의 벽은 곡선을 그리듯 남쪽으로 멀어졌지만, 루안 지아가 탄 해류는 서쪽으로 계속 나아갔다. 폭풍의 벽이 섬들 주변을 에워싼 것으로 보였는데, 아마도 다라 제도를 형성한 다라메아의 눈물이 만들어 낸 결과일 터였다. 루안은 뗏목에 무릎을 꿇고 벽을 보며 절을 했다. 비록 폭력적이고 예측할 수 없으며 이해할 수 없는 자연의 힘이었지만, 그것은 고향과의 마지막 연결점을 상징하기도 했다. 예상 밖의 눈물이 얼굴 위로 흘러내렸다.

폭풍의 벽이 연으로 만든 뗏목 뒤로 사라졌다. 탯줄이 잘린 루안 지아는 이제 바다에서 혼자였고, 정말로 고향에서 멀리 떨어진 채 표류하고 있었다.

몇 주 후, 물살이 남쪽으로 바뀌었다.

밤에 모습을 드러내는 별들이 루안 지아의 눈에 좀 더 익숙한 별자리로 변하기 시작했다. 그는 이제 다라 제도 서쪽으로 향하고 있었다. 밤에 뗏목에 누워 별을 바라보며 친구들인 코고, 긴, 쿠니, 리사나가…… 무엇을 생각하고 무엇을 하고 있는지 궁금해했다. 그는 긴이 마침내 자신의 충고를 마음에 새겨 자존심과 명예와 영광을 겉치레로 과시하는 일에 대한 갈망을 포기했기를 바랐다.

그러고 나면 무슨 일이 벌어지는 건데? 긴이 이 헛수고에 너랑 동행하다 죽을 뻔한 다음, 빗물을 마시고 너한테 잡힐 만큼 멍청한 물고기로 연명하면서 끝없는 바다 위를 떠돌아다니길 원했던 거야?

그는 지금의 자신처럼 사는 긴이 바로 옆에 있다는 상상을 해 봤다. 유쾌하고 싱글벙글한 웃음이 나왔다. 터무니없는 생각이었다.

그녀에게는 그녀만의 삶의 길이 있어. 그녀가 여왕이라는 작위와 권력을, 평생 얻으려 노력해 온 업적을 포기하면 내가 배움, 공부, 방황, 탐구를 포기하는 할 때 그런 것만큼이나 우울해지겠지.

긴은 불과 같았고, 루안은 물과 같았다. 그들은 각자의 본성과 성격을 가졌고, 한 사람에게 맞는 것이 다른 사람에게는 맞지 않았다.

몇 주가 지나는 동안, 하늘에 그려지는 무늬는 계속해서 바뀌었다. 이제 루안 지아는 매일 밤 새로운 별들을 기록하며 시간을 보냈다. 또한 날씨가 변하고, 정오에 태양이 더 높이 떠오르고, 온도가 점점 더 따뜻해지는 것을, 탄 아뒤섬의 기후와 비슷해지거나 심지어 더 더워지는 것을 느꼈다. 그는 새 별자리를 만들고 이름을 지어주었다. 어떤 것은 진지하고 어떤 것은 변덕스러운 이름이었다. '장군', '사랑하는 어머니', '잠수하는 크루벤', '만개하는 민들레', '매콤한 다수식 회 요리'…….

이제 다른 종의 물고기가 잡혔고, 그가 모르는 종들도 있었다. 모두가 먹기에 적합한 것은 아니었다. 어떤 물고기들은 배 속에 모래가 있었는데, 먹잇감을 잘게 부수는 데 도움이 되었을 것이다. 하지만 그런 물고기를 깨끗하게 씻는 것은 지루한 일이었다. 어떤 물고기는 작은 뼈로 가득 차 있어서 불로 가시를 부드럽게 하지 않고서는 먹을 수가 없을 정도였고, 또 어떤 물고기는 복통을 일으켜 도로 토해 내야 했다. 심지어는 두통과 사지 마비를 일으키는 물고기도 있었다. 허약해진 채 탈수 상태로 깨어났을 때, 그는 며칠이 지났는지 확신할 수 없었다.

루안은 좀 더 조심해야겠다고 다짐했고, 물고기 그림을 꼼꼼하게 그렸다. 색상이 들어간 물고기의 모양을 표시하고 먹었을 때의 맛과 효과들을 기록했다. 자신의 기록을 누가 읽게 될지 확신할 수 없었지만, 정신을 말짱하게 유지하려면 뭔가 유용한 일을 하고 있다는 느낌이 필요했다.

하루하루가 지나고, 한 주 한 주가 흐를수록 태양은 점점 더 환해지고, 뜨거워지고, 무자비해졌다. 바다의 날것 그대로의 짠 물에 온몸이 가려웠고, 피부에 물집이 잡히고 고름이 나오기 시작했다. 비가 내리지 않아 오줌을 마시고, 물고기의 장기와 살에서 수분을 빨아들여서 갈증을 해소하는 수밖에 없었다.

마지막으로 비가 온 지 며칠이나 지났을까? 며칠 동안이나 표류하고 있는 것일까? 여전히 남쪽으로 가고 있는 걸까, 아니면 물살이 동쪽으로 바뀐 걸까? 태양이 불러온 정신 착란 속에서 루안은 더이상 그 질문들에 대한 답을 확신할 수 없었다. 천막이라는 숨 막히게 답답한 피난처에서 기어 나올 힘이 없었고, 물고기를 잡거나 먹을 것을 얻으려고 시도할 힘도 없었다. 일어나서 사투를 벌여야 한다는 것을 알았지만 힘을 짜낼 수가 없었다.

날 죽게 내버려 둬. 날 죽게 내버려 둬.

우스운 일이었다. 자나 제국 전체가 그를 사냥하려는 듯할 때도 포기하지 않았다. 쿠니 가루 공과 함께 단지 수십 명의 부하를 거느리고서 판의 황궁을 정복하려고 시도했을 때도 포기하지 않았다. 자신의 영주가 단 하나의 섬만 소유한 채로 나머지 모든 다라의 힘에 도전해야만 했을 때도, 패왕의 힘을 이겨 낼 수 없을 것만 같았을 때도 포기하지 않았다. 하지만 지금 이곳에서 그는 죽음이라는 평화를 요청하고 있었다. 너무 피곤하고 배고프고 목이 말라 목숨을 부지하기 위한 기본적인 투쟁도 계속할 수 없었다.

굶주린 사람들과 가난한 사람들이 존재와 생존, 인내라는 단순한 행위를 계속하는 데 얼마만큼의 용기가 필요했을지. 그런 조용하고 영웅적인 행위들은 찬양받지 못했지만, 아노 현자의 고결한 사상과 귀족의 미사여구보다도 훨씬 더 문명의 기초를 이루는 것이었다.

루안은 다시는 깨어나지 못하겠구나 생각하며 잠에 빠져들었다.

하지만 그는 깨어났다. 그는 머리 일부를 바다 위로 뻗은 채 뗏목 가장자리에서 자고 있었다. 물에 떠서 깐닥거리는 무언가가 얼굴에 부딪치고 있었다. 그는 흐릿한 시야를 집중시키려고 애쓰며 바라보았다. 야자열매들이었다.

루안은 떨리는 손으로 그것들을 붙잡았고, 가능한 한 많은 야자열매를 물 밖으로 꺼내서 뗏목에 쌓아 두었다. 안에 든 달콤하고 상쾌한 액체를 상상하는 동안, 입속의 두껍고 돌처럼 마른 혀 때문에 숨이 막힐 것만 같았다.

그러나 그제야 그는 야자열매를 열 연장이 없다는 것을 깨달았다.

가지고 다니던 뼈로 만든 작은 글쓰기용 칼은 날생선을 저미는 데엔 적합했지만 야자열매의 단단한 껍질에는 쓸모가 없었다. 장식용 보석에 더 어울리는 물건이었으니까. 그는 못, 망치, 넓적한 칼, 심지어는 큰 돌을 찾아 정신없이 주변을 두리번거렸다. 자신에게 그런 것들이 없다는 것을 알면서도. 절망한 그는 야자열매를 집어

들어 대나무 뗏목을 세게 내리쳤지만, 헛된 짓임을 알았다. 손바닥보다 얇은 껍질이 그를 생명수로부터 떼어 놓고 있었다. 지금 이 순간은 그것이 폭풍의 벽보다 훨씬 더 난공불락으로 보였다.

루안은 무너져 내려 신들에게 도와 달라고 빌었다. 신들이 가능한 한 적게 개입하는 것을 선호한다고 믿었기에 성인이 된 이후로는 기도하는 습관이 없었다. 그러나 이제 그는 목숨을 구하는 데 필요한 무언가를 내려 달라고 간청하고 간구했다. 현명한 루소 신, 우아한 투투티카 신, 호전적인 피소웨오 신, 연민 어린 루피조 신, 맹렬한 카나 신과 신중한 라파 신, 거만한 키지 신, 심지어 예측할 수 없는 타주 신도 찾았다. 상어 이빨을 가진 신이 그의 삶을, 그의 고통을 끝내 주기만 한다면…….

그러나 신들은 대답하지 않았다. 그는 그들이 대답하지 않을 거로 생각했고, 실제로도 그랬다.

그들은 폭풍의 벽 너머의 이 거친 바다에 존재하지 않았다. 그는 혼자였다. 다라의 그 어떤 사람보다도 더 혼자였다.

루안은 뗏목 가장자리에 주저앉아 울부짖었다. 그 소리는 슬픔의 외침이 아니라 좀 더 원시적인 무언가였고, 어머니의 자궁에서 나와 이 세상에 올 때 내는 첫 번째 소리와 연결된 충동이었다. 입술과 혀가 바싹 말라 버린 통에 그가 할 수 있는 거라곤 쓸모없는 음절을 만드는 대신 그저 되는대로 아무렇게나 신음하고 울부짖는 일뿐이었다.

정신이 덜 혼미했다면 그 소리를 듣고 고래와 크루벤의 노래를 떠올렸을지도 모른다.

마침내 그 소음들은 점점 희미해지더니, 멈췄다.

근처에서 바다가 폭발하면서 뗏목이 거의 뒤집힐 뻔했다.

루안 지아는 눈을 떴고, 아직도 자신이 살아 있고 고통받아야 한다는 사실에 슬퍼했다.

바다의 군주인 거대한 크루벤이 뗏목에서 겨우 10여 미터 떨어진 곳에서 수면 위로 모습을 드러냈다. 크루벤은 마치 살아 있는 섬처럼 바다에서 출렁댔고, 빈사에 가까운 상태에서도 루안 지아는 그 웅장함에 경외감을 느꼈다.

크루벤이 노래를 불렀다. 그 노랫소리에 몸속 뼈들이 동조하듯 진동하는 것 같았다. 그는 몸을 떨었다. 이 바다의 군주는 뭘 하려는 것일까?

첨벙. 풍덩. 첨벙.

루안 지아와 크루벤의 몸체 사이, 뗏목 가장자리 바로 너머로 작은 생물 세 마리가 떠올랐다. 비늘로 덮인 길쭉한 그 동물들은 거대한 크루벤의 축소판처럼 생겼고 루안 지아보다는 약간 작았다. 그것들은 호기심 어린 눈으로 루안 지아를 올려다보았는데, 등에 있는 은빛 비늘들이 밝은 태양 아래서 빛을 냈다. 놀란 루안 지아가 새끼 크루벤들을 바라보자 그들은 분수공을 통해 차례로 물을 내뿜었다. 뿌연 안개가 루안 지아의 얼굴을 적셨다.

다시 시야를 확보하려고 눈가를 훔친 루안 지아는 거대한 크루벤이 우르릉거리며 웃는 소리를 들을 수 있었다.

새끼 크루벤들은 꼬리를 앞뒤로 흔들며 물 밖으로 몸을 들어 올

려 그를 향해 쨱쨱거렸다. 그들은 이마에 달린 외뿔을(루안 지아의 팔
뚝 길이만 했다) 허공에다 대고 단검처럼 휘저었다. 그중 한 마리가
허리를 굽혀 뗏목 위 야자열매 더미를 향해 뿔을 겨누었다.

　루안 지아는 어안이 벙벙한 채로 야자열매 하나를 집어 들고 뗏
목 가장자리로 기어갔다. 새끼 크루벤들이 뒤로 물러나며 신나게
쨱쨱거렸다. 그것은 야자열매를 바다에다 빠뜨렸다.

　새끼 크루벤들은 잠수해서 시야에서 벗어났다. 거대한 크루벤은
멀지 않은 곳에서 떠 있었다. 그것이 지느러미들을 부드럽게 움직
여 대는 통에 느린 파도가 뗏목에 와서 부딪혔다.

　그러고 나서 새끼 크루벤 하나가 물속 깊은 곳에서 솟아올라 야
자열매를 뿔로 들이받았고, 물이 폭발하듯 솟구쳤다. 야자열매가
공중으로 10미터에서 15미터쯤 솟아오른 다음 다시 물 위로 떨어
졌지만, 막 수면에 닿으려던 찰나 두 번째 새끼 크루벤이 솟아올라
뿔로 야자열매를 들이받았다. 야자열매는 길고 우아하게 비행하며
뗏목으로부터 멀어졌지만, 그때 수면 아래에서 솟아오른 세 번째
새끼 크루벤이 그것을 강타했다. 야자열매는 루안 지아를 향해 날
아들었다. 그는 어떤 계산이라기보다는 본능에 의해 두 손으로 그
것을 움켜쥐었다.

　껍질에 난 세 구멍에서 따뜻하고 향기로운 즙이 뿜어져 나왔다.
루안 지아는 입술로 그 구멍을 틀어막은 다음 허겁지겁 생명수를
마셨다. 새끼 크루벤들은 루안 지아와 함께 15분 동안 야자열매를
주고받으며 놀았고, 그가 생명수를 실컷 마실 수 있도록 야자열매
여섯 개에 구멍을 뚫어 주었다.

"고맙습니다."

루안 지아는 뗏목 가장자리에 무릎을 꿇고 물에다 이마를 갖다 댔다.

새끼 크루벤들은 꽥꽥거리고 쩍쩍거리면서 물속에서 까닥거렸다. 이윽고 길고 낮은 신음을 내며 거대한 크루벤은 헤엄쳐서 멀어지기 시작했다. 거대한 꼬리가 수면에 부딪히면서 천둥 같은 소리가 났다. 새끼 크루벤들은 움직이는 섬에 끌려가는 세 개의 암초 바위처럼 어미(또는 아비)를 따라갔다. 마침내 크루벤 무리는 시야에서 사라졌다.

루안 지아는 얼굴에서 물기를 느꼈다. 그는 눈을 닦아 내고 고개를 들었다. 비가 오기 시작했다.

야자열매가 있다는 건 육지가 근처에 있다는 뜻이었다. 루안 지아는 그런 징후를 찾아내려 애썼다. 연이나 열기구, 작은 비행함과 같이 자신을 공중으로 띄울 방법이 있기를 바랐다.

어느 찌는 듯한 한낮, 남쪽으로 시선을 던지던 그는 잠깐 심장이 멎는 광경을 보았다. 지평선 바로 위 빛으로 일렁이는 대기 속에서 높은 탑과 윤이 나는 반구형 건물이 있는 도시를 겨우 알아볼 수 있었고, 그 안의 거리는 사람과 탈것의 꿈틀거리는 움직임으로 가득 찬 것처럼 보였다.

그는 맞바람을 받으며 좌우로 배를 몰고, 돛을 이리저리 당기고, 연에서 나온 휜 원재들을 사용해서 노를 저으며 해류에서 벗어나기 위한 힘겨운 사투를 벌였다. 심지어는 물속으로 뛰어들까 생각하기도 했다. 하지만 해류가 너무 세서 연으로 만든 뗏목은 원래 진로를 거의 벗어나지 못했다.

불. 그는 필사적으로 생각했다. 지금 불을 원하는 것처럼 뭔가를 바란 적이 없었다.

그 도시는 너울거리다가 사라졌다.

불안정한 뗏목에 서서, 루안 지아는 혼란스럽고 화가 난 채로 텅 빈 수평선을 바라보았다. 자기 두 눈으로 도시를 직접 보았는데 그게 대체 어디로 사라진 걸까?

잠시 생각해 본 다음 그는 자신이 '투투티카 신의 인상(印象)'에 속았을 가능성이 크다는 것을 깨달았다. 그것은 사막과 바다에서 가끔 볼 수 있는 신기루였는데, 수평선 아래 멀리 있는 물체의 모습이 공기와 빛의 속임수에 의해 반사되어 지친 여행자들의 눈에 보이는 것이었다. 환상이었지만, 거기엔 진짜 근원이 있었다. 수평선 바로 아래에.

아주 높이 올라가거나 신호를 보낼 수만 있다면.

그는 태양을 올려다보았고, 그런 다음 다시 먼 수평선을 바라보았다. 광선이 휘어져 있어서 그는 가 닿을 수 없는 곳에 있는 땅을 언뜻 볼 수 있었다.

빛을 굴절시키는 게 뭐지?

그는 아버지가 발명했던 굴곡진 거울을 떠올렸다. 그것은 태양의 힘만으로 하안의 해안에 침입하던 마피데레의 함대를 안전하게 막았다. 어떤 생각이 마음속에서 구체화됐다.

루안은 반쯤은 비틀거리고 반쯤은 기면서 연의 고치로 나아갔다.

그는 얼마 전에 그 고치를 물 밖으로 끌어냈는데, 갈라진 견과류의 껍질처럼 생긴 연의 두 반쪽을 담수를 저장하는 데 쓰기 위해서였다.

그는 둥근 창들 가운데 하나에서 유리를 빼내 살폈다. 원형 유리는 평편하고 투명했다.

그 뒤 뗏목에서 말리고 있었던, 물고기 배에서 긁어낸 거친 모래를 한 움큼 집어 유리 표면에다 뿌렸다. 그러고는 거친 돔발상어 가죽 한 자락을 바다에 담가 적신 다음 유리를 닦기 시작했다. 유리가 갈리며 나는 만족스러운 소리를 느끼고 들을 수 있었다. 루안은 손 안에서 유리를 반의반 바퀴 돌린 다음 계속 갈았다.

그는 쉴 새 없이 일했고, 이따금 요기하고 물을 마시려고 쉬었다. 손에 들린 유리 원반의 가장자리가 점점 가늘어지며 표면이 볼록해졌다. 시간이 지나면서 거친 모래가 곱게 갈리자 루안은 돔발상어 가죽만을 썼다. 끈질기게 손을 놀리자 평편한 원반은 점차 모양을 잡았다.

며칠 동안 힘들게 작업을 한 결과, 마침내 그는 만족스럽게도 렌즈를 통해 세계를 확대하고 왜곡하여 들여다볼 수 있게 되었다. 루안은 노로 쓰던 대나무 원재 하나를 작고 짧은 막대기로 쪼개어, 단단한 대추나무로 된 고치의 반쪽으로 만든 대(臺)에다 쌓아 두었다. 이 고치 반쪽은 둥근 창을 빼내는 바람에 더 이상 물을 저장할 수 없게 된 상태였다. 대나무 막대기 밑에 말린 야자열매 껍질을 불쏘시개로 채우고 나자, 불을 붙일 준비가 끝났다.

그는 렌즈를 들어 올린 다음 태양이 불쏘시개 위에서 작은 점 크기로 비칠 때까지 움직였다. 기다렸다. 몇 초 후, 더미에서 연기가 피어올랐다.

루안은 기쁨에 겨워 소리를 질렀다. 그는 조심스레 손을 고정한 채로 연기가 자욱해지고 작은 불꽃이 혀를 날름거리며 살아날 때까지 기다렸다. 그 뒤 유리를 옆에다 치워 두고, 허리를 굽혀 부드럽게 바람을 불어서 불꽃을 살리고 키우려 애썼다.

잠시 후 불이 웬만큼 커지자, 루안은 찢어진 비단 조각들을 불꽃 위에다 던져 넣었다. 비단은 천천히 탔고 연기가 많이 났다. 그는 자신이 아직 육지 가까이 있기를 바랐다. 그래야 연기가 어부와 상인들의 관심을 끌 것이다. 어쩌면 누군가가 배를 타고 와서 둘러볼 수도 있을 터였다.

루안은 하루 내내 그 연기 신호를 살려 두었고 물고기를 요리하는 데 불을 사용했다. 불 때문에 작은 뼈로 꽉 찬 생선도 이제 먹을 수 있게 되었는데, 물고기를 불에 구우면 뼈가 부드러워져서 생선을 통째로 씹어서 삼킬 수 있었다. 그는 조리된 음식의 맛을 즐겼지만, 수평선 너머로 배는 나타나지 않았다.

결국 그는 자신이 품었던 희망이 허황한 것이라는 결론을 내릴 수밖에 없었다. 그는 신기루 속 육지가 실제로는 얼마나 멀리 떨어져 있는지 전혀 알지 못했다. 어쩌면 그곳 사람들에게는 이곳까지 나와 볼 수 있는 배가 없는 것인지도 몰랐다.

하지만 적어도 불을 지피는 방법을 찾았다. 그건 대단한 것이었다. 루안은 크게 고무되었다. 그가 다라 전역을 여행하면서 얻은 지식은 여전히 가치가 있었다. 고향에서 멀리 떨어져 있었지만 태양과 바다는 여전히 예전처럼 작동했다. 렌즈는 빛을 굴절시켰고, 태양의 힘을 이용해서 불을 만들 수 있었다. 그는 여전히 근면함과 독창성을 통해 자신의 운명을 개선할 수 있었다. 신들은 그의 기도를 들을 수 없었지만, 우주는 알 수 있는 것이었다.

결국 불은 꺼졌지만 그의 가슴에는 희망이 되살아났다.

앞서 정신 착란을 겪은 이후로, 루안은 더 이상 자신이 얼마나 오랫동안 끝없는 바다 위에 있었는지 정확히 알지 못했다. 하늘의 별자리들은 새로워 계절을 분간할 수 없었다. 계속해서 덥고 습한 날씨는 다라와는 매우 달랐다.

뗏목은 이제 동쪽으로 떠가고 있었다. 찌는 듯한 날씨에 대처하기 위해 루안 지아는 두꺼운 외투를 요로 만들어 그 위에서 잠을 잤다. 그가 입고 있던, 안에 받쳐 입는 얇은 옷은 이제 더러운 데다가 너덜너덜해져서 몸을 간신히 가려 주는 수준에 불과했다. 그는 벌거벗은 채로 뗏목을 돌아다녔다. 또 태양 빛을 피하기 위해 물고기 가죽과 연의 일부를 사용해서 모자와 가리개를 만들었다. 머리칼과 수염이 눈처럼 허옇게 자랐는데, 때때로 바다에 비친 모습을 보고 자기 자신을 알아볼 수 없을 정도였다.

감히 뗏목을 더 태울 수는 없었다. 연료를 만들기 위해 그는 물에 떠다니는 나뭇조각과 해초를 모아 말려야 했다. 나뭇조각이 있다는 건 육지가 근처에 있다는 뜻이라 생각했지만, 해류는 그를 대륙이나 배가 보이는 곳으로 데려가지 않았다.

그러던 어느 날, 루안은 해류가 느려지며 북쪽으로 방향을 틀었다는 것을 깨달았다. 그는 다시 돛으로 뗏목을 조종하려고 애썼다. 뗏목은 느린 바닷물의 흐름을 거슬러 나아갔다.

루안은 자유로웠고, 혼자였다.

해류를 타는 내내 루안은 해류를 벗어나려고 애썼다. 그러나 지금은 마치 오랜 친구에게 작별 인사를 하는 것 같았다. 그는 자신이 다닌 경로의 대략적인 지도와 그가 본 새로운 별들을 기록한 기트레 위수를 쳐다보며 잠시 망설였다.

저 밖에 끝없는 바다 외에는 아무것도 없다 하더라도, 내 길을 항해하다가 죽는 것이 나아.

그는 뗏목을 동쪽으로 향하게 하고 해류를 돌아보지 않았다.

몸에 난 상처들이 흉터로 변했다가 다시 상처가 나며 벌어졌다. 그는 줄곧 자신의 몸이 허약해졌다고 느꼈다. 치아가 흔들리고 시력이 떨어지는 것이 느껴졌다. 그의 식단은 필요한 모든 영양분을 제공하지 못했고, 비바람에 노출되면서 제대로 쉴 여유도 없었다. 그는 몇 주 동안 동쪽으로 계속 이동한 다음 좀 더 온화한 기후를 찾기 위해 약간 북쪽으로 향하기로 했다. 바다의 풍경은 여전했지만 별들은 다시금 익숙한 모습이었다.

타주 신이시여, 전 당신이 왜 그런 신이 되었는지 그 이유를 알 것 같습니다. 바다는 신들조차도 미치게 할 겁니다.

매일매일 루안은 먼 곳을 응시했지만, 오직 물과 더 많은 물만이 보였다. 지금 잡는 물고기들은 해류를 타면서 보았던 물고기와도 달랐고, 다라의 물고기와도 달랐다. 그는 계속해서 그것들을 기트레 위수에 부지런히 기록했다. 밤이면 열에 달뜬 꿈을 꾸었고, 세상의 본질에 대해 신들과 논쟁했다.

투투티카 신이시여, 하나로만 이뤄진 사회에 아름다움이 있습니까? 세상이 하나의 영혼으로만 이루어져 있을 때 불완전함이 있을 수 있을까요?

피소웨오 신이시여, 자아와 자아 사이에 전쟁이 일어날 수 있다고 생각하십니까?

날씨는 쌀쌀해졌고, 바람은 이제 북동쪽으로 계속 불었다. 그는 나달나달해져 버린 두꺼운 옷의 조각들로 몸을 감쌌고 차가운 바람이 틈을 찾아내지 못하도록 천막 위에다 해초 덩어리들을 덮었다. 몇 주가 더 지나자 기온이 떨어져 이가 딱딱거리기 시작했다. 남쪽의 지옥 같은 더위가 나은지, 아니면 이 추위가 나은지 확신할 수 없었다.

그러던 중 처음에는 또 다른 신기루라고 생각했던 광경을 목격하는 날이 왔다. 작은 점들이 수평선에서 맴돌며 빙빙 돌고 있었다.

새들.

그는 자신을 둘러싼 주변의 바다를 쳐다보았고, 떠다니는 초목들을 발견했다. 바다의 것으로 보이지 않는 덩굴과 잔가지, 잎 들이었다. 어디서 온 걸까?

루안 지아는 다시 실망하지 않으려 흥분감을 억누르면서도 새들을 향해 곧장 방향을 틀었다. 저녁이 되자 짙은 안개가 모든 것을 덮었다. 그는 이제 쪼그라들어서 가리개처럼 변해 버린 옷으로 몸을 감쌌다. 잠을 자는 동안 미지의 해안에 착륙하는 꿈을 꿨고, 고급스럽고 화려한 비단옷을 입은 불멸자들이 그를 환영하고 후하게 대접했다.

잠에서 깼을 때, 그것이 눈앞에 있었다. 지평선 전부를 가로지르는 해안선, 초록색 수목들이 여기저기 흩어진 평평하고 황갈색의 광활한 지역. 루안은 눈을 믿을 수 없어 하며 물고기 가죽 모자와 너덜너덜한 옷만 걸친 채 흔들리는 뗏목에서 일어섰다. 육지를 찾아낸 것이다.

해안가 쪽으로 나아가자 버섯 모양을 한 작은 흰색 집 몇 채가 파도가 와 닿는 지점에서 조금 떨어진 육지에 모여 있는 것이 보였다. 본 적 없는 모양을 한 작은 배 몇 척이 해안가에 정박해 있었다. 얇은 그릇 모양으로 풀을 엮은 것으로 보였고, 동물의 방광에 공기를 채워 테두리에 묶어 추가적인 부력을 제공받는 듯했다.

뗏목이 물속에서 무언가에 걸려 멈춰 섰다. 루안 지아는 뗏목에서 기어 나와 얕은 물에 첨벙 들어갔다. 차가움이 몸에 충격을 주었다. 바다에서 너무 많은 시간을 보낸 뒤인지라 발밑에서 전해지는 단단한 땅의 느낌은 부자연스러운 듯했다. 두 다리가 불안정하게 흔들리는 통에 서 있을 수가 없었고 무릎과 손으로 몸을 지탱해야 했다. 파도가 덮치는 바람에 루안은 얼음처럼 차가운 물에 흠뻑 젖었고, 충격으로 거의 기절할 뻔했다. 흰한 피부에 밝은색 머리칼을 한 남자와 여자 몇 명이 버섯 모양의 천막에서 나와 자신을 놀란 표정으로 바라보고 있었다.

"바다에서 모든 사람은 형제입니다."

루안은 쉰 목소리로 외치고 나서 해변에 기대어 쓰러졌다.

제45장

중간에 일어난 일

루이섬

사해평치 12년 2월

크리피 항구 부근의 겨울 바다는 잔잔했지만, 하늘은 잔뜩 흐려져 있었고 구름 깊숙한 곳에서는 희미한 번개의 섬광이 보였다. 점차 해가 지면서 수중에 있는 도시선의 잔해는 희미한 불빛 속에서 다양한 모양을 띠는 듯이 보였다. 거대한 거북, 히죽거리는 상어, 반짝이는 잉어 떼, 심지어 훨씬 밀도가 높은 이곳으로 오기 위해 희박한 공기를 포기한 거대한 새들처럼.

늙은 거북, 여태껏 어디 있었어?

세계의 가장자리에 있었어. 폭풍의 벽을 다시 조사해 보려고 했어.

뭘 찾아냈어?

미지의 것에 대한 공포를 찾았지. 난 여전히 통과할 수 없었어.

우린 그걸 통과하면 안 되는 거 알잖아, 형제. 우리 어머니 말에 따르면, 모아노가 다라를 구분하기 위해 그걸 만들었어.

하지만 저 너머의 세계가 다라로 왔잖아. 새로운 신들도.

우린 아직 그 새로운 신들의 힘을 느끼지 못했어. 어쩌면 여행하느라 허약해진 건지도 모르지.

지는 태양의 마지막 빛살들 속에서 거북의 커다란 그림자가 고개를 흔드는 것 같았다.

내 생각에, 폭풍의 벽은 인간만이 통과할 수 있는 벽이지 신들은 통과할 수 없는 것 같아.

수중 그림자들은 가만히 있었다. 이 상상해 본 적 없는 공포를 듣고 신들이 충격을 받은 것처럼 보였다.

하지만 언제나처럼 타주가 제일 먼저 침울한 분위기를 깨뜨렸다.

넌 굉장한 이야기를 놓치고 있어. 네가 가장 좋아하는 인간이 꽤 대단한 모험을 해 왔거든.

내가 놓친 게 많아?

이제 막 좋아지기 시작하는 부분까지 진행했어.

루소, 네 제자가 3년 전에 벽을 통과해서 그 너머로 갔을 때 왜 그를 따라가지 않은 거야?

난 최대한 그를 도우려고 했지만, 그 벽을 넘어가려고 하자 힘이 약해지는 걸 느꼈어. 우리의 힘은 이 섬들에서 나오고, 우리는…… 인간이 되지 않고서는 고향을 떠날 수 없어.

하지만 그건 아마도…… 이 이방인들의 신들 또한 그들의 고향을 떠날 수 없었다는 걸 의미하겠지. 류쿠족은 그들의 신들을 떠나왔

고, 그들의 기도는 들리지 않을 거야.

신들은 그 말을 곰곰이 생각했다. 그러며 이야기꾼이 공연을 계속할 때 술집 난로 불빛 옆에서 술을 홀짝이는 단골손님들처럼, 크리피 궁의 넓은 대청에서 펼쳐지는 이야기를 계속 들었다.

조미는 두 들것 사이에 앉아 한 손은 아버지의 손, 다른 한 손은 스승의 손을 잡고 있었다. 두 남자는 약으로 잠시나마 고통을 가라앉히고 잠들어 있었다.

"희망이 있겠습니까?"

군의관은 고개를 끄덕이지도 가로젓지도 않고, 미간을 찌푸렸다.

"심한 고문을 당했습니다. 전 그들이 살아 있다는 게…… 놀랍습니다."

조미는 망연자실한 채 고개를 끄덕였다.

그녀 앞에는 기트레 위수가 놓여 있었고, 그 책은 그녀가 감히 믿기 어려운 이야기를 들려주었다.

"아버지, 쉬세요. 스승님, 쉬세요."

뒤편의 장군과 고문, 군인 들은 그녀가 그 책에 적힌 내용을 더 읽어 주기를 기다렸다.

제46장

우큐의 왕자와 공주

이방인들의 나라

2년 전

루안은 천막에서 깨어났다. 그는 모피 침대에 누워 있었고, 또 다른 모피를 덮고 있었다. 천막의 어둑한 내부에서는 사향 냄새가 났는데, 진하지만 불쾌하지는 않았다. 꼭대기 중앙에 있는 단 하나의 구멍을 통해 빛이 들어왔고, 그 구멍은 요리용 불에서 나오는 연기를 내보내는 굴뚝 역할도 했다. 불 위에서는 동물 가죽으로 만든 냄비가 거품을 내며 보글보글 끓고 있었다.

노파 하나가 다가와 그의 입에다 그릇을 갖다 대고서는 발효된 우유 냄새가 나는 무언가를 먹여 주었다. 그는 굶주린 상태였다. 신맛이 강했지만 그래도 영양가가 있는 것처럼 느껴졌다. 그는 계속 음식을 삼키고 또 삼켰고, 다 먹기도 전에 잠에 빠졌다.

그는 자신의 위장이 전쟁터가 되는 꿈을 꾸었다. 용암과 얼음의 물결들이 속에서 지배권을 놓고 싸우고, 쉿쉿 소리를 내고, 김을 내뿜었다. 그는 구토하며 깨어났고, 실금했다는 것을 느낄 수 있었다. 노파와 몇몇 사람들이 돌봐 주러 왔다. 루안은 사과의 말을 하려고 했지만, 몸이 너무나도 허약한 나머지 중얼거림 이상으로 말이 나오지 않았다.

다시 깨어났을 때 몸은 더 허약해진 듯했지만 마침내 위장은 안정을 찾았다. 이번에는 목자(牧者)들이 그에게 색다른 것을 주었다. 고기와 채소로 만든 국 같았다. 이번에는 새 음식에 몸이 적응할 시간을 주기 위해 천천히 먹으려 노력했다.

그들은 그가 음식 한 그릇을 다 비우자 한 그릇 더 주었다. 그는 그릇을 혼자 들 수 있을 만큼 강해졌다고 느꼈다. 이번에는 어떤 식물의 꼬투리를 반으로 잘라서 만든 그릇이었다. 음식을 마시듯 먹는 동안 그곳 가족들은 주위에서 이야기를 나누었다. 언어를 이해할 수는 없었지만, '다라'처럼 들리는 단어를 알아차렸다.

내 고향에 대해 아는 걸까? 그는 그런 일이 어떻게 가능한지 이해할 수 없었다. 뒤이어 다시 피로와 잠이 엄습했다.

퍼뜩 잠에서 깨어난 그는 주위를 둘러보다 깜짝 놀랐다. 주위에 하얀 동물 뼈로 만든 수직 막대가 서 있었고, 동물 가죽으로 된 지붕이 덮여 있었다. 위로 들렸다가 아래로 내려앉은 느낌이 들며 다시 바다에 떠 있는 듯했다. 일어나 앉으려고 애를 쓰다 본 것에 루안은 숨이 멎었다.

그는 우리 안에 있었다. 발은 강한 힘줄로 된 끈으로 창살에 묶여 있었다. 하지만 그는 구속 상태를 벗어나려고조차 하지 않았다.

루안은 우리에 갇힌 채 공중에 떠 있었다. 비행함의 노처럼 천천히 공중에서 퍼덕대는 날개를 가진 어떤 거대한 야수의 등에 타고 있던 것이다. 목은 아룰루기섬 정글의 두꺼운 덩굴이나 몸을 쳐든 거대한 비단뱀처럼 앞쪽으로 뻗어 있었다. 머리는 사슴처럼 뿔이 났지만 몇 배는 더 컸다.

그는 어쩐지 그 거대한 야수가 친숙하게 느껴졌다. 하지만 어떻게 그럴 수가 있겠는가? 여행하는 도중에 그런 생명체에 대한 그 어떤 말이나 묘사도 듣거나 본 적이 없다는 확신이 들었다.

그런데 그때 문득 어떤 생각이 고개를 들었다. 그것은 그의 항해에 영감을 준 잔해 조각들에서 본, 이상한 날개와 함께 가지 친 뿔이 달린 야수들과 정확히 닮아 있었다.

루안의 가슴은 꿈에서나 보던 새로운 세계로 들어선 것에 대한, 발견에 대한 전율로 두근거렸다.

그는 자신이 갇혀 있는 우리 안의 뼈들을 살폈다. 길고 컸으며 속이 텅 빈 듯한 소리가 났다. 그 뼈들이 그가 타고 있는 것과 같은 동물에서 나왔으리라 추정했다.

그 거대한 야수는 지상으로부터 수백 미터 정도 되는 높이에서 날았는데, 제국 비행함의 순항 고도와 비슷했다. 루안은 저 멀리 아래로 끝없이 펼쳐진, 평편하고 황갈색이면서 덤불과 풀이 군데군데 점처럼 흩어져 있는 풍경을 볼 수 있었다. 소처럼 생겼지만 훨씬 더 털이 많고 좀 더 큰 동물 떼들이 아래쪽에서 돌아다녔다. 각각의 무리에는 그가 타고 있는 것과 같은 야수 두세 마리가 함께했다. 그들은 날개를 접은 채로 목자들을 태우고서 동물 떼를 따라 뒤뚱거리며 걸었다. 목자들은 그가 탄 야수가 머리 위로 날자 고개를 들어쳐다보았다. 그는 멀리 있는 청회색 바다를 보았다. 그릇 모양을 한, 풀을 엮어 만든 작은 배 몇 척이 파도 위에서 깐닥거리고 있었다.

우리 주변에는 경비대원들이 있었다. 여섯 명 정도 되는 것 같았고, 탈것의 등에 부착된 안전띠나 안장에 매여 있었다. 남자도 있고 여자도 있었지만, 모두 털과 풀을 엮어 만든 수수한 옷을 입고 있었고, 뼈와 돌로 만든 전투용 곤봉과 도끼를 휘두르거나 뿔과 힘줄로 만든 새총을 사용했다. 그가 깨어난 것을 감지한 몇몇이 호기심 어린 눈으로 그를 쳐다보았다.

루안은 자신을 구해 준 목자들이 다라를 알고 있는 듯했다는 걸 떠올렸고, 그들이 자기 말을 아는지 알아봐야겠다고 생각했다.

"여기는 어느 나라입니까? 이 해변에는 어떤 사람들이 살고 있습니까?"

대답이 없었다. 경비대원들은 알아차리기 힘든 표정으로 그를 쳐다보았다.

가진 정보가 너무 적은 터라 질문을 하는 것이 소용이 없었다. 적당한 때를 기다리며 상황을 더 잘 이해해 보는 수밖에 없었다.

우주는 알 수 있는 것이다.

한 시간쯤 지나자 그를 태운 야수는 숨을 크게 헐떡이며 군집을 이룬 버섯 모양의 천막들 옆으로 내려앉았다. 또 다른 날개가 달리고 가지 친 뿔이 있는 야수가(크기는 비슷하지만 쉬어서 기운이 생생했다.) 성큼성큼 걸어 맞은편에 섰다.

경비대원 한 명이 휘파람을 크게 여러 차례 불었다. 야수의 목 바로 아랫부분에 타고 있던 사람으로 분명 조종수였다.

야수는 도개교처럼 목을 뻣뻣하고 똑바르게 세운 채 고개를 숙였다. 루안은 다른 야수가 동작을 똑같이 따라 하는 모습을 보았다. 두 개의 머리는 가운데서 만났고 목은 땅과 완벽하게 평행했다. 두 야수는 서로 머리를 비벼 대며 신음을 내고는 가만히 있었다.

경비대원들은 야수의 등에 매인 안전띠에서 우리를 풀어 어깨 위로 들어 올린 다음, 야수의 목 위로 올라섰다. 루안은 누군가가 야수들의 우툴두툴한 척추 위에서 균형을 잃어 우리가 땅으로 굴러떨어질 거라고 확신하면서 창살을 꽉 붙들었다.

그러나 경비대원들은 다라의 가마꾼들이 해자를 가로질러 승객을 실어 나르는 것만큼이나 안정적으로 두 야수의 목으로 형성된 살아 있는 다리를 가로질러 우리를 운반했다. 그들은 우리를 새 야수의 등에다 고정하고 새로운 안전띠와 안장으로 자신들의 몸을 묶었다.

루안은 벌써 한 가지를 배웠다. 그 야수들은 힘이 세긴 했지만, 오랜 시간 비행을 지속할 수 있는 것 같지 않았다. 아마도 그래서 이전에 본 목자들이 탈것들을 공중에서 맴돌게 하는 대신 땅에 내려와 어색하게 뒤뚱뒤뚱 걷게 한 모양이었다.

새로 올라탄 탈것도 한 시간 만에 땅에 내려앉았고, 환승 절차가 반복되면서 그의 의심은 사실로 확인되었다. 그는 이 하늘을 나는 새 야수들에 대한 관찰과 추측을 기록하기 위해 습관적으로 기트레위수에 손을 뻗었고, 그제야 그 책이 더 이상 자신에게 있지 않다는 것을 깨달았다. 마치 자신의 한 부분이 잘려 나간 것처럼 극심한 고통이 몰려왔다. 그것은 어떤 면에서 보면 사실이었다. 그 책은 바다를 가로지르는 긴 항해의 시간 동안 유일한 동반자였고, 정신 착란의 거울이자 꿈의 장부였다. 이제 연으로 된 뗏목이 사라졌으므로 기트레 위수는 그가 경험한 모든 것의 증거물 가운데서 유일하게 남은 것이었다.

이렇게 열두 마리의 야수를 갈아탄 후, 그들은 마침내 수천 개의 버섯 모양의 천막으로 이루어진 거대한 천막촌에 도착했다. 그중 많은 천막이 그가 지금껏 본 것보다 훨씬 컸다.

그 도시의 중심에는 다른 것들을 왜소하게 만들 정도로 특히 거대한 천막이 있었는데, 그 지름이 판의 대시험 고시관과 맞먹는 규모였다. 날던 야수가 땅에 내려앉았다. 루안의 눈에는 천막 앞에 높다란 뼈 기둥이 있는 것이 보였다. 그 꼭대기에서는 털이 많은 긴 꼬리 몇 개가 깃발처럼 펄럭였다. 루안은 깃대 끝에 매달려서 달랑대고 있는 금속 투구 두 개를 보고 충격을 받았다. 이 새 땅에서 처음으로 본 금속의 흔적이었다. 투구는 옛 자나 제국의 양식으로 제작된 것으로 루안에게 친숙했다. 그 안에 누군가의 머리 두 개가 미라 상태로 들어가 있는 것이 보였다.

루안 지아의 마음 깊은 곳에서 무언가가 꿈틀거렸다. 그를 둘러싼 수수께끼들을 설명할 수도 있을 법한, 모호한 대답의 시작이었다.

야수는 머리를 땅에 대어 목으로 길고 완만한 경사를 만들어 냈다. 경비대원들은 루안의 발을 묶고 있던 끈을 풀고 우리 밖으로 데리고 나온 다음 그 임시 계단을 걷게 했다.

경비대원 한 명이 큰 천막으로 들어갔다가 잠시 후 다시 나타나 다른 경비대원들에게 무언가 말을 했다. 그들은 함께 루안을 큰 천막 옆에 있는 작은 구조물로 안내했다. 그 구조물은 원형의 오두막집으로, 벽은 뼈에 식물 섬유와 진흙을 발라 막을 만든 울짱이었고 지붕은 동물 가죽으로 만들어져 있었다.

지붕에 난 작은 구멍과 울로 둘러싼 그곳을 따뜻하게 유지하기 위해 연기 구멍 아래로 지펴 놓은 작은 불이 유일한 조명이었다. 연료로 쓰이는 말린 동물 똥 더미와 그의 배변을 위한 것으로 보이는 꼬투리로 만든 큰 그릇 외에 그 오두막집에 있는 거라곤 아주 깨끗한 생가죽과 모피가 전부였다. 그는 그것들을 침구로 사용해야 한다는 걸 이해했다. 단단하거나 날카로운 것 혹은 무기로 사용할 수 있는 어떤 도구도 찾아볼 수 없었다.

경비대원이 나가면서 문을 닫았고, 밖에서 뭔가 무거운 것이 옮겨지는 소리가 들렸다. 문을 다시 열어 보려고 한 그는 문이 바깥에서 막혀 있음을 알아차렸다.

고난으로 인해 여전히 허약했던 루안은 자신의 감옥에 누워 잠에 빠졌다.

하루에도 몇 번씩, 밖에서 문을 막고 있는 정체 모를 그 무언가는 옆으로 치워졌고, 그러고 나서는 누군가가 들어와 음식을 그에게 가져다주고 배변용 그릇을 비웠다. 눈부신 햇살이 감방 안의 어둠을 뚫고 들어오면, 눈을 가린 채로 루안은 들어오는 사람에게 말을 걸려고 했다. 그들은 한마디도 대꾸하지 않았다.

그들이 주는 음식은 담백하지만 포만감을 주었다. 잘게 부수어서 말린 고기, 동물성 지방, 딸기류로 만든 것 같은 딱딱한 떡, 견과류로 만든 밀가루 맛이 나는 납작한 빵의 일종, 그리고 가죽 주머니에 든 마실 물 같은 것이었다. 그건 대량으로 준비해 시간이 지난 후에 많은 사람에게 나눠 줄 수 있도록 저장해 두는 음식, 이동 중인 군대나 유목민들이 선호하는 음식이었다.

나도 이 부족의 다른 사람들과 똑같은 것을 먹고 있어. 적어도 나를 학대하지 않는 거야.

그러던 중 닷새째 되던 날, 오두막 문이 열렸지만 아무도 들어오지 않았다.

눈이 밝은 빛에 적응한 후, 루안은 무슨 일이 벌어지고 있는지 보기 위해 문 쪽으로 가 보기로 했다.

몇 걸음 떨어진 곳에 경비대원들이 반원을 그리며 서 있었지만, 루안의 시선은 오두막 문 바로 앞에 무릎을 꿇고 있는 두 젊은이에게로 향했다. 둘 다 스무 살 정도로 보였는데, 한 명은 남자고 다른 한 명은 여자였다. 몸에 걸친 모피의 품질과 머리에다 한 뼈와 이로 장식된 정교한 보석들에 비추어 귀족임을 알 수 있었다.

루안은 그들이 다라에서 *미파 라리*라고 불리는 자세로 무릎을 꿇고 있다는 것을 알아차렸다.

설마?

그 역시 오두막 문간에서 정식 *미파 라리* 자세로 무릎을 꿇었다.

"루안 지아."

루안은 두 음절을 주의 깊게 발음하고 자기 자신을 가리켰다. 그리고는 맞은편에 무릎을 꿇고 있는 두 젊은이를 향해 손을 내저었다.

"용서해 주십시오, 존경하옵는 사부님."

두 사람이 동시에 말했다.

낯선 억양이긴 했지만 루안의 얼굴은 걷잡을 수 없이 씰룩거렸다. 다시금 다라 말을 들을 수 있으리라는 희망을 버렸는데 이제 다라 말을 듣게 되자 눈앞이 뿌예졌다.

"류쿠인의 나라 우큐에 오신 것을 환영합니다." 자신을 왕의 아들 쿠듀 로아탄이라고 소개한 젊은 남자가 말했다. "당신이 있는 곳은 우리의 보잘것없는 땅의 수도인 타텐입니다."

"아버지께서는 반란을 진압하기 위해 이곳을 떠나 계십니다." 자신을 왕의 딸인 바듀 로아탄이라고 소개한 젊은 여자가 말했다. "끔찍한 대우를 받으신 것에 사과드립니다. 경비대원들은 당신이 우리가 늘 동경하던 땅인 다라에서 온 귀한 손님이라는 것을 알지 못했습니다."

그들은 루안이 처음 천막 도시로 끌려왔을 때 보았던 대천막에 앉아 있었다. 동굴 같은 내부에는 모피로 두꺼운 양탄자를 깔았고, 뼈와 동물 가죽으로 만든 낮은 탁자와 칸막이가 하나의 군집을 이루면서 식사, 수면, 앉기, 회의, 그리고 루안이 추측할 수 없는 다른 기능을 위한 공간을 따로 나누었다. 그들 사이에 놓인 작은 탁자에는 향긋한 구운 고기가 가득 담긴 접시들과 진한 국이 가득 담긴 해골로 된 그릇들, 그리고 류쿠인들이 쿄피르라고 부르는, 우유를 발효해서 만든 술이 가득 담긴 뼈 잔들이 놓여 있었다.

루안은 국을 홀짝이면서 자신을 구해 준 가족이 '다라'라는 말을 속삭이던 모습을 떠올렸지만, 열병으로 정신이 혼란해 착각했을 가능성도 있었다. 그로서는 질문이 하도 많아서 그런 사소한 점에 집중할 수가 없었다.

그는 바로 본론으로 들어가기로 했다.

"어떻게 다라를 알게 되셨습니까? 그리고 어떻게 그곳 말을 배우셨습니까?"

왕자와 공주는 서로를 쳐다보았다. 눈으로 대화하는 것 같았다.

"긴 이야기입니다."

왕자는 루안 쪽으로 고개를 돌리며 말했다.

"말하는 것보다 보여 주는 게 더 쉬울지도 모릅니다."

공주가 말했다.

이번에는 안장에 앉아 안전띠에 묶인 루안 지아는 땅과 바다 위를 날았다. 바듀가 그의 앞에 있는 안장에 앉아 날개 달린 야수를 조종했다. 공주는 그걸 가리나핀이라고 불렀는데, 그 가리나핀은 그를 이곳으로 데려왔던 야수들보다 훨씬 작았다. 공주가 해안선을 따라 자신의 탈것을 조종할 때마다 루안은 야수의 강력한 날개가 움직이는 것을 느낄 수 있었다.

"저 배들을 알아보시겠습니까?"

루안은 바듀가 말하는 대상을 모를 수가 없었다. 저 아래에 있는 만에는 스무 척의 거대한 배가 정박해 있었고, 그 크기는 모두 작은 도시만 했다. 그 배들은 바다 밑 터널들로 다라 제도를 연결하는 것을 꿈꿨던 한 남자, 거의 인간의 이해를 초월할 정도로 기념비적인 규모의 사업을 꿈꿨던 한 남자에 관한 기억에 어울리는 헌사였다.

"그러니까 불멸자들의 땅으로 향했던 마피데레 황제의 탐험대가 이곳에 도착한 거군요."

루안이 중얼거렸다.

"20년도 더 됐습니다!" 바듀는 달려드는 바람 소리 위로 자신의 목소리가 들리게끔 소리쳤다. "내가 태어나기도 전이었지요."

뒤이어, 마피데레가 그렸던 웅장한 미래를 침묵으로 증언하는 전설적인 도시선 함대 위를 원을 그리며 돌며, 바듀는 그에게 세계가 뒤바뀐 이야기를 들려주었다.

수십 년, 어쩌면 수백 년 동안 관목 지대 사람들은 소를 치는 유목민으로서 단순하게 살았고, 소 떼들을 보호하는 동시에 친교와 운송 수단이라는 면에서 날개 달린 가리나핀들에 의존했다. 삶에는 변화가 없었지만, 그래도 만족스러웠다.

그러던 어느 날 옛 창조 신화의 한 장면처럼 떠다니는 섬만 한 배들로 이뤄진 선단이 수평선에 나타났다.

다라 사람들의 도래는 류쿠의 세계를 발칵 뒤집어 놓았다. 방문객들은 류쿠인들에게 그들의 세계가 얼마나 좁았는지, 기계와 예술, 문학, 예절, 진정한 아름다움과 같은 높은 수준의 문명과 관련한 모든 기쁨과 정교함이 얼마나 부족한지를 보여 주었다.

다라 사람들이 도착하기 전의 류쿠 사람들은, 어떻게 매가 날아올라 벌레들이 수천 세대를 거치며 축적한 경험보다 더 웅장한 세상을 한눈에 받아들일 수 있는지 이해하지 못한 채로 풀밭에서 미끄러지듯 나아가는 벌레에 불과했던 것만 같았다.

다라 사람들은 훌륭한 선생님들이었다. 류쿠인들과 그들의 존경받는 손님들은 여러 해 동안 조화롭게 살았다. 이렇게 해서 바듀와 쿠듀 모두 다라 말을 배울 수 있었는데, 그들에게는 배려심 있고 숙련된 선생님들이 있었다.

그러나 어느 날, 재앙이 닥쳤다. 다라에서 온 모든 손님은 알려지지 않은 전염병에 걸렸고, 선생이자 친구인 다라인들을 구하기 위한 류쿠인들의 영웅적인 노력에도 불구하고 모두 며칠 안에 죽었다.

"저기에 무덤이 있습니다."

바듀가 해안가를 따라 낮게 날게끔 가리나핀을 조종하면서 말했다.

루안은 아래를 힐끗 내려다보았고, 뼈로 만든 수천 개의 묘표가 가지런히 늘어선 것을 보았다. 각각의 봉분은 다라의 작은 오두막 정도 크기였다. 그는 그 광경을 보고 할 말을 잃었다. 외국인 친구들이 그렇게나 이해할 수 없는 방식으로 죽었으니, 바듀와 다른 사람들은 엄청난 공포를 경험했을 터였다.

"우린 여러 해 동안 애도했습니다. 그리고 아버지께서는 다라에서 온 손님들의 마지막 소원, 즉 자신들의 시신이 고향 땅에 묻힐 수 있게 해 달라는 마지막 소원을 들어줄 방법을 찾겠다고 맹세했습니다."

루안은 고개를 끄덕였다. 콘 피지의 가르침에 의하면, 죽은 사람들의 영혼은 태어난 땅으로 돌아올 때까지 안식을 찾을 수 없었다. 이것이 바로 다라 사람들이 죽은 사람을 집으로 데려오기 위해 항상 남다른 노력을 기울이는 이유이고, 타국에서 숨을 거둔 병사들을 위한 집단으로 봉분을 만든 것이 반란과 국화·민들레 전쟁 와중에 다라 사람들에게 그토록 깊은 슬픔을 안겨 주었던 이유였다.

하지만 루안은 뭔가 이상한 점을 알아차렸다. 무덤과 묘표는 모양과 색깔이 너무 균일해서 사전에 정해진 계획에 따라 만들어진 것처럼 보였다. 예상치 못한 전염병에 대응해서 지어진 공동묘지인데, 그렇게나 정돈돼 보일 수 있는 걸까? 이렇게나…… *새것처럼* 보일 수 있는 걸까?

"우린 할 수 있는 모든 방법으로 다라 사람들을 존경합니다. 이 해안으로 탐험대를 이끈 크리타 제독은 여전히 우리를 지켜보고 있습니다. 그와 사랑에 빠진 류쿠 여인인 그의 아내의 눈도 마찬가지입니다. 우리는 민족의 관습에 따라 그들의 두상을 보존했고, 그것들은 타텐의 대천막 앞에 있는 깃대 꼭대기에 전시되어 있습니다."

루안은 고개를 끄덕였다. 그것으로 그가 깃대 꼭대기에 매달려 있는 것을 본 두 개의 금속 투구와 메마른 유해가 설명되었다. 하지만 바듀의 설명에서는 무언가가 마음에 걸렸다. 그 두상들이 전시된 방식은 일종의 경고, 잔인한 야만성의 표출처럼 보였다. 하지만, 그가 너무 편협한 것일 수도 있었다. 류쿠 사람들은 그들만의 문화와 관습을 가지고 있었다. 루안은 새로운 세계에 선입견을 강요하지 말자고 다짐했다.

타텐으로 돌아온 루안 지아는 류쿠의 왕자와 공주가 함께 사용하는 천막에 입주했다. 그들이 설명한 바에 따르면, 그는 분명 다라에서 온 학식 있는 사람이었기 때문에 그들의 스승이 되기에 적합했고 그들과 함께 살아야 했다.

"이거, 당신 책입니다." 쿠듀는 공손하게 기트레 위수를 두 손으로 잡고서 루안에게 건네주었다. "그렇게 두꺼운 책을 가지고 있는 걸 보니, 매우 학식 있는 분임이 틀림없습니다."

바듀가 말했다.

"우린 최대한 양호한 상태로 도시선을 보존했습니다. 다라에서 온 영예로운 손님들의 죽은 영혼을 고향으로 돌려보내는 일에 도움이 될 방법을 찾을 수만 있어야만 그게 의미가 있겠지만요. 우리는 다라의 일등 항해사만큼의 지식이 없습니다."

"살아 있는 동안, 다라에서 온 손님들은 여러 번 집으로 가는 길을 찾으려고 노력했습니다. 아버지께서는 그들이 필요로 하는 도움이라면 뭐든지 항상 내주셨습니다. 하지만 집으로 가는 길을 찾기 위해 띄운 함대 중 그 어느 것도 성공하지 못했고…… 그리고 몇몇은 돌아오지 않았습니다. 몇 년 후 해안으로 밀려온 잔해를 제외하면요."

"마피데레 황제의 탐험대에 대한 기록과 이후의 탐험대들에 대한 상세한 내용을 가지고 있으십니까?"

루안은 물어보지 않을 수 없었다. 그런 수수께끼에 대한 전망은 너무나도 유혹적이었다. 만약 그 수수께끼를 풀 수 있다면 마피데레 탐험대 소속 대원들의 시신을 다시 다라로 가져갈 뿐만 아니라 그 역시도 집으로 돌아갈 수 있을 터였다.

쿠듀와 바듀는 다시 서로를 쳐다보았다. 쿠듀는 양해를 구하고 자리를 떴다.

"다라에서 온 손님들은 통과할 수 없는 폭풍의 벽이 제도를 둘러싸고 있다고 했습니다. 그게 진짭니까?"

루안은 고개를 끄덕였다.

"그렇습니다. 저는 순전히 운이 좋아서 그걸 통과했습니다."

"집으로 돌아가려면 다시 그걸 통과해야 하는 거겠지요, 안 그렇습니까?"

"지금껏 많은 생각을 해 보았습니다."

"필요한 게 있으면 뭐든 말만 하십시오. 다라의 모든 사람이 우리를 위해 해 준 걸 생각하면, 그게 우리가 할 수 있는 최소한의 일입니다."

루안은 고개를 끄덕였다. 그는 먼 나라에서 온 사람들의 안위를 배려하는 왕자와 공주의 모습에 상당한 감명을 느끼고 있었다. 그들은 많은 다라의 철학자들보다 훨씬 더 능숙하게, 낯선 사람들은 신으로 존중받아야 한다는 콘 피지의 격언에 담긴 이상(理想)을 몸소 보여 주고 있었다.

쿠듀는 두루마리와 책, 지도 들을 한 무더기 가지고 돌아왔다.

"크리타 제독이 우큐로 항해하면서 남긴 항해 일지, 그리고 이후의 탐험대 임무들과 관련해 출항 준비 단계에서 세운 계획들입니다."

"그 탐험대의 잔해가 언제 어디서 발견되었는지에 대한 기록이 있습니까?"

"네."

쿠듀는 루안에게 어디를 봐야 하는지 알려 주었다.

루안은 쿠듀가 아주 빠르고 깔끔하게 많은 자료를 모았다는 사실에 놀랐다. 마치 모든 것이 사전에 준비되었던 것만 같았다. 그가 요청하기만을 기다리고 있었다는 듯…….

그는 고개를 저었다. 편집증적으로 의심부터 하다니, 정치와 음모가 권력자들과 하는 모든 교류에 영향을 미치는 듯했던 다라 시절의 나쁜 습관이었다. 이곳은 다른 땅이었고 다른 규칙들이 있었다. 바다를 건너와 친구가 된 이방인들에 대한 기억을 기리고자 노력하는 왕자와 공주를 모욕하지 않을 생각이었다.

이곳은 경이와 새로운 광경, 새로운 길의 신세계였다. 끝없이 펼쳐진 바다에서 그렇게나 오랫동안 혼자 지내다 보니 인간적인 접촉이라는 달콤함을 음미하지 않는 게 불가능했다. 호기심 많고 예의바른 왕자와 공주는 그의 안에 있는(항상 활기차고 젊은 사람들과 대화하는 자극을 갈망하는) 선생님을 깨어나게 했다. 탐험과 발견이 주는 기쁨에 그는 도취했다. 복잡하고 새로운 수수께끼에 맞서 자신의 패기를 시험해 보고자 하는 유혹을 뿌리칠 수 없었다.

그럼에도, 언제나 조심하는 편인 루안은 좀처럼 사그라들지 않는 의심을 완전히 억누르진 못했다. 그는 예방 조치를 취하기로 했다.

며칠 동안 루안은 자기 일에 전념했다. 숫자로 된 표들을 자세히 검토했고 모래 쟁반에 계산식을 썼다 지우곤 했다. 크리타 제독의 항해 일지에서 나온 지도들과 기트레 위수에다 그가 그린 지도들을 비교했다. 폭풍의 벽에 대한 크리타의 관찰 내용을 검토했고, 자신이 관찰한 내용과 비교했다. 바람과 조수에 대한 기록과 일출과 일몰 시각에 대한 기록들을 서로 대조해 보았다. 날짜와 시간을 추출하고, 배열하고, 재배치하고, 그것들 사이의 연관성을 도출하고 추론을 만들어 냈다. 중요하거나 특이해 보이는 기록의 모든 세부 사항을 파악했다. 모형을 만들고, 논리의 비약적 발전을 끌어냈다.

쿠듀와 바듀는 루안이 혼자 일하도록 내버려 둔 채, 영양가 있는 음식과 원기를 북돋우는 음료를 계속해서 공급했다. 휴식이 필요하다 싶으면 루안을 가리나핀 등에 태우고 주변 시골 관광에 나섰고, 공손한 태도로 그의 추론과 생각을 공유해 달라고 부탁했다.

루안은 왕자와 공주가 이상적인 학생임을 깨달았고, 그들과 대화하면서 얻는 자극을 즐겼다. 학문은 영민한 정신을 다른 영민한 정신과 비교하며 자신을 날카롭게 벼릴 것을 요구했다. 루안은 그 두 사람과 대화를 나누는 동안 조미와 함께 열기구를 타고 다라 주변을 떠돌던 시절을 떠올렸다.

어느 날 밤, 루안 지아는 모래 쟁반에 글을 쓸 때 쓰던 뼈 펜을 내려놓았다. 다라로 돌아가는 방법에 대한 수수께끼를 푼 것이었다.

우주는 알 수 있는 거야. 양식은 식별할 수 있고 유용하게 쓰일 수 있어.

기뻐서 소리치고 싶었지만, 너무 늦은 시각이라 쿠듀와 바듀는 이미 잠자리에 든 다음이었다. 발견한 내용을 공유하려면 아침까지 기다려야 했다.

하지만 너무 흥분해서 잠을 잘 수가 없던 루안은 산책을 하기로 했다. 천막을 통과하자 문간에 있던 경비대원들은 고개를 끄덕였다. 왕자와 공주는 지난 며칠 동안 루안이 가는 모든 곳에 동행했고,

경비대원들은 이제 루안을 높은 존경심을 갖고 대했다.

달빛이 관목 지대를 은빛 광채로 물들였다. 천막 도시인 타텐은 오래된 영웅 전설 속 달에 있는 궁전처럼 보였다. 루안은 대천막을 천천히 돌면서 장인의 솜씨에 감탄했다. 류쿠인들은 상상했던 것만큼이나 다라와 다른 민족이었지만, 아름다움에 대한 애호와 장인 정신은 다르지 않은 모양이었다.

루안 지아는 이제 대천막 뒤에 있었다. 이상한 언덕이 보였다. 그 옆으로는 격자를 이룬 뼈로 된 문이 있었다.

차가운 손이 가슴을 꽉 움켜쥐는 것 같았다. 그는 자신이 왜 그렇게 두려움을 느끼는지 설명할 수 없었다.

자신의 것이 아닌 다른 의지에 사로잡힌 듯 루안은 가까이 다가가 격자 문을 열었다. 안은 칠흑같이 어두웠다. 조심스럽게 한 걸음 앞으로 나아갔다…….

……그러고는 길고 경사진 터널 아래로 굴러떨어졌다. 살려 달라고 소리쳤지만, 어둠이 그의 외침을 삼켰다.

숨이 헉하고 막혔던 루안은 회복하기 위해 잠시 땅에 가만히 누워 있어야 했다. 그는 썩은 음식과 사람의 배설물 냄새가 나는 지하 동굴에 있었다. 한기가 느껴졌다. 유일한 불빛과 맑은 공기는 방금 그가 굴러떨어진 곳에서 들어오고 있었다.

제47장
마피데레의 탐험대

이방인들의 나라

2년 전

그는 어둠 속에서 무엇인가가, 혹은 무엇들인가가 황급히 멀어지는 소리를 들었다.

쥐인가? 아니면 훨씬 더 나쁜 것일까?

하지만 루안은 침착함을 유지하면서 소리쳤다.

"거기 누구 있습니까?"

어둠이 목소리를 삼키는 것 같았다. 황급히 움직이는 소리뿐 아무 대답도 없었다. 루안은 어둠 속을 들여다보았고, 멀리 동굴 저편에 옹기종기 모여 있는, 전부 사람 크기만 한 모호한 형태들을 볼 수 있었다. 확신하진 못했지만 작은 가리나핀들을 닮은 듯했다.

루안은 눈이 점차 어둠에 적응할 때까지 기다렸고, 첫인상이 정확했음을 알아차렸다. 어린 가리나핀 여섯 마리 정도가 구석에 옹기종기 모여 있었는데, 목에 가죽으로 만든 두꺼운 밧줄이 채워져 있었다. 그 밧줄들은 동굴 벽에 매여 있었다.

저것들은 벌을 받는 중인 걸까?

하지만 어둠 속에는 야수가 아닌 사람 모양을 한 또 다른 형상이 있었다.

"난 실수로 여기에 들어왔습니다." 루안은 머뭇거리듯 말하며 그 남자 쪽으로 한 걸음 내디뎠다. 그는 자신이 이곳 사람들의 말을 알았더라면 하고 바랐다. "난 해를 끼칠 생각이 없습니다."

"다라에서 왔습니까?" 한 목소리가 물었다. 그 목소리는 쉬어 있었고 망설이는 듯했다. 목소리의 주인이 더 이상 큰 소리로 말하는 것에 익숙하지 않은 듯했다. 하지만 그 억양은 쿠듀와 바듀의 것과는 달랐고, 고향에서 듣던 발성과 어투가 강했다. "마피데레 황제가 당신을 이곳으로 보냈습니까?"

루안은 한 걸음 더 앞으로 나아갔다. 가슴은 흥분으로 두근거렸다. *이게 가능한 일인가? 모두가 죽었다는 건 쿠듀와 바듀가 잘못 알고 있는 걸까?*

그는 그 동굴 안 사람 역시 두꺼운 밧줄로 벽에 매여 있음을 알아차렸다. 그는 혼란스러웠다. *왜지?*

"아니요……." 루안은 심호흡하고 침착하려고 애썼다. "나는 하안 출신의 루안 지아입니다. 마피데레 황제는 오래전에 '아무것도 뜨지 않는 강'을 건넜습니다."

"황제가 죽었다고요?"

그 목소리에는 믿지 못하면서도 놀라워하고 있었다.

"네, 죽었습니다." 루안 지아가 확인해 주었다. "당신은 불멸자들의 땅으로 향하는 탐험대의 일원으로 이곳에 오신 겁니까? 어떻게 살아남았습니까? 왜 여기 있는 겁니까? 당신의 이름은 뭡니까?"

"네, 맞습니다……. 당신의 질문에 전부 대답하려면 아주 긴 이야기가 필요하겠지만요. 나는 과거엔 다수섬의 어부였고 지금은 페큐의 수치스러운 이야기꾼인 오가 키도수입니다. 어떻게 해서 이곳에 오게 되었는지 말씀해 주십시오."

그렇게 해서, 그 축축하고 차가운 지하실에서 조미 키도수의 삶으로 연결된 두 남자는 각자의 이야기를 공유했다.

루안은 오가에게 반란 전쟁이 벌어지는 동안 아들들에게 닥친 슬픈 운명에 대해, 딸이 주목할 만한 젊은 여자로 성장한 것에 대해 이야기해 주었다. 아키 키도수의 얼굴에서 볼 수 있었던 쾌활한 표정과 그녀의 간단한 말 한마디와 단호한 동작 하나하나에 담긴 힘을 묘사해 주었다. 자신이 조미와 함께 다라 상공에서 열기구를 탔던 일을 들려주었고, 황궁 시험에서 젊은 조미가 보여 준 활약상을 최대한 잘 재현해 보이려고 애썼다.

"믿을 수 없는 이야기를 지어내고 계시는 게 분명합니다!" 오가가 소리쳤다. "불의 진주라! 정말 사랑스러운 정식 이름입니다. 그 애에게 잘 어울리는 이름이에요. 아기였을 때도 그 애는 성미가 불같았고 고집이 셌습니다. 그런데 내 딸이 *카시마*라고요? *피로아*라고요? 감히 눈을 돌리지 않고 다라 황제에게 말을 건 학자라고요?"

"그녀는 그 모든 것이었고, 그 이상이었습니다."

시간은 너무 없는데 할 말이 너무 많아 설명이 축약될 수밖에 없었고, 루안은 나중에 상세한 내용을 덧붙여 주겠노라고 거듭 말해야만 했다.

오가는 아내의 소식을 듣고 기뻐하고, 아들들의 죽음을 슬퍼하고, 딸의 업적에 자부심을 느꼈다. 그러면서 울고 또 울었다.

그러고 나서 오가가 자신의 이야기를 할 차례가 되었다.

모든 진실한 이야기처럼, 그것은 전설과 사실, 상상된 신화와 이뤄진 행위들, 어둠의 심장과 빛의 왕관, 체험한 경험과 채워진 공백들, 본 것들과 마음의 눈으로만 확인할 수 있는 광경들의 혼합이었다.

그는 22년 전 그의 작은 배를 전복시킨 폭풍을 이야기했다. 잔해 조각에 며칠 동안 매달려 배가 고프고, 목이 마르고, 상어 때문에 공포에 질리고, 무자비한 태양과 거친 파도에 정신이 혼미해졌다가, 마침내 죽음이라는 위안을 찾기 위해 그 잔해 조각을 놓아줬으며, 폐로 물을 한가득 빨아들이기 위해 입을 열었지만, 바다에서 길을 잃은 사람들의 친구인 바다거북 등에 업혀 물 밖으로 나오게 되었고, 반쯤은 꿈을 꾸면서 또 반쯤은 잠에 빠져서 도시선 함대가 눈에 보일 때까지 파도를 탔고, 갑판의 선원들이 그를 좋은 징조로 여겨 환호해 주고, 배 위로 들어 올려 음식과 물을 먹여 주고, 옷을 입혀 주고, 잠자리를 준 일을 이야기했다.

"함대의 모든 사람은 매우 흥분했고 자신감에 차 있었습니다. 물에 빠져 허우적대는 사람들의 희망인 루소 신이 더 많은 복을 내리겠다는 신호로 나를 보냈다고 생각했습니다. 평온한 바다와 빠르게 부는 바람 덕분에 며칠 동안 북쪽으로 이동해 온 참이었습니다……."

"그게 궁금했습니다!" 루안 지아가 끼어들었다. "크리타 제독의 항해 일지에서는 출항 직후의 폭풍에 대한 기록을 찾아볼 수가 없었습니다. 난 그게 이상하다고 생각했습니다."

"이상한 일이었습니다. 폭풍을 기억하는 사람이 없었습니다. 나로선 설명할 길이 없었습니다."

루안은 그의 말을 곰곰이 생각했다. 모든 사람이 함대를 파괴했다고 생각했던 폭풍이 신들의, 아마도 타주 신의 속임수에 불과했던 것처럼 보였다.

"우리는 곧장 북쪽으로 항해했습니다. 뒤에서 부는 바람이 하도 강해서, 나는 우리가 날고 있다고 믿었습니다. 폭풍의 벽에 도달하기 전까지 아무런 문제도 없었습니다……."

루안은 그 두려운 광경과 마주했던 일을 떠올리며 몸서리쳤다.

"……그리고 우린 끝장났다고 확신했습니다. 후퇴하기 위해 할 수 있는 모든 일을 했습니다. 그야말로 모든 사람이, 선원, 병사, 요리사, 하녀, 침모, 심지어 후진 크리타 제독까지도 노에 달라붙었습니다. 바다와 싸우며 도시선들은 들썩대고 몸서리쳤습니다.

하지만 소용이 없었습니다. 바람은 누그러지지 않았고, 함대는 조금씩, 확실한 죽음의 길로 떠밀렸습니다. 많은 사람들은 폭풍의 벽이라는 구렁텅이로 항해하기보다는 다라 제도로 헤엄쳐 돌아가겠다고 생각하며 필사적으로 바다로 뛰어들었습니다. 심지어 마피데레 황제의 아들조차도 폭풍에 겁을 집어먹고 바다로 뛰어들었고, 두 번 다시 모습을 보이지 않았습니다.

결국 나머지는 기진맥진한 채 포기하고 폭풍이 우리를 박살 내고 바다 밑에 있는 타주 신의 궁전으로 데려가기를 기다렸습니다.

하지만 어찌 된 일인지 벽을 향해 빠르게 접근하는 동안 폭풍과 회오리바람이 갈라지면서 길을 열어 주었습니다. 함대는 사막을 건너는 대상(隊商)의 행렬이 계곡을 통과하는 것처럼 우뚝 솟은 계곡 사이를 항해했습니다! 크리타 제독은 그것이 자연조차도 마피데레 황제의 칙령에 복종한다는 신호라고 말했습니다……."

벽을 통과한 후 함대는 강력한 해류를 만났다고 했다.

루안의 작은 뗏목과는 달리, 크리타 제독의 지휘하에 있던 도시선들은 힘겹게 저항한 끝에 해류를 벗어날 수 있었다. 돛들은 순한 바람으로 받고 잔뜩 부풀었고, 배에 탄 모든 사람이 노 젓는 것을 도왔다. 그 후 함대는 정북(正北) 쪽으로 계속 전진했다.

하지만 끝없는 바다를 여러 날 항해한 후 날씨가 쌀쌀해지더니 바닷물 속에서 빙산이 모습을 드러냈다. 그런 상황은 크리타와 메투가 '불멸자들의 땅'에 대해 연구하면서 참고한 고대 문헌에 기술된 조건들이 아니었다. 같은 경로를 따라 계속 간다면 얼음에 갇힐 것만 같았다.

크리타는 고대 문헌이 아마도 잘못되었을 것이며 해류를 따라야 한다고 대담하게 추측했다. 함대는 방향을 반대로 돌렸고, 다시금 해류에 가 닿은 후 해류가 함대를 붙들도록 내버려 두었다.

하지만 해류가 서쪽, 남쪽, 동쪽, 다시 북쪽으로 향하며 넓게 순환하는 식으로 움직이다 속도를 늦추자 크리타는 해류를 벗어나기로 했다.

루안은 해류를 떠난 후 동쪽으로 향하는 것을 선택한 반면, 크리타 제독은 다라로 귀환하려는 희망에서 서쪽으로 향했다. 하지만 함대는 결국 다시 폭풍의 벽에 부딪혔다. 항해사들의 추측에 따르면 늑대발섬 동쪽에서 어느 정도 떨어진 지점이었다. 폭풍의 벽이 다라 전체를 둘러싸고 있는 것처럼 보였다.

크리타는 함대에 다시 동쪽으로 돌아가라는 명령을 내리고 해류를 횡단했다. 결국 도시선들은 루안이 그랬던 것처럼 이 알 수 없는 영토에 상륙했다.

그들은 심지어 다라의 본섬보다 몇 배 더 큰 섬에 도착했다는 것이 오가의 설명이었다. 아마도 고대 아노족 영웅 전설에서 이야기된 바가 있었던, 전설 속의 사라진 대륙과 닮아 있었는지도 몰랐다. 해안은 북쪽으로 뻗어나가 영구 동토가 되었고 남쪽으로 뻗어나가서는 통과할 수 없는 사막이 되었다. 동쪽으로 계속 내달리면 아주 높은 산맥과 마주했는데, 산맥의 꼭대기들은 구름을 찔렀고 녹지 않는 얼음에 둘러싸여 있었다. 이 대륙의 나머지 대부분을 차지하는 평편한 관목 지대에서는 뿔뿔이 흩어진 부족들이 긴 털을 가진 소 떼를 끌고 다니며 생계를 꾸렸다.

관목 지대 사람들의 삶과 역사에 대한 오가의 설명은 축약될 수밖에 없어 제한적이었지만, 루안은 결국 더 많은 세부 사항을 배워 빈 구멍을 메우게 될 터였다.

영겁의 시간 동안, 부족들은 강의 부침(봄에는 녹고 겨울에는 얼어붙으며 강의 경로가 바뀌었다)에 따라 대륙을 돌아다녔다. 풀을 뜯는 소 떼들이 한 땅뙈기를 해치우면 새로운 목초지로 이동했고, 그런 식으로 그들이 머물렀던 땅에는 회복할 기회가 주어졌다.

부족들은 규모가 작았으며 삶은 언제나 재앙과 가까이 있었다. 그들과 소 떼의 생존은 가뭄과 홍수 사이의 균형에 달려 있었다. 좋은 시절이 온다 해도 평원은 날카로운 발톱과 더 날카로운 이빨을 가진 포식자들로 가득했다. 무리를 지어 사냥하는 크고 흉포한 늑대들, 휴식지에 몰래 접근하는 엄니호랑이들, 그리고 제대로 단 한 번 찌르기만 하면 긴 털 송아지를 죽일 수 있는 검 같은 부리를 가진, 날지 못하는 거대한 새들이었다.

점차 몇몇 부족들은 가리나핀(통 모양의 몸과 뱀처럼 생긴 목, 가지 친 뿔이 달린 머리, 새와 같은 발톱을 가진 거대한 야수)을 길들이는 법을 배웠다. 가리나핀들은 짧은 시간 동안 날 수 있을 뿐만 아니라 불을 내뿜을 수도 있었다. 숙련된 전사들이 그 날개 달린 생물체들을 타면 포식자들로부터 소 떼를 보호하고 먼 목초지와 수원지를 정찰할 수 있었다. 부족들의 삶은 날개 달린 생물체들에 영향을 주었고, 또 그것들로부터 영향을 받았다.

관목 지대에는 큰 나무가 없었으므로 가리나핀과 소의 뼈와 가죽은 주거지, 옷, 무기를 포함해 사람들이 필요로 하는 모든 것에 쓰이는 재료였다. 해안 근처에 사는 사람들은 때때로 고리 배(풀이나 동물 가죽을 엮어 만든, 가늘고 둥글며 용골이 없는 배)를 타고 바다로 나가 낚시를 하기도 했지만, 대부분은 가리나핀 등에 올라타고서 유목

생활을 했다.

가리나핀들은 불같은 성질을 가졌고, 의지할 수 있게 되려면 여러 해에 걸쳐 조종수와 유대감을 형성해야 했다. 가리나핀을 모는일과 돌보는 일은 평원의 모든 부족이 필수로 배우는 기술이었으므로, 남자와 여자는 모두 숙련된 조종수가 될 수 있었다.

평원에서의 삶은 언제나 잔혹하고 힘들었다. 관목과 풀로 지탱할수 있는 소와 사람의 수는 제한되어 있었고, 신선한 목초지를 위한경쟁은 치열했다. 기억하는 내내, 부족들 사이에는 항상 소규모 충돌이 있었고, 끝없이 되풀이되는 피의 보복은 피할 수 없는 삶의 일부분이었다.

하지만 가리나핀이라는 요소가 더해지자 그런 충돌의 본질이 변화했다. 하늘을 나는 야수들과 그들의 기수들은 한 부족이 직접 점령한 영토 너머까지 권력을 행사할 수 있게 해 주었다. 가리나핀의우유는 특히 진하고 영양분이 풍부했는데, 전사들은 고향에서 멀리떨어진 곳에서 싸우는 동안 가리나핀의 우유만 마시면서도 며칠씩버틸 수 있었다. 어떤 부족이든 가리나핀을 더 많이 가진 부족이 어떤 분쟁에서건 우위를 점할 것이 거의 확실했다.

전통적인 소규모의 충돌은 점점 더 대규모 전쟁으로 발전했고, 전사 수십 명 간의 습격은 수천 명 간의 대규모 전투로 바뀌었다. 이런 전투에는 평원에서 충돌하는 군대뿐만 아니라 공중을 날고 급강하하는 가리나핀 수백 마리가 동원되었다.

시간이 흐르면서 관목 지대에 흩어져 있던 부족들은 두 명의 위대한 족장(페큐라는 호칭으로 불리는) 아래 통합되었다. 북부의 통일

된 부족들은 자신들을 류쿠라고 불렀고, 자신들의 땅을 우큐라고 이름 지었다. 남부의 부족들은 자신들을 아곤이라고 부르고, 자신들의 땅을 곤데라고 이름 지었다.

수 세기 동안 때때로 피비린내 나는, 하지만 결정적이지는 못한 충돌을 국경에서 벌이며 류쿠와 아곤은 교착 상태에 빠져 있었다. 하지만 다라에서 탐험대가 도착하기 직전의 수십 년 동안 아곤족은 점차 가리나핀의 수에서 우위를 점하며 우큐와 곤데를 모두 지배하게 되었다. 류쿠족 수만 명이 몰살된 일련의 대학살이 벌어진 이후 류쿠 족장들은 그들의 왕 페큐 톨루로루에 대항해 반란을 일으켜 아곤족의 종주권을 인정하도록 강요했다. 류쿠 족장들과 톨루로루 왕의 진실함을 보여 주는 증표로서 류쿠족의 왕자 텐료 로아탄이 아곤에 인질로 보내졌다.

"아곤족은 이 결정을 후회하게 됩니다. 만약 그 소년이 그들 사이에서 인질로 양육되지 않았다면, 당신과 나 또한 오늘 이 지하 감옥에서 대화를 나누고 있지 않았을지도 모릅니다."

제48장

류쿠와 아곤

류쿠와 아곤의 땅 우큐와 곤데

오래전

텐료는 페큐 톨루로루의 제일 젊은 아내의 소생이었다. 그의 어머니는 가리나핀의 등 위에서의 기량보다는 가리나핀의 뼈를 조각하는 재능으로 더 잘 알려진 한 종사의 딸이었다. 그녀가 부족 전사들의 지원을 받지 못했다는 것은 어린 왕자가 아버지의 총애를 받지 못했음을 의미했다. 우큐의 톨루로루 로아탄이 곤데의 페큐 노보 아라고즈에게 항복했을 때, 류쿠족이 보일 복종의 표시로 남쪽 아곤의 거대한 천막촌으로 보낼 인질로 열 살밖에 되지 않은 어린 소년이 선택되었다는 것은 완벽하게 말이 되는 일이었다.

어린 소년은 그곳 주인들과 억류자들로부터 좋은 대우를 받았다. 페큐 노보의 아들딸과 함께 자라며 몸싸움, 곤봉, 긴 털 황소 타기,

가리나핀 조종 등에서도 같은 교육을 받았다. 아곤족 사이에서 자라면 아곤족을 두 번째 가족으로 받아들이리라는 기대에 찬 시선이 그의 뒤를 항상 따라다녔다. 그가 성인이 되어 류쿠족에게로 돌아간 후에는(남동생이나 여동생, 사촌이 그를 대신하기 위해 인질로 보내진 다음의 일로서) 페큐 톨루로루의 종사들 사이에서 아곤의 이익을 옹호하며 평화를 유지하는 데 도움을 줄 것으로 여겨졌다. 노보는 두 부족 간 유대를 더욱 공고히 하기 위해 그가 성년이 되었을 때 딸 한 명을 시집 보낼 생각까지 했다.

아곤족은 항복한 류쿠 부족에게 무거운 대가를 요구했다. 최상의 목초지를 포기하고 정복자들에게 매년 소와 노예, 가리나핀 가죽과 뼈를 공물로 바쳐야 했다. 페큐 톨루로루의 종사들이 부족민들에게 항복 조건을 가차 없이 강요하자 분노가 들끓었다.

그렇지만 그 후 여러 해 동안 류쿠 부족들은 침묵 속에서 고통받을 뿐 복수를 추구하지 않았고, 피를 흘려서 얻은 값비싼 평화는 유지되었다. 페큐 노보의 종사들은 그들의 우두머리가 야만적인 적들의 완강한 의지를 꺾는 데 성공한 것을 축하했다.

하지만 텐료가 열여섯 살이 되던 해에 톨루로루 로아탄이 반란을 일으켰다. 그는 몇 년 전부터 아곤족에게 바치기로 되어 있던 공물을 은밀히 야금야금 빼돌렸고, 300마리의 가리나핀과 수천 명의 기수로 구성된 군대를 아곤족 첩자들의 눈에 띄지 않게 동쪽 먼 산맥 기슭에다 집결시켰다. 그들은 전통적으로 류쿠족에게 속했던 영토에서 아곤 목축민들을 기습했고, 류쿠족 노예들(몇몇은 아곤족과 결혼한 상태였다)이 그들의 주인들에 대항해 봉기하고 반란에 가담함으로써 큰 성공을 거두었다. 학살은 잔혹했다. 많은 어머니와 아버지가 잠에 빠진 아곤 아내와 남편 들의 머리를 후려치고 아곤족 피를 절반 물려받은 아이들의 목을 졸라 죽였다. 그들의 증오는 가리나핀의 숨결처럼 뜨거웠다.

"쿠듀핀과 날류핀이 나의 증인이다." 페큐 톨루로루는 불타는 태양과 차가운 달의 여신의 이름을 거론하며 선언했다. "우리는 이 땅에서 나는 아곤의 악취를 피로 씻어 낼 것이다."

아곤족 피를 물려받은 아이들을 죽이는 것을 거부한 류쿠족 해방 노예들은 반역자로 몰려 공개적으로 처형되었다.

반란 소식은 페큐 노보에게 전해졌다. 어린 인질인 텐료는 늙은 아곤족 왕 앞으로 끌려갔다.

"네 아버지는 네 안위 따위는 신경 쓰지 않는 것 같구나."

텐료는 입을 다물었다. 노보가 한 말은 분명 사실이었다. 아버지는 그의 희생을 감내할 것이라고 결정했다. 그것은 인질이 항상 부담해야 하는 위험이었다.

"나는 널 아들처럼 대해 왔다." 노보의 눈은 진실한 슬픔으로 침침해졌다. 그는 한숨을 쉬었다. "하지만 '1000개의 개울의 여인' 알루로가 '모든 아버지'의 잘못에 속죄하기 위해 겨울에 얼어붙는 것과 마찬가지로, 넌 아버지의 잘못에 대한 대가를 치러야 한다. 그래도 우리가 함께한 시간을 생각해서, '햇빛의 우물'인 '쿠듀핀의 눈'이 보는 앞에서 네 피를 쏟게 해서 수치심을 안기지는 않을 것이다."

텐료를 묶어서 가리나핀 가죽 한 장으로 감싼 다음 광활한 평원에 두고, 그곳으로 긴 털 소 떼를 몰아가 짓밟혀 죽게 만든다는 뜻이었다. 피가 결코 햇빛에 노출되지 않을 것이기 때문에 여신 쿠듀핀은 그가 싸움 없이 죽었다는 것을 알지 못할 것이다. 이것은 류쿠족과 아곤족 모두에게 가장 자비로운 처형 수단으로 여겨졌는데, 전쟁에서 죽을 만큼 운이 좋지 않은 사람들에게는 명예로운 죽음이었다.

"내 형제 디아만이 그 명령을 수행하게 해 주십시오."

텐료가 말했다. 디아만은 노보의 아들 중 하나로, 그와 텐료는 서로 형제라고 부를 정도로 좋은 친구였다.

"당연히 그렇게 하마."

페큐 노보는 목숨을 구걸하거나 간청하지 않고 위엄 있게 복종하는 모습이 어린 왕자의 고귀함을 보여 주는 표시라고 여겼다. 디아만에게 그 명령을 수행하게 해 달라고 요구한 부분은 특히나 나이든 왕의 마음에 들었다. 비록 피를 보지는 않더라도 다른 사람의 목숨을 빼앗는 것은 큰 영광이었다. 디아만은 맹렬하고 용감했지만, 류쿠족과의 오랜 평화 때문에 전장에서 자신을 증명할 기회가 없었다. 디아만에게 사람을 죽이는 게 어떤 의미인지를 알려 줄 방법으로 텐료가 자신의 목숨을 바친 것은 형제를 향한 사심 없는 사랑에서 나온 행동이었다.

"넌 진정한 왕자의 위엄을 지니고 있다. 저승에서는 '모든 아버지' 릴루로토께서 당신 옆에 널 위한 특별한 자리를 마련해 주실 거다. 네가 진짜 내 아들이고 우리가 지금 이런 일을 할 필요가 없었다면 얼마나 좋았을까 싶다."

텐료는 고개를 끄덕이고 아무 말도 하지 않았다.

처형이 있던 날, 디아만은 주요 천막촌에서 약간 떨어진 탁 트인 평원으로 텐료를 호송했다. 이곳은 아곤족에게 중요한 장소였는데, 아직 젊은 청년이었던 노보 아라고즈가 끝없는 학살의 순환을 막기 위해 류쿠족을 복종시키고 평원의 모든 부족을 통합하겠다고 처음 맹세한 곳이었다.

두 청년(실은 겨우 소년티를 벗었을 뿐인)은 각자 생각에 잠긴 채 멀리서 일어나는 소요를 응시했다. 페큐 노보의 전사들은 뻔뻔스러운 톨루로루와 류쿠 반란군들을 향해 진군할 준비를 하고 있었다. 수천의 남자와 여자가 전쟁을 준비하고 있었다. 야영지를 철거하고, 뼈 기둥과 가죽 천막을 싸서 챙기고, 긴 털 소와 가리나핀의 등에다 짐을 싣고, 뼈 곤봉에 박힌 돌 칼날을 갈고, '모든 아버지'와 밝은 눈을 한 그의 곤봉을 든 처녀인 디아사에게 전장의 영광을 빌었다.

"일이 이렇게 된 거, 진심으로 유감이야."

디아만이 속삭이듯 말했다. 그는 소년 시절 텐료와 함께 씨름했던 일, 처음 가리나핀을 타는 법을 배우면서 서로 도와주었던 일, 페큐 노보의 말을 거슬렀다가 곤경에 처했던 일을 떠올렸다. 디아만은 텐료가 아버지의 적의 아들, 인질이라는 사실을 거의 잊고 있었다. 디아만과 텐료는 떼려야 뗄 수 없는 사이였다. 그는 지금 그 대가를 치를 것이다.

"바보 같은 소리 하지 마." 텐료는 미소를 지어 보였다. "우리의 입장이 뒤바뀌었다면, 난 전혀 미안해하지 않았을 거야. 내가 아주 많이 우러러보는 사람에게 내 삶을 주는 것보다 더 좋은 선물이 뭐가 있겠어? 넌 언젠가 훌륭한 지도자가 될 거야, 내 형제."

디아만은 텐료가 매우 용감하다고 생각했다. 이런 순간에도 그는 친구의 기분을 좋게 해 주려고 애쓰고 있었다.

"가리개를 준비해라."

디아만의 명령에 전사들이 가리나핀의 날개에서 잘라 낸 얇은 가죽 막 중 큰 조각을 들고 다가왔다. 또한 텐료의 손목과 발목을 묶는 데 사용할 힘줄 한 자락도 가져왔다.

"마지막 부탁 하나만 들어줄 수 있을까?"

"뭐든지, 형제."

"어린 시절 잠을 잘 자지 못했을 때, 긴 털 송아지의 보드라운 가죽으로 만든 아기용 담요를 붙들고 있곤 했어. 대신 그걸로 날 싸줄 수 있겠어? 마음을 가라앉힐 방법이 없다면, 마지막 순간에 나 스스로를 창피하게 만들 일을 하지 않을까…… 걱정돼서 그래."

"좋아."

디아만은 호위병들을 보내 가리나핀 날개 가죽을 송아지 가죽 담요로 교체하게 했다.

"그리고 우리가 어렸을 때 무기로 갖고 놀았던 뿔 한 쌍 기억해?"

디아만이 싱긋 웃었다. 텐료가 처음 이곳으로 와 노보의 아이들과 살게 되었을 때, 그와 텐료는 한 살배기 소의 뿔 한 쌍을 전쟁용 곤봉처럼 가지고 놀았다. 어린 시절에 했던 싸움 놀이를 통해 그들은 친구가 되었다.

"우리가 함께했던 시간의 마지막 기억으로 그 뿔들을 몸에 지니고 싶어."

디아만은 고개를 끄덕였고, 눈을 깜박이며 눈물을 참으려고 애썼다. 그러고는 호위병들에게 그의 천막에서 어린 시절 기념품을 가져오게 해 오랜 친구에게 그 뿔을 건네주었다.

"내가 직접 널 묶어야 해."

디아만이 말했다. 그래야 이 살인이 그의 살인이 되고, 그가 소년에서 남자로 바뀌는 날을 기념하는 행위가 될 터였다.

텐료는 두 손을 내밀고 아무 말도 하지 않았다. 디아만은 그의 손이 떨리지도 않는다는 것을 알아차렸다. 그는 텐료의 손목과 발목을 느슨하게 묶었는데, 지나치게 힘을 주어 끈이 친구의 살갗을 파고드는 일이 없게 하면서도, 이 처형의 핵심적인 요소, 즉 햇빛 아래에서 피를 흘리지 않도록 하는 것을 망치지 않으려 했다. 그는 텐료가 소리 없이 입으로만 고맙다는 말을 속삭이는 모습을 보았다.

"안녕, 형제."

디아만이 말했다.

"안녕, 형제."

텐료가 말했다.

호위병들은 텐료를 송아지 가죽 담요로 감싸서 어깨 위에다 올린 다음 넓은 들판 한가운데로 데려갔다. 그러고는 한 떼의 소를 몰고 나와 들판 한가운데 있는 외로운 꾸러미를 향해 서게 했다.

디아만은 휘파람을 불어 키디아라고 불리는 젊고 기운이 센 가리나핀(땅에서 목까지가 4.5미터 정도밖에 되지 않는)을 소환했다. 어린 가리나핀들을 훈련과 정찰 임무뿐만 아니라 천막촌 경비에 활용하면, 다 자란 야수들은 최전방 전투를 위해 따로 남겨 둘 수 있었다. 가리나핀이 날개를 접으며 무릎을 꿇자 아곤 왕자는 그 위로 올라탔다. 그는 호위병들이 꾸러미로부터 멀어질 때까지 기다렸다. 그는 깊게 숨을 들이쉬었다.

이런 게 사람을 죽이는 기분이군.

디아만이 무릎으로 키디아의 목덜미를 꽉 조이자 어린 야수는 날개를 황급히 펼치며 허공으로 훌쩍 뛰어올랐다. 디아만은 야수를 조종해 약 30미터 상공으로 올라간 다음 몸을 돌려서 소 떼를 향해 급강하하게 했다.

계획된 대로 소 떼는 우레와 같은 발굽 소리를 내며 멀리 있는 외로운 꾸러미를 향해 우르르 돌진했다. 디아만은 뼈 나팔로 가리나핀의 목덜미를 가볍게 두드려 천천히 착륙하라고 일렀다. 가리나핀의 비행 능력은 제한적이기에 쓸데없이 힘을 낭비하는 것은 무의미한 일이었다.

잠시 후, 소 떼가 텐료가 누워 있는 곳으로 돌격했다. 디아만은 움직이지 않는 꾸러미를 바라보았다. 마음은 슬픔과 고통으로 가득 찼다. 그리고 약간의 흥분감이 일었다. 부인할 수가 없었다. 행위가 완성된 것이다.

이제 그의 친구가 죽었는지 확인하기 위해 보따리를 풀어 봐야 했다. 으스러진 뼈와 짓밟힌 팔다리와 부러진 두개골을 볼 생각을 하면 견딜 수가 없었다. 하지만 보아야만 했다. 만약 이 의식을 수행하지 못한다면, 친구가 죽음을 침착하게 받아들인 게 아무런 의미가 없을 것이다.

디아만은 키디아에게 꾸러미로 다가가도록 지시했다. 뒤뚱뒤뚱하며 걷는 한 걸음. 또 한 걸음. 그는 가리나핀의 목을 툭툭 쳐서 무릎 꿇리고는 아래로 내려갔다. 그는 이제 꼼짝도 하지 않는 꾸러미 옆에 서 있었다. 디아만은 등에 묶어 둔 전투용 도끼를 꺼내 들었다. 텐료가 소 떼들의 질주에서 살아남았다면 직접 치명타를 가해 그로부터 명예로운 죽음을 빼앗아야 했다. 그런 일이 일어날 가망은 거의 없었지만 손이 떨렸다.

한 살배기 소의 뿔들이 텐료가 갇힌 꾸러미의 바깥쪽에 붙어 있어서, 이상하게도 마치 풀밭에서 졸고 있는 송아지처럼 보였다.

디아만은 앞으로 닥칠, 유쾌하지 않은 일에 대비하여 마음을 다잡았다. 그는 혼자였다. 호위병들은 수백 미터 떨어진 곳에 있었다. 이것이 그의 의무였다. 자신의 행위로 죽은 사람의 얼굴을 쳐다보는 것은 관목 지대에서 자라는 사람에게 대단히 중요한 것들에 속했고, 전사, 특히 대(大)페큐의 아들에게 필수적인 통과 의례였다. 그는 심호흡했고, 허리를 굽혀 송아지 가죽으로 손을 뻗었다.

하지만 손이 닿기도 전에 꾸러미가 저절로 풀리기 시작했다. 디아만은 너무 놀라서 휘청거렸다.

텐료가 송아지 가죽 사이로 모습을 드러냈다. 손과 발목이 자유로이 풀려나 있었고, 전혀 다치지 않은 상태였다.

"어떻게……."

텐료가 가리나핀의 날카로운 귀 뼈로 만든 가늘고 긴 단검을 디아만의 목구멍에 찔러 넣자 그 질문은 숨이 막히는 헉 소리에 묻혔다.

디아만은 쓰러졌고, 놀란 호위병들이 반응하기도 전에 텐료는 디아만의 전투용 도끼를 집어 들고 디아만의 가리나핀 등에 올라탄 다음 안장에다 몸을 묶었다. 아라고즈 가문 대대로 전해 내려오는 귀중한 그 전투용 도끼에는 까마득한 고대 역사 속에서 아곤족의 첫 번째 페큐인 토고 아라고즈가 부렸던 가리나핀의 갈비뼈로 만든 손잡이와 그 야수의 발톱으로 만든 칼날이 달려 있었다. 아라고즈 전사들 수십 명의 굳은 손을 거친 뼈 손잡이는 개울 바닥의 조약돌처럼 매끈한 순백색으로 반짝였으며 칼날은 두개골을 부수고 수많은 남녀의 몸통을 찢은 것이었다. '랑기아보토(관목 지대 부족들의 언어로 '자립'을 의미했다)'라는 이름이 붙은 이 무기는 아라고즈 가문의 후계자들이 대대로 휘두르던 무기였다.

텐료가 키디아의 목덜미를 세게 걷어차자, 야수는 화난 듯한 소리를 내지르고 육중한 날개를 불규칙적으로 펄럭이며 곧장 날아올랐다. 텐료는 뼈 칼을 키디아의 목덜미에 있는 부드러운 가죽 주름 사이에다 찔러 넣고는 이 임시변통 전성관에다 대고 무어라 속삭였다. 야수는 옛 주인의 시체 위를 몇 바퀴 돌았다. 이윽고 몸서리를 치며 쉭쉭거리는 소리를 냈는데 어떤 결정을 내린 듯 보였다.

가리나핀은 하늘로 더 높이 날아올라 강력한 날갯짓으로 북쪽으로 향했다. 아곤족 호위병들은 앞다투어 달려와 죽은 왕자의 몸을 살펴보며 무슨 일이 일어났는지 이해하려고 애썼다.

텐료 로아탄은 새 탈것의 등에 올라타 북쪽으로, 조상 대대로 류쿠족이 살아온 고향으로 이동했다. 쉬운 여행이 아니었다. 아직 어린 키디아의 체력은 다 자란 가리나핀보다 훨씬 약했다. 키디아가 지칠 때마다 돌출된 절벽이 있는 마른 강바닥이나 언덕을 찾아야만 했다. 그런 곳이라면 뒤쫓아 오는 가리나핀들의 시야로부터 숨을 수가 있었다. 그들은 밤에 날고 낮에 잠을 잤다. 텐료는 키디아가 노출되지 않도록 가리나핀의 먹이를 모으기 위해 해 질 녘과 새벽에 조심스럽게 관목 지대를 뛰어다녔다.

절망적인 상태에서 착상한 것이긴 해도 그의 계획은 완벽하게 실행되었다. 친구가 동정심을 느껴 손발을 느슨히 묶었기에 너끈히 구속 상태에서 벗어날 수 있었다. 또한 긴 털을 가진 소 떼에게 짓밟히지 않기 위해 가죽과 뿔로 잠자는 갓 태어난 송아지의 외양을 흉내 내는 도박을 했다. 무엇보다도 그는 디아만의 탈것인 키디아를 염두에 두고 페큐 노보 아라고즈를 조종하여 디아만을 처형자로 임명하게 했다.

가리나핀들은 가족 단위로 사는 매우 사회적이고 지적인 생명체였고, 다라의 코끼리들과 마찬가지로 그들은 진정한 의미에서 길들여진 적이 없었다. 몇몇 조종수들은 우정이라는 진정한 유대를 가지고 그들의 탈것들과 연결되었지만, 그러한 관계는 구축하는 데 몇 년이 걸렸으며 하늘을 나는 대규모 군대를 전장으로 보내야 할 때는 유익하지 않았다. 전장에서는 많은 조종수와 기수가 사망했고, 탈것들은 즉시 새 조종수들에게 이양되어야 했기 때문이다.

약 1000여 부족을 통합한 아곤의 페큐 노보 아라고즈는 기존 상식을 뛰어넘는 어마어마한 규모의 가리나핀 떼를 동원함으로써 류쿠족을 상대로 승리를 거두었다. 그런 업적을 달성한 데는 조종수와 하늘을 나는 야수의 관계를 대대적으로 새로 정립한 것이 큰 역할을 했다. 야수는 탈것이므로 태어난 순간부터 조종수와 개인적인 관계를 형성하는 것은 허용되지 않았다. 가리나핀은 기수에 구속받고 강압받는 노예일 뿐이었다. 전쟁에 적합한 한창나이의 가리나핀들은 최전방으로 보내졌다. 야수들이 아무 아곤 조종수나 받아들여 명령을 수행하고 군대에 충성을 다하도록 만들기 위해서였다. 심지어 가리나핀들은 늙은 어미 아비와 새끼 들이 고향에서 감금된 채 해를 당할 수도 있다는 위협까지 받았다.

"이 지하 감방 안 우리에 있는 새끼 가리나핀처럼 말이군요."

루안 지아는 감방 벽에 사슬로 묶여 있는 겁에 질린 야수들을 쳐다보았다. 수척하고 수동적으로 보였고, 누군가 일부러 거의 기아에 가까운 허약한 상태에 있도록 잡아 둔 것처럼 보였다.

오가 키도수는 고개를 끄덕였다.

"맞습니다. 그들은 보통 가장 작은 것과 가장 어린 것, 즉 무리 중에서 가장 약한 개체를 골라, 이곳과 같은 감방에다 가뒀습니다. 이 감방은 페큐의 명령에 따라 무너질 수 있도록 장치가 되어 있습니다. 그렇게 되면 이 새끼들은 산 채로 묻힐 겁니다. 류쿠의 수도이자 천막 도시인 타텐 곳곳에 이런 감방들이 있습니다. 류쿠군의 전쟁용 가리나핀이 감히 주인에게 반항하지 못하게 하기 위함입니다."

루안 지아는 그런 생각만으로도 가슴이 조여들었다.

"이건 거대한 악입니다."

"텐료 로아탄은 아곤족 노예 가리나핀들이 인질로서 가지는 심리를 아주 잘 이해했습니다."

"너무 잘 알아서, 그래서 자신의 이익을 위해 이곳에다 그런 심리를 재창조한 거군요."

"가리나핀에 대한 통제는 이제 류쿠족과 아곤족 문화의 기반이 되었습니다."

"그렇다면 텐료는 어떻게 가리나핀 키디아가 반란을 일으키도록 설득한 겁니까?"

페큐 노보의 군대에 속한 가리나핀 중에서 특이하게도 키디아는 고아였다. 키디아의 조부모와 부모, 오빠와 언니 들은 모두 전투에서 죽었다. 짝짓기하기에는 너무 어렸다. 그녀와 같은 처지에 놓인 청소년기 가리나핀들은 신뢰할 수 없다고 여겨졌기에 정상적인 과정이라면 고기와 가죽, 뼈를 얻기 위해 도살되기 마련이었다. 하지만 디아만은 아직 새끼였던 키디아에게 애착을 느껴 살려 둘 것을 간청했다. 부모의 충성을 보장하기 위해 족쇄를 찬 인질이었을 당시 키디아는 유별나게 온순했다. 그래서 한순간 마음이 약해진 페큐 노보는 어린 아들의 응석을 받아 주고 그것을 살려 주었다.

텐료는 디아만과 함께 키디아를 타는 법을 배우면서 야수치고는 소심하다고 항상 생각했다. 하지만 어느 날, 그는 주변에 아무도 없는 동안 그 어린 가리나핀이 디아만이 가장 좋아하는 뿔 새총 하나를 훔쳐 부러뜨리고는 어린 왕자의 가리나핀들을 돌보는 임무를 맡은 사육 담당자 하나의 천막에다 떨어뜨려 놓는 것을 몰래 훔쳐보았다. 왕자가 새총을 못 찾게 되자 페큐 노보는 공개적으로 아들을 꾸짖었다. 굴욕을 당한 디아만은 결국 사육 담당자의 천막에서 부러진 새총을 찾아내고는 그 남자를 죽기 직전까지 매질했다.

이런 일련의 일들이 석연치 않았던 텐료는 신중하게 조사를 했고, 사육 담당자가 한때 인질로 잡혀 있던 아기 가리나핀들의 경비 대원이며 꽤 가학적이라는 평판이 자자했다는 사실을 알게 되었다. 키디아는 그가 책임지던 가리나핀 중 하나였다.

텐료는 그때 온순해 보이는 그 야수가 실제로는 자기와 같은 영혼이라는 것을 이해했다. 그들은 복수와 뜨거운 야망에 대한 차가운 생각을 품고 있으면서도 무해한 비굴함을 가장하고 있었다. 그는 부러진 새총을 확보해서 밤에 키디아를 찾아갔고, 놀란 야수가 지켜보는 가운데 키디아의 범죄를 재현하는 동작을 해 보였다.

키디아의 눈이 가늘어지고 목이 팽팽해졌다. 텐료는 똑바로 서서 야수의 눈을 바라보았다.

"우린 같은 편이야."

그는 비상한 지능을 가진 야수가 자기 뜻을 이해하기를 희망하며 말했다. 그러고는 야수가 지켜보는 가운데 새총을 훨씬 더 잘게 부수어 사육 담당자들이 미처 치울 겨를이 없었던 가리나핀의 똥 무더기에 묻었다.

똥 무더기 옆에는 디아만이 채찍질한 남자의 천막이 있었다. 그는 가리나핀의 똥을 치우는 벌을 받았지만 쿄피르로 마음의 위안을 구한 후 잠이 들어 있었다.

희미한 달빛 속에서 키디아와 텐료는 서로를 바라보았다. 텐료는 빙그레 웃었다. 텐료가 땅굴로 미끄러져 들어가는 평원의 두더지처럼 조용히 빠져나가는 동안 키디아는 콧김을 내뿜고 다시 잠이 들었다.

다음 날 똥 무더기에서 새총 조각들이 발견된 후, 그 불행한 사육 담당자는 왕자에게 앙심을 품고 명예를 더럽힌 죄로 가리나핀의 불에 의해 처형되었다.

그 후, 키디아와 텐료 사이에 암묵적인 합의가 생겨났다. 그들은 그저 적절한 기회를 기다리고 있었다.

텐료가 친구를 살해한 후 젊은 가리나핀의 등에 뛰어오르자, 키디아는 은혜에 보답할 때가 왔다는 것을 알았다. 젊은 가리나핀이 디아만의 몸 위를 빙빙 돌자, 텐료는 언젠가 키디아와 그 가족을 노예로 만든 사람들에게 정의를 실현하고 싶다는 욕망을 전성관에다 대고 속삭였다. 키디아가 제아무리 똑똑해도 그의 말을 이해할 정도까지는 아니었지만, 자신감 가득한 텐료의 말투는 키디아가 그와 운명을 같이하기로 결심하기에 충분했다.

키디아가 텐료를 등에 업고 류쿠의 천막촌에 내려앉았을 때, 그의 아버지 페큐 톨루로루 로아탄만큼 놀란 사람은 없었다. 그 교활한 반란의 지도자는 어린 아들에게 아곤족 억류자들로부터 살아남는 데 필요한 용기와 재능이 있을 거라고 예상하지 못했고, 따라서 언제든 그 아이를 희생시킬 준비가 되어 있었다. 하지만 텐료의 대담한 탈출에 대한 전설은 곧 관목 지대를 넘어 들불처럼 퍼져 나갔고, 톨루로루는 텐료를 유력한 종사의 지위로 끌어올려 자신만의 군대를 지휘하게 하는 수밖에 도리가 없었다.

톨루로루가 일으킨 기습적인 반란 덕에 류쿠족은 아곤족에게서 조상 대대로 소유해 온 관목 지대의 절반가량을 되찾았다. 그러나 전쟁은 비용이 많이 드는 일이었다. 혹독한 겨울 폭풍과 예측할 수 없는 여름 가뭄 때문에 생존이 최우선 과제가 되었고, 땅을 가로질러 이동하면서 계속해서 새 목초지를 찾아야만 하는 관목 지대에서는 전쟁을 영원히 계속할 수 없었다. 류쿠와 아곤이라는 두 나라는 서로를 이길 수 없었고, 결국 다시 한번 평화롭게 공존해야 한다는 점을 인정했다.

텐료는 페큐 톨루로루에게 존중받는(여전히 총애를 받지는 못하지만) 아이라는 새로운 지위에 만족하는 것처럼 보였다. 그는 나이 든 아버지의 뒤를 이어 류쿠의 페큐가 될 수 없을 것임이 분명했다. 그런 영예는 페큐 곁에서 자라 더 신뢰받고 사랑받은 형제가 차지하게 될 터였다. 하지만 적어도 아버지가 죽고 뒤따를 피할 수 없는 왕위 계승 전쟁이 일어나기 전까지 그의 자리는 안전해 보였다. 그는 수십 명의 왕자와 공주 중 한 명으로서, 부족과 소 떼를 인솔해 광대한 관목 지대를 돌아다니며 더 나은 목초지를 찾을 것으로 여겨졌다. 그렇게 특권을 누리고 시간을 한가로이 흘려보낼 터였다.

하지만 텐료는 한가롭게 지내지 않았다. 그는 새로운 전술을 만들어 내며 휘하의 전사들을 훈련하는 데 열정을 쏟았다.

전문적인 군대라는 개념은 아곤족이나 류쿠족에게 존재하지 않았다. 평화로운 시기에 부족민 대부분은 목축민이었으며, 단지 전쟁이 벌어질 때만 전투용 곤봉과 도끼를 들고 싸우기 위해 가리나핀에 올랐다. 텐료는 자기가 이끄는 부족의 가족들로부터 아들이나 딸을 징집해 지속적으로 훈련시켜 그런 전통을 깼다.

그렇게 만든 상비군을 유지하기 위해, 그는 부족이 내야 하는 연간 공물을 늘렸고, 소 떼와 노예를 얻기 위해 아곤의 부족(때로는 다른 왕자나 공주가 이끄는 류쿠 부족)에 대한 습격을 지휘했다. 그래도 항상 조심성을 발휘해 집에서 멀리 떨어진 곳을 습격했고 습격자들을 위장해서 자신이 배후임이 밝혀지지 않도록 신경을 썼다.

관목 지대 부족들의 전통적인 전술은 병사들 간의 협동 없이 개인의 용기에 의존하는 식이었지만, 텐료는 군대가 협동과 복종에 따르도록 훈련했다. 그는 가리나핀 기수들을 위한 새로운 전투 기법을 고안했고, 연습을 통해 그런 기법들을 개선하도록 군대를 독려했다. 그동안 조종수가 자기 판단에 따라 지시하고 가리나핀이 그 지시에 따라 싸우고 날고 불을 내뿜어 왔다면, 텐료는 조종수들에게 대형을 맞춰 비행하고 서로의 사각지대를 보완하도록 조종하는 법을 가르쳤다. 아울러 가리나핀들이 한정적인 불을 비축했다 공조를 통해 일제히 내뿜게 함으로써 최대한의 피해를 주도록 했다.

또한 가리나핀의 등에 올라타는 전투조의 구성을 표준화했다. 뭐가 됐든 쓰기 편한 무기를 가지고 싸우는, 주로 같은 가족 구성원들로부터 무작위로 모집된 기수들 대신, 각각의 가리나핀에는 여섯 명 내지는 스물네 명의 기수들이 올라탔다. 조종수 외에도 새로운 위협을 탐지하기 위해 조종수의 뒤편과 측면에서 주의를 기울이는 파수꾼들이 있었고, 조종수를 보호할 책임을 지는 방패를 든 사람들, 그리고 먼 거리에 있는 적 가리나핀 조종수들을 공격하면서도 가까운 거리에서는 육탄전을 위해 다른 가리나핀으로 뛰어드는 데 집중하는, 새총과 전투용 곤봉을 가진 전사들도 있었다. 이러한 전술을 촉진하기 위해 그는 안장과 안전띠뿐만 아니라 가리나핀의 등에 걸치는 그물 모양 용구의 유형도 표준화했다.

또한 그는 지상에서 싸우는 전사들이 가리나핀과 더 잘 협조할 수 있을 방법들을 고안했다. 때때로 가리나핀은 적들을 지상의 전사들이 만든 대열을 향해 몰아붙였다. 그러면 전사들은 가시덤불에서 모은 단단한 견과류를 갈기 위해 사용하는 막자사발과 절굿공이처럼 움직이면서 적들을 섬멸했다. 다른 때, 가리나핀들이 수적으로 열세일 때에는, 상대편 가리나핀들이 모든 힘을 소진하고 탈진하여 땅으로 내려앉을 때까지 가리나핀들이 거짓 공격을 하며 불을 끌어냈다. 거기서부터는 매복한 전사들이 상대편 가리나핀들을 압도하고 기수들을 땅에서 죽일 터였다.

그는 또한 모든 가문에서 최고의 무기를 압수해 상비군에 지급했다. 그의 전사들은 더 이상 아버지와 어머니로부터 물려받은 아무 전투용 곤봉이나 새총으로 싸우지 않을 터였다.

텐료는 말했다.

"목자 일을 잘하는 사람들이 항상 싸움을 잘하는 것은 아니다. 소 치는 사람들이 싸우도록 강요해선 안 되는 것과 마찬가지로, 전사들이 소를 돌보게 해선 안 된다."

그의 검증되지 않은 새로운 조직에 대해 질문을 받으면, 텐료는 관목 지대에 여기저기 흩어져 있는 큰 언덕에 사는, 풀베기개미들로부터 영감을 받았다고 대답했다. 이 개미들은 풀잎과 덤불 잎을 잘라 둥지로 가져와서는 땅 밑에 파 둔 방들에서 발효시켰다. 개미들은 관목 지대의 사람들도 별미로 여기는 버섯을 키웠는데, 그 버섯은 개미들의 식량원이었다. 개미들은 엄격한 위계질서를 따랐다. 군거지를 관리하는 여왕이 있었고, 버섯 정원을 위한 재료를 모으

고 가꾸는 일꾼들이 있었다. 그리고 큰 아래턱뼈를 가지고 경쟁 군
거지와 전투에 나가 적 일개미들과 여왕개미를 학살하고 어린 개체
들을 노예로 삼는 전사들이 있었다.

"우리도 개미들처럼 스스로를 지능적으로 조직해야 하는 거 아
닌가?"

텐료는 고집스레 반대하는 종사들에게 물었다. 그들은 텐료가 일
으킨 혁신이 태곳적부터 관목 지대를 지배해 온 무언의 원칙을 거
스르는 거라고 여겼다. 그 원칙은, 모든 가정은 서로 평등하고, 모든
남자와 여자는 전쟁을 치를 뿐만 아니라 평화롭게 살아야 한다는
것이었다. 하지만 텐료는 자신의 새로운 전문 군대를 고수하며 모
든 비판을 무시했다.

무엇보다, 텐료는 전사들이 자신의 명령에 절대적으로 복종하게
끔 훈련했다. 전사들에게 명령을 주저 없이 수행해야 한다고 거듭
거듭 말했다. 마치 개미 군단처럼 그의 군대가 따르는 권위의 원천
은 오직 한 사람뿐이어 했다. 모든 사람은 그가 요구하는 바를 주저
없이 수행해야 했다.

그는 이렇게 집중된 권위를 행사하기 위해 깃발 신호 체계를 구
축했다. 그는 언제나 하얀 꼬리(겨울철 어린 평원 여우들에서 얻은)가
달린 작은 전투용 곤봉들을 모아서 지니고 다니다가, 자신의 탈것
뒤쪽으로 목표물을 향해 이 곤봉들을 던졌다. 전사들은 곤봉이 어
디에 착륙하든지 간에 주저 없이 그 목표물을 공격하는 데 모든 노
력을 집중하라는 명령을 받았다.

다시 말해, 텐료는 류쿠 부족들을 위해 새로운 직업, 즉 군인이라

는 직업을 발명했다.

어느 날 텐료는 병사들에게 또 다른 복잡한 훈련을 시킨 후 키디아에서 내려 천막으로·걸어 돌아갔다. 이제 머리에서 꼬리까지의 길이가 거의 30미터에 달할 정도로 다 자란 키디아는 신선한 여물과 충분한 휴식을 즐기기 위해 무릎을 꿇었다.

하지만 100보쯤 걸어갔을까, 병사들이 온종일 힘든 훈련을 한 다음 가리나핀에서 내려와 쉴 준비를 하려는 찰나, 텐료는 뒤돌아서서 깃발 곤봉 하나를 키디아를 향해 던졌다.

모든 사람이 텐료에게는 키디아가 단순한 탈것이라기보다는 동반자에 가깝다는 것을 알고 있었다. 그 가리나핀은 아곤의 손에 죽을 뻔한 그를 구해 주었다. 텐료는 키디아를 총애하다 못해 키디아의 우유만 마실 정도였다.

아무도 움직이지 않았다.

"뭘 기다리는 거냐? 너희들, 훈련한 걸 모두 잊었어?"

텐료가 소리쳤다.

키디아는 검은 눈에 놀라움과 분노, 그리고 마침내 두려움을 내비치며 텐료를 바라보았다. 키디아는 날개를 퍼덕이기 시작했지만, 이날은 텐료가 키디아를 아주 열심히 탔기에 하늘을 날거나 불을 내뿜을 힘을 모을 수가 없었다.

"공격해! 당장!"

텐료가 다시 소리쳤다.

가리나핀 기수들이 몸을 떨며 명령을 따르려고 다급히 움직였다.

그것들은 각자 야수에 올라타 하늘로 날아올랐다 기수가 없는 키디아를 향해 급강하했다. 보병들은 훈련받은 대로 텐료 주변에 방어진을 형성했고 최후의 필사적인 공격에 맞서 그들의 영주를 방어하기 위해 가리나핀 가죽으로 된 방패를 들었다.

키디아는 몇 분 안에 죽었다. 사체는 수십 마리 가리나핀의 조직적인 공격으로 불에 그을린 피투성이 조각들로 변했다.

텐료는 가리나핀 조종수들과 보병 분대장들을 모두 모았고, 명령을 민첩하게 따르지 않으면 어떻게 되는지 본보기를 보이겠다며 다섯 병사 중 한 명꼴로 처형하라고 명령했다. 처형된 병사들의 가족들은 노예로 전락해 다른 조종수들과 분대장들에게 분배되었다.

"내 명령에 절대로 토를 달지 마. 절대로."

그리고 나서 텐료는 키디아의 사체 앞에 무릎을 꿇고 속삭였다.

"미안하군, 오랜 친구. 하지만 내가 사랑하는 것으로 시험하지 않는 한, 저들은 내가 필요로 하는 만큼 순종적으로 굴지 않을 거다. 난 네 한 약속을 지키고 너와 네 가족의 복수를 할 것이다. 모든 아버지와 그의 충실한 하인인 '날개 달린 야수들의 페아'가 네게 천국의 은빛 목초지에서 누릴 영원한 안식을 내려 주길 바라마."

아곤족과의 충돌이 다시금 불붙었다. 우큐와 곤데는 엎치락뒤치락 경계를 넘나들며 서로를 공격했다.

텐료의 군대는 관목 지대에서 가장 강력한 부대라는 평판을 얻었다. 그들은 아곤족과 국경 부근에서 충돌하며 계속 승리를 거두었다. 사람들은 텐료가 결국 아버지의 뒤를 이어 페큐가 될 가장 유력한 후보자인지도 모른다고 속삭이기 시작했다.

페큐 톨루로루는 회의를 하자며 텐료를 자신의 야영지로 소환했다. 나이 든 페큐가 무엇을 논의하고 싶어 하는지에 대한 설명은 없었지만, 텐료가 습격으로 얻은 전리품 대부분을 모든 부족에게 공평하게 분배되도록 대(大)페큐에게 넘기는 대신, 자기 부족들만을 위해 갖고 있으면서 내놓지 않아 톨루로루가 불만을 품고 있다는 소문이 퍼졌다. 텐료의 종사 몇몇은 아버지가 단단히 역정이 났으니 부름에 응하지 말고 화가 가라앉을 때까지 기다리라고 충고했다.

텐료는 말했다.

"아버지 말을 듣는 것은 아들의 의무다. 그 결과에 상관없이 말이지. 아버지가 적에게 가서 볼모가 되라고 요구해도, 아들에게 무슨 권리가 있어서 목숨을 준 사람의 명령을 거부할 수가 있겠어?"

회의 날, 텐료는 의장대를 대페큐의 야영지 주변에 남겨 두고 혼자 한가운데에 있는 대천막으로 다가갔다. 대페큐가 휘하에 거느린 더 많은 남자와 여자 들이 야영지 주변을 내내 돌고 있었지만, 일정한 거리를 두고 가지런히 정렬한 텐료의 병사들과 가리나핀들의 용맹하고 일사불란한 모습은 아버지와 아들 사이의 만남을 보기 위해 모인 모든 부족에게 깊은 인상을 주었다.

페큐 톨루로루는 대천막 문밖에 서 있었다. 늙고 허약해 보였다. 그는 한때 기꺼이 희생시키려 했던 아들을 보며 온화한 미소를 지었다. 텐료가 다가가자 많은 전사가 천막 안에 모여 있는 모습이 덮개 사이로 희미하게 보였다. 몇몇은 전투용 곤봉 손잡이에다 손을 얹고 있었고, 다른 사람들은 뼈 단검을 검집에서 빼낸 채였다. 텐료는 멀리 뒤쪽, 천막 실내의 희미한 불빛 속에 있는, 아버지가 총애하는 형제자매의 모습을 보았다.

천막 문에서 100걸음쯤 떨어진 곳에서 텐료는 걸음을 멈추었다.

"아버님, 저한테 하실 말씀이 무엇입니까?"

"천막으로 들어오너라, 내 사랑하는 아들아. 쿄피르를 나눠 마시자꾸나. 우리가 함께 진득이 시간을 보낸 적이 거의 없구나."

"왜 아버님의 전사들은 사랑하는 아들이 아니라 적의 방문을 준비하는 것처럼 행동하고 있습니까?"

페큐 톨루로루의 안색은 변하지 않았다.

"말도 안 되는 소리. 천막으로 들어와서 앉도록 해라. 우리가 이렇게 멀리서 서로에게 소리를 지르면 되겠느냐. 넌 왜 네 아버지를 의심스럽게 보는 것이냐?"

텐료는 어린 시절 동무였던 디아만 아라고즈에게서 빼앗은 전투용 도끼인 랑기아보토를 등에서 빼냈다. 도끼 손잡이 끝에는 여우 꼬리가 묶여 있었다. 그는 추진력을 더하기 위해 제자리에서 맴돌이하다 팔을 죽 뻗어 아버지를 향해 도끼를 던졌다. 야영지에 있는 모든 사람의 시선이 그 둘 사이의 공간을 가로지르는 도끼의 우아한 포물선을 따라갔다.

그리고 텐료의 가리나핀들과 기수들이 한 몸처럼 허공으로 날았고, 보병들은 자신들의 족장과 합류하기 위해 앞으로 내달렸다. 톨루로루는 뒤쪽으로 비틀거렸다. 랑기아보토는 도저히 믿을 수 없다는 표정을 짓고 있는 늙은 추장의 발치에 철썩하는 큰 소리와 함께 꽂혔다. 하지만 그가 어떤 명령을 내리기도 전에 하늘에서 불꽃의

혀들이 내려왔다. 늙은 추장은 즉시 불에 탔으며 대천막은 성난 불
길에 휩싸였다.

텐료의 호위병들이 그를 에워싸고 있는 동안 가리나핀들은 머리
위를 빙빙 돌며, 망연자실해 있는 야영지의 모든 남자와 여자를 대
담무쌍한 눈빛으로 바라보았다.

들리는 거라곤 대천막에 갇힌 사람들의 비명과 불이 탁탁 튀는
소리뿐이었다.

뒤이어, 군중 사이에서 함성이 시작되었다.

"페큐가 죽었다! 페큐 텐료 로아탄 만세!"

이렇게 해서 텐료 로아탄은 류쿠족의 페큐가 되었고, 우큐와 곤
데의 땅 모두에 새 시대가 도래했다.

"페큐 텐료는 무자비하고 위험한 사람이군요."

*"맞습니다. 비록 그에 관한 이야기들이 점점 더 화려해지며 윤색
된 내용으로 가득한 전설로 변했지만, 그가 비길 데 없는 포부를 지
닌 지도자라는 것은 부인할 수 없습니다."*

류쿠의 지도자로서 지위를 확보한 텐료는 아곤족과 본격적으로
전쟁을 벌이는 일로 관심을 돌렸다. 그는 자신의 새 전술을 활용하
는 전투 전문 병력만을 사용하고 나머지는 그를 지원하게 함으로써
훨씬 숫자가 많은 아곤족을 상대로 승리를 거둘 수 있었다.

페큐 노보가 텐료 앞에 무릎을 꿇는 날이 왔다.

"내가 당신 집에서 인질로 살 때, 이런 날이 올 거로 생각해 본 적

이 있습니까?"

노보는 고개를 저었다.

"운이란 게 그런 것이지. 모든 아버지는 자기가 원하는 사람을 편애하신다. 아곤족은 네게 충성할 것이다. 내가 살아 있는 동안 너를 상대로 전쟁을 하지 않을 것을 맹세하지."

더 강한 자에게 복종하는 것은 부끄러운 일이 아니었다. 그것이 관목 지대의 방식이었다.

텐료는 웃었다.

"내가 당신이 저지른 실수를 되풀이할 정도로 어리석다고 생각합니까? 내가 당신과 가족들을 살려 둔다면, 10년 후에 무슨 일이 일어날지 누가 알겠습니까? 20년 후에는? 내가 쇠약해져서 당신 아이들 가운데 한 명 앞에 무릎을 꿇고, 오늘의 광경을 반복할 때까지 기다려야 할 이유가 있을까요?"

노보는 애원하는 얼굴로 그를 올려다보았다.

"항복했는데도 우리를 학살할 작정이냐? 모든 아버지는 그런 무의미한 악행을 감히 생각하지 않을 것이다."

"모든 아버지를 들먹이지 마십시오. 내가 내 성공을 그에게 돌리지 않는 것처럼, 당신의 실패를 모든 아버지의 탓으로 돌리지 마세요. 신들이 인간의 일에 관심이 있다고 생각하는 건 나약한 사람들뿐입니다. 강한 사람은 이 세상에서 자신만의 길을 만듭니다. 신들은 항상 승리한 사람을 편애합니다."

노보는 그가 하는 신성모독에 충격을 받아 텐료를 올려다보았다.

두 사람을 에워싼 텐료의 호위병들은 무표정하게 지켜보고만 있었다. 그들은 텐료의 말에 아무런 반응을 보이지 않았는데, 페큐가 누구를 공격할지 말해 주지 않았기 때문이었다. 개미 군단이 그렇듯이 그들의 임무는 단순히 복종하는 것이었다. 텐료가 마음을 정하고 나서 뭘 해야 할지를 말해 줄 때까지 그들이 할 일은 기다리고 듣는 것뿐이었다.

"내 아버지가 자기의 안위를 보장받기 위해 날 보냈을 때, 모든 아버지는 어디에 있었습니까? 내가 내 목숨을 구하려고 당신 아들의 피를 쏟았을 때, 모든 아버지는 어디에 있었습니까? 내가 권력을 잡기 위해 아버지를 죽였을 때, 모든 아버지는 어디에 있었습니까? 매년 겨울, 수백 명의 남자와 여자가 음식이나 머물 곳이 없어서 죽습니다. 그때 모든 아버지와 그의 아들, '치유하는 손길의 자비로운 토료아나'는 어디에 있습니까? 매년 여름, 부족은 소 떼를 거느리고 마른 땅을 가로질러 다음 물웅덩이로 가려다가 실패하면서 굶주립니다. 그때 모든 아버지와 그의 딸, '1000개의 개울의 알루로'는 어디에 있습니까? 전투에서, 당신과 나의 전사들은 모두 자신들의 대의가 바로 서도록 도와달라며 모든 아버지와 그의 곁에서 '곤봉을 든 처녀'인 디아사의 이름을 부릅니다. 그들이 누구의 말을 들을 거로 생각합니까?"

노보는 아무 말도 하지 않았다. 그것들은 주술사들이 정답을 가지고 있을 거라는 믿음 속에서 감히 곰곰이 따져 본 적이 없는, 오래된 질문들이었다.

"모든 아버지, 모든 어머니, 그리고 그들의 자녀들은 그에 개의치 않습니다. 우리가 버섯을 먹기 위해 개미집을 파낼 때 개미들의 운명은 전혀 신경 쓰지 않는 것처럼요. 내가 내릴 수 있는 결론은, 신들의 눈에는 선도 악도 없다는 겁니다. 그들이 관심을 두는 것은 성공 또는 실패입니다. 내가 강하면 나는 선입니다. 내가 약하면 나는 악입니다. 그게 다입니다."

텐료는 노보에게 다가갔고, 랑기아보토, 즉 '자립'이라는 뜻의 도끼를 단 한 번 휘둘러 그의 두개골을 으스러뜨렸다.

아라고즈 가문의 모든 아들과 딸은 아곤족의 대천막 앞에서 한 줄로 무릎을 꿇게 되었다. 텐료는 그 줄을 따라 걸으며 그들의 두개골을 차례로 박살 냈다. 이것은 가장 굴욕스럽고 치욕적인 죽음이었는데, 저항할 수 없었기 때문이다. '쿠듀핀의 눈'인 태양이 밝은 햇살을 내리쬐는 가운데 피가 흘러나와 풀밭에 스며들었고, 이로써 그들의 영혼에는 영원히 수치라는 낙인이 찍히게 되었다.

아곤의 족장들과 그 가족들은 류쿠 귀족들에게 노예로 주어졌고, 아곤의 백성들은 강제로 고향 땅을 떠나 동쪽의 산, 남쪽의 사막, 북쪽의 빙원에 가까운, 가장 가치가 없는 목초지로 이주해야만 했다.

하지만 텐료의 이름은 류쿠족 사이에서 칭송되었다. 그는 류쿠족이 미워했던 아곤족에게 복수했고, 그래서 류쿠족에서 가장 위대한 영웅이 되었다. 그리고 그는 그들이 상대적으로 평화롭고 번영하는 삶을 살게 해 주었다.

그는 어떤 주술사보다도 신들의 뜻을 더 잘 이해했다.

"그때 우리가 도착한 겁니다."
오가가 말했다.

제49장

도시선의 꿈

류쿠와 아곤의 땅 우큐와 곤데

루안이 우큐와 곤데에 도착하기 21년 전

이상한 함대가 해안에서 목격되었다는 소식에 텐료의 종사들은 매우 놀랐다.

"저들의 배는 우리가 만들 수 있는 작은 고리 배보다 수천 배 더 크고 강력합니다. 저 이방인들은 위험합니다. 저들이 상륙하는 즉시 공격해야 합니다."

고문 하나가 일어나 큰 소리로 외쳤고, 전투 곤봉을 공중으로 들어 올리며 자기 생각을 강조했다.

많은 귀족이 자리에서 일어나 천막을 지탱하는 뼈 장대를 전투용 곤봉으로 두드리며 그녀의 의견에 동조했다.

하지만 텐료는 모인 종사들에게 다시 자리에 앉으라고 명령했다.

"저들이 강할 수도 있으니 경솔하게 행동해서는 안 된다. 우리는 사냥하기 전에 가시나무 덤불 속에 섞여 들어가는 징글맞은 늑대들처럼 교활해져야 한다."

텐료는 거대한 배들로 이루어진 이상한 함대의 상륙 예상 지점에서 수 킬로미터 떨어진 곳으로 가리나핀들을 이동시킬 것을 명령했다. 그는 달리 지시를 내리기 전까지는 이방인들이 하늘을 나는 야수를 절대로 보아선 안 된다는 점을 분명히 했다.

그런 다음 그가 내린 명령은 더더욱 이해하기 어려웠다. 천막을 새로 지은 사람들은 그 천막을 해체해 가죽과 장대를 안 보이게 치워 두어야 했다. 상륙 지점 근처에 남아 있는 주거지는 가능한 한 허름하고 삭은 것처럼 보여야 한다는 것이었다.

종사들은 이러한 명령에 혼란스러워했지만, 의문을 제기하지는 않았다. 그들은 페큐의 말을 따르는 것에 익숙했다.

페큐가 이끄는 류쿠족은 바다 건너에서 온 사람들을 귀한 손님으로 환영했다. 해변에는 소가죽이 길게 깔렸고, 향긋한 쿄피르로 가득 찬 호리병박, 해골잔 들과 함께 고기와 치즈, 베리류와 견과류를 담은 나무 쟁반들이 차려졌다. 류쿠인들은 방문객들에게 상륙할 수 있는 충분한 공간을 제공하면서 파도로부터 멀찌감치 떨어져 있었다.

그 거대한 산과 같은 배들은 얕은 물에서 약간 떨어진 곳에 닻을 내렸다. 작은 함재정이 방문객들을 해변으로 실어 날랐다. 페큐 텐료와 종사들은 그 이국적이고 새로운 사람들을 노골적으로 쳐다보았다. *저기 있는 사람들 몇몇의 피부색이 얼마나 어두운지 보세요!*

피부를 치료할 수 없을 때까지 햇볕에 탄 걸까요? 그리고 왜 저렇게나 많은 사람들이 뚱뚱한 걸까요? 일하거나 싸우지 않는 걸까요? 눈과 코, 이마 좀 보세요. 어떻게 저렇게 생겼담?

방문객들은 나뭇잎 모양의 함재정들을 모래 위로 끌어 올리더니 긴장한 채 그 주위로 옹기종기 모여들었다. 그들은 이상하게 생긴 무기를 뽑아 들고는 두려움과 의심으로 가득 찬 자세로 류쿠인들을 훑어보았다.

페큐 텐료는 류쿠인들이 쓰는 거의 전투용 곤봉 크기만 한 긴 검이 평온한 호수의 반사면으로 만들어진 것처럼 햇살 아래서 눈이 부실 정도로 반짝거리는 것에 주목했다. 그들 중 일부가 노래하는 시인들이 사용하는 굽은 리라와 닮은, 현(絃)이 한 개만 달린 초승달 모양의 채를 가지고 다니는 모양새를 관찰했다. 그것들도 무기 (아마도 등에 지고 다니는 끝이 뾰족한 막대기 묶음과 함께 사용하는)가 아닐까 의심스러웠다. 해변에 모인 사람이 전부 남자로 보인다는 사실에도 주목했다. (여자들은 어디에 있는 걸까?) 이 새로운 사람들이 소유한 물건들은 매우 호화스러웠다. 모든 게 반짝이는 물과 같은 재질이었다. 안개나 구름을 닮았지만 실체를 가진 직물 또는 나무로 만들어진 것처럼 보였다.

나무가 정말 많았다! 페큐 텐료는 그렇게나 많은 나무를, 그것도 산처럼 거대한 배 한 척에서 본 적이 일평생 없었다. 관목 지대에서는 키 큰 나무들이 대규모로 자라지 않았다. 류쿠인들은 바람에 굽은 관목의 옹이 지고 짤따란 가지들을 땔감으로 사용했고, 때때로 물웅덩이 옆에서 발견되는 진짜 나무에서 얻은 목재는 요람용 나무

판과 의식용 그릇, 신들의 조각상들과 같은 사치품을 만들기 위해 따로 남겼다. 진짜 숲을 보기 위해서는 거대한 산맥의 기슭까지 동쪽으로 여러 날을 여행해야 했다. 저렇게 많은 나무를 아무렇게나 사용하는 모습은 이방인들이 믿을 수 없을 정도로 강력하다는 사실을 확인시켜 주었다.

텐료는 두 손을 들어 올려서 무기가 없음을 표현하고, 류쿠족 종사들의 행렬을 이끌고서 바다 건너편에서 온 사람들을 향해 천천히 다가갔다.

1년 동안 항해한 끝에 비틀거리며 해안에 발을 내디딘 다라 사람들은 반쯤 굶주린 상태였다. 그들은 단단한 땅에 감사했다.

하지만 아직 마음을 놓을 수는 없었다. 이 땅은 무인도가 아니었다.

크리타 제독과 참모들은 경계를 풀지 않은 채 접근해 오는 원주민들을 자세히 관찰했다. 동물 가죽과 엮은 풀로 만든 옷은 더럽고 조잡해 보였고, 원주민들이 쌓아서 뒤편에 남겨 둔, 뼈와 돌로 만든 무기들은 원시적으로 보였다. 여자들은 남자들과 똑같이 옷을 입고 있었으며 못생겼다고 하는 게 맞는 말이었다. 해안가 위쪽에 자리 잡은 집들은 작았고 인상적인 요소라곤 찾아보기 힘들었다. 인근에서 경작이나 산업의 흔적은 찾아볼 수 없었다.

그리고 손에 아무것도 들지 않은 족장이 이끄는 원주민들의 태도는 순종적이고 겸손해 보였다. 더불어 크리타의 눈에 해변에 차려진 진수성찬이 들어왔다. 절로 입에 군침이 돌았다.

저 사람들이 누구든 간에 불멸의 존재로 보이지는 않았다.

크리타는 긴장을 풀었고, 병사들에게 경계를 풀고 무기를 치우라고 말했다.

다라인들은 자기들이 목욕과 상하지 않은 음식이 절실히 필요한 피난민이라고 생각했다. 하지만 이제 류쿠인들이 맛있는 음식을 준비하고 알랑거리는 듯한 태도를 보인 덕에 다라인들은 왕, 혹은 어쩌면 반(半)불멸의 존재가 된 기분이 들었다. 쿄퍼르라고 불리는 발효유 음료를 마시고 구역질이 나긴 했지만, 모든 것이 완벽할 거라고 기대한 사람은 없었다.

"이들은 온화하고 무해한 사람들이다."

크리타 제독은 선언했다. 그리고 모든 수행원(고된 여정에서 살아남은 1만 명 미만의 남녀)에게 자유롭게 휴식을 취하고 맛있는 음식을 즐겨도 된다고 알렸다.

"다라! 다라!"

그들은 자신들을 가리키며 소리쳤다. 알아들을 수 없는 소리로 웅얼거리기만 하는 원주민들은 멍청해 보였다. 다라 사람들은 큰 소리로 외치는 게 도움이 되기를 바랐다.

"야만인들 같으니."

크리타 제독은 결국 불멸자들의 땅을 찾지 못한 것을 아쉬워하며 한숨을 쉬었다. 마피데레의 탐험대는 그저 나쁜 상황을 최대한 활용해야 할 처지에 놓여 있었다.

나머지 탐험대들은 해변이 안전하다고 선언된 다음에야 해안가에 상륙했다. 장인(匠人), 하인, 하녀, 그리고 선장과 장교들의 가족 같은 사람들이었다.

다라에서 온 영예로운 손님들은 원하는 모든 것을 얻을 수 있었다. 음식, 신선한 물, 일상적인 오락거리, 심지어 크리타 제독과 참모들을 위한 원주민 하인들과 안내인들까지. 모든 대화는 몸짓을 이용한 과장된 표현으로 이루어졌지만, 다라 사람들은 자신들이 원하는 바를 전달할 수 있었다.

손님들이 주변 시골을 구경하고 싶어 할 때마다 류쿠 땅의 주인들은 혼란스럽다는 듯 미소를 지었고, 대신 더 많은 음식과 독한 발효유 음료를 권했다. 손님들은 그 음료를 그다지 좋아하지 않았다. 마시면 속이 별로 좋지 않았기 때문이었다. 류쿠인들이 원시적이라고 단정한 다라 사람들은 반나체의 야만인들로 가득 찬 천막이나 긴 털 소 떼는 더 볼 것도 없다고 생각했다.

그 야만인들은 불멸자들에 대해 아무것도 모르는 것이 분명했다. 매일 감탄하는 눈빛과 놀라워하는 표정에 둘러싸인 탐험대원들은 마치 자신들이 만물의 영장인 것처럼 느끼기 시작했다.

탐험대원들은 원주민들을 대할 때 점점 더 오만해졌고, 더 많은 음식과 봉사는 물론, 싫건 좋건 여자들이 동석해야 한다고 요구했다. 크리타의 부하들 몇몇이 원주민 여자들에게 본능에 따른 행동을 실행으로 옮기자(마피데레의 탐험대는 대부분 남성으로 구성되어 있었다) 모욕을 당한 여성들은(그중 한 명은 류쿠 족장이었다) 분노로 반응했고, 그들의 친구들과 종자(從者)들을 데려와 곤봉과 도끼를 뽑아든 채 정의를 요구했다.

크리타는 무력시위가 필요하다고 판단했고, 문제를 일으킨 탐험대원들과 함께 도시선으로 후퇴하는 대신 군대에 자리를 지키면서 다라 야영지를 방어하기 위해 필요한 모든 일을 하라고 명령했다.

결과는 일방적인 학살이었다. 류쿠족은 금속 무기나 활과 화살에 맞서 싸운 적이 단 한 번도 없었다. 교전 끝에 류쿠 전사 열일곱 명이 전사했지만, 크리타의 부하는 단 한 명만 부상 당했다. 그럼에도 크리타는 자기들이 얼마나 수적으로 열세인지를 아주 잘 알았다. 그래서 모두 도시선으로 후퇴하라고 명령을 내렸고, 상황이 더 악화할 때를 대비해서 출항 준비를 하라고 지시했다.

하지만 페큐 텐료는 개인적으로 사과하러 찾아와 해변에 무릎을 꿇고 크리타에게 돌아올 것을 간청했다. 야만족 추장에게 무력시위로 깊은 인상을 주었다고 생각한 크리타는 참모들 가운데 좀 더 신중한 이들의 반대를 무시하고 텐료의 말대로 하는 데 동의했다.

크리타는 경멸하듯 말했다.

"금속을 사용하는 법도 모르는 저 사람들이 과연 어떤 위험이란 게 될 수 있겠어? 저들은 분명 우리가 무서울 거야! 어떤 면에서, 우린 낙원을 *찾아낸 셈이야*. 이곳에서는 우리가 불멸자들이고 저 사람들에겐 거의 신과 같은 존재야!"

사실 류쿠인들은 금속에 대해 알고 있었다. 하지만 금속은 관목지대에서 이따금 발견되는 덩어리(아마도 운석 잔해였을 것이다)를 제외하고는 거의 접근할 수 없는 자원이었다. 가장 강력한 류쿠 족장들과 페큐 자신만이 이런 덩어리를 망치로 쳐서 장식적인 모양으로 만든, 조잡한 금속 장신구를 가지고 있었다.

크리타는 류쿠에게 다라와 마피데레 황제의 종주권을 인정할 것을 요구했다. 이 경우에서 그 자신은 황제의 대리인 자격이었다. 페큐는 크리타의 요구를 기꺼이 수용하고, 크리타를 자신의 영주이자 주인으로 대우했다.

류쿠 종사들은 분노했고, 믿을 수 없다는 듯 자신들의 왕을 노려보았다. 하지만 페큐 텐료의 권위는 너무나도 강력했기 때문에 아무도 반대하지 못했다.

다음으로 크리타는 류쿠인들에게 자신의 병사와 함께할 여자를 제공할 것을 요구했다. 애초에 여자가 부족한 것이 애초에 불쾌한 일이 일어난 원인이었다. 이번에도 페큐는 즉시 동의하고, 여성 추장들과 그 딸들에게 직접 그 일을 맡으라고 명령했다.

텐료의 종사들은 다시 한번 그들 우두머리의 비굴한 행동에 충격을 받았지만, 이번에도 의심하지 않고 그의 말에 따랐다.

크리타는 생각했다. *저 사람들의 의지라는 건 망가졌어. 야만인들에게는 약간 무력시위를 하는 게 도움이 되지.* 어떤 면에서는 페큐 텐료의 유연성에 감탄하기도 했다. 그의 백성들은 힘이라는 면에서 필적할 수 없는 종족을 대면했다. 야만족 왕은 현명하게도 쓸데없이 저항하기보다는 굴복하는 것을 선택했다.

류쿠인들이 병들기 시작했다. 그 이상한 새로운 질병은 그 부족이 이전에 경험했던 어떤 것과도 같지 않았다. 사람들은 기침했고 피부에는 종기가 났다. 많은 사람이 죽었다. 모두 누군가를 잃었기 때문에 모든 가족이 슬퍼했다. 하지만 다라에서 온 방문객들은 그

전염병에 면역이 된 것처럼 보였다.

많은 사람이 그 전염병은 페큐 텐료의 비겁한 행동을 두고 모든 아버지와 모든 어머니가 내린 형벌이라고 속삭이기 시작했다.

페큐 텐료는 그런 소문을 퍼뜨린 자들을 처형했다. 그는 종사들에게 자신이 아곤족을 상대로 승리를 거둔 일을 상기시키면서 시간이 지나 새로운 길에 들어서게 되면 모든 걸 이해하게 될 거라고 말했다.

결국에는 사람들이 죽어 나가는 일이 멈췄다.

"우리는 그들과 더 비슷해졌다."

텐료가 이 말을 한탄의 의미로 한 것인지, 아니면 축하의 의미로 한 것인지는 분명치 않았다.

"지금까지 당신이 내게 들려준 이야기는 류쿠인들한테서 들은 것과 전혀 다릅니다."

"왜 그런지는 곧 이해하게 되실 겁니다."

텐료는 새 주인들의 환심을 더 사기 위해 다라에서 온 사람들을 애완견처럼 따라다니며, 그들이 필요로 하는 것을 미리 알아차리고 원하는 것이라면 뭐든 내주려고 애썼다.

류쿠 전사들은 그들의 왕을 완전히 경멸하는 눈으로 바라보았지만, 그는 신경 쓰지 않는 것처럼 보였다.

항상 고개를 끄덕이고 미소를 짓는 것은 '다라의 영주들'(이 별칭은 크리타의 장교들 사이에서 농담으로 시작되었는데, 비록 그 누구도 고향에서는 진정한 의미의 귀족에 속할 만큼 중요하지 않았지만, 그들은 그 말을 할 때 나는 소리를 좋아했다)을 지루하게 만들었기 때문에 텐료는 몸짓과 과장된 표정으로 질문을 해 댔다. 그는 그 거대한 도시선들이 어떻게 만들어졌는지에 관한 이야기를 듣고 싶다고 몸짓으로 표현했고, 주인님들이 그 배가 실제로 어떻게 항해하는지 보여 준다면 자신은 기쁨을 느끼는 동시에 두려움에 사로잡힐 거라고 확신에 차서 말했다.

크리타 제독은 이 새로운 충실한 하인들을 이용하기로 하고 그들로부터 가능한 한 모든 것을 짜내고자 했다. 정교한 그림과 수많은 손동작과 고함의 도움으로 크리타와 그의 선장들은 긴 항해를 거친 도시선을 수리하기 위해 목재가 필요하다는 점을 텐료에게 설명할 수 있었다. 그들은 그 나라에 적합한 나무가 없음을 알아차렸고 그다지 희망적이지 않았지만, 그래도 야만족 추장에게 어떤 생각이 있는지 알아보기로 했다.

텐료는 고개를 끄덕였고, 고개를 숙이며 미소를 지었다. 그는 재목을 모으기 위해 동쪽 먼 곳의 산으로 가리나핀과 그 기수의 한 무리를 비밀리에 내보냈다. 그 부족이 해 본 적이 없는 일이었고 많은 이가 전통을 깨는 것에 무슨 지혜가 있겠느냐는 식의 의심을 표명했다. 하지만 텐료는 설득당하지 않았다.

몇 주간의 힘든 노동 끝에 그들이 돌아왔을 때, 텐료는 잘라 낸 나무들을 바다에 떨어뜨려 다른 많은 표류물들처럼 조류가 그것들을 실어 나르게 했다. 이윽고 그는 한밤중에 크리타를 깨우는 소동을 피우고서는 말 그대로 펄쩍펄쩍 뛰며 기쁨을 쾌활하게 내비쳤다.

크리타는 꿈에서 깨어나게 되어 짜증이 났지만, 달빛이 비치는 해변에 그렇게나 많은 훌륭한 통나무들이 쌓여 있는 것을 보고서는 기쁜 마음이 들었다. 텐료는 이제 다라 말을 파편적이나마 충분히 많이 배운 상태였기에, 크리타는 크게 기뻐하는 야만족 추장이 다라의 신들이 기적을 행해서 나무를 가져다주었다는 사실을 축하하고 있음을 마침내 이해했다. 크리타는 특별히 신앙심이 깊었던 적은 없었지만, 거의 1년 동안 바다에서 생사의 기약 없는 표류를 이어가며 태도가 바뀌었다. 그는 신들에게 진심으로 감사를 표했고, 이제 그 신나는 소식을 전해 준 페큐 텐료를 이국적인 원주민들 가운데에서 찾아낸 행운의 부적 같은 것으로 여겼다.

크리타와 그의 선장들은 이 시점까지는 자신들의 정보를 너무 많이 드러내지 않도록 신경 썼고, 원주민들이 도시선으로 다가오지 못하게 했다. 하지만 행운의 부적은 해롭지 않기에 사랑받고, 신뢰받았다. 후진 크리타는 참모들의 조심해야 한다는 권유를 무시하고, 야만인들, 특히 어여쁜 여자들이 도시선에 오르는 것을 허용했다. 여자들이 다라에서 온 주인과 연인들을 더 잘 섬길 수 있을 거라는 이유였다.

크리타는 자신의 처지를 잊기 시작했고, 다소 원시적이지만 순진한 야만인들의 환대를 너무나도 즐기게 되었다.

텐료와 고위급 종사들은 크리타 제독이나 장교들과 함께하는 매 순간 그들의 옷, 그릇과 젓가락, 보석, 악기에 감탄하는 것처럼 보였다. 도시선에 오른 텐료와 귀족들은 이상한 마법의 나라에서 환호하는 아이들처럼 행동했고, 크리타와 그의 수행원들에게 다라의 말과 주변에 있는 놀라운 기계와 장치의 사용법을 가르쳐 줄 것을 간청했다.

'다라의 영주들'을 돌보는 임무를 부여받은 여성들은(그중 몇몇은 고위급 종사들이었다) 특별한 열정을 갖고 일에 임했고, 모든 면에서 자신들이 담당한 남자들의 쾌락을 배려했다. 그들은 다라의 남자들이 하는 일이라면 뭐든지 감명을 받았고, 다라의 관습과 기교(화장과 우아한 춤, 요염한 외모)를 받아들여 열심히 학습했다. 이런 모습은 장교 남편을 따라 탐험대에 동행한 다라인 아내들의 심기를 건드렸다. 여자들은 남편들에게 분명히 짚어 주었다. 그 야만인 여자들이 침실에서 내는 경외에 찬 웃음소리나 그 밖에 다른 곳에서 내는 열광적인 기쁨의 비명에 정신이 팔려서는 안 된다고.

그와 같은 불평불만이 제기되자 크리타 제독이 비웃듯 말했다.

"원주민 여자들이 '다라의 영주들'과 사랑에 빠지는 것이 왜 있을 수 없는 일이야? 이 야만족 여자들은 제대로 씻기만 하면 꽤 매력적으로 보여! 확실히 아름다움에 대한 사랑과 고귀함에 대한 동경은 약한 성(性)으로 태어난 인간들 사이에서는 보편적인 현상이야. 불쌍한 여자들 같으니! 저들은 평생 문명의 결실인 세련된 예의범절, 낭만적인 시 또는 섬세한 사랑의 기술에 대해 아무것도 모르는, 냄새나고 무지한 야만족 남자들만 알아 왔어. 부드러운 비단 대신 거친 털옷을 입었고, 향긋하고 장미 향이 나는 차 대신 역겨운 발효유만 마셨지. 진정한 숙녀들에게 적합한 온화한 여가 생활 대신, 남자들과 함께 소를 치고 도둑과 싸울 수밖에 없는 끔찍한 삶만을 알아 왔어. 만약 내가 그 여자 중 하나면, 나라도 나한테 홀딱 빠질 거야!"

다라의 여자들 일부가 류쿠 남자들을 그들에게 할당해 달라고 요청했을 때(야만족 남성들이 몸을 깨끗하게 씻는다면, 신선한 공기와 가림막 없는 야외에서 거칠고 힘들게 노동하며 보낸 그들의 삶이 매력적인 육체를 빚어냈으리라는 게 분명해지지 않겠는가?) 크리타 제독은 물론 콘 피지와 다른 현자들의 가르침과 양립하지 않는다는 이유를 들어 그 요청을 즉각 거절했다.

몇 마디밖에 몰라서 조롱을 당하거나 체면을 구기는 상황에도 굴하지 않고, 텐료는 빠르게 다라 말을 익혔다. 하지만 크리타와 그의 장교들이 류쿠 말을 가르쳐 달라고 하자, 텐료는 류쿠족은 세련됨이나 문명적인 진보에서 다라보다 훨씬 뒤처져 있으므로 관목 지대 사람들의 원시적인 말로 영주들의 우월한 지성을 더럽히고 싶지 않다고 다라 말로 설명했다. 중간중간에 끊어지고 어색했지만 그의 다라 말 솜씨는 계속 나아지고 있었다.

크리타 제독이 다시 다라로 돌아갈 수 있도록 류쿠인들을 데려와 배를 수리하고 물자를 다시 보급하는 일을 도와주면서, 텐료는 다라의 장인과 기술자 들이 류쿠인을 견습생으로 고용해서 단순한 작업을 시킨다면 일의 진행 속도가 빨라질 거라고 제안했다. 그 제안은 쉽게 받아들여졌고, 탐험대의 배 대목, 목수, 대장장이 들은 류쿠의 견습생들과 함께 일하며 기술을 가르쳤다. 도시선들이 거의 수리를 마칠 무렵, 텐료는 도시선들이 정박한 곳에서 멀지 않은 만으로 또다시 목재가 날라져 온 것을 발견했다.

"신(臣)들은 영광스러운 '다라의 영주님들'께서 언젠가는 출항해 불멸자들을 찾는 장대한 임무를 계속하시리란 것을 알고 있습니다.

아마도 바다에서 알려지지 않은 위험에 대비하려면 류쿠 사람들의 도움을 받아 더 많은 배를 건조하시는 게 좋지 않겠습니까? ……물론 '다라의 영주들'이 극복할 수 없는 위험이 무엇인지를 알아보는 것은 불멸자들을 알아보는 것만큼이나 어렵겠습니다마는."

삼단 같은 금발 머리를 길게 늘어뜨린 종사 네 명이 끌어안고 애무하고 입을 맞추자, 크리타는 텐료의 요청을 받아들여 배 대목들로 하여금 다라 양식에 따라 배 만드는 법을 류쿠인들에게 가르치도록 했다. 그들이 만드는 배는 도시선이 아닐 것이나(배 대목들은 그런 대규모 사업을 수행하기에는 장비와 조선 시설이 부족하다고 설명했다) 류쿠의 고리 배들보다는 훨씬 더 튼튼하고 항해하기 좋은 배일 것이다.

사실, 크리타 제독은 다시 바다에 맞서 싸우고 싶은 욕구가 거의 없었다. 우큐에 도착하기까지 기나긴 여행을 하며 무서운 일들을 겪은 이후로, 그는 정말로 페큐 텐료에 의해 모든 욕구가 해결되는 이 행복한 삶 외에는 그 어떤 것도 원하지 않았다. 그리고 그는 거의 매시간 운동으로 다져진 몸을 가진 사랑스럽고 이국적인 여러 정부와 함께 시간을 보낼 수 있었다. (그들의 몸은 그가 상상하지 못했던 쾌락을 맛보게 해 주었다.) 가끔 그는 오랜 친구 로나자 메투를 생각했고, 마피데레 황제가 자신의 위협을 이미 실행에 옮겼을 것이기에 죄책감을 느꼈다. 하지만 정말 그렇다면, 더더욱 그가 해야 할 일은 두 사람 모두를 위해 지금의 이 삶을 즐기는 것 아니겠는가?

고위급 참모들은 대부분 그의 생각에 동의했다. 그들의 류쿠 첩들은 다라와 관련된 모든 것에 커다란 호기심을 보였고(우월한 문명과 대면한 야만인들의 자연스러운 반응이었다), 다라 남자들은 즐거이 지혜의 원천이 되어 다라의 역사, 지리, 과학, 정치를 아우르는 강의로 침대의 동반자들을 즐겁게 해 주었다. 많은 '다라 영주들'이 기쁘게 여긴 것은, 류쿠 여자들이 특히나 조국의 군사적인 우월함에 관한 이야기에 감명을 받은 것처럼 보인다는 점이었다. 여자들은 남자들에게 전설적인 장군들의 뛰어난 야전 전술을 자세히 설명해 달라고, 다라의 끔찍하고 화려한 무기를 제대로 사용하는 방법을 시연해 달라고 간청했다. 여자들은 무기 훈련을 하느라 숨을 헐떡대는 남자들을 보면서 요염하게, '다라의 영주들'이 가르쳐 준 방식으로 웃었고, 누군가 너무 힘을 많이 써서 강철 검을 휘두르거나 무거운 활을 당기는 것을 잠시 쉬어야 할 때면 달래듯 달콤한 목소리로 속삭여 댔다.

칼 대장장이와 화살 제조자 들이 채굴이 쉬운 금속 매장지를 발견하지 못하면 강철 검과 청동 화살촉을 더 많이 만들 수 없다고 설명하자 여자들은 다소 실망한 것처럼 보였다. 도시선이 싣고 온 주괴(鑄塊)는 몇몇 대체품들을 만들고 나면 동이 날 터였다. 몇몇 남자들은 여자들이 무기에 그렇게 관심을 가지는 것이 약간 볼썽사납다고 생각했지만, '다라의 영주들'은 그런 여성스럽지 못한 행동의 원인을 야만적인 삶의 야생성 탓으로 돌렸다.

크리타가 탐험대에 속한 다라 여자들(함대에 하인, 요리사, 재봉사, 돛 제작자, 어부 등으로 고용된 여자들과 고위급 참모들의 가족)이 류쿠 남자들과 '즐거운 시간을 갖는 것'을 허락하지는 않았으나, 시간이 흘러 류쿠인들과 탐험대원들이 자유롭게 어울리게 되면서 그 금지령은 점점 더 허울뿐인 것이 되었다. 다라 여자들이 상대하게 된 류쿠 애인들도 언어를 종이에 표시하여 고정시킬 수 있는 곳, 바람과 물이 바퀴와 돛을 밀며 유용하게 쓰이는 곳, 멀리 있는 마법 같은 땅에 대해 호기심이 많았다.

물론 다라 여자들이 류쿠 애인들에게 들려주는 이야기는 남자들이 들려주는 이야기와는 확연히 결이 달랐다. 한 가지 예를 들자면, 여자들의 이야기 속 크리타 제독과 지휘관들은 그들 자신의 이야기와는 달리 훨씬 덜 영웅적으로 보였다. 여자들은 류쿠 남자들에게 '다라의 영주들'이 잘 모르는 지식을 나눠 주었다. 이를테면, 평범한 가정들의 실제 삶, 실생활에 유용한 지리 상식, 그리고 평범한 사람들 눈에 진짜 '다라의 영주들'이 어떻게 비치는지 등등.

날이 갈수록 크리타 제독과 고위급 참모들은 나태해지며 편안한 지금의 위치를 버리는 것을 점점 더 꺼리게 되었다. 페큐 텐료를 포함한 모든 류쿠인이 그들을 거의 왕처럼 숭배하고 있지 않은가. 다행스럽게도, 페큐는 그들이 더 머물러야 할 새로운 이유를 계속 생각해 냈다.

어쩌면 '다라의 영주님들'이 류쿠인들의 도움을 받아 더 많은 금속제 무기를 만들 수 있지 않겠습니까? 아니면 탐험대가 다시 출항하기로 했을 때 류쿠 선원들이 도움이 될 수 있도록 류쿠인들을 가르치고 훈련하는 것은 어떻겠습니까? 어쩌면 다라 장인들의 지도로 지금은 상당히 숙련된 상태인 류쿠 기능공 중 일부가 '다라의 영주님들'께서 언급하셨던, 고향 땅의 경이로운 것들을 재현하는 데 도움을 줄 수 있지 않겠습니까?

크리타 제독은 고개를 끄덕였다.

"훌륭한 계획이야, 페큐 텐료! 마피데레 황제가 바다 건너에 이렇게 충실한 신하가 있다는 사실을 알면 좋으련만!"

페큐 텐료는 크리타가 그의 얼굴을 볼 수 없을 정도로 깊이 고개를 숙였다.

크리타는 점점 더 폭군처럼 굴었고, 요구는 변덕스러워졌다. 더 이상 자신을 마피데레 황제의 대리인이라고 부르지 않았으며 류쿠인들에게 자신을 황제라고 부르라고 요구했다.

탐험대원들 중 일부가, 특히 학자들이 불편해했다.

"우리를 환영해 준 사람들을 노예처럼 취급하는 것은 옳지 않습니다. 이것은 진정한 문명인의 행동이 아닙니다. 그들이 우리를 형제로 대한다면, 우리도 똑같이 대해야 합니다."

크리타는 그러한 반대 의견을 비웃었다. 상상 속에서 그는 마피데레 황제의 축소판이었으며 저 온순하지만 무지몽매한 사람들을 통치할 운명이었다. 다라의 신들은 그에게 선물을 주었다. 그가 모양새를 잡아 주고 조각해야 할 이 새로운 영토가 바로 그 선물이었다. 그는 이 사람들을 무지에서 벗어나게 하고 문명의 혜택을 주어야만 했다.

다라의 지혜에 교화되고 통제되는 것에 저항했던 탄 아뒤의 야만인들과는 달리, 이 새로운 세계의 야만인들은 배움에 탁월했다. 그는 먼 미래에 자신의 후손들이 이곳 사람들을 다스리는 꿈을 꾸며, 궁을 짓는 일을 계획하기 시작했다. 비록 이 땅에 목재가 매우 부족해 보이긴 해도, 그 궁은 최상급 나무로 만들어진 웅장한 원형의 모습을 띨 터였다. (원은 완벽의 극치가 아니었던가?) 더불어 그는 자신의 많은 정부 중에서 누구를 그 쾌락의 건물에 들여앉힐 행운의 배우자로 만들 것인지 생각하기 시작했다.

그러던 어느 날 아침, 크리타가 깨어나 보니 손발이 묶여 있었다. 그가 가장 좋아하는 두 류쿠족 정부 놀론과 캬가 그의 검과 활을 들고 침대 발치에 서 있었다.

"이게 무슨 장난이지?"

하지만 늘 고분고분하던 놀론은 그를 보며 싸늘하게 웃었다.

"우린 당신한테서 필요한 모든 걸 배웠어."

그녀가 다라 말을 구사하는 방식에 뭔가 이상한 점이 있었다. 거기에는 교태의 흔적이 전혀 없었다.

"무슨 말을 하는 거야?" 크리타는 자신을 구속하고 있는 것을 풀려고 애쓰다, 꿈쩍도 하지 않는 강한 힘줄을 발견했다. "지금 당장 날 풀어! 텐료가 이 사실을 알게 되면 너희 가족 모두를 죽일 거야, 이 망할 창녀……."

한 번도 그의 뜻을 거스른 적이 없었던 캬가 나서서 크리타의 뺨을 세게 때렸고, 그는 즉시 침묵했다.

"폐큐 텐료가 오늘 아침에 명령을 내렸어. 지금 네 지휘관들은 모두 너와 마찬가지로 묶여 있고, 류쿠 전사들은 모든 배를 점령 중이야. 죽임을 당할 사람은 항복하길 거부하는 당신네 수행원들일 뿐이야."

류쿠 여자들은 크리타를 선실 밖으로 끌어내어 함재정에 실었고,

육지에 내리게 한 다음 이미 포로가 된 '다라의 영주들'과 합류하게 했다. 그제야 크리타도 의심을 거두고 현실을 받아들였다.

크리타와 그의 선임 지휘관들은 수치심에 고개를 숙였고 마침내 그들 모두가 교활하고 인내심이 강한 야만인 왕에게 속았다는 것을 깨달았다.

해가 완전히 뜰 무렵, 탐험대의 거의 모든 도시선이 점령되었다. 선장들과 고위급 장교들 대부분은 잠자는 동안 류쿠 연인들에 의해 무력화되었다. 그들 중 몇몇은 제때 깨어나 미약하게나마 저항을 해 보려고 했지만, 류쿠 여자들이 다라 남자들의 전투 기술을 매우 자세히 관찰한 다음 미리 대비책을 생각해 두고 있었기에 쉽게 제압당했다.

류쿠 여자들은 장교들을 인질로 삼아 선원들과 해병들에게 밧줄 사다리를 내리게 했고, 고리 배와 함재정을 타고서 정박한 도시선으로 노를 저어 온 류쿠 전사들이 그 위에 승선했다. 물론 육지의 다라 야영지는 동트기 전에 파괴되었다.

탐험대를 구성하는 50척의 도시선 중에서 항복을 거부하고 선원들에게 끝까지 저항하라고 명령한 선장은 단 두 명뿐이었다. 그 둘은 죽임을 당했지만, 나머지 선원들은 류쿠 여자들을 제압하고 이 갑작스럽게 전개된 상황으로부터 탈출하기 위해 닻을 올릴 수 있었다.

거대한 가리나핀들이 수평선 너머로 떠올라 밍겐 수리가 물고기를 잡기 위해 뛰어들듯 그들을 덮쳤을 때, 배들은 겨우 1.6킬로미터 정도 벗어나 있었다. 곧 두 척의 배는 불타는 난파선 신세가 되었고, 가까스로 불길을 피한 선원들이 류쿠인들에게 항복하겠다고 애원

하며 필사적으로 도움을 구걸하는 소리가 휘몰아치는 바다에 울려
퍼졌다.

깜짝 놀란 크리타는 그제야 자신이 얼마나 완전히 어리석었는지
이해했다.

텐료 페큐가 자신의 계획을 발표하기 위해 전사들을 소집하는 동
안, 옛 '다라의 영주'들은 지하 감옥에 빼곡히 들어차 있었다.

텐료는 선언했다.

"이것은 모든 아버지께서 주신 선물이다, 형제자매들이여. 이것
은 그가 우큐와 곤데의 땅을 창조한 이래로, 그가 우리와 아곤을 이
세상에 두고 우리의 믿음을 시험한 이래로, 우리에게 준 최고의 선
물이다.

우리 땅은 아름답다. 누가 하늘 높이 나는 가리나핀의 등에 올라
타 석양을 보는 쾌감을 부정할 수 있겠는가? 하지만 우리 땅은 또
한 가혹하고 어려운 곳이기도 하다. 우리 모두는 가뭄이 들 때 뒤에
남아 죽는 것을 선택한 할머니들과 할아버지들을 알고 있다. 그래
야 그들이 부족에 부담이 되지 않고 부족은 계속 앞으로 나아갈 수
있었으니까. 우리 모두는 식량이 모두에게 돌아갈 만큼 충분하지
않을 때 어떤 아이를 먹일지 결정하고 움직일 기력을 비축해야만
하는 상황에 내몰렸던 어머니들을 알고 있다. 또 우리 모두는 끔찍
한 늑대 무리, 전염병, 갑작스러운 홍수가 먹고 사는 데 필요한 가축
떼를 휩쓸어 버리자 절망에 빠져 가슴을 치는 아버지를 본 적이 있
다. 관목 지대는 힘든 곳이지. 우리는 우리가 알지 못하고 어쩌지 못

하는 힘들에 영향을 받으며 살아간다.

그리고 전쟁이 있다. 누가 전쟁을 잊을 수 있겠는가? 아곤과 류쿠 사이의 전쟁이 아직도 기억에 생생하다. 하지만 우리 백성이 하나의 국가로 통합되기 훨씬 전부터 부족들은 가족들이 그랬던 것처럼 서로 싸워 왔다. 나는 이 땅의 역사에서 완전히 평화로웠던 날이 단 하루라도 있었는지 의심스럽다. 얼마나 많은 남자와 여자가 생존을 위한 싸움에서 목숨을 잃었는가? 이 땅은 광대하지만 이 땅이 먹여 살릴 수 있는 사람은 소수만이었다. 죽거나 죽임을 당하거나 둘 중 하나였지.

언제나 그랬던 것은 아니지. 늦은 밤이면 불구덩이 옆에서, 모두가 양껏 쿄피르를 마신 다음 노인들은 우리의 과거에 관한 이야기를 들려주곤 했다. 이 옛이야기들은 우리의 정신의 초석을 이루었다. 오래전 우리 조상들은 푸르고 무성한 땅, 낙원에 살았다. 강에는 꿀과 우유가 흘렀고 덤불에는 치아를 부러뜨리는 단단한 견과류가 아니라 부드럽고 즙 많은 딸기가 가득 차 있었다. 봄이면 어김없이 소가 새끼를 낳았고, 우리에게서 소를 훔쳐 갈 늑대도 없었다. 조상들은 푸짐한 식사를 했고, 모든 부모는 얼마나 많은 아이가 살아남을 수 있는지 걱정할 필요 없이 원하는 만큼 많은 아이를 가질 수 있었다. 치아를 모두 잃은 가장 나이 많은 할머니부터 아직 토실한 호박 한 조각도 씹어 보지 못한 칭얼대는 아기에 이르기까지, 모두가 먹고살 거리가 충분했기 때문에 전쟁을 몰랐지.

우리 조상들은 어떤 이유에서인지 모든 아버지를 화나게 했다. 다른 부족들의 이야기는 이 부분에 동의하지 않지만 말이다. 모든 아버지의 불멸의 자녀들, 즉 산과 구름 속에 사는, 우리가 숭배하는 정화된 영혼들을 위해 모든 아버지가 보관했던 특별한 쿄피르를 훔쳤기 때문이라는 설이 있다. 조상들이 여유롭고 편안한 삶 때문에 나태해지고 교만해졌기 때문이라는 설도 있고, 천상의 소 떼에게 물을 잘 주고 먹이를 잘 먹이라는 모든 아버지의 명령을 어겼기 때문이라는 설도 있다. 모든 아버지가 심어 준 덕목을 잊고 탐욕과 내분에 빠졌기 때문이라는 설도 있지.

이유가 무엇이든 간에, 모든 아버지는 우리를 낙원에서 쫓아내, 삶이 고달프고 믿음이 고통으로 인해 날카로워지도록 우리를 여기에 두셨다.

하지만 이제 우리는 새로이 중요한 사실을 배웠다. 모든 아버지께서는 우리를 위해 또 다른 땅, 다라라는 새로운 낙원을 준비하셨다는 것을. 형제자매여, 너희들도 다라의 야만인들이 들려준 이야기를 들었을 거다. 그곳은 강에 맛있는 포도주가, 과일로 만든 쿄피르가 넘쳐난다 하지! 그뿐이 아니다. 살이 통통하게 오른 물고기들은 물 밖으로 튀어나와 접시로 올라오는 것이나 다름이 없다. 들판은 너무나 푸르고 무성해서 우리 모두와 소와 가리나핀을 먹일 수 있다. 비록 우리가 하늘의 별만큼 많더라도 말이다! 그곳의 가족들은 열두 명의 아이들을 두었는지도 모른다, 열두 명이나! 그리고 노인들은 자다가 평화롭게 죽고, 젊은이들은 자녀를 낳아 기르면서 그들의 영예를 기리지. 시선이 가닿는 곳마다 호화로움이 존재한다. 땅에서 튀어나온 반짝이는 금속, 울창한 숲에 늘어선 거대하고 하늘을 찌를 듯한 나무들, 잘 익은 딸기처럼 모두의 귀와 목에 매달린 반짝이는 보석들.

그곳이 우리가 살아야 할 땅이다.

누군가는 이렇게 말하겠지. '하지만 페큐 텐료, 그 땅에는 이미 사람들이 살고 있습니다.'

맞다. 하지만 저들이 어떤지 보라. 거만하고, 나약하고, 게으르며, 부도덕하다. 저들은 식량과 물이 거의 바닥난 채 겁에 질린 피난민의 처지로 우리 해안에 도착했다. 우리는 저들을 귀한 손님들로 맞이했고, 우리의 음식과 쿄피르를 나누었고, 필요로 하는 모든 것을 제공했다.

그런데 그런 환대를 받고 저들은 우리에게 어떻게 보답했나? 마치 불멸의 영혼을 지녔다는 듯이 굴었으나, 자신들이 너희나 나와 같은 평범한 인간에 불과하다는 것을 완벽하게 알고 있었다. 그들은 일부러 우리를 병에 걸리게 했지. 이 땅에서 이전에는 알지 못했던 병이었다……. 눈물을 보인 걸 용서해라. 하지만 병에 걸린 딸을 안고 있는 아버지의 애처로운 울음소리나 병에 걸린 어머니의 몸을 끌어안고 있는 아들의 울부짖음을 누가 잊을 수 있겠나? 그들의 관습은 야만적이다. 그들이 얼마나 여자들을 비하하는지 생각해 보라! 저들은 감히 우리를 야만인이라고 부르고, 우리 여자들을 모욕했다. 그 여자들 가운데 많은 이가 종사와 족장이었고, 우리의 아내이자 어머니, 자매, 딸이었다. 그들은 더 나은 무기로 우리 전사들을 학살했고, 그 이유로 스스로 더 우월하다고 생각했다. 하지만 전사의 척도는 도구가 아니라 정신에 있다.

그래서 우리는 때를 기다렸던 것이다. 그들이 약점을 드러내도록 유혹하기 위해 우리의 장점을 숨겼다. 그들을 가까이서 관찰해 비밀을 캘 수 있도록 복종하는 척했지. 그리하여 우리가 무엇을 알게 되었나?

저들은 명예에 대한 개념이 없고 스스로 더 위대하고 강하게 보이려고 끊임없이 거짓말을 한다. 무력하고 멍청하기에 폭력의 언어만을 이해한다. 저들은 강철 검과 진동하는 활로 우리를 위협할 수 있다고 생각했지만, 우리의 가리나핀 기수들이 나타났을 때, 저들이 할 수 있는 거라곤 진짜 싸움을 해 보지도 않고 두려움에 움츠러드는 것뿐이었다. 우리가 관목 지대의 관습을 따라 이방인에게 천막과 마음을 열고, 가진 모든 것을 공유했지만, 저들은 그저 우리를 지배하고 노예로 만들려고만 했을 뿐이다.

아니지, 그런 야만적인 인종이 낙원을 차지하는 것이 모든 아버지께서 의도한 일일 리가 없다. 모든 아버지께서 이 야만인들을 우리에게 보낸 것은 일종의 전언이다. 우리를 위해 노예로 가득 찬 새 집을 마련해 두었다고 말씀하신 것이다.

너희는 이 나태하고 오만한 사람들이 우리의 고담(古談)에 나오는 타락한 조상들과 얼마나 비슷한지 이해하겠나? 저들은 겨울이 성큼 다가온 줄도 모르고 탐욕스러운 송아지처럼 진흙 웅덩이에서 뒹굴며 그들의 운을 소진했다. 우리는 모든 아버지의 도구다. 이 배은망덕한 자들의 땅을 정화하기 위한 도구. 우리는 그들의 죄에 대한 벌이다. 우린 신의 재앙이다.

형제자매들이여, 우리에겐 임무가 있다. 우리는 다라를 정복하고 그들을 노예로 삼을 것이다. 그들의 영혼이 문명이라고 부르는 질병으로부터 정화될 때까지, 그리고 우리가 모든 아버지가 가장 좋아하는 아이들을 위한 낙원을 되찾을 때까지 말이다."

관목 지대는 피와 우주적 정의와 신성한 전쟁을 요구하는 전사 1000여 명의 울부짖는 함성으로 가득 찼다.

그리하여 '다라의 영주들'은 하룻밤 사이에 류쿠의 포로가 되었고, 악몽 같은 나날이 시작되었다. 죄수들은 새 주인들이 자신들의 조국 다라를 침략할 계획을 세우는 일에 도움이 될 만한 정보를 강압적으로 낱낱이 누설해야만 했다.

도시선들이 가져온 기술들이 흥미롭긴 했지만, 페큐 텐료는 그 기술들 대부분은 류쿠인에게는 실용적이지 않다고 빠르게 결론 내렸다. 우큐와 곤데는 다라 제도와는 달라도 너무 달랐고, 류쿠인이 다라인의 삶의 방식을 채택하는 것은 사막 선인장을 북쪽의 빙하에 이식하는 것보다 현명하지 못한 일이었다. 크리타와 장교들이 휘두르는 청동 검과 강철 검은 확실히 뼈도끼와 곤봉보다 강했지만, 류쿠 사람들에게는 철이나 구리가 나는 것으로 알려진 곳이 없었고, 도시선들이 가져온 보급품은 금방 소진될 터였다. 마찬가지로, 관목 지대에는 화살 제조자들이 화살대를 만들 때 쓸 목재가 부족했고, 돌 화살촉은 새총보다 나을 것이 없었다.

페큐 텐료는 류쿠인들이 보충할 수 없는 무기에 의존하는 새로운 전쟁 방식을 채택하는 건 현명하지 않다고 생각했다. 그래서 대응책을 마련할 수 있게끔 다라 제도의 전투 기법들에 대해 가능한 한 배우는 데 집중하기로 했다.

가리나핀 뼈로 벽을 세운 경기장이 건설되었다. (물론 다라 사람들을 노예로 부렸다.) 크리타와 그의 부하들은 그 경기장 안에서 해가 뜰 때부터 질 때까지 류쿠 전사들과 싸우면서 시간을 보내야 했다. 그렇게 해서 텐료는 다라 사람들이 어떻게 전쟁하는지를 연구할 수 있었다.

코크루의 검무에서부터 파사의 보병 대형에 이르기까지, 페큐는 모든 것을 연구했고 각 전투 기법의 약점을 주의 깊게 기록했다. 다라 군대의 사고방식을 파악하기 위해 장교와 병사 들에게 과거의 전투 경험을 상세히 묘사하도록 고통스러울 정도로 강요했다.

크리타는 결국 이 무의미한 모의 전투에서 상처를 입어 감염되었다. (하지만 다라에서만 나는 약초가 부족한 관계로 탐험대에 속한 의사들은 그를 치료하지 못했다.) 죽기 전 고열에 시달리며 정신이 혼란스러워진 채 누워 있는 크리타의 입에서는 놀론과 캬(그를 기만한 다음 포획했던 류쿠족 종사들)에 대한 사랑의 말이 흘러나왔고, 그 자신을 불멸자들의 땅으로 데려가 주기를 바라며 신들에게 바치는 기도도 들을 수 있었다.

다라에서 온 여자들과 남녀 비전투원들(장인, 무역업자, 항해사, 선원, 요리사, 하녀, 의사 등) 역시 예외가 아니었다. 그들은 류쿠인들이 아직 배우지 못한 다라 사회의 세부 사항을 채워 넣어야만 했다. 다시 말해 도로가 어떻게 건설되는지, 마을이 어떻게 조직되는지, 판에서 마피데레가 제국의 권력을 어떻게 휘두르는지, 그리고 일반 백성이 어떻게 그 영향을 느끼는지 같은 일들이었다. 텐료는 자신이 적은 병력으로 훨씬 더 많은 인구를 정복해야 한다는 점을 이해했다. 가리나핀 기수들이 제공하는 이점이 있긴 해도, 그 정도 인구를 통제하려면 삶의 동기와 양식에 대해 어느 정도 받아들여, 점령군에게 도움이 되도록 활용할 수 있어야 했다.

오가는 특별한 경우였다. 처음에 오가가 어부라는 말을 듣고 텐료는 그의 지식이 제한적이라고 판단했다. 대부분의 류쿠 사람들은 어업을 중요한 식량 자원으로 취급하지 않았고, 다라에서 흔히 보는 어종은 우큐와 곤데 해안 근처의 일반적인 어종과는 달라 다라의 어업 기법은 대부분 쓸 수 없었다. 결국 오가는 가장 하찮은 임무를 부여받았다.

하지만 텐료의 종사들은 오가가 포로들의 모임에서 관심의 중심에 있다는 것을 알아차렸다. 하루 내내 고되게 노동한 다음, 오가는 생생한 이야기로 포로들을 즐겁게 해 주고 원기를 북돋워 주었다. 어떤 종사들은 오가가 비밀스러운 반란의 지도자가 될 것을 두려워하며 의심하기도 했다.

텐료는 오가의 이야기를 직접 들어 보기로 했다. 그는 평범한 류쿠족 노예 감독관으로 변장하여 모닥불 주위에 모인 다라 출신 포로 무리의 맨 가장자리에 앉아 며칠 밤을 계속해서 오가가 들려주는 이야기를 들었다.

오가의 이야기는 단순히 다라의 전설을 다시 이야기하는 게 아니었고, 우큐와 곤데까지 오게 된 그들의 여정을 윤색해서 들려주었다. 비록 문맹이었지만, 오가는 이야기꾼으로서 기교와 창작에 천부적인 재능이 있었다. 그는 폭풍의 벽의 경이로움, 바다의 고래와 크루벤 무리, 회전하는 별들 사이에서 살았던 불멸자들, 환상적인 생명체와 새 땅에 사는 왕자들에 관한 이야기를 들려주었다. 그는 심지어 류쿠족 말을 조금 익혀 그들의 이야기도 몇 가지 배웠는데, 그런 이야기를 야만적인 대담성과 불굴의 교활함의 환상적인 양탄자로 엮어 냈다.

텐료는 넋을 놓고 몰입했다. 오가는 새로운 땅에서 모은 원재료와 다라 이야기꾼들의 정교함을 어떻게든 결합해 낼 수 있는 사람이었다. 그는 자신이 포로로 잡힌 땅의 환경과 가치들을 이용하여 다라식 서사시를 들려주었다.

결국 대페큐는 오가에게 자기 옆에서 봉사하라는 명령을 내렸다. "너는 내가 가는 곳마다 따라다니며 내가 보는 모든 것을 볼 것이다. '다라의 영주들'의 행적을 기록한 너희 궁정 역사가들처럼, 넌 나의 전기 작가가 될 것이고, 나의 살아 있는 기념비, 천년의 세월 동안 들려줄 이야기의 건축가가 될 것이다."

물론, 모든 다라인 포로는 류쿠인들에게 다라어를 가르치는 일에 동원되었다. 페큐 텐료의 어린 자녀들은 양육 과정에서 다라어를 구사하게 되었다. 류쿠인이 외국인을 지배하려면 그들의 생각을 이해하는 것이 필수적이었다.

포로들이 가진 유용한 정보가 바닥나자 압박이 심해졌다. 고문은 일상이 되었고 경기장에서 일상적으로 행해지던 훈련은 더욱 가혹해졌다. 포로 가운데 일부는 질병이나 부상으로 죽었고, 일부는 스스로 목숨을 끊었다. 하지만 죽어서도 그들의 고통은 끝나지 않았다. 그들의 아이들은 부모처럼 노예가 되었다. 결혼한 포로들 사이에서 태어났든, 류쿠인과 노예 사이에서 태어났든 상관없었다. 다라의 저주받은 피는 그들을 부모와 같은 운명에 처하게 했다. 다만 어머니나 아버지가 권세 있는 종사인 경우, 류쿠 부족의 정식 일원으로 양육되는 혼혈아도 있었다.

상륙한 지 2년 만에, 도시선을 타고 우큐에 도착한 남녀 열 명 중 아홉이 사망했다.

여명의 첫 빛살이 터널 꼭대기의 창살 사이로 스며들어 어두운 감방의 내부를 희미하게 비춰 주었다.

"이후 19년 동안 당신이 얼마나 고통받았을지 난 상상조차 할 수 없습니다."

루안 지아가 말했다. 쿠뒤와 바뒤가 그에게 말해 준 것 중 사실인 것은 단 한 가지도 없었다. 그는 노인이 생존해 있다는 사실이 류쿠인들이 전쟁을 벌이기 위해 바다를 항해하려는 광기 어린 탐험을 포기했다는 의미이기를 희망했다.

오가 키도수가 중얼거렸다.

"벌써 19년이 지났습니까? 참 많은 친구가…… 불구가 되고, 구타당하고, 죽었습니다. 나도 불쑥불쑥 죽고 싶었지만, 마지막으로 한번 고향 집을 보고 싶었습니다……."

다라를 정복하기 위해 류쿠인들은 먼저 그곳으로 가는 방법을 찾아야 했다.

페큐 텐료는 크리타의 함대가 따랐던, 강력한 해류에 의존하는 경로는 막다른 길임을 알았다. 도시선들조차도 강력한 물살에 저항할 수 없었고, '흐름을 거슬러' 항해하는 것은 불가능한 꿈처럼 보였다. 그래서 텐료는 다라로 가는 새로운 길을 찾는 일에 전념했다.

도시선들의 항해 일지를 주의 깊게 살펴보고 다라 항해사들에게 숙련된 고문을 가함으로써 텐료는 다라 제도의 위치를 대략 파악할 수 있었다. (이 시점까지 항해사들은 그런 목적을 위해 고문에서 제외되었다.) 신중에 신중을 기하던 그는 섬의 위치를 확인하는 것을 유일한 목표로 삼는 소규모 정찰대를 내보내기로 결정했다.

탈취한 도시선들을 이용하는 대신(도시선들은 침략군 병력을 실어 나르는 데 사용할 생각이었다), 텐료는 다라 배 대목들의 지식으로 강화된, 전통적인 류쿠식 항해 설계에 기반을 둔 작은 탐사용 함대를 만들었다.

류쿠족과 아곤족은 모두 관목 지대 전역에 걸쳐 가리나핀의 등에 의지하여 사는 유목민이었지만, 일부 부족은 해안을 따라 정착했고, 루안 지아가 본 작은 고리 배보다 더 발전된 배로 바다를 항해하는 데 능숙했다. 그런 배들 가운데 몇몇은 뼈 격자 틀로 연결된 여러 개의 원형 고리로 만들어졌고, 방수와 내화 기능을 모두 갖춘 가리나핀 가죽을 그 위에 늘어뜨려서 부표를 만들었다. 그러고 나서 공기로 채워진 동물 방광을 격자에 부착해 추가적인 부양력을 제공받았다. 이런 용골 없는 배들은 설계상 수면에 얕게 잠겼지만, 바다에서는 놀라울 정도로 안정적이었다. 비록 도시선의 수용 능력에는 한참 미치지 못했고, 가리나핀을 수송하는 것은 불가능했지만,

그런 류쿠 배들로 이뤄진 함대는 다라 제도를 찾기 위해 파견되어 서쪽으로 곧장 항해했다. 크리타 제독이 아직 살아 있을 때 류쿠인들이 학습하는 과정에서 만든 다라식 선박 몇 척이 증강군 역할을 했다. 류쿠인들은 그쪽 방향으로 펼쳐지는 바다는 형상도 없고 끝도 없는, 넓게 트인 지역이라고 믿었고, 그렇게 먼 바다로 항해한 적이 없었다. 과거 류쿠 선박들은 대부분 해안가를 항해했고, 무역을 위해 상품을 수송하거나 기습을 위해 전사를 수송하는 게 목적이었다. 하지만 이제 수평선 아래 육지가 있다는 것을 알았으므로, 배에 탄 사람들은 간절한 마음과 함께 기대에 부풀어 있었다.

1년 이상이 지난 후, 배 단 한 척만이 돌아와 서쪽으로 가는 길은 통행이 불가하다는 소식을 가져왔다. 함대는 크리타의 항해 일지에 기록된 것처럼 느리게 움직이는 부분에서는 해류를 건너는 데 성공했다.

생존자들은 바다에서 하늘로 치솟은 폭풍으로 만들어진 장막에 대해 말했다. 몇 달 동안, 배들은 구멍을 찾기 위해 북쪽과 남쪽으로 항해했지만 아무것도 찾을 수 없었다. 좌절한 함대 사령관이 폭풍에 정면으로 맞서라는 명령을 배들에 내렸지만 폭풍은 너무나도 사나웠다. 결국 다른 류쿠 배들은 침몰했고, 간신히 벗어난 배 한 척만 귀환했다. 이후 폭풍 하나가 벽에서 떨어져 나와 스스로 의지를 갖는 것처럼 보였다. 마치 고양이가 쥐를 가지고 장난치듯 그 폭풍은 며칠 동안 살아남은 배를 쫓아다녔다. 그 배는 순전히 운이 좋아서 겨우 탈출했고, 돌아와서 이야기를 들려줄 수 있었다.

천국이 바다와 대기의 맹렬한 악마들에 의해 수호되고 있는 듯했다. 생존자들은 페큐가 그의 꿈을 포기해야만 한다고 설명했다.

하지만 텐료는 포기하지 않았다. 그는 생존자들을 비겁과 불복종을 이유로 처형했다. 그는 그들에게 다라 제도로 가는 통로를 찾으라고 했지, 왜 그렇게 할 수 없는지에 대한 변명거리를 가지고 돌아오라고 하지 않았다.

첫 번째 함대가 끝내지 못한 임무를 완수하기 위해 두 번째 함대가 파견되었다.

"절대 복종!" 페큐 텐료는 소리쳤다. "그걸 기억해."

두 번째 함대는 앞선 함대보다 더 심한 운명을 겪었다. 1년이 지나도록 단 한 척도 돌아오지 않았던 것이다. 텐료의 가장 신뢰받는 종사들 가운데에서 불평이 나오기 시작했다. 페큐가 고집스레 뜻을 굽히지 않고 있으니, 두 번째 함대 선원들은 폭풍의 벽이나 페큐의 손에서 확실한 죽음을 맞이하기보다는 목숨을 부지하기 위해서라도 함대를 떠나 무인도라도 찾아가는 게 낫겠다고 판단했을 거라는 의미였다.

페큐는 다라를 정복하려는 자신의 계획이 실현 불가능한 꿈에 불과하다는 것을 받아들여야 했고, 더 이상 그것에 대해 말하지 않았다.

생존한 다라 포로들은 평범한 노예로 부족들에게 분배되었고, 류쿠인들은 관목 지대를 가로지르는 유목 생활을 재개했다. 낙원에 대한 미래상은 잊힌 것처럼 보였다. 도시선 함대는 해안가에 정박해 있었고, 류쿠군 파견대가 열두 마리의 가리나핀과 함께 도시선들을 지켰다. 가장 가혹한 조건의 관목 지대로 강제로 이주한 아곤족이 가끔 반란을 일으켰고, 텐료는 그런 반란을 진압하기 위해 원정대를 이끌었다. 하지만 관목 지대 사람들 대부분에게 삶은 익숙한 흐름으로 돌아간 것처럼 보였다.

그렇게 두 번째 함대가 떠나고 5년이 흘러 잔해 조각들이 우큐와 곤데 해안으로 밀려왔다. 뼈 원재에 새겨진 문양들은 의심의 여지 없이 두 번째 함대에서 왔음을 증명했다.

다만 그 함대는 우큐에서 출발해서 북서쪽으로 항해했으나 그 잔해는 남동쪽에서 들어왔다.

"그것이 나에겐 해류의 비밀을 푸는 단서였습니다."

"단서요?"

루안은 쿠듀와 바듀가 다라로 돌아가는 길을 찾아 달라고 부탁했고, 그들이 그에게 보여 준 기록들을 자세히 검토했음을 설명했다. 잔해의 방향과 시기가 돌파구로 이어졌다.

"그건 원이에요." 루안이 중얼거렸다. "그 거대한 해류는 원을 그리며 움직입니다."

"페큐 텐료도 같은 결론을 내렸습니다. 우리를 여기까지 끌고 온 물살은 마치 꼬리를 삼킨 뱀과 같은 모습니다. 크리타 제독이 우큐 해안 근처에서 느려지는 해류를 계속해서 따라갔다면, 우리는 다시 다라 제도로 실려 갔을 겁니다."

"당신의 딸인 조미와 나는 같은 함대에서 나온 잔해 조각들을 발견했던 건지도 모르겠군요."

루안은 오가에게 조미가 어린아이였을 때 보았던, 믿을 수 없는 광경에 대해 말해 주었다. 그리고 가리나핀의 양식화된 문양들이 조각된 정체 모를 물건들이 어떻게 해서 먼 북쪽으로 탐험하고자 하는 그의 관심에 불을 붙였는지도 말해 주었다.

"그러니까, 마피데레의 탐험대는 페큐 텐료의 함대에 영감을 주었고, 그 페큐 텐료의 함대는 당신을 우회적으로 여기로 데려왔군요." 오가 키도수는 감탄했다. "정말 놀라운 우연의 연속입니다."

"거대한 해류만큼이나 우리는 돌고 돌며 연결되어 있는 셈입니다. 걸어온 길을 되돌아보면, 운명은 그런 우연들로 이루어져 있다는 걸 깨닫게 될지도 모르겠습니다."

오가는 고개를 저으며 빙긋 웃었다.

"저는 무슨 철학자가 아닙니다. 제가 말씀드릴 수 있는 것은 그 두 번째 함대의 잔해 때문에 페큐 텐료가 다라로 가는 북서쪽 통로가 있다고 생각하게 됐다는 것입니다. 북서쪽으로 항해한 다음 그 해류를 찾아내 다라에 도착할 때까지 그것을 따라가면 된다는 거였습니다. 낙원 정복에 대한 페큐 텐료의 꿈이 되살아났지요.

그는 항로를 확인하기 위해 세 번째 함대를 파견했는데, 이번에는 유용한 정보를 얻어 오되 불필요한 위험은 감수하지 말라고 엄격히 일러두었습니다. 탐사대는 1년 후에 돌아와 그 해류가 실제로 그들을 다라 북쪽으로 데려갔다고 보고했습니다.

하지만 폭풍의 벽 역시 거기에 있었습……."

"……우리 둘 다 잘 알고 있듯이 말이죠."

루안 지아가 옅게 웃으며 그의 말을 가로챘다.

"벽을 구성하는 폭풍들은 무질서하게 움직였고, 접근하는 배를 모조리 파괴할 것처럼 위협적이었습니다. 그 세 번째 탐험대는 벽

근처에서 석 달 이상을 머물렀지만, 통과할 방법을 찾지 못했습니다. 힘으로 벽을 돌파해 봤자 무모한 시도의 결과로 두 번째 탐험대처럼 끝이 날 가능성이 컸습니다.

페큐 텐료는 크리타 제독 함대의 생존자들을 관목 지대 변방에 흩어진 부족들에게서 데려와 한곳에다 모았고, 우리 모두를 감금했습니다."

"페큐가 폭풍의 벽을 통과하는 일과 관련한 비밀을 포로들로부터 알고자 했던 겁니까?"

오가는 지친 기색을 내비치며 고개를 끄덕였다.

"벽을 통과한 건 순전히 운 덕분이었다고 거듭거듭 설명했지만, 페큐는 폭풍의 벽이 어떻게 작동하는지 전혀 모르는 채, 우리 말을 믿지 않았습니다. 고문은 가차 없었고, 고통을 견디지 못한 죄수 중 일부는 대답을 지어냈습니다.

물론 그런 추측에 기반한 항해술은 이후의 탐험에서 거짓임이 증명되었고, 책임을 져야 할 이들은 처형되었습니다.

몇 년 동안, 저는 페큐 텐료의 서사시를 써 왔습니다. 당신도 그 단편적인 내용은 들어 보았을 겁니다. 그건 생존을 위한 방법이기도 했지만, 저는 텐료에게 매료되어 있었습니다. 저는 덕을 추구하는 이야기들을 지어내어 그의 잔혹성과 정복에 골몰하는 삶을 순화할 수 있기를 바랐습니다. 투투티카 신이 마법의 거울을 들어 남자들과 여자들에게 실제보다 나은 모습을 보여 줌으로써 그들이 스스로 나은 모습이 되게 이끌었다고 전해지고 있는 것처럼요.

하지만 저는 그런 참상을 더 참을 수가 없었습니다. 저는 그의 모습을 정확히 보여 주는 새로운 장을 썼습니다. 그건 스스로는 원대한 꿈을 꾸고 있다고 생각하지만 모든 사람에게 악몽만 안겨 주는 남자의 모습이었습니다. 페큐는 분노했고, 제가 한 일의 잘못을 곰곰이 생각해 보라며 저를 쫓아내 여기로 던졌습니다. 저는 이 햇빛 없는 지하 감옥에서 보낸 날들의 수를 세다 잊어먹었습니다.

저는 다라에서 온 사람 중 마지막 생존자입니다. 그리고 보시다시피, 더 이상 버틸 수 없을 것 같습니다."

루안 지아는 눈을 감았고, 육지에 도착한 이후의 모든 경험을 따져 보았다. 모든 것이 거짓말이었다.

류쿠족은 기트레 위수와 연으로 만들어진 뗏목의 잔해를 바탕으로 그가 어떤 기술을 가진 학자라는 것을 알아차리고 교묘한 계략을 꾸몄을 가능성이 컸다. 그들은 공동묘지를 건설해 다라인과 류쿠인들 사이의 관계에 대한 대체 역사를 만들어 냈다. 쿠듀와 바듀는 그의 스승으로서의 본능과, 힘겨운 여행을 하고 약해진 마음을 이용해서 그를 속였고, 그들이 함대를 다라 제도로 이끄는 방법을 찾는 것을 돕게 했다.

그들의 함대는 크리타가 데려온 탐험대원들의 시신 대신 침략군을 실어 나르고, 수만 명에게 죽음을 선사할 터였다.

류쿠족은 해류가 원을 그리며 돌고 있다는 것을 이미 알면서도 루안에게는 그 사실을 밝히지 않았다. 아마도 루안이 정말로 어떤 기술이 있는 사람인지, 아니면 많은 '다라의 영주들'처럼 실제 가진 지식도 없으면서 스스로를 높이 평가하는 사람인지 확인하려는 시험이었을 것이다.

그들이 알아낼 수 없었던 수수께끼는 폭풍의 벽을 통과하는 방법이었고, 그것이 루안에게 던져진 진짜 과제였다. 그들은 그를 다라에 닥칠 가장 큰 재앙의 종범으로 만들고 싶어 했다.

루안은 몸서리를 쳤다. 그들은 거의 성공할 뻔했다.

폭풍의 벽은 특정한 해(年)나 일식 또는 월식 시기에만 땅에서 나오는 매미처럼, 일정한 양식을 따랐다. 시간이 지나면 다양한 길이와 안정성을 갖는 통로들이 그 안에서 열렸다. 그는 마침내 관측된 모든 자료에 들어맞는 모형을 만들었고, 그 모형을 통해 다음번에 침략 함대가 안정적으로 통과할 구멍이 열리는 시기를 예측할 수 있었다.

그리고 그는 쿠듀와 바듀와 함께 사용하는 천막 안에 남겨 두고 온 기트레 위수에다 계산식들을 적어 두었다. 그 답이 류쿠인들의 손에 들어가기 전에 돌아가야 했다.

루안이 서둘러 지상으로 향하는 굴을 오르려고 하는 순간, 꼭대기의 뼈 격자 문이 쾅 하고 닫혔다.

"루안 지아." 쿠듀 왕자의 목소리가 터널을 타고 내려왔다. 그의 목소리는 차가웠고, 그가 그동안 항상 루안에게 보여 주었던 존경심은 온데간데없었다. "당신의 반역 시도가 발각됐어."

제50장

귀향

우큐와 곤데

2년 전

루안 지아의 계산식에 따라, 다라 북쪽 폭풍의 벽이 안정적으로 열리는 다음번 날짜가 나왔다. 그 날짜를 맞추려면 침략 함대는 약 1년 후 우큐에서 출항해야만 했다.

그것은 관목 지대 사람들이 역사상 가장 큰 규모의 침략을 위한 준비를 즉시 시작해야 한다는 것을 의미했다.

류쿠 전사들뿐만 아니라 가리나핀들을 수송할 수 있도록 거대한 도시선을 개조할 필요가 있었고, 1년 동안 보급품과 식량을 충분히 모아야 했다. 페큐가 직접 이끄는 원정대에 60마리의 가리나핀과 5000명의 전사가 합류하는 것으로 결정되었고, 다라에 기지를 하나 건설하는 것이 원정대의 목적이었다. 텐료의 장남 쿠듀 로아탄이 페큐가 자리를 비운 왕국을 다스리게 되었다. 일단 다라에 기지를 확보하고 그곳 백성들을 복속하면, 더 많은 류쿠 부족이 그들의 새로운 고향으로 배를 타고 올 예정이었다.

이 대담한 계획의 성공은 단 한 번의 날짜만이 아니라, 폭풍의 벽이 함대가 통과할 안정적인 통로를 열게 될 미래의 날짜들에 달려 있었다. 배들은 두 육지 사이를 자주 오가야 할 터였다.

쿠듀와 바듀(탄바나키라는 별명으로도 불리는)는 영리한 사람들이었지만, 둘 다 루안 지아의 기트레 위수에 나와 있는 계산식을 이해하지는 못했다. 루안은 초창기에 류쿠 왕자와 공주의 진실성에 의심을 품었기 때문에, 결론을 도출하는 모든 단계를 기록하지 않고 증명 과정에서 중요한 단계들을 생략했다. 최종 모형은 너무 복잡하고 추상적이어서 속기 형태로 책에 남아 있는 몇몇 감질나는 단서들만을 이용해서는 그의 사고 과정을 재구성하는 것은 불가능했다. 류쿠인들은 모든 계획을 잘 짜 두었지만, 결국 다라의 최고 전략가를 완벽하게 속이지는 못했다.

그들이 가진 거라곤 날짜 하나가 다였다. 그들은 더 많은 날짜가 필요했다.

페큐 텐료는 루안을 설득하려는 시도에 착수했다. 그에게 엄청난 부를 제안했고, 다라가 정복되면 유력한 종사로 만들어 주겠노라 약속했다.

루안은 그의 면전에서 웃었다.

다음으로 텐료는 고문을 시도했다. 그는 고통을 가하는 교묘한 방법을 수없이 찾아냈고, 언제나 다라에서 온 나약한 사람들에게서 놀라운 결과물을 얻어 냈다.

루안 지아의 발톱은 하나씩 차례로 뽑혀 나갔고, 그는 목이 쉴 때까지 비명을 질렀다. 허벅지는 긴 뼈로 된 의자에 묶였고, 두 다리는 무릎에서 탁 소리를 내며 부러질 때까지 위로 꺾였다. 루안은 지키고 선 경비대원들마저 얼굴이 핏기를 잃고 창백해질 때까지 울부짖었다.

하지만 그들이 기트레 위수를 붓과 함께 내밀자, 루안은 그저 고개를 저을 따름이었다.

그들은 그의 머리를 물속에 처박았다가, 루안이 발버둥 치는 것을 멈추고 나서야 물 밖으로 끌어냈다. 뒤이어 기절할 때까지 무거운 돌로 가슴을 눌렀다. 그러고 나자 루안은 물이나 석판을 보기만 해도 공포에 떨었고, 그 자리에서 달아나기 위해 경비대원들을 상대로 헛되이 몸싸움을 벌였다.

또다시 기트레 위수가 붓과 함께 주어졌지만, 그는 그저 고개를 가로저었다.

"류쿠 전사는 가리나핀의 불이 사지를 태워 없앤다 해도 아무런 소리를 내지 않을 것이다." 페큐 텐료가 인상을 찌푸리며 말했다. "하지만 다라의 응석받이로 자란 사람들이 으레 그렇듯, 당신은 가벼운 불편을 겪을 때마다 어린아이처럼 소리를 지르고 울부짖는군. 당신에게선 분명 전사의 정신을 찾아볼 수 없어."

"고통스러울 때 우는 것은 수치스러운 일이 아닙니다. 두렵다는 것을 내비치는 것도 불명예스러운 일이 아닙니다. 진정한 용기는 고통과 공포를 받아들이면서도 여전히 옳은 일을 하는 것입니다."

분노한 페큐 텐료는 루안 지아의 피부를 얇게 한 조각씩 산 채로 벗겨 내겠다고 공언했다. 하지만 탄바나키는 루안 지아의 마음속에 숨겨진 비밀이 여전히 필요하며, 그를 죽인다고 해서 목표에 더 가까이 다가갈 수 있는 것은 아니라는 점을 텐료에게 상기시켰다.

"더 좋은 생각이라도 있어?"

"다라 사람들은 철학에 많이 좌지우지됩니다. 그리고 제게 효과가 있을 것으로 보이는 생각이 하나 있습니다. 가장 효과적인 형태의 고문은 때때로 신체와 전혀 무관하기도 합니다."

루안 지아는 다시 들것에 실려 고문 천막으로 끌려왔다. 하지만 이번에 벌거벗고 장대에 묶인 사람은 오가 키도수였다.

"당신이 우리가 요청한 대로 하지 않는다 해도, 우리는 더 이상 당신을 해치지 않을 것이다."

한 류쿠 경비대원이 돌칼로 오가의 가슴을 가르며 얇은 살점을 떼어 냈다. 오가는 비명을 질렀고, 상처에서는 피가 배어 나왔다.

루안의 얼굴이 실룩였다. 그는 페큐 텐료를 노려보았다. 눈 밖으로 불꽃이 튀어나올 것처럼 보였다.

"돌칼은 매우 날카로워." 페큐 텐료가 침착하게 말했다. "당신 친구가 죽으려면 한 1000번 정도는 상처를 내야겠군."

경비대원이 다시 손목을 움직이자 오가는 마구 울부짖었다. 두 번째 상처에서 피가 배어 나오기 시작했다.

"그가 죽고 나면 다라의 노예 하나가 결혼해서 낳은 아이를 골라

똑같은 짓을 반복할 거야. 그 아이가 죽으면 또 다른 아이를 고를 거고."

다라에서 온 남녀가 류쿠인과 사이에서 아이를 낳는 일은 드물지 않았다. 다라인들이 왕처럼 대우받던 시절에도, 노예로 대우받던 시절에도 있었던 일이었다. (이러한 결합에서는 권력의 무게추가 기울어져 있기 마련이었다.) 무고한 아이들은 어쨌거나 태어났다. 류쿠 사람들은 그렇게 태어난 무고한 혼혈아들 대부분을 계속해서 노예 취급했다.

루안이 이를 갈자 으드득 소리가 났다. 이마의 혈관이 툭 불거져 꿈틀거렸다.

"당신은 다시는 해를 입지 않을 거야. 난 당신이 가능한 한 오래 살 수 있도록 당신을 애지중지 돌볼 거고, 당신 때문에 얼마나 많은 사람이 죽어야 할지 곰곰이 생각할 거야."

텐료의 말은 비명에 의해 중단되었다. 경비대원이 다시 칼로 살을 베자, 오가가 또다시 비명을 지른 것이었다.

루안은 들것에서 벌떡 일어나려 했지만, 그를 묶고 있는 힘줄로 된 끈에 붙들렸다.

"나 때문이 아닙니다!"

"쯧쯧, 정말 위선자군! 당신네 현자들은 인간 생명의 가치에 대해 말하지. 나쁜 일을 하는 것과 옳은 일을 하지 않은 것 사이에 구분이 없다고 끊임없이 말해. 하지만 지금 여기서 당신은 돌칼을 들고 있는 남자와 다른 사람인 양 굴고 있어. 당신에겐 그저 끄덕이는 고갯짓 한 번으로 언제든지 이 일을 멈추게 할 힘이 있어. 당신이 그러길 거부한다면, 칼질을 직접 하는 사람과 다를 바가 없는 거지."

경비대원은 재빨리 자신의 손목을 세 번 튕겼다. 오가의 입에서 터져 나온 울부짖음은 서로 섞여 들었다. 그것은 더 이상 사람의 소리가 아니었다.

"멈추십시오! 멈춰요!"

페큐 텐료는 얼굴에 미소를 띠며 루안 지아를 바라보았다.

그 나이 든 학자는 패배해서 고개를 끄덕였다. 그가 여전히 불의에 대한 복수심에 사로잡힌 청년이었다면, 고문당한 오가가 가슴이 미어질 듯이 소리친들 자신의 입장을 완강히 고수했을지도 모른다. 그가 백성들을 위해 지속적인 평화를 보장하라며 왕에게 친구를 배신하라고 냉정하게 조언하는 젊은 전략가였다면, 수백만 명이 필요로 하는 것과 단 한 사람의 고통을 저울질했을지 모른다.

그러나 나이가 들면서 그의 논리는 약해졌고, 자신이 친구를 고문하는 도구가 되는 것을 참을 수가 없었다. 감정은 우리를 바보로 만들지만, 감정이 없다면 우리는 이해할 수 없는 놀이에서 신들이 휘두르는 멍청한 도구보다 나을 게 없을 것이다.

루안 지아는 앞으로 폭풍의 벽에서 틈이 생길 일련의 날짜들을 계산해 냈다.

"그 날짜들은 장벽의 북쪽에서만 들어맞을 겁니다. 왜냐하면 거기가 내가 관찰 기록을 가장 많이 가지고 있는 곳이기 때문입니다. 그리고 시간이 흐를수록 내 예측의 적중률은 떨어질 겁니다."

루안 지아가 진실을 말하고 있다는 것을 확인하기 위해 페큐 텐료는 그가 한 계산의 결과와 도출 과정을 모두 가져간 다음, 계산을 다시 해 보라고 요구했다. 만약 루안이 즉석에서 가짜 숫자를 만들어 냈다면, 다시 계산해 보라고 강요받을 경우 다른 답을 내놓을 수밖에 없었다.

루안 지아는 세 번이나 다시 해 보라는 요구를 받았고, 매번 같은 결과들을 내놓았다.

여전히 확신이 서지 않았던 텐료는 가리나핀들의 무게에 적합하게 도시선을 개조할 수 있도록 다양한 공학적 계산을 해 보게 했다. 루안의 제안에 따라 개조된 배 한 척이 가리나핀들을 태운 채 안정적인 시험 항해에 성공한 후, 페큐는 마침내 그 다라 학자가 교훈을 배운 모양이라며 만족해했다.

실제로 루안 지아는 차분하고 순종적인 하인이 되었다. 다리가 나은 후에는 목발을 짚고 절름거리고 다니며 페큐가 요구하는 일은 뭐든지 했다. 침공에 필요한 식량과 무기를 더 잘 저장하기 위해 도시선의 내부 격벽과 구획을 개조하는 방법을 고안했고, 가리나핀들이 상대적으로 편안하게 여행할 수 있도록 특별히 가리나핀 전용 선창을 설계했다. 아울러 심술궂은 폭풍을 더 잘 이겨 낼 수 있도록 가축과 사람을 배 전체에 분산하는 가장 좋은 방법을 계산해 냈다.

"왜 그러셨습니까?"

오가가 묻자 루안은 고개를 저을 뿐 아무 말도 하지 않았다.

하지만 오가는 그냥 넘어가지 않았다.

"제가 당신 입장이라면 자살할 겁니다. 제 딸을 위해, 다라의 모든 아들과 딸을 위해서요."

루안은 한숨을 쉬었다.

"내가 죽더라도 그들은 다라에 도착할 수 있을 것입니다. 나는 늙고 약한 사람입니다. 그리고 나는 죽기 전에 고향을 한 번 더 보고 싶습니다."

침공 함대는 상서로운 날에 길을 나섰다. 침략군이 도시선 갑판에서 뒤에 남은 사람들에게 손을 흔들었다. 그들은 조국을 위해 낙원을 정복할 예정이었다.

남자들과 여자들, 소 떼, 가리나핀들을 태운 스무 척의 도시선이 넓은 해류 속으로 항해했다. 바람에 활짝 펼쳐진 돛들은 북녘 먼바다에서 발견되는 빙산처럼 보였다. 그 함대의 규모는 예전 마피데레 함대의 절반에도 미치지 못했다. 나머지는 향후 다라에 증원군을 보내기 위해 아껴 둘 예정이었다.

다리가 아물면서 루안은 기동성이 좋아졌다. 항해하는 동안 가리나핀들을 연구하고, 기트레 위수에 가리나핀 그림을 그리고, 사육 담당자들에게 그들의 습성에 관한 질문을 던지는 데 대부분의 시간을 보냈다. 같은 배에 타고 있던 페큐 텐료는 루안을 보며 기벽이 도졌겠거니 여겼다. 망가진 남자라 해도 취미는 필요할 테니까.

도시선은 해류가 강해짐에 따라 속도를 높였다.

드디어 함대는 예정보다 며칠 일찍 폭풍의 벽에 도착했다. 배들은 해류를 벗어나, 2년 전 루안 지아가 벽을 통과한 지점 근처의 폭풍들이 만들고 있는 웅장한 장막 앞에서 기다렸다.

"지금이 진실의 순간이야." 페큐 텐료가 루안 지아에게 말했다.
"우린 곧 당신이 정말로 당신 생각만큼이나 영리한지 알게 되겠지."

루안은 아무 말도 하지 않았다.

지정된 날이 되자, 도시선에 탄 모두가 폭풍을 뚫어지라 지켜보았다. 한동안 소용돌이치는 파도와 구름에 변화가 없는 것 같았지만, 정오가 되자 갑자기 구름 속에서 이리저리 휘몰아치는 번갯불이 일제히 번쩍이기 시작했다.

마치 폭풍으로 된 장막 전체가 눈을 멀게 할 정도로 밝은, 요동치는 빛으로 변한 것만 같았다. 불빛이 계속 번쩍거리는 동안 폭풍들은 갑자기 양측으로부터 퇴각하라는 명령을 들은 격전지의 전투원들처럼 알아서 정렬되었다. 민속 가극이 시작될 때 무대가 드러나는 것처럼 점차 갈라지는 장막들 사이로 가느다란 조각 같은 잔잔한 바다가 모습을 드러냈다.

모든 도시선에서 열광적인 환호성이 일었다. 도박이 통했다.

페큐 텐료는 복잡한 표정을 짓고 있는 루안 지아를 쳐다보았다.

"당신이 놀라운 일을 해냈군." 페큐 텐료의 칭찬은 진심이었다.
"당신의 이름은 이 경이로운 자연의 비밀을 이해한 최초의 사람으로서 역사에 남을 거야."

"우주는 알 수 있는 거야."

루안 지아는 중얼거렸고, 그가 기뻐하는 것인지 슬퍼하는 것인지 분간하기는 어려웠다.

그날 밤, 배 전체에 걸친 광란의 축하연이 끝난 후, 페큐 텐료는 루안 지아를 자신의 선실로 초대해 쿄피르를 더 마시게 했다. 페큐는 총애하는 학자에게 애정을 느끼고 있었다.

"당신은 류쿠의 영웅으로 기억될 거야."

"그리고 우리 민족의 배신자로 기억될 것입니다."

"그렇게 침울할 필요는 없어. 사물의 옳고 그름은 여러 관점에서 바라봐야 해. 만약 당신이 우리를 돕지 않았다면, 겨울 관목 지대에서 더 많은 할아버지와 할머니 들이 죽었을 것이고 더 많은 아이가 태어나지 못했을 거야."

"폭군들은 무엇이든 '만약에'라는 말로 정당화합니다."

페큐 텐료가 웃었다.

"그럼 이건 어떨까. 당신의 조국이 그렇게 훌륭하다면, 그걸 당신들만이 가진다는 건 죄 아닌가? 불행한 나라에서 태어난 사람들도 그 혜택을 누릴 자격이 있어. 당신은 언제나 가만히 있지 못하는 영혼이었고, 방랑벽으로 다라를 떠났지. 왜 당신은 자신은 이동의 자유를 태어날 때부터 가졌다고 여기며 다른 사람들의 자유는 부정하는 거지?"

"그렇다면 당신은 침략이 탐험을 위한 항해와 도덕적으로 같다고 생각하는 겁니까?"

"난 크리타 제독이 우리 땅을 탐험하고 스스로를 왕으로 삼았을 때 분명 별 차이를 느끼지 못했어."

루안 지아는 한숨을 쉬었다.

"당신은 실력 있는 유급 소송인이 될 겁니다."

이국적으로 들리는 그 직업에 대해 더 물어보려는 찰나, 페큐 텐료는 갑자기 현기증을 느끼며 탁자 위로 쓰러졌고, 그의 해골 잔에 담긴 쿄피르는 가죽이 덮인 상판으로 쏟아졌다.

루안 지아는 탁자에서 일어섰고, 페큐 텐료가 걸친 모피를 샅샅이 뒤져 그가 항상 지니고 다니던 열쇠 꾸러미를 찾아낸 다음 서둘러 방을 빠져나갔다.

루안은 항상 잠겨 있던 창고의 문을 열었다.

짙은 연기와 불 내음이 그를 거의 압도했다.

루안 지아는 이 방에 무엇이 보관되어 있는지 몰랐다. 하지만 대화하다 이곳 이야기가 나올 때마다 사육 담당자들이 항상 입을 다문다는 사실은 알고 있었다. 아울러 이곳은 자물쇠로 잠겨 있었고, 그가 알기로는 페큐 텐료만이 열쇠를 지니고 있었다. 이 안에 뭐가 들어 있건 간에 류쿠의 침공에 있어서 가장 중요한 것이었다.

그는 때와 기회를 기다렸다. 쿠듀와 바듀의 속임수에 넘어가 폭풍의 벽을 통과하는 비밀을 누설했다. 속죄하는 유일한 방법은 침략자들의 임무를 방해하는 것이었다. 그는 이미 다라를 복속시키려는 류쿠의 계획을 좌절시킬 일을 하나 했지만, 확실하게 하기 위해서는 더 많은 일을 해야 했다.

루안은 잠이 든 페큐를 죽이는 것(그의 배신행위가 더 빨리 발각될 수 있었다)과 이 방의 비밀에 방해 공작을 하기 위해 조용히 이곳으로 내려오는 것 사이에서 고민했다. 결국, 그는 덜 명백한 쪽을 선택했다. 페큐는 강력하고 교활했지만, 교활한 탄바나키와 같은 종사가 그의 자리를 대신할지도 몰랐다. 하지만 이 방의 내용물은 대체하기 어려울지도 몰랐다. 그는 자기가 옳은 결정을 내린 것이기를 바랐다.

그는 류쿠인들의 바람을 들어주는 듯이 처신해서 신뢰를 얻었다. 악을 멈추기 위해 때로는 무고한 사람들이 고통을 받아야 한다는 것을 이해하지 못하는 약하고 어리석은 사람인 것처럼 행동했다. 페큐가 그를 과소평가하고 오판하게끔 했다. 이 기회를 위해서. 지금 이 순간을 위해서.

루안은 이 방이 어떤 곡식을 담은 직물 자루로 가득 차 있다고 결론 내렸다. 아마도 강력한 약이거나 전사들에게 특별한 힘을 부여하는 음식으로 짐작되었다. 뭐가 됐든 간에, 그는 그것을 파괴할 생각이었다.

그러나 무언가가 이미 타고 있는 것처럼, 강하고 매캐한 냄새가 나 그는 혼란스러워졌다. 루안은 전에 이 냄새를 맡아 본 적이 있다고 확신했다. 애제자인 조미 키도수와 함께 열기구를 탔던 때가 그림처럼 불현듯 떠올랐는데 그 이유를 알 수 없었다.

상관없었다. 재고 따질 시간이 없었다. 지식을 모으는 때가 있으면, 행동하는 때도 있는 법이었다. 가루 공은 오래전에 그에게 그 교훈을 가르쳐 주었다.

루안은 창고에서 훔친 등유 항아리를 자루들에다 부었다. 그러고는 횃불을 떨어뜨렸고, 방 안이 불길에 휩싸이는 것을 지켜보았다.

서둘러 방을 빠져나가면서 그는 마음속 점검 목록에 오른 사항들을 하나씩 차례로 확인했다. 기트레 위수는 눈에 잘 띄지 않는 선반의 한쪽 구석에 안전하게 숨겨 두었다. 허약해질 대로 허약해진 순간, 그는 연인이었던 긴에게 보내는 마지막 전갈을 그 책에 적었다. 살아 있는 매 순간 그리웠던, 하지만 권력과 명예를 그만 추구하라고 설득할 수 없었던 연인. 글쎄, 어리석은 사람은 어쩌면 외려 그였을 것이다. 루안은 자신의 꿈을 좇으려 노력했지만, 그게 결국 그를 어디로 데리고 왔는지 보라.

그 책이 살아남아 결국 그것을 이해할 수 있는 누군가에게 발견되면 좋겠지만, 그것은 중요하지 않았다. 그는 더 이상 잃을 것이 없었다.

루안은 이곳 창고로 이어지는 좁은 복도의 입구로 내달렸고, 내려오는 길에 집어 든 볼일 보는 데 쓰는 삽을 치켜들었다. 잠시 에리시 황제가 세운 판의 궁전에 다시 와 있는 것 같은 착각에 빠졌다. 그는 가루 공의 곁에서 싸우고 있었고 주위의 모든 게 불타오르고 있었다.

이곳에 서서 가능한 한 오랫동안 류쿠 경비대원들을 저지할 생각이었다. 오래 버틸수록 창고에 보관된 비밀스러운 재료가 더 많이 불에 타게 될 터였다.

"절 초대하셨어야죠."

오가 키도수가 시야에 들어왔다. 그는 자신이 모시던 종사가 전리품으로 가지고 있던 다라 검 두 자루를 들고 있었다.

루안은 깜짝 놀랐다.

"조미와 아키를 보고 싶지 않으십니까?"

그는 오가에게서 검 한 자루를 받아 들며 삽을 떨어뜨렸다.

"아이들이 싸울 필요가 없도록 전쟁을 치르는 것이 아버지의 의

302

무입니다."

루안이 웃었다.

"좋습니다, 친구. 어디 한번 해 봅시다."

류쿠 경비대원들이 어둠 사이로 그들에게 달려들었고, 그들은 울부짖으며 알 수 없는 곳을 향해 검을 찔러 댔다.

제51장

함정

루이섬

사해평치 12년 2월

"그들이 마침내 우릴 제압했어……. 창고는 불에 탔고…… 우리 둘을 쇠사슬로 선창에다 묶어 두었어……. 우릴 죽이지는 않았어……. 조국이 파괴되는 것을 두 눈으로 보게……."

오가 키도수의 목소리는 점점 희미해졌다. 조미는 중얼대는 그의 입술 옆에 귀를 바싹 갖다 댔지만 아무 소리도 들을 수 없었다.

"자랑스러운…… 딸…… 자랑스러운…… 널 딱 한 번 봤는데……."

입술이 움직임을 멈췄다. 조미는 그의 가슴에 머리를 기댔다. 그리고 침묵만이 흘렀다.

조미는 아버지의 손을 자기 얼굴에 가져다 댔다. 뜨거운 눈물이 차가워지고 뻣뻣해지는 주름진 피부를 뒤덮었다.

다른 들것에서는 루안 지아의 손이 움직였다. 조미는 몸을 돌려 그의 손을 붙잡았다. 그녀는 그의 시력을 잃은 눈을 응시하며 소리쳤다.

"스승님! 저 여기 있습니다!"

두 손은 도망치려는 미끄러운 물고기처럼 그녀의 손아귀에서 계속 움직였다. 조미는 손을 놓아주었고, 공중에서 허우적대는 손을 지켜보았다.

그녀는 고개를 돌려 소리쳤다.

"글쓰기용 밀랍이요! 스승님께서 뭔가 말씀하려고 하세요."

대정전 안 다른 사람들이 서둘러 움직였고, 얼마 지나지 않아 쟁반에 올려진 부드러운 밀랍을 가지고 왔다. 조미는 쟁반을 들고서 스승의 손을 그 위에다 얹었다. 눈이 보이지 않는데도, 그의 손가락들은 말랑한 밀랍을 찾아내 조각하기 시작했다.

조미는 차례로 표의 문자가 형태를 갖추는 것을 지켜보았다. 스승의 손이 움직이는 속도가 느려지고, 점점 더 굼떠지는 것을 보았다. 그녀의 얼굴에서는 눈물이 줄줄 흘러내렸다. 가슴이 찢어질 것 같았다.

우주란 알 수 있으니, 물고기의 무게를 재어라.

크루벤이 뛰어오를 때 빨판상어는 떨어져 나가네.

부모는 흐느끼는 아이를 다독이네.

위대한 형제와 동료들.

깨어있는 유약함.

이러한 공감은 세상을 모두 아우른다네.

새 기계를 상상하고자 했고 미지의 땅을 보고자 했네.

사람이라면 응당 제왕의 위엄을 따르는 것이 마땅한 일일 터니

감사하다.

이것은 그의 삶을 요약한 것으로, 연못을 떠나는 기러기가 마지막으로 우짖는 소리였다.

마지막 표의 문자가 모양을 갖추었고 손가락들이 움직임을 멈췄다. 그리고 거의 들리지 않는, 마지막 숨을 내쉰 다음 루안 지아는 죽었다.

조미는 뒤로 물러나 두 들것 앞에서 무릎을 꿇었다. 그리고 오가키도수 쪽을 향한 채 이마를 땅에 대었다.

"아버지, 당신은 제 몸의 창조자요, 제 영혼의 거푸집입니다. 비록 우리는 제가 태어나는 순간과 당신이 돌아가시는 순간, 이렇게 서로를 평생 두 번밖에 보지 못했지만, 우리 인연의 은빛 줄무늬 광채는 제 기억의 넓은 바다를 영원히 비추게 될 것입니다."

그녀는 몸을 돌려 루안 지아를 향한 채 이마를 땅에 대었다.

"당신은 제 마음의 부모이자 제 영혼의 스승이십니다, 루안 지아지……."

그녀는 흐느껴 우느라 더는 말을 계속할 수가 없었다.

비록 왕과 황제만이 위대한 학자에게 경칭이라는 명예를 내릴 수

있다는 게 관습이었지만, 아무도 그녀의 경칭에 반대하지 않았다.

상세한 보고서가 준비되어 판으로 보내졌다. 어떤 이들은 기트레위수도 황제에게 보내는 것이 최선이라고 생각했지만, 샌 카루코노는 물에 빠진 사람이 물에 뜨는 거라면 뭐든 움켜잡듯 조미 키도수가 그 책을 안고서 애도하는 모습을 쳐다본 후 고개를 저었다. 그책은 있어야 할 곳에 있었다.

오가 키도수와 루안 지아의 시신은 대정전에 안치되었다. 적절한 애도 기간이 지나고 나면 조미는 두 시신을 고향인 다수와 하안으로 모셔 장례할 것이다. 하지만 전쟁이라는 상황을 고려할 때 장례식까지는 오랜 시일이 걸릴 터였다.

왜 네 제자의 육신을 딴 데로 빼돌리지 않았어, 거북 형제? 우리가 가장 좋아하는 사람들이 신격화되는 순간에 그들의 육신을 사라지게 하곤 하잖아?

루안은 항상 우주는 알 수 있는 것이라고 믿었어. 그의 죽음의 순간을 수수께끼로 만드는 건 잘못된 일이야.

루소, 필멸자들을 기리는 방법에 관한 네 생각은 이상해.

난 최근에 우리와 필멸자들과의 관계에 대해 생각을 많이 했어. 우린 여태껏 류쿠 신들을 만나 본 적은 없어. 그런데 너희들은 그들이 어떻게 우리에게 기도하기 시작했는지 알아차리지 못했어? 우리한테 자기들 신들의 이름을 대면서 기도했잖아. 너흰 그게 영광이라고 느껴, 아니면 불명예라고 느껴?

샌 카루코노와 조미 키도수는 황제를 루이섬으로 모셔 오는 계획이 적절한지 논의했다.

조미가 말했다.

"루안 지아지의 경험으로 볼 때, 페큐 텐료는 교활하고 영리한 상대입니다. 황제를 이 길로 인도하기 전에, 우리는 그가 겉으로 후퇴하는 척하면서 또 다른 계략을 꾸미고 있는 건 아닌지 확인해야 합니다."

"하지만 너무 오래 기다리면 텐료가 재정비할 기회를 줄 것이다. 기다리면 기다릴수록 텐료의 입지가 강화될 가능성이 크다. 쇠뿔도 단김에 빼라는 말이 있듯, 즉시 증원군을 불러 타격하는 것이 올바른 전략이야. 황제의 존재는 우리 군을 결속시키고 야만인들을 두려움에 떨게 할 것이다. 그리고 황제가 있으면 티무 황자의 안전을 위한 협상이 민첩하게 진행될 수 있을 거야."

조미는 한숨을 쉬었다. 이제 그녀는 충분히 경험을 쌓아 세상사 이치를 이해할 만큼은 되었고, 그래서 샌 카루코노가 진짜 두려워하는 것은 텐료가 절망해서 티무를 해칠 경우 자신이 비난을 받으리라는 데 있음을 이해했다. 샌 카루코노는 라긴 황제가 이곳에 있기를 원했다. 그래야만 일이 잘못되더라도 황제와 황후의 분노와 맞닥뜨리지 않을 테니까. 그것이 현명한 정치일지는 몰라도 전략으로서는 잘못되었다고 그녀는 확신했다.

전령 비행함이 판에 도착하자 쿠니는 즉시 나머지 군대와 함께 루이섬으로 건너갈 채비를 시작했다.

"저는 황제께서 가시는 것에 강력히 반대합니다. 루이섬의 상황은 아직 불확실하고, 조미가 우려하는 바는 충분히 고려되어야 한다고 생각합니다."

뮌 사크리가 말했다.

"왜 갑자기 그렇게 조심스러워하는 겁니까?"

지아의 목소리에는 날이 서 있었다. 그녀는 티무를 한시라도 빨리 만나고 싶었고, 뮌이 자신의 영향력을 키우기 위해 전쟁이 길어지기를 바랄지도 모른다는 생각이 머릿속에 번쩍 떠올랐다.

"원수는 항상 우리에게 행동할 시간이 따로 있고, 기다려야 하는 시간이 따로 있음을 가르쳤습니다. 저는 빠르게 거둔 승리와 류쿠족의 방어 태세가 붕괴되고 있음을 믿지 않습니다."

"원수는 지금 이 전쟁에 참여하고 있지 않아." 쿠니가 날 선 목소리로 말했다. "네가 가든 안 가든, 난 갈 거야. 내 아들이 건너편에 있어. 이런 심정은 그 누구보다도 네가 잘 이해할 수 있겠지."

라긴 황제는 뮌 사크리 장군과 1만 명의 증원부대, 화염방사기를 장착한 비행함을 이끌고 크리피에 도착했다.

류쿠족은 항복한 제국군이 대부분인 자신들의 비행함 선원들이 탈주하리라 여겨 다수섬에서 정찰 목적으로 사용하던 비행함들을 날지 못하게 조처했다. 아울러 대규모 전투 비행함 함대들을 전투에 배치할 훈련 기술이 없었기 때문에 퇴각하는 동안 키지산 공군기지에 있는 모든 비행함을 파손했다. 제국군 손에 그 비행함들을 넘겨주느니 그편이 낫다고 봤기 때문이었다. 비행함을 추가로 만드는 것은 오랜 시간이 걸리는 일이었다. 황제와 동행한 비행함들이 다라 전역에서 모은 마지막 비행함들이었다.

뮌 사크리는 류쿠족을 추격하기 위해 느리지만 꾸준히 행진하라고 군에 명령했다. 푸마 예무는 제국 비행함의 책임자가 되었고, 치고 빠지는 식으로 기습 공격을 하라고 비행함들에 지시했다. 그런 기습 공격의 목적은 피해를 주는 게 아니라 가리나핀들이 불을 뿜게 하고 비행으로 기진맥진하게 하는 것이었다. 류쿠족은 가리나핀들을 두 집단으로 나누어 대응했다. 다시 말해, 휴식을 취하기 위해 땅에서 뒤뚱뒤뚱 걷는 가리나핀들과 귀찮게 구는 푸마의 비행함들을 상대하기 위해 공중으로 날아오르는 가리나핀들로 나누어, 서로 교대하게 했다.

야만족 전사들이 천천히 해안으로 후퇴하며 민간인들을 인간 방패로 삼기 위해 강제로 같이 끌고 가는 동안, 지난번에 제국 비행함들과 처참한 전투를 치른 후 겁을 집어먹은 가리나핀들은 비행함들을 요격하기 위해 날아올랐으면서도 불꽃 혀를 가진 비행함들과 안전한 거리를 유지했다. 그러다 보니 양측은 유인 작전을 쓰고 약점을 찾으려 애쓰며 허공에서 맴돌 뿐, 전면전에 돌입하지는 않았다.

루이섬의 서쪽 해안을 따라 정박한 도시선들을 비행함의 폭격이나 기계 크루벤의 기습 공격으로부터 보호하기 위해 더 많은 가리나핀이 급파되었다.

페큐 텐료의 전반적인 계획은 해안가에 도착하여 도시선에 탑승하는 것으로 보였다. 일단 그렇게 되면, 최후의 저항을 위해 다수섬으로 후퇴하거나 넓은 해양으로 도망칠 수 있었다.

"해안에 도착하기 전에 그를 막아야 해."

쿠니가 선언했다. 샌 카루코노는 퇴각하는 류쿠군과 납치된 사람들을 측면에서 포위하기 위해 수백 명의 기병으로 된 파견대를 조직했다. 화염을 내뿜는 제국 비행함 몇 척이 기병대에게서 약간 떨어진 곳에서 비행하면서 순찰하는 가리나핀들의 주의를 분산하기 위한 바람잡이 역할을 했다. 샌이 퇴각하면서 바다로 향하는 류쿠군의 길목을 차단할 수 있다면, 황제의 군대에는 류쿠군을 완전히 포위할 기회가 있었다.

조미 키도수는 샌 카루코노의 기병들과 합류하기로 했다. 겨울 날씨에 그녀의 다리에 끼우는 마구가 뻣뻣해져 걷기가 한층 어려워졌기에, 말을 타면 더 많은 기동성을 확보할 수 있었다. 그녀는 기회를 포착해 기병대에게서 벗어나 먼 허공에서 가리나핀들이 비행함들에 맞서 춤추는 모습을 관찰했다. 비록 루안 지아지가 기트레 위수에 그 생명체들에 관한 상세한 기록을 남겼지만, 직접 관찰하고 물고기의 무게를 재어 보는 것을 대신할 수 있는 것은 없다는 점을 떠올렸다.

제국 비행함 선원들과 가리나핀 기수들은 이제 충분히 자주 교전한 이후인지라 서로의 전술에 어느 정도 적응한 상태였다. 비행함은 무한정 공중에 떠 있을 수 있고 사거리가 더 긴 화염방사기를 장착하고 있다는 이점이 있었지만, 가리나핀들은 조종하기가 더 쉽고 빨랐다. 비행함 선원들이 경각심을 유지하고 사각지대를 없애기 위해 신중한 대형을 유지하는 한, 대적할 만한 속도나 민첩성이 없음에도 그들은 가리나핀들을 막아 낼 수 있었다.

조미는 가리나핀들이 움직이는 모습을 공들여 그림으로 그렸고, 가리나핀들이 비행함과 싸우는 과정에서 몸의 일부를 특별히 보호하는 몸짓을 하는지 관찰했다. 심지어 가리나핀의 똥 무더기와 마주쳤을 때는 시간을 들여 조사하기도 했는데, 기병대의 사람들은 그 모습에 깜짝 놀랐다. 조미는 자신이 정확히 무엇을 찾고 있는지 확신할 수 없었지만 긴 마조티가 옳다고 믿었다. 가리나핀을 이해하는 것이 결국 그들을 물리치는 일의 핵심이었다.

가끔은 일부 민간인이 류쿠군으로부터 탈출해 보호를 요청하며 샌 카루코노의 기수들에게 달려오기도 했다. 카루코노가 예상했던 것보다는 탈출한 마을 사람들의 수가 훨씬 적었는데, 탈출한 사람들을 조사한 결과 반역자 라 올루가 만든 십부장 제도가 원인임이 밝혀졌다. 사람들은 기회가 있을 때조차도 감히 도망칠 엄두를 내지 못했다. 뒤에 남은 이웃들이 안전을 위한 대가를 치러야 한다는 것을 알고 있었기 때문이었다. 라 올루의 제도 덕에 류쿠족은 주민들을 효과적으로 장악했고, 카루코노는 올루의 이름을 저주했다.

탈출한 마을 사람들을 대상으로 퇴각하는 류쿠군의 사기와 배치에 관련한 질문을 마치자마자, 샌 카루코노는 그들을 뮌 사크리에게 보내고 싶어 했다. 사크리 장군은 본대를 이끌고 있어 그들을 보호할 수 있었다. 하지만 조미 키도수는 탈출자들을 조금 더 데리고 있으면서 가리나핀에 관한 많은 질문을 던졌다. 얼마나 많은 사람이 가리나핀 한 마리에게 먹이를 주고 돌보도록 배정되는지, 먹이는 얼마나 많이 먹는지, 먹는 데 하루에 몇 시간을 소요하는지, 가장 좋아하는 음식이 정확하게 무엇인지, 얼마나 자주 쉬는지, 막 배출한 배설물은 어떤 형태를 가지는지 등등.

샌 카루코노가 볼 때 그런 질문들은 그다지 유용하지 않은 듯했다.

"넌 가리나핀을 키우는 사람이 되고 싶은 거야?"

조미 키도수는 고개를 저었다. 다라 사람들 대부분에게 가리나핀은 악몽에서 나온 괴물들이었지만, 그녀와 그녀의 스승에게는 심지어 괴물도 탐구의 대상이 될 수 있었다.

해안가에 도달하려면 류쿠군과 납치된 마을 사람들은 루이섬 북쪽 해안 근처에 있는 나자 고갯길을 통과해야 했다.

그 고갯길은 양쪽으로 어렴풋이 보이는 언덕 사이로 놓인, 깔때기 모양을 한 계곡의 좁다란 끝에 있었다. 계곡은 끝부분에서 넓어졌는데, 그 폭이 약 1.6킬로미터였다. 그곳에는 파다 마을이 있었다. 그 작은 마을은 긴 마조티가 국화·민들레 전쟁 중에 파낸, 다수섬에서 루이섬까지의 비밀 터널이 끝나는 곳으로 유명했다.

그 터널은 군사 목적만을 위한 것이었기에 상당한 투자 없이는 상업적으로 쓸 순 없었다. 쿠니 가루는 현명하게도 폭군 마피데레가 시작한 증오에 찬 사업을 계속하면 신하들이 반발할 거라고 결론을 내렸다. 그래서 터널은 곧 버려졌고, 시간이 흐르면서 긴 마조티의 군대가 모습을 드러냈던 큰 구멍은 이리저리 구르는 돌들로 다시 채워졌다. 초창기에 마조티 원수 휘하에서 싸웠던 나이 든 퇴역 군인들을 제외하고는 그 터널의 존재를 기억하는 사람은 거의 없었다.

계곡은 서쪽으로 이어지면서 좁아졌고, 나자 고갯길에 다다랐을 때 두 언덕은 서로에게서 겨우 90미터가량 떨어져 있을 정도로까지 좁혀졌다.

샌 카루코노 장군의 기수들은 후퇴하는 류쿠군보다 며칠 앞서 고갯길에 도착했고, 돌과 쓰러진 나무로 쓸 만한 요새를 구축할 시간이 충분했다.

카루코노는 안도의 한숨을 내쉬었다. 일단 요새가 설치되면 가리나핀들이 공격해 온다 해도 그들을 그 자리에서 몰아낼 수 없을 터였다. 류쿠군이 규모가 훨씬 크긴 하지만, 기수 500명은 류쿠군을 추격하는 황제와 뮌 사크리의 주력군이 도착할 때까지 이곳을 방어할 수 있을 거라며 자신감에 차 있었다.

조미는 눈살을 찌푸린 채 요새를 쳐다보았다.

"뭐 걱정거리라도 있어?"

"가리나핀들이 왜 우리를 찾아내지 못했는지 이해가 안 갑니다." 카루코노의 물음에 조미는 어느 정도 거리가 있는 곳에서 순찰하는 비행함들을 올려다보았다. 카루코노는 비행함들이 머리 위를 맴도는 것을 원하지 않았는데, 나자 고갯길에서 무슨 일이 일어나고 있음을 류쿠군에 알려 줄 수도 있었기 때문이었다. "그들은 우리가 여기로 행진해 오는 내내 바람잡이용 비행함들을 공격했습니다."

"바로 그거야. 그래서 그들이 우리를 찾지 못한 거야."

"하지만 그건 마치 공연을 선보이는 것 같았습니다! 순찰하는 가리나핀 중 단 한 마리도 우리 근처에 오지 않았습니다. 마치 가리나핀들이 그 비행함들에 속았다는 걸 확실히 알려 주고 싶어 하는 것 같았습니다. 비행함들이 사크리 장군이 이끄는 본대로부터 떨어져

서 나는 게 말이 되지 않는데도 말이죠. 우리가 여기 있다는 것을 그들이 이미 알고 있을 거란 생각이 듭니다."

"그건 좀 편집증적인 생각이군."

"그들이 이제는 비행함들을 괴롭히지 않는 것이 이상해 보이지 않으십니까?"

"아마도 가리나핀들이 지쳐서 쉬어야만 할 거야. 자네가 말한 것처럼, 그들은 우리가 행진하는 내내 바람잡이용 비행함들을 반복적으로 공격해 왔으니까."

조미는 고개를 저었다.

"저들은 비행함들을 추격하기 위해 같은 가리나핀들을 사용하지 않았습니다. 적어도 세 개의 다른 무리가 있는 겁니다. 한 무리가 우리 비행함들을 상대하는 동안, 다른 두 무리는 분명 회복하고 있을 겁니다."

"자네가 그것들을 그렇게 자세히 추적해 왔다는 게 아주 인상적이군. 하지만, 그래서 뭐? 가리나핀들 대부분은 뮌 사크리의 본대를 호위하는 푸마 예무의 비행함들을 상대하느라 바쁠 거야. 중요한 것은 우리가 먼저 고갯길에 도착해서 방어 태세를 구축했다는 거야. 지금 가리나핀들이 우리를 발견한다고 해도 본대가 오기 전까지는 요새를 없앨 수 없을 거야. 이제 그들의 운은 다한 거지."

"하지만 이 계획은 지금껏 너무 완벽하게 진행돼 오고 있습니다……. 텐료는 이곳이 해안으로 가는 최고의 관문이라는 걸 알고 있을 겁니다. 그런데도 이쪽 경로를 피하거나 먼저 이곳을 점령하려 하지 않았습니다. 대신 앞서 경로를 정찰하기 위한 가리나핀을 단 한 마리도 보내지 않은 채로 계속 이쪽으로 행진하고 있습니다. 뭔가 이상합니다."

"모든 걸 계략 안의 계략, 또 그 안의 계략으로만 본다면……." 카루코노는 짜증을 냈다. "결코 어떤 일도 할 수 없을 거야. 야만인들을 전지적인 존재로 생각한다면 굳이 싸울 이유가 뭐가 있어?"

"제 말은 그런 뜻이 아닙니다……."

"가끔은 사물을 단순하게 보는 것이 가장 좋아. 신들이 야만인들에게 이 놀라운 탈것들을 주어 편애했을 수도 있지. 하지만 그런 탈것들이 전장 전술에 관한 사고방식에도 영향을 미쳤을 게 분명해. 우리는 화염을 내뿜는 비행함을 제외하고는 그들에게 깊은 인상을 준 적이 없어. 그리고 모든 지휘관은 그들이 직면한 마지막 위협에 맞서 과도한 계획을 세우려는 경향이 있지.

자네가 의심하는 부분을 가장 잘 설명하는 방법은, 류쿠군은 우리 지상군이 많은 일을 해낼 수 없을 거라 생각하기 때문에 우리 비행함들이 어디에 있는지를 아는 한 영리하게 굴거나 조심할 필요가 없다고 생각한다는 거야."

조미는 반박하고 싶었지만, 류쿠인들의 진짜 의도가 무엇인지에 대한 그럴듯한 이론을 내세울 수 없으니 논쟁에서 이길 수 없다는 것을 알았다.

하지만 그녀의 불안은 더욱 깊어졌다.

류쿠군이 시야에 들어오기 훨씬 전부터 가리나핀들의 뒤뚱거리는 발소리와 함께 땅이 흔들리기 시작했다. 거대한 코끼리 떼가 어두운 숲을 헤치고 지나가는 소리 같기도 하고, 천둥소리가 땅을 가로질러 굴러가는 것 같기도 했다.

이윽고 사람들이 모습을 드러냈다. 소 떼처럼 계곡을 가로질러 이동하는 수천 명의 피난민이었다. 그들은 비틀거렸고, 휘청댔으며, 아이들을 질질 끌었고, 여러 날을 먹이와 곡물을 담은 무거운 자루와 류쿠군을 위한 식량을 나르느라 지쳐 있었다. 그들 뒤에는 류쿠 전사 무리가 있었는데, 활보하는 거대한 가리나핀들이 그 속에 뒤섞여 있었다. 가리나핀의 거대한 몸집은 계곡의 좁은 경계선과 놀라운 시각적 대조를 이루었다.

조미의 가슴이 방망이질했다. *젠장. 왜 이 생각을 진즉 못 했지?*

"만약 저들이 민간인들을 우리 쪽으로 내몬다면요?"

"류쿠인들을 통과하게 내버려 둘 수는 없어."

"저 사람들은 우리 사람들입니다! 그냥 죽일 수는 없습니다."

카루코노의 얼굴은 심각해 보였다.

"우린 자리를 지켜야 해."

다라 병사들은 방책을 따라 일렬로 서서 활을 팽팽하게 당기고 화살을 걸었다.

하지만 류쿠군은 군중을 앞으로 몰아내지 않았다. 대신 민간인들은 방책 앞에 앉으라는 지시를 받았고, 류쿠 전사들과 가리나핀들이 그 뒤로 줄을 섰다. 대열은 계곡을 가득 메우며 시야가 최대한 닿을 수 있는 곳까지 뻗어 있었다.

"황제의 군대가 계곡에 진입했어." 멀리서 맴도는 비행함 하나의 깃발 신호를 읽고서 흥분한 카루코노가 말했다. "저들은 갇혔어!"

쿠니 가루는 아들의 흔적을 찾아 앞쪽에 늘어선 야만족 전사들을 살폈다.

그들은 이제 류쿠족이 선호하는 모피와 가죽, 다라족이 선호하는 비단과 삼베가 얼룩덜룩하게 섞인 옷차림을 하고 있었다. 많은 야만인 전사들이 약탈과 강도로 얻은 진주 목걸이와 보석, 귀금속 사슬 따위를 몸에 걸치고 있었다. 제복을 입은 황실 병사들처럼 시각적인 질서정연함과 규율이 드러나지는 않았지만, 그들의 오만하고 부주의한 태도에는 수십 년 전 쿠니로 하여금 다라 왕좌로 향하는 길을 처음 걷게 했던 그의 옛 부대, 즉 산적 무리를 떠올리게 하는 웅장함이 있었다.

그들 뒤로는 항복하여 침략자들과 운명을 같이하기로 한 제국 병사들이 있었다. 그들은 수치심에 젖은 얼굴로 감히 황제를 쳐다보지 못했다.

그리고 그 뒤로 고갯길을 막는 방책 앞에는 그가 보호하겠다고 맹세한 평범한 백성들이 있었다.

쿠니는 늙고 허약하다는 느낌이 들었다. *얼마나 더 많은 전쟁을 치러야 하는 걸까? 얼마나 많은 사람이 더 죽어야 하는 걸까?*

야만인들의 대열이 갈라지더니, 한 건장한 남자가 앞으로 나와 두 군대 사이의 공간을 가로질러 그와 마주했다.

"그대가 페큐 텐료군."

텐료는 고개를 끄덕였고, 얼굴엔 환한 미소가 피어올랐다.

"당신 아들을 내 손님으로 대접한 이후로 많은 날이 지났는데, 이렇게 그의 아버지를 만나게 되어 영광입니다, 라긴 황제."

쿠니는 침착한 얼굴을 유지하려 애를 썼다. 텐료가 티무 이야기를 했다는 것은 좋은 징조였다. 그것은 그가 조건을 논의할 기분이라는 것을 의미했다.

"페큐, 그대는 많은 해를 끼쳤소. 다라는 당신이 오기 전에는 평화의 땅이었고, 당신이 죽인 사람들의 피는 당신이 죽은 후에도 당신의 영혼을 오래도록 더럽힐 것이오."

"난 내 백성들이 더 나은 삶을 누리게 하려고 이곳에 왔습니다. 그것에 대해 절대 사과하지 않을 것입니다."

그의 뒤에 있던 류쿠 전사들이 뼈도끼와 곤봉을 서로 부딪쳐서 무시무시한 소리를 냈다.

쿠니는 소음이 가라앉을 때까지 기다렸다.

"그대는 백성들의 나은 삶을 위해 싸우고 있다고 생각했을지 모르겠지만, 분명 실패했소."

텐료가 웃었다.

"난 그 생각에 동의하지 않습니다."

쿠니는 야만족 지도자의 대담함과 자신감에 감탄할 수밖에 없었다.

"나는 당신의 가리나핀들이 지쳐 있다는 걸 알고 있소. 지금 그것들이 하늘을 날지 않고 있는 이유겠지."

"지치긴 했지만, 지상에 있는 가리나핀들도 싸움을 꽤 잘합니다."

"하지만 그대가 바다로 가는 길은 막혔고, 우린 당신네보다 병력이 네 배가 많소. 소모전에 굴복하기 전에 이 좁은 계곡에서 얼마나 버틸 수 있을 것 같소? 류쿠 기수들이 우리의 화살에 맞아 죽은 다음엔, 여전히 날 수 있는 가리나핀들은 싸우지 못할 것이고 날지 못하는 야수들은 떨어지는 돌과 통나무를 맞아 죽게 될지 모르오. 그대에겐 협상 말곤 다른 선택지가 없소."

텐료는 계속 미소를 짓고 있었다.

"내가 당신의 분석에 동의한다고 가정해 봅시다. 다라의 황제여, 어떤 조건을 제시하시겠습니까?"

"그대가 즉시 무기를 내려놓고 가리나핀들을 죽인다면 그대와 그대의 백성들은 해안에 있는 도시선으로 안전하게 돌아갈 거라고 보장하겠소. 어떻게 죽이든 개의치 않겠소. 일단 그곳에 도착하면, 즉시 다라 해안을 떠나 다시는 돌아오지 말아야 하오. 우리 둘 다 루안 지아지의 계산에 따라, 내년에 폭풍의 벽에 틈이 생기리라는 걸 알고 있소. 그때까지 당신들은 해적 섬에 머물 수 있을 것이오."

"관대한 조건은 아닌 것 같군요. 마음에 들지 않습니다."

쿠니는 고개를 저었다.

"그게 그대가 얻을 수 있는 가장 좋은 조건이오."

"당신 아들 얼굴을 보고 나서도 마음이 변하지 않겠습니까?"

류쿠 전사들의 대열이 갈라지면서 손이 뒤로 묶인 티무의 모습이 드러났다. 바듀 로아탄은 다라식 강철 검을 황자의 목에다 갖다 댄 채 그를 떠밀어 앞으로 걸게 했다.

쿠니의 얼굴로 피가 몰렸다. 심장이 흉곽을 아프도록 때렸다.

진정하자, 진정해! 그는 티무를 해치지 못할 거야. 티무를 해쳐 봤자 자신이 가진 유일한 협상 수단을 스스로 없애서 자신의 운명이 결딴나게 만드는 일이라는 걸 알고 있어. 저건 더 좋은 조건을

얻기 위한 허세일 뿐이야.

"전 두렵지 않습니다, 아버님."

티무가 소리쳤다. 감탄의 중얼거림이 다라 병사들이 선 대열 사이로 파문처럼 퍼져 나갔다.

여러 해 전, 패왕이 그의 눈앞에서 그의 아버지를 요리하겠다고 위협했을 때 소환했던 것과 같은 용기를 쥐어 짜내며, 쿠니는 낯빛을 원래대로 되돌리려고 안간힘을 썼다.

"만약 그대가 내 아들을 해친다면, 누구도 살아서는 이곳을 떠나지 못할 것임을 알길 바랍니다."

"당신은 승리를 확신하는 것 같습니다."

"제 목숨은 다라의 모든 사람의 목숨만큼 중요하지 않습니다!" 티무가 소리쳤다. "아버지, 굴하지 마십시오!"

쿠니는 눈살을 찌푸렸다. 텐료의 자신감과 관련한 무언가가 그를 괴롭혔다. 쿠니는 훌륭한 도박꾼이었고, 누군가가 노름에서 허풍을 떨면 그는 그걸 알아보았다. 하지만 텐료의 미소는…… 달랐다.

그러고 나서 그의 뒤편에서 우르릉거리는 소리가 들려왔다.

오랫동안 방치되고 잊혀 있던 파다 마을의 큰 구멍에서 무언가 분출되었다.

그들이 나타났다. 우큐 땅의 남자와 여자 그리고 야수 들이 지하에서 모습을 드러낸 것이다. 가리나핀들은 공중으로 날아올라 충격을 받고 치켜올린 다라 병사들의 고개 위를 빙빙 맴돌았다. 그들 뒤에서는 류큐 전사들이 가리나핀 가죽으로 만든 방패를 들고 전진하며 곤봉과 도끼를 뼈 틀에다 율동감 있게 부딪쳤다.

이내 계곡의 넓은 끝부분이 메워졌다. 이제 다라군은 좁은 끝자락에 있는 페큐의 군대와 더 넓은 끝자락에 나타난 그 새로운 전사들 사이에 끼인 채 계곡에 갇힌 신세였다.

탄바나키는 가리나핀들에게 화려한 동작을 선보이며 계속해서 제국 비행함들의 주의를 끌도록 지시하는 한편, 가리나핀을 운반하는 도시선 몇 척을 다수섬 해안으로 보냈다. 그곳에서 그들은 바다 밑 터널을 통해 루이섬으로 몰래 이동했다.

탄바나키는 기계 크루벤의 기습 상륙에서 배운 교훈과 항복한 제국 퇴역 군인들한테서 들은 구비 설화에 영감을 받아, 수중 공격 요소를 활용할 자신만의 방법을 고안해 냈다. 류쿠 증원군은 쿠니 자신이 한때 다수섬에서 루이섬을 정복하기 위해 사용했던 바다 밑 터널을 통해 루이섬으로 이동했다.

"이제, 다른 조건을 제시하겠습니까?" 페큐 텐료가 싱긋 웃으며 물었다. "나는 나 자신을 미끼로 사용했습니다. 당신은 그 미끼에 저항할 수 없었나 봅니다!"

쿠니 가루는 패배감에 눈을 감았다. 그는 아들을 구하려는 열망으로 경고 신호를 무시했다. 그는 정말로 긴 마조티 수준의 지휘관이 아니었던 것이다.

골짜기 반대편 끝에 있던 조미는 교활한 류쿠의 계략을 좀 더 일찍 간파하지 못한 자신을 저주했다.

뮌 사크리는 황급히 황제에게 다가갔다.

"렌가, 우리가 여전히 수적으로 우세하지만, 계곡이 좁다는 게 그런 이점을 어느 정도 무력화시킵니다. 그리고 공중에는 저들의 가리나핀이 아주 많아서 제공권을 극복하기가 어렵습니다.”

쿠니는 뮌 사크리가 가장 불리한 점을 언급하지 않음으로써 자신의 감정을 건드리지 않으려 한다는 것을 알았다. 그건 *그가* 이곳에 있다는 사실이었다. 즉, 그는 페큐의 인질이 되었다.

“어떻게 해야 하지?”

“폐하께서 비행함에 탑승하여 안전한 곳으로 이동하시는 것이 유일한 선택입니다. 모든 제국 비행함이 합동 작전을 펼치면 이 함정에서 틈을 만들어 낼 수 있을 것이고, 폐하께서 탈출하실 수 있을 것입니다. 나머지 사람들은 적 보병들의 발을 묶어 둘 수 있도록 이곳에서 싸울 것입니다. 폐하께서는 우리를 위해 복수해 주십시오.”

“그건 받아들일 수 없다!”

“떠나지 않으시면 여기서 죽습니다. 만약 다라에 황제가 없다면, 모든 섬이 함락될 것입니다!”

몇몇 비행함이 새로 나타난 가리나핀들과 그 기수들과 교전하기 위해 날아오는 동안, 특히 빠른 비행함인 수송선 ‘제왕의 위엄’호가 그들을 향해 내려오기 시작했다. 뮌 사크리는 다라군을 집결시켜 황제 주위에 방어 요소를 설치했는데, 류쿠군이 비행함의 착륙을 막으려고 밀어닥칠 때를 대비하는 것이었다.

쿠니는 들판을 가로질러 티무를 바라보았다. 그의 머릿속에서는 다시금 주디가 함락되는 동안 어린 티무와 세라가 지아의 치맛자락을 움켜쥐고 있던 모습이 떠올랐다. 그는 하루 더 싸울 수 있도록 사랑하는 사람들을 떠나거나, 함께하면서 영원히 패배하는 것 중

하나를 선택해야 했다.

왕으로서 직면했던 선택들이 언제나 그가 원한 선택이었던 건 아니다.

'제왕의 위엄'호가 땅 가까이에서 맴돌았다. 선체가 열리며 밧줄 사다리가 내려왔다.

"서두르십시오, 렌가!"

사다리 꼭대기에 있던 다피로 미로가 소리쳤다.

"미안하다, 티무야."

쿠니 가루가 들판을 가로질러 소리쳤다. 일순 그의 눈앞이 흐릿해졌다.

"전 두렵지 않습니다, 아버님!"

쿠니는 눈물을 감추기 위해 핀 사크리에게로 눈을 돌렸다.

"네 목숨이나 병사들의 목숨을 낭비하지 마라. 내 비행함이 추격의 범위를 벗어날 때까지만 싸우도록 해."

핀 사크리는 웃으며 자신의 방패에다 청동 검을 부딪쳤다. 그 방패는 독특한 의장(意匠)이 새겨져 있었다. 핀 사크리 자신의 뿌리를 상기시키기 위해 박은 정육점의 갈고리들이었다.

"가루 공, 제가 정말 저 야만인들을 두려워할 거로 생각하십니까? 우린 곧 다시 만날 겁니다. 아마 저 텐료의 머리가 돼지머리처럼 제 방패에 걸려 있을 겁니다."

쿠니는 그의 팔을 잡았다.

"네가 자부심이 높은 사람인 건 알지만, 승리할 가망이 없다면 항복해. 잘 싸운 후에 항복하는 것은 수치스러운 일이 아니야. 내게 약속해."

민 사크리는 그를 쳐다보았다.

"쿠니, 네 도적단에 합류한 날부터 난 이런 순간을 준비해 왔어. 나로와 카카야를 잘 보살펴 줘. 나는 '아무것도 뜨지 않는 강' 건너편에서 패왕을 만나 볼 수 있기를 기대해. 어쩌면 다시 그를 향해 소리칠지도 모르지."

그들은 포옹하고 나서 단호하게 서로를 놓아주었다. 야만인들은 아직도 공격할지 말지 결정을 내리지 못한 듯 꼼짝도 하지 않았다.

쿠니가 비행함에 오르려는 찰나, 페큐 텐료가 들판을 가로질러 소리쳤다.

"라긴 황제! 우리는 서로를 알 시간이 거의 없었습니다. 왜 그렇게 서둘러 떠납니까? 내가 당신을 위해 어떤 오락거리를 계획했는지 보고 싶지 않습니까?"

"이제 가십시오! 어서요!"

민이 소리쳤다. 하지만 쿠니는 사다리에 올라탄 채 멈춰 서서 야만족 추장이 무엇을 계획했는지 보기 위해 몸을 돌렸다. 그는 여전히 텐료가 티무에게 해를 끼칠 거라고 믿지 않았다. 티무가 살아 있는 한, 페큐는 쿠니에 대한 영향력을 가질 수 있었다.

하지만 텐료는 티무를 위협하고 있지 않았다. 탄바나키는 티무를 류쿠군 전선 뒤로 끌고 갔다. 류쿠군 대열이 뒤로 물러나면서 양측 군대 사이에 빈 땅뙈기가 드러났다.

농민, 어부, 승려, 소상인, 그리고 그 자녀와 노부모 등 약 100여 명의 민간인들이 그 공간에 강제로 밀어 넣어졌다.

그들은 겁에 질린 채 무리를 지어 웅크렸다.

"어머니!"

조미가 비명을 질렀다.

그곳에, 두 군대 사이에 갇힌 민간인들 가운데 침착한 아키 키도수의 모습이 보였다.

어떻게 그녀의 어머니가 저곳에 있을 수 있는 걸까? 그녀는 루이섬에서 몇 킬로미터 떨어진 다수섬의 단순한 농사꾼에 불과했다.

그러다 그녀는 이해했다. 조미는 긴 여왕의 고문으로 일하며 번 돈으로 어머니에게 큰 집을 지어 주고 하인들을 고용했다. 그렇게 하면 어머니가 여유로운 삶을 살 수 있으리라 믿었기 때문이다. 하지만 어머니는 마을 사람들 모두가 그녀에게 돈을 빌리러 찾아오는 게 즐겁지 않았다. 어머니의 친구들도 그녀를 더 이상 그들 가운데 한 명, 평범한 사람들 가운데 한 명으로 보지 않았다.

어머니는 딸이 좋은 뜻으로 한 일이라는 것을 알기에 조미에게 불평하지 않았다. 다만, 다수섬을 떠나 루이섬의 먼 친척들을 방문할 생각이라고 말했다. 그 뒤로 조미는 너무 바쁜 나머지 침략 당시 어머니가 루이섬에 있을 수도 있다는 것을 미처 생각지 못했다.

조미는 방책 너머로 펄쩍 뛰어올랐지만, 샌 카루코노가 그녀의 다리를 잡고 뒤로 끌어당겼다.

"놔주세요!"

조미는 그의 팔과 손을 할퀴며 손아귀에서 벗어나려고 안간힘을 썼다.

샌은 이를 악물고 고통을 참았다.

"넌 어머니를 도울 수 없어! 어머니와 너 사이에 있는 모든 류쿠 군을 통과할 수는 없다."

"상관없습니다!"

"때때로 우리는 '흐름'을 받아들여야 해."

텐료가 소리쳤다.

"난 당신을 좀 더 오랫동안 손님으로 대접할 생각이었습니다. 당신이 정말 떠나야겠다면, 나 혼자 오락을 즐기는 수밖에 없겠습니다."

쿠니의 머릿속에는 루안 지아지의 보고서에 쓰여 있던 구절들이 떠올랐다.

그는 자신이 사악한 것을 목격하려는 참이라는 것을 이해했지만, 눈을 돌리고 계속 사다리를 오를 수는 없었다. 황제는 자신이 내린 결정의 결과를 지켜볼 의무가 있었다. 그는 언제나 그렇게 믿었다.

위에 있던 다피로 미로나 지상에 있던 뮌 사크리가 계속 올라가라고 재촉했지만 황제는 꼼짝도 하지 않았다.

가리나핀 한 마리가 느릿느릿 걸어가 민간인 무리 옆에 웅크리고 앉았다. 민간인들은 너나없이 야수에게서 멀어지려 애썼지만, 그들의 발목은 쇠사슬로 묶여 있었고, 공황 상태에서 몸부림치다 서로의 몸 위로 쓰러지며 인간 무더기를 만들 뿐이었다.

"황제, 그 사다리에서 내려오십시오."

텐료가 웃으며 말했다.

"저 말 듣지 마십시오! 가십시오! 가요!"

뮌 사크리가 소리쳤다.

하지만 쿠니는 망설였다. 그는 울고 있는 사람들을 바라보았다. 손발이 사다리에 눌어붙어 버린 것처럼 보였다.

젊은 공작이었던 시절, 쿠니는 판에서 퇴각했다. 그 결과 그의 백성들은 마타 진두의 군대에 학살되었다. 지금도 꿈을 꾸면 그들의 비명이 들려왔다.

꿈속에서 나를 원망할 백성의 수를 더 늘릴 필요가 있을까?

텐료는 단호하게 팔을 흔들자 가리나핀에 올라탄 조종수는 전성관을 그녀의 탈것 목덜미에 찔러 넣고서는 소리쳤다.

야수는 고개를 땅으로 숙이고 입을 다물었다.

"안 돼!"

쿠니 가루가 비명을 질렀다. 그는 손을 놓았고, 사다리에서 떨어졌다.

야수가 입을 딱 벌리자 벌겋게 타오르는 불길의 혀가 목구멍에서 나와 앞에 있는 군중을 휩쓸었다.

시간이 느려지는 것 같았다. 추락하면서 쿠니는 야수의 혀가 남자, 여자, 아이를 가로지르며 한 명 한 명을 사람에서 불꽃 기둥으로 만드는 모습을 지켜보았다. 소름 끼치는 비명이 동시다발적으로 높아지다 갑자기 뚝 그쳤다.

"안 돼애애애! 어머니! 어머니! 아, 신이시여!"

조미 키도수가 울부짖었다.

샌 카루코노가 그녀를 더 꽉 붙들었다.

조미는 눈앞에서 벌어지는 광경을 이해할 수 없었다. 불타고 있는 어머니. 죽어 가는 어머니. 그녀는 어머니에게 더 나은 삶을 주겠다고 약속했다. 하지만 눈앞에서 벌어지고 있는 일은 그녀가 한 짓의 결과물이었다.

조금 전 100여 명의 사람이 살기 위해 필사적으로 발버둥 치던 곳에는 이제 100여 개의 연기 자욱한 더미만이 남았다. 검게 그을렸어도 여전히 지글지글 타오르는 시체들은 삶의 마지막 순간의 자세를 그대로 유지하고 있었다. 아이를 보호하려는 한 어머니, 어머니의 몸을 가리려는 아들과 딸(세 사람은 이제 연기가 자욱한 하나의 시신으로 융합된 상태였다) 그리고 그들 앞에 있는 남편.

쿠니는 땅에 떨어졌다. 뮌 사크리의 두 팔이 추락의 충격을 완화했다. 입술이 움직였지만 황제는 말을 찾을 수 없었다. 그는 멍하니 공포의 현장을 응시했다.

류쿠 병사 몇 명이 앞으로 나와 어깨에 짊어진 흙 자루로 타오르는 불씨를 인정사정없이 꺼뜨렸다. 또다시 100여 명의 민간인이 앞으로 내몰려 이 살육의 화장터에 섰다. 그들은 비명을 지르며 저항했지만, 류쿠 병사들은 가차 없었고, 땅에 박힌 말뚝에다 족쇄를 채웠다. 그리고 나서 류쿠군은 뒤로 물러났고 가리나핀은 다시 머리를 땅 근처에다 갖다 댔다.

재로 가득 찬 공터에 있던 사람들은 비명을 지르고, 울부짖고, 자비를 빌었다. 많은 다라 병사가 이 전대미문의 광경과 인간의 살을 태우는 냄새에 압도되어 헛구역질하고 토하기까지 했다.

"황제, 병사들에게 무기를 버리라고 명령하시지요. 비행함은 착륙하고 저항을 멈추라고 명령하시고. 모든 비행함에 말입니다.”

뮌 사크리가 부하들에게 공격 명령을 내렸지만, 그들은 너무나도 충격을 받아 꼼짝도 하지 못하고 땅에 뿌리를 내리고 서 있었다. 분노로 눈의 실핏줄이 터져 버린 노장군은 옹송그리며 모여 있는 군중들 사이를 헤집고 나아가 텐료를 향해 정면으로 돌진했다.

“*이야아앗!*”

페큐가 팔을 들어 허공을 가르자, 가리나핀은 아가리를 닫더니 다시 탁 열었다. 새로운 불꽃 혀가 날름 움직이더니 그 즉시 뮌 사크리와 그 주변의 사람들을 태워 버렸다.

활활 타오르는 사크리의 죽은 몸은 마치 생명 그 자체보다 강한 영혼에 의해 활기를 얻는 것처럼 페큐 텐료를 향해 계속 달려갔다. 그의 불타는 시신은 텐료 앞에 선 류쿠 전사들의 대열과 충돌했다. 그가 멈춰 서기 전에 다섯 명의 전사들에게로 불이 옮겨붙었다.

또 다른 100개의 불꽃 기둥이 100명의 목숨을 대신했다.

쿠니는 꿈에서 빠져나왔다. 그는 눈물을 글썽이며 침착하게 다라의 군사들에게 무기를 버리라고 명령했다.

“떠나셨어야 했습니다, *렌가.*”

다피로 미로가 말했다.

“만약 떠난다면, 난 다라의 황제가 될 자격이 없다.”

쿠니는 ‘제왕의 위엄’호와 다른 모든 비행함에 착륙을 명령했다.

“이건 제 잘못입니다.” 조미는 망연자실한 채 말했다. “절대 집을 떠나지 말았어야 했습니다. 제 재능을 알리지 말았어야 했습니다.

저 때문에 어머니가 돌아가셨습니다."

"네가 정말 그렇게 생각한다면 넌 바보다. 피해자들이 자신들에게 잘못이 있다고 생각하게 만드는 게 페큐 텐료와 같은 사악한 인간들의 본성이야. 네 어머니가 네 말에 동의할 거로 생각해? 루안지아지가 네 말에 동의할 거로 생각해?"

카루코노가 말하는 가운데 조미는 눈앞에 펼쳐진 대혼란을 응시했다. 천천히 그녀의 얼굴은 결연한 표정으로 굳어 갔다.

그녀는 자신의 재능을 최대한 활용해 그녀가 사랑했던 모든 사람을 위해 복수해야 했다.

제52장

원수의 결정

판

사해평치 12년 3월

조미 키도수는 소형 전령 비행함을 타고 판으로 돌아왔다. 그 비행함은 생존자들이 그들이 목격한 공포를 다라 사람들에게 알릴 수 있도록 류쿠족이 루이섬을 떠도록 유일하게 허락한 비행함이었다. 라긴 황제는 그의 군대의 고위급 장교들과 함께 그녀가 떠나는 것을 허락할 것을 요구했고, 조미는 자신의 능력을 신임해 준 것에 감사해했다.

"저는 부모님의 복수를 할 것입니다." 그녀가 황제에게 속삭였다. "그리고 폐하와 황자님을 구할 것입니다."

황제는 고개를 끄덕였지만, 그녀는 그가 정말로 자기 말을 믿는지는 확신하지 못했다.

조미는 뮌 사크리의 재를 본섬으로 가져왔기에, 그의 고향 주디에서는 그의 지위에 걸맞은 국장이 치러졌다. 또한 그녀는 어머니의 재(가까이서 소각된 다른 다수 마을 사람들의 재와 섞인)와 아버지의 시신을 이송해 왔고, 그들은 조촐한 장례식과 함께 판의 황실 묘지 내 작은 터에 묻혔다. 다수섬이 류쿠군 점령하에 있었기 때문에, 고향 땅이 해방될 때까지는 임시로 그곳에 매장하는 것이 최선으로 여겨졌다.

여객 비행함의 마지막 상자에는 루안 지아지의 시신이 담겨 있었다. 그는 긴펜에서 호화로운 국장이 열린 다음 매장되었다. 움직일 수 있는 다라의 영주가 모두 장례식에 참석했고, 이 장례식은 사람들이 긴 마조티가 우는 모습을 처음으로 본 행사로 기억되었다.

또한 조미는 페큐 텐료로부터 다라 내의 모든 저항을 즉각 중단할 것을 요구하는 전언을 가져왔다.

지아 황후는 모든 총독과 장군, 대신, 영지를 하사받은 귀족을 수도로 불러들여 대응책을 논의했다. 자리에 모인 고문들이 토론을 시작하자, 두 진영으로 갈렸다.

코고 옐루 재상이 이끄는 진영은 류쿠족의 요구에 따르는 것을 옹호했다.

"황제와 티무 황자의 안전이 무엇보다 중요합니다."

"다라가 류쿠에 굴복하는 것은 아버님이 원하는 것이 아닙니다." 피로가 반박했다. 그는 전쟁을 계속하는 것을 옹호하는 또 다른 진영을 이끌었다. "류쿠군의 숫자는 고작 5000명에 불과합니다. 만약 다라섬의 수십만 주민 모두가 류쿠군을 향해 침을 뱉는다면, 그들을 익사시킬 수도 있을 것입니다! 도대체 무엇이 문제입니까, 코고 재상? 노년이라 소심해진 겁니까? 지금 항복하는 것은 우리 모두의 이름을 더럽힐 것이고, 민들레 가문을 역사 속에서 영원히 더럽힐 것입니다."

분노로 코고의 얼굴이 빨갛게 물들었다.

"우리가 수적으로 우위인 것은 사실입니다. 하지만 키지산 기지가 점령당하고 마지막 공격에서 그나마 남은 비행함 모두를 잃었으니, 현실적으로 가리나핀 기수들에 대항할 방법이 없습니다."

"아시다시피 가리나핀은 기계가 아닙니다. 그것들은 지칠 수 있으며 불은 소진됩니다. 충분한 규모의 육군과 해군을 보내면 분명 그들을 압도할 수 있습니다."

"하지만 어떤 비용을 치러야 하겠습니까? 황자님이 그토록 소중하게 생각하는 자존심을 지키기 위해 이 소모적인 전쟁에서 황자님이 지켜야 하는 사람들이 얼마나 많이 죽어 나가야 하는 겁니까? 황제 폐하께서는 도망칠 수도 있었지만 루이섬 백성들이 황제의 사적인 명예를 위해 죽지 않게 하려고 페큐 텐료의 말을 따랐습니다. 황자님께서는 인해(人海)라는 잔인하고 야만적인 전술로 황제의 위엄을 없던 일로 만드시려는 겁니까?"

피로가 얼굴을 붉혔다.

"나는 물론 가능한 한 생명의 손실을 줄이고 싶습니다. 하지만 항복의 결과를 깊이 생각해 봤습니까? 류쿠족은 근본적으로 우리와는 다른 삶의 방식을 갖고 있습니다. 그들은 모든 논과 수수밭, 사과밭, 명주실 농장, 물레방아, 풍차를 없애고, 대신 그곳을 소 떼를 위한 목초지로 만들 겁니다. 그들은 다라 사람들을 노예로 만들 겁니다."

"저는 우리가 그냥 완전히 항복할 거라고 말씀드리지 않았습니다! 황자님이 지적하신 것처럼, 그들은 숫자가 적습니다. 그들은 점령군보다 훨씬 더 큰 인구를 통제해야 한다는 전망에 기가 눌릴 것입니다. 다라 대부분의 지역에 대한 황제의 자치권을 어느 정도 보존하면서, 영토를 양도하고 종주권을 인정하는 쪽으로 협상할 수 있을지도 모릅니다. 그러다 시간이 흐르면 전략적 균형을 바꾸는 것이 가능할지도 모릅니다."

"왜 시간이 우리 편이라고 생각하십니까? 류쿠족은 분명 폭풍의 벽에서 다음 구멍이 열리는 때에 맞추기 위해 지금쯤 고향에서 지원군을 보내고 있을 겁니다. 시간이 지나면, 다라의 고위층 일부는 라 올루가 이미 그랬듯 자기 보존과 이익을 위해 류쿠족과 협력하는 게 편리하다고 여길 것입니다. 우리의 유일한 기회는 지금 당장 싸우고 끝까지 싸우는 것뿐입니다!"

"비단과 금으로 옷을 지어 입고 높은 자리에 앉은 영주들이 끝까지 싸워야 한다고 말하기는 쉽습니다. 다른 사람들이 대가를 치러야 할 경우에 특히 그렇지요."

양측이 한 치의 양보도 없이 논쟁하는 동안 황후는 경청할 뿐이었다. 그녀의 표정은 읽어 내기가 어려웠다.

지아는 소토 진두가 파라에게 역사를 가르치는 교실을 지나치는 중이었다. 그녀는 문 바로 너머에 멈춰 서서 귀를 기울였다.

"소주 여왕에 관한 이야기를 듣고 무슨 생각이 드셨나요?"

"난 올로가가 어떻게 해서 사람들이 여왕에게 등을 돌리게 했는지 이해가 안 가. 여왕은 남편이 돌아오기를 기다리고 있었어. 당연하게도 모든 구혼자를 거절했고. 그건 옳은 일이었어. 올로가의 거짓말을 누가 믿겠어?"

"그건 모두가 왕이 죽었다고 생각했기 때문입니다. 다른 전사들은 대부분 돌아왔지만, 왕은 전쟁하느라 10년 동안 자리를 비웠으니까요. 그들은 소주 여왕이 과부라고 생각했고, 그게 모든 구혼자가 성안에 있었던 이유였습니다. 그들은 그녀가 왜 그 누구와도 결혼하지 않는지 이해할 수 없었습니다."

"남편이 죽었더라도, 아들은 여전히 살아 있었잖아. 그녀는 그를 위해 왕국을 보존하려고 한 거지."

"하지만 다칸은 매우 어렸습니다. 또 기억해야 할 것은 그도 집을 떠나 있었습니다. 그래서 소주 여왕이 구혼을 거절한 것에 대한 다른 해석이 있었습니다. 올로가는 여왕이 섭정으로서 권력을 계속 누리고 싶어 한다고 사람들에게 넌지시 비치며 그녀의 평판을 망쳤습니다. 그는 그녀가 야심이 많다고 비난했습니다."

"야심을 갖는 게 나쁜 거야?"

"많은 남자는 그게 여자에게 나쁜 일이라고 생각합니다."

지아는 교실로 들어갔다.

"황후 전하!"

파라는 일어나 앞으로 달려 나갔다. 하지만 몇 걸음 떨어진 곳에서 의전을 기억했고, 멈춰 서서 *지리* 자세로 절을 했다.

지아가 다가와 그녀를 껴안았다.

"나와 소토 부인 둘만 있게 잠시 자리 좀 비켜 주련? 조금 있다 수업을 계속할 수 있게 소토 부인이 널 찾으러 갈 거야."

파라는 고개를 끄덕이고 자리를 떴다.

지아는 소토 옆에 앉았다. 두 사람만 있는 교실은 아주 고요했다. 그녀는 자토 루티 사부가 이곳에서 네 아이를 가르칠 때 교실이 얼마나 시끄러웠는지를 떠올렸다. 이제 피로는 장군들과 모든 시간을 보내고 있고, 세라는 기계 크루벤이 가져온 가리나핀 시체를 연구하기 위해 긴펜에 가 있었다. 그리고 티무는……

지아는 그들이 더 이상 어린애가 아니라는 점을 자신에게 상기시켰다.

"사람들이 판의 거리에서 나에 대해 뭐라고 말하는지 들어 본 적 있어?"

"제겐 바보 같은 사람들이 지껄이는 말을 듣지 않아도 될 만큼 걱정거리가 많습니다."

지아는 미소 지었다.

"내 감정을 배려할 필요 없어. 파라에게 하는 수업을 들었어. 시기적절한 수업이야."

소토는 아무 말도 하지 않았다.

"코고 옐루 재상도 요즘 나를 이상하게 쳐다봐. 마치 내가 남편과 아들이 류쿠인들의 손에 남아 있기를 바라기 때문에 일부러 아무 일도 하지 않는다고 생각하는 눈치야."

소토는 황후를 쳐다보았다.

"언젠가 제가 마님께 지 부인에 대해 말씀드린 적이 있습니다. 그녀가 한 역할은 역사에서 거의 지워졌지만, 자나의 침략에 반대하는 루루센의 거센 공박 연설의 배후에는 그녀의 영향력이 있었습니다."

"그 이야기는 내가 정치에 참여하는 방식에 영감을 주었지."

"역사에서 지워지지 않으려면 오해를 무릅써야 합니다."

"나도 알아. 그런데 그게 이렇게 힘들어야만 하는 일일까? 왜 내가 백성들에게 더 나은 삶을 주기 위해 다라의 연대기에서 내 이름을 더럽히는 걸 선택해야 하는 거지? 신들은 왜 우리를 그렇게 조롱하는 거야?"

소토는 지아의 어깨에 팔을 둘렀고, 황후는 고마워하며 그녀에게 몸을 기댔다.

"루안 지아지는 절반만 옳았습니다. 제왕의 위엄은 모두에게 속할지 몰라도, 그 짐을 감당하기에 적합한 사람은 거의 없습니다."

지아는 교실에서 조용히 울었고, 소토는 그녀를 안아 주었다.

긴 마조티는 궁 근처 영빈관으로 옮겨 갔고, 경비대원도 배치되지 않았다. 그녀는 지위나 권세가 없었고, 명목상으로는 여전히 황제를 배신한 사람이었지만, 원하는 대로 자유롭게 오갈 수 있었다.

그녀는 거처의 마당에서 벗어나지 않았다. 방문객을 받지 않았고, 아침나절에는 검과 *퀴파* 판을 이용해 서로를 상대하는 식으로 아야에게 전쟁을 가르치며 시간을 보냈다. 그리고 오후에는 군사 전술에 관한 책을 썼다.

긴은 아야에게 말했다.

"나는 아마도 다시는 군대를 이끌지 못할 테지. 미래 세대들이 내가 재능과 노력으로 직위를 얻었다는 걸 기억할 수 있도록 내 생각을 기록으로 남기는 게 최선일 거야."

어느 화창한 날, 지아가 방문했다.

긴은 황후를 위해 차와 말린 과일을 내놓았다. 그녀의 몸가짐은 차처럼 온화하고 완벽하게 침착했다. 마치 영빈관 마당 밖에서는 아무 일도 일어나지 않는 것처럼.

그들은 탁자를 가운데 두고 마주 앉았다. 한순간, 두 사람은 시합을 시작하려고 하는 두 *퀴파* 선수처럼 보였으나, 황후는 체념한 듯 몸을 아래로 축 늘어뜨렸다.

"원수, 내가 뭘 어떻게 해야 할지 모르겠소."

나약함을 인정하는 것은 황후에게 분명 쉬운 일이 아니었다. 그녀는 고개를 숙였고, 긴은 그녀의 관자놀이 부근의 흰머리와 눈가의 주름을 알아차렸다. 몇 달 사이 부쩍 나이가 들어 버린 모습이었다.

긴이 입을 열었다.

"때로는 좋은 선택이란 게 존재하지 않기도 합니다. 전설들은 크나큰 역경과 맞서 싸우고 승리하는 영웅들에 대해 이야기하지만, 대부분의 역경은 그저 정해진 대로 전개됩니다."

"쿠니가 장군들의 지도자일 수는 있어도 군대에 적합한 지휘관은 아니라고 했던 당신의 말이 옳았소."

"황제의 패배에는 수치스러울 게 없습니다. 페큐 텐료는 대단한 재능을 가진 전술가입니다."

지아는 잠시 망설였지만, 이내 결심을 굳혔다.

"나 때문에 자네가 누명을 썼다는 것을 세상에 알릴 용의가 있다면, 그렇게 해서 자네가 정당한 이름을 되찾을 수 있다면 어떻겠소?"

긴은 그녀를 빤히 쳐다보았다.

"전하가 그렇게 할 용의가 있다고요? 단지 제가 다라군을 다시 지휘할 수 있게끔 하기 위해서요? 전하가 지금껏 싸워 온 그 모든 것은 어떡하고요? 영지를 하사받은 귀족들이 전하가 이러한 사실을 인정한 것을 이용해서 장차 민들레 가문을 위협할 정도로 세력을 키우면요?"

"집에 불이 난 상황에서 멀리 달에 있는 궁전들만 쳐다보고 있을 순 없소, 원수. 내 남편과 아들은 지금 자네가 필요하오. 다라는 자네가 필요하오."

긴은 일어서서 앞뒤로 오가며 서성거렸다. 지아는 희망의 흔적을 찾으려 애쓰며 그녀를 응시했다.

원수가 돌아와 자리에 앉았다.

"안 되겠습니다."

지아의 얼굴에 실망감이 역력했다.

"왜지?"

"상황이 바뀌었습니다. 황후께서 본인의 이름을 더럽히는 대신 제 이름을 깨끗하게 만든다면, 다라는 완전한 혼란에 빠질 것입니다. 어떠한 경우라도 저는 승리할 가능성이 없다고 봅니다. 페큐텐료는 만만치 않은 상대이고, 그는 지금 모든 우위를 누리고 있습니다."

"정말 희망이 없는 건가?"

"저는 수백 번도 넘게 이 전쟁을 변주해 가며 생각했습니다. 류쿠군을 물리치고 황제와 황자를 구할 방법이 생각나지 않습니다."

"만약 황제와 황자를 구할 필요가 없다면?"

긴이 황후를 쳐다보았다. 그녀의 안색에는 변화가 없었다.

"내가 권력을 탐낸다고 생각하지 말아. 자네가 날 그다지 신뢰하지 않는다는 것을 알고 있소. 하지만 당신이 쿠니와 티무를 희생해서라도 우리 해안에서 침략자들을 몰아낼 방법을 생각해 낸다면, 나는 즉시 당신에게 섭정 자리를 양보할 것이오. 그러다 당신이 보기에 피로가 왕위에 오를 준비가 되었다 싶어지면, 그때 좋은 통치자가 되게 도와줄 것이오."

긴의 얼굴에 마침내 놀라운 표정이 떠올랐다.

"아마도 당신은 내가 하는 설명을 절대 믿지 않았겠지. 나를 아들의 지위를 확보하기 위해 궁내의 음모에나 의존하는 이기적이고 하찮은 여자라고 생각했을 테니. 하지만 쿠니와 내가 악이었던 자나제국을 타도하기 위해 기꺼이 죽을 각오를 했다는 걸 기억해 주게. 만일 내가 다라 사람들을 마피데레보다 더 나쁜 멍에에 구속하고 대신 쿠니를 구한다면, 남편은 결코 나를 용서하지 않을 것이오.

난 항상 백성들을 돕기 위해 내가 할 수 있는 모든 일을 해 왔소. 나를 믿건 안 믿건, 그건 원수가 알아서 할 일이지. 다만, 나는 우리가 류쿠족에 굴복해서는 안 된다는 것만 알고 있소. 민들레 가문을 희생하는 한이 있더라도 다라 백성들을 구해 줄 것을 간청드리오."

그녀는 *미파 라리* 자세로 무릎을 꿇었고, 긴 마조티 앞에서 이마가 땅에 닿을 때까지 절을 했다.

긴도 *미파 라리* 자세로 무릎을 꿇었고, 이마를 땅에 대는 절로 화답했다.

"지아, 내가 당신을 오해했음을 고백합니다. 당신은 정말로 너른 마음을 가진 여자입니다. 다라의 황후로 자격이 충분합니다."

그들은 둘 다 자세를 바로 했고, 지아는 긴의 눈을 똑바로 바라보았다.

"그럼 방법이 있는 건가?"

긴은 고개를 가로저었다.

"황제와 황자의 목숨을 논외로 하더라도 수만, 아니 수십만의 희생 없이 류쿠군을 물리칠 방법은 생각나지 않습니다. 신무기를 고안한 세라 황녀와 조미 키도수의 대단한 발상에다 제 나름의 생각까지 보태 보아도, 가리나핀들을 기습적으로 괴롭히는 수준에 불과했습니다.

모든 남자와 여자, 그리고 아이들까지 징집해야 할 것이고, 수십 년 동안 소모전을 해야 할 겁니다. 저는 지금껏 수많은 사람을 죽이라고 명령하며 살아왔지만, 그런 대가를 치를 순 없습니다. 설령 그게 노예가 되는 것을 피하기 위해서라 할지라도요.

미안합니다, 지아. 굴복하는 것 말고는 방법이 없습니다."

"조미!"

아야가 벌떡 일어나 조미를 와락 껴안았다.

"공부는 잘돼 가십니까?"

"매일 엄마가 연습을 열심히 시켜." 아야는 구석에 있는 무거운 돌들을 가리켰다. "난 이제 한 번에 저 돌 세 개를 머리 위로 들어 올릴 수 있어. 분명히 곧 엄마랑 전쟁에 나갈 수 있을 거야."

간단히 안부 인사를 나눈 다음, 긴 마조티는 자기 거처에 머물면서 점심을 같이하자며 조미를 초대했다. 그들은 노키다 궁에서 하던 대로, 여왕이 그녀의 고문들과 왕국의 여러 정책을 논의할 때처럼 아야와 함께 자리에 앉았다.

조미는 커다란 책을 꺼내서 그들 사이의 탁자에 놓았다.

긴은 그것이 루안 지아(지금은 루안 지아지로 불리는)가 늘 갖고 다니던 책 기트레 위수임을 알아보았다. 그녀는 물론 루안 지아지의 모험 보고서를 읽었지만, 원본 자체를 보는 것은 또 달랐다. 떨리는 손으로 책을 펼쳐 읽기 시작했다.

마지막 장에 루안이 쓴 전언이 적혀 있었다.

떠났을 때에야 비로소 집의 아름다움을 볼 수 있지. 긴, 내 사랑하는 사람, 강 건너편에서 만나.

"이게 뭐예요?"

"이건 네 아버지가 쓴 책이야."

"내 아버지?" 마지막 쪽의 서명을 쳐다보면서 아야는 어떻게 대답해야 할지 몰랐다. 잠시 후, 아이가 말했다. "난 엄마가 아버지가 누군지 모른다고 생각했는데."

일련의 복잡한 표정이 긴의 얼굴을 스치듯 지나갔다. 그녀가 마침내 말했다.

"내가 거짓말한 거야. 우리 사이의 사랑은…… 힘들었어."

"아버지를 알았더라면 좋았을 텐데. 그래서 엄마가 장례식에서 울었던 거예요?"

"미안해. 난 그 사람에게 너에 대해 알리거나 그 사람에 대해 너에게 말하지 않았어. 왜냐하면 난…… 두려웠거든."

"뭐가 두려웠는데요?"

"네가 그 사람을 더 사랑하지 않을까, 나보다……. 그건 어리석은 두려움, 허영심의 산물이었어. 말했다시피, 그건 힘든 사랑이었어."

아야는 일어나서 탁자로부터 멀어졌다.

조미가 끼어들었다.

"저도 아버지 얼굴을 모르고 자랐습니다. 나중에 제가 얘기해 볼게요."

긴은 고개를 저었다.

"저 애는 나한테 화낼 권리가 있어. 내가 틀렸어. 만약 그러지 않았다면……. 우린 모두 우리의 행동의 결과에 대가를 치러야 하지."

잠깐 침묵하던 조미가 물었다.

"지아지의 글에서 페큐를 물리치는 데 도움이 될 만한 것을 보았습니까?"

긴은 고개를 가로저었다.

"루안은 꼼꼼한 사람이었고, 훌륭한 글을 기록했어. 하지만 페큐텐료는 의심이 많은 사람이었고, 돌아오는 여행길에서 루안을 예의 주시했을 거야. 루안이 가리나핀의 습성에 관해 쓴 내용을 두고 많이 생각해 봤는데, 우리한테 유리하게 사용될 만한 구석은 찾을 수가 없었어."

"세라 황녀님은 지금 가리나핀 사체를 깊이 연구하고 계십니다. 저는 황녀님을 도우러 갈 겁니다. 우리가 지금까지 찾지 못한 약점을 찾아낼 수도 있습니다."

긴은 미소를 지었다.

"젊은 사람들은 언제나 아주 희망적이지."

"포기하신 겁니까, 원수님?"

긴은 잠깐 머뭇거리다 말했다.

"조미, 삶의 물살은 때때로 우리보다 강해. 황제, 황후, 그리고 네 스승 모두가 삶을 위해 얼마나 세심히, 얼마나 열심히 계획을 짜고 싸워 왔는지를 봐. 하지만 때로 운명은 우리의 모든 계획과 욕망을 많고 많은 잔해처럼 쓸어 버리는 거대한 해류와 같아.

난 유동주의자들이 옳다고 생각해. 싸우는 시간이 따로 있고 굽힐 시간이 따로 있어."

일주일 동안 열리는 등불 축제가 찾아왔다.

전쟁 중에도 다라섬의 일상은 습관적으로 진행되었다. 아닌 게 아니라, 축제 분위기가 절망의 기운에 의해 단련되기라도 한 것처럼 행사들은 평소보다 훨씬 더 활기차 보였다.

아야의 거듭된 간청이 있고 난 뒤 긴 마조티는 마침내 자기 뜻을 굽혔고, 축제를 보기 위해 그녀를 데리고 밖으로 나갔다. 그들은 등불을 보기에 가장 좋은 때인 해 질 녘에 외출했다. 판의 가게와 매장, 여관, 집 들은 하나같이 대나무와 종이, 비단으로 만든 등으로 장식된 것처럼 보였다. 어떤 등은 안에 든 촛불의 열로 회전했고, 바람에 펄럭이는 등도 있었다.

등불은 밝은 빨간색과 눈부신 금색, 청록색, 바다색 등 거리에서 젊은 남녀들이 입은 새 옷만큼이나 다양한 색깔로 빛났다. 몇몇 등불들에는 고대 영웅 전설 속 장면들이 그려져 있었고, 빙글빙글 돌 때면 그 그림들이 다시금 살아나는 것처럼 보였다. 패왕이 레피로 아를 타고 질주하거나, 일루산이 배를 몰고 바다로 나가거나, 에코피 여왕이 해변에서 그를 애타게 그리워하는 모습이었다. 음식 장수들이 음식 이름을 외쳐 댔고, 식욕을 자극하는 냄새가 이름과 함께했다. 다수식 양념이 된 구운 상어 살코기 꼬치, 아룰루기에서 온 참깨와 야자열매가 들어간 달착지근한 만두가 담긴 작은 그릇들, 전통적인 코크루 방식으로 구워 낸 수수 납작 빵(구매자들은 화덕에서 구워지면서 남겨진 문양들을 관찰하며 운을 점칠 수 있었다)……

아야는 모든 것을 먹어 보고 싶어 했고, 긴은 기쁜 마음으로 그에 응했다.

"복어탕 먹어 보시겠습니까?"

한 목소리가 물었다.

긴이 고개를 들어 보니, 목소리의 주인공은 소토 진두였다.

소토 부인은 긴에게 절을 했다.

"*지리* 자세를 취하지 못한 저의 무례함을 용서해 주십시오. 보시다시피 제 손이 자유롭지가 못합니다."

소토는 작은 도자기 그릇을 들고 있었다. 노점상은 국수와 반투명한 하얀 살점이 담긴 그릇에다 뜨거운 김이 모락모락 나는 국물을 국자로 들이부었다.

아야는 꽤 흥미를 느끼는 것처럼 보였다.

"안 그러는 게 좋겠어." 긴이 그녀를 뒤로 끌어당기며 말했다. "난 저런 식으로 운을 시험하려는 욕구를 전혀 이해할 수 없어."

"만약 우리 모두가 류쿠족의 노예가 된다면, 아마도 죽음은 그렇게 무서운 전망이 되지 않을 겁니다."

긴의 얼굴이 어두워졌다.

"소토 부인, 말조심해. 오늘은 축제의 날이야."

"엄마! 나도 먹어 보고 싶어요! 다른 사람들도 다 먹었는데 괜찮아요."

"절대 안 돼."

긴은 자리를 피하려고 아야의 손을 뒤쪽으로 잡아끌며 걷기 시작했다.

소토가 소리쳤다.

"황제의 원수인, 그 유명한 긴 여왕이 겁쟁이라는 사실이 밝혀질 줄은 꿈에도 생각 못 했습니다."

긴은 홱 돌아서서, 애써 화를 억누르고 목소리를 낮추었다.

"내가 당신이 하는 일을 모른다고 생각하지 마. 당신이 날 겁쟁이라고 부른다고 해서 싸움에 말려들 바보 같은 길거리 싸움꾼이 아니야. 나와 함께 싸운 사람들 모두는 내가 죽는 걸 두려워하지 않는다는 걸 알아. 그럼에도 난 내 지휘 아래 있는 병사들의 목숨을 쓸데없이 내다 버리는 게 결코 옳다고 보지 않는 거야."

"그렇다면 당신은 겁쟁이일 뿐만 아니라 오만하기까지 합니다."

"무슨 말입니까?"

"모든 병사가 당신의 아이라고 생각하십니까? 어떤 생각을 해야 하는지 말해 주어야 하는 그런 아이라고 생각하나 보지요? 당신은 징집병들이 무의미하게 죽는다는 환상에 사로잡혀 있지만, 모든 사람이 단지 싸우라는 지시를 받아서 싸우는 건 아닙니다. 저와 함께 가시지요."

화가 나고 혼란스러워진 긴은 아야를 데리고 소토 진두를 따라 길가에 주차된 마차로 가서 올라탔다. 그들이 앉자마자, 마차는 축제 인파를 헤치며 천천히 움직이기 시작했고, 도시의 변두리를 향해 나아갔다.

긴은 커튼 사이로 창문 너머 거리로 몰려드는 가족들을 엿보았다. 등불 축제는 조상의 혼령이 조화로움과 기쁨 속에서 산 사람과 함께하는 계절인 봄의 빛과 새로움을 축하하는 행사였다. 가족들이 함께하는 시간이었다. 긴은 루안 지아지를 생각했다. 그러자 눈시울이 뜨끈해졌다. 두 사람이 마지막으로 봤을 때 일이 다르게 흘러갔더라면 좋았을까. 긴은 아야를 가까이 끌어당겼다. 어린 여자애는 어머니의 기분을 느끼는 것처럼 보였고, 평소처럼 품에서 벗어나기 위해 몸을 꼼지락거리지 않았다.

마차는 도시를 벗어났고 결국 멈춰 섰다. 긴은 밖으로 나갔고, 그들이 도착한 곳이 열병식장임을 알아차렸다. 이곳에서는 황제와 그의 부인들이 매년 가을 추수가 끝난 다음 열병식을 참관했다. 이맘때에는 이곳 열병식장에 아무도 없어야 했다.

하지만 그녀는 어스름의 마지막 빛에 힘입어 그곳이 사람들로 꽉 차 있는 것을 볼 수 있었다. 그 대열은 너무나도 빽빽하고 길게 이어져 그 끝을 볼 수가 없을 정도였다.

소토 진두는 그녀에게 한 손을 내밀며 열병식장 앞 연단에 오를 것을 권했다. 마치 꿈결인 양, 긴은 연단으로 올라가 앞에 있는 병사들을 훑어보았다.

그들은 매우 다양했다. 어떤 사람들은 제국군의 정식 군복을 입은 채 다라의 군기를 휘날렸다. 그녀는 국화·민들레 전쟁 당시 휘하에서 복무했던 백부장 몇몇을 알아보았다. 어떤 사람들은 아룰루기섬 반란군들의 깃발을 휘날리고 있었다. 그 푸른 바탕은 고대 아무국의 깃발에서 가져온 것으로, 투투티카 호수의 황금빛 잉어가 들어가 있었다. 어떤 사람들은 그녀의 옛 영토인 게지라의 깃발을 휘날렸는데, 그 깃발은 흑백으로 4등분 되어 있었고(이것은 퀴파 판에서의 그녀의 뛰어난 기량을 상징하는 것이었다) 게지라의 산업적 역량과 제조업의 기반이 된 물방앗간이 들어가 있었다. 어떤 사람들은 심지어 패왕의 국화 깃발을 날렸는데, 이것은 반역죄로 여겨질 수도 있었다. 옆쪽으로는 한 무리의 여자들도 있었는데, 어떤 사람들은 나이가 많고 어떤 사람들은 꽤 어렸지만, 모두 긴이 국화·민들레 전쟁 당시 설립했던 병력인 다수섬 여성 원군(援軍)의 군복을 입고 있었다…….

군중 속에는 지아의 견제 때문에 황제에게 영지를 빼앗긴 개국공신 귀족들도 있었다. 아울러 옛 티로국의 군기도 거의 빠짐없이 휘날리고 있었다. 그 누구도 그들 모두가 같은 열병식장에 나란히 서 있으리라고는 상상할 수 없었다.

"무슨……."

긴은 할 말을 잃었다.

소토 진두가 연단에 선 그녀 옆으로 걸어 올라와 소리쳤다.

"다라의 남자들과 여자들이여, 무엇을 원합니까?"

연단 아래의 군중들은 목청껏 소리쳐 긴의 발아래를 뒤흔드는 소리의 해일을 만들어 냈다.

"싸우자! 싸우자! 싸우자!"

"아마도 승리는 없을 겁니다. 여러분 모두가 죽고, 그럼에도 다라가 몰락할 가망성이 있습니다. 아니, 확실합니다. 전투에서 항상 정의로운 사람들이 이기는 것은 아니며, 때로 악이 승리하기도 합니다."

"싸우자! 싸우자! 싸우자!"

소토는 모인 병사들을 향해 손짓했고, 몇몇 지도자가 군중을 밀치고 나와 연단 아래 섰다.

긴이 물었다.

"패배가 거의 확실하다는 것을 알면서, 왜 싸우려는 겁니까?"

아룰루기의 카노 소가 말했다.

"노예로 사는 것보다 자유인으로 죽는 것이 더 중요합니다. 황제께서 나의 반란 행위를 용서해 주셨는지는 몰라도, 싸우지 않는다면 전 '아무것도 뜨지 않는 강' 건너편에 있는 키코미 공주 앞에서 고개를 들 수 없을 겁니다."

"패왕이라면 싸웠을 겁니다." 노다 미와 도루 솔로피가 투노아에서 벌인, 불행한 결말을 맞았던 반란의 추종자 가운데 한 명인 투노아의 모타 키피가 말했다. 그는 한때 자신의 역기를 들어 올리는 솜씨에 감명을 받았던 아야를 향해 미소 지으며 고개를 끄덕였다. "저도 그럴 겁니다."

"우리가 한때 야망을 품었을 수도 있습니다. 하지만 우리는 류쿠와 같은 위협 앞에서 모두 함께 뭉쳐야 한다는 점을 이해합니다."

도루 솔로피가 말했다.

"황제께서는 우리에게 매우 관대하셨습니다." 한때 솔로피의 공모자였던 노다 미가 말했다. "황제께서 우리가 과거에 지은 죄를 용서하셨으니, 우리는 두 배의 충성심으로 그 은혜를 갚고자 합니다. 원수님도 똑같이 하셔야 합니다!"

"제 삼촌은 모든 이방인을 형제처럼 신뢰하는 온화한 영혼이었습니다." 자토 루티의 조카인 고리 루티가 앞으로 나서며 말했다. 말하고 나니 가슴속 슬픔이 새삼 북받쳐 비틀거리며 넘어질 뻔했지만, 아내인 라기 부인이 그를 붙잡아 바로 세워 주었다. "우리가 이방인들을 다시 믿을 수 있게 저는 류쿠족을 쓰러뜨릴 것입니다."

"제 남동생은 제가 잘못된 영주를 선택했다고 말한 적이 있습니다. 저는 동생의 말이 틀렸다는 것을 증명할 것입니다."

"저는 살면서 단 한 번도 검을 들어 본 적이 없습니다." 뮌 사크리 장군의 홀아비인 나로 훈이 말했다. "하지만 저는 남편의 복수를 위해 목숨을 바칠 것입니다. 그리고 만약 저마저 쓰러진다면, 제 아들이 우리를 대신해서 싸움을 계속하기를 바랍니다."

"저는 전사가 아닙니다." 황궁 시험에서 조미 키도수의 경쟁자였던, 게지라에서 가장 이름이 높은 상인 가운데 한 명인 나로카 후자가 말했다. "하지만 상인들도 자유를 사랑하지요. 그러니 제 모든 재산을 당신 마음대로 처분해도 좋습니다, 원수."

긴은 군중의 지도자들이 연설하는 것을 경청했다. 그러는 동안 마음속에서는 복잡한 감정들이 싸움을 벌였다. 싸우지 않고 포기하는 것이 옳았을까? 비록 싸움이 확실한 패배를 의미한다 해도?

소토 진두가 검을 들고 그녀에게 다가왔다. 검이 너무나 무거워서 땅에 대고 질질 끌어야만 했다.

"검을 꺼내십시오."

마치 꿈을 꾸듯, 긴은 두 손으로 손잡이를 잡고 검을 검집에서 꺼냈다. 그녀는 힘이 세긴 했지만, 검이 하늘을 가리키도록 들어 올리려면 여전히 약간의 노력이 필요했다. 그 전설적인 검을 잡아 본 적은 없지만, 매우 익숙하게 느껴졌다.

"이것은 의심을 종결짓는 자, 나아로엔나입니다. 내 조카가 마지막으로 그 검을 휘둘렀습니다. 그가 그 검을 검집에서 꺼낼 때면, 그는 더 이상 의심하지 않았습니다."

긴은 소토를 쳐다보았다.

"하지만 그는 싸움에서 패배하여 죽었고, 많은 사람이 그와 함께 죽었습니다. 그는 응당 의심을 해야 했습니다."

소토는 고개를 저었다.

"원수님께서는 오해하고 계십니다. 라나 키다에서 맞은 마지막 밤에, 마타는 영주로서 부하들이 지는 의무를 없애 주었습니다. 바닷가에서 최후의 저항을 할 때 그들은 승리가 불가능하다는 현실에 추호의 의심도 없었지만 기꺼이 마타와 함께 끝까지 싸웠습니다."

긴은 잠시 침묵했다.

"나는 패왕이 아닙니다. 이야기꾼들은 내 행동을 신화와 전설로 윤색하지 않습니다. 나는 검으로 밥 벌어먹는 법이나 아는 평범한 여자일 뿐입니다."

"당신은 평범함을 훌쩍 뛰어넘는 사람입니다. 당신은 언제나 병사들의 삶과 생각을 배려해 왔습니다. 당신은 솔선수범을 보상하고 유용한 훈련으로 규율을 세우는 동시에 군대 내에서 채찍질과 영창(營倉)을 폐지했습니다. 당신은 두려움과 위협이 아니라 군인들의 말을 들어 주고, 더 나은 신발을 주고, 그들의 가족을 돌봄으로써 충성심을 얻었습니다. 당신은 다라 여자들에게 스스로의 미래를 위해 싸울 기회를 주었습니다. 그런데 지금 어떻게 이렇게나 그들의 열망을 외면할 수가 있습니까?

지도자를 고귀하게 만드는 것은 승리의 성취가 아니라, 패배가 확실할 때도 마음속에서 옳다고 믿는 것을 위해 싸우려는 의지입니다. 피소웨오는 승자들의 신이지만 정당한 대의를 위해 몰락한 사람들의 신이기도 합니다. 주위가 온통 어둠일 때에도, 계속해서 보려고 하십시오.

모든 아노 현자는 삶이 예측 불가능하다고 썼고, 우리 모두가 죽을 것이라는 사실 외에는 삶에서 의심할 여지가 없는 건 없다는 데 동의했습니다. 하지만 죽음은 여러 가지 형태로 올 수 있습니다. 어떤 죽음은 피소웨오산보다 무겁고, 또 어떤 죽음은 바람 속 깃털 한 가닥보다 하찮습니다. 모든 남자와 여자는 자신들의 죽음이 어떤 식으로 달성될지를 선택할 권리가 있고, 원수님은 그런 권리를 부정할 위치에 있지 않습니다."

"만약 다라의 신들조차 우리의 대의를 지지하는 그 어떤 징후도 보여 주지 않는다면, 내가 어떻게 그것이 올바른 길인지 알 수 있겠습니까? 나는 위대해질 운명이라는 것을 알도록 중동안을 가지고 태어나지 않았고, 산에서 거대한 흰 구렁이를 죽이지도 않았고, 아내를 위해 무지개가 나타나 길을 알려 주게끔 하지도 않았습니다."

"태어나면서 영웅인 사람은 없고, 전설은 이야기일 뿐입니다. 긴 원수님, 당신도 진실을 나만큼이나 잘 알고 있습니다. 하지만 세상은 때때로 남자나 여자에게 앞으로 나아가서 많은 사람의 뜻을 구현할 것을 요구하고, 그렇게 해서 전설과 영웅이 탄생합니다. 진정한 용기는 확신하고 두려워하지 않는 것에서 오는 것이 아니라, 두려움에 떨고 의심에 가득 찬 가운데서도 해야 할 일을 하는 데서 나오는 것입니다."

긴은 눈을 감았다. 그녀는 자신이 무력하게 옆에 서 있는 동안 아이들을 불구로 만들었던, 젊은 시절의 폭력배 두목을 생각했다. 페큐 텐료가 침착하게 살육을 명령하는 동안 쇠사슬로 묶여 있었던 루이섬의 민간인들을 생각했다. 이 세상에는 악이 존재했고, 악에 맞서는 일은 필요했다.

그녀는 눈을 뜨고 나아로엔나를 들어 올렸다. 그녀가 구호를 외치는 군중을 이끄는 동안 태양의 마지막 빛이 검 끝을 휘감았다. 함성은 하늘이 뒤흔들리고 맨 먼저 반짝이는 별들이 뜨는 것처럼 보일 때까지 쩌렁쩌렁 울렸다.

"싸우자! 싸우자! 싸우자!"

제53장

발견한 내용

다라

사해평치 12년 3월

류쿠족이 폭풍의 벽을 통과하는 영구적인 통로를 발견했고 수백 마리도 넘는 가리나핀과 수천 명도 넘는 전사를 지원군으로 보낸다는 소문이 다라 전역에 퍼졌다. 그들이 수 주일 안에 모든 다라를 정복할 거라는 말도 돌았다. 어부들은 혹여 류쿠 도시선들과 마주칠까 싶어 바다로 나가기를 두려워했고, 야만인들이 금방이라도 하늘에서 내려올 수 있다는 생각에 이따금 하늘을 올려다보지 않는 사람이 없었다.

부유한 상인들은 세금을 내는 것을 더욱 꺼리게 되었고, 토지를 소유한 지주들은 물론, 일부 지방 행정관들과 영지를 적게 하사받은 귀족들까지도 피할 수 없어 보이는 미래에 대비해 계획을 세우기 시작했다. 그들은 자신과 가족의 이익을 보존하기 위해 곧 지배자가 될 이방인들과 어떤 거래를 할 수 있을지 확인하려고 애쓰면서 서로 귀엣말을 속삭였다. 어떤 사람들은 보물을 비축해서 그것들을 현명하게 내놓음으로써 완전한 노예가 되는 운명에서 벗어날 수 있기를 바랐다. 어떤 사람들은 아내와 딸들에게 가족 간의 의무에 대해 가르치기 시작했는데, 목숨을 구할 수 있는 적절한 때가 찾아왔을 때 그들을 야만족 족장들에게 바치기 위한 사전 작업이었다. 모두 무슨 일이 있건 간에 고난의 시기가 도래할 것이라 믿으며 음식과 필수품을 비축했고, 상인들은 전반적인 공황 상태를 이용해서 폭리를 취했다.

우울하고 겁에 질린 분위기를 반전시키기 위해 코고 옐루 재상은 한 가지 꾀를 생각해 냈다. 리사나 부인과 피로 황자가 다라 전역을 순회하는 것으로, 백성들을 안심시키고 민들레 황실에 대한 지지를 모으는 것이 목적이었다. 심지어 은퇴한 카도 왕도 꼬드겨 작은 역할이나마 하게 했다.

리사나 부인은 정교한 의상을 입은 인기 배우들이 등장하고 자극적인 가사와 기억하기 쉬운 음악을 동반하는 세심한 구경거리를 기획했다. 공연 때마다 원시 시대를 상징하는 자욱한 안개가 무대를 채웠고, 큰 대나무와 비단으로 된 섬들이 그 사이로 솟아올랐다. 배우들이 다라의 오랜 역사(야만적인 원주민으로 가득 찬 이 섬들에 아노족이 도착한 때부터 하나로 뭉친 사람들이 민들레 왕조를 세우고 축하한 일까지, 대이산 전쟁에서 활약한 전설적인 영웅들의 이야기부터 국화·민들레 전쟁에 관한 최근 이야기들까지, 인용할 가치가 가장 큰 아노 현자들부터 민속

적인 발명가들까지, 서정적인 시인들부터 현명한 심판관들과 행정관들까지)
중 가장 유명한 일화들을 재현하며 비단 섬들을 가로질러 행진하는
동안, 안개가 무대의 가장자리 너머로 점점 흘러나가 넋을 잃은 관
객들을 둘러싸며 그들을 구경거리의 일부로 만들었다.

피로 황자가 종이 반죽을 바른 기계 크루벤에 올라타 등장할 때
(기계 밑에 엎드린 한 무리의 남자가 땅 위를 기며 크루벤을 옮겨 주고 있었
다) 공연은 절정에 다다랐다. 황자가 루이섬 땅에 발을 디디고 검을
세게 휘둘러서 종이 반죽으로 만든 그 섬의 가리나핀들을 죽이는
동안 음악 역시 절정에 달했다. 그런 다음, 라긴 황제가(카도 가루가
연기했는데, 남동생인 황제와 생김새가 매우 비슷했기 때문이다) 그의 아들
과 사람들에게 감사를 표하기 위해 무대 바닥에 있는 작은 문에서
모습을 드러냈다.

물론 미래에 대한 이 소원 성취적인 묘사는 쿠니가 루이섬으로
갈 때 크루벤을 타고 간 전설적인 일화를 일부러 모방한 것이었다.
자나 제국에 대한 반란 기간 쿠니가 실행했던 판에 대한 기습 공격
의 일부였다.

그러고 나서 황자와 황제 두 사람 모두 뿔 달린 가리나핀의 잘린
머리통을 손에 든 채 사체들을 두 다리 사이에 두고 섰다. 뒤쪽으로
는 달을 나타내는 밝은 거울이 떠올라 극장을 가로질러 관객들 뒤
에 있는 하얀 가림막에 확대된 그림을 띄웠다. 뒤를 보기 위해 목을
비틀었을 때, 관객들은 객석을 가득 메운 향기로운 연기 속에서 빛
이 깜박이는 가운데 웃으며 고개를 끄덕이는 다라 여덟 신의 모습
을 보고서는 숨을 헉하고 참았다. 세라가 발견한 마법 거울들의 비

밀이 새로운 용도를 찾은 것이었다.

그런 공연들은 전달하고자 하는 내용이 명확했고 효과가 있었다. 깨끗하게 지워지고 새로운 칠이 된 역사는 종종 어떤 신화보다 훨씬 더 강력했다. 그 연극은 사람들에게 민들레 가문이 확고하게 다라를 통치하고 있음을 확신하게 해 주었다. 한때 반역을 일으켰지만 마음을 바꾼 원수는 황후의 은혜로운 지원을 등에 업고서 류쿠족을 무찌르고 황제와 티무 황자를 구출할 훌륭하고 기만적인 전략을 계획하고 있었다. 다라인은 오래되고 찬란한 위대한 전통의 계승자이므로 전략적 선견지명이나 문명의 혜택이 부족한 야만인들인 류쿠족가 거둔 승리는 일시적인 것일 뿐, 몰락할 수밖에 없었다.

공연이 끝난 후, 피로는 사람들에게 전쟁을 위한 다방면의 노력을 지지해 줄 것을 촉구하는 열정적인 연설을 했다. 법을 준수하고, 예전처럼 살아가는 일에 집중하고, 폭리를 취하는 사람들을 처벌하고, 패배주의에 찌든 소문을 무시해야 한다고 했다. 그리고 무엇보다도 가장 중요한 것은 군대를 돕기 위해 세금을 내고 제국 재무부에 돈을 빌려주는 것이라고 했다. 그다음에는 서기들이 나서서 전쟁 채권을 사겠다는 청중들(귀빈들이 앞장을 섰다)의 서약서를 모으기 위해 탁자를 설치했다.

병참술의 대가인 코고의 계산에 따르면, 황제의 침략 전쟁 동안 루이섬과 다수섬에 대대적인 파괴가 일어난 다음이기 때문에 류쿠족이 본섬을 침략하려면 여름 전체와 가을 수확 시기 동안 회복하고 준비하는 시간을 가져야 할 터였다. 황후는 원수가 공격에 대비할 시간을 벌어 주기 위해 할 수 있는 모든 일을 했고, 민들레 궁정이 항복이라는 결정에 가까워지고 있음을 암시하는 전갈을 류쿠 측에 보냈다.

리사나 부인과 피로 황자의 활약 덕분에 많은 젊은이가 입대를 원했지만, 원수는 오로지 그날 열병식장에 만났던 오합지졸 부대에만 의지했다. 그녀는 이처럼 절망적인 상황에서도 전쟁에 대한 각오를 다지고, 진실을 완전히 인식했음에도 자유 의지로 싸우는 주체적인 사람들만을 굳건하게 믿었다.

원수의 몰락 과정에서 재상이 한 역할이 있으니 코고 옐루와 긴 마조티 사이에 생긴 냉랭함이 해소되지는 않았지만, 긴은 코고가 선전용 순회 여행에서 가져온 자금이 도움이 된다고 여겼다. 그녀는 자신이 이끄는 소규모 군대를 위한 장비를 개선하는 일에, 옛 리마의 최고의 대장장이들을 고용하는 일에, 1000번의 망치질을 한 값비싼 강철로 만든 갑옷과 무기를 생산하기 위해 순수한 천철(天鐵)을 채굴하는 일에, 날아다니는 가리나편에 발각되는 것을 피할 수 있게 수중에서 더 빠르고 더 오래 머무는 수중 크루벤을 만드는 일에, 군대가 더 빨리 몸을 키우고 잠을 거의 자지 않고도 기력을 회복하게 해 주는 강력한 혼합물의 원료가 되는 희귀한 약초들을 지아를 통해 구매하는 일에 돈을 쏟아부었다. 지아는 군대가 며칠 동안 잠을 자지 않고도 계속 버틸 수 있게 해 주는 새 혼합물을 만들어 내기도 했는데, 이 약을 복용하면 몸이 오랜 기간 상하게 되지만 자원 병력의 거의 모든 구성원은 그것을 복용하기를 원했다.

그러나 대부분의 돈은 긴펜에 있는 연구소로 갔다. 샌 카루코노의 기계 크루벤들이 가져온 죽은 가리나핀 사체들을 보관하기 위한 안전한 시설이 비밀리에 신속히 건설되었고, 코고 옐루는 가리나핀을 극복하는 놀라운 기술을 가지고 있을지도 모를 재능 있는 남녀를 찾기 위해 다라 구석구석으로 정보원을 파견했다.

원수는 그런 연구가 유용한 결과를 가져올 거라곤 별로 기대하지 않았다. 그 연구에 희망을 거는 것은 기적이 일어나리라 믿는 것과 별반 다르지 않을 터였다. 하지만 그녀는 자기의 군대에 가능한 한 최고의 기회를 주자고 결심했다. 자신이 그 과업에 궁극적으로 희망이 없다고 확신하더라도.

조미 키도수와 세라 황녀는 긴펜의 외과 의사, 수의사, 해부학 전문가 들과 함께 가리나핀을 해부하고 그 비밀을 알아내기 위해 연구했다.

그들은 거대한 해안 동굴에 위치한 연구소에서 일했다. 이 시설은 제국연구소들을 책임지고 있던 키타 수의 생각이었다. 그는 수년 전 하안의 *파나 메지*로서 조미 키도수와 함께 황궁 시험에 참여한 적이 있었다. 당시 그는 이 직책을 원하지 않았지만, 황제와 리사나 부인의 직감은 정확했다. 여러 해를 거치며 키타는 어려운 과제들을 해결하는 학자들 사이에서 능력 있는 지도자로 성장했다.

그는 가리나핀 사체들이 도착하자마자 동굴로 가져와 숨겨 두었고, 부패를 막을 수 있도록 얼음을 채워 둘 짐마차 체계를 확립했으며, 제국의 자금을 받기도 전에 가족의 재산으로 그 비용을 지급했다. 연구소에 필요한 물품을 공급하는 상인과 마부 대부분은 그곳을 비수기에 소비될 해산물을 보존하기 위한 창고 시설로 여겼다. 날씨가 따뜻해지면서 얼음을 수확하기 위해 짐마차들은 다무산맥의 빙하 지역까지 가야 했고 연구소의 비용은 급증했다.

사체로부터 배울 수 있는 것을 가능한 한 빨리 배우는 것이 급선무였다.

키타는 판에서 온 새로 보내온 전쟁 채권 자금을 바탕으로 연구에 더한층 박차를 가했다. 그는 동굴을 확장하고, 사체 조각들을 동시에 연구할 수 있도록 해부실을 여럿으로 나누었다. 신중하게 뚫은 구멍들과 거울들이 하나의 체계로 작동하며 여과된 햇빛을 동굴 안으로 들여보내 내부를 환하게 밝혔다. 키타는 그림자가 수술하는 외과 의사나 해부자의 시야를 가리지 않도록 해부 탁자 위로 놓을 수 있는, 굴절 렌즈 여러 개가 들어간 오목 틀을 설계했다. 또 거대한 야수의 질긴 가죽과 근육, 힘줄을 잘라 낼 목적으로 금강석으로 끝을 마감한 해부용 칼 제작을 의뢰했다. 해부 과정에서 절단면이 매끄러워지도록 하고, 잘게 썰고 톱질하느라 불필요하게 조직을 훼손하는 것을 피할 수 있게 해 줄 터였다. 동굴 위 절벽에 풍차를 여러 대 세우기도 했는데, 그곳에서 일련의 톱니바퀴와 줄이 동력을 연구소로 전달하며 시체를 들어 올리고 옮기기 위한 무거운 기계를 작동시켰다. 공간 전체가 거의 영하의 온도로 유지되었기 때문에 내부에서 일하는 모든 사람은 한겨울처럼 옷을 입어야만 했다. 작업에 참여하도록 승인된 학자들과 일꾼들을 제외하면 숨겨진 연구소 근처에서는 그 누구의 접근도 허용되지 않았다. 류쿠족 첩자들과 동조자들이라면 당연히 이곳에서 행해지고 있는 작업을 방해

하려고 시도할 것이다. 그들이 알게 될 그 어떤 내용도 군사 기밀이
될 터였다.

처음에 여러 전문가는 세라의 존재에 회의적이었다. 대부분은 그
녀가 투노아에서 일어난 반란 진압에 기여했다는 이야기가 과장되
었으며, 제국의 신화를 만드는 일 중 하나라고 생각했다. 적지 않은
사람들이 그녀를 그저 버릇없는 황녀로 여기며 학식 있는 사람들
사이에 끼어들어 기분이나 내고 의미 있는 일에 기여하고 있는 양
으스대려는 것뿐이라고 투덜댔다.

세라가 '제국학원 협의회'의 임명위원회가 작성한 승인 연구자
명단에 포함되지 않은 학자 두 명을 즉시 추가해야 한다고 주장한
것 역시 이런 상황에 도움이 되지 않았다. 사미 피사다푸는 루이섬
출신의 젊은 여성 학자로, 전년도 황실 시험에서 *피로아*에 겨우 들
었다. 메코데 제가테는 투노아에서 자란 하안 혈통의 여자 *카시마*
였다.

두 사람 모두 쿠니 가루의 '황금 잉어 계획'의 수혜자였지만, 세라
조차도 그 사실을 몰랐다.

"왜 특별히 이 두 사람입니까?"

키타 수가 얼굴을 찌푸리며 물었다.

"키타, 당신 연구원 중에 여자가 거의 없어."

"그것은 자격이 있는 여자 후보자가 없기 때문입니다." 키타는 이
것이 황녀에 대한 모욕으로 해석될지 궁금해하며 잠시 말을 멈추었
다. 그러고는 환심을 사고자 애썼다. "황녀님께서는 물론, 조미 키
도수 특별 고문처럼 예외입니다만."

"황궁 시험을 통과한 여자가 남자만큼 많지 않긴 해도, 여럿 있어. 또한 우리는 이 연구 사업을 통해 새로운 발견을 이루어내야 해. 넓은 범위의 의견과 관점을 갖는 것이 중요해."

"사고의 독창성은 마음의 특성이지, 성의 특성이 아닙니다."

키타 수는 코웃음을 쳤다.

세라는 완강하게 주장했다.

"삶의 경험이 다르니 여자는 전통적인 후보자들과는 다르게 새로운 통찰력을 제공할 수도 있어. 사미는 수험생들 사이에서도 독특해. 작년에 발표한 글은 고래 사회에도 사람의 경우처럼 조산사 역할을 하는 고래가 있다는 증거를 제시하여 뜨거운 논쟁을 불러일으켰지. 메코데는 동물들이 스스로 병을 고치려 한 시도에서 유래한, 약초 지식의 역사에 관한 전문가로 잘 알려져 있어. 이러한 전통적으로 무시된 주제에 대한 그들의 관심이야말로 사고의 독창성을 보여 주지."

키타는 이해가 가지 않았지만 뜻을 굽히고 두 여자를 연구원으로 추가했다.

자신을 향한 회의적인 태도를 인식한 세라는 가벼운 적대적인 분위기를 무시한 채 일에만 몰두했다. 그녀는 다른 학자들과 함께 일했다. 거친 밧줄과 날카로운 갈고리를 이용해서 거대한 사체에 기어올랐고 위험에 대해 절대 불평하지 않았다. 자신의 신분이 그러한 육체적인 노동에 걸맞지 않다는 내색을 하지 않았다. 거대한 사지들을 들어 올려 옮기고 사체 부위를 절단했다. 얼굴에 피가 뿌려지고 가리나핀 내장의 악취가 몸에 뱄지만 조심하는 기색도 없이 팔을 피와 지방 깊숙이 박아 넣었다. 그녀는 학자들의 이야기를 주의 깊게 들었고, 자신의 의견을 내세워 토론을 방해하지 않았다.

그녀는 다라의 황녀처럼 행동하지 않고 학자들의 견습생이나 학생처럼 행동했다.

"왜 아무 말도 하지 않으십니까?" 둘만 있을 때, 조미가 물었다. "황녀님께서 기여하고 싶어 한다는 걸 전 압니다."

세라는 조미를 보며 미소를 지었다.

"파에도 새의 전설을 기억해?"

"라 오지가 한 말이요?

다무에 내려앉은 주홍 파에도,

3년 동안, 눈 때문에 발이 묶인 채, 아무 소리도 내지 않는구나.

그러던 어느 날 아침, 태양을 불러내기 위해 노래를 부르고,

세상은 깜짝 놀라 모두 함께 듣기 위해 가만히 있도다."

세라는 고개를 끄덕였다.

"의견을 주장할 때가 있고, 충실한 학생을 연기할 때가 있어. 시기를 고르는 건 전쟁뿐만 아니라 토론에서도 제일 중요해. 특히 외부인으로 비칠 땐 더더욱."

조미는 한숨을 쉬었다. 세라는 힘의 물살의 흐름을 자신보다 훨씬 더 잘 파악하고 있는 것처럼 보였다. 이것은 몇 년 전 루안이 조미 자신에게 경고했던 약점이었다.

세라의 건강이 걱정된 조미는 얼굴에 튄 가리나핀 피와 그들이

분리해 낸 가리나핀 장기들을 보존하는 약물을 섞은 물에서 나온 연기로 세라가 건강을 다치지 않도록 비단 복면을 고안했다. 세라는 기뻐했고, 고마워하는 황녀를 보면서 조미의 마음에는 따스함이 가득 찼다.

"내가 모두를 위해 이런 걸 만들어 달라고 부탁해도 괜찮을까?"

세라가 조미의 손을 잡으며 물었다.

조미는 얼굴을 붉혔다. 황녀만 특수 장비를 하고 있으면 다른 사람들 눈에 어떻게 비칠지 생각하지 못한 것을 자책했다. 그녀는 황녀의 손가락이 손바닥에 닿는 느낌에 집중했다. 가죽에 무거운 도구를 휘두르는 일을 하면서 거칠어진 손가락이지만, 조미에게는 사랑스럽고 부드럽게 느껴졌다. 그녀는 고개를 끄덕였다.

"아무도 이걸 자기 걸로 착각하지 않도록 여기다 조미 열매들을 수놓아야겠어. 이건 특별해. 네가 만들었으니까."

그 후 몇 시간 동안 조미는 자신의 손바닥을 어루만지며 세라의 손에서 전해지던 온기를 재현하려고 애썼다.

세라 황녀가 조심스러운 환영을 받은 것과는 대조적으로, 조미 키도수는 이전 제국시험에서 가장 특출난 *파나 메지*로 인정받은 이력 덕분에 처음부터 모두의 존경을 받았다. 그녀는 곧 가리나핀에 대한 연구에서 선도적인 전문가로 자리매김했는데, 그녀가 루안 지아지가 남긴 자료를 여러 번 읽었을 뿐만 아니라, 루이섬에서 살아서 움직이던 생명체들을 관찰하고 나서 기록한 상세 내용이 가리나핀의 해부학적 특징을 그들의 행동과 연결하는 데 매우 귀중하다는 점이 증명되었기 때문이었다.

공동 작업을 함께하면서 조미와 세라는 한층 더 가까워졌다. 가리나핀 내장들로 만들어진 산 같은 미로를 헤집고 다니고 기어오를 때도 두 사람은 마치 아름다운 정원을 거닐며 이국적인 꽃에 대해 언급하는 것처럼 끊임없이 수다와 웃음을 이어 갔다.

다라에서 가장 뛰어난 지성의 소유자들이 함께 작업하는 가운데, 하안 해안의 얼음 동굴에 모인 학자들은 그들의 첫 번째 목표, 다시 말해 다라의 동물에 유사한 사례가 없는 능력인 가리나핀의 불이 지닌 신비를 파헤치기 위해 꾸준히 연구해 나갔다.

우선 가리나핀의 가죽과 근육을 잘라 낸 학자들은 체강(體腔)을 채우는 막성(膜性) 주머니들이 망을 이루고 있다는 것을 발견했다.

"밍겐 수리의 몸통에 있는 주머니들과 비슷할 것입니다."

자나 제국의 비행함 기술자로서 마피데레 황제의 궁정에서 일했던, 저명한 양식주의 학자 아사로 예가 추론했다. 그는 밍겐 수리를 해부하는 신성모독을 저지르고 거대한 육식조들의 비행을 가능케 하는 부양용 기체의 비밀을 알아낸 위대한 기술자 키노 예의 후손이었다. 아사로는 파사산(産) 담배를 산호 담뱃대에 채워 피우는 것을 즐겼기에 그 연기가 얼음 동굴을 메웠지만, 다른 학자 누구도 그의 유명세를 고려하여 감히 반대하는 목소리를 내지 못했다.

아사로는 계속 말했다.

"거대한 날개뿐만 아니라 속이 비어 있는 뼈도 가볍지만, 이 생명체들은 비행을 위해 이런 주머니들의 도움이 여전히 필요한 것으로 보입니다."

"이는 그것들이 비행함들만큼이나 부양용 기체에 의존하고 있음을 뜻합니다." 흥분한 사미 피사다푸가 말했다. 그녀는 목소리를 높여 주장했고, 주위에 있는 수많은 유명 학자들 때문에 기가 눌리지도 않았다. 이 점 때문에 나이 지긋한 기성학자 중 많은 이들이 짜증을 내곤 했다. "만약 그 기체의 공급을 줄일 수 있다면, 가리나핀들은 결국 땅에 발이 묶이게 될 것입니다."

조미는 고개를 가로저었다.

"저는 확신이 서지 않습니다. 제가 기억하기론, 류쿠족이 부양용 기체를 보충하기 위해 야수들을 다코 호수로 보낸 일이 없습니다. 그리고 우큐와 곤데의 땅에 대한 지아지 스승님의 설명에도 부양용 기체 공급에 대한 언급이 없었습니다. 그 정도로 중요한 특징이라면 분명 스승님의 관심을 끌었을 겁니다."

"부양용 기체가 우리 땅보다 류쿠족 땅에서 훨씬 풍부해서 류쿠족이 희귀 자원으로 취급하거나 특별히 신경 쓰지 않았을 가능성이 있습니다."

아사로가 말했다.

"하지만 대양을 가로질러 여행하는 동안 어떻게 그렇게나 오랫동안 부양용 기체 공급을 유지할 수 있었을까요?"

사미가 물었다.

아사로는 참을성 없이 손을 내저으며 반대 의견을 일축했다.

"비행함들도 기체가 새긴 하지만 아주 천천히 샙니다. 우리는 세심하게 유지 보수를 진행하고 비행함 간에 부양용 기체 공급을 공동으로 관리하여 재충전하기 전까지 몇 년 동안 비행함들을 날게 할 수 있습니다."

조미가 끼어들었다.

"하지만 가리나핀들은 오랫동안 비행을 유지할 수 없는 것처럼 보입니다. 모든 증거는 그것들이 착륙해야 하기 전까지 한 번에 몇 시간밖에 비행할 수 없음을 보여 줍니다. 만약 가리나핀들이 저장된 부양용 기체에 의존한다고 하면 무한정 하늘에 떠 있을 수 있을 것입니다."

"음……." 아사로 예는 그것이 좋은 지적이라는 점을 인정해야만 했다. "이 주머니들을 좀 더 살펴봐야겠습니다."

아사로는 기체가 가득 찬 주머니 하나를 찾아내 연결된 혈관과 공기관, 기타 조직으로부터 조심스럽게 잘라 냈다. 그러고 나서 끈으로 작은 관들을 묶은 다음, 끈을 잡은 채로 주머니를 놓았다.

지름이 거의 90센티미터인 주머니는 공중으로 솟아올랐고 끈은 팽팽해졌다.

"생각한 대로, 공기보다 가볍습니다."

뒤이어 아사로는 뾰족하게 깎은 속이 빈 갈대를 집어서 주머니에다 찔러 넣었다. 가스가 관을 타고 쉭 소리를 내며 빠져나왔다.

"예 선생." 세라 황녀가 끼어들었다. 평소 거의 말을 하지 않는 황녀이기에 모두가 고개를 돌려 그녀를 쳐다보았다. "알려지지 않은 기체에 대해선 신중한 게 좋겠어. 잘라 낸 것들 가운데 좀 작은 것을 사용하는 게 좋을 것……."

아사로 예는 참을성 없이 세라를 향해 손을 흔들었다.

"저는 황녀님이 태아가 되기 전부터 부양용 기체를 다루면서 일해 왔습니다. 저는 무엇이 안전하고 무엇이 그렇지 않은지 잘 압니다." 그러더니 눈을 감고 빠져나오는 기체를 깊이 들이마셨다. "냄새가 전혀 없습니다. 순수한 부양용 가체입니다."

아사로는 주머니를 풍선처럼 머리 위로 띄웠다. 여전히 갈대에서는 쉭쉭 소리를 내며 기체가 뿜어져 나왔고, 주머니는 비행함처럼 원 모양을 그리며 날았다. 이윽고 그는 말린 담뱃잎으로 채워진 산호 파이프를 꺼냈고, 파이프에 불을 붙이기 위해 주변에 서 있는 심부름 소년에게 손짓해서 파이프용 불을 가져오게 했다. 동굴 내부는 차갑게 유지되어야 했고 굴절되고 반사된 햇볕으로 조명이 제공되었기 때문에 실험실 주변에는 불이 켜진 횃불이나 등이 없었다. 소년은 동굴 밖으로 뛰어나가 불이 붙은 막대기를 가져와야 했다.

그리고 그렇게 해서, 그의 머리 위에 있던 풍선이 폭발하며 불덩이로 변했다. 소년이 비명을 지르며 황급히 몸을 피했고 다른 학자들도 피신하느라 몸을 내던졌다. 불덩이는 아사로의 머리 위로 떨어졌고, 머리카락과 옷에 불이 옮겨붙었다. 아사로는 비명을 질렀고 휘청거리며 걷다 해부대에 가서 부딪혔다. 근처에는 물이 준비되어 있지 않았다. 그는 불로 인해 심각한 상처를 입게 될 처지였다.

학자들과 경비대원들은 망연자실해서 속수무책으로 가만히 서 있었다.

"황녀님!" 투노아 출신의 약초꾼인 메코데 제가테가 세라에게로 달려갔다. "황녀님, 옷을 좀 주시겠습니까?"

세라는 즉시 이해했다.

"좋은 생각이야!"

그녀는 망설임 없이 입고 있던 헐거운 겨울 옷을 벗어 던졌고, 메코데와 사미의 도움으로 아사로 예의 불타는 머리와 어깨를 옷으로 감싼 다음 바닥으로 밀었다. 그들은 불이 확실히 꺼졌다고 확신할 때까지 그를 바닥에다 굴렸다.

아사로는 천천히 일어나 앉았고, 신부가 베일을 벗듯 세라의 옷을 자기 머리에서 벗겨 냈다. 그의 수염과 머리카락의 많은 부분이 불에 탔지만 얼굴과 목의 상처는 비교적 가벼웠다.

"얼음 백합과 겨울 젤리로 만든 연고를 쓰면 괜찮으실 겁니다." 메코데가 그의 상처를 살펴본 다음 말했다. "하지만 며칠 동안은 심하게 따끔거릴 겁니다."

"고맙구먼."

아사로는 세라와 사미, 메코데를 감사의 눈빛으로 바라보았다.

그동안 조미는 침착하게 동굴에 있는 모든 사람에게 지시했다.

"문을 열어서 신선한 공기를 들여보내십시오! 이제부터 가리나핀 주머니는 자르지 말고, 절대 어떤 불도 들여오지 않도록 하십시오."

다른 때였다면, 세 여자(그중 한 명은 속옷 차림의 황녀였다)가 원로 한 명을 땅에다 대고 통나무처럼 굴리는 모습은 웃음거리나 뒷담화의 대상이 되었을 것이다. 하지만 동굴 안의 모든 사람은 세라와 사미, 메코데가 얼마나 용감한 일을 했는지 이해했다.

키도수는 박수를 치기 시작했고, 다른 사람들도 곧 합류했다. 요란한 박수 소리가 동굴을 가득 채웠다.

"여러분은 교훈을 가르쳐 주었습니다." 당황한 아사로가 말했다.

"오래 산다고 해서 반드시 어떤 지혜가 생겨나는 것이 아님을 보여준 겁니다. 어떻게 그렇게들 침착하게 움직이면서 뭘 해야 할지 알 수 있었습니까?"

메코데는 웃었다.

"저는 가난한 가정에서 자랐고 식구들을 위해 요리를 했습니다. 아마 이곳에 있는 분들이 부엌에서 보낸 시간을 모두 합친 것보다 더 많은 시간을 부엌에서 보냈을 겁니다. 부엌에서 치마에 불이 옮겨붙는 것은 흔한 사고이고, 저는 그런 사고에 대처하는 법을 배웠습니다. 사미도 비슷한 경험이 있으리라 생각됩니다."

사미가 고개를 끄덕였다.

"저는 공부를 잘하는 학생이었지만, 그래도 형제들과 부모님을 위해 요리해야 했습니다."

아사로는 세라에게 고개를 돌렸다.

"하지만 전 세라 황녀님이 부엌에서 이런 기술을 배웠다고는 상상할 수 없습니다."

세라는 싱긋 웃었다.

"그래, 그건 아니야. 아버님이 젊었을 때, 친구이신 망원장관 코다가 소이탄 공격을 당했어. 아버님은 친구를 구하기 위해 공기를 차단해서 불을 끄는 법을 알아내야 했지. 그 이야기는 꽤 깊은 인상을 주었어. 깊이 생각할 것도 없이 그 방법을 실행에 옮긴 거지."

아사로가 고개를 끄덕였다.

"세라 황녀님이 여기 계셔서 얼마나 다행인지 모르겠습니다."

그때부터 학자들은 세라와 사미, 메코데를 정식 구성원으로 대우했고, 그들이 의견을 제시하거나 관찰한 내용을 말할 때 경청했다.

류쿠의 침략으로 가족을 잃었다는 아픔에 더해 같은 연구소에 일한다는 공통점으로 조미와 세라의 유대는 깊어졌다. 둘은 함께 밥을 먹었고, 휴식 시간에는 가리나핀 연구와 공학 원리, 군사 전술, 그리고 뭐든지 마음속에 떠오르는 다른 것들을 토론하면서 긴 시간을 보냈다.

학자들이 공기주머니의 특징과 관찰을 통해 밝혀낸 야수들의 행동을 어떻게 조화시킬 것인지를 놓고 끝없는 논쟁에 빠져들면서 가리나핀 연구는 교착 상태에 빠졌다. 너무 많은 이론이 난무하는 와중에, 판에서 온 제국 전령들이 모두에게 머지않은 미래에 닥칠 류쿠족과의 전쟁을 상기시키며 이틀에 한 번꼴로 새로운 정보를 요구하는 바람에 모든 사람은 좌절했다.

어느 날 뇌우가 쏟아졌다. 비가 그친 후, 세라는 조미에게 일을 잠시 멈추고 절벽 꼭대기로 올라가 보자고 설득했다.

"풍광이 정말 아름답지 않아?"

세라가 말했다. 고요한 바다는 짙은 청록색이었다. 구름 뒤로 태양이 슬쩍 엿보이는 가운데 무지개가 하늘에 걸려 있었다.

조미는 미소를 지으며 무지개를 가리켰다.

"뭔데?"

세라는 조미가 지평선에서 무언가를 발견했다고 생각하며 손차양을 만들어 조미가 가리키는 방향을 응시했다.

조미는 미소를 지으며 다시 무지개를 가리켰다.

"이거 수수께끼야?"

조미는 여전히 미소를 지으며 무지개를 가리킬 뿐이었다.

"포기야. 무슨 말을 하고 싶은 건지 말해 봐."

조미의 미소에서는 아련함이 묻어났다.

"어머니께서 언젠가 저에게 신들과 달력상의 12년 주기에 관해 이야기해 준 적이 있었습니다. 그 이야기에서 루소 신은 그에게 제기된 모든 질문에 이런 식으로 대답하기로 했습니다. 신들은 신비로 가득 차 있다."

"언젠가는 그 이야기를 들어 보고 싶네. 조미의 어머니를 만날 수 있었더라면 좋았을 텐데."

"제 부모님은 둘 다 훌륭한 이야기꾼이었습니다. 그리고 다수 방언으로 이야기해야 더 재미있었어요. 저는 고향을 너무 오래 떠나서 다수 억양을 잊어버렸습니다."

그들은 나란히 서 있었고, 세라는 팔을 들어 위로하듯 조미의 어깨를 감쌌다.

"우리가 크면서 잃는 것도 많지만 대신 얻는 것도 많아. 지금 여기까지 오기 쉽지 않았잖아."

주변의 시골은 방금 화포에 그림을 그린 것처럼 산뜻해 보였다. 무성한 녹색 들판, 짙은 검은색 모래 해변, 비에 씻긴 붉은 기와와 새하얀 벽으로 반짝거리는 오두막과 집들.

"비 온 후에 다시 태어난 세상을 바라보는 게 세상에서 가장 큰 즐거움 중 하나다. 어느 위대한 부인이 내게 그렇게 말한 적이 있어."

"정말 그렇습니다. 황녀님 말을 듣고 여기에 올라오게 된 게 정말

기쁩니다. 혼자 왔다면 즐거움이 반도 되지 않았겠지만요."

세라는 미소를 지었다. 그 부인도 비슷한 말을 했다.

조미는 다리에 찬 마구를 매만지기 위해 자리에 앉았다. 절벽을 오르는 동안 결박된 부분이 느슨해졌기 때문이었다.

"정말 놀라운 기계야."

세라는 조미 옆에 앉아서 어떻게 마구가 구부러지고 조미의 약해진 다리 근육의 움직임을 강화하는지 살펴보았다.

"스승님이 저를 위해 이걸 만들어 주셨습니다." 조미의 눈앞이 잠시 뿌예졌다. "스승님이 지금 여기 계셨다면, 분명 벌써 가리나핀들의 비밀을 알아냈을 겁니다. 진전이 너무나도 느려요. 스승님께 실망을 안겨 드리는 것만 같습니다."

"난 그렇게 생각하지 않아. 루안 지아지는 위대한 학자였지만, 신은 아니었어. 너와 나처럼 인간이었어. 그는 우주가 알 수 있는 것이라고 믿었어. 그리고 그 믿음을 고수하고 계속 정진하는 한, 우리는 돌파구를 찾을 거라고 난 확신해."

"어떻게 그렇게 쾌활한 태도를 유지할 수가 있으세요?"

"난 우리의 마음을 채우는 것은 타고난 재능이나 상황보다 우리의 운명과 훨씬 더 많은 관련이 있다고 배웠어. 내 이름은 '슬픔을 해결하는 자'라는 뜻이야. 난 내 이름에 부응할 생각이야. 상황이 절망적일 때 우리는 그것에 굴복하여 운명을 한탄할 수도 있고, 대본을 수정하고 새로운 길을 개척할 수도 있어. 우린 항상 우리 자신들 이야기의 영웅이야."

"우린 항상 우리 자신들 이야기의 영웅이다."

조미가 따라 했다. 그러고는 웃음을 지어 보였다.

"있잖아, 조미는 웃음을 지을 때 아름다워."

조미가 발끈했다. 그녀는 자신이 지식인이라는 것을 증명하기 위해서라도 항상 신경 써서 진지한 태도를 유지했다.

"제게 더 웃으라고 하시는 말씀입니까?"

"전혀 아니야. 조미가 행복한 모습을 보니 나도 행복하다는 얘기야. 우리가 함께 진정한 기쁨의 순간을 더 많이 가졌으면 좋겠어."

조미는 얼굴을 붉혔다. 그녀의 외모를 언급하는 사람은 거의 없었다. 어린 시절 벼락을 맞아 생긴 흉터를 고려해서였다. 하지만 세라의 말은 그녀의 마음을 가볍게 만들었다.

세라가 킬킬거렸다.

"그 빨간 얼굴도 나쁘진 않네. 예전에 너 때문에 내가 겁먹었다는 건 알고 있어? 말을 걸려고 할 때마다 하도 까칠하게 굴어서 네가 날 좋아하지 않는다고 확신했어."

조미가 어색하게 웃었다.

"그때 저는 거만했고 모든 것을 안다고 생각했습니다. 무례하게 굴어서 죄송합니다."

"난 자랄 때 형제자매가 아닌 아이와는 함께 시간을 보낸 적이 거의 없어. 내 나이 또래 여자애들과 시간을 보내게 되었을 때도 지위의 차이 때문에 서로 가까워지는 게 거의 불가능했어." 세라는 생각에 잠긴 채 말했다. "우리가 함께 작업할 수 있어서 정말 기뻐."

"저도 마찬가지입니다." 조미는 침을 삼킨 다음 계속 말을 이었다. "황녀님께 지금껏 이런 얘기를 한 적은 없습니다만, 제가 원수를 배신한 다음 궁을 떠나고 싶어 했을 때, 황녀님께서 제가 겁쟁이라는 점을 깨닫게 해 주셔서 감사하게 생각하고 있습니다."

"난 네 마음이 진실이라고 알고 있는 것을 보여 줬을 뿐이야. 진정한 친구는 우리에게 진실을 다시 비춰서 보여 주는 거울이야."

"만약⋯⋯." 조미는 잠시 말을 멈추고, 세라의 기대에 찬 눈을 바라보며 침을 꿀꺽 삼켰다. 심장이 두근거리는 가운데, 그녀는 억지로 말을 이어 나갔다. "제가 친구 그 이상이 되고 싶어 한다면요?"

세라는 얼굴을 붉혔고 환한 미소가 번져 나갔다.

"되새김질을 하는 암소를 위해 금을 연주하는 건 줄 알았는데, 알고 보니 내가 너무 무서워서 춤을 못 추는 암소였네!"

"그건⋯⋯ 좋다는 말입니까?"

조미가 물었다. 그녀의 심장은 마구 뛰고 있었다.

세라는 대답하는 대신 두 팔로 조미를 감싸 안으며 오랫동안 입맞춤을 했다.

태양이 바다를 배경으로 반짝였고 산들바람이 활기를 되찾은 세상을 어루만졌다.

서로의 마음속 목소리를, 음악 아래로 흐르는 음악을 들은 두 젊은 여자는 완벽한 조화로움 속에서 노래했다.

얼마나 멀리 갈까. 무엇을 보게 될까.

어느 먼 기슭에 도착해서 머물게 되는지.

물 밑으로 가라앉고, 싹이 트고, 자라고, 꽃을 피우게 되는지.

그래서 햇빛에 젖은 물결에 또다시 흔들리게 되는지!

붕대를 감은 아사로 예는 다시 열정적으로 조사 작업에 뛰어들었다. 그는 겸손한 자세로 세라와 조미에게 도움을 요청했다.

"지나치게 많은 이론이 논의되고 있을 뿐, 증거는 충분치 않습니다. 우리는 더 많이 실천하고 말수는 줄여야 합니다."

그들은 조심스럽게 죽은 가리나핀에게서 주머니를 잘라 냈다.

"이 기체의 품질은 어떻게 측정해야 합니까?"

얼굴을 찌푸린 아사로가 물었다.

조미가 빙그레 웃었다.

"물고기의 무게를 재 볼 수 있지요."

그들은 제국의 지휘 아래 남은 몇 안 되는 전령 비행함 중 한 척의 부양용 기체를 이용해 빈 주머니 하나를 가리나핀에서 나온 주머니와 같은 크기가 될 때까지 부풀렸다. 그러고 나서 부력이 없어질 때까지 두 개의 주머니에 다양한 무게 추를 묶어서 매달았다.

아사로는 결론을 내렸다.

"가리나핀 안의 기체는 다코 호수에서 부글부글 새어 나오는 기체보다 더 무겁습니다. 호수 기체의 주머니가 더 무거운 무게를 나를 수 있는 이유입니다."

"또 가리나핀이 밍겐 수리나 우리 비행함들보다 더 적은 부양력을 가지고 있다는 의미이기도 합니다. 큰 날개가 필요한 이유가 설명됩니다."

조미가 말했다.

"그 기체는 또한 가연성이 매우 높아요. 그게 아마도 불의 원천일 것입니다."

세라가 말했다.

직감이 들었다. 세라는 원수의 화염방사기에 동력을 공급하는 기체가 담긴 통을 동굴로 가져와 달라고 요청했다. 앞서와 같은 실험을 수행하여 발효된 똥거름에서 추출된 가스와 가리나핀 주머니에서 추출된 기체를 비교하니, 무게가 동일한 것으로 나타났다.

"하지만 어떻게 가리나핀들이 똥거름 기체를 얻을 수 있었을까요?"

어리둥절한 학자들이 물었다.

다양한 약초가 동물의 소화에 미치는 영향을 전문으로 연구하는 메코데가 가능할 법한 답을 제시했다.

"화염방사기를 위한 기체를 발생시키는 발효 과정은 이 풀을 먹는 생명체들의 내부에서 일어나는 일과 비슷할지도 모릅니다."

동물들을 추가로 해부한 결과, 그 가설을 확인할 수 있었다. 소와 양처럼 가리나핀의 위에는 여러 개의 방이 있었다. 가리나핀들은 앞쪽 일부의 방에서 풀을 발효한 다음 되새김질하고, 씹고, 다시 삼켰던 것처럼 보였다. 그런 다음 발효로부터 발생한 기체는 몸 전체에서 발견되는 주머니들에 분배되고 저장되었다. 팽만감을 방지하기 위해 시간이 지나면 기체가 서서히 새어 나오며 다시 보충되었을 터였다.

"불을 내뿜는 것 역시 기체를 소모할 겁니다. 가리나핀들이 불을 내뿜으면 오랫동안 날 수 없는 이유가 설명됩니다. 그들은 땅으로 내려와 먹이를 먹어 기체를 보충해야 합니다."

조미는 추측했다.

"우주 만물은 확실히 경이로움으로 가득 차 있습니다. 이 초식동물들은 방어 기제로서 이 능력을 키웠을 것입니다. 우큐와 곤데의 땅에서 어떤 또 다른 놀라운 생물체를 찾아볼 수 있을지 궁금합니다."

아사로 예가 말했다.

그 무시무시한 생명체들을 하늘을 날며 되새김질하는 소 떼라고 보기 시작하자, 확실히 얼마간 신비감이 사라졌다. 학자들은 즉시 발견한 내용을 어떻게 활용하고 대책을 세울 것인지 토론하는 쪽으로 방향을 틀었다.

해부가 계속됨에 따라 더 많은 수수께끼가 밝혀졌다.

가리나핀은 포유류임이 분명했지만, 두 사체(둘 다 암컷이었다)를 해부한 결과 부분적으로 딱딱한 껍질을 가진 알이 형성되어 있었다. 난생(卵生) 동물의 표식이었다.

"알을 낳는 포유동물들이라니! 내 눈으로 보지 않았다면 절대 믿지 않았을 겁니다."

아사로 예가 소리쳤다.

알 속을 들여다보고 나니 놀라움은 더 커졌다.

"우리가 아는 난자를 형성하는 동물들 대부분과는 달리, 알을 낳기 전에 적어도 부분적으로는 어미 안에서 배아가 발달하는 듯합니다." 가금류의 출산 전 발달에 대해 잘 아는 사미가 생각에 잠긴 채 말했다. "우리는 가리나핀의 출생 과정에 대해 많이 알지는 못할지 모르지만, 이 배아가 세 개의 날개와 여섯 개의 발을 가진 것이 정상적이지 않다는 건 누구라도 알 수 있습니다. 아무래도 독자적으로 생존하기는 힘들 겁니다."

"이 가리나핀이 아팠다고 생각해?"

세라가 물었다.

"가능성이 있습니다. 하지만 환경에 문제가 있을 수도 있습니다. 결국 가리나핀들은 외국 땅에 있는 셈이니, 번식에 필요한 필수적인 영양분이 부족할 수도 있습니다."

조미가 끼어들었다.

"다들 아시다시피, 여태 우리가 어린 가리나핀을 보지 못했다는 것이 흥미롭습니다. 우리는 류쿠족이 어린 가리나핀들을 가까이 데리고 있으며 부모들을 통제한다는 사실을 알고 있습니다. 가리나핀들이 새끼를 낳는 데 문제가 생긴다면, 류쿠족은 그들에 대한 통제력 역시 잃을 수 있습니다."

희망적인 전망처럼 보였지만 그런 낙관론을 정당화하기에는 여전히 증거가 너무도 부족했다.

가리나핀을 해부하는 예비 작업이 끝나자, 학자들은 다른 분야의 추가 연구에 집중하는 소집단들로 나뉘었다.

가리나핀은 그 습성과 소화기의 해부학적 구조가 소와 유사하므로, 어쩌면 소화기 질환이나 취약한 부분도 유사할 것이라고 메코데는 추론했다.

"그리고 나는 소에 대해 조언을 구할 만한 사람을 알아."

세라는 전령 비행함을 타고 파사의 고지대로 향했다.

루 마티자는 손녀가 찾아와서 기뻤지만, 그녀가 원하는 바를 듣고 나자 그 기쁨이 확연히 줄었다.

"왜 목장 일꾼들과 시간을 보내고 싶습니까? 소에 대해 알고 싶다면, 그냥 저한테 물어보시지요."

"할머니, 할머니께선 목장을 원활하게 운영하고 사업이 번창하게 하는 일이라면 모든 걸 알고 계실 테지요. 제가 필요한 것은 실용적인 지식, 자신의 손을 더럽히는 사람들만이 저에게 말해 줄 수 있는 그런 종류의 지식입니다."

루 마티자가 갖은 애를 써 가며 세라에게 다라의 황녀가 거친 목장 일꾼들 사이에서 살면서 일하는 건 부적절하다고 설명하려 했지만(그녀와 그녀의 가족을 두고 사람들이 무슨 뒷얘기를 할지 상상이나 할 수 있을까?) 세라는 고집을 꺾지 않았다. 그녀는 자신이 알아야 하는 것을 유일하게 중요한 선생님으로부터 배워야 한다고 고집했다. 그 선생님이란 바로 경험이었다.

루는 한숨을 쉬었다. 이 고집 센 손녀는 그야말로 어린 지아를 생각나게 했다.

"황녀님 어머니도 절대 제 말을 듣지 않았지요."

그 말은 세라의 흥미를 자극했다.

"어떤 거였는데요?"

"네, 다요. 전부 다 그랬습니다. 여름 동안 위험한 놀이를 하는 난폭한 마을 아이들과 함께 뛰어다니지 말라고 말했지요. 자수와 춤에 더 집중하고 약초를 캐느라 땅을 파는 데 모든 시간을 보내지 말라고 애원했고, 많고 많은 중매인이 집을 뛰쳐나갔더랬지요. 어머님이 그 사람들을 조롱했거든요. 우리가 했던 말다툼을 황녀님이 들었어야 하는데."

세라는 다른 흥미로운 일들을 하기 위해 청혼을 거부했을 젊은 시절의 어머니를 상상했다. 세라와 지아 사이의 긴장된 관계를 생각하면, 그것은 얼마간 모순적이었다. 하지만 그 이야기를 듣고 나니 왠지 어머니와 더 가까워진 것처럼 느껴지기도 했다.

결국 할머니는 누그러졌다. 지아가 자신과 길로의 말에 따르기를 거부하고 쿠니 가루와 결혼을 고집했음에도 일이 잘 풀렸다는 사실을 떠올리자 위안이 되었다. 어쩌면 마티자 가문의 딸들은 하고 싶은 대로 하게 내버려 둬도 괜찮은 것인지도 모를 일이었다.

그리하여, 몇 주 동안 세라는 루 마티자의 목장 일꾼이 되었다. 할머니가 그녀의 진짜 신분을 동료들에게 드러내지 못하게 했기 때문에, 세라는 소 떼를 돌보는 일에 실제로 무엇이 필요한지 배울 수 있었다. 세라는 저녁 식사로 말린 비스킷과 육포를 먹고, 체온을 유지하고 기민한 상태를 유지하기 위해 구운 치커리 뿌리를 우려낸 뜨거운 물을 마셨다. 모닥불 주변에서 웃고 음탕한 농담을 했으며, 포근한 봄에는 누에고치 이불에 싸인 채 별이 가득한 하늘 아래 들판에서 잠을 잤고, 거름을 구덩이에 삽으로 퍼 넣었다. 날씨가 좋은 날엔 소 떼를 이 목초지에서 저 목초지로 몰아갔고, 비 오는 날에는 축사에 가두고 먹이통에다 향긋한 건초를 채우는 것을 배웠다. 끊임없는 노동과 해도 해도 끝날 기미가 안 보이는 잡역들로 인해 그녀의 손은 거칠어졌고 피부는 그을렸다. 하지만 그녀는 팔다리를 꽉 채우는 힘을 느낄 수 있었다.

목장 일꾼들은 류쿠족에 대해 걱정하며 말도 안 되는 소문들을 공유했고, 세라는 자신이 누구인지 밝히지 않으면서 그들을 진정시키려고 노력했다. 그것은 어려운 곡예와도 같은 일이었다. 그녀는 모든 것을 바꾸게 될 한 조각의 정보를 발견하기에는 너무 늦은 게 아닐까 하는 걱정으로 끊임없이 괴로워했다.

그녀는 되새김 위가 얼마나 경이로운지, 그리고 되새김 위로 소화시킬 것을 정할 때 얼마나 신중해야 하는지를 배웠다. 아무 식물이나 되는대로 소에게 먹이고 결과를 낙관할 수는 없었다. 풀이나 건초의 혼합물을 바꾸는 것은 점진적이고 신중하게 이루어져야 했다. 그렇지 않으면 소가 팽만감과 중독으로 병이 들 수 있었다. 사람들이 먹기에 좋은 것이 소먹이로서는 전혀 좋지 않았다. 되새김 동물의 위는 아기처럼 다루어야 했고, 풀과 건초를 우유, 고기, 그리고 다른 부산물로 바꾸는 소 내부의 불가사의한 소화 과정을 추정하기 위해 소 떼의 배설물을 주의 깊게 살펴봐야 했다.

알아낸 내용을 가지고 긴펜으로 돌아갈 준비가 되었을 때, 그녀는 스스로 생각하기에도 자랑스러운 계획을 마음속에 품고 있었다.

한편, 조미 키도수는 어떻게 가리나핀이 가연성 부양용 기체를 실제의 불꽃으로 바꾸는지에 대한 수수께끼에 몰두했다.

원수의 화염방사기는 점화용 불씨에 의존했지만, 가리나핀들의 구강과 상부 소화관을 조사한 결과 그런 걸 지지할 수 있는 구조랄게 없었다. 금속이나 부싯돌이 불꽃을 발생시키는 흔적도 없었다.

학자들은 야수들이 어떻게 숨에 불을 붙이는지 설명하기 위해 정교한 이론들을 내놓았다. 어쩌면 그 동물 몸에 자연적으로 불이 확 타오르는 진액이 있는지도 모른다, 어쩌면 숲에서 길을 잃은 여행객들이 막대기를 서로 비벼 불을 붙이는 것처럼, 이빨을 빠르고 세차게 갈아서 불을 일으킬 만한 열을 내는지도 모른다, 아니면 야수들의 두 눈이 옛 하안의 곡면 거울처럼 두개골 안으로 햇빛을 집중시켜 불을 만드는 것인지도 모른다.

이러한 이론들 가운데 가리나핀의 사체를 실제 해부한 경험으로 지원 사격을 해 줄 수 있는 이론은 없었다. 결국 학자들 대부분은 이 주제를 풀 수 없는 수수께끼로 단념해 버리고 다른 수수께끼로 넘어갔다. 좀 더 해결하기 쉬울지도 모른다는 기대를 안고서 말이다.

하지만 조미는 그 수수께끼를 그냥 지나칠 수 없었다. 그녀는 돌파구로 이어질 무언가를 배우기를 바라며, 불을 지피는 새로운 방법에 대한 지식을 모으고 수집하라는 전갈을 망원자들에게 내보냈다.

제54장

탄 아뒤의 도움

탄 아뒤섬

사해평치 12년 4월

다피로 미로는 탄 아뒤섬을 찾았다. 그가 다라 제도의 최남단인 이곳에 마지막으로 발을 디딘 게 무려 20년 전이었다.

크루벤을 불러 반란군을 도운 대가로 라긴 황제는 족장 키젠에게 한 약속을 충실히 지켰고, 그의 군사령관들과 귀족들은 아뒤섬 사람과는 일절 분쟁을 일으키지 않았다. 지난 20년 동안 이곳에 온 다라 사람은 이런저런 것을 파는 무역업자들과 이런저런 신을 모시는 선교사들이 유일했고, 때때로 모험을 찾는 아뒤인들은 더 큰 세상에 대한 호기심을 충족시키기 위해 다른 섬들로 이동하는 그들과 동행하곤 했다.

천천히 그러나 확실히, 탄 아뒤섬의 삶이 변하고 있었다. 도자기와 칠기, 심지어 비단이 몇몇 아뒤 족장의 가정에서 발견되었고, 족장 키젠은 입으로 전해지는 이야기들보다 더 안전한 보고(寶庫)를 만들 목적에서 아뒤 사람들의 역사와 전설을 문서로 기록할 다라 출신 필경사를 고용하는 일에 마지못해 동의했다. 이러한 변화는 족장들과 부족 구성원들 사이에서 열띤 논쟁의 대상이었지만, 정복의 위협 아래 강요받은 것이 아니라 부족의 자체적인 결정에 따른 것이었다.

족장 키젠은 다피로를 따뜻하게 맞이했다. 족장은 다라어에 익숙해져서, 라긴 황제가 보낸 사절들과 대화할 때 통역사가 필요 없을 정도였다.

"최고 추장은 잘 지내오?" 키젠은 입가에 짓궂음이 묻어나는 미소를 지으며 물었다. "그가 처음 나를 찾았을 때, 그는 폭군 마피데레를 타도하는 일을 두고 내게 멋진 연설을 했지. 하지만 결국 그 자신이 최고 추장이 되고 싶은 유혹을 물리칠 수 없었나 보더군!"

다피로는 자신의 영주에 대한 비난에 신경이 곤두섰다.

키젠은 웃었다.

"농담일세. 쿠니 가루의 부하들이 여전히 변함없이 충성을 다하고 있는 모습이 보기 좋구려. 라긴 황제 치하의 번영과 평화에 대한 소식은 다라의 수완 좋은 무역업자들을 통해 아주 멀리 떨어진 벽지인 이곳 섬에 있는 나이 먹은 내 귀에까지 전해졌소. 백성들의 이익을 위해 권력을 휘두르는 한, 권력을 원하는 것은 부끄러운 일이 아니오. 게다가 쿠니는 아뒤 사람들을 그냥 내버려 두겠다는 약속을 줄곧 지켰는데, 난 그 점에 감사하오."

"황제는 절체절명의 위험에 처해 있습니다."

다피로는 류쿠족이 찾아온 후 다라에서 일어난 모든 일을 족장에게 말해 주었다.

"그렇게나 상황이 나쁘오?" 생각에 잠긴 키젠이 물었다. "당신네가 이길 가능성이 없다고 생각하오? 쿠니 가루와 그의 고문들, 특히 토루노키는 항상 지략이 풍부했다만."

다피로는 고개를 저었다.

"루안 지아 선생님은 돌아가셨습니다. 지금은 지아지로 추앙받고 있지요. 류쿠족을 막기 위해 마지막까지 애쓰다 목숨을 잃으셨습니다. 그리고 원수님은 희망을 말하지 않고 있고요. 원수님은 제가 지금까지 모신 분 가운데 가장 위대한 사령관인데 말이지요."

"그래서 다시금 우리에게 도움을 청하러 온 거로군."

다피로는 고개를 끄덕였다.

"제가 시도라도 해 보겠다고 원수님을 설득했습니다. 그 거대한 크루벤들은 황제가 다라의 왕좌에 오르는 것을 이미 한 번 도운 적이 있고, 실제로 다라의 깃발은 여전히 그 일화를 기념하고 있잖습니까. 어쩌면 이 암울한 순간에 황제와 다라의 사람들을 다시금 도와줄지도 모른다고 제가 말씀드렸습니다."

"그럼 탄 아뒤는 왜 이 일에 관여해야 하는 거요?"

"류쿠족은 단순한 정복이 아니라 노예화를 의도하고 있습니다. 저들의 야만적인 방식에 대해 앞서 말씀드렸습니다. 다라 제도는 겨울바람으로부터 이를 보호하는 입술처럼 탄 아뒤를 막아 주고 있습니다. 하지만 입술이 사라지면 이는 추위를 느끼지 않겠습니까?"

키젠은 눈을 감은 채 그 요청에 대해 곰곰이 생각하면서 천천히 뻘 담뱃대를 빨았다. 다피로는 숨을 죽이고 기다렸다.

드디어, 키젠이 눈을 떴다.

"다라의 신들이 그들의 의지에 대한 표식을 당신들에게 보여 주지 않았소?"

"아시다시피 신들은 인간들의 일에 간섭하지 않겠다고 맹세했습니다. 적어도 직접적으로는요."

"하지만 그것은 대이산 전쟁 이후에 정해진 사항이오. 그들은 그런 맹세를 하는 것만큼이나 쉽게 그것을 깨뜨릴 수도 있소."

다피로는 항상 아뒤인들의 종교적 관습이 궁금했다.

"당신들이 기도하는 신들은 우리가 기도하는 신들과 같습니까?"

"그건……놀랍도록 복잡한 질문이군. 한때는 그렇다고 생각했지만, 진짜 대답은 '예'도 '아니요'도 아니지. 나랑 갈 데가 있소. 따라오시오."

족장 키젠은 다피로를 대나무와 나무로 세우고 짚 이엉과 갈대로 덮은 큰 오두막으로 데리고 갔다. 그 오두막은 통풍이 잘되고 개방감이 좋았고, 벽으로는 야자열매와 나무, 고래 뼈로 조각된 조각상들로 채워진 선반이 여럿 줄지어 서 있었다.

다피로는 설명을 듣기 위해 족장 키젠을 바라보았다.

"티로국 시대에는 아무와 코크루의 왕들이 자주 우리를 정복하려고 했소. 그들은 이 섬을 차지하는 데 성공하지 못했지만, 두 나라의 침략자들은 우리가 선조들로부터 물려받은 보물들을 빼앗아 갔지. 우리의 몇몇 젊은이들이 당신네 기술을 공부하기 위해 다라로 갔을 때, 난 그들에게 '모든 족장'과 다라의 영주들을 찾아가 그런 공예품들을 돌려 달라고 간청할 것을 부탁했소. 그사이 몇 년 동안 많은 것들이 파괴되었지만 몇몇은 고향으로 돌아왔지."

다피로는 조각상들을 더 자세히 쳐다보았다. 그것들은 다라의 방식에 따라 조각되지 않았다. 몇몇은 머리가 너무 커서 몸통과 사지를 나중에 갖다 붙인 것처럼 보였다. 어떤 것은 상어, 고래, 새, 도마뱀, 또는 물고기의 특징과 인간의 특징이 섞여 있었다. 또 어떤 것은 인간과 전혀 닮지 않고 저 바닷속 깊은 곳의 이국적인 생물체처럼 보였다. 많은 조각상이 산호와 조개껍데기로 장식되었다. 부서지고 불완전한 형태에서 오랜 세월을 짐작할 수 있었다.

"이것들은…… 당신들의 신들이었습니까?"

다피로가 경외감이 깃든 목소리에 물었다.

"앞서 말했듯이, 대답은 '예'와 '아니요' 둘 다요."

"이해가 안 갑니다."

"고대 티로 왕들의 전리품 보관소를 지켜본 학자들과 관리들은 분명 이것들이 우리의 신들이라고 생각했소. 우리는 조각상들에 기도하지 않으며 그저 조상들이 물려준 것이기에 돌려받고 싶다고 설명했을 때 다라의 학자들은 경악했지."

"저도 마찬가지입니다. 이 조각상들에 얽힌 이야기가 없습니까?"

"이런 조각상들은 수백 개가 있소. 심지어 내가 어렸을 때도 부족의 장로들은 우리가 간직하고 있던 조각상들의 이름을 모두 다 알지 못했고, 사라진 조각상들의 이름과 이야기는 더더욱 알지 못했소. 세대가 지나면 몇몇 오래된 이야기가 잊히는 것이 바로 그런 입으로 전해지는 이야기의 특성이오. 물론 새로운 이야기들이 만들어지기도 하지."

"그건…… 슬픈 일 같습니다."

"그건 슬픈 것도 행복한 것도 아니오. 그저 그런 것일 뿐. 하지만 다라의 학자들은 당신과 비슷한 반응을 보였고, 그들 중 몇몇은 당신네 고서에 기록된 우리 옛이야기를 찾을 수 있을 거라며 도와주겠다고 제안했소. 아노족은 이 섬들의 원주민들과 싸우는 동시에 그들의 전통을 기록했으니."

"아노족의 얼어붙은 목소리를 통해 당신 백성들이 과거를 되찾을 수 있다니, 아노 표의 문자가 가져올 놀라운 결과입니다."

다피로는 비록 훌륭한 학자는 아니었지만 이 표의 문자에 대해 일반 백성이 갖는 거의 불가사의에 가까운 존경심을 갖고 있었다. 그는 수년 전에 조미 키도수가 했던, 황궁 시험에서 표의 문자 사용을 폐지하자는 제안을 결코 수긍할 수 없었다.

"정말 그렇소. 젊은 아뒤인들과 다라 학자들은 당신네 기록 보관소를 샅샅이 살펴보았고, 심지어 우리 장로들도 잊어버린 많은 전통을 배웠소. 예를 들어……." 족장은 아주 큰 머리에 세 개의 조개껍데기가 얼굴에 박힌 사람의 조각상을 가리켰다. "나는 인류와 이빨고래들 사이의 휴전을 요구하기 위해 바다 밑으로 뛰어든 '세 개의 눈을 가진 영웅'에 관한 이야기를 알게 되었소. 그는 고래의 왕이 항복할 때까지 물 아래에다 꽉 붙들고 있었다지."

다피로는 감탄하며 그 조각상을 살펴보았고, 이 이야기를 남동생이 좋아했을 텐데 하고 생각하며 애석해했다.

족장 키젠은 계속 말을 이었다.

"이 과정에서 아뒤의 젊은이들은 자신들을 초청한 다라 사람들의 종교적인 전통에도 관심을 두게 되었소. 그들은 고서적들을 자세히 살펴보았고, 학식 있는 사제들 그리고 승려들과 이야기를 나누었으며, 잘 알려지지 않은 구전 지식을 청취하러 마을 무당들과 영매들을 찾아다녔소. 아노족 초기 시대는 역사의 안개 속으로 사라졌고, 고대 종교에 대해 말하는 것으로 알려진 상반된 신화와 이야기만이 많이 남아 있었지. 많은 다라 학자가 우리에게 과거에 대한 진실을 찾는 것은 불가능한 일이라고 말했소."

"저는 그게 그렇게 복잡한지 몰랐습니다."

"우리가 기억하는 이야기와 당신들의 책에서 배운 이야기를 아노 시대 기록에 나오는 다라 신들의 이야기와 비교해 본 후, 우리는 놀라운 사실을 발견했소."

족장 키젠은 다피로의 초조해하는 표정을 즐기며 담뱃대를 한 모금 더 들이켰다. 그러고 나서 뜸 들이기를 멈추고 하던 설명을 계속했다.

"초기의 아노 영웅 전설들에는 창조 신화와 이후 이야기에도 나타나지 않는 이름들을 가진 신들의 행적에 관한 여러 다른 각본이 있었소. 결국 지배적인 위치를 갖게 된 창조 신화는 당신이 잘 알고 있는 것이오. 타솔루오가 다라메아를 떠나고, 그녀의 눈물로 제도가 만들어지고, 다라의 젊은 신들이 동시에 탄생하는 내용이지."

그게 무엇을 의미하는지 확신하지 못한 채 다피로는 고개를 끄덕였다.

"그 신화는 우리의 창조 이야기와 매우 흡사하오. 중요한 부분에서 몇 가지 차이가 있긴 하지. 우리의 이야기꾼들은 다라메아가 신들을 낳는 과정에서 그녀의 피로부터 인간이 창조되었다고 말하는데, 아노 신화에는 자세한 내용이 나오지 않지. 그리고 우리 이야기에서 타주는 가끔 여성적인 면을 내보이는 신이 아니라 여신이었소."

"당신은 어느 쪽이 진실이라고 생각합니까?"

"그건 하찮은 인간들이 알아낼 수 있는 무언가가 아니오. 하지만 내겐 무슨 일이 일어났는지에 대한 이론이 있소. 아노족은 처음 이 해안가에 도착했을 때 그들만의 신들을 함께 데리고 왔소. 그 신들은 원주민들이, 다시 말해 우리 조상들이 숭배했던, 당신들이 다라의 신들이라고 알고 있는 신들과는 달랐소."

"그들 자신만의 신들이라고요!"

다피로는 너무 충격을 받아서 어안이 벙벙했다.

"그렇소. 아노족의 신들은 그들 자신만의 이름, 그들 자신만의 세력권, 그리고 그들 자신만의 이야기를 가지고 있었소. 그런 이야기들 가운데 일부는 초기의 영웅 전설에 기록되었지만, 후대에는 무시되었지.

아노족이 원주민과 싸우고 어울리면서, 그들은 우리의 신과 신화에 대해 알게 되었고, 시간이 흐르면서 그들의 신들과 우리의 신들을 동일시하게 되었소. 예를 들어, 그들의 불의 신은 우리의 화산의 여신과 합쳐졌고, 우리의 속임수 여신은 그들의 속임수 신을 모방한 것으로 여겨졌지. 우리의 치유의 신은 그들의 친절한 목자로 재해석되었소. 아노족 고향 땅의 요소들은 우리의 신들에게 이식되었고, 그들은 여전히 고향 땅의 신들에게 기도하는 양 우리 신들에게 기도했소."

족장은 설명하는 틈틈이 다피로의 관심을 끌기 위해 다양한 조각상들을 가리켰다. 고래 뼈로 된 여신 조각상(넉넉한 가슴은 산호를 조각해서 만들어 라파산과 카나산의 모습을 닮아 있었다), 상어의 하체를 가진 여신의 목각 조각상 등이었다. 크루벤의 순백의 뿔로 만들어진 작은 조각상도 있었는데, 누구라도 고요한 자비를 표현한 것임을 이해할 수 있었다.

"왜 그랬을까요?"

"누가 알겠소? 하지만 나는 신들은 그들이 집이라고 생각하는 장소에 뿌리를 두고 있고, 아노 신들은 이름만 이곳으로 왔을 뿐 실체는 오지 않았다고 생각하오. 아노인들은 그들의 삶에 신성한 존재가 필요했고, 가장 쉬운 해결책은 대답할 신들에게, 말하자면 우리의 신들에게 기도하는 것이었겠지. 우리의 신들에게 익숙한 의복과 풍습을 부여하며 그들이 이미 알고 있는 신들의 반영한 것으로 여기면서 말이오."

"다라의 신들은 거기에 동의했습니까?"

"다피로 미로, 신들은 신비로운 존재라오. 우리는 그들의 생각이나 욕망을 이해하지 못하지. 하지만 나는 신이 되는 게 왕이 되는 것과 별반 다르지 않다고 생각하오. 그건 힘이 개입되는 일이오. 둘 다 추종자이자 숭배자로서 강한 자를 선호한다오. 만약 아노족이 우리 조상들보다 더 강력했다면, 신들이 우리보다 그들을 선호하는 것이 말이 되지 않겠소? 신들이 우리의 일을 조종하는 것처럼, 아마도 인간 세상 또한 천상의 영역에 영향을 미칠 것이오.

우리가 알고 있는 것은 정복자들이 다라의 신들에게 바치는 정교한 신전들을 지었고, 이 신전의 신들은 이 섬의 원주민보다는 아노족을 닮았다는 것이오. 우리 조상들은 조각상에 기도하는 대신 하늘과 바다에 기도하기 시작했고, 오래된 조각상들에 얽힌 이야기들이 잊히면서 우리의 신들은 구체적인 묘사에 덜 의존하게 되고 더 추상적으로 변했지.

당신 조상들은 우리 땅을 빼앗은 것에 더해 우리의 신들도 빼앗았소."

다피로는 그 폭로에 너무 놀란 나머지 침묵했다. 선반에 놓인 조각상들이 다라의 침입자들이 족장 키젠의 사람들에게서 약탈한 물건들이었으므로, 족장의 말은 은유가 아니었다.

"그러니, 당신의 질문에 대답하자면 이렇소. '우리는 같은 신들을 숭배하는가?' 이 질문에 대한 대답은 '예'이기도 하고 동시에 '아니요'이기도 하오. 아노족의 도래로 인해 신들이 바뀌었기 때문이오. 다라 사람들은 아노 이전에 원주민 조상이 있었는데도, 자신들을 아노 유산의 후계자로 여기고, 그들과 같은 방식으로 숭배하오. 반면에, 우린 다라의 신들과 그들의 부모인 '세계의 아버지'와 '모든 물의 원천'을 섬기지만, 그들이 패배자의 후손인 우리보다 다라 사람들을 더 선호한다는 걸 알고 있소.

내가 들려준 이야기는 아마도 당신과 당신 백성들에게 경고로 쓰여야 할 것이오. 신들이 한때 다라의 사람들을 좋아했듯이, 다른 사람들에게로 사랑의 대상을 옮길 수도 있기 때문이오. 신들이 그들의 뜻을 밝히지 않았다는 건…… 흥미로운 부분이지."

다피로는 키젠의 이야기를 자기보다 학식이 깊은 사람들에게 들려주겠다고 다짐했다. 그들이라면 아마도 이 이야기를 이해할 수 있을 것이다. 그는 대화를 자신이 논의하러 온 주제로 돌렸다.

"신들은 그들이 하고 싶은 대로 하게 내버려 두어야겠지요. 저는 지금 우리를 대신해서 당신이 우리와 크루벤들 사이에 중재자 역할을 해 주기를 요청하려고 왔습니다."

족장 키젠의 안색이 어두워졌다.

"문제는 당신이 생각하는 것처럼 간단하지 않소. 바다의 군주들은 자기들의 생각을 알리지 않기 때문이오. 비록 우리 아뤼인은 그들에게 말을 건넬 수 있지만, 우리가 할 수 있는 건 명령이 아니라 간청일 뿐이오.

바다는 광활하고 영원하지만 인간은 유한하고 보잘것없소. 이런 점을 염두에 두고 우리는 항상 부탁을 하는 것은 생명의 위협이 있을 때처럼 절대적으로 필요한 때로 제한해 왔소. 수 세기 전, 코크루의 왕들이 우리의 해안을 침략했을 때, 우리는 크루벤들에게 우리의 바람을 간청했소. 그렇게 그들이 개입해서 바다에 있는 코크루 함대를 파괴했지. 그 후 몇 달 동안, 전함들의 잔해가 해안가로 떠밀려 왔소."

"저는 항상 코크루 왕들의 계획을 좌절시킨 게 신성한 폭풍이라고 들었습니다."

"그리고 우리는 그 이야기를 반박하지 않아도 돼서 좋았소. 왜냐하면 신성한 개입은 다른 방법으로는 달성할 수 없는 억제 효과를 가지고 있었기 때문이지. 하지만 크루벤들이 우리의 이해를 넘어설 정도로 강력하다 해도 신은 아니오."

"크루벤들은 다라 사람들보다 탄 아뒤 사람들을 더 선호할 게 분명합니다."

"한때는 우리도 그렇게 생각했소. 뒤이어 마피데레의 차례가 되어 그가 우리의 해안을 향해 함대를 띄웠을 때, 우리는 다시 크루벤들에게 이야기하기 위해 바다로 갔소. 그러나 이번에 그들은 아무것도 하지 않았소. 그들의 도움을 기대했기 때문에 우리는 마땅히 해야 할 준비를 하지 못했고, 급하게 계획을 세워 영토의 모든 곳을 지키기 위해 싸우는 동안 많은 전사가 목숨을 잃었소. 최고 추장이 탄 아뒤의 불쌍한 야만인들보다는 다른 곳에 힘을 집중해야겠다고 결정할 때까지는 그랬지."

"왜 그때는 크루벤들이 당신들을 도와주지 않았습니까?"

"그건 우리가 결코 답을 얻지 못한 질문이오. 일부 장로들은 우리가 크루벤들의 호의를 당연하게 여겼기 때문에, 거만해지고 미덕을 잃은 거라고 믿었소. 다른 이들은 크루벤들에겐 사람들의 일과 관련해 그들만의 생각이 있었고, 어려운 상황에 처한 순간에 우리를 시험하기를 원했다고 믿었고."

"족장님은 어느 쪽을 믿습니까?"

키젠은 고개를 저었다.

"일이 일어난 뒤에 합리적으로 들리는 설명을 생각해 내는 건 언제나 가능한 일이지. 하지만 삶의 많은 부분은 변덕스럽고 우리가 이해할 수 없는 힘의 지배를 받소. 행복으로 가는 비법은, 최악의 상황에 대비하여 계획을 세우되 기회가 하늘에서 떨어지는 별똥별처럼 잠깐 반짝일 때 그걸 잡을 준비를 하는 것이오.

모든 것을 예측할 수 있고 조종할 수 있다고 믿는 지도자는 그를 따르는 사람들에게 큰 해를 끼칠 위험이 높소. 나는 쿠니 가루가 인생은 모름지기 실험이라는 이야기를 믿는 사람이라는 확신을 가진 다음에야 그를 대신해서 크루벤들의 생각을 타진해 보는 데 동의했소."

다피로는 그 말을 곰곰이 생각했다.

"원수님께서는 항상 패배를 염두에 두시지만, 또 한편으로는 별똥별을 찾기 위해 하늘을 꼼꼼히 살펴보는 데 노력을 아끼지 않으십니다."

키젠이 웃음을 터트렸다.

"그럼 함께 하늘을 살펴보지."

동트기 전의 어둠 속에서 아뒤 족장이 연주하는 커다란 고래 뼈나팔 소리가 멀리 바다로 울려 퍼졌다. 연주를 들으며 다피로는 고래 나팔 소리를 처음 들었던 20년 전의 또 다른 여명을 떠올렸다. 당시 그는 새로움과 짜릿함을 찾으며 남동생과 나눌 멋진 이야기만을 원하는 청년이었다.

남동생 생각이 떠오르자 그는 조용히 기도를 읊조렸다. 만약 라소가 '아무것도 뜨지 않는 강' 건너편에서 그를 볼 수 있다면 아마도 크루벤들이 나타나는 광경도 즐기리라.

키젠의 나팔 소리는 한참 동안 계속되었다. 침울하게 오르내리는 음조를 들으며 다피로는 류쿠인들의 환영을 보는 듯한 착각에 빠졌다. 그들은 해일처럼 다라 제도를 휩쓸고 지나가며 아름답고 다정한 모든 것을 파괴했다. 딱딱한 화산암에 달라붙어 깨지기 쉬운 색색의 껍데기를 자랑하는 삿갓조개 같은, 문명이라는 얇은 막을 쓸어 갔다. 그는 들판과 마을, 도시가 불타는 것을 보았고, 죽어 가는 사람들의 비명을 들었고, 도살된 수천 명의 살이 타는 냄새를 맡았으며, 공기를 가득 채우고 있는 싸한 피 냄새를 느꼈다. 그는 몸서리쳤고, 자신의 얼굴이 젖어 있음을 깨달았다.

어느새 태양이 동쪽 지평선 너머에서 고개를 내밀고 바다를 액체로 된 금으로 바꾸었을 무렵, 거대한 크루벤들이 도착했다.

그들은 수 킬로미터 떨어진 곳에서 수면 위로 솟구쳐 올랐다. 크루벤들의 어두운 윤곽이 그림자 인형극처럼 우아한 호를 허공에 그린 다음 수면으로 뛰어들어 반짝이는 물과 충돌했다. 제국 군함보다 몇 배나 더 큰, 세상에서 가장 거대한 생명체였지만, 그림자와 공기로 만들어진 것처럼 힘들이지 않고 손쉽게 움직였다.

고래 뼈 나팔이 멈췄다. 이야기가 전해졌고 간청이 전해졌다. 이제는 그저 바다의 군주들이 응답하기를 기다리는 것 외엔 할 수 있는 게 없었다.

크루벤들은 불가능할 정도로 빠르게 움직이며 통나무배에 접근했다. 그들의 거대한, 끝이 갈라진 꼬리들이 물에 부딪히는 소리가 우르릉거리는 천둥소리처럼 커졌다.

크루벤들이 다라 사람들을 돕는 일에 동의한다면, 별다른 노력 없이 류쿠의 도시선들을 파괴할 수 있을 것이다. 그러고 나면 또 누가 알겠는가? 불을 뿜는 가리나핀이라고 한들 감히 바다를 장악한 영주들과 싸울 수 있을까? 아마도 다라의 군대는 크루벤들의 등에 올라타고 루이섬과 다수섬으로 가서 그런 압도적인 힘의 과시 앞에 몸을 사시나무 떨듯 떨어 댈 류쿠족을 정복할 수 있을 것이다.

이제 크루벤들이 너무 가까이 다가와 통나무배가 그들이 만들어 낸 물결에 흔들릴 지경이었다. 다피로는 속이 메스꺼워 두 손으로 뱃전을 부여잡았다.

한 쌍의 거대한 꼬리가 수면을 내리쳤다. 그 때문에 일어난 파도가 물로 된 장막처럼 배 위쪽 허공에 잠시 매달려 있었다. 그 너머로 보이는 모든 것이 수채화로 변했다. 뒤이어 파도가 수면으로 주저앉으며 통나무배에 탄 모든 사람을 물로 적셨다. 다피로는 숨을 죽였고, 눈을 꼭 감았다. 다시 눈을 떴을 때 크루벤들이 살아 있는 섬처럼 통나무배 옆에 멈춰 서서 다라의 사람들이 다시 올라타기를 기다리는 모습을 볼 수 있기를 바랐다.

하지만 크루벤들은 그들을 개의치 않고 통나무배를 지나 헤엄쳐 지나갔다. 크루벤 무리는 멀리 사라졌다. 파도는 가라앉았고 꼬리가 물에 부딪히는 소리도 사라졌다. 이내 바다는 어딜 보아도 똑같은 광활한 공간으로 돌아왔고, 떠오르는 태양의 황금빛 윤기는 좀 더 일상적인 밝은 초록색으로 바랬다.

"유감이군."

족장 키젠이 말했다.

이번만은 다라 사람들이 자신의 힘으로 문제를 해결해야 했다.

탄 아뒤를 떠나기 전, 다피로는 그의 오랜 친구 홀루웬을 만나러

갔다. 그는 물쇠라는 이름의 전투용 곤봉을 그에게 준 사람이었다.

두 사람은 서로를 끌어안았다. 그들은 더 이상 젊지 않았지만 어제 작별 인사를 한 것처럼 생생한 유대감을 느꼈다.

홀루웬은 결혼해서 여러 아들과 딸을 두었는데, 친밀한 가족들이 내는 즐거운 소리는 잠시나마 다피로에게 질투심을 불러일으켰다. 그는 황실을 위해 평생을 바친 사람으로 가정을 꾸린 적이 없었다. 우스운 일이었다. 한때는 남동생에게 위대한 영주를 위해 일생을 바치기보다는 자기 자신을 돌보는 일이 중요하다고 훈계한 적도 있건만, 동생이 세상을 뜬 후에는 어찌 된 일인지 명예와 의무의 계율에 따라 살아왔다. 아마도 그것은 충성심에 관한 이상을 가졌던 남동생을 기억하고 추모하는 한 방법이었으리라.

홀루웬이 다라 말에 능숙하지 않아서, 두 사람은 몸짓과 웅얼거림, 땅에 조잡한 그림을 그리는 것으로 의사소통을 했다. 홀루웬은 아이들을 즐겁게 해 줄 생각으로 손님에게 이야기를 들려 달라고 요청했다.

무슨 이야기를 해야 하지? 다피로는 류쿠족에 대해 다시 말하고 싶지 않았다. 세상에는 절망이 많고도 많았다.

천천히, 다피로는 그림과 몸짓을 섞어 가며 패왕이 벌인 최후의 저항에서 라소가 죽음을 맞이한 이야기를 들려주었다. 이것은 삶의 매 순간을 괴롭힐 것만 같았던 이야기였고, 그는 끝부분에 이르러서 눈물을 글썽였다.

아이들은 말이 없었는데, 분명 그 순간의 숭고함에 감동한 것이었다. 홀루웬이 그에게 다가와 더듬거리는 다라 말로 말했다.

"모든 사람은 형제야."

다피로는 고개를 끄덕이며 아무 말도 하지 않았다. 때로는 말이 감정을 방해하기도 했다.

다피로가 크루벤들과 이야기를 나누기 위해 아침에 배를 타고 와서 옷이 젖어 있었으므로, 홀루웬은 그를 오두막 밖으로 데리고 나갔다. 밖에서 가족들은 다피로의 옷을 말리고 점심으로 구운 토란과 생선구이를 준비할 수 있도록 모닥불을 피웠다.

다피로는 아라크를 홀짝거리면서 홀루웬의 딸 홀루마라가 불을 피우는 것을 흥미롭게 지켜보았다.

불붙은 나무 조각을 얻기 위해 근처 오두막에 가는 대신, 홀루마라는 한쪽 끝이 밀봉된 대나무 통을 들고 그 안에 생선 기름을 조금 발랐다. 그런 다음 원통형으로 갈아서 다듬은 고래 이빨을 집어 들고, 그것이 부드럽게 미끄러지며 대나무 통 안에 꼭 들어맞는지 시험했다. 마침내 그녀는 폭신하게 말린 이끼 약간을 고래 이빨 끄트머리에 뚫린 구멍에다 집어넣었고, 고래 이빨을 대나무 통에 반쯤 집어넣은 다음 등 부분을 세게 쳐서 바닥까지 밀어 넣었다.

그러더니 재빨리 이빨을 뽑아내며 끝부분의 구멍에다 바람을 불었다. 이끼는 연기를 내기 시작했고, 이내 작은 불꽃이 나타났다. 홀루마라가 불꽃을 두 손으로 감싸 모닥불 근처 불쏘시개 밑에다 내려놓았다. 그녀의 형제자매들이 불을 키우고 요리를 시작하는 것을 도왔다.

"어떻게 저런……."

다피로는 깜짝 놀랐다. 조미 키도수는 불을 일으키는 새로운 방법을 찾아보라고 모두에게 부탁했고, 이건 틀림없이 확실히 조미에게 알릴 만한 일이었다. 그는 그 이상한 대나무와 고래로 만든 이빨 장치를(연관(煙管)이라고 부르기로 했다) 보여 달라고 요청했다. 그 두 구성 요소 중 어디에도 금속이나 부싯돌은 없었다. 그는 원통형의 이빨이 대나무 통의 벽에 단단히 밀착되어 있어서, 이빨을 아래로 내려칠 때 공기가 대나무 통 바닥에 갇혀서 압축되는 것임을 깨달았다. 그것이 불이 시작된 방법인 걸까? 단순히 공기를 압축하는 것만으로? 그런 생각은 마치 마술처럼 느껴졌다.

식사는 맛있고 음료는 만족스러웠다. 다피로는 홀루웬에게 옛 리마의 장인들이 만든 검 한 벌을 선물했다. 수십 년 전에 물쇠와 교환했던 검은 다소 조악했기에 그는 자신이 그 거래에서 훨씬 더 큰 이익을 얻었다고 항상 생각했다. 다피로가 연관에 깊은 관심을 기울이는 것을 보고 홀루웬은 그것을 선물로 주었지만, 친구가 왜 흔하디흔한 물건을 그렇게나 좋아하는지는 확신하지 못했다.

두 사람은 작별 인사를 하면서 서로 팔을 붙들었다. 두 사람 모두 또다시 만나 보기는 어려울 것임을 알고 있었다.

기회가 하늘에서 떨어지는 별똥별들처럼 잠깐 반짝일 때 그걸 잡을 준비가 돼 있어야 해.

다피로는 다라로 돌아올 때 연관을 잃어버리지 않으려고 옷 속에 연관을 단단히 고정했다.

제55장

비단력(緋緞力)

다라

사해평치 12년 5월

다라 전역을 돌며 공연 여행을 이어 가던 리사나 부인과 피로 황자는 안개로 뒤덮인 보아마에 이르렀다. 그들은 그곳에서 주변 시골의 사람들 모두가 볼 수 있도록 세 번에 걸쳐 공연할 예정이었다.

피로는 그게 무슨 종류든 길거리 공연가들에게서 얻는 유치한 기쁨을 포기하지 못했다. 저녁 공연까지는 약간의 휴식 시간이 있었기에, 피로는 평민 옷을 입고 시장을 거닐면서 대도시가 제공하는 이점을 누리기로 했다. 판에서 꽤 멀리 떨어져 있는 보아마는 수도에서 접하지 못한 새로운 공연들을 제공했다.

"당신, 내가 루피조 신을 직접 만나게 해 주지." 군중 한가운데에서 누군가가 소리쳤다. "이건 마법이야!"

피로는 팔꿈치로 사람들을 옆으로 밀치면서 군중 사이를 헤집고 들어갔다. 짜증스러운 시선들이 날아들었고 적지 않은 욕설이 들려왔다. 그는 나이가 들면서 몸집이 커졌고, 무언가 흥미로운 일을 구경하고 싶을 때면 수줍음이 없었다.

군중들 가운데에는 길거리 공연가가 턱수염이 덥수룩한 건장한 남자와 말다툼을 벌이며 싸우고 있었다.

"마법이라는 비난을 그렇게 쉽게 하면 안 됩니다, 선생님!"

공연가가 말했다. 그는 50대로 보였고, 체격은 가늘고 호리호리했다. 피로는 도요새를 떠올렸다. 날카로운 턱과 매부리코에 더해, 밝고 활기찬 두 눈과 성난 손님의 튀기는 침으로부터 얼굴을 가리기 위해 펄럭여 대는 두 손이 새 같은 인상을 완성하고 있었다.

"난 내가 보는 대로 말한 것뿐이야."

건장한 남자가 말했다. 거친 억양과 수수한 옷차림으로 시골 사람임을 짐작할 수 있었다. 그는 공연가의 옷깃을 틀어쥐고서 남자의 눈이 뒤통수로 굴러가고 혀가 튀어나올 때까지 쥐어흔든 다음 땅에다 내동댕이쳤다.

공연가는 땅을 따라 몇 번 굴렀고 망연자실한 채 잠시 땅에 누워 있다가 겨우 몸을 일으키며 무릎과 손으로 땅을 짚었다. 그의 쪽빛 옷은 다라 신들의 상징이 수 놓인 화려한 천 조각들로 만들어져 있었지만(아마도 자신에게 범세계주의적인 신비감, 신들과 교감하고 있다는 느낌을 부여하고자 했을 것이다) 지금은 흙투성이인 데다 여기저기 구겨지고 몇 군데 이상이 찢어져 있어, 어느 신을 따라야 할지 결정하지 못한 떠돌이 수도승처럼 보였다.

"루피조 신이시여, 절 구해 주십시오! 문명인은 주먹이 아니라 말을 사용합니다!"

"넌 내 마누라를 깜짝 놀라게 했어! 내 마누라는 임신 중이야, 이 멍청이야!"

공연가의 이목구비는 애원하듯 알랑거리는 미소를 만들어 냈다.

"나리, 저는 아내분께서 항아리를 붙잡을 수 없을 거라고 미리 경고해 드렸습니다. 하지만 나리께서 굳이……."

"넌 항아리가 문다는 말은 안 했잖아."

건장한 남자가 소리치더니 다시 공연가를 붙잡아서 땅에다 내동댕이쳤다.

군중들은 웃어 대며 건장한 남자에게 계속하라고 채근했다. 앞서 어떤 공연이 진행되고 있었든 이보다 재미있지는 못했을 터였다.

피로가 옆을 보니 한 여자가 땅에 앉아 있었다. 창백한 얼굴에 여전히 숨을 고르려고 애쓰는 모습이었다. 그녀 옆에는 낮은 탁자가 하나 있었고, 그 위에는 도자기 항아리가 한쪽 귀퉁이에 놓여 있었다. 항아리 주변으로는 물이 쏟아져 웅덩이를 이루고 있었다. 그것이 언쟁의 원인임이 분명했다.

황자는 대놓고 사람들을 밀쳐내며 앞으로 나아가 여자 옆에 쪼그리고 앉았다.

"부인, 괜찮으십니까?"

여자는 고개를 끄덕였지만 여전히 조금 전 일에 충격을 받은 상태였다.

"어떻게 된 겁니까?"

"저 사람은……." 여자는 공연가를 가리켰다. 그는 관중들이 야유하고 환호하는 가운데 세 번째로 바닥에 내동댕이쳐지고 있었다. "……한 손으로 항아리를 잡고 다른 한 손으로 위쪽 부분의 마개를 누르고서 떨어뜨리지 않으면 건 돈의 두 배를 주겠다고 했어요."

피로는 다시금 그 도자기 항아리를 보았다. 항아리 겉면은 얇은 은으로 된 막으로 전체 높이의 절반까지 덮여 있었다. 그 옆에는 마개가 있었고, 가운데에는 대추만 한 손잡이로 끝나는 금속 송곳이 찔러 넣어져 있었다. 마개 바닥에는 쇠사슬이 매달려 있었는데 마개가 제자리에 있으면 항아리의 안쪽에 놓이게 되는 듯했다.

"쉽게 돈을 벌 수 있을 것 같다며 남편은 한번 해 보고 싶어 했어요. 그러나 저 남자는 제 남편을 보자마자, *제가 대신 항아리를 붙들고 있으면 우리가 거는 돈의 네 배를 주겠다*고 제안했지요."

피로는 속으로 싱긋 웃었다. 수년간 길거리 공연가들을 관찰하면서 그는 그런 술책을 파악했다. 그 공연가는 여자에게 더 많은 보상을 주겠다고 제안해서 아내가 먼저 시도해 보도록 부부를 유혹했다. 여자가 실패하고 나면 남편은 그녀가 단지 힘이나 불굴의 용기가 부족해 실패했다고 생각하면서 자신도 돈을 내고 시도해 보려고 할 터였다. 이런 식으로 더 많은 수입을 올리는 것이었다.

"저 남자가 '비단력'으로 항아리를 충전하고 있다고 주장하면서 말도 안 되는 노래를 부르고 춤을 추는 동안, 저는 한 손으로 항아리를 잡고 있었어요. 그리고 나자 그는 다른 손으로 손잡이를 잡으라고 했어요. 저는 그가 어떤 속임수를 써서 저를 놀래키고 그 바람에 항아리를 놓치게 될 거라고 생각하면서 온 힘을 다해 버텼고요.

그런데 웬걸, 항아리가 저를 문 거예요. 두 팔이 마비되었다고요. 거의 기절할 뻔했어요!"

"마법이다! 마법이야!" 건장한 남자가 그 가엾은 공연가에게 계속해서 불쾌감을 분출하는 동안 군중들이 소리쳤다.

"무슨 일이냐?"

군중 너머에서 한 목소리가 물었다. 피로는 힐끗 올려다보고 보아마 포졸의 깃발을 알아보았다. 류쿠 침공의 위협이 임박하자 다라의 모든 해안 도시는 불안에 떨었고, 포졸들은 말썽꾼들과 있을 수도 있는 류쿠 첩자들을 주시하며 각별한 경계 태세를 유지했다.

"잘 들어." 피로가 다급한 목소리로 여자에게 속삭였다. "포졸들과 엮이고 싶지는 않을 게다. 리사나 부인과 피로 황자가 이곳 도시에 있으니, 포졸들은 평화를 방해하는 일이라면 무조건 큰 범죄처럼 다룰 거고. 남편에게 잘못이 없더라도 사태가 진정될 때까지 두 사람 모두를 감옥에 보낼 거야. 화해하고 갈 길을 가는 것이 최선이야. 게다가 항아리가 부인을 물어서 아기가 괜찮은지 확인해야 하니, 가능한 한 빨리 루피조 신전의 사제들을 만나 봐야 해."

그 여자는 남편이 감옥에 던져진다는 생각에 겁을 집어먹었고, 피로를 향해 고마워하며 고개를 끄덕였다. 뒤이어 일어나서 남편을 공연가에게서 떼어 내 그의 귀에 대고 귓속말을 했다.

포졸들이 군중을 밀치고 지나갈 때쯤 공연가와 건장한 남자는 서로 마주 보고 서서, 각자 상대방의 옷에 묻은 진흙과 먼지를 털어 내고 있었다.

"무슨 일인가? 왜 싸운 거야?"

포도대장이 물었다.

"사소한 오해일 뿐입니다." 공연가는 탁자에 엎질러진 물웅덩이에 옷의 한쪽 귀퉁이를 담근 다음 한쪽 귀의 상처에서 흘러나오는 피를 몰래 닦아 내려 했다. "제 공연에는 관객이 참여하는데, 이 나리께서 몰입을 좀 과하게 하셨습니다."

포졸은 수상쩍다는 듯이 건장한 남자를 쳐다보았다.

"어…… 맞습니다. 제가 약간 흥분했습니다."

남자가 소심하게 말했다.

"이건 그저 공연의 일부일 뿐입니다."

공연가의 말에 이어 여자가 나섰다.

"남편과 저는 도시 외곽에서 왔어요. 우린 그렇게나 놀라운 마술 묘기를 본 적이 없어요. 하지만 지금은 다 괜찮답니다."

포도대장은 거리의 삼류 마술사와 시골뜨기인 두 사람을 차례로 쳐다보며, 이곳에서 실제로 무슨 일이 일어났는지 이해하려고 노력하는 것은 가치가 없다고 결론 내렸다.

"다시는 소란 피우는 모습 나한테 안 보이게 해." 대장이 그들을 훈계했다. 부부와 공연가는 흙 속의 쌀을 쪼는 닭처럼 고개를 끄덕였다. 대장은 군중을 향해 고개를 돌렸다. "그리고 나머지 너희들은 쓸데없이 돌아다니지 마. 구경할 거라곤 하나도 없으니까. 가. 어서! 가! 쉬이!"

군중은 마지못해 해산했다. 포졸들은 순찰 임무로 돌아갔고, 부부는 루피조 신전으로 향했다.

"고맙습니다, 젊은 나리. 나리가 아니었다면, 저 바보가 내 코와 팔을 부러뜨렸을 겁니다. 그리고 또 누가 알겠습니까, 다른 것도 부러뜨렸을지!"

길거리 공연가가 말했다.

"포졸들이 당신의 장비를 압수했으리라는 건 말할 필요도 없겠지." 피로가 웃으며 말했다. "그리고 그걸 되찾으려면 큰 액수의 뇌물을 줘야 했을 거고."

"정말 그렇지요." 공연가가 웃으며 말했다. "젊은 나리께서는 세상 돌아가는 이치에 밝으시군요."

"난 항상 길거리 마술에 관심이 있었어."

공연가는 수상쩍다는 듯이 그를 쳐다보았다.

피로가 웃었다.

"아니, 아니야. 나는 공연가가 아니야. 난…… 예술을 후원하는 쪽이라고 보는 게 맞겠지! 직접 무대에 오르는 것보다는 흥미로운 공연을 홍보하는 일에 관심이 더 많거든."

공연가는 눈을 가늘게 뜨며 그 말의 의미를 해석하려고 애썼다.

"아마도 그런 후원은 양쪽 모두에게 수익이라는 면에서 좋겠지요?"

그는 조심스레 자기 생각을 내비쳤다.

피로는 공연가의 어깨를 장난스럽게 때렸다.

"정확해! 내가 뜻한 바를 꿰뚫었군. 나는 좋은 공연을 찾아 더 나은 관객을 데려올 수 있도록 투자하고, 예술가들은 나와 이익을 공유하는 거지."

"나리 말씀을 들으니 구미가 당깁니다."

"먼저 처리해야 할 몇 가지 사업 관련 일들이 있으니, 오늘 밤에

늦게나마 내가 저녁을 사지. 당신이 하는 공연에 대해 좀 더 얘기해
주는 게 어떻겠는가?"

피로는 미자 크룬이라는 이름의 길거리 마술사를 보아마 최고의
식당으로 데려갔다. 사과 조각들과 함께 나온 바싹바싹하게 튀긴
잉어와 야생 원숭이딸기 맛이 나는 쇠고기 국을 푸짐하게 먹은 후
(입을 가시기 위한 달콤한 얼음 한 잔이 중간에 나왔다) 미자 크룬은 만족
스러운 트림을 토해 내며 그의 후원자에게 자신의 비법 일부를 공
유했다. 그는 장대 끝에다 매달고 다니는 커다란 바구니에서 기계
들을 꺼내 피로가 식당에 예약해 둔 귀빈실 탁자에 올려놓았다.

수 세기 전, 루피조 신의 사제들은 도자기나 유리 접시를 비단으
로 문지르고 나면 그릇이 먼지나 종잇조각을 끌어당긴다는 것을 처
음으로 발견했다. 사제들은 비단 속 일부 미세한 입자('비단 티끌')들
이 그릇에 문질러진 것이라는(또는 그 반대라는) 이론을 세우고서, 그
끌어당기는 힘을 비단력(緋緞力)이라고 정의했다.

처음 이 비단력은 루피조 신이 인간에 대한 갖는 보편적인 사랑
이 신비한 형태로 표현된 것이라고 여겨졌다. 자철석이 금속을 당기
는 힘이 피소웨오의 전쟁과 무기에 대한 사랑을 상징했던 것처럼 그
비단력은 루피조 신의 온화하고 친절한 측면을 반영한 것이라고.

하지만 시간이 흐르면 비밀은 사원을 벗어났고, 파사의 길거리
마술사들이 군중을 즐겁게 해 주는 효과를 가진 이 새로운 힘을 실
험하고 개발하기 시작했다. 그들이 정교한 오락 장치를 만들어 시
연하자 초자연적으로 보이는 움직임에 군중은 이런저런 감탄사들

을 연발했다.

"오십시오. 이리 와 보십시오! 종이 무용수들이 살아나는 것을 좀 보십시오!"

미자는 가까이 오라며 피로에게 손짓했다.

무대는 백단향 나무로 만들어진 30센티미터 길이로, 그 위에 색종이에서 잘라 낸 작은 무용수들이 놓여 있었다. 무용수들은 행운과 번영을 뜻하는 표식들로 꾸며져 있었다. 피로는 민속 가극의 그림자 인형극을 떠올렸다. 가지를 뻗은 갈퀴가 무대의 양쪽 끝에 서서 무용수들 머리 위에 있는 유리 막대를 지지했다. 모든 것이 정교하게 만들어졌고 오래된 것처럼 보였다. 측면에 새겨진 복잡한 문양들 가운데 일부는 수십 년, 어쩌면 수백 년 동안 사용되었는지 닳아 없어질 정도였고, 종이 무용수들의 가장자리는 오래되어 누르스름한 색을 띠고 있었다.

미자는 비단 손수건을 꺼내 유리 막대에 대고 힘차게 문지른 다음, 손수건을 치웠다.

마법에 걸려 활기를 띠는 것처럼 작은 무용수들이 무대에서 일어섰다. 무용수들은 보이지 않는 끈에 의해 당겨지는 것처럼 발을 떨었다.

"유리 막대의 비단력 전하(電荷)가 무용수들을 일으켜 세우면, 각각 광을 낸 조개껍데기 구슬이 발에 무게를 싣습니다."

미자는 왼손으로 무대의 측면에 연결된 작은 풀무를 가동하고, 오른손으로는 굽은 굴대를 돌렸다. 무용수들은 흔들리고, 펄럭이고, 절을 하고, 회전하고, 비틀고, 빙글빙글 돌기 시작했다.

"이건 베일 춤이지, 안 그런가?" 피로가 놀라워하며 말했다. "아버지는 어릴 때 이런 걸 본 적이 있다고 말씀하신 적이 있어."

"그렇습니다. 옛 파사에서 왕과 가장 중요한 손님들을 위한 춤이었고 평민들은 소문을 듣고 흉내나 내면서 만족해야 했습니다. 무대 바닥에는 작은 구멍들이 격자를 이루고 있는데, 이것으로 풀무에서 나오는 바람이 추진력을 제공합니다. 그리고 굽은 굴대는 그 구멍들의 모양대로 구멍이 뚫린 종이띠와 연결되어 기류를 조절하고, 무용수들의 움직임을 조절합니다."

"정말 기발하군!"

미자는 미소를 지었다.

"이것은 가장 오래되고 단순한 비단력 기계 중 하나입니다. 여기에 있는 특별한 표본은 제 스승님의 스승님께서 만드신 것인데, 나중의 발명품들에 비하면 잔기술에 불과할 뿐입니다. 마피데레가 순행을 돌면서 무용수들을 대중적인 구경거리로 만든 이후로 군중은 더는 이 장치에 즐거워하지 않게 되었습니다. 저는 단지 향수를 느껴 보고자 간직했을 뿐입니다."

"이런 식의 공연이 매력적이긴 해도, 진짜 춤 공연을 충분히 즐겨서 싫증이 난 군중들에게는 깊은 인상을 주지 못한다는 게 말이 되지." 피로는 탁자 옆으로 천천히 걸어가며 다른 기계들을 하나씩 살펴보았다. "루피조 신 숭배와 관련한 신비의 일부로서 비단력이 시작되었다고 알고 있다만?"

미자는 아쉬워하는 듯한 표정을 순식간에 지우고는 피로를 보며 다 알고 있다는 듯한 미소를 지어 보였다.

"거리의 마술과 같이 사원의 신비도 연출의 문제입니다. 제가 나리께 보여 드리겠습니다."

그는 바구니로 돌아가 긴 비단 밧줄 두 가닥 찾아냈다. 그러더니 귀빈실 한가운데로 걸어가 기둥들을 올려다보았다.

"여기서 하면 될 것 같습니다. 저를 좀 올려 주시겠습니까?"

피로는 쪼그리고 앉아 두 손으로 깍지를 꼈다. 미자는 그의 손에 발을 디뎠고, 균형을 잡기 위해 어깨를 잡았다. 피로는 천천히 일어서며 미자를 천장으로 들어 올렸다.

"나리는 힘이 세시군요. 제가 한번 맞혀 볼까요? 군인 집안 출신이시죠?"

"뭐 비슷해."

미자는 서두르지 않았다. 그는 비단 밧줄을 대들보에다 고리처럼 묶어 아래로 축 늘어뜨리고는 피로의 손에서 뛰어내렸다.

"좋습니다. 이제 신발을 벗고, 얼굴을 아래로 하고서 이 두 가닥 밧줄에 기대어 엎드리십시오. 편안한 자세를 취하십시오."

피로는 하라는 대로 했다. 두 가닥 비단 밧줄이 허벅지와 가슴을 지탱해 주며 무게를 균등하게 분배했고 피로는 땅으로부터 30센티미터 정도 위에 떠올랐다. 그는 앞쪽으로 두 손을 죽 뻗었다.

"마치 하늘을 나는 것 같군. 아마도 패왕이 전투 연에 매달려 있을 때 느낌이 이랬을 듯해."

미자는 웃더니 종이 무용수 몇 개를 가지고 와서 피로의 쭉 뻗은 손가락 끝에서 30센티미터 정도 떨어진 앞쪽 바닥에 떨어뜨렸다.

"편안하게 계십시오. 이제 제가 루피조 신의 힘을 불러내어 이 종이 사람들을 지휘할 능력을 나리께 드리겠습니다."

미자는 종이 무용수들의 무대에서 유리 막대를 집어 들어 비단 손수건에 힘차게 문질렀다. 그러고 나서 그 유리 막대를 피로의 맨발바닥 가까이 가져갔다.

"자, 해 보십시오. 종이 무용수들에게 명령을 내리십시오."

뭘 어떻게 해야 하는지도 잘 모르면서 피로는 종이 무용수들을 향해 손을 뻗고 흔들어 댔다. 놀랍게도 종이 사람들이 일어서서 피로의 손에 따라 제자리에서 몸을 흔들었다.

"우리가 보이지 않는 얇은 밧줄을 사용하여 어두운 사원의 성소에서 이 일을 하고 있다고 상상해 보십시오. 또 향과 연기가 주위를 휘감아서 나리가 신비한 분위기에 휩싸여 있는 것처럼 보인다고 상상해 보십시오. 나리가 반짝이는 새들과 금속 박편(薄片)으로 만든 나비들에 손을 대지 않고서 명령만으로 펄럭이게 만들었을 때 군중이 어떤 반응을 보일지 생각해 보십시오."

피로는 싱긋 웃는 미소를 지으며 고개를 끄덕였다.

"정말로 훨씬 더 인상적인 시연이 되겠군. 나는 비단력으로 충전된 저 막대가 나 역시도 충전했고, 그래서 내 손가락들이 종이 무용수들을 끌어당길 수 있었던 거라고 생각한다만."

"정확합니다. 비단력은 인간의 몸을 꽤 효과적으로 통과할 수 있습니다. 금속 막대를 매달면 비단력 전하를 이동시키고 저장하는 데 더 좋고, 우리 같은 직업을 가진 사람들은 그런 것을 주(主) 저장고라고 부릅니다."

피로는 밧줄에서 내려왔다.

"한번 보여 다오."

미자는 양쪽 끝에 둥근 손잡이가 있는 긴 철제 막대를 가져와 비단 밧줄에다 걸었다.

"유리 막대로는 이런 주 저장고를 충전하는 건 오래 걸리기 때문에 비단력 발전기를 사용합니다."

그는 다른 기계 하나를 막대의 한쪽 끝 근처로 옮겼다. 기계에는 나무 받침대가 있었고, 그 위로는 유리 지구본이 축을 중심으로 회전할 수 있게 올려져 있었다. 미자는 매달린 금속 막대 끝에 있는 손잡이 하나에 작은 금속 사슬을 부착했고, 그 사슬의 다른 쪽 끝을 지구본에 매달았다. 그 뒤 접힌 비단 뭉치를 피로에게 건넨 뒤 측면에 있는 굽은 굴대를 돌려서 지구본을 회전시키기 시작했다.

"비단을 유리에다 대고 계십시오."

피로는 그렇게 했다. 금속 사슬은 기와지붕을 치는 비처럼 지구본의 회전하는 표면에 부드럽게 부딪히며 절거덕 소리를 냈다.

"이것이 유리 지구본에 비단력을 구축하고 주 저장고로 옮기는 훨씬 더 효율적인 방법입니다."

주 저장고가 충분히 충전되었다고 판단한 후, 미자는 지구본을 멈췄다. 뒤이어 귀빈실을 돌아다니며 등불을 끄고 창문 가리개를 닫았다. 귀빈실 내부는 이제 꽤 어두웠다.

"천천히 주 저장고 근처로 손을 가져가 보십시오."

피로는 조심스럽게 손을 금속 막대에 가까이 가져갔다. 손가락이 막대에 닿겠다 싶을 즈음 작은 번개가 치듯 불꽃이 손과 막대 사이의 틈을 가로지르며 호를 그렸고, 순간적으로 방에 조명이 생겨났다.

"아야!" 피로가 펄쩍 뛰며 손을 세차게 흔들었다. 그는 다쳤나 싶어 손을 내려다보았다. "저게 날 물었어!"

미자는 웃었다.

"그건 비단력을 가진 물체가 방전되면 일어나는 일입니다. 이것은 비단 미진(微塵)이 가까이 다가오는 다른 물체로 흘러나간다는 것을 의미합니다. 하지만 일부 물체만이 방전을 일으킬 수 있습니다. 그런 것들을 통과용 재료라고 부르는데, 금속과 사람이 최고입니다. 둑 역할을 하는 비단이나 유리와 같은 다른 재료들로는 미진이 자유롭게 움직이는 것 같지 않습니다. 그래서 유리 받침대로 주 저장고를 지탱하거나 비단 밧줄에다 주 저장고를 매달아 놓지요."

피로는 세부 사항을 머릿속으로 기록하고, 호기심이 많지만 게으른 부잣집 젊은이 역할을 계속해 나갔다.

"대단히 홍미롭군. 비단만이 이런 종류의 힘의 원천인가?"

"전혀 그렇지 않습니다. 호박을 모피에 문지르거나 가죽을 유리에다 문지르는 것으로도 같은 효과를 얻을 수 있습니다. 실은 가능한 조합은 거의 무한대처럼 보입니다."

"그러면 가죽과 모피에서 나온 미진이 비단에서 나온 미진과 다른가? 음, 다시 말하자면, 가죽력과 모피력이 있나?" 그는 세라가 보낸 최근 편지를 생각하고 있었다. 세라는 제국 비행함에 동력을 공급하는 부양용 기체와 가리나핀에 동력을 공급하는 부양용 기체의 차이점을 설명해 주었다. "내 무지를 용서하게. 하지만 매우 홍미로운 주제군."

미자는 미소를 지으며 고개를 끄덕였다. 피로가 관심을 보인다는 것은 분명 흥미로웠다. 거리의 마술사로서 경쟁하지 않을 누군가와 배움을 공유할 수 있다는 점에 미자는 선생처럼 행동했다.

"기술을 실천하는 사람들 사이에서 오랫동안 논의되었던 주제였습니다. 많은 연구를 해 봤는데, 지금까지 조사했던 모든 재료가 같은 힘을 발생시킨다는 결론입니다. 다만 전통을 존중하기 위해 원천과 관계없이 그 힘을 비단력이라고 부르기로 했습니다.

하지만 비단력에는 두 가지 종류가 있는 것처럼 보입니다. 비단 미진의 과잉 또는 부족에 따른 것입니다. 그것들을 쌍둥이 여신의 이름을 따서 라파 종류와 카나 종류라고 구분하고, 한 종류는 흰색으로, 다른 한 종류는 빨간색으로 표시합니다. 두 물체가 같은 종류의 비단력으로 충전되어 있으면 서로를 밀어내지만, 다른 종류들로 충전되어 있으면 서로를 끌어당긴다는 점을 알고 계셔야 합니다."

"마술 묘기 외에 비단력의 다른 용도를 찾았나?"

미자는 자랑스럽게 고개를 끄덕였다.

"물론이지요! 훌륭한 길거리 공연자는 다양해야 하니까요. 제 공연에서 가장 훌륭한 부분은 비단력으로 누군가를 치료할 때입니다."

"치료를 한다고?"

"비단력이 방출될 때 일어나는 충격을 경험하셨잖습니까. 하지만 나리의 몸을 주 저장고로 사용하고 발전기로 비단력을 채우는 것도 가능합니다. 이 경우 얼얼한 느낌을 받게 됩니다. 비단력은 통풍, 뇌전증, 급성이나 만성적인 통증과 같은 질환에 특히 효과적입니다. 의사 역할을 할 때면 관중들에게 인기 만점입니다."

피로는 이 설명을 얼마나 심각하게 받아들여야 할지 확신할 수 없었다. 치료는 어려운 기술이었으며 그에게 많은 치료법은 단지 미신이나 현재 상태를 설명하기 위한 이야기 같았다. 피로는 더 쉽게 확인될 수 있는 현상들에 집중하는 것을 선호했다.

피로는 앞서 시장에서 논쟁의 중심이었던 도자기 항아리를 가리키며 물었다.

"이것이 어떻게 작동하는지 보여 줄 수 있나?"

"아, 나리는 제가 가진 가장 흥미로운 장치를 콕 집어내셨습니다. 이것은 동쪽에 있는 작은 섬의 이름을 따서 오게 항아리라고 불립니다. 저 말고는 이런 장치를 가진 마술사를 본 적이 없습니다."

분명 그게 미자가 말해 줄 수 있는 최대치였다. 그는 영업 비밀을 매우 가치 있게 여기고 있는 게 틀림없었다.

피로는 재촉하지 않고 화장실에 다녀와야겠다며 잠시 자리를 떴다. 화장실로 향하는 대신 그는 아래층에 있는 귀빈실로 가서 문을 두드렸다.

문이 열렸고, 연기술사인 리사나 부인이 모습을 드러냈다.

"어머니, 전부 다 들으셨습니까?"

피로가 속삭이듯 물었다.

리사나는 고개를 끄덕였다. 그녀는 린 코다의 발명품인 관에 연결된 전성관을 천장으로 찔러 넣어서 위층 귀빈실 바닥 틈에다 놓아두었다. 그렇게 관의 다른 쪽 끝에서 피로와 미자 사이의 이야기를 주의 깊게 들었다.

"정말 이 남자가 유용한 정보를 가지고 있다고 생각하는 거니?"

"확실합니다. 아직 정확히 뭘 해야 하는 건지 모르겠지만, 세라

누님이 쓰임새를 알아낼 것 같은 예감이 듭니다."

"이것이 속기 쉬운 사람들에게 쓰는 단순한 속임수 그 이상이라고 생각해서 모험을 하겠다는 거야?"

"이건 계산된 위험입니다." 피로는 싱긋 웃었다. "모든 사람의 삶에는 타주 신이 조금은 있어야 하지요."

리사나는 다정하게 웃었다.

"항상 아버지가 한 것 중 가장 터무니없는 말을 인용하는구나."

그러나 남편의 위험한 처지를 떠올리자 그 미소는 희미해졌다.

피로는 앞선 대화 주제로 돌아가려고 애썼다.

"유용하든 그렇지 않든, 정보를 먼저 얻어야 합니다. 마술사들은 비밀을 드러내지 않고 믿을 수 있는 견습생에게만 전하는 경향이 있습니다. 제가 어머니의 도움을 요청한 것은 그래서입니다."

"마술사에게 네가 누구인지 말하는 게 어떠냐? 황제가 류쿠족과 벌이는 전쟁에 도움이 될 수도 있다고 설득한다면, 확신하건대 그는 네가 알고 싶은 걸 말해 줄 거야."

피로는 딸랑이 북처럼 고개를 내저었다.

"우리가 지금 정체를 드러낸다면 그는 자기 지식에 대해 터무니없는 액수를 요구할 겁니다. 그는 그런 사람입니다. 적어도 자신을 그런 사람이라고 생각할 겁니다. 하지만 정말로는 자신을 자랑스럽게 만들 고귀한 일, 인상적인 일을 하고 싶어 합니다. 우린 단지 그를…… 도와줄 필요가 있는 겁니다."

"사람들이 정말로 원하는 것을 찾아내야 할 사람은 바로 나라고 생각했는데." 리사나가 웃으며 말했다. "정말로 그 아버지에 그 아들이야. 네가 정말로 이게 옳은 일이라고 생각해서 이 계획을 제안하는 것인지 아니면 단지 더 나은 거래를 하기 위해서 이러는 것인지 구별할 수가 없구나."

"애국자들도 이익의 유혹을 받을 수 있습니다. 제국을 운영하는데는 비용이 많이 들지요. 저는 지난 몇 년 동안 배운 게 몇 가지 있습니다."

피로는 뜨거운 냄비 음식을 주문했다. 종업원들이 들어와 작은 화로를 설치한 다음, 점토 냄비를 그 위에다 올렸다. 손님들이 입맛에 맞게 요리할 수 있도록 익히지 않은 재료들이 담긴 접시들이 놓였다. 곧, 방 안은 진한 육수로 요리되는 고기와 채소의 맛깔스러운 향으로 가득 찼다.

"내가 한번 먹어 보겠소."

피로는 서툰 동작으로 점토 냄비를 움직였고, 그 바람에 국물이 조금 아래쪽 석탄에 쏟아졌다. 연기가 빠르게 방을 채웠다.

피로는 창문을 살짝 열었다.

"미안하군. 연기는 곧 사라질 것이오."

미자는 기침을 했지만 동의하며 고개를 끄덕였다.

피로는 어머니가 아래층 귀빈실에서 마술을 부리기를 기도하며 미자의 얼굴을 지켜보았다.

바닥의 갈라진 틈에서 이제는 다른 종류의 연기가 방으로 들어오고 있었지만, 그 연기가 화로의 연기와 섞이는 통에 미자는 별다른 주의를 기울이지 않았다.

피로는 방 안의 연기가 모양을 갖추고, 굳어지고, 그리고 뱀처럼 미자를 휘감는 모습을 지켜보았다.

"오게 항아리에 대해 말해 주시오."

피로가 재촉했다.

"그건 비단력을 저장합니다."

피로는 미자의 눈이 게슴츠레해진 것을 보았다. 어머니가 성공한 것이었다.

미자는 마개를 빼내 피로에게 항아리 안을 보여 주었다. 역시 중간 높이까지는 은으로 된 얇은 막으로 덮여 있었다.

"제가 처음으로 만든 항아리에는 바닷물이 들어 있었습니다. 하지만 이후 통과용 물질이 항아리 내부에 있기만 하면 된다는 것을 알아냈습니다. 거리 공연을 위해 전 여전히 바닷물을 항아리에 채우지만, 꼭 그럴 필요는 없습니다."

미자는 마개를 항아리에 다시 꽂아 쇠사슬이 바닥의 금속 박편에 고정되도록 했다. 그러고 나서 비단력 발전기의 굽은 굴대를 다시 돌려 주 저장고를 충전했다. 마침내, 그는 항아리를 손에 들고 윗부분의 손잡이를 주 저장고에 가까이 가져갔다. 그러자 파팍 하는 큰 소리와 함께 흰한 불꽃이 발생했다.

"주 저장고의 비단력이 오게 항아리에 흘러 들어가는 걸 보셨습니까? 한번 잡아 보시겠습니까? 바닥 부분을 한 손으로 잡아 주십시오."

피로는 조심스럽게 항아리를 받아 들었고, 한 손으로 은박에 싸인 바닥 부분을 붙잡았다.

"걱정하지 마십시오. 비단력은 외부와 내부의 두 통과용 표면 사이에 있는 둑 역할을 하는 도자기에 저장되어 있습니다. 바닥에만 손을 댄다면 항아리를 만져도 완벽하게 안전합니다."

피로는 확신이 서지 않았다. 주 저장고에서 마지막으로 받았던 충격에 대한 기억이 여전히 생생했다.

"다른 손으로 안쪽 표면과 연결된, 위에 있는 손잡이를 잡아 보십시오. 그리고 항아리를 떨어뜨리지 않도록 하십시오."

미자가 키득거렸다.

피로는 이를 악물고 다른 손으로 항아리 손잡이를 잡았다. 뒤이어 뒤따르는 충격에 비명을 지르며 뜨거운 석탄 조각인 양 항아리를 떨어뜨렸다. 벌어질 일에 대비하고 있던 미자는 한 손으로 능숙하게 떨어지는 항아리를 붙잡았다.

"때때로 이 항아리들은 몇 번 더 계속 힘을 방출할 수도 있습니다. 조심해서 다뤄 주십시오."

피로는 항아리가 안겨 준 충격에 손이 저려 왔다. 심장이 뛸 공간이 충분하지 않은 것처럼 가슴이 조여 왔다.

"좀 앉아야겠소."

그는 숨을 헐떡이며 바닥에 주저앉았다.

"숨을 쉬세요, 나리, 숨 쉬세요. 아무리 준비가 되어 있다 하더라도 비단력이 너무나 강력해서 항아리가 손아귀에서 벗어나는 것이지요. 손가락 근육을 더는 통제할 수 없는 것처럼 느껴지고요."

피로는 마침내 숨을 내쉬었다.

"정말 믿기지가 않군."

미자는 웃었다.

"오게 항아리로는 아주 많은 흥미로운 마술들을 설계할 수 있습니다. 주 저장고와 비단력 발전기의 문제점은 부피가 너무 크고 딱딱해서 신중하게 작동하기 어렵다는 것입니다. 누구라도 비단력의 흐름을 직관적으로 알 수 있습니다. 발생하는 불꽃은 예쁘지만 관중들이 어떻게 일이 이루어지는지 볼 수 있으므로 마술로서 효력을 잃지요. 그러나 이 항아리들의 경우, 군중들이 모이기 훨씬 전에 힘을 충전해 챙겨 나갈 수 있습니다. 평범한 항아리처럼 보이기 때문에, 사람들은 이게 강력한 효과를 가질 거로 생각하지 않습니다. 게다가 이 항아리들은 며칠 동안이나 전하를 담고 있을 수 있습니다."

"그 항아리들이 오게 항아리라고 불리는 이유가 뭐요? 거기서 발명한 것이라?"

미자는 주저했다. 방 안 공기가 점점 맑아지면서, 그 역시 점점 말하기를 꺼리게 되는 것처럼 보였다.

"저는 그것들을 오게에서 *얻었지만*, 발명했다고 주장할 수는 없습니다."

"네?"

"오게 섬에 있을 때가 제가 살면서 가장 형편이 어려운 시절이었을 겁니다. 그 어떤 마술로도 많은 관객을 끌어모으지 못했습니다. 구경꾼들이 후미진 오게에서는 대도시보다는 덜 싫증을 낼 거라고 생각했지만 거기서도 딱히 돈을 벌지 못했습니다. 상황이 너무 나빠져서 그저 먹고살기 위해 많은 장비를 팔아야 했습니다. 한번 그런 내리막길을 걷기 시작하면 마술사로서의 제 인생은 끝장나리라는 걸 알았습니다.

절망한 나머지 저는 루피조 신을 모신 사원에 가서 도움을 청했습니다.

그러다 잠이 들었는데 한 잘생긴 젊은 의사가 와서 이 새로운 항아리의 설계를 보여 주는 꿈을 꿨습니다. 의사는 이 비단력 장치는 다양한 질병을 치료하는 데 사용될 수 있지만, 마술 묘기에도 사용할 수 있다고 설명했습니다. 그는 제가 이 장치를 부자가 되기 위해서도 되지만, 그 지식이 필요한 때가 오면 다라 사람들을 돕겠다고 약속해야 한다고 말했습니다.

깨어난 후, 꿈에서 본 대로 오게 항아리를 만들었는데 효과가 있었습니다! 그 후로, 저는 순회 의사이자 공연가로서 파사를 여행했습니다. 그렇지만 이 마술이 흥미로운 생각거리를 던져 주는 것 외에 어떻게 도움이 될지는 전혀 알아내지 못했습니다."

피로는 감히 자신의 행운을 믿지 못하며 그를 쳐다보았다. 어쩌면 다라의 신들은 여전히 마음을 쓰고 있는지도 몰랐다.

"나는 당신의 순간이 왔다고 생각하오."

리사나 부인과 피로 황자의 저녁 공연은 취소되었다.

그날 저녁 동안, 피로는 학구열에 불타는 학생처럼 질문을 계속했고, 미자는 인내심을 가지고 오게 항아리의 놀라운 특징을 설명했다. 내부와 외부 표면에서 나오는 비단력이 강도는 같으나 서로 다른 종류인 이유는 무엇인지, 여러 개의 항아리를 직렬 또는 병렬로 연결하는 것이 어떤 누적 효과를 갖고 그 결과로 더 길거나 두꺼운 불꽃이 발생하는지, 어떻게 해서 항아리의 크기와 금속 박편의 부드러움이 저장 용량에 영향을 미치는지, 어떻게 해서 오게 항아리에서 나온 통과용 막대 두 개를 죽은 개구리 다리에 연결하면 개구리가 발을 차고 헤엄치는지…….

다음 날 아침, 미자는 긴펜으로 가는 전령 비행함에 타고 있었다.

리사나 부인과 피로 황자가 백성들을 규합하기 위해 섬들을 계속 여행하는 동안, 지아 황후는 민들레 가문이 여전히 완전한 통제권을 행사하고 있음을 불안에 떠는 백성들에게 보여 줘야 한다는 과제를 풀어야 했다.

제국의 수도 인근 게피카 평원에는 메뚜기 떼가 나타났다. 빽빽이 모여 살아 있는 구름을 형성한 그 날개 달린 곤충들은 땅바닥을 기어가거나 빙빙 돌면서 지나가는 길에 있는 모든 것을 먹어 치웠다. 들판의 농작물들은 황폐해졌고, 농부들은 감히 밖으로 나오지 못한 채 집 지하로 숨어들었다.

과거에는 제국 비행함 함대가 피해 지역에 독이 든 안개를 뿌려 메뚜기 떼를 처리하기도 했지만, 지금은 비행함을 가동하지 못하는 상황이니 메뚜기 떼가 지나가기를 기다리는 것 외에는 할 수 있는 일이 없어 보였다.

다라 사람들은 이것이 신들의 심판이며, 류쿠족의 등장은 민들레 가문의 종말을 알리는 징표라고 속삭였다.

"저한테서 뭘 원하는 겁니까?"

황후는 신들을 본떠 만든 조각상들을 향해 분노를 쏟아 냈다.

"모든 징표는 다양한 방식으로 해석될 수 있습니다. 중요한 것은 황후 전하 마음에 드는 해석을 내놓는 것입니다."

재상이 말했다.

"만약 마님께서 2막을 열고 싶으시다면, 지금이 이야기를 장악할 순간입니다."

소토가 말했다.

지아 황후는 직접 게피카의 농작물들이 자라는 들판으로 성큼성큼 걸어 들어갔다. 그리고 키질용 나무 삽을 들어 메뚜기 떼를 향해 휘둘렀다. 곤충들이 팔과 얼굴, 발을 깨물며 공격했다. 황후는 그 고통을 무시하고 계속해서 곤충들을 찰싹찰싹 때렸다.

대신들과 장군들이 황후를 보호하기 위해 달려와 안전한 마차 안으로 돌아갈 것을 촉구했다. 황후는 그들을 밀어냈다.

"사람들은 먹어야 한다. 필요하다면 난 이 무정한 것들을 하나씩 죽일 것이고. 어떤 이들은 나의 과묵을 나약함으로 오해했다. 신들께서 진정으로 민들레 가문이 끝장나길 원한다면, 오늘 이 들판에서 날 죽여야 한다. 나는 돌아가지 않을 것이니."

황후의 용기에 감동한 대신들과 장군들도 삽과 쇠스랑을 들고 떼지어 다니는 곤충들을 공격했다. 곧 집에 숨어 있던 농부들도 대영주들과 함께 메뚜기 떼를 퇴치하기 위해 모습을 드러냈다.

끝을 모르는, 살아 있는 물결을 내려치며 따가운 고통을 감내하는 동안 적지 않은 이들은 자신들이 상당히 정신이 나간 것처럼 보일 거라고 생각했다. 다른 한편으로는 행동에 나선다는(비록 상징적이긴 했어도) 기쁨에 깃든 일종의 광란으로 스스로 무적인 것처럼 느끼는 사람도 있었다.

지아는 더 이상 자신이 정치 무대에 개입하고 있다고 느끼지 않았다. 다라 사람들이 하나의 유기체인 것처럼 주변의 신하들과 유대감을 느꼈으며, 그들의 용기와 분노로 형성된 파도에 부력을 얻었다. 아노족과 제도의 원주민들로부터 이어진 자랑스러운 종족의 일원으로서, 여성으로서, 다라의 황후로서, 하늘과 땅에 맞서 싸우는 것은 영광스러운 일이었다.

그러자 사방에서 새 떼들이 다가왔다. 까마귀, 갈매기, 찌르레기, 까치, 비둘기, 심지어 매까지……. 다라에서는 그렇게 많은 종의 새떼가 일제히 날아든 적이 없었다.

새들은 달려들어 메뚜기들을 먹어 치웠다.

점차 곤충 구름은 줄어들다가 사라졌다. 만족한 새들은 올 때처럼 갑자기 흩어졌다.

지아 황후는 기진맥진해서 땅에 쓰러졌다.

새들이 보여 준 기적은 신들의 징표로 여겨졌고, 많은 사람이 다시 한번 민들레 가문의 힘을 믿게 되었다.

하지만 코고 옐루 재상은 조심스럽게 메뚜기 떼의 근원을 조사하고 원수에게 비밀 보고서를 써서 보냈다.

마조티 원수는 보고서 더미를 신중히 검토했다. 그녀 앞에는 긴펜의 제국연구소와 다라 전역에서 보내온 보고서들이 산처럼 쌓여 있었다. 가리나핀 사체의 해부 결과, 소가 먹이 먹는 습성, 탄 아뒤에서 온 연관, 비단력으로 작동하는 신기한 장치들, 메뚜기 떼의 습성과 역사…….

조미 키도수와 세라는 보고 내용을 일련의 제안으로 정리했고, 코고 옐루는 전문 지식을 바탕으로 새 발명품들을 평가했으며, 피로와 샌 카루코노, 푸마 예무는 현장 경험으로 그것들을 검토했다.

원수가 주먹으로 탁자를 탕 내려쳤다. 계획이 선 것이었다.

제56장

황자의 비행

루이섬

사해평치 12년 6월

페큐 텐료는 매일 사자(使者)를 보내 티무를 설득했다.

사자들의 상당수는 류쿠 경비대원들의 채찍질을 받아 가며 밭에서 일하는 것보다 페큐를 섬기는 것이 더 쉽다고 결정한 *카시마*들이었다. 일반 백성들은 협력자들을 싫어했기에 그들은 류쿠 지배자들과 좀 더 밀착될 수밖에 없었다. 이는 상류층 사람들을 백성들과 대립하게 하고, 상류층 내부에서도 서로 대립하게 함으로써 피정복자들을 통제하려는 페큐 텐료의 계획이었다.

오늘의 *카시마*는 위라 핀으로, 다수 출신의 유명한 유인주의자였다.

"티무 황자님, 대학자 뢰고 크루포는 한때 이렇게 말했습니다.

'현명한 통치자는 역사의 흐름에 저항하기보다는 그 흐름과 함께 흘러가야 한다.'"

"그래서 내가 폭군 마피데레의 경멸받는 고문이었던 뤼고 크루포의 말을 들어야 하는 것이냐?" 티무는 이마의 땀을 닦기 위해 잠시 말을 멈추었다. "게다가 그가 그렇게 현명하다면 왜 역사의 흐름에 저항하면서 자나 제국에 매달렸을까?"

티무는 가리나핀들을 위한 건초를 만들기 위해 풀을 베고 묶는 일로 다시 돌아갔다. 그는 다른 농부들보다 뒤처지고 싶지 않았는데, 모두에게 똑같은 할당량이 정해져 있기 때문이었다.

"현명한 황자님께서는 분명 승리자가 진실에 대한 독점권을 가진다는 생각에 동의하지 않으시겠지요. 크루포는 패배한 영주를 섬겼지만, 그의 지혜는 영원합니다."

"침략자들에 협력하는 사람들은 역설을 보지 못하는 게 분명하군. 그대가 흐름을 그렇게나 주의 깊게 본다고 하니 하는 말이다만, 내가 모르는 지혜를 좀 깨우쳐 주겠나?"

"류쿠족은 신들이 내린 천벌입니다. 내년 봄이면 새로운 류쿠 함대들이 도착할 것이고, 훨씬 많은 전사와 가리나핀이 올 겁니다. 황자님은 다라가 초토화되는 것을 보고 싶으십니까? 더 많은 사람이 죽는 걸 보고 싶으십니까?"

"류쿠족이 살인을 멈추면 아무도 죽을 필요가 없지."

"류쿠족은 단지 민들레 가문이 굴복하기를 거부하기 때문에 살인을 하는 것입니다. 황제는 자신의 안위를 백성의 안위보다 우선시하여 다라에 항복 명령을 내리지 않았습니다."

티무 황자는 멈춰 서서 위라를 노려보았다.

"야만인들은 두 개의 섬을 정복했을 뿐인데, 그들이 그 섬들에 무슨 짓을 했는지 봐라. 우리가 항복한다면, 모든 다라가 이런 모습으로 전락할 것이다."

그는 팔을 휘둘러 황폐해진 주변 풍경을 가리켰다. 많은 농부가 가리나핀들을 먹이기 위해 아직 푸릇푸릇한 작물들을 베어 내야 했다. 올가을의 수확은 재앙이 될 터였다.

"현재의 가혹함은 전쟁 중의 일시적인 조치일 뿐입니다. 페큐 텐료가 모든 다라의 영주였다면 다라 사람들은 그의 무리이자 책임이었을 것이고, 그는 제대로 된 목자로서 그들을 사랑했을 것입니다."

"사리사욕 때문에 말인가?"

위라는 고개를 끄덕였다. 흥분감 어린 반짝임이 그의 눈에서 내비쳤다.

"맞습니다. 황자님께서 유인주의 학파의 사고를 잘 알고 계신 줄은 미처 몰랐습니다."

"내가 그대의 주장을 단계적으로 설명해 보지. 다라 사람들은 페큐에게 소중한 재산이 될 것인데 그는 자신의 재산이 손상되는 것을 보고 싶어 하지 않을 것이다. 그는 자신의 무리를 돌볼 훌륭한 관리인이 필요할 것이고, 귀족과 학자, 그러니까 당신과 같은 학식이 있는 사람들에게 그런 일을 하며 페큐를 도울 수 있는 권한이 주어질 필요가 있을 것이다. 이런 말이 되겠지."

"정확합니다!" 위라는 두 손을 비벼 댔다. "이미 깨친 사람을 설득하는 건 훨씬 쉬운 일입니다."

"그리고 나는 류쿠족에 대한 항복을 이끌고 페큐에게 다라의 주인이라는 합법적인 지위를 부여한 황자로서 편안하고 안락한 삶을 기대할 수 있을 것이다."

"황자님께서는 제가 하고 싶은 말을 그대로 하셨습니다."

티무 황자는 고개를 끄덕였다.

"하지만 알다시피, 아버지도 나도 그대의 부탁을 들어줄 수가 없다."

"왜 안 됩니까? 황자님께서 항복하시면 페큐의 영원한 감사를 받을 것입니다. 황자님의 가족은 안전할 것이고 이 모든 불쾌한 일은 끝날 것입니다."

"왜냐하면 내 아버지가 황제이긴 하지만, 다라 사람들은 황실 가족의 재산이 아니라는 사실을 한순간도 잊은 적이 없기 때문이지." 티무는 다시 하던 일로 돌아갔고, 다른 농부들을 따라잡기 위해 고군분투했다. "그대가 찾고 있는 항복은 내가 줄 수 있는 게 아니다."

그 뒤로 위라 핀이 무슨 말을 하건 황자는 그를 무시했다.

"티무는 꿈쩍도 하지 않을 겁니다. 자기 아버지만큼이나 황소고집입니다."

페큐의 딸 탄바나키가 말했다.

"그렇게 연약해 보이는 약골이 그 정도로 단단한 심장을 가졌을 거라고 누가 생각했겠어?" 페큐 텐료의 목소리에는 어느 정도 감탄이 스며들어 있었다. "티무와 그 아버지 모두 예상을 뛰어넘었군."

"한 명을 다른 한 명이 보는 앞에서 고문해 볼 수 있을 겁니다. 루안 지아에게 통한 방법입니다."

"그게 효과가 있을지 의심스럽구나. 더 많은 사람을 죽이겠다고 위협하기 전까지 쿠니가 아들을 여기서 죽게 내버려 두고 비행함을 타고 탈출하려고 했던 거 기억하지? 쿠니는 단순히 아들에 대한 사랑이 아니라 백성들에 대한 의무라고 생각하는 것에 얽매여 있다. 반면에 황자는 아버지의 인정을 너무나 갈망하기 때문에, 아버지가 항복을 경멸할 거라 생각한다면 절대로 항복하지 않을 거야."

"그런데 왜 우리가 그중 한 명을 항복하도록 설득해야 하는 겁니까? 우리의 승리는 확실합니다! 그들은 공중에서 우리의 우위를 뒤집을 방법이 없습니다. 섬들은 하늘의 힘을 이해하는 영주에 의해 연합되었습니다. 그들은 같은 방식으로 패배할 것입니다."

"루안 지아가 한 일을 잊었느냐?" 페큐가 그녀를 노려보았다. "가리나핀들은 번식하기가 까다로워. 막 부화한 새끼들과 한 살배기들이 바다를 건너다 너무 많이 죽어서 성체들을 거의 통제할 수 없을 지경이야. 더 많은 새끼를 잃고 성체들이 통제 불가능해지면 어떻게 되겠느냐?"

"일시적인 차질입니다. 지원군이 1년 안에 도착하면 톨류사와 더 많은 가리나핀을 공급받을 수 있습니다. 우리로선 기다렸다가 무력으로 저들을 정복하는 것이 낫습니다."

"네 말은 젊은이의 어리석음에서 나온 것이다. 우리 전사들은 전장에서 무적일 수 있지만, 저들은 우리보다 100배 이상 수가 많아."

"우린 늑대지만 저들은 여전히 양입니다."

"늑대조차도 모든 양을 죽일 수는 없지. 필사적인 떼거리는 대단한 일을 해낼 수도 있어. 우리는 이 두 섬을 유지하는 데만도 충분히 어려움을 겪고 있고, 밤에는 곤봉을 침대 옆에 두고 자야 하는 실정이야. 설령 우리가 다라를 정복할 수 있다 하더라도 어떻게 다라 전역을 힘으로 억누를 수 있겠느냐? 다라 사람들은 약삭빠르고 교활하다, 딸아. 저들을 과소평가하지 마라."

"그렇다면 황자나 황제가 항복하도록 설득하는 게 무슨 도움이 되겠습니까?"

"이 섬사람들의 교활함은 또한 치명적인 약점이기도 하다. 그들을 구별하는 한 가지 특징이 있다고 한다면 그들에게는 우리의 규율이 부족하다는 것이다. 내가 깃발을 던지면 모든 류쿠인이 빠짐없이 어떤 목표든 공격할 것이라고 나는 확신한다. 그러나 다라 사람들은 분열되어 있고, 비겁하고, 이기적이며, 같은 목표를 향해 오랫동안 노력하지 못해. 그들은 제각각 자신에게 가장 덜 아픈 선택을 할 것이고, 그 결과로 다른 누군가가 고통받게 내버려 둘 것이다. 서로 감시하는 십부장제가 그 증거지. 황제의 귀족과 대신에게 우리와 싸우지 않을 핑계를 던져 준다면, 그들은 그걸 붙들 것이다. 충성스러운 가리나핀들처럼 류쿠인들을 지키는 데 도움을 주겠지."

"이 야만인들을 대단히 경멸하시는군요."

"경멸하는 것이 아니라 이해하는 것이다. 우리는 다라의 부를 원하지만, 그 부의 원천은 다라의 사람들이다. 네가 무리를 이끌고자 한다면, 그 무리 중에서 지도자를 식별해 그 우두머리들을 통제해야 한다. 이런 방식으로만 소수의 숙련된 목자가 거대한 무리를 통제할 수 있다."

"아버지가 통제하리라 식별해 낸 동물이 실은 통제 불가능할 수도 있습니다. 우리는 그 늙은이에게 모든 방식으로 압력을 가했습니다. 이 젊은 남자도 위협에도, 유혹에도 굴하지 않을 겁니다. 그는 사사건건 미덕을 말하고 사자들에게 그들의 현자들이 쓴 길고 지루한 말들을 인용합니다."

"난 포기하려고 한다. 하지만 적어도 지원군이 도착할 때까지는 인간 방패로서 유용하겠지."

페큐가 인정했다.

탄바나키의 얼굴에 차가운 미소가 떠올랐다.

"음, 우리가 아직 시도해 보지 않은 방법이 있습니다."

"이봐, 다라의 황자!"

티무는 들판에 멈춰 서서 햇살을 피하려고 손으로 두 눈을 가린 채, 페큐 텐료가 보낸 새로운 사자를 올려다보았다. 그는 페큐의 딸인 류쿠의 공주를 발견하고서 깜짝 놀랐다. 탄바나키는 그녀의 가리나핀인 코르바에 올라탄 채로 말을 걸고 있었다. 괴물은 느릿느릿 움직이며 땅의 크루벤처럼 수수밭 옆으로 뒤뚱대며 걸었고, 발톱으로 무장한 발을 내딛거나 꼬리를 한 번 휘두를 때마다 농작물을 짓누르고 밭고랑을 뭉그러뜨렸다.

이상하게도, 탄바나키는 류쿠인들이 좋아하는 조잡한 모피와 가죽으로 된 옷을 입지 않았다. 대신 다라 여자들처럼 입고 있었다. 비단 옷에 나무 밑창을 댄 천 신발을 신고, 머리카락 일부는 쪽을 지어서 옥 장식으로 고정했다.

햇빛에 빛나는 하얗고 반투명한 피부. 후광이 감도는 삼단 같은 금발에 선 굵고 이국적인 이목구비. 티무는 이전에 그녀에게 적용해 보지 않은 단어를 떠올렸다. 그는 그녀가 매우 아름답다는 것을 깨달았다.

"공주."

티무가 절했다.

"입술로는 '공주'라고 하지만, 마음속으로는 나를 야만인, 미개인, 혹은 더 나쁜 것이라고 부르고 있겠지."

"전혀 아니오."

그렇게 말하면서도 티무는 얼굴을 붉혔다.

코르바는 목을 땅으로 내렸다. 공주는 살아 있는 생명체로 된 긴 경사로를 내려와 자신만만하게 티무가 있는 쪽으로 다가왔다. 그러더니 그로부터 30센티미터 정도 떨어진 곳에서 멈춰 섰다. 공주는 티무의 눈을 들여다보았고(그녀의 키는 티무와 비슷해서 올려다볼 필요가 없었다) 침착하게 말했다.

"거짓말쟁이."

티무는 한 걸음 뒤로 물러섰다.

"뭐…… 뭐 하는 것이오?"

"움직이지 마."

탄바나키는 한 걸음 더 앞으로 다가갔다. 티무의 호흡이 긴장으로 빨라지자 그녀는 손을 뻗어 살며시 티무의 턱을 잡았다. 그러고는 그를 살펴보면서 얼굴을 좌우로 돌렸다. 티무는 얼굴이 시뻘게져서 그녀의 손아귀에서 턱을 휙 빼냈다.

그래도 티무는 낯선 향신료 냄새가 섞인 그녀의 뜨거운 숨결을 맡을 수 있었다.

탄바나키는 그의 몸을 위아래로 훑어보며 생각에 잠긴 듯한 표정을 지었고, 한동안 혼잣말로 중얼거렸다.

"나쁘지 않은 몸매…… 깨끗한 피부…… 약간 색이 짙지만 불쾌하진 않은…… 현장 노동이 그에게 뭔가 좋은……."

티무는 극도로 불편함을 느꼈다. 이 야만인…… 류쿠인(티무는 속으로 말을 수정했다) 공주는 그가 지금껏 대화해 본 궁정의 어떤 젊은 여자와도 달랐다. 그녀의 대담함은 그를 불안하게 했다. 티무는 바보가 된 느낌이 들었다.

티무는 일을 계속하려고 어색하게 몸을 돌렸다.

"아직 내 말 안 끝났어. 가만히 있으라고 했잖아."

탄바나키가 거만하게 말했다.

"공주는 이런 부적절한 방식으로 나와 노닥거리는 걸 멈추셔야 하오." 티무는 이를 악물며 말했다. "수형자에게 굴욕감을 주고 고문하다니, 체통 없는 일이오."

"내가 널 고문하고 있다고 누가 그래?" 탄바나키의 입술이 굽어지며 짓궂은 미소를 만들어 냈다. "근데 너, 내가 너랑 놀았으면 좋겠어?"

티무는 입을 꾹 다물고 있었다.

공주는 한 걸음 더 앞으로 다가왔고, 두 사람의 얼굴은 이제 겨우 몇 센티미터 정도 떨어져 있었다.

"너 내가 예쁘다고 생각해?"

티무는 깜짝 놀랐다. 한 번도 여자에게서 들어 본 적이 없는 질문이었다. 그런 질문은 완전히 부적절해 보였다. 하지만 다른 한편으로는 그녀가 전투용 곤봉을 등에 차는 것처럼, 가리나핀을 타고 전투에 나서는 것처럼, 그녀에게 어울렸다.

"나는…… 어…… 응, 맞소."

티무의 얼굴은 이제 수탉 볏처럼 새빨갛게 달아올랐다. 그는 왜 이 여자 때문에 자신이 이렇게 허둥대는지 이해하지 못했다. 전혀 부끄러움을 느끼지 않는 듯한 그녀의 모습은 이상했지만…… 매력적이기도 했다.

"좋아." 공주가 고개를 끄덕이며 말했다. "거짓말이 아니라는 걸 알겠어. 다라 남자들은 왜 그렇게 거짓말을 많이 하는 거야?"

"난 공주가 무슨 말을 하는 건지 전혀 모르겠소."

"나는 한동안 다라의 사람들을 연구해 왔는데, 보니까 너희들 모두는 생각은 이렇게 하면서 말은 저렇게 해. 예를 들어, 너희의 옛 스승인 자토 루티가 우리를 만나러 왔을 때, 그는 우리 모두를 동물보다 나을 게 없는 야만인이라고 생각하면서 우리를 귀한 손님으로 대하는 척했어. 너희들 가운데 부유하고 힘 있는 사람들은 훨씬 더 많은 돈과 권력을 갖고 싶어 하면서, 입으로는 백성들을 돌보고자 한다고 말해."

티무의 눈에서 분노의 빛이 번뜩였다.

"난 위선자가 아니오."

"아니라고? 그런데 왜 백성들이 굶주리는 걸 보고 싶어 해?"

"난 사람들이 굶주리는 것을 막으려고 애쓰고 있소! 당신들은 이 곳의 모든 들판을 당신들의 가리나핀과 긴 털 소 떼를 위한 방목장으로 바꿨소. 이곳 섬사람들은 이번 겨울에 무엇을 먹어야 하오?"

"우유와 고기면 될 거야. 안 그래도 너희들이 선호하는 곡물을 기본으로 삼는 음식을 먹으면 속이 더부룩해져. 우린 너희처럼 초식 동물이 아니야."

"당신들에겐 다수섬과 루이섬의 사람들 모두를 먹일 만한 긴 털 소가 없소! 그리고 우리 백성들은 가리나핀 우유를 마실 수 없소. 그걸 마시면 병에 걸리오."

"이런, 네가 말하는 '이곳 섬사람들'이라는 건 단지 *네* 백성들만을 의미하는 거야. *내* 백성들이 굶는 걸 보면 넌 기뻐하겠지. 그러면서 자기가 위선자가 아니라고 주장하고."

"하지만 여기로 온 건 당신들이 *선택한* 결정이오. 당신들은 당신들 땅에 머무를 수 있었소."

티무는 눈을 감았고, 그녀가 화가 나서 따귀를 때리거나 다른 분풀이를 할 것이라 생각하며 마음을 굳게 먹었다.

하지만 탄바나키는 시선을 돌리고 목소리를 누그러트렸다.

"그거 알아? 이곳에 오기 전까지 나는 세상에서 이렇게 많은 녹색을 본 적이 없어."

티무는 눈을 뜨고 귀를 기울였다.

"우리 고향 땅의 관목 지대는 아름답지만, 살기 쉽거나 너그러운 땅은 아니야. 내가 태어난 해에는 폭풍으로 아버지 소유의 소가 대부분 죽었고, 아버지는 살아남기 위해 몹시 추운 겨울에 아곤족을 상대로 습격을 감행해야 했어. 수백 명이 죽었고 노인들은 부족에게 부담을 주지 않기 위해 폭풍 속으로 걸어 들어가서 죽었어. 그렇게 해서 아기들을 위한 식량을 아낄 수 있었지. 내 어머니는 아곤족과 싸우다가 돌아가셨고, 나와 남동생에게 우유를 주려고 부족의 다른 어머니 하나가 자기 아들들을 직접 목졸라 죽였어."

티무는 몸서리를 쳤다. 탄바나키가 담담하게 지난 이야기를 회상하며 말해 주는 모습에 더더욱 메스꺼웠다.

"넌 우리가 야만적이라고 생각해." 탄바나키는 경멸하는 표정을 지어 보였다. "다라의 황자, 네가 야만에 대해 뭘 알아? 넌 풍요로운 땅에서 태어났고, 굶는다는 게 무슨 의미인지 알지 못했어. 넌 모든 아버지와 모든 어머니가 사랑하는 땅에서 자랐고, 복잡다단한 도덕에 관한 이론들을 발전시킬 여유가 있었어.

그런데도 너희 땅은 마피데레와 같은 폭군을 만들어 냈어. 그는 내 아버지가 우리 백성을 살리기 위해 죽여야 했던 모든 사람보다 더 많은 사람을 죽였어. 너희는 우리를 야만인이라고 말하지만, 국화·민들레 전쟁 중 너희가 저지른 야만은 우리가 했던 그 어떤 행위도 능가하는 것이었어."

티무는 대답을 생각해 내려고 안간힘을 썼다. 이 여자의 주장은 페큐가 보낸 다른 사자들이 내세웠던, 그동안 익숙했던 주장과는 달랐다. 그가 능숙하게 되받아칠 수 있었던 아노 현자들의 말을 인용하는 대신, 그녀는…… 새로운 방식으로 사물을 보는 것 같았다.

"기러기의 비행과 민물 잉어의 춤을 비교할 순 없소. 우리는 여기에 사는 사람들이오. 당신들은 침략자고."

"그래? 너희들이 항상 여기 살았어? 나는 너희 조상이 여기 살던 사람들에게서 이 땅을 빼앗은 줄 알았는데."

"그건 아주 오래전 일이오! 나, 그리고 당신들이 노예로 삼은 사람들은, 모두 이곳에서 태어났소."

"그래서 이곳에서 태어나면 누가 '백성'에 속할 것인지 결정할 수 있다, 이거야? 내가 여기서 아들이나 딸을 낳으면 그 아이가 너희들을 침략자라고 부를 수 있다는 거야?"

"아니! 그건…… 그건……."

"계속해서 이 땅이 너희 땅이라는 말을 듣게 되는데, 난 이해할 수가 없어. 어떻게 땅이 누군가의 소유가 될 수가 있어? 모든 아버지께서 세상을 창조하셨고, 우리는 모두 그 안에 있는 손님일 뿐이야. 우리는 야생 소 떼가 하듯 땅을 가로질러 존재하고 먹을 권리, 이 유일하게 중요한 권리는 모두에게 속하는 거야."

티무는 탄바나키의 주장에서 조미 키도수가 들려준 베일의 우화를 떠올렸다.

태어나기 전에 우리는 모두 가능성만을 가지고 있습니다. 황제의 아들이나 농부의 딸이 될 수도 있는 육체를 갖게 되는 순간을 우리는 통제할 수 없습니다. 세상에 태어나 장막이 벗겨지면 우리는 지닌 가치와 상관없이 자신의 운명을 결정짓는 상자를 든 스스로를 발견하게 됩니다. 모든 위대한 철학자는 우리 영혼의 무게는 '세상의 아버지'인 타솔루오의 눈으로 보면 동등하다고 말해 왔습니다. 네 살배기 아이의 정의감보다 현자들의 지혜에 의해 함양된 우리의 정의감이 부족하다면, 그보다 이상한 일은 없을 겁니다.

류쿠족 공주의 말에는 지혜가 있었다.

"이런 주장을 내 아버지에게 합리적인 방식으로 제시했다면, 일종의 타협안을 마련할 수 있었을 것이라고 확신하오."

티무가 정중하게 말했다. 탄바나키는 웃었다.

"정말? 네 아버지가 섬 하나를 비워서 우리에게 건네줬을 거라고 믿어? 그가 복종과 봉사의 약속을 얻어 내지 않았을 거라고 믿어? 크리타 제독이 그랬던 것처럼 우리를 노예로 만들지 않았을 거라고 믿어? 설령 네 아버지가 신과 같은 동정심을 가졌다 쳐도, 귀족들이 그들의 영역과 영향력을 내주는 걸 허용했을 거로 생각해? 단 하나라도 믿는다면 넌 바보야. 난 다라의 위선과 부패에 깊이 빠져 있지는 않지만, 나조차도 사는 일이 그런 식으로 작동하지 않는다는 걸 알아."

티무는 침묵했다. 이 여자는 그가 세상을 이해하는 방식에 정면으로 도전했다. 그는 더 이상 다라의 대의는 정의로우며 신들의 선택을 받았음을 확신한다고 말할 수가 없었다.

그렇게 해서 티무는 완전히 불가능해 보이는 우정을 시작했다. 어쩌면 구애일지도 몰랐다. 티무는 어느 쪽인지 확신하지 못했다. 탄바나키는 티무와 매일 대화하기 위해 찾아왔고, 때때로 몇 시간 정도 머물렀다. 그들은 들판을 걸으며 각자의 어린 시절에 관해 이야기하고, 각자의 삶에 대한 관점이 갖는 장점들을 두고 토론하기도 했다.

탄바나키는 티무에게 류쿠의 문화를 자세히 설명해 주었는데, 그것은 수백 년에 걸쳐 관목 지대 사람들이 긴 털 소와 가리나핀의 모든 부분을 영리하게 활용해 온 역사로 점철되어 있었다. 뼈는 무기와 천막의 구조를 이루는 재료가 되었다. 모피와 질긴 가죽은 옷과 은신처, 방패로 만들어졌다. 힘줄은 실과 밧줄이 되었다. 가지를 뻗은 뿔과 평범한 뿔, 관목 나무와 섞은 힘줄로 크기는 작아도 위력은 큰 합성 새총을 만들 수 있었다. 지방은 양초와 횃불로 바뀌었고, 힘줄과 가죽은 끓여서 접착제로 만들었다. 동물의 그 어떤 부분도 낭비되지 않았다.

탄바나키가 티무에게 고향 이야기를 들려주고 백성들이 환경의 가혹함에 적응하며 사는 방식을 보여 주자, 티무는 그녀의 백성들을 단순히 야만적인 침략자로만 보기 어려워졌다.

티무 자신이 뛰어난 음악가였기 때문에 류쿠의 음악은 특히나 그에게 감동을 주었다. 탄바나키는 가리나핀 가죽으로 만든 북과 뼈로 된 목금으로 티무가 광대한 관목 지대의 풍경과 소리를 상상할 수 있게 해 주었다. 가리나핀의 날개와 발의 꾸준한 박자에 맞춰 땅을 가로질러 이동하는 수천 마리 긴 털 소의 쿵쿵대는 발굽들, 단 한 번의 폭우로 모든 것을 쓸어 버릴지도 모르는 갑작스러운 폭풍과 순간적인 홍수의 힘과 두려움, 다라의 하늘보다 더 웅장하고 탁 트인 것처럼 보이는 하늘(밤의 별들이 찻집과 밤샘하는 도박장의 밝은 불빛에 의해 희미해지지 않는), 끝없이 펼쳐진 신선한 방목장을 약속하는, 어지러울 정도의 긴 지평선.

탄바나키가 반주에 맞추어 노래할 때, 티무는 가사를 이해하지 못했음에도, 그리움과 사랑, 큰 역경이나 위험과 맞닥뜨렸을 때의 회복력, 미래에 대한 무한한 희망이라는 강력한 감정들을 느낄 수 있었다. 류쿠인들은 관목 지대에 산재해 있으면서 바람을 맞는 덤불과도 같았다. 거칠고 강했고, 꽃을 피우고 삶의 도전적인 색깔들로 풍경에 활력을 불어넣을 기회를, 드문 홍수와도 같은 기회를, 기꺼이 잡으려 했다.

그 음악은 티무가 익숙한, 아홉 줄 비단 금이나 야자열매 비파를 이용하는 세련되고 복잡한 선율과는 달랐지만, 아름답다는 데에는 의심의 여지가 없었다. 화산재 빛깔 토끼가 무지개 꼬리 다이란과 다른 것처럼, 류쿠족의 문명은 다라의 문명과 달랐지만 그들에게 문명이 있다는 것은 의심의 여지가 없었다.

그러던 어느 날 탄바나키는 코르바를 함께 타 보자며 티무를 초대했다.

티무는 겁에 질렸다. 코르바의 안장은 가리나핀의 목덜미 부근에 있었고 배의 망대처럼 그의 키보다 훨씬 높은 곳에 우뚝 솟아 있었다. 게다가 짙고 동공 없는 눈으로 위압적으로 자신을 응시하는 야수의 모습에 티무의 다리에서는 힘이 죽 빠져나갔다. 그는 평소 말을 타는 사람도 아니었다. 그런 야수를 탄다는 생각 자체가 가당치 않아 보였다.

"난 네 아버지가 한때 비늘이 있는 고래를 탔다고 알고 있는데. 너희가 바다의 군주라고 부르는 거 말이야."

"아버지와 난 많은 면에서 닮지 않았어."

"감사하게도 그렇지." 탄바나키가 싱긋 웃으며 말했다. "왜 내가 네 아버지가 아니라 널 태워 주겠어?"

티무는 가슴이 두근거렸다. 어쩐 일인지, 탄바나키가 방금 한 말에 엄한 루티가 칭찬을 1000번 한 것보다 더 어지러워졌다. 그는 항상 자기가 아버지를 실망시키는 존재라고 느꼈지만, 지금 이 사랑스러운 젊은 여자는 그에게 아버지와 달라도 괜찮다고, 자기 자신만의 남자가 되어도 괜찮다고 말하고 있었다.

티무는 여자와 어울린 경험이 많지 않았다. 피로는 황궁에서 젊은 시녀들에게 추파를 던지는 것을 즐기고 가끔 다피로 미로와 함께 청루에 몰래 숨어들어 부유한 젊은 상인인 양 행세를 했던 반면에(지아와 리사나 모두가 황실 가족에게 추문이 될 만한 일을 피하려면 취해야 할 예방책들을 피로에게 신중하게 설명한 다음의 일이었다), 티무는 심지어 또래의 젊은 여자와도 얼굴을 붉히지 않고서는 이야기를 나눈 적이 없었다.

티무에게 탄바나키의 관심은 끝나지 않았으면 싶은 이국적인 노래였다.

탄바나키는 코르바를 향해 휘파람을 불었다. 가리나핀은 우뚝 솟은 소나무가 잘려 넘어지는 것처럼 쪼그리고 앉았고, 그다음에는 우아하고 긴 목을 땅을 따라 늘어뜨렸다. 탄바나키는 코르바의 얼굴을 가볍게 쓰다듬고 한 발을 야수의 턱 위에 얹은 다음 기어오르기 시작했다. 젊은 류쿠 공주는 가리나핀의 눈꺼풀과 이마를 손으로 붙잡아 발을 내디딜 지점들로 삼았고, 얼마 지나지 않아 균형을 잡기 위해 가지 친 뿔을 붙든 채 코끼리 머리만큼이나 거대한 가리나핀의 머리의 꼭대기에 올랐다.

그녀는 고개를 돌리고는 명령했다.

"올라와."

손에 땀이 나고 다리가 떨리는 가운데 티무는 탄바나키가 올라간 길을 뒤따랐다. 그가 왼쪽 발을 코르바의 튀어나온 콧구멍 위에 놓았을 때 가리나핀이 콧방귀를 뀌는 바람에 티무는 거의 손을 놓을 뻔했다. 그는 팔과 다리를 마구 움직이며 재빨리 남은 길을 올랐고, 코르바의 얼굴 위로 기어올라 두 손을 가지 난 뿔에다 꽉 걸 때까지 멈추지 않았다.

티무가 얼굴이 새빨개진 채 필사적으로 뿔에 매달리는 동안 탄바나키는 웃느라 허리를 구부렸다.

탄바나키는 류쿠 말로 부드럽게 그녀의 가리나핀을 꾸짖었고 코르바는 우르릉 천둥 같은 소리를 내며 웃었다.

그러고 나서 두 사람은 작은 산맥의 꼭대기 능선을 따라 걷는 것처럼 가리나핀 목덜미에 걸쳐진 안장을 향해 나아갔다. 탄바나키가 산양처럼 빠른 발로 자신 있게 앞으로 걸어가는 동안, 티무는 가리나핀의 목을 조심스럽게 탐색했다. 목에는 가죽 아래로 풍화된 암반층처럼 척추뼈들이 튀어나와 있었다. 마침내 두 사람은 가죽과 뼈로 만든 안장에 도달했다.

탄바나키는 앉았고, 그녀의 두 발은 목 양쪽으로 걸쳐진 다음 등자에 고정되었다. 그녀는 자기 뒤쪽 공간을 가볍게 두드렸다.

"여기 앉아."

티무는 그녀의 말에 따랐다. 탄바나키는 몸을 비틀어 돌려서 안장에 매달린 지지용 버팀살에 발을 넣는 방법을 보여 주었다.

"내 허리에 팔을 두르고 나를 꽉 안아."

티무는 탄바나키와 그런 친밀한 자세를 취한다는 생각에 어리벙벙해졌다. 그는 말을 더듬었다.

"그렇게 하는 게 꼭…… 필요할까 싶은데."

"뭐야, 나한테서 안 좋은 냄새 나?" 탄바나키는 왼쪽 팔을 들어 냄새를 맡았다. "오늘 아침에 계화꽃과 소젖으로 목욕했는데." 그녀는 얼굴을 찡그렸다. "류쿠 사람들에 대한 헛소문을 여전히 믿고 있다는 소린 하지 마. 물론, 처음 도시선에서 내렸을 땐 우리에게서 끔찍한 냄새가 났을 거야. 하지만 그건 마실 물이나 긴 털 소와 가리나핀들에게 줄 물도 충분치 않았기 때문이야."

"아니, 아니야!" 티무가 부정의 표시로 손을 내저으며 말했다. "너에게선…… 정말 좋은 냄새가 나."

티무를 방문할 때면 탄바나키는 거의 언제나 다라의 세련된 여자들이 입는 식으로 옷을 입었다. 곡선미를 강조하는 꽉 끼는 상의에 팔다리가 길어 보이게 하는 느슨한 비단 주름들. 그리고 전쟁터보다는 규방에서 나날을 보내는 여성들에게 훨씬 더 잘 어울리는 정교한 양식의 머리를 하고 있었다.

티무는 탄바나키의 외모를 좋아했다. 그녀의 이국적인 이목구비와 친숙하면서도 여성적인 분위기는 언제나 그의 뺨에…… 그리고 다른 곳에도 열기를 불러일으켰다. 그리고 시간이 지남에 따라, 그녀는 계화꽃 목욕과 같은, 다라의 여성성을 보여 주는 요소를 점차 수용하는 것처럼 보였다.

"그럼 뭐가 문제야?"

"콘 피지는…… 음…… 결혼하지 않은 경우라면 남녀가 서로 접촉하지 않는 것이 최선이라고 썼어. 안 그러면 불순한 생각이 마음속에 떠올라 미덕에 대한 사색을 방해한다는 게 그 이유지."

탄바나키는 짜증이 차올라 한숨을 쉬었다.

"그 콘 피지라는 사람, 멍청이처럼 들려. 좋아, 하고 싶은 대로 해. 하지만 네가 하늘에서 떨어지면 코르바가 너를 구할 만큼 충분히 빨리 내려갈 수 있을지 확신을 못 하겠네."

그녀는 코르바의 목덜미를 가볍게 걷어챘고 야수는 일어서서 목이 다시 소나무 돛대처럼 곧게 펴질 때까지 머리를 들어 올리며 응답했다. 티무는 즉시 탄바나키의 허리에다 팔을 둘렀다.

"그렇게 세게 잡지 않아도 돼!" 탄바나키가 헉하고 숨을 내쉬며 말했다. "날 짓이기려는 거야?"

티무는 살짝 손을 풀었다. 탄바나키를 두 팔로 껴안고 가슴을 그녀의 등에 대고 누르는 느낌은 말할 수 없이 놀라웠다. 그는 그녀의 머리카락에서 나는 계화꽃 향을 들이마셨다. 이 순간이 절대 끝나지 않기를 바랐다.

탄바나키는 전성관을 가리나핀의 목에다 대고 류쿠어로 말했다.

"가자, 코르바. 부드럽게, 천천히. 우리 손님은 어떤 기계적인 흉물 덩어리의 도움 없이 비행하는 것에 익숙지 않아."

코르바는 알아들었다는 듯 신음했고, 이윽고 날개를 펼치며 달리기 시작했다. 발톱이 있는 발이 땅에 쿵쿵 부딪히며 내는 소리는 귀청을 찢을 정도였고 날개가 퍼덕거리는 소리는 태풍처럼 들렸다. 아래에 있는 땅이 말을 탈 때보다 몇 배나 더 빨리 뒤편으로 물러나자 티무는 감히 보지도 못하고 눈을 감았다.

그리고 나서, 갑작스레 가리나핀의 걸음걸이와 함께 위아래로 움직여지는 율동적인 망치질이 약간 젖혀지는 느낌과 함께 사라졌고,

티무는 매끄럽고 점진적으로 고도가 올라가는 것을 느꼈다. 그는 계속 눈을 지그시 감고 있었고, 탄바나키의 등에 볼을 대고 그녀의 체온과 머리칼이 얼굴에 와 닿으며 간지럽히는 느낌을 즐겼다.

"봐 봐." 탄바나키의 목소리는 티무에게 얘기한다기보다는 자기 자신한테 말하는 것처럼 그윽했다. "난 이 풍경이 절대 질리지 않아. 이것은 진정으로 모든 아버지, 모든 어머니, 그리고 그들의 모든 아이에 의해 축복받은 땅이야."

조심스럽게 티무는 눈을 떴다. 루이섬의 들판이 멀리 아래에 뻗어 있었다. 마치 각각의 문양을 가진 색색의 천 조각들로 만든 누비이불 위를 미끄러지는 것만 같았다. 몇몇 사각형은 잎이 무성한 채 소들과 두꺼운 풀들을 포함하는 짙고 풍성한 녹색이었다. 어떤 사각형은 늦여름에 익어 가는 붉은 수수를 담고 있었다. 또 어떤 사각형은 헐벗은 채 갈색이었는데 잘린 풀들과 곡식 줄기들이 말라 가는 모습을 보여 주었다.

"내 고향 땅은 회오리 모양과 소용돌이무늬로 뒤덮여 있어. 그건 바람의 문양을 표시하는 건데, 바람이 이동하는 길에 덤불과 잡목의 모양을 잡아 줘서 생기는 거야. 하지만 여기서는 모든 것이 정사각형과 직사각형이야. 너희 사람들은 땅 자체를 두려워하고, 네가 종이에 그린 말 사각형들과 뭉툭하게 조각한 표의 문자들처럼 땅이 격자에 갇혀 있어야만 만족스러워하는 것처럼 보여."

비행함에서 다라를 여러 번 내려다보았지만, 티무는 지금 다른 한 쌍의 눈을 통해 모든 것을 처음 보고 있는 것처럼 느꼈다.

"그게 나쁜 일인 것처럼 말하네. 하지만 우리가 땅을 경작하기 때문에 풍부한 작물이 나오고 많은 사람을 먹일 수 있어. 우린 바다에도 같은 일을 해. 그물을 물속으로 던지고, 물을 작은 사각형으로 나누어서 바다의 열매를 수확할 수 있어. 비옥한 땅이라는 축복을 받았을지는 모르지만 우린 그 땅에서 열심히 일해야 해."

"난 너희가 단지 운이 좋은 것 이상이라고 생각해. 양이나 소처럼 풀만 먹고사는 걸 상상할 수 없지만, 너희가 땅에서 식량을 생산하는 방법 몇몇은 매우 영리해 보여."

번개처럼 티무의 머릿속에 새로운 생각이 떠올랐다.

"바듀 공주, 우리 두 백성은 적이 될 필요가 없어. 우리가 이 땅을 공유하고 평등하게 이웃으로 나란히 살 수 있다면 어떨까? 더 이상 정복과 학살이 없으며, 더 이상 노예와 죽음이 없다면 어떻겠어?"

이런 게 분명 영감을 받는 기분일 거야. 티무는 생각했다. 자토 루티는 항상 그에게 학자의 가장 큰 기쁨은 이전에 생각해 본 적이 없는 완전히 새로운 생각, 다시 말해 무지와 미신의 어둠을 내쫓는 번쩍이는 통찰력을 갖는 것이라고 말했다. 루티의 최고의 학생이었지만, 지금 이 순간까지 그는 진정으로 독창적인 생각을 해 본 적이 없었다.

티무는 탄바나키의 허리가 긴장하는 것을 느낄 수 있었다. 그녀가 침묵하고 그가 기다리는 동안, 그의 마음속에서는 두려움이 일었다.

"시도해 볼 가치는 있다고 생각해. 난 우리 백성들이 땅을 나누고, 그것을 정사각형으로 조각하고, 그런 다음 그 줄로 된 경계들 안에서 사는 것에 익숙해질지 잘 모르겠어. 우리는 개방된 땅을 갖는

데 익숙하고, 언제든지 원할 때, 원하는 만큼 멀리 방랑하는 것에 익숙해. 너희의 방식은 너무 감옥처럼 느껴져."

코르바가 갑자기 급강하했고 티무는 깜짝 놀라 소리치며 탄바나키를 더욱 세게 붙들었다. 코르바는 공중에서 몸을 돌려 뒤집었고 바닥에서 노는 고양이처럼 몇 번 구르기까지 했다. 그녀가 몸을 똑바로 했을 때, 티무의 얼굴에서는 피가 다 빠져나갔고, 더 이상 어느 쪽이 위쪽인지 알지 못했다. 탄바나키는 웃었다.

"그리고 넌 내 뒤에 앉아 목석처럼 굳어 있으려고 했어. 어리석은 학자 하나가 그게 옳은 일이라고 말했다는 이유로 말이지. 넌 정말로 네 단단한 작은 상자의 경계들을 즐기고 있는 거야? 이게 자유의 느낌이야, 다라의 황자. 규칙은 없어."

티무는 답을 할 수가 없었다. 그는 토하지 않으려고 애쓰는 중이었다. 그냥 눈을 감고 탄바나키를 붙들기로 했다. 이 여자는 무자비한 살인자의 딸이었지만, 지금 이 순간, 그는 그녀보다 그에게 더 많은 영감을 주는 사람이 없다고 느꼈다.

자유. 그래, 자유.

이후 한 시간 동안 비행한 다음 지친 코르바는 크리피 근처 어딘가에 착륙했다. 탄바나키는 티무를 그녀의 천막으로 데리고 가서 구운 소고기와 견과류, 내장으로 만든 푸짐한 국이 나오는 식사를 대접했다. 류쿠식 요리는 티무가 판의 궁전에서 익숙했던 세련된 요리와도 다르고, 루이섬 농부들의 평범한 죽이나 채소와도 달랐지만, 하늘에서 흥분되는 하루를 보낸 티무는 그 음식이 만족스럽다는 것을 알게 되었다. 탄바나키가 얼굴에 미소를 띤 채 바라보는 동안, 그는 굶주린 사람처럼 음식을 꿀꺽꿀꺽 삼켰다.

티무는 음식을 내오고 식탁을 치우는 하인들 가운데 몇몇을 알아보았다. 이름 높은 루이 귀족들이었다. 그들은 그를 쳐다보지 않으려 애썼고, 티무는 불편함을 느꼈다. 이렇게 친밀한 방식으로 적과 음식을 나누는 것은 옳지 않아 보였다.

그는 입을 닦고 자세를 고쳐 앉았다.

"바듀 공주, 환대해 줘서 고맙지만, 나를 다시 데려다줄 시간이야."

"응? 벌써 나랑 있는 게 싫증 났어?"

"그게 아니라…… 넌 매우 우아하고 아름다운 여성이지만…… 하지만 우리 백성들은 여전히 전쟁 중……."

"넌 *우리* 대 *그들*, 이런 식으로밖에 생각 못 해? 너 자신의 감정만을 생각해 본 적이 있긴 해?"

"무슨 말이야?"

탄바나키는 그의 눈을 똑바로 쳐다보았다.

"너 나 좋아하지?"

티무는 얼굴을 붉혔다. 다시 한번, 이 류쿠 여성의 대담함은 그를 충격에 빠트리고 혼란스럽게 했다. 콘 피지의 우화와 격언은 아무 짝에 소용이 없었다.

"난…… 난……."

"가고 싶으면 가도 돼. 하지만 우선 나랑 같이 쿄피르 좀 마셔."

발효유 술 한 주머니가 나왔다. 티무는 그것을 마셔 본 적이 없지만, 그 음료를 마신 다라 사람들 대부분이 배탈이 난다는 사실을 알

왔다. 그가 아니라고 말하려고 할 때…….

"넌 나와 술도 같이 마실 수 없을 정도로 우리 사람들을 미워해? 우린 존경하는 사람이 아니라면 쿄피르를 내놓지 않아."

절반은 도전적이고 절반은 놀리는 듯한 탄바나키의 눈빛에 티무는 술을 마셔야겠다고 마음을 고쳐먹었다. 그는 그녀가 자신을 나쁘게 생각하는 것을 원하지 않았다.

인생은 모름지기 실험이야. 그게 항상 아버지께서 하시던 말씀 아니던가?

냄새가 강했지만 처음 맛을 본 후 곧 익숙해졌다. 포도주나 맥주 같은 것은 아니었지만 나름대로 맛이 있었다. 진한 액체가 불쾌하지 않았다. 티무는 자신이 크리타 제독 함대의 오만한 사람들과 다르다는 것을 보여 줄 만큼만 마시기로 했다. 그는 공정한 마음을 가진 황자였고, 독창적인 생각을 하는 학자였다.

티무는 잔을 비웠다. 머리가 퉁퉁 부어오르는 느낌이었다.

"류쿠 사람들은 좋은 친구들과 헤어지기 전에 꼭 쿄피르 석 잔을 나눠 마셔."

티무의 눈에 탄바나키의 얼굴이 초점이 맞다가 흐려지기를 반복했다.

"공주의 좋은 친구로 여겨지는 것보다…… 더 즐거운 일은…… 없을 거야."

둔해진 티무의 혀는 주인의 의지를 거역하는 것 같았다.

탄바나키는 잔을 다시 채워 단번에 마셨다. 그러고는 잔을 탕 하고 탁자에 뒤집어 놓고서 티무를 도전적으로 바라보았다.

배 속에서는 폭풍이 몰아쳤지만, 티무는 억지로 쿄피르를 마셨다.

세 번째 잔은 더 심했다. 다 마실 무렵 티무의 얼굴은 새빨갛게 변했다. 그는 일어서려다 비틀거리며 바닥에 쓰러졌다. 탄바나키는 그를 부축하기 위해 곁으로 다가왔다.

"잠깐 눕는 게 어때? 넌 쿄피르의 힘에 익숙지 않아."

티무는 눈을 감았고, 탄바나키에서 나는 향기를, 꽃과 향신료와 젊음과 햇볕의 따스함이 어우러진 향기를 만끽했다.

그러고 나서 깊은 잠에 빠졌다.

이건…… 이건 아닌 것 같아, 탄바…… 바듀 공주!

안 하고 싶어?

난…… 하고 싶어…….

……그럼 옳지 않을 건 없어.

반드시 지켜야 할 적절한 의식들이…… 있어…….

……쉿, 난 지금 그 의식들을 지키는 중이야.

나 기분이 안 좋아. 이러면…… 이러면 안 될 것 같은…….

……네 문제는 생각을 너무 많이 한다는 거야. 몸이 생각하게 내버려 둬.

아니야, 제발. 제발 멈춰. 안 돼…….

……난 그게 네 진심이 아니라는 걸 알아. 넌 입으로 말을 하지만 네 몸은 다른 걸 생각해. 거짓말은 그만, 다라의 황자. 네 몸이 진실을 표현하게 내버려 둬.

티무는 완전히 진이 빠진 채로 깨어났다. 주위를 둘러본 그는 자신이 큰 천막 안의 부드러운 모피 침대에 누워 있음을 발견했다. 바스락거리는 소리에 옆을 보니 탄바나키가 거울 앞에 앉아, 상아 빗으로 머리를 빗고 있었다. 그녀는 류쿠의 전통 복식을 입고 있었다.

뒤편에서 나는 소리에 공주는 몸을 돌렸다.

"깨어났네."

어조는 차분했고, 약간의 거리감이 있었다.

티무는 고개를 끄덕였다. 이유를 잘 모르겠지만, 뭔가 끔찍한 일이 일어난 것 같은 느낌이 들었다.

"어젯밤에 내가…… 난……."

공주는 침대 쪽으로 걸어와서 그의 옆에 무릎을 꿇었다. 마치 깨지기 쉽고 소중한 것을 보는 것처럼 그를 주의 깊게 살폈다.

"다시 누워서 잠을 좀 더 자는 게 좋을 거야. 걱정하지 마, 약 기운은 하루 정도 지나면 없어질 거야. 나중에 널 보러 올게."

"내 일은 어떡하고? 난 내 할당량을 채워야 해."

"너에겐 더는 할당량이 없을 거야." 공주는 티무의 얼굴을 부드럽게 쓰다듬었다. "넌 나와 함께 살 거야."

"내가 있던 마을로 돌아가고 싶어."

"정말? 어젯밤 일이 있었는데도? 내가 널 침대로 데리고 온 사실을 알게 되면 너희 사람들이 널 어떻게 볼 거로 생각해?"

"무슨……."

하지만 공주는 그가 계속 말하기를 기다리지 않고 일어서서 걷기 시작했다.

"난 널 정말 좋아해. 하지만 내 아버지는 백성들의 더 나은 미래를 위해 친구도, 그의 목숨을 구해 준 가리나핀도 죽였어. 난 내 아버지의 딸이야."

티무는 무슨 말이든 하려고 했지만, 깊은 후회와 두려움에 아무 말도 떠올리지 못했다.

공주는 천막 입구에서 멈춰 서서 돌아보지도 않고 말했다.

"우리가 함께 날았을 때 네가 가졌던 꿈은…… 그건 많은 불과 피 없이는 이루어질 수 없어. 그리고 네게 쿄피르 석 잔을 내놓았을 때 난 진심이었어. 네가 그걸 알길 바라."

그녀는 자리를 떴다. 티무는 천막의 덮개가 움직이지 않을 때까지 바라보았다. 그러고 나서 다시 침대에다 몸을 누였고, 슬픔을 가누지 못하고 흐느꼈다.

그녀는 결혼 계획(류쿠와 다라의 요소를 결합한 단출한 행사)에 대해 설명했다. 결혼식은 대관식으로 이어질 것이며, 과거가 아니라 미래에 대해 생각할 필요가 있다고 했다.

밤에 공주는 티무를 침대 안쪽에 두고서 옆에서 잤는데, 천막 입구에서 들어오는 외풍으로부터 그를 보호하기 위해서인지, 아니면 그가 탈출하는 것을 막기 위해서인지는 명확하지 않았다.

그녀는 그에게 다시 약을 먹이지 않았다.

어둠 속에 누워 티무는 가리나핀을 탔던 날의 사건들을 재생했다. 그는 그녀에게 끌렸고, 그것을 부인할 수 없었다. 그는 이성을 몰아내고, 아노 현자들의 말을 불태우고, 그가 그렇게 조심스럽게 지켜 온 미덕을 짐승 같은 것, 저열한 것으로 바꾸는 욕망의 불꽃을 허용했다.

안 하고 싶어?

난······ 하고 싶어······.

티무는 자신이 나약했음을 알았다. 그는 잘못을 저질렀다.

그에 대한 아버지의 의견은 옳았다.

그 일이 있고 난 후로는 가족을 다시 마주하는 것을 상상할 수 없었다. 수치심을 견딜 수 없을 것이다. 티무는 완전히 혼자였다.

"류쿠인들이 뭔가를 원할 때는 말이야," 그의 옆에 있던 탄바나키가 말했다. "우린 그냥 그걸 가져. 네가 무엇을 해야 하는지, 무엇을 원해야 하는지, 다른 사람들이 이래라저래라하게 놔두지 마. 우리의 삶은 시간이라는 영원한 관목 지대에서 잠시 잠깐 번쩍이는 폭풍이며, 우리는 육욕적이고 열정적으로 살아감으로써 모든 창조물을 기려. 수치심은 널 자유롭게 하기보다는 널 노예로 만들려는 사람들이 하는 거짓말이야."

탄바나키의 목소리는 여름의 얼음 매화차 한 잔처럼, 겨울의 따뜻한 청주 한 잔처럼 그를 달래 주었다. *가족은 구성원을 다독이는 사람이어야지 깔아뭉개는 사람이어선 안 돼. 아노 현자들도 항상 그렇게 말하지 않았던가?*

그는 탄바나키 쪽으로 몸을 돌렸다. 그녀는 이미 그를 환영하기 위해 팔을 벌리고 있었다.

티무는 의심의 목소리를 잠재우고 죄책감의 여운을 몰아내기 위해 자신의 움직임과 몸을 통과하는 감각에 집중했다.

태풍들의
충돌

제57장
떼

루이섬

사해평치 12년 9월

류쿠족이 다수섬과 루이섬을 침공한 지 거의 1년이 지났다.

작은 어선들이 한 척씩 크리피 항구로 돌아왔고, 선원들은 피곤하고 지쳐 보였다.

페큐 텐료는 그들이 가져온 소식이 마음에 들지 않았다.

"다라 제도 전역에서 톨류사가 나는 곳을 단 한 곳도 못 찾았단 말이야?" 그가 천막 안에서 으르렁거렸다. 류쿠 종사들은 감히 대꾸할 엄두를 내지 못했다. "어제는 한 살배기 한 마리가 또 죽었어. 가리나핀 어미들은 굶주리는 새끼들 때문에 안절부절못하고 있고 내년까지는 지원군도 오지 못해! 어떻게 그때까지 어미들을 통제할 수 있겠어?"

"다라의 황후가 항복할 기미는 아직 없습니까?"

"전혀 없어. 모든 첩자는 그녀가 전쟁을 준비하고 있다고 말한다. 그 여자는 권력에 굶주려 있어. 그녀의 남편과 아들이 있어도 굴복하지 않을 거야."

탄바나키는 서성대는 텐료의 뒤를 눈으로 좇았다.

"그래도 내년이 오기 전에 승리를 거둘 수 있습니다."

"계속 말해!"

"가리나핀들이 확고하게 통제되고 있는 가운데 본섬을 침공해서 수도를 점령한다면, 우리는 다라의 모든 곳을 굴복시킬 기회를 얻게 될 겁니다." 그녀는 자신의 배에 손을 얹었다. "게다가, 우리에겐 새로운 무기가 있습니다. 적출(嫡出)은 그 사람들에게 매우 중요한 문제입니다."

텐료는 탄바나키를 돌아보았고, 잠시 후 고개를 끄덕였다.

"저는 아버님이 기뻐해 주실 거라 생각했습니다."

"기뻐해?"

쿠니 가루가 말했다. 반항기가 묻어나는 티무의 얼굴을 보자 가슴이 아려 왔다. 그는 몸을 가누기 위해서 감옥 벽에 손을 대야 했다.

"새 삶과 새 가족의 시작은 즐거운 일입니다."

"하지만 이런 식은 아니야, 티무. 이렇게는 아니야."

"이것은 유혈 사태를 피하는 해결책이 되어 줄 겁니다. 콘 피지는 항상 전쟁은 최후의 수단이 되어야 한다고 말하지 않았습니까? 류쿠족과 우리 백성은 이제 한 가족이고, 형제는 형제에 대항해서 무기를 들면 안 됩니다."

"아이고, 이 바보 같은 아이야." 쿠니가 나지막이 속삭였다. "넌 책을 참 많이도 읽었는데, 배운 건 거의 없구나."

그는 나중에 후회할 말을 하지 않으려 이를 악물었다.

류쿠족이 가능한 한 많은 원주민을 임신시키려는 의도로 정책을 펴고 있다는 사실을 쿠니는 알았다. 그러한 임신은 대부분 강간의 결과였다. 그 정책의 공포와 폭력, 잔혹성은 원주민들의 정신을 깨뜨릴 뿐만 아니라, 이 땅에 대한 류쿠족의 권리를 구축하고 이 땅에서 뿌리를 내리기 위해 의도된 것들이었다. 류쿠족의 여자 전사들은 보통은 전투 태세를 유지하기 위해 임신하는 것을 피했다. 류쿠 공주와 티무의 결합은 강요된 것이 분명했다.

하지만 쿠니가 조심스럽게 타일러도 티무는 울컥하는 기색이었다.

"책을 읽는 대신 스승과 싸우느라 시간을 보낸 어느 분보다는 제가 아노 고전을 더 잘 안다고 감히 말할 수 있습니다."

"넌 민들레 가문의 황자다! 어떻게 실상을 이토록 이해하지 못할 수가 있느냐? 류쿠족은 널 볼모로 삼고 있어……."

"아버님은 단지 화가 나신 것일 뿐입니다. 제가 아버님께서 생각하지 못한, 다라를 구할 방법을 찾았기 때문에요. 탄바나키와 저의 결합은 궁극적으로 류쿠 사람들과 다라 사람들이 함께 어울리게 할 치유의 시작입니다. 아버님이 할 수 없는 일을 제가 할 수 있도록 옆으로 비켜나 주시길 부탁드립니다."

쿠니는 이제 분노조차 할 수가 없었다. 그는 웃었다.

"대답할 가치도 없구나."

"아버님께서 할 일은 어머니께 편지를 써서 항복하도록 설득하는 것뿐입니다."

"정말 다라의 모든 백성이 노예로 변하는 걸, 지금 이 섬처럼 모든 섬이 황폐해지는 것을 보고 싶은 거냐?"

"다라의 저항 때문에 불가피하게 일시적으로 그러한 상태가 되었을 뿐입니다. 다라가 안정되면, 페큐 텐료는 그의 정책을 조정할 것입니다. 그리고 그가 그렇게 하지 않는다면, 탄바나키와 제가 그렇게 할 것입니다. 아버님과 텐료는 과거이고, 우리는 미래입니다."

"그렇게나 권력의 흐름에 대해 가르치려고 했건만, 넌 여태 아무것도 배우지 못했구나……."

"물론 배웠습니다! 아버님께서 한때 더 정의롭게 휘두를 목적으로 권력을 잡았던 것처럼, 저도 이제 권력에 굴복해 가혹함을 개선하고자 합니다. 결국, 아버님과 저는 별반 다르지 않습니다."

"하지만 류쿠족은 늑대야, 토토티카……."

"그 이름으로 절 부르지 마십시오." 티무가 그의 말을 잘랐다. "저는 더 이상 아이가 아닙니다."

쿠니는 마치 처음 보는 듯 아들을 빤히 쳐다보았다.

티무는 일말의 후회를 느꼈지만, 그의 가슴에서는 멈출 수 없는 급류처럼 말들이 쏟아져 나왔다.

"저는 당신에게서 배웠습니다, 아버님. 하지만 당신의 미사여구가 아니라 행동에서 배웠습니다. 당신은 백성을 돌보는 일에 대해 말하지만, 당신은 심지어 스스로의 아이들도 돌보지 못합니다. 당신은 권력의 책임에 대해 말하지만, 당신이 이룬 모든 것은 결국 당신 자신을 위한 더 많은 권력일 뿐입니다. 당신은 류쿠족의 약탈에 대해 말하지만, 당신은 더 많은 죽음에 책임이 있습니다."

"불공평한⋯⋯."

하지만 티무는 개의치 않고 말을 이어 갔다.

"저도 이제 아버지가 될 것이고, 저는 당신이 제게 한 일을 절대로 제 아이에게 하지 않을 것입니다. 패왕이 주디에서 당신을 붙잡으려 했을 때, 당신은 벗어나기 위해 저와 *라타티카*를 기꺼이 버렸습니다! 저는 그날을 마치 어제처럼 기억합니다."

쿠니는 뺨이라도 맞은 것처럼 몸을 움찔했다. *이것은 신의 정의다. 과거의 죄가 나를 따라잡은 거야.*

"그러고 나서 당신은 어머니가 몇 년이나 패왕의 볼모로 있도록 방치했고, 어머니의 희생을 당신의 권력을 구축하는 데 사용했습니다. 적어도 저는 제가 사랑하는 여자에게 그런 짓을 하지 않을 것입니다. 바듀 공주와 저는 가리나핀의 날개 위에 새로운 다라를 함께 건설할 것입니다. 그 세상에서는 우리의 아이가 두려움과 의심, 야망에 뿌리 박은 증오 속에서 살지 않을 겁니다."

"이런, 내 아들아. 내 아들아."

"저는 당신을 기쁘게 하려고 평생 노력했습니다. 그리고 당신은 저에게 만족했던 적이 없습니다. 저는 당신의 인정을 기다리는 데 지쳤습니다, 아버님. 당신의 그림자로 사는 데 지쳤습니다.

제 부탁에 대한 아버님의 답은 무엇입니까? 비켜나 주실 겁니까?"

쿠니 가루는 고개를 저으며 아들을 외면했다. 뜨거운 눈물이 그의 얼굴을 타고 흘러내렸다.

티무는 자리를 떴고, 감방 문이 등 뒤에서 쾅 하고 닫혔다.

판

사해평치 12년 9월

다라 백성들에게,

최고의 영예를 갖는 우큐와 곤데 땅의 최고의 통치자이자 다라의 수호자 페큐 텐료는 다음과 같이 다라 백성들에게 말로서 전하노라.

권력에 굶주린 지아 황후가 적통 없이 다라의 왕위를 찬탈했다.

티무 황자와 바듀 왕녀가 결혼식을 올렸고 봄에 아이를 출산할 예정이다.

페큐의 귀빈인 라긴 황제는 티무 황자를 위해 왕위에서 물러났다.

다라 사람들은 오랫동안 실정에 시달려 왔다.

모든 아버지는 다라의 역사에 새 장을 열기 위해 류쿠인들의 불타는 날개들을 보냈다.

그래서 나, 텐료 로아탄은 이 최후통첩을 지아 황후에게 전하기로 했다. 한 달 안에, 모든 아버지와 다라의 신들에게, 더 정확히 말하자면, 쿠듀핀-카나 신, 날류핀-라파 신, 알루로-투투티카 신, 페아-키지 신, 토료아나-루피조 신, 디아사-피소웨오 신, 페텐-루소-타주 신에게 합당한 제물을 바칠 것이다. 그 후 나와 류쿠족 군대는 과거 티무라고 알려진, 다라의 적출 통치자인 타케 황제의 왕위를 되찾기 위해 아직 만회되지 못한 다라의 해안가에 상륙할 것이다.

타케 황제의 깃발을 들고 궐기하는 자는 모두 보상을 받을 것이고,
찬탈자 지아 옆을 고수하는 자는 모두 벌을 받을 것이다.

페큐 텐료, 다라의 수호자
다라 황제 타케의 말을 받아썼음

류쿠족 배들은 이 전갈들을 병에 넣어 다라 본섬 해안가 근처에
던졌다. 많은 사람이 글을 읽었고, 즉시 판에 위기를 불러왔다.

"이런, 나의 토토티카, 어떻게 네가 그럴 수가?" 지아가 중얼거렸
다. "선생에게 맡겨 두지 말고 네 기질에 더 신경을 썼어야 했는데.
넌 아버지의 마음을 아프게 했어. 이건 되돌릴 수 없는 배신이야."

"티무는 언제나 사고가 약간 비현실적이었잖아요. 분명 속은 거
예요."

세라가 말했다.

언제나 희망적인 리사나 부인이 끼어들었다.

"나름의 이유가 있었을 거라고 확신해요. 류쿠와 협력하는 모든
사람이 반드시 반역자인 것은 아닙니다. 대중에게 노출된 모습만으
로 한 사람의 속내를 짐작하기란 어려울 때도 있어요."

그 말에 지아는 쓴웃음을 지었다.

"문제는 이겁니다. 왜 하필 지금 침략하기로 했을까요?"

세라가 물었다.

"우린 줄곧 가을 수확 후에 침입할 거로 예상했잖습니까?"

조미가 말했다.

"그들이 티무를 꼭두각시로 만들었다는 건, 군사적인 정복보다

더 많은 것을 원한다는 의미일 겁니다."

세라가 말했다.

"그러니까 그들이 하려는 일은……."

조미가 말을 시작했지만, 세라가 그녀에게 경고의 눈길을 보내자 입을 다물었다.

지아 황후가 말했다.

"그들은 나에 대한 반란을 선동해서 다라를 불안정하게 만들려는 거야. 괜찮다. 그들이 보낸 전갈에 명확하게 나와 있는 걸 말하는 건 잘못이 아니니."

"하지만 그런 계획이라면 시간을 두고 진행해야 더욱 효과적입니다." 세라가 상황을 곰곰이 생각하면서 말했다. "티무의 정통성을 구축하고, 아이가 태어날 때까지 기다릴 수도 있을 겁니다. 봄에 폭풍의 벽이 열릴 때 바다 너머에서 오게 될 지원군을 기다리는 게 더 현명할 겁니다."

"갑자기 자신들의 힘을 자신하게 된 걸까요?"

조미가 물었다. 그녀와 세라는 걱정스러워하면서도 서로 따뜻한 시선을 나누었다.

"우리가 그렇게 생각하길 바라겠지요. 하지만 저는 진실이 거의 정반대라고 생각합니다. 이것은 절망에서 나온 행동일지 모릅니다."

코고 옐루가 말했다.

"우린 싸우는 수밖에 없습니다."

긴 마조티가 말했다.

"준비가 된 것이냐?"

지아가 물었다.

"승리냐, 패배냐, 가능성은 반반입니다. 우리는 여름 내내 준비해 왔고, 이제 나는 더 이상 우리의 저항에 가망이 없다고 생각지 않습니다. 하지만 모든 사령관은 더 많은 시간을 원하는 법이지요."

원수가 말했다.

"아마도 그게 그들이 공격하는 이유일 거야. 우리에게 더는 준비할 시간을 주지 않으려는 거지."

지아가 말했다.

"세상에서 가장 잘 짜인 계획이라도 궁극적으로는 현실의 시험대에 올라야 합니다. 우리는 우리가 할 수 있는 모든 것을 했습니다. 나머지는 모두 운입니다." 하지만 그러고 나서 원수는 말을 멈추고 리사나를 쳐다보았다. "하지만 협력자들의 이해하기 힘든 마음에 대한 부인께서 언급하신 바를 들으니 한 가지 생각이 떠오르는군요."

루이섬

사해평치 12년 9월

류쿠족은 비행함으로 계속해서 순찰하며 루이섬와 다수섬의 해안을 지켰고, 다라에서 갑자기 밀려드는 망원자들을 포착했다. 류쿠족 경비대원들은 처형된 첩자들이 가지고 온 비밀 전갈을 페큐텐료에게 가져왔다.

아노 고전에 대한 암시와 도덕주의 문헌에서 인용한 미사여구로 가득한 그 전갈은, 류쿠에 항복한 다라 대신들과 사령관들에게 지금이라도 황후의 대의를 위해 헌신한다면 사면하고 관용을 베풀 거라고 공언하며, 특히 페큐 텐료를 포함한 주요 류쿠 종사를 비롯한 우두머리들을 암살할 것을 촉구했다. 그 일에 성공한 사람은 누가 됐든 공국은 물론 왕국까지도 받을 수 있다고 했다.

페큐는 이 전갈을 항복한 다라의 대신들과 군사령관들과 공유하면서 웃었다.

"이보다 더 그들의 절박함을 확인해 주는 건 없겠군. 너희 모두는 지아가 자신의 가족을 지키기 위해, 충심으로 헌신한 사람들에게 무슨 짓을 했는지 잘 알 거야. 세카 키모, 린 코다, 그리고 긴 마조티에게 벌어진 일이 있는데, 그 누가 뭣 때문에 그녀의 공허한 약속을 믿겠나?"

대신들과 사령관들은 새로운 영주를 따라 웃었다. 사실, 그들의 머릿속에는 아직도 영지를 하사받은 귀족들의 세력을 약화시키려고 했던 지아의 집착이 생생했다.

라 올루는 크리피에 있는 자신의 저택으로(류쿠족에 봉사한 대가로 주어진 선물이었다) 돌아와 론 부인과 그 전갈을 공유했다. 론 부인은 페큐의 시중을 드는 일로부터 해방돼 있었는데, 페큐가 그녀의 외모에 싫증이 났기 때문이었다.

"이건 매우 서투른 시도 같아요. 영리한 전 원수께서 이런 눈에 훤히 보이는 일을 시도하지 않을 것 같아요."

론 부인이 말했다.

"핵심은 글이 아니라, 글 밑에 숨어 있는 겁니다. 전갈의 끝부분에 루루센의 시에서 인용한 글이 있습니다.

> 굳건한 일꾼들이 논을 푸르게 칠하고,
> 약속된 황금 알갱이들은 마음을 편안하게 하네.
> 하지만 바다의 군주에게 유혹당할 때,
> 굶주림과 위험은 예견할 수 없네.
> 창고를 가득 채우고 봉인해 두소서, 신중한 왕이시여,
> 바람이 어떤 떼를 데리고 올지 아무도 알 수 없으니."

"그건 루루센의 「바다로 부치는 송시」의 일부분이네요, 안 그렇지요? 그 시를 인용한 이유가 뭘까요?"

"잘 모르겠습니다. 하지만 난 그게 황후와 원수가 염두에 두고 있는 것의 핵심이라는 생각이 듭니다."

"혹시 저항의 표시일까요? 라긴 황제가 거둔 승리 중 가장 회자되는 것은 크루벤의 등에 올라타고서 일궈 낸 거잖아요. 그러니, 바다의 군주에 대한 언급은 궁극적으로 승리가 다라의 것임을 암시하는 것인지도 몰라요."

라 올루는 고개를 저었다.

"그건 적절한 암시처럼 보이지 않아요. 류쿠족은 농사를 짓지 않고, 본섬의 침략에 대비해서 농업 기반을 파괴하고 토지를 목초지로 전환하고 있습니다."

"그건 그렇죠. 하지만 루루센은 황후가 가장 좋아하는 시인이에요. 별다른 생각 없이 그의 시문을 인용하지 않았을 거예요."

"원수와 황후는 이 전갈들을 누군가가 가로챌 것임을 알았을 겁니다. 따라서 이것은 암호임이 틀림없는데……. 당신은 항상 나보다 더 문학적이었잖습니까. 이 시에 대해 뭐 아는 게 있습니까?"

"생각을 좀 해 봐야겠어요……. 이 시는 루루셴이 코크루의 왕이 자나의 왕과 불가침조약을 맺은 후에 쓴 것인데, 그는 그 조약에 반대했어요. 아버지가 설명한 내용에 따르면, 코크루의 왕이 근시안적임을 비판한 내용을 담은, 비밀스러운 정치 선전문이었다고 했어요. 당시 코크루는 평화롭고 번영하고 있었지만, 루루셴은 해외에서 불어오는 폭풍을 암시했던 거지요."

"자나의 야망으로부터 불어오는 폭풍 말입니까? 하지만 자나는 공군력을 통해 우월함을 누리고 있었잖아요."

"맞아요. 하지만 정치적 분위기 때문에 대놓고 말할 수가 없어서 자나의 위협에 대한 비유로 '바다의 주권자'라는 표현을 쓴 거죠."

"아직도 그게 여기에 어떻게 적용되는지 잘 모르겠습니다."

라 올루는 낙담했다.

"이 시에는 더 많은 요소가 있어요." 론 부인은 오래전 문학 수업의 세세한 내용을 기억하려고 애쓰면서 서성거렸다. "전 이 시를 좋아했기 때문에 자세히 연구했어요. 루루셴도 염두에 두었을 법한 고대 역사의 일부를 우연히 읽었던 걸 기억나는군요. 수백 년 전, 칠국으로 안정되기 전 다라에는 서로 맞서 싸우는 더 많은 티로국이 있었어요. 그 국가들 가운데 하나인 케오스는 디요라는 이름의 나라와 계속해서 전쟁을 벌이고 있었죠. 케오스가 더 강했고, 디요의 수도로 쳐들어가 왕을 포로로 잡는 데 성공했지요. 디요의 왕은 케오스의 왕에게 충성 서약을 한 후에야 집으로 돌아갈 수 있었습니다.

하지만 디요의 왕은 케오스의 봉신으로 살며 나날을 보내는 것에 만족하지 않았습니다. 그는 비밀리에 복수 계획을 시작했지요. 그는 디요의 궁정이 케오스의 해안 근처에서만 자라는 굴의 종류를 몹시 원하며 그것을 위해 높은 가격을 기꺼이 치를 의향이 있다는 점을 외부에 알렸습니다. 케오스 사람들은 곧 굴을 찾아 잠수해 디요에 파는 것이 밭에서 일하는 것보다 훨씬 더 많은 돈을 벌 수 있다는 사실을 깨달았고, 케오스의 많은 사람은 농장을 버리고 돈을 벌기 위해 잠수하러 바다로 향했어요.

동시에 디요의 왕은 그의 백성들에게 농사를 짓기 위해 더 많은 땅을 개간하고 소출이 많은 쌀과 밀, 수수를 심도록 장려했습니다. 그는 디요가 가난하다고 주장하며 케오스에 바쳐야 하는 공물을 곡물이라는 현물로 바쳤습니다. 결과적으로, 케오스의 왕은 디요가 바치는 공물로 바치는 곡물로 모든 사람을 먹일 수 있었기 때문에 영토에서 많은 농지가 낭비되어도 크게 걱정하지 않았어요. 실제로, 그의 신하들은 그 대단한 것 없는 굴을 위해 디요가 낸 터무니없는 금전으로 부유해지고 있었지요.

5년 후, 디요는 갑자기 공물을 바치지 않았죠. 케오스 사람들이 몇 년 동안 농사를 짓지 않았기 때문에 케오스의 곳간은 비어 있었고요. 케오스 사람들이 굶주린 사이에, 디요의 군대는 국경을 휩쓸고 건너가 케오스를 쉽게 정복했습니다. 케오스의 왕은 디요의 군대가 수도를 침범하기 전에 수치심에 목을 매어 자살했지요."

"자부심과 오만의 위험, 자신이 통제하지 못하는 식량원에 대한 의존이 갖는 위험에 관한 이야기군요."

라 올루는 생각에 잠겨 말했다.

"제 생각에는 루루셴은 이 이야기를 이용해서 자나가 코크루의 몰락을 모의하는 동안 코크루의 왕은 미혹당해 안일함에 빠졌음을 주장한 것 같아요. 마지막 행은 자나를 은연중에 비꼬는 말인데, 당시 본섬에서는 자주 굶곤 했던 자나 농부들을 메뚜기 떼로 묘사하는 게 유행했기 때문이었죠."

"창고를 가득 채우고 봉인해 두소서…… 바람이 어떤 떼를 데리고 올지…….'라 올루는 시의 여러 층위를 곰곰이 생각하면서 혼잣말을 했다. 그의 머릿속에는 막연한 생각이 들기 시작했다. "론, 황실의 누군가와 당신의 해석을 공유한 적이 있습니까?"

"물어보시니 생각난 것입니다만, 수년 전 우리가 판을 방문했을 때 황제 폐하와 황후 전하 두 분 모두와 이 시에 관해 이야기한 적이 있어요. 두 분 모두 루루셴의 글에 열광했고 새로운 해석에 기뻐하는 것처럼 보였더랬죠."

라 올루는 고개를 끄덕였다.

"황후 전하의 진짜 뜻이 뭔지 알 것 같습니다."

그는 그녀에게 자신의 추리를 설명했다.

론 부인은 그를 바라보았다.

"황후 전하가 요청하는 대로 하실 생각이에요?"

라 올루는 그녀의 두 눈을 똑바로 바라보았다.

"당신과 나는 그저 살아남기 위해서가 아니라, 적에게 붙잡혔을 때도 진정한 영주를 섬기는 것을 멈추지 않는 도덕주의 학자의 이상에 부응하기 위해 할 수 있는 일을 했습니다."

론 부인은 한숨을 쉬었다.

"그리고 오직 이건 당신과 나만 이해할 수 있었으니, 황후 전하의 이 전갈은 분명 당신을 염두에 둔 것이지요. 페큐의 편지와 다른 수단들을 통해 황후 전하에게 암호를 보냈던 우리의 모든 노력이 헛수고가 아니었음을 알게 되어 기쁘군요. 우리가 살아남는다면, 전하는 분명 감사해할 것입니다."

라 올루는 고개를 저었다.

"론, 난 당신에게 거짓된 희망을 주고 싶지 않습니다. 아노 현자들의 말을 연구함으로써 밑바닥 군중보다 높은 위치로 올라간 사람들이 지는 의무가 있습니다. 루루센은 왕을 위해서가 아니라 코크루의 백성들을 위해 기꺼이 죽으려고 했습니다."

"그리고 당신은 그를 본받을 생각이고요."

라 올루는 단호하게 고개를 끄덕였다.

"지금 나를 버리고 당신의 아름다움을 원하는 류쿠의 종사를 찾는다면, 스스로를 살릴 방도가 있을지도 모릅니다. 사랑은 우리에게 이상한 일을 시키지만, 당신이 내 결정을 위해 죽을 필요는 없어요."

론 부인은 얼굴을 찌푸린 채 가만히 서 있었다.

"우리의 사랑은 고문과 수모를 견뎌 냈지요. 하지만 이제 제 선택은 맹목적인 사랑에 구속되지 않아요. 지 부인은 남편 루루센의 곁을 지켰고, 사랑이 아니라 함께 나누게 된 이상을 위해 그와 같이 리루강으로 몸을 던졌죠. 제가 재능이라는 면에서는 그녀와 동등하지 않을지 모르지만, 그녀가 가졌던 용기만은 부족하지 않다고 생각해요. 저는 당신과 같은 도덕주의 글을 읽었어요. 미덕은 치마가 아닌 장포를 입는 사람들만이 독점하는 것이 아닙니다."

두 사람은 서로를 껴안았고, 더는 말을 하지 않았다.

선선한 날씨와 함께 '만추 축제'의 시기가 찾아왔다.

본섬 침공이 임박하자 루이섬과 다수섬의 경비는 평소보다 더욱 삼엄해졌다. 현지 가족들은 류쿠 십장들이 할당한 잡일들을 마치고 나서 날이 어두워지면 집 안에 머물라는 말을 들었고, 전통적인 축하 행사와 연회들도 취소됐다.

라 올루는 페큐 텐료를 찾아가서 예외를 요청했다.

"사람들을 너무 강하게 압박하는 것은 좋은 생각이 아닙니다. 페큐께서 몇몇 사적인 축하 행사를 허락하신다면, 사람들은 페큐의 관대함에 감사할 것이고, 나중에 많은 류쿠 전사들이 본섬을 정복하기 위해 페큐와 함께 떠나야 할 때, 문제를 일으킬 가능성이 낮아질 것입니다."

"공공장소에서 대규모로 모이는 것은 항상 위험하다. 그들은 서로 속삭이고 말썽꾼들은 소문을 퍼뜨릴 것이다. 더군다나, 그런 행사들은 그들이 일할 시간을 빼앗는다."

"사람들에게 축하할 무언가를 주면서도 그런 일을 예방할 수 있습니다. '만추 축제'의 밤에 가족과 이웃들이 달 빵 연회를 함께 여는 것이 우리의 관습입니다. 류쿠인들이 감시하는 가운데 미리 빵을 준비하기 위해 소규모 인원을 모으고, 나머지 사람들은 류쿠인들의 이익을 위해 계속 일하도록 할 수 있습니다. 그러고 나서 그

빵을 각 가정에 나누어 주어 축제의 밤을 조용히 사적으로 축하하도록 할 수 있습니다. 소문이 퍼지는 것을 막고, 나태를 부리는 낭비를 피하면서도 여전히 축제로 여겨질 것입니다."

페큐 텐료는 그 제안을 생각해 본 다음 허락했다. 라 올루는 항상 다라의 양들을 이끄는 방법을 생각해 내는 데 매우 뛰어났다.

그리하여 류쿠 전사들이 진행 과정을 지켜보는 가운데, 라 올루와 론 부인은 루이섬과 다수섬의 다양한 가문의 십부장들을 모아 달 빵 공장을 차렸다. 반죽에는 다른 맛이 나는 다양한 속들(연꽃 씨, 갈아서 으깬 타로토란, 설탕에 절인 원숭이딸기, 잘게 썬 해초, 자른 죽순, 그 밖에 여러 가지)과 진다리 글자로 간단한 문구가 적힌 작은 종잇조각이 들어갔다. 류쿠족 경비대원들은 종잇조각들을 조사했고 의심스러운 것이 없는지 확인하기 위해 학자 출신의 협조자 여럿에게 그것들을 번역하게 했다.

모든 종잇조각에는 행운을 비는 상투적인 문구나 위대한 페큐를 칭송하는 서툰 시가 들어가 있을 뿐이었다. 류쿠 전사들은 웃으며 고개를 가로저었다. 이 사람들은 정말 어리석고 타고난 노예였다.

빵을 모두 구운 후, 십부장들은 자신들이 책임지고 있는 가족들에게 나눠 주기 위해 빵을 마을로 가져갔다. 달 빵 맛에 호기심을 느낀 류쿠 경비대원들은 그중 일부를 남겨 두길 원했다. 라 올루는 그들에게 특별히 빵 한 묶음을 주었다.

"존경하는 나리들, 이건 나리들을 위한 것입니다. 제 아내와 저는 어떤 촌뜨기도 감히 빵에다 침을 뱉거나 다른 방법으로 허튼짓하지 못하게 그 준비 과정을 직접 감독했습니다."

라 올루가 말했다.

"그리고 제가 종잇조각은 뺐습니다. 달 빵을 먹는 데 익숙하지 않으면 그게 목에 걸릴 수도 있으니까요."

론 부인이 말했다.

"만약 모든 야만인이 당신들처럼 사려 깊고 순종적이었다면, 문제가 훨씬 적었을 거야."

류쿠족 종사 한 명이 빵을 씹으며 말했고, 빵과 속 부스러기들이 라 올루의 얼굴로 튀었다.

라 올루는 계속 미소를 지으면서 얼굴에 튄 것을 닦아 내지 않았다.

"나리 말씀이 전적으로 옳습니다."

만추 축제의 날 밤에 빵을 부수어 연 마을 사람들은 종이 앞면에 먹물로 쓰인 글귀 외에도 뒷면 여백에 갈색 글씨가 적혀 있는 것을 보고 깜짝 놀랐다. 론 부인이 눈썹 붓과 과즙 먹물을 사용해서 공들여 쓴 그 글귀들은 빵 굽는 열기가 과즙의 당분을 짙은 갈색으로 변색시킬 때까지 보이지 않았다.

가족들은 쪽지 주위로 모여 소리 없이 그 글귀를 읽었고, 그런 다음 종이쪽지를 삼켰다.

루이섬과 다수섬 북쪽

사해평치 12년 10월

공언된 본섬 침공은 엿새 후에 시작될 예정이었다. 비행함들은 잠수선들이 기습해 오는 일이 없도록 루이섬과 다수섬 남쪽 항로들에 대한 순찰을 강화했다. 지난봄에 샌 카루코노의 군대가 루이섬에 거점을 마련했던 것과 같은 일이 반복되어서는 안 될 터였다.

아무도 루이섬과 다수섬의 북쪽 바다를 보고 있지 않았다. 포로로 잡힌 다라 군인들은 잦은 고문 끝에 북쪽 수중 화산 항로에 대해 들어 본 적이 없음을 고백했다.

그런데 그 섬들 북쪽으로 작은 함대가 몰래 기어가듯 접근했다. 이 배들은 한 달 전에 늑대발섬에서 출발해서 보통의 항로에서 벗어나 보이지 않을 때까지 곧장 북쪽으로 향했다. 그러고 나서 루이섬과 다수섬의 북쪽에 도착할 때까지 서쪽으로 방향을 틀었다. 그 함대는 큰 선창이 있는 개조된 상선들로 구성되었고, 무기를 거의 싣지 않고 있었다.

그 함대의 임무는 전쟁일지 몰라도, 그것들은 군함이 아니었다. 기습 공격과 은밀한 습격의 대가인 푸마 예무가 이 임무를 조직했다. 그는 원수의 자금으로 상선을 사고 현금을 준다면 무슨 짓이든 할 수 있는, 물불을 가리지 않는 사람들을 모집하기 위해 늑대발섬으로 갔다. 그 배들이 운반하는 화물의 정체를 알게 된다면 그 누구라도 얼굴이 하얗게 질릴 터였다.

모든 일을 절대적으로 비밀에 부쳐야 했기에 푸마 예무는 배들이 바다로 출항하고 나서야 선원들에게 배에 뭐가 실려 있는지 밝혔다. 열 명 정도는 그 즉시 구토를 했고, 몇몇은 한 달 동안 배에 실린 화물과 함께 있지 않으려고 바다로 뛰어들기도 했다.

"복장을 갖춰라."

푸마 예무가 명령했다. 중요한 순간이 찾아왔다.

그는 얼굴을 감싸기 위해 투구에서 가는 철망을 내렸다. 양봉가의 얼굴 가리개처럼, 철망은 얼굴과 목을 보호했다. 어떤 피부도 노출하지 않도록 손과 발은 아마포에 감쌌다. 무거운 화포 천으로 만든 헐렁한 웃옷과 몸에 딱 달라붙는 두꺼운 바지가 몸의 나머지 부분을 덮었다. 함대의 나머지 대원들도 비슷하게 옷을 입었고 보호용 가리개도 앞으로 내렸다.

"내보내라!"

그 지시는 깃발 신호로 다른 배들에 전달되었다. 긴 대나무 장대로 묵직한 화물칸 문을 열면서 선원들은 숨을 죽였다. 그런 다음 갑판으로 뛰어들어 최대한 신체가 노출되지 않도록 몸을 웅크리고 누웠다.

화물 선창이 열리며 성난 벌떼가 윙윙거리는 듯한 소리와 함께 먹구름이 나타났다. 하지만 그 무리를 이루는 곤충은 벌이 아니라, 성인 손가락의 두 배만 한 메뚜기들이었다.

몇 주 동안, 그것들은 거름망을 통해 선원들이 매일 넣어 준 곡식과 곤충 사체를 먹으며 선창 안에서 떼를 짓고 있었다. 메뚜기들은 어둠 속에서 서로를 밀치거나 기어오르며 번식해 그 수를 늘렸고 함대는 마치 살아 있는 양 윙윙 소리를 냈다.

코고 옐루 재상은 게피카에서 몰살된 메뚜기 떼가 남긴 알들에서 나온 메뚜기들을 신중하게 사육했다. 그것들은 다라에서 가장 크고 강한 메뚜기들이었고 매우 굶주려 있었다.

메뚜기 떼는 갇혀 있던 곳에서 벗어나 공기의 냄새를 맡았고 근처에 육지가 있는 것을 감지했다. 땅과 초목. 메뚜기 떼들이 배에서 솟아올랐다가 합쳐졌고, 이윽고 뇌운 같은 모습으로 루이섬과 다수섬의 들판이 있는 남쪽으로 향했다.

메뚜기 떼가 태풍처럼 루이섬과 다수섬을 덮쳤다.

메뚜기들은 재잘대고, 쏠리는 소리를 내고, 바스락거리고, 우르릉거리며 지나가는 길에 있는 모든 것을 먹어 치웠다. 그것들은 빨강, 초록, 황금색 들판으로 몰려들어 모든 색깔과 모양을 지웠고, 땅에는 모든 잎이 벗겨진 채 뼈처럼 앙상하게 헐벗은 나뭇가지들의 황갈색만이 남게 되었다. 쌀, 밀, 수수, 타로토란, 사탕수수, 풀, 잡초 등 모든 것이 곤충 턱 수백만 개에 갈렸고, 수백만 개의 날개 달린 배 속으로 사라졌다.

류쿠 전사들은 처음에는 메뚜기 떼와 싸우려 했지만, 머리가 셀 수 없이 많은 야수를 전투용 곤봉과 도끼로 어떻게 상대할 수 있겠는가? 가리나핀들은 불로 폭풍에 맞서 싸우려 했지만, 화염의 파도가 한번 휩쓸고 지나가며 수천 마리의 메뚜기 떼가 튀겨져도 더 많은 메뚜기 떼가 계속 몰려왔다. 메뚜기 떼와 싸우려 드는 것은 바다 그 자체와 싸우려 드는 것과 같았다.

결국 피부에 물집이 생기고 피가 흘러나오기 시작하자 류쿠 전사들은 천막으로 후퇴한 다음 출입구 덮개를 밀봉해야 했고, 다라 농부들은 지하실로 대피해 몸을 웅크렸다. 긴 털 소들이 우르르 질주하고 가리나핀들이 하늘로 날아오르면서, 그 두 섬은 곤충의 영역이 되었다.

머리 위에서는 새 떼들이 자신들과는 상관없이 밀려오는 바다를 관찰하듯 넓고 평온한 원을 그리며 날았다.

셋째 날, 메뚜기들이 섬 전체를 휩쓸고 모든 초목을 제거한 후, 만족할 수 없는 식욕을 채우기 위해 서로를 노리기 시작한 후에야, 새들은 마침내 아래로 급강하해서 곤충 떼로 뒤덮인 섬을 정화하기 시작했다.

이후 충격을 받아 멍해진 채로 은신처 밖으로 나온 류쿠 전사들과 다라 농민들은 모든 논밭과 방목장이 생명 없는 사막으로 변해버린 황폐한 세상을 보았다.

어떤 이유에서인지 많은 마을의 곡식 창고는 미리 단단히 봉인되어 있었고, 메뚜기 떼가 휩쓸고 갔는데도 내용물을 보존할 수 있었다. 하지만 긴 털 소와 가리나핀을 위한 먹이가 보관된 건초 다락들과 헛간은 열려 있었고, 메뚜기들은 류쿠족이 전쟁을 대비해 모아 둔 야수들의 먹이를 모조리 무자비하게 먹어 치웠다.

마을 사람들은 서로를 보며 고개를 끄덕였고 드디어 달 빵에 담겨서 온 전갈을 이해했다. *밀랍과 점토로 곡식 창고를 봉인하라.*

루이섬

사해평치 12년 10월

결과를 보고 두려움에 떨던 십부장 몇 명이 페큐 텐료에게 진실을 밝혔다. 곧, 론 부인과 라 올루 장관의 머리가 크리피 성문에 매

달렸다. 감히 류쿠족에게 방해 공작을 저지른 자들에게 보내는 경고였다.

"저들은 이 계략으로 우리를 굶겨 죽이려는 거다." 페큐 텐료가 화가 나서 손을 떨며 말했다. "난 그들에게 진정한 굶주림이 무엇인지 보여 줄 것이다."

보관된 쌀과 수수, 밀을 가리나핀들과 긴 털 소 떼의 먹이로 주기 위해 곡식 창고를 열라는 명령이 떨어졌다.

"우린 뭘 먹어야 합니까?"

마을의 한 장로가 물었다.

"너희들은 흙에서 음식을 파내는 데 능숙하잖아. 그러니 더 열심히 파 봐."

페큐 텐료가 말했다.

"이건 페큐께서 저희에게 사형을 선고하시는 겁니다. 겨울이 오기 전에 다른 작물을 심을 시간이 없습니다."

"두 다리를 가진 돼지들이 많이 돌아다니는 게 보이던데. 난 돼지가 훌륭한 음식이라고 생각한다. 너희는 다양한 걸 먹는 법을 배우게 될 거다."

마을 사람들은 페큐가 무슨 생각을 하고 있는지 이해했다. 그들은 분노와 절망으로 울부짖으며 곡식 창고를 차지하러 온 경비대원들에게 달려들었다. 하지만 가리나핀들이 불을 몇 번 뿜어 반란을 초장에 진압했다. 마을 사람들은 곡식 창고가 비워지고 가리나핀들과 긴 털 소 떼가 겨울 대비용 식량을 마음껏 먹어 치우는 모습을 침묵 속에서 지켜보았다.

침공 일정은 지켜질 터였다. 류쿠족은 공언한 약속에서 물러나지 않을 터였다.

하지만 이상한 일이 일어났다. 긴 털 소들이 땅에 쓰러져 신음을 내며 입에 거품을 물었고, 다리를 마구 움직여 댔다. 많은 가리나핀도 쓰러졌고 진창처럼 걸쭉하고 악취 나는 배설물을 내뿜었다.

"어쩌다 저것들이 독살된 거냐?"

페큐가 물었다. 어떤 십부장도 음모가 있었음을 인정하지 않았기 때문에, 페큐는 그들에게 가리나핀들이 먹던 곡물을 강제로 먹였다. 하지만 그들에겐 아무 일도 일어나지 않았다.

파사
몇 달 전

"육즙이 최고인 소고기를 얻기 위해서는 소에게 곡물을 먹여야 한다고 들었어요."

세라가 말했다.

이곳은 세라의 할머니가 가진 사유지였다. 일꾼들은 이 새로 온 여자애를 목장의 일원으로 받아들였다. 그들은 모닥불 주위로 둘러앉아 쓴 치커리 뿌리를 우려낸 물을 나눠 마셨고, 세라는 목장 일을 더 많이 이해하려고 애썼다.

"사실이야. 곡물을 먹은 소는 더 빨리 살이 쪄."

"그럼 왜 우리는 소에게 곡물을 먹이지 않나요?"

"루 부인은 영리한 사업가야." 목장 일꾼 모두가 존경을 담아 '늙은 마자'라고 부르는 노인이 말했다. "풀을 먹은 소는 색다른 맛이 있어. 모두가 소에게 곡물을 먹일 때, 루 부인의 소는 독특한 맛이 있어 더 좋은 가격을 받을 수 있는 거지."

"그렇군요." 세라는 고개를 끄덕였다. 그녀는 할머니가 일을 다르게 하는 것을 좋아한다는 사실에 놀라지 않았다. 결국 어머니의 고집은 어딘가에 그 원천이 있을 터였다. "가끔 굶주린 듯이 곡식 창고를 바라보고 있는 소들이 보여요. 가끔씩, 특히나 비가 오는 날에 소들에게 곡물을 먹이는 게 어려운 일인가요? 분명 곡물은 건초보다 훨씬 맛이 좋을 텐데요."

목장 일꾼들은 떠들썩하게 웃었다. 세라는 그들이 웃는 이유를 몰라 혼란스러운 표정을 지었다. 결국, 늙은 마자는 간신히 웃음을 참으며 설명했다.

"애야, 소의 배는 아주 예민하단다. 왜 그들이 되새김질을 하는지 알아?"

세라는 고개를 저었다.

"그건 풀이 소화하기가 어렵기 때문이야. 소는 그것을 위에다 두고서 발효시킨 다음 게워 내고, 또 좀 더 씹어야 해. 소의 배 속은 복잡한 세상이야. 심지어 수 세대 동안 이 일을 해 온 목장주들도 그 모든 게 어떻게 작동하는지 설명할 수 없어. 우리가 아는 건 소에게 곡식을 먹이고 싶으면 소가 어릴 때부터 그렇게 해야 한다는 거야. 만약 배가 풀에 익숙해졌는데 갑자기 곡식으로 먹이가 바뀌면, 소는 병에 걸리고 심지어 죽을 수도 있어."

세라는 멀리 북쪽에서 온 침략자들을 생각하며 고개를 끄덕였다. 그들은 밭을 가꾸지 않았고 곡물에 대한 지식도 없었다. 분명 그들에게 곡물은 종류가 다른 초목처럼 보였을 것이다. 풀을 구할 수 없다면, 그들은 그 대체물로서 사람들이 먹는 곡물에 의지하지 않겠는가?

루이섬
사해평치 12년 10월

페큐 텐료는 루이섬과 다수섬의 농부들로 구성된 작업반에 높은 곳에 위치해 있어 메뚜기 떼로부터 살아남은 모든 초목을 베어 내라고 명령했다. 평소에 먹던 자연적인 식단과 더 유사한, 좀 더 질긴 먹이가 주어지자, 곡물을 많이 먹지 않은 몇몇 가리나핀들은 비교적 빨리 회복했다. 그러나 다른 가리나핀들은 좀 더 시간이 걸릴 터였다. 페큐 텐료는 아픈 가리나핀들을 한곳에 모아서 돌보게 하고 마을 사람들의 추가적인 방해 공작으로부터 보호했다.

"가리나핀들이 회복될 때까지 침략을 미뤄야 하겠습니까?"

탄바나키가 물었다.

"아니다. 우리 전사들은 이미 교활한 다라 야만인들의 계략이 성공했다고 생각한다. 오래 지체할수록 사기가 낮아질 거다."

페큐 텐료가 대답했다.

"전력이 완전치 않은 상황에서 공격하는 것은 위험해 보입니다."

"황후에게 이렇다 할 공군이 없다. 예정대로 본섬을 공격해도, 그녀의 어떤 저항도 극복할 정도의 건강한 가리나핀들은 있다. 그리고 나머지 가리나핀들이 회복하면 언제든지 나중에 지원군으로 보낼 수 있고."

"페아-키지 신에게 감사할 따름입니다. 메뚜기 떼가 들이닥쳤을 당시 종사들이 침착하게도 어린 새끼들이 갇혀 있는 지하실을 폐쇄했으니 말입니다. 우린 아직 가리나핀들을 통제할 수 있습니다."

라긴 황제는 감방 안에서 서성댔다.

페큐 텐료가 침공 계획을 발표한 것에 그는 충격까진 아니더라도 가슴이 철렁 내려앉는 느낌을 받았다. 비록 스스로 인정하지는 않았어도 쿠니는 자신이 기적을 바라고 있었음을 깨달았다.

그는 수십 년 동안 하나의 이상을 위해 싸워 왔다. 백성들이 더 정의롭고 더 공정한 세상에서 살기를 바랐다. 상충하는 이해관계를 균형 있게 조정하고, 더 많은 재능 있는 사람들이 성공하게 하고 싶었다. 하지만 결국 무엇을 성취했는가? 그가 모든 것에 대비해서 계획을 세우지 않았기 때문에, 잘못될 수 있는 모든 것을 예견하지 못했기 때문에, 더 많은 사람이 피를 흘리고 있었고, 더 많은 사람이 죽어 가고 있었다.

티무의 배신은 그에게 충격을 주었지만, 그런 실수를 전적으로 그 아이 탓으로 돌릴 수는 없었다. 어떻게 티무가 자신이 류쿠족에게 이용당하고 있다는 상황을 제대로 이해할 수 있었겠는가? 학구적인 이상과 반항적인 분노로 가득 찬 젊은 황자는 적과 동침함으로써 정의가 달성될 수 있다고 믿었다. 늑대가 어린 양과 함께 눕는, 그런 미래상을 믿었다.

그 아이에게 좀 더 아버지 역할을 했어야 하는데, 지금은 때가 이미 늦었다.

그는 본섬에서 일어날 혼란을 상상할 수 있었다. 티무가 페큐의 꼭두각시 황제가 된 다음이니, 기존의 권력 배분에 만족하지 않는 사람들은 이번 사태를 더 좋은 패를 얻기 위해 판을 뒤집는 기회로 삼아 권력을 재배치하고자 할 터였다. 지아가 직면하고 있을 어려운 상황이 상상 갔다.

쿠니가 살아 있는 한, 류쿠족은 그의 '퇴위'를 티무의 주장을 정당화하는 한 가지 방법으로 사용할 수 있었다. 하지만 그가 지금 조용히 죽는다면, 류쿠족은 거짓말을 계속해야 할 테고, 쿠니의 망령은 단결을 위한 깃발 역할을 하게 될 터였다. 그는 지아와 다른 사람들에게 기회를 줄 수 있게 노력해야만 했다.

쿠니는 페큐가 계산적인 사람이라는 것을 알았다. 그 자신과 별로 다를 게 없었다. 그는 페큐의 자리에 있는 자신을 상상해 보려고 했다. *내가 뭘 해야 할까?*

티무는 위험을 감수하기에는 가치가 너무나 큰 소품이야. 그래도 함대는 전장에 극적인 무대를 마련하기 위해 또 다른 고위급 인질이 필요해.

그는 전장에서 입을 수 있는 부상의 위험성과, 부상자들을 구하기 위해 무엇을 할 수 있는지를 두고 지아와 나눴던 대화를 회상했다. 그리고 눈을 감았다. 이제 그 지식을 활용할 시간이었다.

쿠니는 창틀에서 녹슨 못을 발견했다. 왼쪽 신발과 양말을 벗은 그는 녹슨 못으로 피부를 긁어서 깊은 상처를 냈다. 그는 고통으로 얼굴을 찡그렸고, 양말과 신발을 다시 신었다.

이제 기다리는 일만 남았다. 그는 자신에게 기회가 주어지기를 바랐다.

스무 마리의 가리나핀들이 전쟁에 나갈 수 있을 만큼 건강한 것으로 판단되었다. 페큐 텐료는 그 가리나핀들을 3000명의 류쿠 전사들과 함께 도시선 여덟 척에 태웠다. 나머지는 항복한 다라 병사들의 도움을 받아 루이섬과 다수섬을 지키기 위해 뒤에 남았다. 티무, 혹은 '타케 황제'가 명목상 책임자로 남겨졌지만, 모든 사람이 (아마도 티무 자신조차도) 그가 그저 명목상의 수장임을 이해했다.

라긴 황제에게서 포획한 몇몇 비행함은 함대와 동행하여 기계 크루벤의 기습에 대항하는 정찰병 역할을 할 예정이었고, 나머지 비행함들은 루이섬과 다수섬을 방어하기 위해 뒤에 남았다.

최후통첩에 명시된 날 아침, 도시선들과 그보다는 작은 호위함 함대가 크리피를 떠나 본섬으로 항해했다. 루이섬과 다수섬의 장로들은 수십 년 전 고향인 자나 섬들에서 침략 함대가 출발했던 일을 떠올렸다. 마피데레 황제와 당시의 라긴 황제가 다라의 왕좌에 오르고자 지금과 똑같은 항로를 항해한 바가 있기 때문이었다. 페큐 텐료와 타케 황제는 걸출한 전임자들의 성공을 따르고자 했다.

본섬 침략이 시작되었다.

제58장

민들레의 꿈

자틴만

사해평치 12년 10월

류쿠 함대에 동행한 몇 척의 비행함은 배들의 앞과 옆으로 날았고, 망꾼들은 기계 크루벤의 접근을 탐지하기 위해 아래의 수면을 열중해서 바라보았다. 함대는 알려진 수중 화산을 피하는 항로를 택했지만, 페큐 텐료는 조금의 위험도 감수할 생각이 없었다.

기습 공격에 대한 추가적인 대비책으로서, 페큐의 기함인 '우큐의 긍지'호는 도약하는 푸른 크루벤의 모습이 들어간 밝은 붉은색 깃발을 매달고 있었다. 그것은 제국 군기였다. 페큐 텐료는 감히 류쿠를 공격하려는 다라의 배는 다라의 황제를 위험에 빠뜨릴 수 있다는 점을 확실히 해 두고자 했다.

지아 황후는 피로의 격렬한 반대에도 불구하고 그에게 리사나 부인과 함께 판에 머물라고 명령했다.

"제가 앞장서서 싸워야 합니다!"

"넌 티무가 실수를 저지른 이후 아버지의 유일한 후계자야. 네가 제국의 대를 이어야 하고, 나와 원수가 실패하면 점령당한 다라의 희망이 되어야 하니, 네 안전이 가장 중요하다."

"그리고 황후 전하의 복수도 해야지요."

"아니다! 가족에 대한 사랑이 백성들의 안녕을 위한 의무에 방해가 되어서는 안 된다. 복수가 목표가 되어서는 안 된다. 오직 자유만이 목표여야 해."

그녀는 리사나 부인과 코고 옐루 재상을 향해 고개를 돌렸다.

"만약…… 신들이 내가 돌아오지 않는 쪽으로 결정을 내린다면, 민들레 가문은 당신들 손에 달렸네."

리사나와 코고는 모두 절을 했다.

"전 당신의 충실한 종입니다."

"무사하세요, 언니."

지아 황후는 긴펜 근처 자틴만 해안가에다 전망대를 건설했다. 양쪽 길이가 약 60미터, 높이가 약 30미터인 단상이었다. 지아는 단상 꼭대기로 올라가 수면 위로 도약하는 다이란이 새겨진 왕좌에 앉았다. 단상의 꼭대기, 그녀 주위로는 기름에 적신 장작이 쌓여 있었다.

오늘 이곳에서 최후의 저항에 실패한다면 그녀는 마지막 저항의 표시로 스스로 불타 죽을 생각이었다.

지아는 옆에 서 있는 긴 마조티를 바라보았다.

"새로운 검은 마음에 드오, 원수?"

긴은 힘을 들여 '의심을 종결짓는 자' 나아로엔나를 칼집에서 꺼내고, 양손으로 높이 들어 올렸다.

"아직 적응 중입니다."

"당신 병사들이 새 무기에 적응하는 중인 것처럼 말이오?"

긴은 고개를 끄덕였다.

"그들의 용기는 존경할 만합니다. 하지만 검증되지 않은 무기는 믿음이 가질 않습니다."

"난 여기 남아서 당신의 성공을 위해 기도하겠소. 마음에 어떤 의구심은 없소?"

"저는 항상 의심합니다. 그리고 패왕이 증명했듯이 용기가 전부는 아닙니다."

"그럼 전보다 나아진 거군. 전에는 우리가 굴복해야 한다는 데 의심의 여지가 없다고 내게 말했잖소."

긴은 그 말에 싱긋 웃었다.

"이 검이 그 이름에 부응하길 바랄 뿐입니다."

"1000명만 있으면 루이섬을 정복할 수 있다고 내 남편에게 말했던 자신만만한 장군은 어떻게 된 것이오?"

원수는 쓸쓸한 미소를 지었다.

"경험은 사람을 겸손하게 만드는 법입니다."

지아는 고개를 끄덕였고, 진중한 눈빛으로 그녀를 바라보았다.

"나는 내 남편을 진심으로 사랑하오. 그가 다라를 위해 기꺼이 죽을 수 있다는 걸 알고 있고. 내 아들도 마찬가지고. 이해하겠소?"

"티무 황자의 경우엔 황후 전하 말이 맞는지 잘 모르겠습니다."

지아는 고개를 돌렸다.

"가끔 약자는 강해지기 위해, 자신이 해야만 하는 일을 하기 위해 도움이 필요하지."

긴은 등골이 오싹해지는 것을 느꼈다.

황후가 계속 말했다.

"난 내 아들을 사랑하오. 하지만 악에는 맞서야 하지."

원수는 황후를 바라보았고, 잠시 후 고개를 끄덕였다.

류쿠 함대가 본섬 해안에 접근하자, 페큐 텐료의 자신감은 점점 커지고 있었다.

그는 군대를 긴펜에 상륙시키고, 가리나핀들의 등에 올라타 번개처럼 땅을 쓸어 버리고, 단 한 번의 빠른 공격으로 판을 무릎 꿇게 할 생각이었다. 성벽으로 둘러싸인 다라의 도시들은 효과적인 공군력 없이는 가리나핀의 힘을 견뎌 낼 수 없었다. 원수가 화염방사기를 사방에 설치할 수는 없는 노릇 아니겠는가?

페큐 텐료는 육지와 바다를 가르는 마지막 1.5킬로미터 남짓한 물길을 바라보며 참았던 숨을 내쉬었다. 긴펜 항구에서 그의 함대를 맞이하기 위해 출항한 다라 해군은 없었고, 침략군을 맞이하기 위해 육지에 도열한 다라군도 없었으며, 멀리서 배를 불태울 수 있는 굴곡진 거울과 같이 한때 긴펜의 이름을 드날렸던 전설적인 거대 전쟁 기계의 흔적도 보이지 않았다. 아마도 다라의 야만인들이 그런 구닥다리 방어로는 가리나핀의 공격에서 살아남을 수 없다는 것을 깨달았기 때문일 것이다.

긴펜의 성벽에는 수비병이 없었고, 비행함의 망꾼들은 도시가 놀라울 정도로 조용하며 모든 사람이 집 안에 모여 있는 것 같다고 보고했다. 모든 징후는 지아 황후의 궁정이 완전히 포기한 상태라는 결론을 가리켰다. 새로운 류쿠에 대한 꿈이 목전까지 다가왔다. 결국에는 쿠듀가 다른 함대를 보내오고 더 많은 류쿠인이 이 낙원에 와서 살게 될 터였다. 텐료는 유순한 다라 농부 무리의 지원을 받으며 왕처럼 사는 류쿠 전사들의 모습을 상상했다.

"안쓰럽구먼, 노인장." 텐료가 누워 있는 쿠니 가루를 바라보며 말했다. "당신의 승리가 무위로 돌아가겠어. 운명의 부침(浮沈)과 신들의 변덕에 의해 자신의 업적이 말소되는 것을 보는 일은 힘들겠지."

쿠니는 잠에서 깨어나지 못한 채 고개를 돌리며 들리지 않게 중얼거렸다.

"저게 뭐지?

페큐 옆에 서 있던 탄바나키가 물었다. 갑판에 서 있던 다른 류쿠 전사들도 무언가를 가리키며 속삭이기 시작했다.

페큐 텐료는 딸이 가리키는 곳을 눈으로 좇았지만, 처음에는 자신이 무엇을 보고 있는지 확신할 수 없었다. 덤불과 해초로 뒤덮인 흙더미가 점점 부풀어 오르고, 커지고, 솟아올랐는데, 마치 커다란 짐승이 굴에서 나오려고 꿈틀거리는 것처럼 보였다.

"가리나핀 기수들을 준비시켜."

페큐가 명령했다. 어쩌면 저 다라의 농부들은 여태 완전히 진압되지 않은 것인지도 몰랐다. 궁지에 몰린 토끼도 늑대를 발로 차고 물어뜯을 수 있었다. 지나친 자신감 때문에 목전에서 승리를 빼앗길 수는 없었다.

다라의 최고급 갑옷을 입은 병사들이 숨겨진 동굴에서 해변으로 쏟아져 나왔고, 다라의 용맹한 선원들을 태운 배들이 긴펜 항구에서 노를 저어 나왔다.

부풀어 오르던 언덕들이 폭발하자, 숨을 크게 들이마시던 페큐 텐료의 눈앞에 믿을 수 없는 광경이 펼쳐졌다. 지금까지 본 그 어떤 비행함보다 큰, 거대한 제국 비행함 여섯 척이 하늘로 솟아올랐다.

어디서 부양용 기체를 구한 거지?

아사로 예와 세라 황녀가 가리나핀이 원수의 화염방사기에 사용되는 똥거름 발효 기체와 동일한 기체로 동력을 얻는다는 사실을 발견하자, 조미 키도수는 비밀리에 새로운 비행함을 만들기 위한 대담한 계획을 세웠다.

발효성 기체는 키지산의 다코 호수에서 나오는 부양용 기체만큼 가볍지 않았기 때문에 설계를 변경해야 했다. 동일한 양력을 얻기 위해서는 비행함을 더 크게 만들어야 했고, 재료는 더 가벼워야 했고, 탑승 인원을 줄여야 했다. 지하 동굴과 지하 작업장에서 마조티 원수 의용대의 헌신적인 전사들과 선박 건조업자들은 대나무를 구부려 테, 버팀대, 대들보로 만들고 광택을 칠한 비단으로 기체 자루들을 꿰매는 등의 고된 작업을 수행했다.

배 대목들은 무게를 줄이기 위해 대나무 틀의 내부 지지대 수를 줄여 기체 자루를 수납할 공간을 최대한 많이 확보했다. 대나무 테와 지지대 중 일부는 강철로 보강했는데, 두 재료를 혼합하면 단독으로 사용할 때보다 강도가 더 높았다.

부양력이 약한 기체를 최대한 활용하기 위해 아사로 예는 비행함을 기존의 길쭉한 달걀 모양이 아닌 접시 두 개를 마주 보게 쌓아 올려, 말하자면 큰가오리 몸통처럼 납작한 모양으로 설계했다. 새로운 선체는 부피가 커지고 기동성이 떨어지는 단점이 있지만, 앞으로 나아갈 때 양력을 발생시켜 비행함이 공중에 떠 있는 데 도움이 되었다. 납작한 선체 가장자리에 앉은 노잡이들이 거대한 깃털이 달린 노를 내젓자, 반강성(反剛性) 비행함은 해파리가 천상의 바다를 헤엄치는 것처럼 진동하며 앞으로 나아갔다.

새 제국 비행함들은 구조적으로 이전 비행함들보다 약했고, 원양 비행에서 예측할 수 없는 조건들을 견디기도 어려웠다. 원수는 전장에 최대한 가까이 있는 해변의 모래를 가볍게 덮어서 비행함을 위장하는 것으로 보완했다.

새 비행함에서, 사람들이 타는 선체도 기묘한 모양을 하고 있었다. 새 선체는 과거의 매끈한 범선 모양 대신 타원형에 크기도 훨씬 더 컸다. 선체가 위쪽 선체 바닥 면의 거의 4분의 1을 차지했고 또 그 안으로 선체의 많은 부분이 들어가 있었다. 구조적인 요소들을 제외하고는 선체의 대부분을 고리버들로 제작해서 무게를 줄였다. 선원들도 가능한 한 가벼워야 했기에, 다시 한번 거의 모든 선원이 여성으로 구성되었다. 주로 다라의 옛 공군에서 퇴역한 군인들과 여자 조수들이었다.

하지만 선체가 선체의 나머지 부분에 비해 너무 가벼웠기 때문에 비행함이 비행할 때 불안정해진다는 문제가 있었다. 이를 보완하기 위해 비행함의 바닥짐 역할을 하는 공이 선체 바로 뒤편에 장착되어 있었는데, 메뚜기 배에 매달린 거대한 이슬방울을 연상시키는 모양새였다. 전체적으로 보면 선체 아래에 커다란 도자기로 된 구체가 붙어 있는 셈이었다.

조선업자들(많은 이들이 키지산 공군 기지에서 평생 근무한 후 본섬으로 은퇴해 노년을 즐기고 있던 기술자들이었다)의 눈에는 이 설계가 이상하고 비효율적으로 보였지만, 새로운 부양용 기체로 작동하도록 기존 비행함 설계를 수정해야만 하는 시간적 제약을 고려하면 이것이 아사로 예가 할 수 있는 최선이라고 판단되었다.

물론 발효성 기체로 구동되는 비행함의 가장 큰 약점은 기체의 가연성이었다. 가스주머니에 기체가 새는 곳이 하나라도 생기면, 티끌만 한 불꽃이 일어나는 순간 비행함 전체가 불바다로 변할 수 있었다. 하지만 장비를 추가하면 무게가 증가해서 약한 부양용 기체의 힘을 초과하게 되었기에, 위험을 줄이기 위해 할 수 있는 일이 많지 않았다. 원수는 류쿠족이 궁수들을, 특히 불화살을 사용하지 않을 것이라는 행운에 빌어야만 했다.

같은 이유로 원수는 비행함에 화염방사기를 장착하는 대신 다른 기습적인 방법에 의존해야 했다.

그녀의 허리는 오랜 시간 비단을 짜느라 아팠다네

밤새 끓이고 감느라 손은 거칠어졌다네.

그녀는 눈물로 얼룩진 얼굴로 판에서 돌아왔네.

"엄마, 뭐가 그렇게 엄마 마음을 힘들게 했어요?"

누에고치를 따서 물에 불리고, 삶고, 휘젓고, 감아라.

물레바퀴를 돌려, 자매여, 그 물레바퀴를 돌려!

"아이야, 난 옥빛 성품을 가진 많은 영주와

고운 비단옷을 입은 꿀처럼 부드러운 목소리의 부인들도 보았단다.

그들이 수의를 입고 있다는 사실을 아는 사람이 얼마나 될까?

비단 짓는 이들이 삼베 어깨걸이만 갖고 있다는 사실을 아는 이는?"

누에고치를 따서 물에 불리고, 삶고, 휘젓고, 감아라.

물레바퀴를 돌려, 자매여, 그 물레바퀴를 돌려!

　원수의 기함인 '비단력 화살'호의 선원들이 한목소리로 부르던
이 노래는 비단 짓는 사람들이 작업장에서 긴 하루를 보내며 지루
함을 달랠 목적으로 부르기 시작한 것이지만, 이제 여인들이 비행
함에서 돌리는 물레바퀴들은 실이나 방사(紡絲)가 아니라 필요할
때까지 저장할 수 있는 동력을 생산했다.

　비행함들이 대열을 갖추고 전투 준비를 마치자, 선체 앞쪽의 경
첩 달린 문들이 밑으로 떨어지면서 열렸다.

이상하게도 여섯 대의 비행함은 모두 같은 높이에서 날지 않았다. 오히려 넉 대의 비행함은 같은 평면에서 선회하며 지상과 평행한 마름모꼴을 형성하고 있었다('키지의 혼'호, '투투티카의 심장'호, '피소웨오의 결의'호, 그리고 '쌍둥이의 활력'호는 모두 긴 마조티가 지휘했던 여자들로만 이뤄진 옛 다수 공군 출신의 믿음직한 선장들이 지휘했다). '비단력 화살'호는 마름모꼴 위로 날았고, 조미 키도수가 지휘하는 '모지의 복수'호는 그 아래로 날았다.

　선체 내부의 비단 가림막은 비행함 선원들과 그들이 작동하는 기계 대부분을 숨겼다. 앞쪽의 열린 문 너머로 화살을 시위에 메긴 긴 활을 들고 있는 여성 선원 여섯 명 정도만이 보였다.

　비행함들이 접근하자 가리나핀들이 도시선에서 이륙해 예상치 못한 도전에 맞섰다. 그 아래로는 류쿠 전사들이 페큐의 기함 '우큐의 긍지'호의 갑판에 있는 황금색 덮지붕 주변을 급히 오갔다.

　마조티 원수가 말했다.

　"저 덮지붕이 페큐가 앉아 있는 곳일 거다. 저걸 노려라."

　사실 그녀는 교활한 페큐 텐료가 어리석게도 자신을 그렇게 뻔한 표적으로 만들었을지 의심스러웠다. 하지만 황금색 덮지붕을 공격하면, 거기에 뭐가 숨겨져 있든 간에 다라군의 사기가 높아질 것은 분명했다.

　원수의 집행관 역할을 맡은 다피로 미로가 노잡이들에게 '비단력 화살'호를 대열의 약간 앞으로 이동시키라는 일련의 명령을 재빨리 내렸고, 비행함 앞쪽의 궁수들은 화살 끝을 멀리 아래 황금빛 덮지붕에 겨눴다.

선체 앞쪽에 있는 개구부에 웅크리고 있는 궁수 몇 명을 보고서 아래 갑판에 있는 류쿠 전사들은 환호성을 질렀다. 다라의 야만인들은 정말로 궁수 몇 명으로 가리나핀과 도시선을 물리칠 수 있을 거로 생각하는 걸까?

"다라의 백성들이여." 주 돛대 꼭대기에 설치된 뼈 나팔에서 페큐의 목소리가 울려 퍼졌다. 그는 선창 깊숙한 곳, 밖에서는 보이지 않는 안전한 곳에서 말하고 있었다. "물러서라! 너희 옛 황제의 명령이다!"

깜짝 놀란 마조티 원수와 나머지 선원들이 지켜보는 가운데 황금빛 덮지붕이 벗겨져 나가며 다라의 황제 쿠니 가루가 누워 있는 침대가 모습을 드러냈다.

쿠니는 움직이지 않고 있었다.

류쿠 전사 두 명이 앞으로 나와 침대에서 쿠니를 들어 올리자 그는 햇빛을 피해 고개를 돌리며 신음했다. 제국 비행함 선원들은 숨이 턱 막혔다.

쿠니는 발가락에 생긴 상처에 감염이 생길 때까지 간수들에게 상처를 숨겼다. 마침내 썩어 가는 상처가 발견되었을 때는 괴저된 발을 절단하는 것만이 유일한 선택지였다. 하지만 다리를 절단한 후에도 그의 상태는 호전되지 않았다. 페큐가 보낸 의사들은 쿠니가 죽기 직전이라고 선언했다.

페큐 텐료는 쿠니를 비밀 무기로 사용하고 싶었다. 그는 지아 황후가 마지막 저항을 할 거로 생각했고, 다라를 지키는 사람들의 사기를 꺾기 위한 방법으로 적절한 순간에 값어치가 있는 포로를 선

보이려는 계획을 세웠다.

페큐는 불구가 되어 죽어 가는 쿠니의 상태를 고려할 때 더 이상 그를 뼈 우리에 가둘 필요가 없다고 생각했고, 대신 몇 명의 경비대원들이 지켜보는 가운데 덮지붕 아래에 있는 침대에 누워 있게 했다.

쿠니는 붙들린 상태에서도 열이 펄펄 나는 깊은 잠에 빠진 것처럼 보였고, 주변의 소란에도 반응하지 않았다.

'비단력 화살'호와 다른 비행함 선원들 사이에서는 혼란스러운 속삭임이 흘러 나왔다. 그들은 황제가 아직 살아 있다는 사실에 기뻐했다. 대부분은 애초에 황제가 퇴위했다는 페큐의 말을 믿지 않았고, 조금 전 물러서라고 명령한 것도 황제의 뜻이 아니라고 생각했다. 그럼에도 궁수들은 그들의 무기를 내려놓았다.

"황제를 노려라."

긴 마조티가 차분하고 안정된 목소리로 말했다.

다피로는 그녀의 명령을 반복한 다음 원수를 쳐다보았다. 목소리에 감정은 실려 있지 않았지만, 그는 그녀의 마음속에서 격렬하게 일어나고 있는 혼란을 짐작으로나마 알 수 있었다. 쿠니 가루는 그녀를 무명에서 끌어올려 다라의 가장 위대한 장군으로 만든 장본인이었지만, 그녀가 반역죄로 기소되어 작위와 존엄을 박탈당하는 순간에도 옆에서 그냥 지켜보기만 한 사람이기도 했다.

한때는 그를 위해 기꺼이 목숨을 바치고자 했던 그녀였지만, 이제 혁명의 결실을 지키기 위해 그를 죽여야만 했다.

마조티는 깊이 숨을 들이쉬었다. 그것은 피할 수 없는 희생이었다. 쿠니가 살아 있는 한, 그녀의 군대는 자유롭게 싸울 수 없었다.

병사들 마음속에는 황제의 뜻을 거스른다는 의구심이 늘 존재할 터였다. 하지만 쿠니를 죽이라는 명령을 내리고 나면, 그녀가 정말로 황제를 배신하려 했다는 의심에서 벗어날 수 없을 것이었다.

그것은 승리를 위해 그녀가 치러야 하는 대가였다. 승리하려면 그녀는 자신의 이름을 포기하고 역사의 심판을 견뎌야 했다.

마조티는 발포 명령을 내리기 위해 마음을 단단히 먹었다.

쿠니는 혼란스러워하며 주위를 둘러보았다.

그는 화평성 판에 있었고, 황궁 앞 넓은 크루벤 광장 한가운데 서 있었다. (발을 잃었는데 어떻게 서 있을 수가 있는 거지?) 봄과 여름에 연을 날리고 겨울에 얼음 조각상을 만드는 아이들을 제외하면 광장은 평소에 텅 비어 있었다. 가끔 제국 비행함이 착륙하면 인근 시민들이 모여들어 구경하곤 했다.

하지만 오늘은 광장이 비어 있지 않았다. 그는 거대한 다라 신상들에 둘러싸여 있었다. 고시관만큼이나 큰 조각상들은 청동과 철로 만들어졌고 화사하고 생생한 색으로 칠해져 있었다.

마피데레 황제가 다라의 모든 무기, 다시 말해 검과 창, 칼과 화살을 몰수해서 그 금속들을 녹여 신을 기리는 조각상으로 만들고자 했다는 이야기를 쿠니는 기억하고 있었다. 무기가 없으면 세상에 영원한 평화가 있을 터였다.

쿠니는 다라에 대한 꿈이 있었다. 더 정의로운 다라, 여성이 남성만큼의 힘을 갖고, 다수의 가난한 농부의 딸도 늑대발섬의 부유한 상인의 아들만큼 성공할 기회가 주어지는 다라, 재능이 있는 사람은 누구나 발견되어 빛을 발할 자리가 주어지는 다라. 하지만 쿠니의 꿈이 이루어지지 못한 것처럼, 그런 미래상은 실현된 적이 없었다.

황제는 조각상들을 좀 더 자세히 살펴보았다. 거기에는 뭔가 이상한 점이 있었다. 신들의 형태가 전통적이지 않았던 것이다.

키지 신의 어깨에는 밍겐 수리 한 마리와 가리나핀 한 마리가 앉아 있었고, 카나 신의 머리 위로는 검은 까마귀가 태양 광선처럼 밝은 황금빛 구체 안을 선회했으며, 라파 신의 머리 위로는 하얀 까마귀가 달빛 같은 은빛 후광 안에 떠 있었고, 투투티카 신의 잉어는 1000개의 물줄기로 된 미로에서 헤엄치고 있었다. 그리고 루피조 신의 흰 비둘기는 긴 털 소와 양 떼를 지켜보고 있었다.

무엇보다도 피소웨오 신과 루소 신, 타주 신의 조각상이 가장 기묘했다. 피소웨오 신의 왼쪽 반쪽은 남자였고 오른쪽 반쪽은 여자였다. 전쟁의 신은 왼손으로는 흑요석으로 만든 장창을, 오른손으로는 뼈로 만든 전투용 곤봉을 들고 있었다. 반면 루소 신과 타주 신의 조각상은 마치 계산의 신과 우연의 신이 같은 신의 두 가지 측면인 것처럼 서로 융합되어 있었다.

무슨 일이 일어난 거지? 누가 이런 신성모독을 저지른 걸까?

신과 여신의 조각상들이 움직이더니 생명을 얻었다.

황제는 너무 놀라서 움직일 수도, 말을 할 수도 없었다.

"시간이 많지 않아, 라긴."

투투티카 신의 목소리는 익숙하면서도 낯설었다. 쿠니는 그녀의 고향인 '아름다운 섬'에 흐르는 잔잔한 개울들의 울림에 더불어 덤불과 관목으로 가득한 먼 평야의 갑작스러운 홍수처럼 더 거칠고 덜 예측 가능한 무언가의 울림도 들린다고 생각했다.

"제가 '아무것도 뜨지 않는 강'을 건널 참입니까?"

"맞아."

라파 신이 얼음장처럼 차가운 목소리로 짤막하게 대답했다.

"제겐 아직 할 일이 너무 많습니다. 다라가 위협받고 있습니다, 라파님!"

"모두가 시간을 더 달라고 애원해." 카나 신이 타오르는 태양처럼 뜨겁고 폭발하는 화산처럼 조급한 목소리로 말했다. "마피데레도 마찬가지였어."

"위대한 영웅의 임무는 결코 끝나는 법이 없어."

친절한 목자이자 치료자인 루피조 신이 말했다. 그가 손을 흔들자 쿠니는 불안감이 조금은 가라앉는 것을 느꼈다.

쿠니는 그 말에 자부심과 슬픔을 동시에 느꼈다. 다라의 신들은 그를 위대한 영웅으로 선언했지만, 그는 결코 꿈을 이루지 못할 것이다. 그게 세상이 돌아가는 이치였다, 안 그런가? 아무리 신중하게 계획을 세워도 운명이 개입했다.

"제 선택이 옳았습니까? 제가 제왕의 위엄이었습니까?"

신들의 대답을 기다리는 동안 쿠니의 심장이 쿵쾅대며 뛰었다.

"넌 흥미로운 삶을 살았다." 깃털과 가죽으로 된 날개의 박동 소리처럼 들리는 키지 신의 목소리가 말했다. "넌 구름 위 바람을 타고 민들레 홀씨처럼 높이 날아올랐고, 파도 아래 깊은 곳의 물살을 항해하는 크루벤만큼이나 깊이 잠수했어."

"넌 마지못해 배신했고, 열정적으로 사랑했고, 자녀와 아내 들의 애정을 희생했다. 좋은 아버지이자 남편이었다. 폭군을 물리쳤고, 다라에 평화를 가져왔다. 너 때문에 수천 명이 죽었고, 너 때문에 수백만 명이 구원을 받았다. 경쟁하는 이해관계의 균형을 맞추고 수용하려고 노력했고, 목소리 없는 사람들을 대변하고 힘없는 사람들을 위해 힘을 행사하려고 노력했다." 눈먼 전쟁의 신이자 '모든 아버지'의 곤봉을 든 처녀이기도 한 피소웨오가 말했다. "넌 세상이 완벽하지 않다는 것을 알지만, 완벽해질 수 있다는 믿음을 멈추지 않았어."

"하지만 다라는 변하고 있어." 현명하고 교활하며 계산적이면서도 불확실한 면모의 책략가 짝패인 루소-타주 신이 말했다. "필멸자와 불멸자 모두에게 변화는 유일한 상수야. 새 시대는 새 영웅을 필요로 해. 새로운 조종사가 다라를 데리고 폭풍의 벽을 통과해야 하고."

쿠니는 신들 앞에 무릎을 꿇었다.

"역사의 심판을 따르겠습니다."

"영원한 폭풍 안으로 당당히 들어가도록 해라."

모든 신들이 함께 말했다.

쿠니는 눈을 떴다.

그는 녹슨 못을 살에 박아 넣은 순간부터 이 기회를 기다려 왔다. 그는 류쿠족이 자신을 우리에 가두지 못하도록 스스로를 병나게 만들어 기습적인 요소를 확보하자는 계획을 세웠다. 류쿠족의 협상 대상물로 이용당하는 상태에서 벗어나고 싶었고, 사랑하는 사람들과 한 번 더 가까이에 있고 싶었고, 말을 전하고 싶었다.

갑자기 힘이 솟구치며 쿠니는 자신을 붙잡고 있던 류큐 경비대원들을 밀어내고 갑판을 따라 가장자리에 가 닿을 때까지 몸을 굴렀다. 쿠니는 뱃전에 올라탔고, 좁은 난간 위에서 흔들리면서도 간신히 배 밖으로 굴러떨어지지 않게 몸을 멈춰 세웠다.

류큐 경비대원들은 소리를 질렀지만, 쿠니가 손을 놓아 버리고 눈앞에서 자살할까 봐 아무도 감히 다가가지 못했다.

다라의 전사들은 공중에서, 땅에서, 바다에서 숨을 죽였다.

사위가 너무나도 조용했다. 파도조차도 잠시 끊임없이 중얼거리는 소리를 낮추는 것 같았다.

"다라 사람들이여!"

쿠니는 온 힘을 다해 외쳤다. 페큐가 함대 대원들에게 명령을 내릴 수 있도록 배 옆에 두었던 전성관은 여러 개의 관들을 통해 주 돛대 꼭대기에 있는 뼈 나팔과 연결되어 그의 목소리를 증폭시켰다. 쿠니의 목소리는 바람을 타고 멀리까지 전달되었다.

"나는 살아오면서 죄를 지었다. 무고한 남성과 여성 들이 있지도 않은 죄로 죽어 가는 것을 방관했고, 힘없는 사람들이 고통받는 것을 지켜보면서도 다른 날을 위해 힘을 비축했다. 내가 위대한 선(善)이라고 믿었던 것을 위해 형제처럼 아끼던 사람을 배신하기도 했고, 과거에 나를 괴롭혔던 사람들에게 사소한 복수를 하기도 했다. 먼 미래의 이상을 위해 당장의 희생을 감수할 수 있다고 생각하며 장기적인 관점에서 결정을 내린 적이 너무 많았다."

현기증이 밀려와 쿠니는 잠시 말을 멈춰야 했다. 그는 자신이 다시 주디 성벽 위에 서서 탄노 나멘이 이끄는 자나군을 내려다보고 있는 것인지, 아니면 그보다 나중에 패왕의 힘에 맞서 살육과 어둠 너머의 세계로 가는 길을 보기 위해 고군분투하고 있는 것인지 확신할 수 없었다.

"인생은 모름지기 실험이지만, 어떤 정당화도 요구하지 않는, 순수한 목적을 가지는 순간이 있다. 오늘, 다라는 그 무엇과도 비교할 수 없는 어두운 폭풍의 위협을 받고 있다. 노예와 항복을 정당화할 수 있는 장기적인 관점은 없다. 죽음과 노예의 처지가 유일한 대안이라면 무엇이 옳은 선택인지 우리 모두는 알고 있다고 난 믿는다."

아버지가 자녀들을 위해 모든 전쟁을 치르는 것은 불가능했다. 이제 다음 물결이 해안가로 밀려올 때였고, 다음 세대가 일어나고 신뢰를 받을 때였다.

"난 세라 황녀를 후계자로 지명한다. 그리고 지아 황후는 세라가 통치할 준비가 될 때까지 섭정이 될 것이다. 침략자들이 바다로 쫓겨날 때까지 다라의 모든 사람은 끝까지 저항할 것을 명령하노라!"

쿠니는 이제 매우 어지러웠다. 힘이 다한 상태였다. 그는 아래를 내려다보았고, 마타 진두가 그의 연설이 훌륭했음을 인정하듯 바다 밑에서 미소 지으며 손을 흔드는 것이 보였다.

"고마워, 형제."

그가 속삭였다.

그러고는 손을 놓았다. 쿠니의 몸은 파도 속으로 고꾸라져 다시는 올라오지 않았다.

해안가 동굴의 숨겨진 전망대에서 황궁 경비대 소속 소규모 분견대에 둘러싸인 채 이 장면을 지켜보고 있던 세라는 아버지의 연설을 들었고, 놀란 선원들의 외침이 페큐의 기함에서 울려 퍼지는 동안 그의 죽음을 목격했다.

그녀는 충격과 슬픔에 울음을 터뜨리지 않으려 긴 소맷자락을 입에다 밀어 넣고 세게 깨물었다. 하지만 그녀는 이제 다라의 여자 황제가 되었다. 황제는 울면 안 되는 거였다.

그녀는 비행함을 타고 올라갈 수 있었더라면 좋았을걸 하고 생각했다. 그랬다면 조미와 함께 고안한 신무기를 휘두르며 페큐 텐료를 직접 죽일 수 있었을 텐데.

제59장

자틴만 전투(1부)

자틴만

사해평치 12년 10월

폭풍이 몰아치기 전의 고요.

도시선 갑판의 류쿠 전사들은 곤봉과 도끼를 서로 부딪치며 우레와 같은 소음을 만들어 냈다. 기수들이 함성을 내지르자, 가리나핀들이 앞다리를 들어 올리며 일어나 날았다.

"궁수들, 자신의 판단에 따라 사격하라!"

다피로가 명령을 내렸고, 깃발 신호로 다른 비행함들에도 그 명령이 전달되었다.

궁수들은 선체 입구에 웅크리고 앉아 화살을 쏘았다. 대부분의 화살은 과녁에 훨씬 못 미쳤다. 몇 개는 가리나핀의 거친 가죽에 맞았지만 아무런 해를 입히지 못하고 튕겨 나갔다.

가리나핀 기수들은 웃었다. 탄바나키가 요령을 가르쳐 주긴 했지만, 그래도 화염방사기에 정말로 대처하기는 어려웠을 것이다. 하지만 비행함들이 가진 무기라고는 보잘것없는 화살뿐인 듯했다. 바람에 살랑살랑 흔들리는 거대한 접시 모양의 비행함들은 쏘는 능력이 없는 부드러운 해파리일 뿐이었다.

접근해 오는 가리나핀 기수들의 거만한 표정을 지켜보며 다피로미로는 쓴웃음을 지었다. 페큐 텐료가 자신의 진정한 힘을 위장해서 목적을 거듭 달성했듯이 이제는 원수도 똑같은 일을 하고 있었다.

각각의 비행함에서는 불투명한 비단 가림막 뒤에서 조준 임무를 맡은 병사들이 그들의 비밀 무기를 가까이 다가오는 야수들을 향해 조준했지만, 선장 그 누구도 발사 명령을 내리지 않았다. 모두가 숨을 죽인 채, '비단력 화살'호에서 깃발 신호가 오기를 기다렸다.

"기다려……. 기다려……."

긴 마조티는 중얼거렸다.

갑자기 탄바나키가 코르바의 목 뒤쪽을 세게 두드렸다. 거대한 가리나핀은 날개를 앞으로 휘저으며 제자리에서 맴돌았다. 페큐 텐료는 임신한 탄바나키에게 도시선의 안전한 갑판에서 전투를 지휘하는 게 어떻겠느냐고 제안했지만, 탄바나키는 간단히 무시했다. 임신이 움직임의 자유를 방해할 정도는 아니었던 데다, 그녀는 자기가 아닌 다른 사람이 교활한 적을 상대로 가리나핀들을 승리로 이끌 수 있을 거로 믿지 않았다.

다른 가리나핀들도 진행을 멈추고 비행함에서 조금 떨어진 곳에서 선회했다. 제국 비행함들이 거의 무장을 하지 않은 것으로 보였기 때문에 그녀는 함정이 있는 게 아닐까 의심했다.

먼저 시험해 보는 게 좋겠어.

탄바나키가 손을 흔들자 다른 가리나핀 한 마리가 제국 비행함 대형에 조심스럽게 다가갔다.

"기다려…… . 기다려…… ."

긴 마조티는 중얼거렸다.

다피로 미로는 손톱이 피부를 파고들 정도로 주먹을 꽉 쥐었다.

어느새 '비단력 화살'호의 선체만큼의 거리를 두고 다가온 가리나핀이 주둥이를 벌렸다. 비단 가림막 뒤에 있던 선원들은 긴장하며 발포 준비를 했다.

하지만 원수는 명령을 내리지 않았다.

선원들은 선체 입구에서 시야를 가득 채운 야수의 입이 점점 커지는 것을 지켜보았다. 죽음을 부르는 불이 언제라도 앞으로 뿜어져 나올 태세였다.

하지만 긴 마조티는 아무 말도, 아무런 몸짓도 하지 않았다.

비밀 전망대에서 세라는 가리나핀이 비행함과 충돌할 뻔하다 불꽃으로 된 혀를 내밀지 않고 마지막 순간에 방향을 틀어 멀어지는 모습을 보고는 비명을 지르지 않으려 손으로 입을 틀어막았다.

가리나핀이 도망치자 화살이 일제히 날아들었다.

탄바나키는 참았던 숨을 내쉬었다. 제국 비행함의 빈약한 무장은 뚫을 수 없는 가죽을 가진 야수들 대신 기수들을 노리는 계획으로 설명될 수 있었다.

하지만 다라가 발사형 무기에 능숙하다는 점을 알았던 기수들은 이 전술에 대비가 되어 있었다. 그들은 지금 모두 두꺼운 가죽으로 만든 갑옷을 입고 있었다. 야수의 거대한 날개가 만들어 내는 강력한 소용돌이 기류 때문에 화살 대부분은 과녁을 빗나갔다. 기수들을 맞힌 몇 개의 화살은 해를 끼치지 못하고 낙하했다.

안전한 거리에서 가리나핀을 타고 선회하며 이 장면을 지켜보던 류쿠 기수들은 환호했고, 아래편의 도시선 갑판에 모여 있던 전사들도 함께 기뻐했다. 칭송받는 다라의 원수는 어떻게든 부양용 기체의 다른 공급원을 찾아냈지만, 가리나핀을 상대로 효과적인 전술을 생각해 내지 못했다. 류쿠족의 승리가 확실했다.

"원수님은 대체 무슨 생각을 하시는 거지?"

불안해진 세라가 중얼거렸다.

그녀의 머리 위에 떠 있는 '모지의 복수'호에서는 불안에 떠는 선원들이 서로 귓속말을 했다.

"왜 무기를 쏘지 않는 거지?"

"원수님은 뭘 하시는 거야?"

선장인 조미 키도수는 침착성을 유지하며 그들을 안심시켰다.

"제국 비행함들에는 기습적인 요소가 있지만, 그건 아주 잠깐입니다. 원수님은 우리의 무기를 공개하기 전에 가능한 한 많은 가리나핀이 사정거리 안에 있도록 만들어야 합니다. 그 순간적인 우위를 유지하는 데 필요하다면 기꺼이 자신의 비행함을 희생할 것입니다.

우린 원수님의 명령을 기다려야 합니다."

사실 조미 키도수의 말은 절반만 맞았다. 긴 마조티는 가리나핀의 열린 턱을 들여다보며 도박을 했다.

다피로 미로가 탄 아뒤섬에서 돌아와 조미 키도수와 다른 학자들에게 아뒤인들의 불 막대를 보여 준 후, 그들은 가리나핀의 신비한 해부학적 특징을 겨우 이해하게 되었다.

가리나핀의 치열은 보통의 초식동물에서 기대할 수 있는 것과 일치했다. 여섯 개의 앞니는 길고 칼처럼 생겨서 질긴 풀과 관목을 부러뜨리고 자를 수 있었고, 서른두 개의 작은 어금니와 어금니는 평편한 데다 고랑이 만들어져 있어서 섬유질이 많은 먹이를 잘게 부술 수 있도록 설계돼 있었다.

무시무시한 위쪽 송곳니도 해부학자들에게는 그리 놀라운 것이 아니었다. 수초를 뜯어 먹는 초승달섬의 갈색 말을 비롯한 많은 초식동물이 방어와 영역 싸움을 위해 크고 무시무시한 송곳니를 가졌기 때문이다. 가리나핀이 항상 불을 뿜을 수는 없다는 점을 고려할 때(체내 주머니에 발효성 기체가 충분히 저장되지 않았을 때는 특히나 그랬다), 송곳니도 비슷한 용도로 사용되었을 것으로 생각할 수 있었다.

조미와 사미, 메코데, 그리고 학자들을 진정으로 당황하게 한 것은 아래 송곳니였다. 가리나핀의 윗송곳니가 거대한 단검을 연상시킨다면 아래 송곳니는 칼집과 흡사했다. 속이 빈 관 모양인 이 송곳니 각각은 짝이 되는 윗송곳니와 완벽하게 맞물렸고, 아래쪽 잇몸으로부터 빠져나오는 곳 근처에 좁고 기다란 구멍이 뚫려 있어서 치아에 고인 액체가 빠져나가게끔 되어 있었다. 이는 음식물 입자들을 가두어 충치를 유발할 것으로 보였다.

실제로, 윗송곳니마다 끝부분에서 작은 구멍들이 발견되는 것으로 보아 문제가 있는 건 분명했다. 야수들이 윗송곳니를 아래 송곳니 안에다 넣어 둔 채 잠을 자고 음식물과 침이 밑바닥에 갇히면 송곳니 끝이 자연스럽게 썩게 되며 학자들이 관찰한 벌집 모양의 구멍이 생기게 되어 있었다.

하지만 탄 아뒤섬의 불 막대가 제공한 견본을 통해 학자들은 가리나핀의 독특한 송곳니가 부싯돌 역할을 한다는 사실을 마침내 깨달았다.

윗송곳니의 구멍에 마른 풀 조각이 끼여 불쏘시개 역할을 한 것이었다. 가리나핀은 다시 불 숨을 내쉬고 싶을 때 혀를 앞으로 내밀어 아래 송곳니의 구멍을 막고 밀폐했다. 가리나핀이 주둥이를 턱 하고 닫으면 윗송곳니가 아래 송곳니에 가서 부딪히는 힘과 속도가 속이 빈 송곳니에 갇힌 공기를 압축했다. 아뒤인들의 불 막대와 대나무 관의 경우와 마찬가지였다.

그 결과, 송곳니 끝 부싯깃에 불을 붙이는 극심한 열이 만들어졌다. 가리나핀이 입을 벌리고 폐에서 내쉬는 날숨과 체내 주머니들의 인화성 발효 기체를 섞어서 내뿜으면, 그 내뿜은 숨 줄기에 불이 붙었다. 이것이 가리나핀 불 숨의 비밀이었다. 조미 키도수와 학자들이 자주 주목했듯이, 가리나핀이 불을 내뿜기 직전에 항상 입을 다물고 있는 이유가 바로 여기에 있었다.

'비단력 화살'호에 탑승한 채 가리나핀이 비행함을 향해 돌진하는 모습을 유심히 지켜보던 긴 마조티는 접근해 오는 가리나핀의 콧구멍들이 벌어져 있지 않다는 점을 알아차렸다. 가리나핀이 불을 준비하기 위해 심호흡하고 있지 않다는 뜻이었다. 게다가 가리나핀은 턱을 벌리고는 있었지만, 큰 불꽃을 일으키기 위해 최대한의 힘으로 턱을 닫기 직전에 하듯이 크게 벌리고 있지는 않았다.

다시 말해, 모든 징후가 그 가리나핀의 행동이 허풍임을 가리키고 있었다. 그것은 시험이었다.

원수가 도박한 것은 분명했지만, 루안 지아와 쿠니 가루가 모두 인정할 만한 계산된 위험이었다. 어쨌거나 그녀의 전략서에 적힌 대로 적을 아는 것이 전투의 절반 이상이었다.

제국 비행함이 겉모습만큼이나 서툴다는 것을 확인한 가리나핀들은 화려하지만 쓸모없는 거인들을 쉽게 처치할 수 있다는 자신감으로 무장한 채 공격에 나섰다. 류쿠 전사들은 긴펜을 습격할 수 있도록 더 빨리 해안에 도착하기 위해 도시선의 노잡이 역할을 하는 다라 농민들을 채찍질로 재촉했다.

긴펜 항구에 모습을 드러낸 다라 해군이 그들을 차단하기 위해 이동했다. 원수의 계획은 비행함으로 가리나핀들을 저지하고 류쿠 함대의 상륙을 막아서, 민첩한 다라 해군이 거대한 도시선에 최대한 피해를 입힐 기회를 주는 것이었다. 물론 이 계획의 성공 여부는 전적으로 하늘에서 벌어지는 공중전에 달려 있었다.

가리나핀들이 비행함 무리에 접근하며 스무 개의 턱을 활짝 열었고, 힘을 아끼기 위해 날개를 천천히 신중하게 퍼덕였다.

"기다려……."

긴 마조티의 두 눈은 냉정하고 침착했다. 그녀는 나아로엔나의 손잡이에 손을 얹었다. 그 검은 선체의 전용 거치대에다 두어야 할 정도로 무거웠다. 그녀는 거대한 흰 구렁이를 죽였던 쿠니 가루의 옛 검이 그리웠다.

오늘도 제왕의 위엄을 보이며 거대한 야수들을 처치할 수 있을까?

등 뒤쪽으로 보이지 않는 기계의 힘이 느껴졌다. 그 힘에 등골이 오싹해지고 머리가 쭈뼛 서는 것 같았다.

그녀는 끙 하는 신음과 함께 '의심을 종결짓는 자'를 칼집에서 꺼내 머리 위로 들어 올렸다.

"상자 대형으로, 지금 당장!"

다피로 미로는 근처에 있는 징으로 뛰어갔고, 징을 크게 세 번 쳐서 선체와 위쪽 선체의 나머지 선원들에게 명령을 전달했다. 신호 장교들은 깃발 신호로 주변 비행함들에 같은 명령을 전달했다.

비행함들에 탑승한 모든 남녀가 거대한 선체의 복잡한 내부 골격 위를 분주히 오갔고, 부푼 부양용 기체 자루 아래로 몸을 숙인 채 삭구를 조정하고, 손잡이를 돌리고, 바퀴를 돌렸다. 그리고 숨겨진 기계를 작동해 비행함의 참모습을 드러내는 데 필요한 복잡한 일련의 동작을 수행했다.

병사들은 새로운 방적 뱃노래에 맞춰 거대한 권양기의 바큇살을 힘주어 밀어 두꺼운 비단 줄을 감았다. 선체 뒤에 매달려 바닥짐 역할을 하는 거대한 도자기 공이 서서히 움직이기 시작하면서 무게 중심이 바뀌자 비행함들이 공중에서 상하좌우로 요동쳤다.

가운데에서 마름모꼴 대형으로 날고 있던 넉 대의 비행함('키지의 혼'호, '투투티카의 심장'호, '피소웨오의 결의'호, '쌍둥이의 활력'호)은 바다짐 공을 비행함 뒤편으로 옮기면서 꼬리 부분이 맨 아래로 내려올 때까지 머리 부분이 위쪽으로 기울어지게 했다. 넉 대의 비행함에 탑승한 노잡이들은 비행함들이 서로 등을 대면서 상자 모양을 형성할 때까지 깃털 달린 노를 힘차게 저었고, 이제 수직으로 세워진 선체들은 마치 부푼 비단이 만든, 깎아지른 듯 가파르게 떠 있는 절벽의 중간쯤에 세워진 작은 성들처럼 보였다.

아래에서 날고 있던 '모지의 복수'호는 높이 솟아올라, 위에 떠 있는 벽들의 아래쪽 가장자리에 가 닿아 상자의 바닥을 형성했다.

맨 위 '비단력 화살'호는 더 놀라운 변신을 했다. 바닥짐 공은 배가 완전히 전복될 때까지 움직였는데, 그러자 공은 허공에 대롱대롱 매달렸고, 선체는 맨 위로 올라가 있었다. 배가 전복되면서 마조티 원수와 선체에 탑승한 다른 모든 선원은 기우는 바닥과 벽을 따라 움직였고, 이제는 그전에 천장이었던 곳에 서 있게 되었다. 그러고 나서 '비단력 화살'호는 부푼 선체가 다른 배들과 합쳐지며 상자의 꼭대기를 형성할 때까지 천천히 하강했다.

모든 비행함의 노잡이들은 접을 수 있게 만들어진 깃털 달린 노들을 거두어들였다. 접시 모양의 선체 가장자리에 배치된 많은 선원이 비행함을 서로 묶기 위해 벌어진 틈 사이로 삭구를 던졌다.

이제 여섯 대의 비행함은 선체가 사방으로 향하는, 공중에 떠 있는 요새를 형성했다. 이 구조는 비행함의 가장 큰 약점 중 하나였던 위쪽과 아래쪽 공격에 대한 취약성을 해결해 주었다. 이것은 쿠니 가루가 루이섬을 침공했을 때 기동력이 뛰어난 가리나핀 기수들이 이용했던 약점이기도 했다.

그러고 나서 선체의 바닥들이 떨어져 나갔다.

아래쪽 도시선에 타고 있던 류쿠 전사들은 비행함 선원들이 선체에서 떨어질 것이라고 예상했다. 하지만 그 선체들은 장식 이상의 목적으로 설계된 것이 아니었기 때문에 그들의 예상은 빗나갔다. 선체의 유일한 기능은 감추는 데 있었다.

소박한 선체들과 작은 인간 궁수들 대신 선체 전체 폭을 가로지르는 거대한 석궁이 다가오는 가리나핀들을 겨누고 있었다. 석궁은 나무, 뿔, 힘줄을 여러 겹으로 엮어서 만들었고, 시위는 비단을 꼬아 만든 굵은 가닥으로 만들어졌다. 활은 바퀴와 톱니바퀴, 도르래로 이루어진 한 체계적인 장치로만 당길 수 있을 정도로 튼튼했는데, 선원들이 앞서 노래를 부르며 바퀴를 돌릴 때 사용한 기계 장치가 바로 이것이었다.

석궁이 쏘아 보내는 화살들은 각각 15미터 길이로, 피소웨오산에 있는 구름이 많은 숲의 거대한 대나무로 만들어졌다. 30센티미터나 되는 화살촉들은 1000번 두드린 강철로 만들어져 밝은 햇빛을 받으면 크루벤의 비늘처럼 반짝였다. 아까 교란용으로 쏜 약한 화살들이 아니라 이것이 비행함의 진짜 이빨과 발톱이었다.

석궁은 어느 방향으로든 조준할 수 있는 기계 장치에 장착되어 있었다.

각 선체는 하나의 커다란 원형 부표를 숨기고 있었는데, 그것은 부표 한가운데를 가로지르는 수평 장대의 양 끝부분과 연결된 아치형 보에 매달려 있었다. 그렇게 해서 원형 부표를 위아래로 자유롭게 기울일 수 있었다. 도르래와 밧줄로 된 영리한 장치 덕분에 비행함이 어떻게 요동을 치더라도 원형 부표는 항상 지면과 평행하게 유지되었다.

각 원형 부표에는 중심축을 바탕으로 자유롭게 회전할 수 있는 거대한 수평 바큇살 바퀴가 놓여 있었고, 이 바퀴에 석궁이 장착되었다. 일부 선원들은 바퀴 위에 서서 화살을 장전하고 시위를 당겼고, 다른 선원들은 바퀴 테두리에 서서 바큇살을 회전시켜 석궁이 평면의 어느 방향이든 가리키게 할 준비를 하고 있었다. 또 다른 선원들은 비행함 선체 내부에 서 있으면서 도르래를 작동시켜서 원형 부표를 기울이고 석궁의 높이를 변경할 준비를 했다.

가리나핀 기수들은 이 떠 있는 요새가 드러낸 비밀을 보고 순간적으로 가슴이 서늘해졌다.

탄바나키는 잠깐 망설였지만, 공격 명령을 취소하지는 않기로 했다. 화살이 강력해 보이긴 했지만, 가리나핀의 가죽과 근육을 관통한다 해도 심장부를 맞추지 못하면 치명적일 수 없었다. 그것은 비행 속도와 짐승들의 강인함을 고려하면 쉬운 일이 아니었다. 비행함들은 가리나핀이 불을 내뿜기 전에 단 한 번의 일제 사격만 가할 수 있고, 가리나핀의 수가 비행함보다 세 배 이상으로 많다는 점을 고려하면 분명 제국군이 불리한 상황이었다.

하지만 그녀는 코르바의 목 뒤쪽을 가볍게 두드리며 속도를 늦추라고 지시했다. 그녀는 뼈로 만든 전성관을 가리나핀의 척추에 대고서 일련의 명령을 내렸고, 코르바는 그것들을 신음과 우렁찬 소리로 동료 가리나핀들에 전달했다.

가리나핀들은 접근하면서 각기 다른 분대로 나뉘어 방향을 틀었고, 떠 있는 요새의 왼쪽, 오른쪽, 위쪽, 아래쪽으로 향했다. 탄바나키는 민첩한 가리나핀들의 공중에서 추는 춤이 거대한 화살을 조준해야 하는 선원들을 혼란스럽게 하고 주의를 분산시키기를 바랐다.

하지만 마조티는 이에 대비하고 있었다. 그녀는 명령을 내렸다.

"발사 모양 1번."

다피로 미로는 징을 두 번 연속으로 쳐서 주변 비행함들에 명령을 전달했다.

원형 부표가 기울어지고 바퀴가 회전하면서 이제 모든 비행함이 제각각 표적 탐지기의 왼쪽에 있는 가리나핀을 조준했다. 이렇게 하면 가리나핀 한 마리에 여러 발의 화살을 낭비하는 가능성을 최소화하고 아군에 대한 오발 사격의 가능성을 줄일 수 있었다.

팅 하는 큰 소리와 함께 비행함들에서 긴 대나무 화살 다섯 개가 발사되어 가리나핀 다섯 마리를 향해 날았다. 가리나핀들이 떠 있는 요새를 완전히 포위하지 않아 남쪽을 향하고 있던 '쌍둥이의 활력'호만이 목표물이 없었다.

가리나핀 기수들은 화살들이 어느 정도 피해를 줄 것으로 예상은 했지만, 화살들이 쉽사리 질긴 가리나핀 가죽을 뚫고 두꺼운 근육 다발을 찢어 버리는 장면에는 충격을 받았다. 이것은 화살촉의 구조를 개선한 결과였는데, 화살촉 끝에 금강석이 박혀 있었다. 지아 황후는 재무부의 자금을 총동원해서 남작의 성만큼이나 비싼 화살촉을 만들 만한 금강석을 원수의 작업실에 공급했다.

시간이 느려지는 것 같았다.

화살들이 몸을 찢어발기자, 가리나핀들은 빠르게 힘을 잃고 속도가 줄었다. 가리나핀들은 고통에 울부짖고, 몸서리치고, 제멋대로 이리저리 움직였고, 등에 올라탄 기수들은 온 힘을 다해 가리나핀에 매달려야 했다.

하지만 탄바나키의 도박대로 화살들은 가리나핀들을 다치게 했을 뿐, 어느 것도 가리나핀의 심장을 관통하지 못했고 상처도 치명적이지 않았다. 화살을 맞은 가리나핀들은 뱀과 같은 긴 목을 감아서 이로 화살을 빼내기만 하면 되었다.

이제 추진력 대부분을 잃은 화살들은 거대한 야수들 몸 안으로 더 깊이 파고들지는 못했다. 대나무 화살대들이 비틀렸다. 그것들 내부에서 무언가 부러지는 것 같았다.

그 순간, 화살을 맞은 가리나핀들은 마치 거대한 손이 몸속으로 들어와 내장을 움켜쥐고 힘껏 잡아당기는 듯한 깊고 강력한 전율을 느꼈다. 그다음에는 차갑지도 아프지도 않은, 일종의 퍼져 나가는 나른함과 같은 이상한 감각을 느꼈다.

둔중하고 낮은 폭발음.

화살을 맞은 가리나핀들은 모두 약간 부풀어 오르는 것처럼 보였다. 가리나핀들은 날갯짓이 느려지는 가운데 무기력하게 동료들을 바라보았다.

"무슨 일이야?"

탄바나키가 소리쳤다. 하지만 화살을 맞은 가리나핀들의 기수들은 당황한 표정이었다. 탈것들이 더 이상 명령을 따르지 않았다. 발작적으로 힘겹게 날개를 펄럭여 대는 가운데 동공이 없는 검은 눈에는 공포가 역력했다.

그리고 바로 그 순간, 가리나핀 다섯 마리가 폭발하며 다섯 개의 불타는 피 구름 덩어리로 변했다. 깜짝 놀라 멍해진 채 이 환상적인 광경을 바라보는 류쿠 전사들에게 살과 뼈, 가죽, 내장, 선혈이 비처럼 쏟아져 내렸다.

죽어 가는 가리나핀들의 불길로 하늘이 붉게 물들고 피의 안개가 희미하게 주변으로 쏟아져 내리자, 세라는 이 광경을 지켜보던 사람들 가운데 가장 먼저 기쁨에 겨워 펄쩍펄쩍 제자리에서 뛰었다.

황궁 경비대원이 경고했다.

"황녀님, 엎드려 계십시오! 저들이 황녀님을 주목하면 안 됩니다. 특히나 지금은……."

그가 말을 마치기도 전에, 그리고 세라가 대답하기도 전에, 해안가에 있던 수비병들의 환호성이 파도처럼 그들을 덮쳤다.

그 대나무 화살은 보아마 거리의 마술사이자 순회 치료사인 미자 크룬이 만든 것이었다.

속이 빈 대나무 화살대의 다이아몬드로 장식된 끝부분 바로 뒤편에는 오게 항아리가 들어 있었다. 안팎으로 은을 얇게 입힌, 아주 얇은 유리로 만들어졌는데, 비단력을 유지할 수 있는 가장 큰 통과용 표면을 제공하기 위한 것이었다.

미자 크룬은 내장된 오게 항아리에 최대한 많은 비단력을 불어넣기 위해 중심에 약 3미터 크기의 유리 원반을 가진 거대한 비단력 발전기를 설계했다. 아마도 다라 역사상 가장 큰 유리 조각이었을 것이다. 다라 제도에서 가장 뛰어난 실력을 자랑하는 유리 직공들이 수많은 시도를 거듭하며 수많은 시제품을 깨고 부순 끝에 발전기 개발에 성공할 수 있었다. 원반은 경질 수목 축에 고정되어 풍차로 구동되는 줄과 톱니바퀴로 된 기계 장치로 회전했다. 두꺼운 비단 천을 촘촘히 감아서 만든 문지름용 기기를 유리에 대고 누르면 비단력이 발생했고, 이 힘은 은으로 된 두꺼운 사슬을 통해 오게 항아리로 전달되었다.

대나무 화살들은 가리나핀들의 두꺼운 몸을 관통한 다음 비틀리고 구부러졌고, 오게 항아리가 깨지면서 비단력이 방출되었다.

미자 크룬이 실험한 결과로는, 그런 큰 오게 항아리에서 방출되는 충격만으로도 작은 동물의 심장을 멈추게 할 수 있었다. 하지만 화살이 거대한 가리나핀의 심장에 박히지 않는 한 비단력 화살로만 살상하는 건 확률이 낮은 일이었고, 원수가 기꺼이 모험을 감수할 만큼은 되지 않았다.

하지만 조미 키도수는 미자 크룬의 도움으로 비단력 화살을 개선하는 방법을 찾아냈다.

각각의 화살 안에 든 오게 항아리 바로 뒤편으로는 속이 빈 대나무 줄기에 폭죽 가루가 꽉 차 있었다. 비단력 방출에서 시각적으로 가장 인상적인 효과 중 하나는 번개와 같은 불꽃이 발생하는 것이었다. 두 기술자는 이 불꽃이 폭발을 일으키는 데 사용될 수 있음을 깨달았다.

다라 전쟁의 연대기에서 폭죽 가루를 쓰는 건 낯선 일이 아니었다. 예를 들어, 토룰루 페링은 폭발물을 가득 채우고 타르로 막을 입힌 떠다니는 등불을 고안했다. 그것들은 비행함 선체에 들러붙은 다음 천천히 타는 도화선으로 작용하여 폭발을 일으킬 수 있었다. 다른 학자들은 가리나핀들에 대항하여 이 설계를 채택할 것을 제안했지만 여러 가지 어려움으로 인해 이 계획은 중단되었다. 타르를 기반으로 한 부착식 폭탄은 야수의 가죽에서 폭발해도 표면적인 피해만 입히기 때문에 쓸모가 없었다. 반면에 깊이 관통하는 화살에 천천히 타는 도화선을 부착하면 가리나핀들이 대나무 대를 뽑아낼 시간을 벌어 줄 수 있었다.

게다가 비단력 불꽃은 완벽한 방아쇠였다. 비단력이 방출되면 가리나핀에 충격을 주어 일시적으로 마비시킬 뿐만 아니라, 폭탄이 가리나핀 내부에 깊숙이 박히는 바로 그 순간에 불꽃이 일어나기 때문이었다.

그렇지만 대나무 대에 치명적인 상처를 입힐 만큼의 폭죽 가루가 들어가리라고 상상하기는 어려웠다. 그래서 가리나핀 해부학에 관한 한 다라의 최고 권위자 중 한 명인 아사로 예는 비단력 화살들의 파괴력을 강화하는 또 다른 방법을 고안해 냈다.

그는 가리나핀들은 불이 붙기 쉬운 발효성 기체 자루를 감싸고 있는 두꺼운 살덩어리라고 지적했다. 오게 항아리의 방전으로 인한 폭발이 기체 자루로 전달될 수만 있다면…….

그런 이유로 비단력 화살들은 끝부분이 비어 있고, 그 안을 얇은 못들이 채우고 있었다. 그렇게 하면 폭죽 가루가 폭발할 때 그 못들이 화살을 맞은 가리나핀의 내장으로 향하는 수백 개의 구멍을 뚫어 주고, 그 결과 체내 기체 자루 중 하나가 파열되어 몸 안에서 불붙는 폭발이 연쇄적으로 일어날 가능성이 극대화되었다.

원수는 세라의 공학 기술단의 독창성에 큰 감탄을 표했다.

"조미의 공이 가장 커요."

황녀가 말했다.

"어떻게 그렇게 짧은 시간에 그런 창의적인 무기를 생각해 냈지?"

원수가 물었다.

"필요하기 때문입니다." 조미가 대답했고, 그런 다음 설명을 덧붙였다. "공학은 아노 표의 문자의 진화한 것과 매우 유사합니다. 우리는 새 목적을 달성하기 위해 기존 구성 요소를 조합하고, 오래된 발상들을 재활용하여 새로운 무언가를 표현합니다."

"내 옛 친구가 했던 말처럼 들리는군."

조미는 고개를 끄덕였고, 두 사람은 조미에게 공학과 고전 아노어의 아름다움을 이런 관점에서 바라보도록 가르쳐 준 루안 지아지를 떠올렸다.

"그 사람이 널 매우 자랑스럽게 생각할 거다."

"그리고 그는 원수님이 해낸 일에 감탄할 것입니다. 우리가 자질구레한 것들을 끌어모아 새 무기 체계를 만든 것처럼, 원수님께서는 거리의 마술사, 황녀, 실패한 반란군, 저명한 학자, 수치를 당한 관리 등 아무도 함께 어울릴 수 없다고 생각했던 사람들을 모아 진정한 한 조직으로 구성했습니다."

탄바나키는 가리나핀 다섯 마리가 순식간에 파괴되는 모습을 믿을 수 없다는 듯 지켜보았다. 그녀는 즉시 전성관을 코르바의 목덜미에 대고 퇴각을 명령하기 시작했다.

하지만 그녀 아래편 멀리 떨어진 바다 위에 있는 '우큐의 자부심' 호의 갑판에서 고막을 찢을 듯 날카롭고 길게 이어지는 뼈 나팔 소리가 울렸다. 가리나핀 기수들에게 어떤 대가를 치르더라도 공격에 나설 것을 명령하는 소리였다.

탄바나키는 아래를 내려다보았고, 배 안을 허둥지둥 오가는 사람들 가운데 냉정하고 단호하며 냉혹한 아버지의 눈빛을 쉽게 찾아낼 수 있었다.

내가 가리키는 곳이면 넌 어디든 공격해야 한다.

탄바나키는 한숨을 내쉬었고, 코르바의 목에 전성관을 눌러 다시 공격할 것을 명령했다. 하지만 그녀는 코르바에게 추가로 명령을 내려 가리나핀 무리의 뒤편으로 처져 있으라고 지시했다.

비행함에서 환호하던 선원들도 가리나핀 기수들의 용기에 감탄하지 않을 수 없었다. 많은 동료가 죽었음에도, 그들은 멍해 있는 탈 것들을 규합하고 주위를 한 바퀴 선회한 다음, 두 번째로 비행함을 공격하는 데 주저하지 않았다. 비행함 선원들은 비단력 화살의 충격적인 위력에 류쿠족의 사기가 일시적으로나마 저하될 것으로 예상했다.

마조티 원수만이 그 반응이 놀랍다고 생각하지 않았다. 즉각적인 후속 공격은 사실 매우 적절한 전술이었다. 비단력 화살을 발사하는 기계 장치는 다루기가 거추장스러워 거대한 석궁을 재장전하는 데 시간이 걸렸기 때문이었다. 비행함들이 무방비 상태인 시점, 즉 화살을 발사한 직후의 소강상태는 공격하기에 완벽한 시기였다.

하지만 원수에게는 묘책이 하나 더 있었다.

"재갈병들, 위치로!"

다피로 미로는 징을 두드려 주변 비행함들에 원수의 명령을 전달했다.

선원들은 선체의 완만한 곡면을 기어오르고 깎아지른 듯한 가장자리를 타고 넘어, 전략적 위치에 설치된 화살 구멍으로 올라갔다. 그리고 공격할 준비를 하고 기다렸다.

가리나핀들은 사정거리 안에 있었다.

석궁은 비어 있었다.

가리나핀들의 턱이 넓게 벌어졌고, 불꽃을 만들어 내기 위해 주둥이를 다물 준비가 되어 있었다.

그리고 큰 일반 활에서 발사된 화살들이 화살 구멍에서 나와 가리나핀들의 크게 벌어진 주둥이를 향해 줄줄이 날아들었다.

가리나핀들은 그 화살들을 무시했다. 경험적으로 야수들은 일반 화살들이 자신에게 아무런 효과가 없다는 것을 알았다. 가시가 많고 질긴 관목 지대 초목을 먹는 데 익숙한 가리나핀의 입안 내벽은 다라 무기 대부분에 거의 면역이 되어 있었다. 가리나핀들은 더욱 빠르게 날개를 퍼덕대며 비행함과의 격차를 빠르게 좁혀 왔다.

많은 화살이 가리나핀들의 두꺼운 가죽에 가서 부딪혔고, 해를 입히지 못한 채 떨어졌다. 일부 화살은 열린 턱 안쪽에 가서 맞았다. 짐승들은 예상했던 대로 아무것도 느끼지 못했다.

하지만 그러고 나서 그들은 뭔가 잘못되었음을 깨달았다.

화살들은 가리나핀 구강의 딱딱한 내벽에 닿자마자 펼쳐지고 확장되기 시작했다. 마치 가지가 많은 나뭇가지 모양을 만들기 위해 몸을 펼치는 막대기 곤충처럼 화살들은 여러 부분과 버팀대로 갈라져 서로를 지탱해 주었고, 하품하듯 입을 벌린 가리나핀들의 치아들 뒤로 단단히 자리 잡았다.

이 접이식 대나무 마름쇠들은 제국의 루이섬 침공 당시 루안 지아지의 접이식 풍선과 기계식 크루벤에서 발사된 유령 비행함의 접이식 틀에 적용된 것과 동일한 원리를 바탕으로 설계되었다. 완전히 펼쳐지자 마름쇠들은 가리나핀들이 턱을 다물 수 없게 만들었다. 세게 깨물려고 하는 가리나핀들은 엄청난 고통을 감내해야 했다. 처량한 울부짖음이 허공을 가득 채웠다.

공중전을 지켜보던 다라 병사들과 선원들은 가리나핀들이 불을 내뱉지 못하고 달아나자 다시 환호성을 질렀다. 대나무 마름쇠들은 매우 단순한 장치였지만, 가리나핀에 대한 상세한 지식과 결합하자 야수들을 무장 해제시키는 데 성공했다.

일부 가리나핀 기수들은 탈것의 긴 목을 타고 올라가 대담하게도 마름쇠들을 손으로 떼어 내려 했지만, 그 교묘한 장치들은 그런 노력에 저항하도록 설계되어 있었다. 기수들이 전투용 곤봉으로 마름쇠들을 내리쳐서 깨부수려고 하자 고통스러워하던 가리나핀들이 화가 나서 고개를 세차게 흔들었다. 그 바람에 기수들은 가리나핀들에서 떨어져 나가 비명을 지르며 추락해 죽었다.

탄바나키는 기다릴 여유가 없다고 판단했다. 기수들이 마름쇠들을 제거하는 데 성공하더라도(그럴 가망성이 없어 보였고, 시간이 오래 걸릴 것 같았다) 지체되는 시간을 이용해 비행함들이 재무장할 것이기 때문이었다. 그녀는 비행함 선원들이 이미 거대한 석궁을 되감고 화살을 재장전하고 있는 모습을 볼 수 있었다.

그녀는 뼈로 된 전성관을 코르바의 목 뒤쪽에 대고 눌렀고, 절대 내릴 필요가 없을 거로 생각했던 명령을 내렸다.

발톱.

코르바는 구슬프고 큰 소리로 가리나핀들에 명령을 반복했다.

전통적인 가리나핀 전투에서 이건 절박한 상황에서만 내릴 수 있는 명령이었다. 발효성 기체가 거의 소진되어 비행이나 불을 유지할 수 없는 조종수만이 마지막 무기인 이빨과 발톱으로 하는 싸움에 의지했다. 지금 가리나핀들에는 이가 없었다.

하지만 바듀 공주의 명령이 완전히 무의미한 것은 아니었다. 어쨌든 비행함은 비단과 대나무로 만든 연약한 구조물이었고, 가리나핀의 갑옷처럼 튼튼한 가죽과 살이 없었다. 강력한 야수들의 직접적인 공격을 견디기란 거의 불가능했다.

대부분의 가리나핀들은 여전히 고통에 시달리고 있어서 명령에 반응하지 못했지만, 거대한 갈색 가리나핀 한 마리가 상자 대형의 벽을 형성하고 있는 비행함 중 하나인 '키지의 혼'호로 접근해 왔다. 그 가리나핀은 날개를 접은 채 발톱을 앞세우고 죽음의 급강하를 시도했다.

비행함 선원들은 더 빨리 석궁을 되감으려 노력했다. 갈색 가리나핀의 조종수는 날카로운 휘파람을 불었고, 가리나핀의 등에 탄 다른 기수들은 새총으로 단단하고 둥근 돌을 쏘아 댔다. 석궁을 조작하는 선원들 가운데 몇몇이 두개골에 쏘아진 돌이 박히면서 쓰러졌다. 다른 한 선원은 비명을 질렀는데, 그녀의 왼팔이 부러진 채 힘없이 매달려 있었다.

쓰러지거나 다친 전우들을 대신해 선체에서 여자들 몇몇이 나왔다. 화살 구멍으로부터 더 많은 화살이 날았지만, 대부분은 기수들의 튼튼한 가죽 갑옷에 맞고 힘없이 튕겨 나갔다.

"지금이야!"

조종수가 탈것의 목에 눌린 전성관에 대고 소리쳤다.

가리나핀이 힘찬 날개로 거칠고 격렬한 폭풍을 일으키며 앞발을 들고 일어서는 순간, 조종수와 나머지 병사들은 안전띠와 안장 위에서 몸에 힘을 바짝 주며 버텼고, 가리나핀은 왼쪽 발을 뻗어 '키지의 혼'호의 부풀어 오른 선체를 날카로운 발톱들로 베었다.

순식간에 비단과 대나무로 만든 선체에 거대한 구멍이 생겼다. 대나무 대들보가 이쑤시개처럼 부러졌고, 부양용 기체 자루가 큰 물고기의 부레처럼 드러났다.

"'키지'호의 부양력 손실을 메꿔!"

마조티가 '비단력 화살'호 안에서 소리쳤다. 지금의 대형에서는 모든 비행함이 연결되어 있었고, '키지의 혼'호가 떨어지면 대형 전체를 끌어 내릴 위험이 있었다.

"석궁 장전! 가능하다면 생존자들을 구출해!"

갈색 가리나핀은 '키지의 혼'호의 선체를 계속 찢어발겼다. 기체 자루들은 여름에 아이들이 부는 비눗방울처럼 터졌다. 찢어진 주머니에서 진주가 쏟아지듯, 선원들은 벌어진 선체에서 굴러떨어졌고,

비명을 지르며 아래의 거센 파도로 부딪히며 죽었다.

'키지의 혼'호의 선원들이 추락하려는 비행함으로부터 탈출하는 것을 돕기 위해 주변 비행함 선원들이 서둘러 움직이는 한편, 전체 대형의 안정성을 유지하기 위해 자신들의 비행함들의 기체 자루들을 조정하는 동안, 모두가 숨을 죽이고 있었다. 지금 불꽃이 튄다면 제국 비행함들은 모두 파멸하게 될 터였다.

가리나핀은 비행함 한쪽의 마지막 기체 자루를 찢고는 승리의 포효와 함께 날개를 펄럭이며 뒤로 물러났다. 부풀고 부피가 큰 '키지의 혼'호의 골격은 이제 다른 비행함들이 지탱하기에는 너무 무거웠다. 천천히 상자형 대형이 바다를 향해 하강하기 시작했다.

"분리해야 합니다!"

다피로 미로가 외쳤다.

긴 마조티는 엄숙한 얼굴을 한 채 고개를 끄덕였다. '키지의 혼'호의 선원 전원이 구조된 것은 아니지만, 고도를 잃는 것은 나머지 함대에도 치명적이었다. 다피로는 징을 일정한 양식에 맞게 두드려서 명령을 내렸다.

다른 비행함들의 선체 가장자리에 있던 선원들은 모서리로 올라가 '키지의 혼'호를 자매 비행함들에 연결하는 밧줄을 끊었다.

천천히, 그러나 가차 없이 '키지의 혼'호는 상자 대형에서 분리되었고, 선장과 거대한 석궁에 있던 자기 자리를 떠나기를 거부한 선원 10여 명을 태운 채 바다를 향해 하강했다. 자매 비행함 선원들은 가능한 한 많은 전우를 구출하기 위해 가라앉는 선체에 필사적으로 비단 밧줄을 던져 넣었다. 하지만 석궁 사수들은 고개를 절레절레

흔들며 밧줄을 향해 손을 뻗지 않았다.

"발사 준비 완료!"

조준 장교인 모타 키피가 '키지의 혼'호의 선장 무에 아타무에게 보고했다. 그는 비행함에서 복무한 몇 안 되는 남자로, 그의 비범한 힘은 상대적으로 무거운 몸무게를 벌충했다.

비행함이 균형을 잡으려고 좌우로 흔들리면서 원형 부표가 심하게 흔들렸다. 석궁 사수들은 비틀거렸고 몇몇은 쓰러졌다.

국화·민들레 전쟁에 참여한 백전노장인 아타무 선장은 석궁 바퀴의 바큇살을 붙잡고 고개를 끄덕였다.

"이번엔 끝장을 보자!"

남아 있는 석궁 사수들이 전체 병력보다 훨씬 적었기 때문에 바퀴를 돌리는 것은 모타 키피의 특별한 힘이 있어야만 가능한, 느리고 힘든 과정이었다. 모타 키피는 거대한 석궁이 멀리 날아가고 있는, 연한 녹색 줄무늬의 갈색 가리나핀을 조준할 때까지 동료들을 이끌고 규합했다.

"정지!" 모타가 긴장한 듯 침을 삼킨 다음 물었다. "선장님, 저 사람들이 패왕을 기억하듯 미래에 우리를 기억할까요?"

아타무 선장은 그를 바라보았다. 모타는 너무나 어렸고, 역사에 남는다는 생각에 푹 빠져 있었다. 그녀는 다른 석궁 사수들을 바라보았다. 그들은 모두 기대에 찬 표정으로 그녀를 쳐다보았다. 그들의 눈빛에 담긴 아련함이 나이 든 선장의 마음을 아프게 했다.

그녀는 그들을 보고 부드러운 목소리로 말했다.

"아마도 그렇진 않을 거다. 전사한 군인들은 대부분 금방 잊힌다.

하지만 우리는 이름을 남기기 위해 싸우는 게 아니다. 옳은 일이기 때문에 싸우는 것이다."

"아." 모타는 실망으로 축 처지는 몸을 바퀴에 기댔다. "노래 정도는 기대했는데요."

"모든 영웅이 자신을 두고 작곡한 노래가 필요한 건 아니다. 우리가 누구인지 우리가 아는 것만으로도 충분하다."

그런 다음 그녀는 발사 명령을 내렸다.

화살이 석궁에서 튀어 나가 공중을 가로지르며 완만한 호를 그리더니 갈색과 녹색 줄무늬들이 섞인 가리나핀의 몸통에 꽂혔다. 크나큰 신음. 뒤이어 하늘이 또 다른 불타는 폭발로 밝아졌다.

석궁 사수들은 환호하며 서로를 끌어안았다.

운이 다한 '키지의 혼'호의 잔해가 계속 추락하자, 이제 입에 박힌 마름쇠의 고통에서 어느 정도 회복된 나머지 가리나핀들이 다가와 선원 한 명 한 명에게 날카로운 발톱을 휘두르며 분노를 표출했다. 일부 선원은 깔끔하게 반으로 찢겼고, 다른 일부는 으깨져서 피가 흥건한 고깃덩어리가 되어 바다에 던져졌다. 하지만 단 한 명의 선원도 자비를 구하지 않았다. 모두 단검을 손에 쥔 채 죽어 갔지만, 그 단검은 가리나핀들에는 무용지물이었다.

'키지의 혼'호의 텅 빈 잔해가 바다에 추락했다. 다라 해군의 소형 선박들은 추락 지점으로부터 서둘러 벗어나야 했다.

'투투티카의 심장'호, '피소웨오의 결의'호, '쌍둥이의 활력'호는 '키지의 혼'호가 남긴 틈을 메우기 위해 위치를 조정했다. 석궁을 재장전한 비행함들이 다시 화살을 발사했고, 가리나핀 두 마리가 화살에 맞아 공중에서 분해되었다.

하지만 대형의 강력함이 약해졌고, 비단력 화살들로 방어할 수 없는 각도가 더 많아졌다는 것은 부인할 수 없는 사실이었다.

탄바나키는 주저하지 않고 새로 발견한 제국 비행함들의 약점을 이용했다. 그녀는 '키지의 혼'호의 선원들을 학살하는 데 집중하던 나머지 가리나핀들에 비행함 선원들이 재장전을 하기 전에 비행함들이 모인 곳으로 돌아가 발톱으로 공격하라고 명령했다.

이때가 원수의 마지막 깜짝 선물의 순간이었다.

"매화 대형으로! 시선(視線)을 드러내라! 충격병들, 행동 준비."

비행함 선원들은 마조티의 명령을 수행했다. 거대한 바닥짐 공이 움직이면서 비행함들이 위치를 바꿨다.

'비단력 화살'호와 '모지의 복수'호도 선미를 아래로 해서 몸체를 세웠고, '투투티카의 심장'호, '피소웨오의 결의'호, '쌍둥이의 활력'호와 같은 평면으로 이동했다. 다섯 대의 비행함은 사방에서 몰려오는 적을 맞을 준비를 하는 다섯 명의 검객처럼 공중에서 대기할 때까지 회전하듯 자리를 바꿨고, 비행함들 아래로는 바닥짐 공이 매달려 있었다.

가리나핀들이 접근하자, 비행함의 얇은 비단 외피가 갈라지면서 찢어졌고, 연의 꼬리처럼 대나무 골격으로부터 떨어져 나가 비행함 밑으로 길게 늘어졌다. 비단 외피의 구조적 지지력을 잃은 비행함의 골격은 금방이라도 무너져 내릴 것처럼 흔들리고 휘어졌다.

탄바나키는 궁금했다. 그녀는 다시 코르바를 멈추게 하고 주변 가리나핀들이 이제는 알을 품고 있는 새장처럼 보이는, 잔물결 같은 골격만 있는 비행함들에 접근하는 모습을 지켜보았다. 해부된 시체에서 떼어 낸 가리나핀 가죽 덮개가 취약한 기체 자루들을 감싸고 있었다. 가리나핀의 불을 막으려는 시도로 보였다.

민을 수 없게도, 비행함에 탑승한 병사들은 거대한 석궁을 감아 올리는 일을 멈췄다. 대신에 새장 같은 선체 내부로 물러나 소규모로 조를 짜고 나서, 대나무 부분들을 조립해서 청동으로 끝을 장식한 15미터 길이의 장창을 만들었다. 그러고 나서 두 개의 열로 줄을 맞춘 다음 장창을 공중으로 들어 올렸고, 통로와도 같은 선체 구조물을 따라 우리 안에서 단단히 자리를 잡았다. 두 개의 창은 앞쪽을 향하고 두 개의 창은 뒤쪽을 향했다.

기병대의 돌격에 맞서 창을 든 보병처럼 그들은 가리나핀들의 맹공격에 맞설 준비를 하고 있었지만, 그들이 상대하는 기병들은 코끼리보다 몇 배나 큰 탈것을 타고 있었다. 그것은 성공할 가망이 전혀 없는 잔인하고 절박한 조치였다.

가리나핀들은 날개를 퍼덕이고 날카로운 발톱을 드러낸 채 달려들었다.

비행함에 탄 병사들은 엄숙한 표정을 지으며 긴 창을 꽉 움켜쥔 채 자리를 지켰다.

전투는 영웅 전설 속 영웅들의 고대 결투처럼 공중에서 벌어지는 원시적인 난투로 변해 가고 있었다.

마조티는 장창의 청동 끝부분에 부착된 가느다란 은빛 철사들을 흘끗 바라보았고, 그녀의 발밑에서 윙윙거리는 힘의 소리가 마음속 깊은 곳에서 들리는 듯했다.

첫 번째 가리나핀이 '비단력 화살'호의 연약한 골격을 산산이 찢어 버릴 것처럼 잔뜩 자세를 잡고서 비행함 앞쪽으로 다가왔다.

"카나 조(組) 앞으로, 공격!"

마조티가 명령했다.

비행함 왼쪽의 장창조가 일제히 신음을 내며 앞으로 돌진해, 선회하고 있는 가리나핀의 가슴을 향해 선체의 구멍이 나 있는 격자 사이로 장창을 밀어 넣었다.

가리나핀은 그런 공격에 준비가 되어 있었다. 그것은 쉽고 우아하게 창끝을 잡고서 옆으로 밀쳐냈다. 대나무 마름쇠로 턱이 여전히 막혀 있었지만, 그것의 눈은 잔인한 미소를 짓는 듯했다. 하찮은 인간들이 휘두르는 큰 창은 가리나핀의 반응 능력과 힘에 비할 바가 아니었다.

"라파 조(組), 앞으로. 당장!"

그러자 비행함 오른쪽의 열이 앞으로 돌진하며 가리나핀을 향해 격자 사이로 장창을 밀어 넣었다.

업신여기듯 가리나핀은 다른 발을 내밀었다. 이번 공격 역시 첫 번째 공격처럼 쉽게 비껴 나갈 터였다. 두 개의 장창을 잡으면, 가리나핀은 나뭇가지를 기어가는 개미처럼 인간들을 선체에서 끌어내어 소용돌이치는 바다로 던져 버릴 생각이었다.

발톱이 장창을 붙잡았다.

가리나핀이 몸서리를 쳤다. 보이지 않는 힘이 가리나핀의 다리들을 타고 흘렀고, 공중에 떠 있는 몸 전체가 경련을 일으켰다. 가리나핀에 탄 기수들도 똑같은 전율을 느꼈다. 그것은 마치 거대한 꼬챙

이가 순식간에 몸을 관통하여 모든 근육을 얼려 버린 듯한, 형언할 수 없는 느낌이었다.

시간이 다시 한번 느려졌다.

가리나핀은 장창들을 놓으려 했지만 놓을 수 없다는 것을 알았다. 발톱의 근육이 더는 말을 듣지 않았다. 마치 100만 개의 뜨거운 쇠 창들이 몸통을 뚫고 들어와 그 안에서 뒤틀리고 있는 것처럼, 몸을 관통하는 힘이 점점 더 강해지는 것 같았다.

탁탁 소리를 내는 비단력선(緋緞力線)들이 가리나핀의 몸에서 종횡으로 움직였고, 번개 불꽃의 그물망이 그 몸을 포위했다. 비단력선에서 뿜어져 나오는 빛이 너무나도 밝아서 병사들은 눈을 감았고, 그들이 휘두르는 힘이 눈앞에 있는 거대한 야수를 붙들고 파괴할 수 있도록 죽어라 자리에서 버텼다.

가리나핀의 몸에서 불타는 반점들이 처음에는 발에, 그다음에는 몸통 전체에 나타났다. 짙은 연기 기둥들이 피어올랐다. 이해할 수 없는 힘에 사로잡힌 꼭두각시 인형들이 된 기수들과 함께 가리나핀은 공중에서 경련을 일으키며 발작했다.

마침내, 펑 하는 큰 소리와 함께 가리나핀의 발톱들이 장창들에서 빠져나왔다. 축 늘어진 사체는 잠시 공중에 매달렸다가 곧바로 바다로 곤두박질쳤다. 사체가 물속으로 첨벙 빠지며 망연자실한 채 '우큐의 자부심'호에서 지켜보던 선원들을 물로 흠뻑 적시고 뒤흔드는 거대한 파도를 일으키는 순간에도, 비단력선들은 여전히 사체 위를 내달리며 탁탁 소리를 냈다.

제60장

자틴만 전투(2부)

다무산맥

자틴만 전투 몇 달 전

오르막길은 점점 가팔라졌다. 조미 키도수는 길가에서 걸음을 멈추고 지팡이에 몸을 기댔다.

"잠시 쉬고 싶어?"

세라가 걱정스러운 목소리로 물었다. 그녀는 손을 뻗어 조미의 팔 아래를 받쳤다.

조미는 숨을 골랐다.

"마구 없이 이렇게 멀리까지 걷는 게 익숙하지 않습니다. 괜찮을 겁니다."

조미는 세라의 손을 꽉 쥐며 그녀에게 가볍게 입맞춤했다.

몇 주간의 비단력 치료 끝에 조미는 이제 대부분의 시간을 마구

없이 걸을 수 있게 되었고, 격렬한 등산을 할 때만 지팡이에 의지하게 되었다. 그녀는 매일 연습을 통해 다리가 점점 더 강해지는 것을 느낄 수 있었다.

세라는 하늘을 바라보았다. 동쪽에서 요동치는 먹구름이 빠르게 다가오고 있었다. 걱정스러웠다.

"다른 날 해 봐도 돼."

조미는 고개를 저었다.

"비가 오기 전에 넓은 들판으로 가야 합니다. 제 걱정은 하지 마세요."

두 사람은 몇 시간 동안 산을 오르고 있었다. 주의를 덜 끌기 위해 수행원 없이 이동한 두 사람은 모두 실험 장비가 가득 담긴 커다란 화포 가방을 들고 있었다.

산비탈은 황량했다. 사냥꾼과 땔감 모으는 사람들은 다가오는 폭풍우를 피하려고 산에서 내려간 지 오래였다. 다무산맥은 여름철 갑작스러운 뇌우로 유명했고, 뇌우가 치는 동안 산에 갇힌다는 것은 웃을 일이 아니었다. 갑작스러운 홍수가 남긴 파편들의 흔적과 벼락에 맞아 갈라진 나무줄기들은 경고로서 충분했다.

하지만 번개의 매혹이 바로 그들이 이곳에 올라온 이유였다.

비단력을 무기화하기 위한 연구는 몇 달째 계속되고 있었고, 모두 좌절감을 느끼고 있었다. 미자 크룬과 아사로 예의 노력에도, 비단력 불꽃을 기폭제로 삼아 폭발하는 화살들이 기술자들이 할 수 있는 최선이었다.

다른 몇 가지 연구 방향도 계속 이어지지 못했다. 더 강력한 화염 방사기를 고안하려는 시도는 발효된 똥거름 기체를 부양용으로 사용하는 새로운 제국 비행함의 가연성을 고려할 때 너무 위험하다는 이유로 초장에 배제되었다. 아뒤섬의 불 막대에 흥미를 느낀 아사로는 비단력 화살과 같은 방식으로 무기화할 수 있는지 알아보려고 했다. 하지만, 폭죽 가루의 기폭 장치로 오게 항아리 대신 불 막대를 사용해 본 화살들은 비단력 화살과 비교해 성능 면에서 뚜렷한 이점이 없었다. 불 막대 화살은 비단력 화살이 전달하는 마비적 충격이 없기 때문에 외려 더 나빴다.

"비단력, 비단력……." 미자 크룬이 중얼거렸다. "전 이게 올바른 방향이라고 확신합니다."

거대한 비단력 발전기에 의해 완전히 충전된 작은 오게 항아리가 닭 한 마리를 죽일 만큼 강력한 충격을 방출할 수 있다는 사실에 미자 크룬은 애를 태웠다. 그는 밤낮을 가리지 않고 치유와 오락의 도구들에서 더 많은 힘을 짜내 살상하는 기계로 만들기 위한 노력을 기울였다.

가장 먼저 시도한 것은 더 많은 비단력 전하를 담을 수 있도록 더 큰 오게 항아리를 만드는 것이었다. 많은 실험을 통해 오게 항아리를 최대한 얇게 만들고 칠을 입힌 통과용 막의 표면적을 최대한 넓히면 용량을 늘릴 수 있다는 사실이 밝혀졌다. 하지만 유리나 도자기로 크고 몸체가 얇은 항아리를 만드는 것은 실용적이지 않은 것으로 판명되었다. 다루고 운반하기에 너무 연약했기 때문이었다.

수학자이자 행정가인 키타 수는 미자 크룬에게 한 가지 발상을 제공했다.

"가로지르는 하나의 반구형 지붕으로 큰 건물 하나를 짓는 것은 어렵지만, 작은 반구형 지붕들로 서로 연결된 작은 방을 여러 개 만드는 건 쉽습니다. 모든 방의 총 수용 인원은 같습니다. 오게 항아리에도 같은 원리를 적용하여 비단력을 저장할 순 없을까요?"

미자 크룬은 그런 생각을 좀 더 일찍 하지 못한 자신을 저주했다. 여러 개의 오게 항아리를 연결해 각 항아리에 저장된 비단력을 결합하는 것은 그가 이미 해 본 바가 있는 기법이었다. 그가 항아리를 끝에서 끝까지 직렬로 연결했을 때는 방출 시의 불꽃 강도가 증가했다. 다시 말해, 오게 항아리의 안팎 면에 부착된 두 개의 통과용 막대 사이의 간격이 더 멀어져도 불꽃이 두 지점 사이를 건너 뻗어 나갈 수 있었다. 하지만 항아리들을 병렬로 연결했을 때, 예를 들어, 모든 항아리를 은판 위에 놓고 안쪽 표면에 부착된 철사들을 하나로 묶어 연결했을 때, 항아리들이 모여서 형성한 저장고는 직렬 연결 때만큼의 간격을 뛰어넘지는 못해도 더 두꺼운 불꽃을 발생시켰다. 다시 말해, 항아리들을 병렬로 연결한 경우, 비단력은 강렬하지 않아도 더 많은 용량을 갖는 것으로 보였다.

오게 항아리들로 만들어진 더 큰 저장고는 양이나 송아지를 죽일 수 있을 만큼 강력한 충격을 발생시켰지만, 비단력이 동물의 심장을 통해 바로 흐를 수 있게끔 통과용 막대들이 고정되어야 했다. 오게 항아리가 아주 많으면 저장고가 가리나핀을 죽일 수 있을 정도로 강력해질 수 있다는 것을 생각해 볼 수 있었다.

하지만 키타와 조미의 계산에 따르면, 그런 오게 항아리 모음은 제국 비행함 선체에 수납하기에는 너무 거대했다. 게다가 설사 그런 모음을 만들 수 있다고 해도 비단력 발전기 하나를 사용해서 충전하는 데는 시간이 무한정 오래 걸렸다. 발전기를 끊임없이 가동해야만 사용 가능한 비단력 화살들을 공급할 수 있었다.

그들에게 필요한 것은 가리나핀을 단번에 죽일 수 있을 만큼 강력한 비단력의 원천, 그리고 유리나 도자기로 된 오게 항아리처럼 부피가 크거나 쉽게 깨지지 않는, 비단력을 담을 수 있는 저장고였다.

학자들이 포기하려던 찰나, 조미 키도수의 우연한 실험이 예상치 못한 길을 열어 주었다. 미자 크룬은 조미에게 비단력이 왼쪽 다리를 회복시킬 수 있는지 알아보기 위해 비단력 목욕을 해 보라고 제안했다. 미자가 비단력 발전기의 힘을 이용해서 국화·민들레 전쟁에 참여했던 파사의 일부 참전 용사들의 환지통을 완화했던 것처럼, 비단력은 마비나 신경 손상의 경우에도 놀라운 효과가 있었다. 죽은 개구리의 다리들을 발길질하고 헤엄치게 할 수 있다면, 조미의 말 안 듣는 왼쪽 다리에도 생명을 불어넣을 수 있지 않을까?

조미는 치료에 동의했다. 조미는 훌륭한 비단력의 둑 역할을 하는 송진 덩어리에 올려진 좌판에 앉았고, 미자는 충전된 오게 항아리에 철사로 연결된 은 막대를 다리에다 대고 오랫동안 감각을 잃은 근육과 신경을 비단력 흐름으로 목욕시켜서 생명력을 되찾아 주고자 했다.

조미가 비단력을 직접 경험한 것은 이때가 처음이었다. 그녀는 머리카락이 일어서고 보이지 않는 힘이 쏟아지는 것을 느낄 수 있었다. 자그마한 종잇조각들과 공기 중의 먼지가 기계에서 그녀의 몸으로 흘러드는 힘에 이끌려 주위로 몰려들었다.

"팔걸이를 꽉 잡으십시오. 살짝 따끔할 겁니다."

오게 항아리들의 다른 쪽 표면에는 또 다른 통과용 막대가 부착되어 있었다. 미자가 옥 장갑을 끼고서 은 막대를 가져와 그녀의 다리에 갖다 댔고, 조미는 첫 번째 충격을 경험했다.

보이지 않는 흐름이 온몸을 타고 돌아다니며 속속들이 마비시키고, 뜨끈하게 하고, 뒤흔드는 느낌이었다.

조미는 비단력에 충격을 받은 느낌이 20년 전 벼락에 맞아 다리가 부분적으로 마비되었던 경험과 비슷하다고 느꼈다.

비단력 기계에서 생성되는 불꽃과 번개의 모양이 비슷하다는 사실은 오랫동안 지적됐지만, 지금까지는 그 두 가지가 같다고 말할 수 있는 사람은 아무도 없었다. 하지만 벼락을 맞고서도 살아남은 몇 안 되는 생존자 중 한 명인 조미는 번개의 힘이 신이 휘두르는 비단력이라는 것을 의심의 여지 없이 알게 되었다.

무겁고 어두운 구름이 드리워져 있었다. 그것들은 너무나 위압적이고 가까이에 있어서 손을 뻗으면 만질 수 있을 것만 같았다. 조미와 세라는 산비탈 위쪽 넓은 들판에서 바쁘게 움직였다.

그들은 땅에다 비단 띠로 서로 연결된 두 개의 도르래를 세웠다. 첫 번째 도르래에는 튼튼한 대나무 틀과 비단으로 만들어진, 전하를 수집하기 위해 가장자리에 얇은 철 테두리가 있는 연을 연결했다. 연의 줄은 철사를 함께 꼰 비단 가닥들로 만들어졌고, 줄의 아래쪽에는 쇠사슬이 큰 오게 항아리 안으로 매달려 있었다.

조미와 세라는 두 번째 도르래에서 조금 떨어진 곳에 서 있었는데, 그곳에서 연의 상승과 하강을 조절할 수 있었다. 두 사람은 머리 위쪽의 구름에 집중하며 연줄을 더 풀어 연을 더 높이 날게 했다.

"키지 신이시여, 당신의 힘을 빌릴 수 있게 해 주십시오."

세라가 간절히 기도했다.

마치 응답이라도 하듯 구름 속 깊은 곳에서 섬광이 번쩍였지만, 키지 신이 그들의 요청에 알았다고 하는 건지, 안 된다고 하는 건지 알 길은 없었다.

누군가 태양을 가려 버린 것처럼 하늘이 어두워졌다. 하늘과 땅의 색이 비슷해지며 세상이 점점 작아지는 것 같았다. 공기에는 보이지 않는 전하가 가득 차 있었다.

폭우가 쏟아졌다. 세라와 조미는 두 번째 도르래 옆에 설치된 평평하고 낮은 덮지붕 아래로 몸을 피했다. 지붕을 때리는 빗소리는 마치 튀김용 냄비에서 기름이 폭발하는 소리 같았다. 물에 젖은 연줄이 축 늘어졌다.

하늘에 깔린 구름에서 섬광이 더 번쩍였다.

연줄에 매달린 쇠사슬이 탁탁 소리를 내기 시작했고, 희미한 불꽃이 오게 항아리로 흘러 들어가는 것이 보였다.

세라와 조미는 서로를 쳐다보았다.

"진짜였어!"

"저기 좀 보세요!"

숲속에서 커다란 수사슴 한 마리가 비에 전혀 개의치 않는다는 듯 우아하게 빗속을 뛰어다니고 있었다.

수사슴은 위엄 있고 오만한 표정으로 두 여자를 바라보았다. 그러더니 여전히 번개의 힘으로 탁탁 소리를 내는 오게 항아리를 향해 걸어왔다.

두 여자는 뭔가 특별한 것을 목격하고 있다는 것을 알았고 아무 말도 하지 않았다.

수사슴은 오게 항아리 옆에 멈춰 서서 한 발을 바깥쪽에 가져다 대고 여전히 탁탁 소리를 내는 쇠사슬에 입맞춤이라도 하려는 듯 머리를 숙였다.

그러자 항아리 꼭대기에서 거의 60센티미터 길이의 거대한 불꽃이 튀어나와 사슴의 머리를 강타했다. 긴 불은 불로 만든 꽃 같았고, 빛나는 공기로 엮은 거미줄 같았으며, 별의 물질로 가득 찬 지류가 흐르는 강 같았다. 조미와 세라는 눈을 감았다. 그 빛은 1000개의 태양보다 더 밝았고, 눈이 멀지 않고서는 신들의 힘을 바라보기란 어려웠다.

그들이 다시 눈을 떴을 때 수사슴은 사라지고 없었고, 오게 항아리 옆 풀밭에는 사슴 모양의 재가 쌓여 있었다. 그들이 본 것이 꿈이 아니었다.

"고맙습니다, 피소웨오 신이여."

여자들은 자신들이 계시를 봤다는 것을 알고 속삭였다.

그들은 항아리에 번개를 담는 데, 신들의 힘을 포착하는 데 성공했다.

세라와 조미는 서로를 껴안았고, 웃고, 입맞춤하고, 알아들을 수 없는 말들을 조잘댔다. 흠뻑 젖어 추웠지만, 발견의 기쁨이 주는 열기가 주체할 수 없을 정도로 그들의 몸을 관통했다. 빗속에서 옷을 벗은 두 사람은 땅에 쓰러져 팔다리를 서로에게 감고 몸을 밀착시켰다. 조금 전까지 하늘을 환하게 밝혔던 힘이 연인들의 몸속에서 정열의 불꽃으로 타오르는 것 같았다.

하늘과 땅 사이, 비 내리는 산비탈보다 사랑하기에 더 적합한 제단은 없었다.

긴펜
자틴만 전투 몇 달 전

이제 목적에 적합한 동력원을 확보했으니, 전력을 저장할 만큼 충분히 크면서도 비행함에 실을 만큼 아담한 저장고가 필요했다.

긴펜과 판의 학자들은 밤낮으로 일했다. 논쟁하고, 토론하고, 계획을 그림으로 옮기고, 새 재료들로 실험했다. 각기 다른 연구소가 낸 환상적인 발상과 제안이 원수에게 흘러들었지만, 대부분은 너무나 기상천외해서 실용화하기가 어려웠다.

결국 해답은 가장 높은 곳과 가장 낮은 곳에서 동시에 나왔다.

지아 황후가 사실상 황실 재무부 전체를 연구소를 지원하는 데 동원했기 때문에 청탁과 부패는 피할 수 없었다. 궁궐의 하인 중 두 명이 사익을 위해 보석들을 궁 밖으로 밀반출하다 적발되었다.

그들은 도둑질에 전통적 방법을 활용했지만, 기발한 생각을 그에 보태기도 했다. 도난을 줄이기 위해 재무부에 출입하는 하인들은 귀중한 보석을 숨길 소매와 주름이 없는 특수한 형태의 옷으로 갈아입어야 했다. 그리고 숨겨진 칸이 존재할 수 없는 얇은 특수 제작 나무 쟁반을 사용했다. 누구라도 산더미처럼 쌓인 진주와 금덩어리 탑을 마주하면 단 몇 개만이라도 가져가고 싶은 유혹을 뿌리치지 못할 가능성이 있기에, 그런 가능성을 줄이는 것이 그런 발상들의 목적이었다.

하지만 돈이 관련된 곳이라면 도둑질이 없기가 힘들었다. 고대 아노의 속담에는 이런 말이 있었다. *다트랄루 가크루카 사 크룬펜키 피테위카디푸 키 로뒤 잉그로 사 네퍼카위.* 완벽하게 맑은 물에는 물고기가 살 수 없다는 뜻이었다.

두 하인은 입는 옷에는 주머니가 없지만, 자신들에게는 밀봉이 가능한 구멍이 있는 천연 주머니가 하나 있다는 것을 깨달았다. 그들은 궁에 들어가기 전에 정육점에서 일한 적이 있었기 때문에 동물의 창자는 물건을 담으면 늘어난다는 사실을 잘 알고 있었다.

그래서 두 사람은 구슬과 동전, 심지어 달걀로 연습을 하면서 항문을 통해 물건을 삽입하고 안전하게 꺼낼 수 있을 때까지 몇 시간 동안 결장에 물건을 보관하는 기술을 익혔다. 이런 식으로 그들은 황후에게서 많은 진주와 금괴, 심지어 정교한 옥 장식품들까지 훔쳐 냈다.

그들은 도둑들이 대부분 그렇듯 과욕을 부리다 결국 덜미가 잡혔다. 한 명이 몸에다 너무 많은 물건을 집어넣은 데다가 전날 밤 양배추 조림을 많이 먹는 현명하지 못한 선택을 하는 바람에 화장실에 들어가기도 전에 폭발적인 자백이 일어나면서 비밀이 탄로 났던 것이다.

하지만 이 사건은 미자 크룬과 키타 수에게 영감을 주었다.

오게 항아리의 본질을 보자면 통과용 재료로 만들어진 두 개의 표면이 둑 역할을 하는 얇은 재료로 분리된 것에 지나지 않았다. 그것은 항아리, 접시, 전구, 공 등 어떤 모양이든 될 수 있었다.

이를테면, 길고 유연한 관을 만들어 가능한 한 적은 공간을 차지하도록 꼬거나 감을 수도 있었다.

학자들은 해안가 동굴 연구소에서 해부 중인 가리나핀 사체에 주목했다. 각 가리나핀의 복강에는 수 킬로미터에 달하는 창자가 들어 있었고, 그 창자는 부피에 비교해 상대적으로 작은 공간에 감겨 있었다. 키타 수의 계산에 따르면, 창자의 안쪽과 바깥쪽 표면은 가리나핀을 죽일 만한 비단력의 저장고가 될 수 있었다.

하지만 어떻게 수 킬로미터에 달하는 가리나핀 창자에 적절한 통과용 재료로(될 수 있으면 금으로) 막을 입힐 수가 있을까?

해답은 다시 한번 범죄의 세계에서 나왔다. 린 코다의 망원자들은 지하 경제와 많은 관계를 맺고 있었고, 곧 다라에서 최고라고 알려진 위조 기술자들이 긴펜으로 와서 연구자들과 함께 일했다.

두 집단은 꽤 멋진 광경을 연출했다. 한쪽에는 비단 옷을 입은 저명한 학자들이 있었다. 그들의 머릿속은 난해한 수학적 기호와 자연 법칙으로 가득 차 있었고, 오랜 시간 두루마리와 석판, 필사본을 들여다본 탓에 척추가 휘어 있었으며, 말할 때는 고대 학자들의 고상한 격언들이 여기저기 인용되었다. 다른 한쪽에는 작업복을 입은 위조범들이 있었고, 그들의 속마음은 돈벌이와 부, 속임수 기술에 관한 생각으로 가득 차 있었다. 손과 팔에는 기초 재료들을 훨씬 더 귀중한 것으로 보이게 할 목적으로 수년간 열과 산, 칠감을 다루느라 난 상처가 있었고, 말끝마다 도둑들의 은어와 얄팍한 상술이 묻어났다.

평소라면 이 두 집단은 차 한 잔도 함께 마시지 않을뿐더러 서로 할 말도 많지 않을 것이다.

하지만 전쟁의 시대에는 지식이 흥미로운 우정을 만들었다. 곧, 학자들과 도둑들은…… 음, 은밀한 일을 도모하는 사이처럼 관계가 두터워졌다. 두 집단은 서로 분야가 다르긴 해도 지식 추구에 관심이 있는 동질적인 영혼들임을 알게 되었다. 비단력의 카나 종류와 라파 종류가 서로를 보완하듯, 두 집단은 서로를 보완했고 함께 어우러졌을 때는 탁월한 결과를 냈다.

"난 여러분 모두가 학자 집안에서 태어났다면 *피로아*의 지위에 올랐을 거라고 확신합니다."

아사로 예가 저녁 연회에서 도둑들을 위해 건배하기 위해 잔을 들었을 때 말했다.

도둑 중 몇몇은 화가 나서 얼굴이 붉어졌지만, 도둑들의 우두머리인 고조기 사데는 가만있으라고 손짓했다. 그녀는 고대 골동품의 청동 복제품들에 비단 보자기의 날줄과 씨줄로 녹청을 표시하고 그 녹청이 흐리게 두어 진품처럼 보이게 하는 기술(매우 가치가 크고 광범위하게 모방되는 위조 기술)을 개발한 사람으로, 도둑들 사이에서 존경을 받았다. 고조기가 답례로 잔을 들어 올리며 말했다.

"우리 가문에서 태어났더라면, 예 선생님은 창의적이고 능숙한 위조 기술자가 되었을 겁니다."

"정말 그렇게 생각합니까?" 아사로 예가 이렇게 물으며 기쁜 듯 얼굴을 붉혔다. "여러분 분야에는 흥미로운 공학 문제가 정말 많습니다! 난 동석(凍石)을 옥처럼 보이게 하는 방법을 생각 중인데 의견을 듣고 싶습니다."

도둑들은 아사로의 칭찬이(비록 위조에 관해 이야기하고 있긴 하지만) 진심이라는 것을 알고는 태도를 누그러뜨렸다.

"언젠가 손주들에게 내가 한때 다라에서 가장 위대한 기술자의 자문을 맡았다고 말할 겁니다." 고조기는 잠시 생각에 잠겼다 말을 이었다. "하지만 당신이 직업을 갖고 있고 내 경쟁자가 아니라서 다행입니다."

도둑들과 학자들은 함께 웃었다.

예상대로 다라의 위조범들은 기초 재료를 도금하는 데 능숙했다. 그들은 조잡한 나무 조각품을 고대 리마의 금세공인들이 만든 가장 귀중한 공예품으로 보이게 할 수 있었다. 이제 그들은 원수를 도와 임무를 맡기로 했다. 가리나핀 창자들의 얇은 막을 파괴하지 않으면서 금으로 된 막을 입히는 방법을 찾기로 한 것이었다.

학자들과 도둑들은 함께 해결책을 생각해 냈다. 먼저 수은으로 창자들의 안팎을 씻어서 표면에 얇은 막을 입혔다. 다음으로는 수은에 열을 가하고 얇은 금 조각들을 넣고 완전히 녹여서 금과 수은으로 된 혼합물을 만들었다. 이렇게 만들어진 혼합물을 창자 표면에 고르게 발라, 당밀처럼 조직을 통과해 안쪽까지 충분히 스며들게 했다. 그런 다음 창자에 은은한 열을 가해서 수은을 증발시켰고,

결과적으로 얇고 매끄러운 금의 막이 안팎에 남게 되었다.

그 뒤 창자들을 여섯 개의 긴 부분으로 자르고 돌돌 말았다. 이것은 긴 오게 항아리로, 용량은 수많은 일반 오게 항아리를 병렬로 연결할 때 얻을 수 있는 수준이지만 크기는 비행함들에 바닥짐으로 매달린 도자기 공 안에 보관할 수 있을 정도로 작았다.

뇌우가 칠 때 번개의 힘을 충전한 그 창자들은, 밀랍으로 막을 입히고 돌돌 말아서 비단력을 격리하고 보존하는 데 더욱 도움이 되게 했다. 철사들을 찔러 넣으면 내면과 외면을 연결할 수 있었고, 라파 또는 카나 종류의 힘을 재앙을 일으키는 방전 없이 장시간 보관할 수 있었다. 필요한 순간이 올 때까지.

자틴만

사해평치 12년 10월

'비단력 화살'호 앞에서 펼쳐졌던 장면이 다른 비행함들 앞에서도 반복되었다. 가리나핀들이 한 마리씩 차례로 하늘에서 떨어지며 갇혀 있던 번개의 힘에 맞아 죽었다.

"매화 대형을 해제하고 추격에 나서도록 해."

긴 마조티의 명령에 비행함들은 방어 대형에서 벗어나 수평으로 대형을 바꾸며 순항할 태세를 갖췄다. 노들이 길게 튀어나오자 이제 먹잇감이 포식자가 되었다. 그들은 겁에 질린 채 남은 가리나핀들을 쫓아갔다. 가리나핀들은 상대가 갑자기 그렇게 무시무시한 힘을 얻게 된 이유를 이해할 수 없었다.

'우큐의 자부심'호의 갑판에서 또 한 번 길고 애절한 뼈 나팔 소리
가 울려 퍼졌다.

탄바나키는 화를 내며 이를 악물었다. 그녀가 지휘하는 가리나핀
이 여섯 마리밖에 남지 않았으므로 이제는 양측이 호각인 것처럼
보였다. 하지만 가리나핀들은 대나무 마름쇠 때문에 불을 잃은 데
다 거의 탈진한 상태였고, 기수들은 이 전쟁의 타당성에 대한 믿음
을 잃고 있었다. 반면 제국 비행함 선원들은 새 무기의 성공에 열렬
히 환호하고 있었다. 누가 우위를 점하고 있는지는 분명했다.

하지만 페큐의 명령을 수행하는 것이, 백성들의 미래를 위해 싸
우는 것이 그녀의 의무였다. 탄바나키는 어떻게든 우위를 차지할
방법을 찾아야 했다.

탄바나키는 코르바의 목덜미에 전성관을 갖다 댄 채 빠르게 일련
의 명령을 내렸다. 코르바는 큰 신음과 우렁찬 소리로 명령을 주변
가리나핀들에 전달했다.

가리나핀 다섯 마리가 의지를 잃고 전투에서 후퇴해 각기 다른
방향으로 달아났고, 제국 비행함들이 차례로 추격에 나섰다. 가리
나핀들은 지쳐 보였고 움직임이 느렸다. 제국 비행함 선원들은 환
호성을 지르며 노 젓는 일에 박차를 가했다. 먹잇감에 접근하자 그
들은 비단력 화살들을 느릿느릿 움직이는 야수들을 향해 쐈다.

하지만 가리나핀들은 어떻게든 화살을 피해서 빠져나갔고 많은
비단력 화살이 낭비되었다.

'비단력 화살'호에 탄 긴 마조티는 전술적 상황을 곰곰이 따져 보았다. 해군 함대들은 교전할 수 있을 만큼 가까워졌고, 다라 배들 일부는 이미 투석기로 도시선들을 향해 돌을 쏘아 대고 있었다. 그런 기계에 익숙하지 않은 류쿠 함대는 큰 몸집에 의지해 앞으로 나아갔다. 코끼리 앞에 선 늑대 무리나 크루벤 앞에 선 상어 떼처럼 도시선들 앞에서 다라 배들을 왜소해졌고 투석기를 이용한 직접적인 공격은 거의 피해를 주지 못했다.

다라 해군은 공중 지원이 필요했다. 하지만 제국 비행함들은 가리나핀들을 추격하는 데 어려움을 겪고 있었고, 이제 다섯 대의 비행함은 서로 멀리 떨어져 있었다.

"이건 함정이야!" 긴 마조티가 나아로엔나의 손잡이를 손으로 내리쳤다. "퇴각해!"

코르바가 다시금 울부짖었다. 탄바나키는 공중전에서 멀찌감치 떨어진 채 전술적 상황을 살피고 있었다. 탄바나키는 미소 지었다. 그녀의 계획은 완벽하게 진행되고 있었다.

갑자기 도망치던 가리나핀 다섯 마리가 속도를 올려 추격하는 비행함들로부터 방향을 틀어 달아났다. 그것들은 크게 원을 그리면서 선회하더니 한꺼번에 '투투티카의 심장'호로 몰려들었다.

탄바나키는 제국 비행함들이 한데 모여 있으면 비단력 장창으로 서로를 지원할 수 있다는 사실을 깨달았다. 그녀는 후퇴하는 척하면서 비행함들을 서로 떼어 놓는 데 성공했고, 이제 제국 비행함 한 대에 병력을 집중해 수적 우위를 되찾을 수 있었다.

가리나핀 다섯 마리가 동시에 공격하자 '투투티카의 심장'호에 탄 병사들은 비단력 장창을 어디로 겨누어야 할지 몰라 머뭇댔다. 동시다발적인 공격에 비행함 골격이 뒤틀리고 무너져 내렸다. 많은 선원이 비행함에서 굴러떨어져 무자비한 바다로 떨어졌고, 그들의 처절한 비명이 허공을 맴돌았다.

가리나핀들이 기체 자루들을 터트리자 '투투티카의 심장'호가 고도를 잃기 시작했다. 탄바나키는 가리나핀들에 물러나서 다른 비행함에 집중하라고 명령했다. 하강하는 '투투티카의 심장'호에 타고 있던 선원들이 공황에 빠져 운이 다한 비행함을 구하기 위해 분주히 움직였다. 그때 비단력 장창들이 서로 가까워지더니 긴 불꽃이 창 끄트머리들 사이를 가로질렀다.

기체가 새는 주머니들에 불이 붙으면서 엄청난 폭발이 일어났다. 불길에 휩싸인 비행함의 잔해는 천천히 바다를 향해 추락했고, 모든 선원이 목숨을 잃었다.

"골격에다 충전해!"

살아남은 네 대의 비행함이 다시 한데 모이자 긴 마조티가 외쳤다. 그녀는 분노와 후회로 가슴이 찢어졌다. 병사들이 제아무리 훈련을 자주 한다 해도, 전장이 혼란스럽고 무기에 대한 경험이 부족하면 위협에 적절히 대응하지 못하는 경우가 많았다.

골격 대부분을 강철로 강화된 대나무로 만들었기 때문에 비행함의 전체 골격을 충전할 수도 있었다. 한 가리나핀이 비행함의 지지용 버팀살 하나를 잡자마자, 선원들은 비단력 장창을 비행함의 골격에 갖다 댔다. 버팀살을 붙잡은 가리나핀은 거대한 번개 충격을 맞고 그 자리에서 죽었다.

탄바나키가 명령을 추가로 내렸다. 가리나핀들은 비행함 아래로 잠수하듯 들어갔다. 선체 바닥이 사라지고 선원들이 거대한 석궁이 있는 원형 부표에 서 있는 것을 보고, 탄바나키는 원형 부표가 가리나핀을 죽인 그 치명적인 힘에서 벗어나 있으며 비행함의 가장 취약한 부분일 거라고 도박했다.

하지만 비행함들은 쇠사슬들을 내던졌다. 그것들은 멀리 아래까지 길게 늘어졌다. 공중에 있는 해파리의 촉수처럼 쌍을 이루는 충전된 쇠사슬들이 선회하는 가리나핀이나 기수에 닿을 때마다 천둥처럼 요란한 굉음과 함께 길고 거대한 불꽃이 그 사이로 날아다녔다. 치명적인 해파리가 떠다니는 물고기 먹잇감을 잡아 무력화시키듯, 비행함들은 이제 치명적인 쇠사슬들과 탁탁 소리를 내는 장창으로 허둥대는 가리나핀들을 붙잡아 죽였다.

살아남은 두 마리의 가리나핀은 전투 의지를 잃고 조종수의 명령을 무시한 채 전투에서 도망쳐 도시선에 착륙하려 했다. 페큐가 욕을 하며 분노에 찬 소리를 지르고 류쿠 전사들이 열린 갑판에서 허둥지둥 달아났다. 거대한 날개 달린 야수가 추락해 배와 충돌하는 바람에 많은 사람이 죽고 배는 손상을 입었다.

'가리나핀의 섬광', 바듀 공주는 믿을 수 없다는 듯 주변 광경을 바라보았다. 번개나 비단력 화살에 맞아 폭발하며 연기가 피어오르는 가리나핀 사체들이 파도에 떠다니고 있었다. 침략군에 동행했던 스무 마리의 가리나핀 중 코르바만이 하늘을 날고 있었다.

넉 대가 남은 제국 비행함은 이제 비단력 촉수로 류쿠 선원들을 죽이기 위해 도시선 함대를 향해 내려가고 있었다.

"다라의 신들이 오늘 우리와 함께하셨다!"

그들은 한목소리로 외쳤다.

탁 트인 갑판에 늘어선 류쿠 전사들은 두려움 없이 곤봉을 서로 부딪쳤지만, 전세가 류쿠인들에게 불리하게 돌아선 것은 분명했다.

"어떻게 해야 합니까?"

코르바에 올라탄 다른 병사들이 물었다. 탄바나키는 그렇게나 절망으로 가득 찬 목소리를 들어 본 적이 없었다.

탄바나키는 질문에 생각했다. 코르바에게는 아직 불이 있었지만, 가리나핀 한 마리가 제국 비행함 넉 대를 상대하는 것은 불가능했다. 특히 그들이 아주 강력한 무기의 도움을 받는다면 더더욱 불가능한 일이었다.

분노의 울부짖음과 함께 그녀는 코르바의 목을 세게 차서 멀리 떨어진 긴펜의 성곽으로 향하게 했다.

"우린 이 도시를 불태워서 류쿠족이 죽음을 두려워하지 않는다는 걸 보여 줄 것이다!"

도루 솔로피와 노다 미는 '소용돌이 주자(走者)'호의 조타실에서 단둘이 서 있었다. 그 배는 잡다한 상선들을 임시 보조 전함으로 개조해서 만든 함대 중에서 가장 규모가 컸다.

실패한 두 반군은 더럽혀진 명예를 회복하겠다며 다라의 대의를 위해 목숨을 걸겠다고 맹세했지만, 원수는 그들을 믿지 않았다. 그래서 그들을 최전방의 권한 있는 자리에 배치하는 것을 거부하고 밀착 감시를 받는 낮은 수준의 지원 업무에 배정했다.

놀랍게도, 얼마간 도루와 노다는 자신들에게 주어진 임무에서 꽤 능력이 있음을 증명했다. 노다는 패왕의 병참 장교로 근무한 경험을 살려 원수의 해군과 육군에 보급품이 원활하게 흘러가도록 했고, 도루는 상인들을 윽박지르고 위협해서 제국이 벌이고 있는 전쟁에 배들을 '자청해서 제공'하게 만들었다. 긴은 이 과정에서 두 사람 모두 자신의 이익을 챙겼다고 의심했지만, 전쟁 중에는 그런 사소한 잘못은 피할 수 없는 일이기도 했다.

전투가 있기 직전에 두 사람은 샌 카루코노 제독을 찾아와 지원 선박의 지휘를 맡게 해 달라고 요청했다.

"민간인들을 지휘할 사람이 있어야 합니다. 그래야 우왕좌왕하지 않습니다."

노다 미가 말했다.

"다라를 위해 저희가 할 수 있는 일을 하고 싶습니다!"

도루 솔로피가 말했다.

"이만하면 저희의 쓸모가 증명된 것 아니겠습니까? 라긴 황제께서는 항상 충성심은 신뢰에서 비롯한다고 말씀하셨습니다.

"한때 황제에게 반기를 들었던 다른 사람들은 모두 사면되고 지휘 임무를 부여받았습니다. 우리가 지휘 임무를 부여받지 못한다면, 사람들 앞에서 절대 얼굴을 들 수 없을 것입니다."

"저희가 바라는 거라곤 기회가 전부입니다. 라긴 황제께서 한때 우리에게 기회를 주셨던 것과 같이 말입니다."

샌 카루코노 제독은 그 말을 곰곰이 생각했다. 그는 도루와 노다가 실제로 목숨을 걸고 하는 일보다는 공로를 인정받는 데 더 관심이 있다는 것을 잘 알고 있었다. 하지만 지휘 경험이 있는 사람들은 모두 류쿠족과의 전투를 지휘할 수 있기를 바랐고, 아울러 상선들을 통솔하고 전함에 방해가 되지 않게끔 감독할 사람이 필요했다. 그는 그들의 제안에 동의했다.

전투가 시작될 때 실제 전함의 주력 함대는 긴펜항에서 출항했고, 예비 지원 선박들은 그 뒤를 따라가며 생존자를 구출하고 어떤 식으로든 도움이 되는 방향으로 주력 함대를 지원하게 되어 있었다.

원수의 계획에 따르면 공중전이 성공적이지 못하면 다라 함대의 모든 선박은 류쿠의 도시선을 들이받는, 최후의 자살 임무를 실시하기로 되어 있었다. 도루 솔로피는 이 계획이 전혀 마음에 들지 않았다. 그는 가능한 한 많은 선박을 '소용돌이 주자'호 앞에 배치하려고 노력했다. 그는 그렇게 후방 경계 태세를 유지하면 그와 노다 미가 전장을 이탈하려는 선박을 붙잡아 규율을 강화할 수 있다고 주장하며 자신의 결정을 정당화했다. 다른 상선 선장들도 이 설명을 받아들이는 듯했다. 도루 솔로피로서는 이 세상에 속기 쉬운 바보가 많다는 점이 이로써 다시금 증명된 것이었다.

도루는 사태가 다른 방향으로 흘러가자 안도의 한숨을 내쉬었다. 이제 가리나핀들이 하늘에서 쫓겨났으니 원수의 공군이 류쿠 함대에 치명적인 타격을 가할 것이고, 샌 카루코노의 해군 함대가 마지막 남은 저항군을 쓸어 버릴 거였다. 보조 선박들은 그저 함께 항해하면서 생존자 몇 명을 처치함으로써(당연히 간첩이었다거나 저항했다고 주장할 것이다) 영광의 한 자락을 얻게 될지도 모를 일이었다. 이것은 손쉬운 승리였다. 그가 가장 좋아하는 것이었다.

도루가 제안했다.

"다른 배들보다 앞서 항해하는 게 어떨까? 류쿠 생존자를 한 명이라도 죽일 수 있다면, 나중에 과장을 좀 해도 그걸 뒷받침할 증거를 확보하고 영지를 넓힐 수도 있겠지."

하지만 노다 미의 표정은 이상하게도 긴장하고 있었다.

"넌 민들레 황실에서 영원히 시시한 귀족으로 지내는 것으로 만족할 거야? 티로 왕으로 돌아가고 싶다는 네 꿈은 어떻게 된 거야?"

충격을 받은 도루 솔로피는 조심스럽게 말했다.

"우리에겐 선택의 여지가 많지 않아. 민들레 궁정은 강해. 우리 반란은 실패했어."

"류쿠족이 여기 있잖아. 내 적의 적은 내 친구야."

도루는 숨을 깊이 들이마셨다.

"넌…… 정말 대담해. 하지만 그들은 여기 오래 있지 않을 거야. 가리나핀은 한 마리만 빼고 모두 죽었고, 원수는 함대를 단숨에 처리할 거야."

"근시안적인 생각이야. 루이섬에는 아직 가리나핀들이 많이 있을 거야. 그리고 더 많은 가리나핀이 다라로 오고 있는 거 알잖아."

"하지만 페큐는 오늘 살아서 루이섬에 돌아갈 수 없을 거야."

"도움을 받지 못한다면 그렇지. 페큐는 원수의 비행함들과 싸우는 법을 모르지만, 우린 알아."

도루 솔로피는 자신의 옛 공모자를 바라보며 피가 식는 것을 느꼈다.

"무슨 말을 하려는 거야?"

"인생은 도박이야." 노다 미의 얼굴에 상어 같은 미소가 번졌다. "오늘 여기서 민들레 궁정이 승리하면, 우린 한 게 별로 없는 전쟁의 하찮은 졸개 병사에 지나지 않을 거야. 하지만 우리의 도움으로 류쿠족이 승리하는 경우 받게 될 사례를 상상이나 할 수 있겠어?"

도루 솔로피는 한참을 생각한 후 단호하게 고개를 저었다.

"노다, 난 인제 음모와 반란은 그만둘래. 쿠니는 우리가 그런 짓을 했는데도 교수형에 처하지 않는 관대함을 베풀어 줬는데, 이건…… 너무 지나친 것 같아. 솔직히 말해서 난 어깨에 머리가 달린 시시한 귀족이 되는 것에 만족해."

"그리 오래가는 만족은 아닐 거야."

도루 솔로피가 반응하기도 전에 노다는 단검을 꺼내 도루의 심장에 꽂았다.

도루의 몸이 조타실 바닥에 쓰러지자, 노다는 검을 깨끗이 닦으며 낮은 목소리로 말했다.

"쿠니 가루는 항상 가장 재미있는 일을 하라고 했어. 적어도 그 점에서는 그가 옳았어."

제국 비행함들이 깃털 달린 날개들을 박자에 맞추어 펄럭이며 류쿠의 도시선 함대를 향해 급습했다.

그 아래에서는 샌 카루코노의 함선이 류쿠 함선을 향해 유유히 이동하고 있었다. 샌 카루코노는 자기 손으로 류쿠 함선의 마지막 숨통을 끊어 놓기 전에 비행함들이 먼저 공격을 퍼붓도록 내버려 두는 것에 만족감을 느꼈다.

노다 미는 보조 선박들에 속도를 높여 전함들에 섞여 들라는 신호를 보냈다. 보조 선박들이 가끔 전함들을 추월하는 상황이 벌어지기도 했다. 전함의 선장들은 옆에서 항해하는 상선들을 미간을 찌푸리며 쳐다보았는데, 제국 해군으로부터 전투의 영광을 더 많이 차지하기 위한 기회주의적인 시도임이 분명했기 때문이었다.

'소용돌이 주자'호에서 다른 배로 작은 함재정들이 파견되었고, 전령들이 노다 미로부터 중요한 새 명령을 선장들에게 전달했다. 곧 전투 연들이 상선에서 띄워져 하늘로 날아올랐다.

다소 이례적인 일이었다. 전투 연은 정찰 임무에 가장 유용한데, 류쿠 함대가 바로 눈앞에 있었기 때문에 그런 추가적인 정찰의 필요성은 거의 없다시피 했다. 하지만 해군 선장 그 누구도 그 문제에 대해 별다른 신경을 쓰지 않았다.

비행함 선원들은 근처 공중에서 전투 연을 타고 있는 초병들을 향해 손을 흔들었다. 초병들도 손을 흔들었다. 하늘과 바다에서 전투에 나선 다라 남자와 여자들의 사기가 하늘을 찌르고 있었다. 류쿠족 선원들은 엄숙하게 자신들의 운명을 기다리는 것처럼 보였다.

연에 매달린 초병들은 불붙은 횃불까지 들고 있었는데, 그건 정말로 이상한 일이었다. 횃불로 뭔가 신호를 보내려는 것이었을까?

코르바는 긴펜의 건물과 거리를 휩쓸며 풍차와 목조 탑, 고대 강당, 반구형 지붕의 연구소 들에 불을 뿜어 댔다. 지하실 깊숙이 숨어 있던 시민들은 무사했지만, 도시는 막대한 손해를 입게 될 터였다.

코르바의 등에 탄 기수들은 새총으로 시민들을 공격할 자세를 취하고 있었지만, 도시에 목표물이 거의 없다는 사실에 울부짖으며 욕을 퍼부었다.

탄바나키는 계속해서 욕을 해 댔다. 무력감을 느꼈다. 황후와 고문들이 숨어 있는 곳을 찾아내 위협하는 일 정도는 할 수 있을 줄 알았다. 애초부터 비행함들과 교전하기 위해 공중에 머무르기보다는 그쪽으로 전략을 세워야 했는지도 몰랐다.

하지만 지금처럼 다라 지도자들이 껍데기 속에 든 거북이처럼 숨어 있다고 한다면 그런 전략마저도 도움이 되진 않을 것 같았다.

뭘 어떻게 해야 하는 걸까? 코르바는 영원히 공중에 떠 있을 수 없었고, 류쿠 함대가 파괴되면 코르바를 루이섬으로 데려갈 방법이 없었다. 모든 선택이 나빠 보였다.

뒤쪽에서 충격에 휩싸인 목소리가 들려왔다. 기수들이 놀라운 광경을 목격한 것이었다.

그녀는 고개를 돌려 바다 쪽을 보았고, 제국 비행함들이 차례로 폭발하는 모습을 보며 심장이 목구멍에서 튀어나올 뻔했다.

비행함 선원들은 접근해 오는 류쿠 함대에 집중하고 있었고, 매달고 있는 충격용 쇠사슬을 조정해서 최대한의 피해를 주고자 했다. 가리나핀을 죽이느라 힘을 분출한 뒤로 바닥짐 공에 남은 힘은 약해졌다. 하지만 여전히 도시선들의 갑판에 노출된 류쿠인들을 번개로 죽이기에는 충분했다.

뒤쪽 연에 타고 있던 초병들은 화살통에서 화살을 꺼냈고, 횃불로 불을 붙여 제국 비행함의 휜히 드러난, 물결처럼 보이는 기체 자루들을 향해 불타는 무기들을 쏘았다.

전략이라는 측면에서 긴 마조티는 모든 군대가 자신들의 경험을 과도하게 일반화하고 이미 알고 있는 강점에 의존하는 경향성이 있다는 점을 참작했다. 가리나핀들이 무적이라고 믿었던 류쿠는 다라의 전쟁 기법을 채택하지 않았고 가리나핀 기수 역할을 하는 병사들에 궁수를 추가하지 않았다.

가리나핀들의 불을 무력화한 후, 비행함들은 선체를 덮고 있던 비단 외피를 없앰으로써 선원들이 비단력 장창을 휘둘러 가리나핀들에 충격을 줄 수 있도록 했다. 류쿠인들은 불화살을 사용하지 않았기 때문에(사용했다면 제국 비행함들을 재빨리 처리할 수 있었을 것이다) 취약한 기체 자루들이 노출되는 위험 정도는 감수할 만한 것으로 여겨졌다.

원수는 자신의 병사들이 배신할 거로 생각하지 않았다.

불화살들이 쉭쉭 소리를 내며 초병들과 비행함 사이의 짧은 거리를 가로질러 기체 자루에 박혔다.

순식간에 비행함들이 화염에 휩싸이며 떨어지기 시작했다.

몸에 불이 붙은 병사들은 비명을 질렀고 많은 이들이 잔해에서 뛰어내렸다. 도시선들의 갑판에서는 류쿠 전사들이 격렬하게 환호했다. 페큐 텐료는 환하게 웃었다.

신들이 정말로 그들과 함께했다.

"조미! 원수님!"

세라가 비밀 전망대에서 먼 곳에서 일어나는 여러 차례의 폭발을 보며 비명을 질렀다. 황궁 경비대원들은 황녀가 해변이나 바다로 뛰어들지 못하도록 제지해야 했다.

멀리서 지아 황후는 한숨을 내쉬었다. 그녀는 시종들에게 류쿠 함대가 무방비 상태인 긴펜을 향해 마지막 대공격을 시작하자마자 연단에 쌓아 둔 장작에 불을 붙일 준비를 하라고 지시했다.

"모든 게 끝장이야."

그녀가 중얼거렸다.

승리가 손끝에서 멀어지자 '비단력 화살'호에 탑승한 긴 마조티는 분을 이기지 못하고 울부짖었다.

제국 비행함들은 불에 어느 정도 방어력을 가질 수 있게끔 설계가 되어 있었고, 부양용 기체 자루들은 가리나핀 가죽으로 만든 격벽들에 의해 몇 개의 다발로 나뉘어 있었다. 초병들이 뒤에서 화살을 쐈기 때문에 불은 후미에 있던 주머니 다발에만 붙었다. 비행함들은 고도를 잃고 심하게 흔들렸지만 완전히 통제력을 잃은 것은 아니었다.

"바닥짐 공을 버려."

기울어지는 바닥에 발을 헛디뎌 넘어지면서 마조티가 명령을 내렸다.

도자기 바닥짐 공이 아래로 떨어졌고, 비행함은 바람에 흔들리고 휘어졌다. 이제 속도는 훨씬 느려졌지만 비행함은 여전히 떨어지고 있었다. 게다가 비단력 무기를 위한 동력원도 잃었다.

자매 비행함들도 '비단력 화살'호를 따라 했다.

"비행함을 버려야 합니다."

대들보에 매달린 채 다피로 미로가 말했다.

"우리가 비행함을 버리면 류쿠를 막을 수 없어."

긴 마조티는 뒤를 돌아보며 다라 함대가 혼란에 빠져 있는 모습을 보았다.

노다 미는 해군의 보급품을 관리하는 역할을 이용해서 지난 몇 달 동안 자신의 추종자들을 제국 해군은 물론 보조 함대에 상당수 침투시키는 데 성공했다. 지금까지 그들은 상당수의 배를 장악했고, 자기들의 배가 왜 원수에게 사격하는지를 혼란스러워하는 장교와 선원, 해병 들을 처형했다.

노다 미의 부하들은 분명 모든 지원 선박이나 제국 해군의 전함을 통제할 수 없었고, 샌 카루코노는 여전히 원수에게 충성하는 부하들을 모아 대응하려고 했다. 하지만 어떤 배를 신뢰할 수 있는지 알 수 없기 때문에 어려움을 겪었다. 여전히 원수에게 충성하는 선박들이 지휘 계통을 잃은 채 혼란 속에서 주위를 뱅뱅 도는 사이, 노다의 선박들은 그들을 포위하고, 노를 부러뜨리고, 들이받고, 항복을 요구하기 시작했다.

"지금 우리가 할 수 있는 일은 아무것도 없습니다. 하지만 오늘 살아남는다면 다라의 산속에서 군대를 일으켜 류쿠를 계속 공격할 수 있습니다."

다피로가 말했다.

"그런 전략으로 승리할 가능성은 희박해. 전쟁은 몇 년 동안 계속될 것이고 더 많은 사람이 죽을 것이다. 오늘 여기서 끝장을 봐야 해."

긴은 일어서려고 안간힘을 썼다. 주위에서 비행함이 불타고 있었다. 연기로 목소리가 갈라지고 뜨거운 공기 때문에 시야가 왜곡되는 가운데 그녀는 선원들에게 외쳤다.

"다라의 병사들이여, 우리가 이제 육지에 충분히 가까워졌으니 비행함을 버리면 많은 사람이 살아남을 수 있을 것이다. 하지만 류쿠 왕이 살아남는다면 다라는 사라질 것이다. 그래서 난 비행함을 페큐의 기함에 충돌시키려 한다. 너희는 충분히 멀리까지 날 따라왔다. 너희 중 누구도 나와 함께할 필요가 없다."

아무도 배에서 뛰어내리려 하지 않았고, 그대로 자리를 지켰다.

긴 마조티는 미소를 지었다.

"난 의심한 적이 없었다. 우리의 삶은 영원한 미지의 세계에 드리워진 폭풍우 치는 장막들 사이 잠깐의 휴식일 뿐이다. 우리는 다른 사람들이 우리를 어떻게 생각하는지가 아니라 마음에 지닌 의지가 가리키는 나침반에 따라 행동해야 한다. 하지만 이제 죽음이 다가왔으니, 우리는 오늘을 노래와 이야기에 남을 날로 만들 것이다."

긴과 다피로를 포함한 선원들은 노가 있는 자리로 이동했다. 그들은 온 힘을 다해 노를 저었고, 불길에 휩싸인 채 내려가는 비행함을 페큐 텐료의 기함 '우큐의 자부심'호로 몰면서 노래를 부르기 시작했다.

사평해는 긴긴 세월만큼이나 넓고
기러기가 연못 위를 날며 바람에 소리를 남기네.
누군가는 이 세상을 살다 이름을 남기고 가네.

원수의 모범에 따라, 내려가던 자매 비행함들 역시 하나씩 도시선을 선택했고, 선원들은 자신들의 비행함을 목표물 쪽으로 몰고 가기 위해 고군분투했다.

불이 선원들의 머리카락을 태웠고, 대나무와 강철로 만든 골격이 주위에서 터지고 부서지면서 피부에는 물집과 종기가 생겼다.

그들의 노래는 점점 더 엄숙해지고 커졌다.

불타는 '비단력 화살'호가 페큐의 기함에 추락하자, 비행함에서 뿜어져 나오는 열기가 해일처럼 갑판 위로 밀려들었다.

많은 류쿠 전사가 남아 있으면 분명 죽는다는 생각에 뱃전을 뛰어넘었다. 하지만 페큐 텐료는 한 살배기 가리나핀의 두개골로 만든 투구를 쓰고 랑기아보토를 양손으로 머리 위로 높이 쳐든 채 갑판에 굳건히 서 있었다. 마치 혼자서 이 불타는 별똥별과 맞서려는 것 같았다.

'비단력 화살'호가 '우큐의 자부심'호와 충돌했다. 비행함의 골격이 찌그러지고, 구부러지고, 산산이 부서졌다. 불은 남은 기체 자루 다발에 번졌고, 더 많은 폭발이 이어졌다. '비단력 화살'호의 선원 대부분은 불타서 죽었고, 도시선의 갑판은 지진이라도 난 듯 뒤흔들렸다. 불타는 잔해 조각들이 페큐 텐료 주변으로 쏟아져 내렸고, 아직 영주 곁에 남아 있던 몇 안 되는 류쿠 전사조차 뱃전을 넘어 바다로 뛰어내렸다.

긴 마조티와 다른 몇몇 선원들은 운 좋게도 얼마간(노잡이 좌석에서 불타는 갑판으로 몸을 굴릴 만큼의 시간 동안) 충돌로부터 멀쩡한 구역에 있었다. 그들은 갑판에서 뒹굴며 몸에 붙은 불을 끄려고 애썼다. 하지만 일어서려고 하는 순간 류쿠족 족장이 공격했다.

페큐 텐료는 늑대가 양 떼를 찢어발기듯 살아남은 선원들을 갈기갈기 찢어 버렸다. 그는 자신의 안전은 아랑곳하지 않고 거대한 도끼를 휘둘렀다. 주변에서 배가 불타오르고 있는데도 뜨거워지는 열기나 짙어지는 연기를 느끼지 못하는 것 같았다. 그는 랑기아보토를 휘두를 때마다 누군가의 머리를 부수거나 흉곽을 깨부수었다.

긴 마조티는 불타는 '비단력 화살'호의 잔해로 달려가 나아로엔나를 끌어냈다. 펄펄 끓는 손잡이가 손에 닿으면서 느껴지는 고통도 아랑곳하지 않았다. 다피로 미로는 자신의 곤봉 물쇠와 남동생에게서 물려받은 검인 단순명쾌를 꺼내 들었다. 두 사람은 서로를 살벌한 눈빛으로 바라본 후, 페큐 텐료에게 달려들었다.

도끼를 몇 번 더 휘둘러 마지막 남은 다라 병사들을 처치한 페큐 텐료가 뒤로 돌아서서 긴 마조티와 다피로 미로를 마주했다. 화장용 장작더미가 타오르듯, 세 사람 주위로 불길이 타올랐다.

페큐 텐료가 랑기아보토를 높이 들어 올렸다 갑판에 세게 내리쳤다. 배 전체가 흔들리는 것 같았다.

긴 마조티와 다피로 미로는 서로를 바라보며 미소를 지었다.

"다라의 원수님, 함께 싸우게 되어 영광입니다."

"오히려 내가 영광이지."

그리고 그들은 불바다에서 힘을 다투는 세 마리의 크루벤처럼 서로를 향해 몸을 던졌다.

조미 키도수는 온 힘을 다해 수영했고, 세차게 발길질해서 수면 위로 올라왔다. 주변의 바다에는 비행함과 침몰하는 도시선의 불타는 잔해가 가득했다. 심한 화상을 입은 류쿠 전사들이 물에 떠 있는 원재들을 붙잡고서 고통에 울부짖었다.

'모지의 복수'호가 도시선 한 척과 충돌하기 직전, 조미는 선원들에게 비행함에서 뛰어내리라고 명령했다. 이미 '모지의 복수'호가 배들이 모여 있는 곳을 향해 가고 있었으므로 조미는 조종을 위해 마지막 순간까지 선원들을 비행함에 남겨 둘 필요가 없다고 판단했다. 조미는 역사의 일부가 되기 위해 불필요하게 죽는 일에 대해 신념이 없었다.

다라 비행함 선원들은 이제 각자의 피난처를 찾아 바다에서 조금씩 떴다 잠기기를 반복하고 있었다. 다라 함대에서 벌어진 혼란스러운 상황으로 인해 누가 아군인지 적군인지 알 수 없었지만, 이제 모든 류쿠인과 다라인은 물속에 거의 잠겨 언제든 침몰할 수 있는 '우큐의 자부심'호에서 벗어나려 안간힘을 썼다.

조미는 갑판을 슬쩍 쳐다보았고, 불과 연기 사이로 세 개의 형상이 뛰어오르며 싸우는 것을 보았다. 뜨거워진 공기가 왜곡되는 중에 본 그 광경은 떠돌이 음유시인들의 이야기 속 한 장면이 살아 움직이는 것과 같았다.

한쪽에서는 다라의 분노가 두 영웅을 감싸고,
다른 한쪽에서는 우큐의 오만이 왕을 덮었네.
몸을 쳐드는 가리나핀을 흉내 내듯 랑기아보토가 치솟는다.

단순명쾌와 물쇠가 교차하며 준비 태세에 들고, 이제 두 형제가 하나
가 되어 싸우네.

의심을 종결짓는 자 나아로엔나가 살아 움직이고, 한 전설이 다른 전
설을 보태네.

페큐 텐료가 웃는데, 그건 굶주린 끔찍한 늑대의 교만한 울부짖음.

미로 대장이 포효하는데, 그건 충성스러운 소의 울음소리.

원수의 검이 울리는데, 그건 반항하는 독수리의 거친 노래.

번개와 천둥, 폭풍과 홍수.

그 어떤 자연의 힘도 이 투사들의 분노에 비길 수 없네.

두 백성과 천 개의 섬의 운명을 두고 싸우는 투사들.

다피로 미로가 페큐 텐료의 강력한 공격을 대부분 막거나 받아
냈고 원수는 주위를 뛰어다니며 틈이 보이는 대로 무거운 검을 휘
둘렀기 때문에, 지금은 양측이 대등하게 맞서고 있었다. 하지만 페
큐의 힘이 더 세다는 것은 분명했고, 나아로엔나는 원수가 효과적
으로 휘두르기에는 너무 무거웠다. 다피로 미로는 둔중한 타격에
몇 번 비틀거렸고, 단순명쾌와 물쇠에서는 불꽃이 튀었다. 원수와
대장이 얼마나 더 버틸 수 있을까?

조미 키도수는 이를 악물고 '우큐의 자부심'호를 향해 헤엄쳤다.

다피로의 움직임이 둔해지고 느려졌다. 랑기아보토의 타격이 점
점 더 무겁게 느껴졌고, 점점 더 피하기 어려워졌다. 원수는 상태가
더 안 좋아서 '의심을 종결짓는 자'를 들어 올리는 것조차 힘들어

보였다. 반면 페큐 텐료의 움직임은 주변의 뜨거운 공기에서 힘을 흡수하는 것처럼 도끼를 휘두를 때마다 더욱 강하고 유연해졌다.

"우리가 킨도 마라나를 어떻게 이겼는지 기억해?"

긴 마조티는 힘겹게 숨을 쉬었다.

다피로는 국화·민들레 전쟁 초기에 루이섬을 기습 공격했던 일을 떠올렸다. 그 당시 원수는 그에게 가장 위험한 임무를 맡겼다.

그는 긴을 보며 미소를 지었다.

"물론입니다."

페큐 텐료가 앞으로 돌진했고, 괴성을 지르며 랑기아보토를 다피로의 머리를 제대로 노려서 휘둘렀다. 다피로가 검과 전투용 곤봉을 교차시켜 공격을 막자 불꽃이 사방으로 튀었다. 다피로는 비틀거리며 뒤로 물러났다.

긴 마조티는 다피로를 도와주러 오는 대신 그대로 자리를 지키며 숨을 몰아쉬었다. 나아로엔나의 끝은 갑판에 기대어 있었고 그녀는 힘이 다 떨어진 상태였다.

"네 원수는 겁쟁이야." 페큐 텐료가 싱글거리며 말했다. "감히 나와 싸우질 못하잖아. 넌 전투에서 도망치는 사람을 구하느라 목숨을 낭비하고 있어."

다피로는 아무 말도 하지 않았다. 그는 페큐 텐료의 공격을 계속 막아 내며 한 발자국씩 뒤로 물러섰다. 팔이 무감각해지기 시작했다. 페큐의 전투용 도끼가 가하는 타격의 힘이 손바닥 아래 혈관을 터뜨릴 때마다 손에서 피가 스며 나와 무기가 미끄덩거렸다.

한 걸음 더 물러나자 다피로의 뒷다리가 꺾였고, 텐료가 랑기아보토를 힘차게 두 번 휘둘러 다피로의 무기를 손에서 떨어뜨렸다. 물쇠와 단순명쾌는 빙글빙글 돌며 공중에서 긴 호를 그리다 바다로 첨벙 떨어졌다.

페큐는 다시 도끼를 들어 올렸고 피를 보려는 욕망에 입술을 말아 올리며 야생적인 미소를 지었다.

다피로가 소리를 지르며 페큐 텐료에게 달려들더니 날아드는 도끼를 가슴으로 막아 냈다. 도끼의 돌날이 흉곽을 뚫고 들어가 박히자, 다피로는 피로 목이 멘 비명을 내지르며 팔다리로 페큐 텐료의 몸을 감싸 안았다. 그의 입에서 피가 터져 나와 페큐 텐료의 몸을 적셨다. 두 사람은 갑판에 쓰러졌다. 다피로는 텐료의 몸을 자기 몸으로 덮고 있었다.

긴 마조티가 앞으로 돌진해 우렁찬 포효와 함께 나아로엔나를 내리꽂았다. 검은 다피로 미로의 등을 뚫고 텐료의 가슴에 꽂혔다.

다피로가 시야를 가렸지만, 텐료는 다가오는 공격을 감지하고 몸을 옆으로 살짝 틀었다. 검 끝이 가슴에 꽂혔지만 그의 심장을 뚫지는 못했다.

페큐 텐료가 웃었다.

"처음부터 그게 네 속임수였군. 이런 기회를 얻으려고 그에게 죽으라고 한 거였어."

"승리할 수 있다면 어떤 *퀴파* 돌도 희생할 수 있어."

긴 마조티가 처음 다수의 원수가 되었을 때, 그녀는 다피로 미로를 채찍질하여 킨도 마라나의 신임을 얻었던 적이 있었다. 긴과 다피로는 그런 과거를 떠올리며 페큐를 물리칠 계획을 함께 생각해

낼 수 있었다.

"그의 희생이 무의미하니, 안타깝군."

페큐 텐료는 두 다리를 움직여서 다피로의 가슴 아래로 발을 받칠 수 있을 때까지 그의 시체를 위로 밀어 올렸다. 긴은 침울한 심정으로 그 모습을 바라보았고, 그러면서도 검에다 힘을 주어 페큐를 갑판에다 고정해 두려 했지만, 다피로의 몸이 검을 타고 속절없이 미끄러져 올라왔다.

그는 다피로 미로를 발로 차서 원수와 함께 날려 버릴 생각이었다. 긴 마조티는 페큐를 일대일로 이기기가 어려웠다.

긴이 고개를 들어 연기와 불길 사이로 조미 키도수의 모습을 보았다. 그녀는 부러진 비단력 화살의 화살대를 짧은 창처럼 붙들고 있었다. 화살대는 다이아몬드 화살촉이 여전히 붙어 있고 폭죽 가루가 새어 나와 있었다.

조미와 긴은 시선을 서로에게 고정했다. 다피로의 몸은 페큐를 완벽하게 보호했고, 곧 페큐는 자유의 몸이 될 수 있었다.

화살 안의 오게 항아리가 부서지려면 어느 정도 힘이 필요했고, 그런 힘은 조미가 도움닫기를 하고 달린 다음 목표물을 정면으로 맞혀야만 나올 수 있었다. 다피로의 몸은 갑판과 너무 가까웠다.

긴은 평온한 얼굴로 조미에게 고개를 끄덕였다. *어떤 쿼파 돌도 희생할 수 있어.*

조미는 화살촉을 창처럼 조준하며 앞으로 달려갔다.

긴은 나아로엔나를 더욱 꽉 붙잡았다. 그녀의 평온한 얼굴에 미소가 번졌다.

다이아몬드 끝이 달린 화살이 긴의 노출된 배에 꽂히자, 그녀가 내는 깊고 낮은 신음에 이어 몸속 깊은 곳에서 희미하게 유리 부서지는 소리가 났다. 오게 항아리가 힘을 방출했다.

다라의 원수와 황궁 경비대장의 시신, 그리고 대페큐가 그대로 얼어붙었다. '의심을 종결짓는 자'로 연결된 세 사람의 몸이 동시에 환한 빛을 내는 둥근 활 모양을 띠었다.

검 끝에 전해진 충격에 페큐의 심장은 순식간에 멈추었다. 그것은 뒤이어 원수의 몸을 관통했다. 긴은 검을 꽉 움켜쥐었다. 그녀의 몸은 경직되어 가다 마침내 뒤로 튕겨 나와 갑판에 넘어졌다.

조미는 들썩이는 갑판을 기다시피 해서 원수에게 도달했고, 죽어가는 여자를 무릎에 안았다.

"원수님!"

긴 마조티는 눈은 뜨고 있었지만, 그 눈은 조미 키도수 너머 어딘가를 바라보고 있는 것 같았다.

"그는…… 그는…….'"

"네, 그는 죽었어요."

"잘됐어."

원수가 말했다. 그러고 나서 눈을 감았다.

"원수님!"

조미는 그녀의 얼굴을 부드럽게 어루만졌다.

여전히 눈을 감은 채로 긴은 중얼거렸다.

"멈춰. 회색 족제비, 멈춰!"

목소리가 희미해지더니 긴의 얼굴은 편안하게 이완했다. 팔다리는 축 늘어졌다.

"원수님, 원수님!"

다라의 원수는 더 이상 존재하지 않았다.

그녀는 시신을 안치하고 가장 엄숙한 장례 의식을 치를 자격이 있는 여자였다.

조미는 고개를 들었다. 시야는 흐릿했다. 주변에는 다라와 류쿠의 함선들이 혼란스럽게 움직이고 있었다. 수장이 사라진 양쪽 함대는 전세를 알 수 없는 채 제각각 싸우고 있었다. 자욱한 연기로 그들에게는 '우큐의 자부심'호의 갑판이 보이지 않았다.

영혼이 몸에서 떠났을지 몰라도 원수는 여전히 싸워야 했다.

조미는 긴 마조티에게 사과의 말을 속삭이며 생명이 떠난 그녀의 시신을 뱃머리로 끌고 갔다. 배의 절반이 물에 잠겼으며 뱃머리가 이제 가장 높은 곳이었다. 조미는 긴 마조티를 거의 수직에 가까워진 뱃머리 장대에다 기대 세우고 밧줄로 단단히 묶었다.

그녀는 한때 라긴 황제의 잠든 모습을 덮고 있던, 너덜너덜해진 덮지붕으로 돌아가 다라의 깃발을 찾아냈다. 깃발을 대나무 화살대에 묶고, 원수의 죽은 손가락들이 화살대를 잡게 만든 다음 비단 천 자락으로 화살대와 두 손을 고정했다.

바다 위 크루벤이 그려진 깃발이 불타는 배 위의 아른아른 빛나는 공기 속에서 펄럭였다.

잔해가 흩어진 갑판 쪽으로 기어간 그녀는 대나무 조각과 새총에서 나온 힘줄을 발견했고, 그것들을 이용해서 원수의 두 팔의 움직임을 조종할 장치들을 만들었다.

또한 부러진 비단력 장창에서 통과용 재료로 쓰인 철사 여러 개를 찾아내 원수의 팔에 친친 동여맸다. 그리고 부러진 비단력 화살들에서 더 많은 오게 항아리를 찾아내어 병렬로 연결했다.

그런 다음 보이지 않게 몸을 숙인 채, 거대한 젓가락 한 쌍을 휘두르듯, 대나무 화살대 두 개로 전선들을 집어 들었다. *국수와 밥을 위한 막대기 두 개.* 그녀는 다시 한번 스승의 온화한 목소리를 듣는 것 같았다.

전선이 국숫발인 거야, 알겠지?

그녀는 스승에게 자신을 지켜봐 달라고 속삭였다. 그러고는 전선을 오게 항아리 모음의 노출된 표면에 갖다 댔다.

연구소에서 개구리의 다리가 비단력으로 물속에서 움직이고 수영했듯, 원수의 생명이 없는 두 팔이 꿈틀거리며 움직이기 시작했고, 휘어지는 장치들에 따라 허공에 다라의 깃발을 자랑스럽게 흔들었다.

조미는 몇 번이고 전선들을 항아리들에다 갖다 댔다. 그 행위는 신체를 모독하는 듯이 느껴졌고, 살이 타는 듯한 냄새가 콧속을 가득 채웠다. 조미는 메스꺼움을 참아 가며 하던 일을 계속해야 했다. 그녀는 그것이 옳은 일이고 원수도 이해할 것임을 알았다.

산들바람이 뱃머리 장대 주변의 연기를 걷어 내자, 깃발을 휘두르는 긴 마조티의 모습이 드러났다.

다라 배 한 척의 갑판에서 외로운 외침이 울려 퍼졌다.

"원수가 살아 있다!"

"폐큐가 죽었다!"

첫 번째 목소리에 이어 여러 목소리가 더해졌고, 또 더 많은 목소리가 더해지면서 바다의 한쪽 끝에서 다른 쪽 끝까지 목소리의 물결이 울려 퍼졌다.

다라의 원수 긴 마조티는 강력한 비단력 전류에 몸이 타들어 가며 연기를 내뿜기 시작했지만, 또 한번 다라군을 지휘하고 있었다.

긴 마조티 원수의 손에서 너덜너덜해진 다라 깃발이 휘날리자, 다라 함대는 집결했다. 선원들의 마음에는 티끌만큼의 의심도 없었다. 불타는 비행함을 타고 하늘에서 내려와 한때 무적이었던 류쿠의 우두머리를 죽인 전쟁의 신이 그들을 이끌고 있었다.

류쿠 전사들의 마음속에도 이것이 사실이라는 것을 의심할 여지가 없었다.

두세 척씩 소규모 편대를 이룬 다라 배들은 류쿠의 도시선과 지원 선박들, 그리고 노다 미의 지휘하에 있던 배신자 배들을 들이받았다.

전투의 흐름이 바뀌고 있었다.

탄바나키는 혼란에 빠진 류쿠 함대를 향해 다시 탈것을 몰고 가던 중, 만의 기슭에 있는 인공 언덕처럼 생긴 전망대를 발견했다. 그 위에는 화려한 보석으로 치장하고 새빨간 비단 자락이 풍성한 고급스러운 궁중복 차림의 사람이 홀로 앉아 있었다. *다라의 황후 지아일까?*

코르바는 지쳤고 부양용 기체도 거의 바닥이 났지만, 놓칠 수 없

는 기회였다. 탄바나키는 이를 악물며 경로를 바꾸어 연단으로 접
근하라고 명령했다. 황후를 잿더미로 만들거나 항복하게 만들거나
둘 중 하나였다. 아직 전투에서 패배한 게 아니었다.

코르바는 연단 바로 앞에서 앞다리를 공중으로 든 채로 멈췄다.
날갯짓이 황후 주위의 공기를 난타해 격렬한 난기류를 만들어 냈
고, 여자의 길고 불타는 듯한 머리카락을 사방으로 휘날렸다. 여인
의 모습은 광기 그 이상이었다.

"당신이 다라의 왕좌를 찬탈한 지아 황후인가?"

탄바나키가 코르바의 등 뒤에서 소리쳤다.

"내가 다라의 섭정 황후, 지아가 맞다."

"항복해!"

"안 하면 어쩔 텐가?" 지아는 웃었다. 이성을 완전히 잃은 여자의
광란에 찬 웃음처럼 들렸다. "내 남편은 죽었고 내 아들은 노예가 되
었어. 하지만 난 이미 죽었기 때문에 절대 굴복하지 않을 것이다."

그제야 탄바나키의 눈에 연단 주변을 휘감는 연기와 우뚝 솟은
구조물의 측면으로 치솟는 불길이 들어왔다. 연단 전체가 화장을
위한 장작더미처럼 준비되어 있었다. 코르바가 불을 내뿜은 건 전
혀 아니었다.

이건 또 다른 속임수야. 탄바나키는 깨달았다. 어린 황제를 등에
업은 권력 실세인 다라의 우두머리가 이곳 긴펜 외곽에 무방비 상
태로 앉아 있다는 게 말이 안 되는 일이었다. 다라의 섭정 황후가
자신의 몸에 불을 지른다는 것 역시 말이 안 되는 일이었다. 논리적
으로 설명할 수 있는 유일한 길은 여기 있는 사람이 지아가 아니라

그녀를 연단으로 끌어들이기 위한 미끼로 쓰인 광녀이며 이게 일종의 함정임이 틀림없다는 것이었다.

"퇴각해, 퇴각!"

그녀는 코르바의 목덜미에 꽂힌 전성관에다 대고 소리쳤고, 추가로 박차가 달린 발뒤꿈치를 두꺼운 가죽 깊숙이 찔러 넣었다.

코르바는 신음을 내뱉으며 있던 자리에서 벗어났고, 연단에 숨어 있던 교묘한 장치가 탄바나키와 그녀의 일행을 덮치기라도 할까 봐 날개를 있는 힘껏 퍼덕였다.

지아 황후가 퇴각하는 류쿠 공주를 보며 계속 웃었다. 시종들은 연단 아래 덤불에 숨어 있다 달려 나와 연단을 집어삼키려는 불을 끄려고 필사적으로 애를 썼다. 결국 시종들은 지아를 설득해 꼭대기에서 뛰어내리게 했고, 한때 마피데레 황제를 위해 고안했던 탈출 장치인 방수포로 그녀를 받아 냈다.

코르바는 마지막 남은 도시선 한 척의 갑판에 불시착했다.

노다 미는 거대한 야수의 발밑에 몸을 움츠렸다. 숨을 고르려고 애쓰는 코르바의 가슴이 살아 있는 산처럼 들썩였다. 탄바나키의 가리나핀은 긴펜을 불태우느라 부양용 기체를 거의 다 소진했고, 간신히 돌아올 수 있었다. 류쿠 족장들은 바듀 공주가 괜찮은지 확인하고 최신의 소식을 전하기 위해 서둘러 달려왔다. 족장들이 노다 미를 가리키자마자 그녀는 고압적으로 손을 흔들어 조용히 하라는 뜻을 전했다.

"공주님."

노다 미가 무릎을 꿇고 이마를 갑판에 대고 말했다.

"왜 이런 짓을 벌인 거냐?"

코르바의 등에 올라탄 채 탄바나키가 물었다.

"물은 높은 곳에서 낮은 곳으로 흐르지만, 사람들은 항상 낮은 곳에서 높은 곳으로 오르려고 합니다."

탄바나키가 고개를 끄덕였다.

"오늘 네가 류쿠족을 위해 한 일을 잊지 않을 것이다."

그리고 나서 그녀는 자신을 맞이하러 온 종사들을 향해 고개를 돌렸다.

"최대한 많은 생존자를 구출하고 퇴각을 준비하라."

"하지만 제국 비행함들은 없어졌습니다! 그리고 우리 배가 저들 배보다 많습니다."

노다 미가 항의했다.

탄바나키는 고개를 저었다.

"설사 저들의 함대를 뚫어 낸다 해도, 우린 공중 지원 없이 육지에서 그들과 싸워야 할 것이다."

"하지만 그들의 군대는 수백 명도 채 안 되고 긴펜 자체는 무방비 상태입니다!"

"그건 분명 속임수야. 내가 긴펜 상공으로 날아가 코르바와 함께 공격했지만, 불이 번지는 것을 막기 위해 출동한 소방대는 단 한 명도 없었다. 저들의 또 다른 함정을 파고 있다는 의미일 뿐이다. 아버지가 저지른 오만이라는 실수를 난 반복하지 않을 것이다."

뼈 나팔이 부는 침울한 노래가 퇴각을 알렸다. 불멸의 원수 긴 마조티의 모습에 더없이 겁에 질린 류쿠 종사들과 도시선의 전사들은 추호의 의심 없이 공주의 명령에 복종했다.

긴 마조티가 '아무것도 뜨지 않는 강' 너머에서 후퇴하는 류쿠족을 볼 수 있다면, 분명 기쁨의 미소를 지었을 것이다. 죽어서도 그녀의 명성은 다라를 지켜 주었다.

긴펜은 불타고 있었고, 도시는 정말로 무방비 상태였다. 하지만 텅 빈 도시는 두려움을 모르는 류쿠 공주를 겁주어 쫓아냈다.

양쪽에서 우릴 불러냈으니, 누가 개입하고 나섰는지 솔직하게 말해 볼까?

언제나 그렇듯이 조롱하는 목소리는 타주의 것이었다. 아니, 더 정확하게 말하자면 이제는 페텐-루소-타주였다.

다른 신들은 아무 말도 하지 않았다.

난 역겨운 메뚜기에 대해서는 시간 낭비하고 싶지 않아. 하지만 인간에게 비단력을 선물한 건 대담한 짓이었어. 다시 한번 말하지만, 엄밀히 따지면 규칙을 위반한 건 아니었지만, 매우 가까운 일이었어.

인간들은 스스로 그 비밀을 알아냈어. 루피조와 키지는 가르치고 지도하는 것 이상의 일을 하지 않았어. 사실을 말하자면, 몇 년 전 네가 조미를 번개로 때렸을 때 직접 인간들에게 도움을 줬다고 말할 수 있겠네. 하지만 노다 미의 최악의 성향을 부추기기로 한 결정은 의문이야.

우리가 류쿠의 제물을 받아들이자고 한다면, 그럼…… 그들이

우리를 동전의 양면과 같은 존재로 만들었다는 게 아직도 믿기지 않아. 내가 나 스스로와 논쟁을 벌여야 한다니.

하지만 그 일에 있어서 나보다 더 괴롭긴 어려울 걸, 진짜야. 뭐 물론 그게 아예 말이 안 된다고 볼 순 없긴 하지만. '기회'와 '선택'이 언제나 그렇게 쉽게 구분되는 건 아니니까.

형제자매 여러분, 다라 사람들은 변하고 있어. 류쿠는 사라지지 않을 거야.

인간들은 이 문제를 어떻게 처리할지 알아내야 하고, 우리도 그래야 해.

난 우리가 뭔가에 동의하는 게 싫어.

그 점에서는 이의를 제기할 수가 없네.

제61장

멀리서 온 전령

루이섬과 본섬 사이의 바다 어딘가

사해평치 12년 12월

작은 전령선 두 대가 선체 문을 활짝 열고서 나란히 공중을 맴돌고 있었다.

한 비행함에는 탄바나키라고도 알려진 페큐 바듀(루이섬과 다수섬의 통치자이자 다라의 수호자, 타케 황제의 부인)가 앉아 있었다.

다른 비행함에는 다라의 섭정 지아 황후가 앉아 있었다.

이곳 하늘에서 열리는 정상 회담은 탄바나키의 생각이었다. 해수면에서 멀리 떨어진 하늘이라면 교활한 다라 사람들이 기계 크루벤으로 자신을 공격할지도 모른다는 걱정에서 벗어날 수 있었다. 게다가 양쪽 모두 멀리까지 볼 수 있어서, 육안을 살짝 벗어난 곳에서 두 지도자 중 어느 한 사람을 인질로 잡을 준비가 된 대규모 함대가 없다는 사실도 확인할 수 있었다.

"당신은 조공을 요구하고 있습니다."

지아 황후의 어조는 차분했는데, 류쿠의 계략은 놀랄 만한 일이 아니었다. 페큐 텐료가 루이섬과 다수섬을 엉망으로 만들었으니 그들에게는 겨울 동안 사람들을 먹여 살릴 물자가 없었다.

"거래라고 생각하십시오. 그렇게 생각해서 기분이 나아진다면 말입니다. 우리가 당신들을 메뚜기처럼 즉시 쓸어 버리지 않는 대가로 우리에게 음식과 의복을 제공하는 겁니다."

"지난번 당신들이 그런 협박을 실행에 옮기려 했을 때 얼마나 형편없이 실패했는지를 생각한다면, 그건 허풍이라고 봐야겠지요."

"우리에게는 여전히 스무 마리 이상의 가리나핀이 있습니다. 그리고 우리 함대는 유일한 현자인 듯한 노다 미에 의해 강화되었습니다. 그는 한때 당신을 섬기기도 했는데 말입니다. 지난번에 우리는 자비를 베풀어 승리를 목전에 두고 멈췄습니다. 정말로 과욕을 부리다 위험을 자초하고 싶은 겁니까?"

지아는 속으로 한숨을 내쉬었다. 표면적으로 자틴만 전투는 다라의 대승이었다. 코고 옐루 재상과 리사나 부인은 그렇게 대외적으로 말하고 있었다. 하지만 전략적 상황을 제대로 파악하고 있는 사람이라면 누가 승자인지 명확하지 않다는 것을 알았다.

피로 황자는 아버지의 복수를 위해 전쟁을 계속하자고 주장하고 있었지만, 지아와 세라(이제는 위나 황제였다)는 지금으로서는 평화만이 다라가 취할 수 있는 현실적인 선택임을 알았다. 류쿠족의 보급품은 바닥나고 있지만, 다라의 상황은 더욱 심각했다. 모든 비행함을 잃었고, 국고는 거의 바닥이 났으며, 귀족들과 상인들은 길고 지루한 전쟁이 사업에 해를 끼친다고 불평하고 있었다. 주창자 대학은 전쟁이 지적으로 고상한 계층의 핵심 이익에 부합하지 않는다고 비판하고 있었다. 학자들은 류쿠족의 위협보다는 소중한 전통과 신념을 모두 깨고 여자를 후계자로 삼았다는, 라긴 황제의 비정상적인 선택을 비난하는 데 더 관심이 있어 보였다. 무엇보다 나쁜 것은, 긴 마조티 원수가 죽었는데 다라에 그녀를 대신할 만한 전술적 인재가 없다는 점이었다.

게다가 쿠니 가루가 내린 최후의 칙령은 모든 사람이 들은 게 아니었다. 때문에 지아 황후가 불법적으로 섭정권을 쥐고 있다는 소문이 돌았다. 위나 황제와 타케 황제 가운데 누가 황위를 계승하는 게 옳은가 하는 문제는 문인들과 귀족 가문 사이에서 격렬한 논쟁과 토론을 불러왔고, 지아는 겉으로 보기에는 지적인 그런 논쟁들이 사실은 특정 파벌에 더 많은 양보를 하도록 자신과 세라에게 압력을 가하기 위한 시도임을 알았다.

자유로운 사람들이 전쟁에 참여하도록 하는 건 어려운 일이야. 균형을 잡아야 할 이해관계가 너무 많아. 충족시켜 줘야 하는 이기적인 욕망도 너무 많고. 지아는 생각했다.

"10년 동안 다라와 전쟁을 일으키지 않겠다고 약속한다면, 당신들의 조건을 받아들이겠소."

"당신들이 우리 사이의 '거래'를 계속해서 이어 가고, 매년 상납하는 곡물과 여물, 금, 비단의 양을 10분의 1씩 늘린다는 조건이라면 받아들이겠습니다."

"그건 강탈이오!"

페큐 바듀가 싱긋 웃었다.

"몇 달 후면 우리 증원군이 도착할 겁니다. 앞서 제시한 게 최고의 조건이라고 감히 장담합니다. 우리의 인내심을 시험하지 마십시오."

지아 옆에 있던, 새로 황실 망원장관이 된 조미 키도수가 지아에게 귓속말을 했다.

"류쿠 측이 요구하는 조공을 보내지 않으면, 루이섬과 다수섬 백성들이 굶어 죽게 될 겁니다. 그들을 위해서라도 요구에 응해야 합니다."

지아는 속으로 한숨을 내쉬었다. 조미의 말에는 일리가 있었다. 루이섬과 다수섬에 식량이 부족해진 것은 결국 다라의 전쟁 메뚜기 떼 때문이었다.

위나 황제는 린 코다의 후임으로 조미를 추천하고, 그 책임을 확대할 것을 제안했다. 조미는 정보 수집뿐만 아니라 긴펜 제국연구소의 유용한 기술 연구를 조율하고 경제와 정치의 동향을 분석해서 궁정에 부상하는 위협들에 대해 조언하는 일도 담당했다. 세라의 표현을 빌리자면, 그것은 진정한 '통찰력이 있는 자'의 자리였다.

지아는 마지못해 고개를 끄덕였다. 류쿠족이 10년 동안 침략하지 않기로 한 조약을 지킬 거라고 믿기는 어려웠지만, 선택의 여지가 없었다.

"당신들의 조건에 동의하오."

황후가 선언했다.

"당신의 고문은 분명 매우 현명한 것 같습니다."

페큐 바듀가 미소를 지으며 말했다. 그녀가 자신을 인지했다는 것에 놀란 조미는 뒤로 물러나 선체의 그림자 속으로 몸을 숨겼다.

"이제 우리가 할 이야기는 끝난 것 같소만."

지아가 굳은 표정으로 말했다.

"한 가지만 더요. 선의의 표시로, 당신들이 몸에 차고 있는 장신구를 모두 두고 가 주면 좋겠습니다."

지아의 눈은 분노로 번뜩였다.

"그게 무슨 말도 안 되는 소리요?"

"선불금이라고 생각하십시오." 탄바나키의 어조는 태평스러웠다. "이 평화가 우리의 이익에 부합한다는 것을 종사들에게 설득해야 하는데, 당신들의 선물은 내가 하는 말에 큰 힘을 실어 줄 겁니다."

조미와 지아 황후는 서로를 쳐다보았다.

흥미롭네요. 탄바나키의 입지가 우리 생각만큼 탄탄하지 않은 모양입니다. 조미가 입 모양만으로 말했다.

지아가 고개를 끄덕였다. 이렇게 보석을 요구하는 건, 통제가 어려운 종사들 사이에서 자신의 지지를 강화할 목적으로 상대편에게 일부러 굴욕을 안기는 걸지도 몰라. 일단은 장단을 맞춰주면, 나중에 첩자들을 통해 더 자세히 알아볼 수 있겠지.

"그 터무니없는 요청에 응하겠소. 하지만 굴복의 뜻으로는 받아들이지 마시오."

"당연합니다. 시어머니께서 주신…… 선물이라고 생각하지요."

황후는 이를 악물며 쪽을 진 머리에서 산호 장신구를 빼냈다. 그러자 그녀의 긴 곱슬머리가 얼굴 주위로 늘어졌다. 그녀는 옥 귀걸이와 소라껍데기 목걸이를 벗었고, 옷에 달린 민들레 장신구까지 빼냈다. 모든 것은 차 접시에 담겼고, 비행함들 사이의 간격을 메워 주는 긴 대나무 막대기 끝에 매달려 류쿠족의 페큐에게 건네졌다.

"좋은 친구들끼리라면 당연히 하는 것처럼, 이 물건들이 어디서 온 것인지 말해 주십시오. 나중에 사람들에게 정확히 설명해 주고 싶습니다."

황후는 순순히 그 말에 따랐고, 물건 각각의 유래와 의미를 설명했다.

"그리고 당신의 고문도요. 저 여자가 하고 있는 모든 것 역시 갖고 싶습니다."

깜짝 놀란 조미의 손이 자기 목에 걸린, 조미 열매로 만든 목걸이로 재빨리 움직였다.

"이건 당신이 살해한 내 스승 루안 지아지를 추모하기 위해 걸고 있는 겁니다."

"그 구슬들은 무엇으로 만든 겁니까? 산호입니까?"

"아닙니다. 스승님이 초승달섬에서 발견한 열매인데, 그가 내 이름을 따서 열매에다 이름을 지어 준 것입니다. 이 물건은 기억이라는 가치 외엔 아무런 가치도 없습니다. 제발, 지니고 있게 해 주십시오."

페큐 바듀는 웃으며 고개를 저었다.

"루안은 존중받는 참모가 될 수 있었습니다. 학식이 있음에도 그가 변화하는 권력의 바람을 이해하지 못한 게 안타깝습니다. 정말로 열매 몇 개를 내놓지 못해서 평화를 위태롭게 하려는 겁니까?

기억만은 언제나 가질 수 있는 겁니다."

조미는 망연자실한 채 목에 걸었던 열매 목걸이를 풀었고 황후가 허공을 통해 목걸이를 페큐에게 건네는 모습을 지켜보았다.

"내 아들은 어리석지만 성정은 착한 아이라오." 황후는 마지막으로 하고 싶은 말을 참을 수 없었다. "어떤 정치적 놀음을 하고 싶든 간에, 그 아이를 친절하게 대해 주시오."

"안녕히 가십시오, 다라 황후님."

선체의 문이 닫혔고, 두 비행함은 각자의 집으로 출발했다.

류쿠의 비행함에서 페큐 바듀는 바닥에 쓰러질 뻔했다. 그녀는 조미 키도수의 목에 매달린 톨류사 목걸이를 채 가기 위해 두 선체 사이의 허공을 뛰어넘지 않으려 자제력이라는 자제력은 모조리 동원해야 했다. 그리고 배 속에서 발길질하는 태아도(아마도 긴장감에 대한 반응이었을 것이다) 그녀의 불편함을 더했다.

톨류사는 우큐와 곤데에 자생하는 식물로 관목 지대 정착민들과 가리나핀들의 삶에서 매우 중요했다. 향과 맛이 불을 닮은 매운 식물인 톨류사의 열매는 '모든 아버지'와 '모든 어머니', 그리고 그들의 많은 자녀를 기리는 종교 의식에 사용되는 강력한 환각제였다.

더욱, 톨류사는 가리나핀의 번식 주기에서 매우 중요했다. 암컷들은 건강한 새끼를 낳기 위해 많은 양의 톨류사 열매를 섭취해야 했다. 톨류사에는 강력한 환각 효과가 있었고, 더불어 류쿠족으로서는 우큐에서 다라까지 항해하는 긴 시간 동안 가리나핀들이 많은 새끼를 낳는 것을 원하지 않았기 때문에, 페큐 텐료는 톨류사를 모조리 배의 안전한 창고에 보관해 두었다. 바로 루안 지아가 불을 낸 방이었다.

페큐는 지아 황후와 협상하는 동안 자신감 있고 강인한 인상을 꾸미기 위해 안간힘을 썼다. 톨류사를 공급받지 못한 가리나핀들은 다라에 도착한 이후 새끼를 낳지 못했다. 성체 가리나핀들은 점점 더 제멋대로 굴고 있었고, 새로운 공급원을 빨리 찾지 못하면 페큐 바듀는 안전을 위해 가리나핀 일부를 죽일 수밖에 없었다.

하지만 이제 신들은 류쿠족을 향해 미소를 지었다. 다라에는 톨류사가 있었다.

초승달섬
폭풍우들의 계절 원년 1월

우뚝 솟은 절벽 기슭의 마을은 깊은 겨울 속에 잠들어 있었다.

케폴루와 세지는 밖에서 물로 끓일 눈을 양동이에 담고 있었다. 그들은 때때로 하던 일을 멈추고 주변의 겨울 풍경을 감상했다. 공터 가장자리에 우뚝 솟은 나뭇가지들 위로는 눈이 소복이 쌓여 아래로 살짝 처져 있었다. 10여 년 전 이곳을 황폐화시켰던 불의 흔적은 거의 찾아볼 수 없었다.

자연은 치유가 빨랐다.

날개를 퍼덕대는 소리가 주의를 끌었다. 고개를 들어 올려다보니 거대한 날개가 달린 야수가 구름에서 튀어나와 마을 뒤편 절벽으로 향하고 있었다. 뱀 같은 목과 가죽 같은 날개에 가지 친 뿔이 달린 머리를 하고 있었고, 두 눈은 차갑고 동공이 없었다. 놀랍게도 그들은 그 야수의 등에 올라탄 작은 형상을 보았다. 사람이었다.

그 야수는 머리 위를 휩쓸고는 절벽 너머로 사라졌다. 두 여자는 서로를 바라보았고, 양동이를 버려둔 채 눈 속을 헤치고 나아가 코미 장로에게 자신들이 본 것을 보고했다.

류쿠 탐험대는 초승달섬 북녘 해안가에 숨어 있는 도시선의 갑판에서 매일 이륙해 몇 주 동안 톨류사를 찾기 위해 섬을 샅샅이 뒤지고 있었다. 기수들과 그들의 탈것들은 좀처럼 성과를 거두지 못하자 조바심을 내기 시작했다. 보통 새벽이나 저물녘으로 비행을 제한했지만, 이제 얼마 지나지 않아 곧 봄 사냥철이었기 때문에 대낮에도 위험을 무릅쓰고 톨류사를 찾아다녔다. 다라의 이름 없는 귀족들이 멧돼지 엄니라는 기념물을 찾아 섬에 도착하기 전에, 그리고 그들이 탐험대가 초승달섬에 잠입한 것을 전쟁 행위로 해석하기 전에, 구하러 온 물건을 찾아내야 했다.

가리나핀이 갑자기 방향이 틀더니 급강하했다. 조종수는 가리나핀의 목을 두드려 속도를 늦추라고 명령했지만, 가리나핀은 더 빠른 속도로 하강하는 것으로 반응했다. 조종수와 기수들은 가리나핀이 아찔한 속도로 하강하는 동안 안전띠를 꽉 붙들고 있는 수밖에 없었다.

가리나핀은 절벽 꼭대기의 숲속 공터에 착륙해 의기양양하게 포효했다.

류쿠 기수들은 멍해진 채 주위를 둘러보았다.

가리나핀은 눈 덮인 새하얀 공터를 가르는, 생겨난 지 얼마 되지 않은 용암류(鎔巖流)로 보이는 것의 한가운데에 서 있었다. 불과 연기 냄새가 강하게 나면서 그런 느낌이 더욱 짙어졌다. 하지만 자세히 살펴보니 그 '용암'이라는 것은 잎과 줄기, 꽃이 모두 선홍색인 식물 군락이었다. 톨류사는 겨울에 꽃이 피고 봄에 열매가 열리는 강건한 식물이었다.

류쿠 전사들은 가리나핀에서 내려와 무릎을 꿇고 기쁨의 눈물을 흘렸다. 한겨울의 한가운데서 그들은 새로운 희망을 발견했다.

"모든 아버지께서 우리를 보호하신다!"

"이 새로운 땅의 신들에게 찬양을!"

몇 년 전 페큐 텐료가 탐험대를 다라에 보냈을 때, 그의 배 하나가 폭풍의 벽을 통과하려고 시도했다. 배는 난파되었지만, 긴 여정에서 신들과 대화할 목적으로 실은 톨류사는 살아남았다. 그 씨앗들은 해변으로 떠밀려 왔고, 새와 동물의 내장을 통과한 다음 다라 제도에서 가장 척박한 화산암에 뿌리를 내렸다.

노키다 해안가에서 조금 떨어진 어딘가
폭풍우들의 계절 원년 1월

이탄티 반도에서 온 소형 선박 함대가 노키다 동쪽에서 반구머리 고래를 발견하고 가까이 접근했다.

올해는 고래의 해였고, 겨울은 고래 사냥의 계절이었다.

지방으로 살이 통통하게 오른 고래들은 번식을 위해 남쪽 바다로 이동했다. 그 과정에서 고래 무리가 본섬의 남동쪽 모퉁이인 늑대 발섬과 투노아 제도 옆으로 지나갔다. 용감하게 작살을 들고 사냥 선단에 합류한 어부들은 기대에 부풀어 있었다. 다라에서 좋은 가격에 거래되는 고래 지방과 고기, 뼈로부터 얻게 될 풍성한 수익을 챙길 기회였다.

길이가 6미터 정도 되는 작고 가느다란 배에서 노잡이들은 일제히 힘주어 노를 저었다. 배는 날쌔게 나는 다이란처럼 물결치는 바다 위를 빠르게 미끄러지듯 나아갔다. 한 청년이 뱃머리에 서서 작살을 들고 타주의 환영처럼 서 있었다.

배는 파도 사이로 희미하게 보이는, 아래위로 움직이는 고래의 검은 몸통에 가까워지고 있었다.

"제가 맡겠습니다!"

청년이 소리쳤고, 끙 하는 신음과 함께 작살을 들어 올렸다. 무기가 고래의 등에 꽂히더니 거기 감겨 있던 줄이 빠른 속도로 풀려 나가기 시작했다.

"정통으로 맞았다! 제대로 맞았어!"

고래잡이배의 선원들이 다른 배들을 향해 외쳤다. 줄이 계속 풀리는 동안 그들은 배 안에서 몸을 반대쪽으로 돌렸고, 다른 배들이 가까이 다가오자 반대 방향으로 노를 젓기 시작했다.

가장 크고 가장 사냥감으로 인기 있는 고래는 이마가 크고 동글 납작하게 생겨서 반구머리고래라는 이름으로 불렸다. 이 고래의 이마에는 예로부터 윤활유와 많은 화장품의 기본 성분으로 소중히 여겨져 온 커다란 밀랍 주머니가 들어 있었다. 또 물속에서 부력을 조절하기 위해 주머니 안의 밀랍을 녹이거나 얼릴 수 있는 것으로 알려졌는데, 가리나핀의 기체 자루들과 같은 역할을 하는 일종의 수중 등가물로 여겨졌다.

오늘 선단이 쫓고 있던 개체는 평균 크기인 수컷으로 몸길이는 약 15미터였다.

다른 배들이 충분히 가까이 다가오자 선원들은 갈고리가 달린 밧줄을 밖으로 던졌고, 작살 배의 선원들은 이 밧줄들로 배들을 서로 고정했다. 이내, 사냥 무리에 속한 배 다섯 척은 한 두름의 생선처럼 줄로 연결되었고 작살에 연결된 밧줄은 거의 다 풀려 나가기 직전이었다.

"준비!"

청년은 소리쳤고, 배 안에 앉아 몸에 힘을 주며 준비 자세를 취했다. 밧줄이 다 소진되자 고래의 힘이 줄로 엮인 배들 전부를 확 하고 잡아당겼다. 배들은 거의 물 밖으로 튀어나올 뻔했다.

"힘을 줘요!"

그가 다시 소리쳤다.

다섯 척의 배에 탄 노잡이들은 노가 제어 장치 역할을 하도록 다 함께 물에다 노를 담근 채 버텼다. 이것은 힘의 경쟁이었다. 노잡이들은 고래가 물속으로 잠수하고 탈출하지 못하게 막으면서 가능한 한 많은 힘을 가해야 했다.

그들의 목표는 고래를 죽이는 것이 아니라 고래를 피곤하게 만드는 것이었다.

반구머리고래에서 가장 소중한 물질은 머리에 든 밀랍이 아니라, 내장에서 분비되는 부드럽고 밀랍 같은 물질인 살아 있는 호박이었기 때문이다. 호박은 이 세상의 것으로 생각할 수 없는 달짝지근한 냄새가 있었고, 향수와 향료, 약, 산업 재료로서 높은 가치가 있는 것으로 여겨졌다.

살아 있는 호박은 고래가 토하게끔 해서 채취하는 것이 가장 좋았다. 살아 있는 호박은 고래의 나머지 부분을 모두 합친 것보다 훨씬 더 가치가 있었기 때문에 최고의 포경업자들은 고래가 귀중한 물질을 토할 때까지 긴 추격전으로 지치게 만든 다음 놓아주는 방법을 터득했다. 그렇게 해야 다음번 수확을 위해 고래가 다시금 호박을 키울 수 있었다. 황금알을 낳는 거위를 죽이는 건 미래의 수익을 차단하는 것이었다. 포경업자들은 거위를 죽이는 대신 황금알을 줍는 농부들인 셈이었다.

반구머리고래는 본섬 해안으로 곧장 향하고 있었다. 이것은 흔히 있는 일은 아니었는데, 고래는 작살에 맞으면 심해로 향하는 것이 일반적이기 때문이었다. 하지만 아예 전례가 없는 일은 아니었다.

그러나 고래가 작살을 맞은 지 30분이 지난 다음에도 그렇게나 격렬하게 계속 헤엄치는 일은 매우 드물었다. 고래잡이배에 타고 있던 선원들은 오히려 기뻐했다. 고래가 지쳐서 구토하기 전에 육지에 가까워질수록 선원들이 육지로 돌아가기 위해 노를 저어야 하는 거리가 줄었다. 지금 상황은 마치 무임승차를 하는 것과도 같았다.

고래는 해안으로 다가가면서도 속도를 줄이지 않았다.

"모래사장으로 올라가려고 하는 걸까요?"

남자들 가운데 한 명이 물었다.

"더는 살고 싶지 않은 고래를 잡은 건 행운이야."

다른 남자가 말했는데, 그의 목소리에는 안타까움이 묻어났다. 반구머리고래를 잡는 사람들은 시간이 지나면서 장엄한 생명체들과 유대감을 형성하곤 했다. 그들의 임무는 도살이 아니라 그들이 살려 주고자 하는 생명체들로부터 가치 있는 자원을 얻는 것이었기 때문에, 자살을 감행하는 고래는 슬픔을 불러일으켰다.

"꽉 잡아요!"

작살을 던진 청년이 소리쳤다.

고래는 파도를 가르며 해변으로 미끄러져 올라갔고, 이빨이 난 턱을 벌리고 구토했다.

이제 막 굳기 시작하는 용암의 농도와 겉모습을 가진, 흑회색의 살아 있는 호박이 거대한 덩어리 형태로 해변으로 쏟아져 나왔다. 해변에서 놀고 있던 아이들은 고래 잡는 사람들에게 만선의 수확과도 같은 일이 일어났음을 알고 기쁨에 겨워 소리를 질렀다. 그들은 사냥 현상금을 자세히 관찰하고 고래가 다시 바다로 돌아가도록 도와줄 수 있는지 알아보기 위해 여전히 아래위로 몸을 들썩이고 있는 고래 근처로 다가갔다.

아이들이 모여서 살아 있는 호박 덩어리를 응시했다. 그 냄새는 사향과 흙, 장뇌, 약초를 섞어 놓은 양 자극적이고 강했다.

그 덩어리가 움직이고 있었다.

아이들은 비명을 질렀다.

밀랍 같은 물질로 뒤덮여, 무릎을 꿇고 땅을 손으로 짚은 채 기어

다니는 한 남자의 모습이 나타났다. 그는 침을 뱉고, 기침하고, 헛구역질했다.

"고래를 죽여."

그가 새된 소리로 외쳤다.

그러고 나서 그는 푹 쓰러졌고, 움직임을 멈췄다.

판

폭풍우들의 계절 원년 1월

고래 배에서 나온 남자가 민들레 옥좌 앞에 서서 위나 황제와 지아 황후가 지켜보는 가운데 주저하듯 떠듬거리며 말을 시작했다.

"저는 아곤의 마지막 페큐인 노보 아라고즈의 딸 소울리얀 아라고즈의 아들, 탁발 아라고즈라고 합니다……."

그는 많은 몸짓과 함께 간단한 단어들에 의지해서 말했지만, 하고자 하는 말의 의미는 아주 분명했다.

페큐 텐료가 곤데를 정복한 후, 아곤족은 관목 지대의 가장 후미진 곳으로 흩어져 류쿠 부족들의 노예가 되었다.

담수호로부터, 흐르는 강으로부터, 멀리 있는 눈 덮인 산봉우리에서 나오는 해빙수로부터 멀어지게 된 아곤족은 남쪽의 사막, 북쪽의 혹독한 얼음 벌판, 동쪽의 황량한 산악 지대에서 근근이 살아갔다.

그게 패배한 자들의 운명이었다. 관목 지대의 법칙에 따라 약자는 강자에게 복종해야 했다.

탁발이 열두 살이 되던 해, 타텐에 있는 페큐 텐료의 대천막에서 온 전령이 모든 아곤 천막촌을 찾아와 각 가정에서 아이 한 명씩을 페큐에게 공물로 바쳐야 한다고 알렸다.

탁발의 어머니 소울리얀은 사실 마지막 아곤 페큐인 노보 아라고즈의 막내딸이었다. 그녀와 그의 남동생 볼류 아라고즈는 어머니들이 노예였고 노보가 공식적으로 친자 관계를 인정한 적이 없었기 때문에 아라고즈 가문의 학살로부터 살아남았다. 그렇긴 해도 소울리얀과 볼류는 살아남은 아곤족에게 오래전의 영광과 자신들을 이어 주는 유일한 연결고리로 대접받았다.

하지만 예전 족장 가문의 사람들도 텐료의 명령을 피할 수 없었고, 마지막 페큐의 후손인 탁발 아라고즈는 수도로 갔다.

그곳에서 그는 페큐의 사육 담당자가 되었다. 그는 가리나핀을 돌보고, 먹이를 주고, 새끼를 보살피고, 똥을 치웠다. 그러면서 그는 다른 노예들과도 친분을 쌓았다.

노예들 가운데 몇몇은 크리타 제독의 탐험대에서 살아남은 사람들이었다. 그는 그들로부터 다라 말을 배우고 먼 이국땅의 경이로움에 관한 이야기를 들었다. 풍차와 물레방아, 청동과 강철로 만든 무기, 몇 주 동안 공중에 떠 있을 수 있는 비행함, 산처럼 큰 배를 상상하고 만들 수 있는 똑똑한 사람들에 관한 이야기를 들었다.

대부분의 노예들에게 그런 이야기들은 저녁에 한가하게 즐기는 오락에 불과했지만, 탁발에게는 그 이상의 의미가 있었다. 희망에 관한 이야기였다.

그리고 그가 열아홉 살이 되던 해, 페큐 텐료는 먼 나라 다라에 있는 영광스러운 낙원을 정복하기 위해 군대를 파견한다고 발표했다.

뒤에 남게 된 다른 노예들, 류쿠 전사들과 종사들처럼, 그도 해안가에 서서 도시선 함대가 출발하는 모습을 지켜보았다. 그는 다른 사람들과 함께 환호했지만 속으로는 그들과 함께 가고 싶은 마음이 굴뚝같았다. 하지만 그의 목표는 페큐 텐료의 승리를 목격하는 것이 아니었다.

2년 후, 기회가 찾아왔다.

쿠듀 왕자는 페큐 텐료의 정복 성과를 공고히 하는 데 도움을 주기 위해 다라로 두 번째 원정대를 보낸다고 발표했다. 첫 번째 원정에 대한 소식이 없긴 했지만, 페큐가 성공했다는 점을 누가 의심할 수 있었겠는가?

탁발은 두 번째 탐험대의 노잡이로 자원했다. 아곤족 노예 중 신뢰를 받는 이는 거의 없었지만, 탁발은 페큐의 가리나핀들을 돌보는 데 남다르게 헌신함으로써 두각을 나타냈고, 쿠듀 왕자는 그의 요청을 받아들였다.

두 번째 탐험대는 여름 아침에 출항했다. 이번에는 전사들과 가리나핀들, 소 떼와 더불어 가족들(할머니와 할아버지, 남자애, 여자애, 젖먹이 아기, 믿을 수 있는 가족 노예들)도 대거 승선했다. 류쿠족은 정복뿐만 아니라, 정착도 할 예정이었다.

항해를 시작한 지 6개월이 지난 어느 날, 탁발은 밤늦게 선장이 선임 장교들과 대화하는 것을 우연히 엿들었다. 영리한 다라 야만인 루안 지아의 도움이 없어서인지 두 번째 탐험에 대한 계산이 잘못되었다는 이야기였다. 보급품이 바닥을 보이는 와중에 제시된 해결책이라는 것이 아곤족을 시작으로 일부 노예를 바다에다 던져 버리는 것이었다.

그래서 탁발 아라고즈는 대담한 계획을 세웠다. 어느 늦은 밤, 그는 갑판의 경비대원을 제압하고 도시선이 싣고 있던 고리 배들 가운데 하나를 훔쳤고, 그의 백성의 미래를 위해 흥정할 물건으로 그 배를 가득 채웠다. 그러고는 다른 사람들이 그의 배반을 알아차리기 전에 바다에 떠, 노를 저어 도망쳤다.

아침 해가 떠올랐을 때 함대는 시야에서 사라져 보이지 않았다. 그는 전설적인 폭풍의 벽을 어떻게 통과할지 전혀 몰랐고, 그저 도망쳐야 한다는 것, 시도해야 한다는 것만 알았다. 그는 환상적인 다라의 땅을 꿈꾸며 물살을 따라 표류했다.

그러다 거대한 반구머리고래가 고리 배 근처에서 도약하며 배가 전복되었다. 고래는 그와 그의 물건을 삼켜 버렸고, 이후는 기나긴 꿈이었다.

"아곤의 왕자여, 우리에게서 뭘 원하오?"

지아 황후가 물었다.

"공동의 적에 맞서기 위한 두 백성의 동맹입니다. 가리나핀과 조종수가 끔찍한 늑대나 엄니 호랑이에 맞서는 것만큼이나 끈끈한 유대감 말입니다."

"우린 우리 힘만으로 류쿠를 물리칠 수 있습니다. 우리는 그들을 이겼고 앞으로도 그럴 겁니다."

"수백 마리에 달하는 가리나핀들이 또다시 물결처럼 밀려오면 물리칠 수 있겠습니까? 류쿠인들이 오고 있고, 그들은 하늘을 나는 야수를 더 많이 데려올 것입니다."

"그럼 그 대가로 당신은 무엇을 내놓을 수 있습니까?"

탁발은 발치에 있는, 열 개 정도 되는 사람 머리만 한 타원형 물체를 가리켰다. 고래 잡는 사람들이 반구머리고래 사체의 배를 갈랐을 때 발견한 것들이었다.

"저것들입니다."

"저게 뭡니까?"

"가리나핀 알입니다."

쿠듀 왕자는 많은 수의 가리나핀을 다라로 수송하기에 가장 좋은 방법은 알의 형태로 운반하는 것이라고 결론 내렸다. 다라에 도착하면, 알을 단계적으로 부화시켜 천천히 군대에 편입시킬 수 있을 터였다. 성체와 한 살배기 새끼만 운반하는 것보다 더 안전하고 효율적이었다.

세라와 지아는 서로를 바라보았다.

위나 황제가 눈으로 간청했다. *제발요, 어머니. 우리만의 가리나핀이 다라의 운명을 바꿀 겁니다*

지아가 몸을 앞으로 숙였다.

"당신은 우리가 저것들을 압수하는 걸 막을 방법이 없지 않소? 더 이상 내놓을 만한 것도 없고."

"내가 가리나핀을 돌보는 법을 배우는 데 몇 년이 걸렸습니다. 내가 가진 지식이 없다면, 새끼들은 죽을 것이고, 당신들은 절대 가리나핀들이 명령에 따르게 할 수 없을 겁니다."

지아 황후는 눈을 가늘게 떴다.

"우리에게서 어떤 도움을 원하오?"

"폭풍의 벽이 곧 열립니다. 쿠듀 왕자의 새 함대가 오고 있습니다. 폭풍의 벽이 열리면, 다라가 우큐와 곤데에 함대를 보내 우리 백성들이 해방될 수 있도록 도와주시길 부탁드립니다."

두 황후는 다시 서로를 바라보았다.

우리는 새 전쟁을 시작할 여유가 없어. 바다 건너 수천 킬로미터 떨어진 곳에서 새 전쟁을 시작할 여유 같은 건 더더욱 없어.

"그리고 친선의 표시로 민들레 가문과의 결혼을 요청합니다."

대정전은 완벽한 침묵에 빠졌다.

세라는 대담한 요청에 숨이 턱 막힐 뻔한 것을 간신히 참았다. 그녀는 청년을 바라보았다. 그는 진지하고 결단력 있는 청년이었고, 이목구비가 뚜렷하고 피부색과 머릿결이 아름다워서 미남이라고 할 수 있었다. *하지만 결혼이라니?*

그녀는 조미 키도수를 건너다보았고, 두 사람은 한 번의 눈빛 교환으로도 많은 말을 나누었다.

"딸, 우리가 비밀을 알아낼 거야. 바보처럼 횡설수설할 때까지 약초를 먹여서 의지를 꺾을 거야. 우리가 하는 모든 명령에 복종할 때까지 리사나가 그를 연기 속에 가둘 거야. 그리고 이런 게 효과가 없다면, 우리가 요구하는 모든 것을 기꺼이 내놓을 때까지 고문할 거야. 네가 괴로워할 필요는 전혀 없어."

"안 됩니다, 어머니. 그런 속임수 중 하나라도 시도하시면 제가 어머니의 모든 권력을 박탈하겠습니다. 우린 어머니의 방법이 어떤 대가를 치르는지 보았습니다. 저 자신은 그런 대가를 치를 생각이 없습니다."

"넌 정말이지 네 오빠나 남동생보다 드세구나."

"아버지가 피로 대신 저를 후계자로 지명했을 때 실망하셨나요? 제가 후계자가 되는 건 어머니 계획에 없었죠, 안 그렇습니까?"

"아니야, 실망한 건 아니야. 정확히 말하자면. 마피데레 제국의 몰락과 같은 일을 막기 위해 네 아버지가 올바른 후계자를 선택해야 한다고 믿었지만, 난 언제나 누가 황제가 되든 상관없는 다라를 원했어. 너의 강인함은 단지 일을 좀 더 복잡하게 만들 뿐이야."

"다라가 정확히 필요로 하는 게 저의 강인함인지도 모릅니다."

"난 여전히 섭정이다."

"제가 준비될 때까지만이죠. 어머니가 다라에 최선인 것을 원하신다는 건 알지만, 제겐 넘지 말아야 할 선이 있습니다. 제 방식대로 이 문제를 해결하겠습니다."

바다는 마치 자기 자신과 전쟁을 벌이는 것처럼 요동쳤다.

내 참견쟁이 형제 루소여, 넌 내 박수를 받을 자격이 있어. 고래 뱃속에서 인간을 살린다는 건 쉬운 일이 아니야!

제발 내 귀에 대고 소리치지 말아 줄래? 우리 머리는 같은 몸통에 연결되어 있어.

그런 개입을 어떻게 정당화할 생각이야?

그리고 바다는 자신과 영원히 논쟁이라도 할듯 요동쳤다.

무자비한 바다에서 생명을 구하는 일은 태곳적부터 내가 해 온 일이야. 내 일의 일부인 거지.

난 애초에 네가 어떻게 했길래 고래가 그를 삼킨 건지 모르겠어. 폭풍의 벽을 통과하는 방법을 알아낸 거야?

고래에게 삼켜진 건 우연이었어. 난 고래가 다라에 들어온 후에야 내 일을 할 수 있었어.

'우연'이라. 듣기 좋은 말이네. 내가 폭풍의 벽을 통과할 수는 없지만, 더 큰 세상이 내 규칙을 따른다는 사실이 기쁘거든.

어쩌면 우리에겐 우연처럼 보이는 것이 만신의 왕 모아노의 눈에는 계산된 것일지도 모르지.

넌 내가 단 한 번이라도 이기게 놔둘 수는 없는 거지, 응?

그리고 바다는 자신과 영원히 논쟁이라도 할 듯 일렁였다.

판

폭풍우들의 계절 원년 2월

나리님들, 마나님들, 제 말 좀 들어 보십시오.

신념과 용기의 장면들을 제 말솜씨로 그림 그리듯 보여 드리겠습니다.

영웅에 대해, 여왕, 원수, 전술가, 현자에 대해 이야기하겠습니다.

그녀는 치마를 입었을지 모르지만, 여자의 눈물을 흘리지 않았습니다.

명예, 배신, 야망, 끝없는 의심. 그녀의 행동은 말을 뛰어넘었습니다. 그래서 다라의 위대한 군주들 사이에서 자기만의 자리를 찾았습니다.

술로 제 혀를 부드럽게 풀어 주시고 동전으로 제 심장을 뛰게 해 주신다면, 머지않아 모든 이야기가 밝혀질 것입니다…….

삼발이 단지에서는 장작이 불타는 난로가 공기를 따뜻하게 데우고 모든 것을 부드럽고 흐릿한 빛으로 감쌌다. 밖에서는 눈보라가 몰아치고 유리창에는 얼음꽃이 피어 있었다.

"난 저 이야기꾼이 마음에 안 들어."

파라가 열을 냈다.

"뭐가 마음에 안 들어, 아다티카?"

세라가 물었다.

"긴 이모가 마지못해 치마를 입는 사람인 것처럼 말을 하잖아. 그렇지만 긴 이모는 자기 모습을 자랑스러워했어."

"나이가 들면 네가 긴 이모에 대해 더 좋은 이야기를 들려줄 수 있을지도 모르지. 너 글 쓰는 거 좋아하잖아, 안 그래? 어쩌면 넌 옛날의 나키포처럼 될지도 몰라. 그녀의 글은 왕과 농민 모두를 매혹했어. 아야한테도 도와달라고 할 수 있을 거야."

원수를 위해 성대한 국장을 치른 후, 지아 황후는 아야에게 라긴 황제의 딸과 같은 황녀라는 의전상의 지위를 부여하고 황궁으로 옮겨 와 파라와 함께 살도록 했다. 하지만 냉소적인 사람들은 지아 황후가 아야에게 명목상의 명예만 주었을 뿐, 실제로는 어머니의 옛 영토인 게지라 왕국을 돌려주지 않았음을 지적했다. 누군가는 자틴만 전투의 희생으로 그녀 어머니가 저지른 배신이라는 불명예가 씻겼다고 생각했겠지만, 황후는 흔들림 없이 독립적인 영지의 세력을 줄이기 위한 계획을 계속해 나갔다.

파라는 단호하게 고개를 끄덕였고, 못마땅해하면서도 다시 곧 이야기꾼에게 빠져들었다. 이야기꾼은 회색 족제비를 죽인 긴 마조티의 일화를 들려주고 있었다. 회색 족제비는 돈을 벌기 위해 아이들을 불구로 만든 범죄자였다.

"탁발이 가르쳐 주는 일은 어때?"

세라는 함께 앉아 있는 다른 여자를 향해 낮은 목소리로 물었다.

"나쁘지 않습니다. 자세히 기록해 두긴 했지만, 진짜 배움은 새끼들이 태어나기 전까지는 시작되지 않을 겁니다."

조미가 말했다.

세라와 파라, 그리고 조미는 마치 어느 상인 가정의 하녀들처럼 삼베옷을 입고 작은 탁자에 앉아 있었다. 파라는 이야기 듣는 것을 좋아했고, 세라는 아직 기회가 있을 때 여동생이 최대한 즐거운 시간을 누리게 해 주고 싶었다.

그들 주변에서 값싼 포도주나 거품이 많은 맥주 한 잔을 앞에 놓고 있는 손님 가운데 상당수는 사실 위장한 황궁 경비대원들이었다. 어린 황녀에게 즐거운 시간을 허락하려고 다라 여제가 암살의 위험을 감수할 수는 없었다.

"가리나핀 키우는 게 정말로 힘들어?"

세라의 물음에 조미가 대답했다.

"복잡한 일 같습니다. 새끼들은 인간과 접촉을 많이 해야 합니다. 톨류사, 그러니까 조미 열매는 가리나핀 가족의 일원으로 대접받는 조종수가 새끼들에게 각인되도록 도와줍니다. 우리에게는 새끼 가리나핀을 훈련하는 데 도움을 줄 성체 가리나핀이 없으므로, 조종수와 탈것 사이의 유대감이 특히 깨지기가 쉽고 또 키우기도 어려울 겁니다."

초승달섬에 갔던 제국 탐험대는 류쿠족이 먼저 도착해서 조미 열매의 자연 서식지를 파괴했다는 소식을 가지고 돌아왔다. 그들은 다수섬과 루이섬에서 다시 재배를 시작할 만큼 표본을 채취했을 것이다. 그래도 탁발이 가져온 씨앗은 새로운 서식지를 가꾸기에 충분했고, 황후는 그것들의 재배를 돕고 있었다. 조미는 여전히 탄바나키의 속임수를 눈치채지 못한 자신을 자책했지만, 사람들은 페큐가 그녀와 황후가 착용한 장신구에 그렇게나 관심이 많았던 이유를 알 도리가 없었다고 확신하듯 말해 주었다.

조미가 계속 말을 이었다.

"성체들이 말을 잘 듣게 만들 목적으로 어린 새끼를 가두거나 채찍질하는 일에 조종수들은 절대 관여하지 않습니다. 그건 가리나핀들을 혼란스럽게 할 수 있으니까요. 가리나핀들에게 위협하는 사람과 유대감을 형성하는 사람은 언제나 다릅니다."

"무력과 친절의 조합이군. 정치도 많은 부분에서 그래."

조미는 고개를 끄덕이며 아무 말도 하지 않았다.

두 사람의 대화는 목적 없이 이리저리 떠돌고 있었다. 진짜 주제, 두 사람 모두 말하고 싶었지만 꺼내길 원치 않았던 주제를 에두르는 식으로 대화하고 있었기 때문이다.

조미는 입술을 깨물고 있다가 감행하기로 했다.

"정말 가시는 겁니까?"

세라는 잠시 가만히 있다가 파라에게 고개를 돌리고는 물었다.

"잠깐 혼자 있어도 괜찮겠어? 조미랑 할 얘기가 있어."

파라는 이야기에 너무 몰두한 나머지 무심하게 고개를 끄덕였다.

세라는 변장을 한 경비대원들에게 고개를 끄덕이고 일어나 조미를 위층에 있는 선술집 주인의 개인 거처로 데려갔다. 그제야 둘이서만 대화할 수 있었다.

세라는 조미를 향해 돌아서서 간단히 말했다.

"응."

"왜요?"

"다른 사람이 없어. 파라는 너무 어리고, 카도 큰아버지의 딸들 가운데 결혼할 나이가 된 사람도 없어."

"정략결혼은 어린 신부와 맺어지는 경우가 많았고, 진짜 공주가 아닌 경우도 많았습니다. 지아 황후께 다른 귀족 여성을 입양해 아야 마조티처럼 황실의 황녀로 만들어 달라고 부탁할 수도 있잖습니까."

"이건 신부가 그저 허수아비가 되는 정략결혼이 아니야. 아곤 왕자와 결혼하는 사람은 누구든 그와 함께 그의 백성들을 이끌고 류쿠의 위협을 뿌리부터 없애야 해. 이 동맹은 우리에게 매우 중요해. 류쿠족은 이제 비행함에 대응하는 방법을 알고 있고, 장기적으로 그들을 물리칠 수 있는 유일한 방법은 우리만의 가리나핀 군대를 보유하는 것뿐이야……."

"그런 이유 말고요!" 조미의 얼굴이 붉어졌다. "당신은 모든 걸 정치와 외교의 관점에서만 생각합니까? 정말 자신을 협상을 위한 수단으로만 생각하세요?"

세라는 손을 뻗어 조미의 손을 잡았다. 조미는 그녀의 손아귀에서 손을 빼내려 애쓰다 누그러졌다. 두 사람은 손을 맞잡고 한동안 조용히 앉아 있었지만, 두 사람의 심장은 가만히 있지 않았다.

"그러니까 나랑 같이 가자."

"그리고 당신이 다른 사람과 결혼하는 걸 지켜보라고요?"

조미가 믿기지 않는다는 표정으로 물었다.

"미리 약속을 정해 두면 돼. 우리 가문은 그런 복잡한 문제를 다뤄 본 적이 있고…… 응, 조약이 그런 거야. 조약 말이야."

조미는 잠시 그렇게 할까 하는 생각을 했지만, 이성적인 성격이 발목을 잡았다. 민들레 궁정에서 가장 권력이 강한 관리 한 명으로서 다라를 바꿀 기회를 포기하자고? 부모님과 스승을 위해 복수를 할 기회를 포기하자고? 더 공정하고 정의로운 다라라는 꿈을 실현할 기회를 포기하자고?

"그럴 수 없습니다. 제가 아무리 그러고 싶어도, 그럴 수 없습니다. 그런데 왜 당신이 왕좌를 포기하고 야만적인 땅에서 살아야 합니까?"

"내게 왕위를 물려주는 건 아버지 생각이었어. 하지만 난 내 인생이 정해진 대로 흘러가는 걸 좋아하지 않아. 네가 세상을 바꾸고 싶어 하는 만큼 나도 세상을 바꾸고 싶지만, 내 지혜로 얻은 권력으로 내 방식대로 하고 싶지, 누가 떠먹여 주는 식은 싫어. 너라면 이런 내 생각을 이해할 수 있을 거야."

"어쩌면 우린 둘 다 야망이 너무 큰 것 같습니다." 조미는 안타깝다는 듯 말했다. "루안 지아지나 원수님처럼요."

"우리가 공유하는 것은 특별해. 너 같은 사람은 다시는 없을 거야. 내가 주저하며 노래를 흥얼거릴 때 넌 내 마음속 목소리를 들어. 넌 내 영혼의 거울이야, 조미. 넌 나의 깨어 있는 유약함이야."

조미는 감정에 휩싸여 말을 잇지 못한 채 세라의 손을 꽉 쥐었다.

"하지만 우리의 삶은 수많은 사랑을 담을 수 있을 만큼 충분히 커야 해. 난 모든 삶을 낭만적인 사랑으로 정의하는 그런 이야기는 마음에 안 들어. 루안 지아지의 시 기억해?

부모는 흐느끼는 아이를 다독이네.
위대한 형제와 동료들.
깨어있는 유약함.
이러한 공감은 세상을 모두 아우른다네.

지아지는 살면서 알았던 많은 사랑에 대해 말했지만, 낭만적인 사랑은 그중 하나에 불과했어. 그는 우정, 자식된 도리, 연애, 영혼의 장엄함, 일에 대한 사랑에 관해 이야기했어. 우린 하나의 위대한 낭만적인 사랑이 아니라 사랑들로 짜인 그물망에 의해 정의돼."

"하지만 다라는 당신을 필요로 합니다. 전 당신이 필요합니다! 가지 마세요."

"다라는 어머니와 피로가 있으니 괜찮을 거야. 너와 코고 옐루가 그들을 도울 거고. 아버지는 다라가 여자를 통치자로 받아들일 토양을 마련하기 위해 많은 일을 하셨어. 그 일은 나를 위한 것이었지만, 어머니에게도 유용할 거야.

난 민들레 가문의 딸이야. 새 땅을 찾고, 새 광경을 보고, 다른 사람들의 희망과 꿈의 운율과 박자로 마음을 채우는 것이 내 운명이야. 어느 현명한 부인이 내 꽃은 물결을 타는 연꽃이라고 말한 적이 있지. 네 꽃이 불타는 듯한 불의 진주인 것처럼 말이야. 풍경을 바꾸고, 새 길을 개척하고, 상상할 수 있는 것으로 현존하는 것에 도전해야 하는 게 네 운명이야. 그리고 고향에서 멀리 떨어진 새로운 땅을 찾아 꽃을 피우고 새 세상을 만들어야 하는 게 내 운명이야. 난 고래의 길에 올라타 민들레 홀씨보다 더 멀리 나아갈 거야. 난 혁명을 이끌 거야."

"전 예전부터 유동주의자들의 수동적인 신비주의는 참지 못했습니다……."

"조미, 내 사랑, 삶의 흐름을 분별하고 받아들이는 건 수동성이 아니야. 나는 두 백성의 슬픔을 해결하기 위해 애쓰고 있어."

잠시 후 조미는 고개를 끄덕였지만, 얼굴을 타고 흐르는 눈물은 어쩔 수가 없었다.

"당신은 운명에 대해 말하지만, 돌이켜 보면 우연들이 쌓여 이야기가 된 게 운명 아닐까요?"

"어쩌면 네 말이 맞을지도 몰라. 하지만 이게 내가 내 이야기를 하고 싶은 방식이야. 사랑해, 조미. 하지만 이게 내가 원하는 거야.

존중해 줘."

"그럼 이게 끝이에요?"

세라는 고개를 저었다.

"헤어진다고 해서 우리 사랑이 끝나는 건 아니야. 너와 난 다른 많은 사랑, 많은 근사한 사랑을 경험할 거야. 그러면서 헌신과 영혼의 확대를 경험할 거고. 하지만 우리의 사랑은 첫사랑이고 언제나 특별할 거야. 시간이 아무리 흘러도, 우리가 아무리 멀리 떨어져 있어도 사랑은 진실하게 남을 거야. 우리는 광활한 심연 속에서 서로를 빠르게 스쳐 지나가는 다이란이지만, 우리가 공유하는 번개와 같은 번쩍임은 우리가 영원한 폭풍에 안길 때까지 앞의 어둠을 밝혀 줄 거야."

조미는 눈물을 훔쳤다.

"대시험을 잘 보셨을 겁니다. 작문이 아름답습니다."

"내 이름이 슬픔을 해결하는 자라는 뜻을 가진 데는 그럴 만한 이유가 있어." 세라는 입술을 말아 올리며 미소를 지었다. "넌 비 온 뒤에 피어난 난초처럼 눈물을 흘려도 사랑스러워."

조미의 얼굴이 환해지다 붉게 달아올랐다. 그녀는 세라를 자기 쪽으로 끌어당겨 열정적으로 오래 입맞춤했다.

"선술집 주인에게 돈을 쥐여 주고 저녁 내내 자리를 비워 달라고 했어." 숨을 가쁘게 쉬던 세라는 숨 돌릴 틈이 생기자 말했다. "이 방은 우리 둘만의 공간이야."

"이걸 계획하신 겁니까?"

"어쩌면."

이야기꾼이 아래층에서 이야기를 계속하고 밖에서는 폭풍우가
몰아치는 동안, 삼발이 단지에서 가장 밝은 것은 두 몸과 두 마음
사이의 눈부시게 밝은 백열(白熱)이었다.

판

폭풍우들의 계절 원년 4월

위나 황제가 다라를 떠나기로 한 결정은 전례가 없는 일이었다.
어떻게 그 일이 처리되어야 하는가에 대한 정해진 규칙이 없었다.
결국 세라는 자신이 다라를 떠나 있는 동안 피로를 후계자로 지정
하고 황제로 추대하겠다고 선언했다. 이곳 다라로 다시 돌아올 때
까지 세라는 다시금 황녀로 불리게 되었다.

피로 황자가 모나데투 황제로 즉위한 후에도 지아 황후는 섭정으
로 남게 되었다. 그녀는 제국이 여전히 도전에 직면해 있고 위나 황
제가 권력을 일시적으로(적어도 이론상으로는) 이양하는 것이라는 사
실을 인정해 치세의 명칭을 '폭풍우들의 계절'로 그대로 유지한다
고 발표했다.

제국 전역에 축제가 선포되었다. 가장 기뻐한 사람들은 민들레
왕좌에 여자가 앉는 게 부적절하다며 오랫동안 불평하던 학자들이
었다. 그들 입장에서는 세상이 다시 제자리로 돌아온 것이었다. 루
이섬과 다수섬이 여전히 점령된 상태이고 또 다른 류쿠의 침략이
눈앞에 다가왔다는 사실은 안중에도 없었다.

지아 황후는 황제의 어머니인 리사나 부인을 초대해서 차를 대접했다.

황후는 도자기 잔을 닦은 다음 대나무 숟가락으로 가루 차를 떠서 잔에다 넣고, 화로에서 물이 끓어올라 조용한 연못 구석의 물고기가 뿜어내는 것 같이 거품이 표면을 덮을 때까지 기다렸다. 그런 다음 화로에서 주전자를 들어 올려 끓는 물을 찻잔에 부었다. 손목을 구부리자 뜨거운 물줄기가 집중된 광선처럼 뿜어져 나왔다.

하지만 잔이 하나뿐이었다.

리사나는 바람에 흔들리는 나뭇잎처럼 떨었다.

"이유가 뭡니까?"

지아는 정식 *미파 라리* 자세로 무릎을 꿇었다.

"황제는 젊고 건방진 데다 세라와는 다르게 정치적 통찰력이 부족해. 그는 무술의 영광과 류쿠에 대한 복수를 갈망하지만 가리나핀 군대는 앞으로 10년 안에는 준비되지 않을 거야. 승리를 확신할 때까지 전쟁에 나가서는 안 돼. 그에게는 충동을 억제할 수 있는 확고하고 안정된 손이 필요해."

"언니께서 바로 그 손입니다. 저는 절대 언니의 섭정 자리에 도전하지 않겠습니다. 쿠니가 세상을 뜬 이후로 어전 회의에 단 한 번도 참석하지 않았고, 앞으로도 모든 정치에 관여하지 않을 것입니다."

지아는 고개를 저었다. 그녀의 표정은 슬프지만 단호했다.

"그럼 나더러 이 잔을 마시라는 말이군."

"그런 뜻이 아닙니다!"

"왕좌 뒤에 있으면서 권위의 원천으로 인식되는 사람이 두 명일

순 없어. 피로는 항상 나를 존경했지만, 어머니의 사랑에 비할 수는 없지.

네가 약속대로 한다고 해도, 네 이름을 깃발로 삼으려는 사람들이 있을 거야. 다라는 험난한 항해를 앞두고 있어. 다시 전쟁할 준비가 될 때까지 류쿠족과 평화를 유지해야 하고, 나는 인기 없고 권세가들의 심기를 건드릴지도 모를 정책들을 시행해야 할 거야. 그들은 마음을 부드럽게 녹이기 위해 눈물의 간청과 달콤한 유혹으로 무장한 채 너를 찾아갈 거고, 황제의 귀에 대고 내가 권력에 굶주렸고 황제는 뭐든 마음대로 할 수 있는 자유로운 몸이라고 속삭여 댈 거야. 홀로 서고자 하는 황제의 욕구를 지지하도록 너를 유혹하고 황제를 꼬드겨서 내가 아닌 너를 보며 조언을 찾게 할 거야.

네가 이걸 마시지 않는다면 내가 마시는 게 다라 백성들에게 더 좋을 거야. 왕좌 뒤에 단 하나의 목소리만 있다면, 설령 그 목소리가 내 목소리가 아니더라도, 다툼이 줄어들 테니까."

"언니께서는 가정을 말씀하시네요. 언니께서는 *지금 존재하는* 사랑과 믿음이 아니라 다가올지도 모르는 위험들에 대해 말씀하시고 계세요."

"사랑과 믿음은 믿을 수 없어. 그런 것들은 수백만 명의 운명을 책임지는 사람에게는 허용되지 않는 사치야. 우리에게 필요한 건 권력의 흐름을 통제하는 제도와 규칙이고, 그런 것들이 구축될 때까지는 내가 직접 권력을 행사해야 해."

"어쩌면 언니께서는 그냥 권력이라는 개념 그 자체를 좋아하는 게 아닌가 싶습니다. 그리고 언니를 좌지우지하는 게 바로 그 '권력'

이고요."

"어떤 사람들은 분명 그렇게 말하겠지. 쿠니가 말년에 널 편애한 것을 가지고 내가 질투한다고 주장할 것이고, 내가 다른 사람에게 속한 권위를 스스로를 위해 제멋대로 사용했다고 주장할 것이고, 나를 예민하고 야심 찬 사람이라고 부르며 잔인한 여자로 묘사할 거야. 하지만 다라 백성들의 삶에 비하면 내 명성이 무슨 대수겠어? 난 옳은 일을 하고 다른 사람들이 생각하고 싶은 대로 생각하게 내 버려 두는 것에 만족해."

리사나는 가만히 앉아 고개를 저었다.

지아는 한숨을 쉬었고, 고개를 끄덕였다.

"내가 한 말을 기억하고, 피로가 허영심 대신 백성들을 위해 옳은 일을 할 수 있도록 최선을 다해 도와주길 바랄 뿐이야."

지아가 찻잔을 집어 잔 테두리를 벌어진 입술에 가져다 댔다. 잔을 기울이려는 순간…….

리사나가 손으로 찻잔을 쳤고, 차가 바닥에 쏟아졌다.

"정말로 마시려고 하셨군요."

리사나는 믿을 수 없다는 표정으로 말했다.

지아는 마음을 가라앉히며 그녀에게 씁쓸한 미소를 내보였다.

"다라를 위해서라면 내 음모 때문에 연인이 처형당하는 것도 기꺼이 지켜볼 수 있었고, 승리를 위해 남편을 죽이라는 명령도 기꺼이 내릴 수 있었지. 심지어 아들의 안위와 상관없이 전쟁에 나설 의향도 있었어. 사랑은 사람에게 이상한 일을 시켜. 나는 이 섬과 이 섬에 사는 사람들을 사랑해. 다라 백성들의 삶에 비하면 내 삶이 뭐

그리 대수겠어? 넌 이런 결정 중 하나라도 내릴 수 있었겠어?"

리사나는 고개를 저었고, 몸을 더욱 떨었다.

"제왕의 위엄은 귀한 금처럼 반짝이거나 부드러운 옥처럼 윤이 나지 않아. 그것은 강철과 피로 만들어진 거야."

리사나는 서서히 떨림을 멈추었다. 그녀는 *미파 라리* 자세로 앉았다.

"언니, 이제야 당신을 이해하게 되었습니다. 당신은 다라의 황후로서 자격이 충분합니다."

그녀는 *지리* 자세로 절했고, 지아도 똑같이 화답했다.

"독약에는 많은 거짓말이 필요합니다. 또한 피로가 언니에게 가진 신뢰를 더럽힐 겁니다. 언니께선 신뢰에 관심이 없지만, 피로는 관심이 있습니다."

리사나의 말에 지아는 고개를 끄덕이며 수긍했다.

"자정에 '달 보기 탑'에 올라가서 뛰어내리겠습니다." 리사나가 안정적이고 차분한 목소리로 말했다. "사고처럼 보일 겁니다."

그녀는 무릎걸음을 하며 바닥에 떨어진 찻잔을 줍고 소매로 흘린 차를 닦은 후 탁자로 돌아와 화로 옆에 조심스럽게 내려놓았다. 그녀는 지아를 보며 씁쓸한 미소를 지었다.

"완벽한 무대를 만들려면 세세한 부분까지 신경 써야 합니다. 부러진 난간 지지대, 서 있는 곳 근처의 고인 물 등등. 공연에서는 이런 작은 것들이 중요합니다."

지아는 다시 그녀에게 절했다.

"사후에 다라의 황후라는 칭호가 주어질 거야. 궁정 역사가들이 다라 연대기에다 네 이름을 넣어 기릴 수 있도록 할게."

"제가 떠나면 피로와 더 많은 시간을 보내세요. 피로는 빨리 자랐을지 모르지만 모든 남자애는 어머니를 그리워합니다. 언니의 존재가 피로에게 위로가 될 겁니다."

"약속할게."

리사나는 자신의 침실에서 하인과 하녀 들을 모두 내보내고 문을 잠근 다음 방 한가운데에 놓인 돗자리에 앉았다.

그녀는 옷을 벗어 차를 적신 소매 부분을 잘라 냈다. 천천히, 세심하게 천을 작은 조각으로 자른 다음 그 조각을 더 작은 사각형으로 잘랐다.

손이 심하게 떨려서 혹여 자해라도 할까 두려웠다.

지아의 주장은 강력했다. 리사나는 남편이 볼모로 잡혀 있는데 병사들에게 적을 향해 다시 공격하라고 명령하는 자신을 상상할 수 없었다. 친아들을 상대로 전쟁을 벌인다는 건 꿈에도 생각할 수 없는 일이었다. 다라가 류쿠라는 파도에 저항하기 위해서는 안정적인 손이 필요했고, 그녀의 떨리는 손으로는 '손바닥 안의 진주' 피로에게 도움이 될 수 없었다.

토끼 한 마리가 옆에 있는 우리에서 움츠리고 있었다. 리사나는 천 조각을 그릇에다 떨어뜨려 신선한 과일 조각과 섞은 다음, 그릇을 우리에 밀어 넣었다. 토끼는 의심스러운 듯 킁킁 냄새를 맡더니 과일을 먹기 시작했다.

리사나는 토끼를 주의 깊게 지켜보았다. 얼마 지나지 않아 그릇이 비워졌고, 토끼는 먹이용 그릇에서 멀어져서는 수염을 씰룩거리며 주변을 깡충거렸다.

그녀는 피로를 남겨 두고 죽는 것을 상상할 수 없었다. 그 아이는 허풍을 떨고 허세를 부리지만 친절하고 상냥했다. 사랑이 사람에게 이상한 일을 시킨다는 건 사실이었다. 하지만 죽고 싶지 않고, 아이를 두고 떠나고 싶지 않은 것이 이상한 걸까?

토끼는 불편함이나 고통의 징후를 보이지 않은 채 우리 안을 돌아다녔다.

차에는 독이 들어 있지 않았다.

리사나는 눈을 감았다. 모든 것이 연극이었다. 지아는 위험하지 않다는 것을 알았기에 기꺼이 차를 마시려고 했다. 그녀는 리사나의 존경을 얻고, 신뢰를 얻고, 궁정에서의 삶과 모든 삶에 작별을 고하겠다고 말하게 하려고 연기를 펼쳤던 거였다.

그녀는 더 세차게 고개를 저었다. 강철과 피의 관점으로만 생각하는 그런 여자에게 피로를 맡겨 두고 떠날 순 없었다. 그녀는 피로를 찾아가 함께 궁전을 떠나야겠다고 생각했다. 쿠니를 만나기 전 어머니와 함께 살던 때처럼 평민으로 변장하고 다라의 이름 모를 구석진 곳에서 살면 될 일이었다. 지아는 다라를 인도해서 폭풍의 계절을 통과하고자 했고, 그녀와 피로는 방해가 될 생각이 없었다.

"모쿠! 카위!" 그녀는 하녀들을 불렀다. "내 여행용 가방 가져와."

"그들은 오지 않을 거야."

뒤편에서 한 목소리가 들려왔다.

리사나가 고개를 휙 돌리자 문 앞에 서 있는 지아 황후의 모습이 보였다.

"네 하인과 하녀 들은 모두 황실 재무부로부터 특별 상여금을 받기 위해 불려 갔어."

리사나가 입을 벌려 비명을 지르려 했지만, 지아는 계속 말했다.

"황궁 경비대원들이 내궁으로 통하는 모든 입구를 막았어. 아무도 네 말을 듣지 않을 거고 아무도 오지 않을 거야."

리사나는 씁쓸한 표정으로 그녀를 바라보았다.

"제 아들과 함께 떠나려고 했습니다. 인적 드문 계곡에 숨어서 다시는 언니를 귀찮게 하지 않으려고요. 연기술을 이용해서 변장도 했을 겁니다."

지아는 고개를 저었다.

"넌 스스로만 속일 수 있는 낭만적인 계획을 짜고 있어. 아무리 연기로 너 자신을 감싼다 해도 야심에 찬 자들은 널 찾아내 반란의 상징으로 만들 거야. 피로는 자신이 황좌의 정당한 후계자라는 것을 알면 결코 무명으로 살다가 죽는 것에 만족하지 않을 거야. 그가 오늘은 말을 들을지 모르지만 10년 후에 내게 도전하러 오는 것을 네가 막을 수 있을까? 그런 와중에 넌 피로가 책임감 있게 권력을 행사하는 방법을 배울 기회를, 그에게 그런 걸 가르칠 수 있는 유일한 사람으로부터 배울 기회를 빼앗고, 티무와 바듀에 맞서 다가오는 어둠으로부터 다라를 구할 수 있는 사람으로 성장하는 것을 가로막게 됐을 테지."

리사나는 고개를 숙였다.

"전 언니와 같지 않습니다. 언니가 생각하는 대로 생각할 수가 없습니다."

"알아. 난 네가 스스로 길을 찾길 바랐어. 그리고 넌 네 두려움을 초월할 뻔했어, 거의." 지아의 목소리에서 연민과 동정심이 묻어났다. "그래서 네가 결심을 굳건히 하고 맡은 역할을 완수할 수 있도록, 그래서 네 아들과 다라를 구할 걸작 연기술을 완성할 수 있도록 내가 도와주러 온 거야.

오늘 밤은 달이 특히나 아름다워. 탑으로 같이 가 볼까?"

단 하나의 촛불에서 깜빡이는 불빛. 엿듣는 귀들이 없는 방에서 서로를 마주 보고 무릎을 꿇고 있는 두 여자.

"내가 있어서 없을 때보다 백성들의 삶이 나아진다면, 사람들이 날 악인이라 불러도 상관없어."

"지아 마님, 마님께는 거창하게 말씀하시는 재주가 있습니다. 그게 마님이 가는 길에서 생겨나는 지저분하고 피비린내 나는 폐허를 모두 보상해 줄 거로 믿고 있으시고요. 하지만 마님의 방식을 고수하는 한 구원은 신기루에 불과합니다."

"드디어 내가 당신을 잃게 된 걸까, 소토? 다라를 내란에 빠뜨릴 생각이야?"

"백성들을 위해 당분간은 비밀을 지키겠습니다. 하지만 피로가 준비되었는데도 마님께서 권력의 고삐를 놓지 않는다면, 쌍둥이 신들에게 맹세하건대, 다라 구석구석에 진실을 퍼트릴 겁니다."

제62장

연꽃 씨의 고별

크리피

아직 이름이 정해지지 않은 치세의 원년

탄바나키가 티무를 찾아와 스스로를 위한 새로운 치세 이름을 지으라고 부탁했다. 어쨌든 종국에는 그가 다라의 황제가 될 것이기 때문이었다.

그것은 탄바라키가 그의 의견을 묻는 것을 귀찮아하지 않은 몇 안 되는 일 중 하나였다.

실제로 티무는 자신이 억울해해서는 안 된다는 것을 알았다. 탄바나키는 바빴다. 페큐 텐료의 죽음으로 일시적인 권력 공백이 생겼고, 몇몇 유력한 종사들이 탄바나키의 지도력에 도전하려는 움직임을 보이고 있었기 때문이다. 탄바나키는 교활함과 살인을 적절히 섞어 가면서 그들을 간신히 막아 냈고, 다른 종사들은 다라가 조공

622

을 바치고 다라에서 톨류사가 발견된 다음에야 마침내 자신이 페큐텐료의 후계자라는 그녀의 주장을 묵인해 주었다. 그런 것들은 아노 고전에 대한 지식으로 도울 수 있는 문제들이 아니었다.

이제 갓 태어난 아들을 안은 티무는 길을 잃었다고 느꼈다. 스무 살의 나이였지만, 그는 어린아이에 지나지 않았다. 류쿠와 다라의 결합처럼 연약한 새 생명이 자신에게 의지한다는 생각이 그를 압도했다.

탄바나키는 남자애의 이름을 토듀 로아탄으로 지었지만(그녀는 철이 들 때까지 기다렸다가 정식 이름을 짓는 다라의 관습 따위는 신경 쓰지 않았다), 티무는 그를 듀티카라고 부르기로 했고, 대부분 다라 노예였던 하인들도 그의 말을 따랐다. 그는 기뻤다. 그것은 비록 작지만 변화를 만들어 가고 있다는 것을 느끼는 한 가지 방법이었다.

류쿠가 점령한 다라와 나머지 섬들 사이에 평화가 찾아오며 더 많은 일을 할 수 있는 기회가 생겼다. 티무의 기술은 항상 전쟁보다 평화의 시기에 더 유용했다. 탄바나키는 루이섬과 다수섬의 원주민들이 정복자들과 조화롭게 살 수 있는 체제를 구축하는 데 그의 도움이 필요할 것이고, 티무는 죽은 아버지에게 자신이 옳았음을 보여 주기 위해 최선을 다할 생각이었다.

품에 안긴 듀티카가 칭얼거리자 티무는 부드럽게 달래는 소리로 아기를 얼렸다. 아기가 자신의 연약한 턱 옆으로 자그마한 주먹을 공처럼 마는 것을 보고, 티무의 몸에서는 강력한 사랑이 솟구쳤다. 듀티카는 류쿠족과 원주민 사이의 결합이 가져온 산물로 루이섬과 다수섬에서 작년과 올해 사이에 태어난 많은 혼혈 아기들 가운데

한 명이었다. 그들의 삶의 기원이 아무리 고통스럽고 폭력적이고 끔찍하다 해도 아기들은 죄가 없었다. 그들은 이 섬에 속해 있었고 이 땅에 대한 권리를 가지고 있었다.

자유에는 새로운 길의 개척과 대담한 믿음의 도약이 필요했다. 그는 역사 기록들 속에 자신의 그림자를 드리울 생각이었다.

그는 자신의 작은 궁궐에 있는 필경사들을 불러들여 말했다.

"자, 새 치세 이름을 정했다. 그것은 '대담한 자유'이다."

긴펜
폭풍우들의 계절 원년 5월

모나데투 황제는 직접 작별 인사를 건네기 위해 긴펜의 부두로 왔다.

"누나……."

젊은 황제는 감정을 주체하지 못해 말을 잇지 못했다.

"후도티카." 세라는 동생을 끌어안고 귀에 대고 속삭였다. "내 이름과 안 어울리게 이 행복한 순간을 망치지 마. 난 신부이자 새로운 사람들의 여왕이 되기 위해 떠나는데 넌 마치 내가 제물로 바쳐지는 것처럼 행동하고 있잖아."

"난 어머니를 잃었는데, 이제 누나까지 잃게 생겼어. 슬픔이 가시질 않아."

"이제 넌 황제야, 렌가. 백성들은 널 바라보며 희망을 보길 기대하고 있어. 그들은 이 동맹이 류쿠족의 위협에 대한 해답이라는 확신을 주길 바라고 있어. 단 한 순간도 무대에 서지 않는 순간이 없으니 넌 얼굴에 진심이 드러나지 않게 해야 해."

"난 아버지랑 달라! 누나랑 달라! 아버지가 나 대신 누나를 선택했을 때 처음엔 화가 났지만 지금은 아버지가 옳았다는 걸 알아. 티무 형은 이런 일을 어떻게 해야 하는지 모르고, 나도 마찬가지야."

"아버지나 내가 한 일이 네 선택을 제약하도록 두어선 안 돼. 난 네가 너만의 길을 그려 나갈 거라는 걸 알아. 아버지가 의심과 씨름하고 있을 때 얼굴을 가릴 수 있도록 조개껍데기 가닥이 늘어진 왕관을 만들어 냈다는 거 알아? 우리 중 누구도 가면을 쓰는 법을 알고 태어나는 건 아니야. 성장하면서 가면 쓰는 법을 점차 배우게 되는 거지."

함대가 출항할 상서로운 시간이 다가오자 부두의 음악가들은 연주를 시작했다. 듣기 좋은 비단 현의 야자열매 비파 소리와 경쾌한 대나무 피리 소리, 활기찬 나무 봉 소리, 생기 넘치는 돌 울림통 소리, 힘찬 점토 피리 소리, 생동감 넘치는 박 마라카스 소리, 경쾌한 가죽으로 된 노래용 풀무 소리에 세라 황녀의 요청에 의한 청동 모 *아피아*의 장엄한 울림이 더해졌다. 악기라는 악기는 모두 등장했는데, 마치 모든 신들이 인간들과 함께 축하하기 위해 이곳을 찾은 것만 같았다.

세라는 동생을 따뜻하게 포옹하며 다시금 속삭였다. 시끄러운 음악 때문에 다른 사람은 엿들을 수 없었다.

"어머니가 가지고 있는 다라에 대한 미래상은 매혹적이고 또 어쩌면 옳을 수도 있지. 하지만 어머니는 결과에 독이 되는 방법을 선택하는 경향이 있어. 넌 어머니로부터 배워야 하지만, 때가 되면 어머니와 맞설 준비도 되어 있어야 해."

"가장 재미있는 일을 할 때를 알아야 한다, 이런 거지?"

"정확해."

모나데투 황제는 마지막으로 두 팔로 누나를 힘주어 안고 나서 뒤로 물러났다. 그의 얼굴은 이제 무표정했다.

"다라의 황녀, 신들이 당신의 여정에 속도를 더해 주고, 새로운 땅에서 성공을 가져다주길 바라오."

세라 황녀는 뒤돌아섰고, 탁발 왕자와 합류하기 위해 다라 땅을 마지막으로 밟고 나서 건널 판자로 걸어 올라갔다. 그녀는 눈물이 자신의 이름에 거짓을 더하게 될까 봐 뒤도 돌아보지 않았다.

판에서는 가리나핀 새끼들이 살아남았다. 이제 탁발 왕자가 전해 준 지식으로 무장한 다라 백성들은 전쟁에서 새 동맹자들의 신뢰를 얻기 위한 웅대한 모험에 착수하게 될 것이다. 그것은 아곤족과 그들의 새 공주 사이에서 조심스럽게 추는 춤과 별반 다르지 않았다.

다수섬의 북쪽 바다

폭풍우들의 계절 원년 5월

세라 황녀와 탁발 아라고즈 왕자는 '슬픔의 해결자'호의 갑판에 서서 폭풍의 벽을 바라보았다.

'슬픔의 해결자'호의 뒤쪽으로는 아홉 척의 배가 파도를 타고 있었다. 이 함대에는 다라의 장인, 군인, 학자, 책, 씨앗, 도구 등 세라가 자유를 얻고자 하는 사람들을 돕기 위해 먼 땅에서 유용할 거로 판단한 모든 것이 실려 있었다.

"우리가 날을 잘 맞춰서 온 것 같습니다."

탁발이 멀리서 아래위로 조금씩 움직이는 류쿠 도시선의 윤곽을 가리키며 말했다.

"환영연이로군요."

이날은 루안 지아지가 폭풍의 벽이 다시 열릴 거라고 예상한 날로, 류쿠 증원군이 다라로 오기로 되어 있는 날이었다.

세라는 도시선에 타고 있는 류쿠족 참관인 중에는 페큐 바듀가 포함되어 있지 않을 가능성이 크다고 생각했다. 그녀와 조미는 오늘내일 중으로 페큐가 출산하리라고 계산했고, 티무(타케 황제)가 아버지가 된다는 변화를 어떻게 받아들이고 있는지 궁금했다.

"그들은 우리 쪽으로 다가오고 있지 않습니다."

탁발이 말했다.

"우리가 새 함대를 향해 움직임을 보이지 않는 한, 그들은 평화를 존중해야 합니다. 그들은 우리가 이곳 바다에서 관찰할 권리가 있다는 것을 부정할 수 없습니다."

세라가 말했다.

그들은 다라와 관목 지대의 언어를 섞어 가며 대화를 나누고 있었다. 세라는 공부가 빨랐고 탁발은 인내심이 강한 선생님이었다. 아직 두 사람 사이에는 사랑이 없었고, 시간이 지나면 슬픔을 녹이고 영혼을 확장할 잠재성이 있는 우정의 시작이 있을 뿐이었다.

그녀는 기꺼이 마음을 열고 스스로 하고 싶은 이야기로 자기 마음이 채워지게 둘 생각이었다. 그게 무엇보다도 가장 흥미로운 일이라고 그녀는 결론 내렸다.

"열리기 시작합니다."

세라가 소리치며 손으로 가리켰다.

숨 막히는 장막을 구성하는 폭풍들이 갈라지기 시작했다. 잘 훈련된 군대가 연병장에서 훈련하는 것처럼 폭풍들은 양쪽으로 흩어졌고, 산처럼 우뚝 솟은 물과 구름 사이의 계곡 한가운데에서 잔잔한 통로가 드러났다. 폭풍 속 깊은 곳에서는 번개가 번쩍였는데, 그것은 새 시대를 알리는 불꽃놀이였다.

멀리, 장막 너머에서 통로로 향해하는 도시선들의 작은 윤곽들이 보였다. 쿠듀 왕자의 증원군이 도착한 것이었다.

"신호 연을 날려라!"

황녀가 외쳤다.

다라 함대의 갑판에서 거대한 연이 하늘로 솟아올랐다. 남쪽 수평선 아래에 있는 다른 다라 배들이 그 신호를 전달할 것이다. 샌 카루코노는 판이 가능한 한 빨리 소식을 접할 수 있도록 신호선으로 구성된 소함대를 파견해 폭풍의 벽과 본섬 사이에서 실에 꿴 진주들처럼 닻을 내리고 있게 했다.

판

폭풍우들의 계절 원년 5월

몇 달 사이에 부모님을 모두 잃고 여전히 슬픔에 잠겨 있던 모나데투 황제는 기계 크루벤들이 류쿠의 두 번째 함대를 상대로 비밀 임무를 수행해야 한다고 재촉했다.

"기계 크루벤들을 보내면 밤에 한 척 이상의 도시선을 침몰시키고, 류쿠족이 우리가 조약을 어겼다고 주장할 만한 증거를 남기지 않을 수 있습니다."

피로가 말했다.

"안 됩니다."

지아 황후가 답했다.

"*내*가 황제입니다! 황후님이 아니라요."

"직위는 황제께서 가지고 있지요. 하지만 다라의 옥새는 내 손에 있습니다. 더 길게 이야기할 것도 없어요."

모인 대신들과 장군들이 지켜보는 가운데, 젊은 황제는 옥좌에서 일어나 문서가 쌓여 있는 탁자를 엎었다. 그러고는 대정전에서 뛰쳐나갔다.

"계속하세요." 지아 황후가 대정전에 모인, 당황스러워하는 관리들에게 말했다. "통치는 그 누구 때문에도 기다릴 수 없습니다."

황제는 사흘 동안 리사나 황후를 위한 추모실에 틀어박혀 아무도 만나지 않았다. 조신들은 황제가 추모실에서 울고 중얼거리는 소리를 들을 수 있었다. 결국 황제는 밖으로 나와 황후를 만나길 청했다.

"전 아직 준비가 안 됐습니다."

"아직은 아니지요. 하지만 황제 안에 있는 그 불을 소진하지는 마세요. 그걸 다스리는 법을 배우십시오."

그런 다음 그녀는 두 팔을 벌려 젊은 남자를 껴안았고, 그는 하염없이 울었다.

모든 대신과 장군은 옥좌 뒤에서 이론의 여지가 없는 목소리를 내는 지아가 있다는 게 다라의 행운이라고 서로 귓속말을 했다.

다수섬 북쪽 바다
폭풍우들의 계절 원년 5월

도시선들은 이제 우뚝 솟은 폭풍 사이의 계곡 한가운데에 있었고, 점점 더 가까이 오고 있었다.

"비켜나야 할까요?"

탁발이 물었다.

기계 크루벤에서 착안한 다라의 배들은 잠깐 물속으로 잠수해 몸을 숨길 수 있도록 설계가 되어 있었다. 류쿠 함대와 같은 폭풍의 벽 통로를 이용해야 한다는 사실을 깨달은 후, '슬픔의 해결자'호와 자매선들은 류쿠족이 접근하면 잠수했다가 나중에 다시 수면 위로 올라와 가던 길을 계속 갈 계획이었다. 배들은 수중에서 전진이 가능한 수준까지는 설계되지 않았다. 꼭 그래야 할 이유가 없었기 때문이다.

"아닙니다. 벌써 문이 닫히고 있어요! 조미 말이 맞았습니다."

실제로 폭풍의 벽을 구성하는 폭풍들은 이미 역방향으로 진행하고 있었다. 산처럼 솟은 통로 양쪽의 구름과 물은 가까워지고 있었고, 류쿠 선박들은 여전히 그 틈에 갇혀 있었다.

판

한 달 전

조미 키도수는 매우 바빴다. 그녀는 우큐와 곤데로 가는 황녀의 여행을 준비하는 일을 맡았을 뿐만 아니라, 새로운 기계와 정책 들과 관련한 많은 제안서를 평가해야만 했다. 이것은 지아 황후가 그런 평가 업무가 황실 망원장관의 업무 영역에 속한다고 선언한 것에 따른 것이었다.

사실 조미는 그러한 임무 중 일부는 전통적으로 재상의 권한에 속한다는 것을 알고 있었다. 하지만 지아 황후는 그녀와 코고 옐루에게 임무를 나눠 주는 것을 선호했다. 그것은 황후의 계략이 폭로된 후 오소 크린을 격렬하게 비난했던 코고 옐루를 벌주는 위함이었거나, 그가 자신의 의견에 이의를 제기할 사람이 없는 가운데 안일함에 빠지지 않게 하려는 위함이었다.

"난 개인이 아니라 체계를 믿는다. 기계 공학에 능숙한 네가 통치체계를 위한 공학에도 능숙한지 보고 싶다. 어쩌면 시험 제도에 관한 너의 제안을 한번 실행에 옮겨 보는 것도 가능하겠다 싶어."

조미는 한숨을 쉬었다. 권력을 행사하는 것은 무거운 책임이었다. 조미는 새 역할에 적응하는 법을 배워야 했고, 급진적인 변화를 일으키고 싶은 충동을 신중한 점진주의의 지혜로 제어해야 했다. 무엇보다도, 세라가 경계를 늦추지 말고 점진적으로 어머니에서 동생으로 권력이 이동하는 것을 도와 달라고 부탁했다.

"둘 다 네 충성심을 필요로 하고 원할 거야. 조심해야 해."

"제가 정치에 소질이 없다는 걸 아시잖아요. 전 그런 소질을 보인 적이 정말이지 단 한 번도 없었습니다."

"양심이 네 길잡이가 되게 해. 그리고 백성들에 대한 네 사랑을 신뢰해. 그들이 항상 최우선이야. 적어도 그 점만은 민들레 가문의 모든 사람이 동의해."

세라가 떠날 날이 다가오자, 조미는 가능한 한 많은 시간을 세라와 보내려고 애썼다. 하지만 세라가 루안 지아지의 시를 인용한 것과 관련한 무언가가 그녀를 괴롭혔다. 그녀는 그 시문을 꺼내 다시 읽었다.

우주란 알 수 있으니, 물고기의 무게를 재어라.

크루벤이 뛰어오를 때 빨판상어는 떨어져 나가네.

부모는 흐느끼는 아이를 다독이네.

위대한 형제와 동료들.

깨어있는 유약함.

이러한 공감은 세상을 모두 아우른다네.

새 기계를 상상하고자 했고 미지의 땅을 보고자 했네.
사람이라면 응당 제왕의 위엄을 따르는 것이 마땅한 일일 터니
감사하다.

그녀는 아연실색한 채로 시를 응시했다. 처음 시를 읽었을 때는
슬픔이 채 가시지 않아 시의 형식에 충분히 주의를 기울이지 못했
다. 하지만 이제 마음을 차분히 한 상태에서 보니 시의 낯섦이 그녀
에게 큰 충격으로 다가왔다.

그녀의 스승은 고전 아노 형식을 진정으로 사랑했고, 그 고전 언
어를 사용하는 뛰어난 작가이자 시인이었다. 하지만 이 시는 그녀
가 알고 있는 고전 아노의 형식을 따르지 않았다. 고대 아노인들은
시각적 대칭을 중요시했으며, 고전 아노어로 지어진 시는 항상 한
행당 표의 문자들의 수를 정해 두는 고정된 형식을 따랐다. 시는 소
리 내어 낭송할 뿐만 아니라 시각적 구성물로서 조용히 감상하게
되어 있었다.

그러나 이 시의 각 행에는 각각 다른 개수의 표의 문자가 있었다.
7, 6, 4, 3, 2, 5, 0(빈칸), 8, 9, 1. 스승이 왜 그렇게 부주의했을까?

사실, 그녀의 스승은 임종 직전에 이 글을 썼고, 시각적 호소력을
고려한 작문 능력을 상실했을 수도 있었다. 하지만 조미는 본능적
으로 그것이 제대로 된 설명이 될 수 없음을 알았다.

*이 시는 열 행으로 구성되어 있으며, 각 행은 다른 숫자로 이루어
져 있어.*

그녀의 스승은 항상 공학이란 새로운 목적을 달성하기 위해 기존

의 기계를 조립하는 기술이기에 중요하다고 가르쳤다. 혹시 그는 형식을 통해 단어들이 나타내는 것 이상의 뜻을 전달하고 싶었던 것일까?

조미는 폭풍의 벽의 통로가 열리는 것과 관련해서 기트레 위수에 나와 있는 계산을 다시 살펴보았다. 계산식에 건너뛴 단계가 너무 많아서 루안 지아의 작업을 완전히 재구성하는 건 불가능했다. 하지만 그녀가 이해하며 따라갈 수 있는 모든 단계는 말이 되었다.

그녀의 눈은 한 책장의 여백에 있는 낙서에 끌렸다. 번호 순서대로 점들이 줄지어 배열되어 있었다. 빈칸, 1, 2, 3, 4……

그리고 마침내 그녀는 스승이 시를 통해 의도한 바를 이해했다. 그것은 암호였다. 각 줄에 있는 표의 문자들의 개수는 '실수'를 나타내고, 시에서 행의 위치는 암호였다. 따라서 0은 7에, 1은 6에, 2는 4와 호응하는 식이었다.

루안 지아지는 자신의 계산법을 감추기 위해 할 수 있는 모든 방법을 동원했고, 거짓 결과를 류쿠족에게 제시했다. 하지만 그는 조미에게 거짓 결과를 해독하여 진짜 숫자를 알아낼 열쇠를 남겼다. 다만 그가 죽음을 맞이했던 당시에는 뭐가 됐건 그가 조미에게 주는 정보가 류쿠족의 손에 넘어가지 않을 것이라고 확신할 수 없었기 때문에 시 속에 그 열쇠를 숨겨 놓았던 것이었다.

다수섬의 북쪽 바다

폭풍우들의 계절 원년 5월

세라와 탁발이 지켜보는 가운데, 폭풍의 벽이 도시선들을 향해
거리를 좁혀 왔다.

기트레 위수에 나온 암호문은 거짓된 개방을 예언한 것이었고,
조미에 따르면 진짜 개방은 10년 후에나 있을 예정이었다. 폭풍의
벽의 일시적인 개방마저 파악해 냈다는 사실은 루안 지아지의 실
력에 대한 방증이었다. (하지만 아무리 실력이 좋아도 그런 함정을 계산해
내는 데엔 며칠이 걸렸으리라.)

세라는 도시선들에 타고 있는 수천 명이 산처럼 우뚝 솟은 물과
구름, 그 안에서 번쩍이는 번개가 엄습할 때 느낄 공포를, 탈출구가
없다는 사실, 죽음이 몇 초 앞으로 다가왔다는 사실을 앎에서 오는
절망적이고 마비가 오는 듯한 공포를 상상했다. 한순간에 자연은
자틴만 전투에서 죽은 사람보다 더 많은 사람을 죽이게 될 터였다.
연민이 가슴을 압도했고, 그래서 그녀는 시선을 딴 데로 돌렸다.

루안 지아지는 죽은 후에 자신의 복수를 하게 되었다.

루이섬과 다수섬에 있는 페큐 바듀의 군대는 여전히 다라에 위협
이 되겠지만 쿠듀의 지원군이 없다면 피로와 지아가 그들을 상대하
기가 훨씬 수월할 터였다.

그녀는 고개를 저었다. 생각의 주제를 바꿔야 했다.

세라가 탁발에게 말했다.

"미안해요. 조미 말이 옳았던 것 같습니다. 오늘은 폭풍의 벽을

태풍들의 충돌 **635**

통과할 수 있는 길이 없을 것입니다."

탁발은 심란해져 있었다.

"하지만 기다릴 여유가 없습니다! 10년이 더 지나면 겨울 폭풍과 여름 가뭄으로 얼마나 많은 사람이 더 죽게 될지 누가 알겠습니까?"

"그렇게 오래 기다릴 필요가 없을지도 모릅니다." 세라가 웃으며 말했다. "조미가 이 통로가 제대로 작동하지 않을 경우를 대비해 다른 길을 알려 줬습니다."

그녀의 말에 화답이라도 하듯 주변 바다가 꿈틀거리며 폭발했다. 바다의 장엄한 주권자인 크루벤 열 마리가 수면 위로 떠오르더니 배들 옆에서 까닥거렸다. 그들의 거대한 몸집과 비교하면 배들은 왜소해 보였다.

세라가 웃었다.

"민들레 가문의 오랜 친구들이 다시 우리를 돕기로 한 것 같습니다."

'슬픔의 해결자'호와 자매선들의 바다 아래로 잠수하는 능력은 단순한 은신 수단이 아니었다. 폭풍의 벽을 우회하는 방법이었다.

탁발 왕자가 다라를 찾아온 방식에서 영감을 얻은 조미는 대담하고 새로운 발상을 떠올렸다. 분명 고래는 폭풍의 벽 아래를 안전하게 헤엄칠 수 있었으니, 잠수선들도 가능하다고 생각했다.

기계 크루벤은 수중 화산 산맥을 따라 항해해야 한다는 제약점이 있었지만, 물 아래로 항해할 수 있는 배는 고래류들로부터 추진력을 얻을 수 있었다. 고래잡이배가 실마리가 되어 주었다.

'슬픔의 해결자'호와 나머지 함대에는 작살과 강력한 밧줄이 장착되어 있었다. 그들이 가고자 하는 방향으로 이동하는 고래 떼를 이용해서 수중에서 편승하자는 생각이었다. 고래가 배를 폭풍의 벽 아래로 끌어당길 것이고, 그 뒤 배는 밧줄을 풀고 다시 수면 위로 떠오를 터였다.

지금은 고래에다 작살을 꽂는 대신, 크루벤이 그들에게 도움을 주겠다고 제안하고 있었다.

거대한 크루벤들의 꼬리에는 튼튼한 밧줄이 부착되었다. 배들은 잠수할 준비가 되었다.

"옵니다!"

초병 한 명이 외쳤다.

멀리 폭풍의 벽은 거의 닫혀 있었다. 류쿠의 도시선들이 침몰했다. 단 한 마리의 가리나핀이 운이 다한 함대를 탈출하기 위해 조종수도 없이 하늘로 날아올랐다. 그것은 다라 함대를 보았고, 날개를 퍼덕여 곧장 이쪽으로 날아오기 시작했다.

페큐 바듀가 보낸 도시선에 타고 있던 참관인들도 류쿠 함대가 파괴되는 모습을 목격하며 충격을 받는가 싶더니, 이제는 다라 함대를 향해 배를 조종했다.

"잠수해! 잠수!"

세라와 탁발, 그리고 나머지 선원들은 갑판 아래로 내달았다. 해치가 닫혔고 노 구멍들이 닫힌 다음 밀폐되었다. 바닥짐용 수조에 물이 차오르기 시작했다. 배들은 파도 아래로 천천히 가라앉기 시작했다.

"신호 연을 날리는 걸 깜빡했습니다!" 세라는 수중의 둥근 창을 통해 거대한 크루벤 꼬리 때문에 사납게 요동치는 물살을 바라보았다. "그리고 두 번째 류쿠 함대가 파괴되었다는 사실을 판에 알릴 기회도 없었습니다."

"지금 걱정하기엔 너무 늦었습니다. 그들은 곧 무슨 일이 있었는지 알아낼 겁니다."

탁발이 말했다.

그들 위에서는 가리나핀이 원을 그리며 날았다. 폭풍의 벽이 도시선들을 파괴하는 바람에 착륙할 곳이 없었기 때문이다. 기수를 잃은 채 겁에 질리고 화가 잔뜩 난 가리나핀은 접근해 오는 류쿠 도시선의 갑판에서 뼈 나팔이 울려 퍼졌음에도 불구하고 안전한 피난처를 무시했다. 야수는 다라인들의 배에 복수할 생각이었다.

"뭔가를 해야 합니다. 배들이 잠수하는 데는 시간이 걸리고, 수면 근처에 있는 크루벤은 취약합니다."

세라가 말했다.

세라와 탁발은 '슬픔의 해결자'호의 갑판으로 다시 올라갔다.

가리나핀은 배를 끌고 가는 크루벤을 향해 급강하했다. 둘 다 길이가 30미터가 넘었고, 날짐승의 왕이 바다의 군주에게 도전하려 하고 있었다.

가리나핀은 입을 크게 벌렸고, 크루벤 위를 지나는 순간 입을 다물었다가 다시 벌려 뜨거운 불꽃을 쏘아 냈다.

크루벤이 분수공을 열자 물줄기가 공중으로 뿜어져 나와 불꽃 혀와 중간에서 부딪혔다. 불과 물이 공중에서 맞붙자 쉭쉭 소리를 내는 수증기가 바다 위를 떠돌았다.

크루벤은 무사히 탈출했다. 가리나핀은 방향을 틀었고, 또 한 번

맹폭을 퍼붓기 위해 원을 그렸다.

다른 다라 선박들은 거의 모두 물 밑으로 내려갔다. 하지만 분수공을 피했으니 가리나핀은 '슬픔의 해결자'호가 물속으로 들어가기 전에 여전히 크루벤에 심각한 상처를 줄 수 있었다.

"주의를 딴 데로 돌려야 합니다. 나랑 같이 가시죠!"

세라는 비단력 화살이나 장창이 있었으면 좋았을 텐데 하고 생각했다.

그녀와 탁발은 신호 연을 위한 도르래 옆에 자리를 잡았다.

"전투 연은 구식이긴 하지만, 때로는 손에 잡히는 것으로 싸워야 할 때도 있는 법이죠."

그들은 밧줄을 잡고 연이 가리나핀 쪽으로 방향을 바꾸도록 조종했다. 마치 옛 영웅 전설에서 영웅들이 결투를 위해 전투 연을 타고 하늘로 날아오르면 충성스러운 부하들이 연을 조종해 허공에다 글씨를 쓰듯 하늘에다 복잡한 문양을 그리며 급강하, 선회, 추격전을 펼쳤던 장면과도 같았다.

연줄이 세라와 탁발의 손바닥을 베었다. 피가 줄을 뒤덮어 잡고 있기가 점점 힘들어졌지만, 두 사람은 이를 악물고 버텼다. 세라는 자신의 치마에서 찢어 낸 천 조각으로 탁발과 자신의 손바닥을 감쌌고, 둘은 싸움을 이어 나갔다.

조종수 없는 가리나핀이 연을 향해 으르렁대며 달려들었다.

세라와 탁발은 연을 조종해서 간신히 공격을 피했다.

분노한 가리나핀은 공중에서 맴돌며 입을 벌려 불을 뿜었고, 아래에 있는 함대는 잊어버렸다.

다른 배들은 모두 바다 밑으로 안전하게 사라졌다.

세라와 탁발이 연줄을 세게 잡아당기자 가리나핀의 불꽃 혀가 연을 간발의 차이로 빗나갔다.

마침내 자신의 실수를 깨달은 가리나핀은 성가시게 구는 연의 근원인, 배의 갑판에 있는 두 인간을 노려보며 입을 벌렸다.

"세게 당겨요!"

세라가 비명을 질렀다. 두 사람은 연줄을 도르래로 감아 당겨 연을 자기들 쪽으로 끌어 내렸다.

가리나핀의 입이 턱 닫혔다. 그 입이 다시 열리는 순간, 불꽃 혀가 뿜어져 나와 그들을 서 있는 자리에서 소각해 버릴 것이다.

연이 가리나핀을 향해 급강하하더니 가늘고 뱀처럼 생긴 가리나핀의 목에 연줄이 감겨들었다. 연은 윙윙거리는 소리를 내며 가리나핀의 머리 주위를 빠르게 원을 그리며 돌고, 마침내 가리나핀의 입을 늘어진 밧줄로 묶은 다음 가지 친 뿔에 얽혀들었다.

가리나핀은 연줄 끝자락에서 거칠게 몸부림쳤고, 이제는 살아 있는 연으로 변했다. 밧줄에 힘이 들어가자 도르래에 감긴 밧줄이 빠르게 풀려 나갔다.

"여기서 벗어나요." 세라가 말했다. 두 사람은 해치 아래로 다시 내려가 문을 닫았다. '슬픔의 해결자'호는 계속 물을 받아들이며 수면 아래로 가라앉기 시작했다.

크루벤은 깊이 잠수해 들어갔고 폭풍의 벽을 안전하게 통과하기 위해 배를 바다 밑으로 더 깊숙이 끌어당기기 시작했다. 거대한 꼬리가 어두워지는 물속에서 우아하게 움직였다.

연줄이 팽팽해졌다. 튼튼한 비단 밧줄은 끊어지지 않고 버텼고, 가리나핀은 거대한 날갯짓에도 불구하고 점점 속도가 느려지며 속절없이 아래로 끌려 내려왔다. 우레 같은 첨벙하는 소리와 함께 가리나핀은 물속으로 추락했고, 연줄 때문에 숨이 막혔다.

마침내 연줄이 끊어지자 '슬픔의 해결자'호의 선원들은 홱 하는 갑작스러운 움직임을 약간 느꼈다. 살인 병기인 야수가 파도에 떠다니며 흔들거리고 있었다.

류쿠 도시선이 현장에 도착했을 때 선원들이 할 수 있는 일은 가리나핀 사체를 도살하고 유용한 보급품을 회수하는 것뿐이었다. 두 번째로 파견된 류쿠 함대에서 살아남은 사람이나 야수는 없었다. 종사들은 동지들의 죽음을 애도했고, 루이섬으로 돌아가 페큐 바듀에게 그 소식을 전해야 한다는 사실이 달갑지 않았다.

폭풍의 벽을 향해, 미지의 세계를 향해, 미래를 향해 가는 동안, 세라는 둥근 창으로 깊고 어두컴컴한 바닷속을 바라보았다.

너 정말 이런 식으로 떠나기로 마음먹은 거야?

질문하는 목소리는 사막을 행군한 후의 시원한 샘처럼 감미롭고 부드러웠다.

맞아. 내가 불멸자로 남아 있는 한 폭풍의 벽을 통과하는 건 불가능해.

대답하는 목소리는 거북의 등껍질처럼 연륜과 지혜의 무게로 갈라져 있었다.

네 신성을 포기하는 건 너무 극단적인 조치야.

타주는 아주 오래전에 평생을 필멸자로 살았던 적이 있어.

그건 형벌이었어. 넌 자진해서 이러는 거고.

너도 인정해. 타주와 내가 같은 몸을 공유한다고 주장하는 류쿠족이 있는 이곳이 약간은 불편하잖아.

그건 일시적인 현상일 뿐이야. 곧 해결될 거야.

그럴지도 모르지만, 다른 땅을 보고 싶은 욕망은 인간에게만 있는 건 아니야. 난 새로운 땅을 보고 싶고, 네 제자가 이끄는 '슬픔의 해결자'호는 그 어떤 것보다 좋은 기회야. 난 이 웅대한 모험에서 그저 선원의 일원이 되고자 해.

우리 모두 널 그리워할 거야. 다라의 어떤 신도 네가 하려고 하는 일을 한 적은 없었어.

모든 일에는 항상 처음이 있는 법이야.

〈끝〉

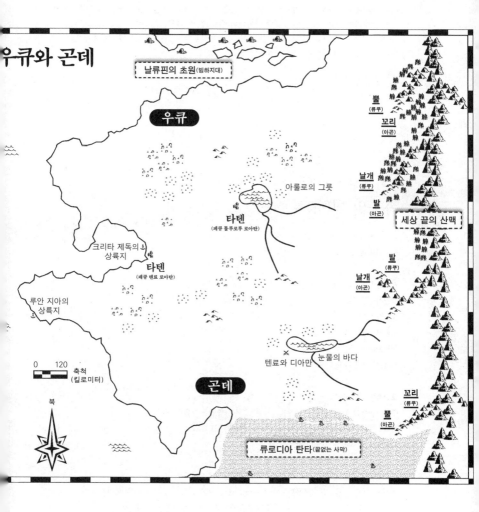

우큐와 곤데

날류핀의 초원(빙하지대)

우큐

뿔
(류쿠)

꼬리
(아곤)

날개
(류쿠)

아룰로의 그릇

발
(아곤)

세상 끝의 산맥

타텐
(께큐 볼루로루 로아탄)

크리타 제독의
상륙지

발
(류쿠)

타텐
(께큐 텐료 로아탄)

날개
(아곤)

루안 지아의
상륙지

0   120   축척
(킬로미터)

텐료와 디아만   눈물의 바다

곤데

북

꼬리
(류쿠)

뿔
(아곤)

류로디아 탄타(끝없는 사막)

옮긴이 | 황성연

작은 공간에서도 세상 이곳저곳을 여행하며 사유할 수 있게 해 주는 수많은 책과 글을 좋아
해서 번역가의 길을 걷고 있다. 글밥 아카데미 수료 후 바른번역 소속 번역가로 활동 중이
다. 역서로는『크루시블』,『기억되지 않는 여자, 애디 라뤼』,『우리는 왜 서로를 미워하는가』,
『세밀화로 보는 멸종 동물 도감』,『결정 수업』등이 있다.

민들레 왕조 연대기 2

폭풍의 벽(하)

1판 1쇄 찍음 2024년 12월 5일
1판 1쇄 펴냄 2024년 12월 12일

지은이 | 켄 리우
옮긴이 | 황성연
발행인 | 박근섭
편집인 | 김준혁
책임편집 | 정미리
펴낸곳 | 황금가지

출판등록 | 2009. 10. 8 (제2009-000273호)
주소 | 06027 서울 강남구 도산대로 1길 62 강남출판문화센터 5층
전화 | 영업부 515-2000 편집부 3446-8774 팩시밀리 515-2007
홈페이지 | www.goldenbough.co.kr

도서 파본 등의 이유로 반송이 필요할 경우에는 구매처에서 교환하시고
출판사 교환이 필요할 경우에는 아래 주소로 반송 사유를 적어 도서와 함께 보내주세요.
06027 서울 강남구 도산대로 1길 62 강남출판문화센터 6층 민음인 마케팅부

한국어판 © ㈜민음인, 2024. Printed in Seoul, Korea
ISBN 979-11-7052-505-9 04840
ISBN 979-11-7052-506-6 04840 (set)

㈜민음인은 민음사 출판 그룹의 자회사입니다.
황금가지는 ㈜민음인의 픽션 전문 출간 브랜드입니다.